中国当代文学选本

Collection of Modern Chinese Literature

（第 6 辑）

王昕朋　主编

中国言实出版社

图书在版编目（CIP）数据

中国当代文学选本 . 第 6 辑 / 王昕朋主编 .-- 北京：中国言实出版社，2021.6

ISBN 978-7-5171-1856-5

Ⅰ . ①中… Ⅱ . ①王… Ⅲ . ①中国文学—当代文学—作品综合集 Ⅳ . ① I217.1

中国版本图书馆 CIP 数据核字（2021）第 100215 号

出 版 人 王昕朋
责任编辑 张国旗
李昌鹏
责任校对 宫媛媛

出版发行 中国言实出版社

地　址：北京市朝阳区北苑路 180 号加利大厦 5 号楼 105 室
邮　编：100101
编辑部：北京市海淀区花园路 6 号院 B 座 6 层
邮　编：100088
电　话：64924853（总编室）　64924716（发行部）
网　址：www.zgyscbs.cn
E-mail：zgyscbs@263.net

经　　销 新华书店
印　　刷 北京中科印刷有限公司
版　　次 2021 年 6 月第 1 版　　2021 年 6 月第 1 次印刷
规　　格 710 毫米 ×1000 毫米　1/16　29.25 印张
字　　数 400 千字
定　　价 68.00 元　　ISBN 978-7-5171-1856-5

《中国当代文学选本》
编委会

目录

CONTENTS

主持人：王干

王干，文学批评家，鲁迅文学奖得主，“新写实小说”倡导者。

Wang Gan is a literary critic, winner of Lu Xun Literature Prize, and an advocate of "new realistic novel".

中篇

推荐语

在肖克凡的《妈妈不告诉我》中，儿子“我”在叙述母亲的悲剧时，融合自身成长的坎坷和波折，塑造出当代文学史上一个少见的母亲形象，母亲正直、善良又勇于担当，在特定时代遭遇的厄运令人唏嘘。作品中有一层意思的表达在策略上和茹志鹃的《百合花》类似，女主角以私人（性意识）的方式表达对革命者的爱。《妈妈不告诉我》中的妈妈没有告诉“我”的是什么？是革命者（同志）之间为共同理想而奋斗的献身，她觉得这趣味要比她作为小姨子爱姐夫的私人之爱高级。因公因私，两个女人都去找以儒将自居的警备司令，这让司令意识到这个地下党的魅力，司令输给了自己的阶下囚，变态地摧毁这两个女人：一个活埋，一个毁名节。多年后，为把反动派的儿子还原为烈士的遗孤，“我”妈妈作为幸存者，向组织交代历史问题，提供孤证，导致和丈夫关系破裂。正视历史应该是这部小说的第二层意思，这层意思让这部小说越过私人空间，在礼赞之外再添一份庄严。

萧亮的《独角牛》在情节与内涵上和余华的《活着》都是有些类似的。《独角牛》中的人物不停死亡，这是一种“《活着》式”的退场结构；一头温顺的牛，劳苦一生，在羸弱、困顿的晚年生命期，它还要被杀，变成一堆牛肉。《独角牛》是一篇散文化的作品，如同生活一般朴素但包蕴况味，蓄藏着生的秘密、活的勇气。

侯磊在北京青年作家里，是非常接地气的作家，他在用他的小说书写另一种意义上的“北京传”，之前写过《女司机》，展现北京城公交车和公交车司机命运，描写那样一个时代的社会风貌和人际关系。这篇《纺织厂的女儿》可以说是《女司机》的续篇，对城乡接合部女性命运的描写，透现出特定历史时期在人心里留下的波澜与痕迹。侯磊的小说有着某种“书记官”的倾向，在踏实得近乎实录的生活景象中有氤氲着京味文化的韵味。

宋小词的《舅舅的光辉》，人物是融入生活和文化的。风俗画卷、乡村民俗，这些在一篇小说中不是最紧要的，紧要的是小说人物，但是如何避免一个人物在小说中成为一个无根的、抽象的人呢？这就需要找到人物扎在现实生活中的根系，找到人物的民俗文化之根。宋小词已经开始在小说中追求完整的生活和文化因素，于是她的小说越来越丰富、有味道。

在陈楫宝的《万寿路姑娘》中，人物的思维方式和他们的身份、职业、性格等是联系在一起的，因而他小说中的人物活灵活现。人们看待世界、和人相处方式是不尽相同的，哪怕基本的世界观相近，但思维方式截然不同。小说中的“我”作为一个金融界人士，他在面对许多问题时，都是用金融眼光看待的，这让《万寿路姑娘》气血畅通、视角独异。

【作者简介】肖克凡，男，天津市作家协会副主席，中国作协全委会委员，现居天津。20 世纪 80 年代开始写作，以小说为主，出版《肖克凡文库》18 种，另有《山楂树之恋》等电影文学剧本。长篇小说《机器》获中宣部第十届“五个一工程”奖、首届中国出版政府奖，并入围第七届茅盾文学奖。长篇小说《生铁开花》获北京市文学艺术奖。

Xiao Kefan, male, vice chairman of Tianjin Writers Association, member of the China Writers Association, currently lives in Tianjin. He began to write novels in the 1980s, publishing 18 kinds of Xiao Kefan Library. There are also movie literary scripts such as *Under the Hawthorn Tree*. The novel *The Machine* won the 10th "The Best works Award" of the Propaganda Department of the Central Committee of the CPC, the first China Publishing Government Award, and was shortlisted for the 7th Mao Dun Literature Award. The novel Iron Blossoms won the Beijing Literature and Art Award.

妈妈不告诉我

肖克凡

1

我八岁那年，冬景天清早睁眼醒来发现我家里间屋睡着个人。我爸我妈不在家，里间屋那张双人床空着。这人铺着褥子盖着被子，蒙头遮脑睡在地板上。这令小毛孩子惊奇不已。“姥姥，这人谁呀？”我小声问外祖母。

她老人家不动声色说：“你二姨啊！她半夜坐火车从滦城老家来的。”

我没见过二姨，于是愈发好奇，问外祖母怎么二姨睡地板呢。“她嫌床垫太软，睡着腰疼！”外祖母好像没好气。

二姨终于睡醒了，身穿蓝底白花小夹袄，翻身爬起到了梳妆台前，抡起胳膊披上紫缎小棉袄，叉开五个手指梳理漆黑的短发。

这是我妈妈的梳妆台，平时很少看到妈妈梳妆。梳妆台成了我写作业的桌子。

“小黑眼儿！你睡的是猪圈还是狗窝？”外祖母扬起“国字脸”命令她女儿拾掇被褥。

二姨不慌不忙说：“您容我先把自己拾掇利索啦。”

我听到二姨乳名叫“小黑眼儿”。她三十多岁年纪，一双大眼睛睫毛又黑又长，眨动起来特别好看。我从梳妆台镜子里看到她的鸭蛋脸儿，怯怯地叫了声“二姨”。

她显然知道我是谁，笑着露出两颗小虎牙说，“二姨好看吧？我比你妈妈大四岁呢！”

我不知说什么好。她再次露出小虎牙说：“没良心！你落生时我还抱过你呢。”说着拧开雪花膏瓶盖，把镜子里的自己抹成大白脸。

我忍不住说：“我妈每次不搽这么多雪花膏。”

“你妈想不开！一瓶雪花膏想用一辈子。”她捋了捋粉嫩的鼻梁，还是不去收拾满地被褥，好像要摆摊卖东西似的。

“你这好吃懒做的毛病啥时候能改呢！”外祖母撇了撇嘴，扭身去厨房操持早饭。二姨遭受批评并不恼羞，反而嘻嘻笑了。我看出她跟我妈妈性格不同，我妈妈常年笑容偏少就跟沙漠缺雨似的，保持班主任表情。二姨好比纪律散漫的差生，而且不怕蹲班留级。

二姨扭脸冲着厨房大声说：“妈！我在家天天吃棒子面，你给我烙两张白面饼吧。”

大城市居民粮食定量供应，粗粮多，细粮少。我家白面由外祖母积攒起来，预备全家改善伙食包饺子。二姨来了非要吃白面饼不可，这对未来的饺子是个威胁。

二姨总算收拾被褥了，然后哼着“巧儿我自幼儿许配赵家”，一串小碎步跑进厨房。她不高不矮不胖不瘦的身材，就跟评戏里刘巧儿差不多。进了厨房她从铁铛里揪了块白面饼，飞快地塞进嘴里咀嚼起来。

外祖母登时急了，“这饼还没烙熟呢小黑眼儿！”她老人家习惯叫二姨乳名，好像永远停留在过去时光里。

“嘻嘻，这饼吃进肚里就熟了。”二姨摇头晃脑返回梳妆台前，欣赏着自己容貌说，“咱家凑不齐人手，啥时候能开桌打牌呀。”

外祖母端来盛了两张热饼的小竹筐，凑到梳妆镜压低嗓音说，“小黑眼儿你给我听着！政府提倡移风易俗，派下街道干部四处宣讲，在自家屋里打麻将也不允许！”

“咱们打素牌不赌钱，这不叫旧社会习气。”二姨通过镜子判断小竹筐位置，不扭头就伸手抓到热饼，不怕烫手撕开就吃。我没见过动作如此敏捷的人物，有点儿崇拜她了。

外祖母假装生气说：“你隔三岔五跑来，不交粮票不交钱，一进门张嘴就吃！一个大活人让我们供养你啊。”

二姨表情严肃起来，“一家人不说两家话，想当年我还供养咱们全家哪。”

“二姨，您说供养全家包括我妈妈吧？”我很好奇。

二姨突然意识到我的存在，说：“当然啦，你妈妈从滦城老家来到天津念书，就是我出的学费！那时候二姨可有钱呢。”

外祖母赶紧笑了，说：“我说小黑眼儿，你记得这么清楚去当账房先生吧。”

“我啥时候跟家里计较过？您又不是我后妈。”二姨眨动着又黑又长的眼睫毛，显得更好看了。

外祖母叹气说自己从年轻就守寡，好不容易熬到今天。二姨抱怨说：“我大姐出阁半年就病死了，您非逼着我做填房，田文佐从我姐夫变成我丈夫，也没过几年好日子。”

“你倒添了不少坏毛病，下饭馆泡戏园，抽烟喝酒打麻将，不知道油盐柴米贵……”外祖母感慨地说，“人生在世有享不着的福，没有受不了的罪，这是命啊。”

“我现今知道油盐柴米贵啦！可是瓶子里没油，罐子里没盐，院子里没柴火，瓮子里没米……”二姨竭力给自己辩理说，“就怪您让我给田文佐做填房，我要是嫁个庄稼汉，也不会后来成了寡妇。”

外祖母沉吟说：“你毕竟过了几年好日子，田文佐还专门雇了丫头伺候你呢。”

“对，那丫头名叫小树叶儿！”二姨回忆往事说，“惠生小时候淘气，好几次尿湿小树叶儿的花布衣衫，人家丫头脾气特别好。”

“后来小树叶儿没了音讯……”外祖母说。

二姨不以为然说：“她模样俊脾气好，年纪轻轻让当官的娶去做小，给人家生儿养女，等大老婆死了就扶正呗。”

外祖母跟二姨对话，我听不懂，却记住“出阁”“填房”“丫头”这样的词语，还有田文佐的名字。

外祖母说得没错，二姨住下来便成了吃咸不管酸的人物，还催促外祖母改善伙食。大城市居民猪肉凭票供应，家家不够吃。外祖母只好用小虾皮配韭菜做馅，给二姨包素馅饺子吃。二姨吃过晚饭跑去南市娱乐，不是到黄河戏院看评戏，就是去共和戏院听梆子。她不改老称呼把评戏叫“落子”，还抱怨听不到“梆黄两下锅”了。

外祖母告诉我，二姨的独生儿子名叫惠生，是个半大小子不算整劳力，庄户人家日子不好过。二姨来到天津就说大城市是天堂，我听了挺得意的，庆幸自己没有生在农村。

二姨该吃的吃了该玩儿的玩了，毫不犹豫送给我两块水果糖。我说您不富裕就别给我花钱了。二姨夸奖我说：“你这孩子是个冰糖嘴儿，从小说话讨人喜欢，我家惠生从来不会说软话，死随他爹的秉性。”

外祖母及时提醒二姨，说：“你别忘了明天是星期六。”

二姨撩了撩眉毛说："我买了火车票，今儿晚上就走！您烙两张糖饼，我给惠生带回去。"

外祖母可能认为糖饼有些单薄，特意用白面蒸了六个肉菜馅包子，热气腾腾用麻布包好说："惠生从小没爹，你这当娘的又不懂得疼人，那孩子可怜呢。"

二姨没有吃晚饭，拎起小包袱走了。我送她到胡同口，她扭头叮嘱我："千万别告诉你妈我来过，下次我还给你买水果糖吃。"

我说那两块水果糖塞您小包袱里了，带回去给惠生表哥吃吧。二姨伸手捏了捏我鼻头说："你是个好孩子！我回去告诉惠生。"

第二天清早，我背起书包走出小院儿，胡同里遇到邻院的刘福禄，这单身汉是光辉电料行售货员，胳肢窝里总夹着书本，邻居们送他绰号"刘乙己"。他也不急不恼。

刘乙己伸手拍着我肩膀说："你二姨挺标致的，要是穿上旗袍就跟电影里国民党官太太似的。"

"为嘛要穿上旗袍呢？"我拨开刘乙己白净细腻的手，问他说的哪部电影。他一时想不起。我说学校包场看了《林海雪原》，那里只有女土匪没有国民党官太太。

刘乙己是个"书虫子"，没事儿就去天祥商场二楼淘旧书，格外关心从前的事情，好像对眼下不感兴趣。这个书虫子让我懂得：从前的事情就叫历史，眼前的事情叫现实。

星期六傍晚时分，我妈妈从南郊农场回家来了。她以前是中学教师，去年下放农场劳动，只有星期天公休在家。就这样我有了"星期天妈妈"，不知什么原因，妈妈星期天在家我也觉得她在远处。记得刘乙己跟我说过，历史既是从前的事情也是远处的事情。我听了就有小孩儿迷路的感觉，心里有些害怕历史。

我爸是市政工程局技术员，清瘦面孔戴着宽框近视眼镜，恰恰遮挡浓密的“连心眉”。他经常外出勘查道路桥梁，我有“星期天妈妈”，还有“不定期爸爸”。总之不像一加一等于二那样有准头。

星期六傍晚，可巧爸爸也回家来了。吃过晚饭我悄悄溜进里间屋问道：“妈妈，我有好几个生词不明白，但不是学校课堂讲的……”

我妈妈整理衣柜寻找换季衣裳，没有回头轻声说：“课外知识，问你爸！”

我爸爸悠悠点燃手里的香烟，说：“课外知识？你问吧。”

其实我爸我妈都是少言寡语的人，没事儿不说话，有事儿说话也很简练，就跟去邮局打电报似的，能省字儿就省字儿，绝不多言。这样家里挺安静的，显得我成了话痨。

我小心问道：“什么叫填房？梆黄两下锅是什么意思？还有刘乙己说电影里国民党官太太……”

“这么说你二姨又来啦？”妈妈突然打断我的提问。

我意识到露了破绽，只得出卖外祖母说：“可是我姥姥不让我告诉您。”

“你怎么也没有告诉我？”妈妈目光转向爸爸，声调不高问道。

爸爸语气温和解释道：“领导派我去耳闸工地测绘，我这几天没住家里。”

妈妈听了思索着，起身走到我面前，说：“你大姨去世很早，你姥姥让你二姨嫁过去顶替你大姨的位置，这就叫填房。”

妈妈主动给我讲解生词，这令我惊讶，她好像重新成为中学班主任了。

爸爸受到妈妈感染，说话也多了：“刘乙己看书很广很杂，说话喜欢打比方，可是未必准确。我们是社会主义新中国，哪里还有什么国民党官太太。”

“刘乙己喜欢钻故纸堆儿，积累陈旧知识，没有多少实际用处的。”妈妈眉头微皱，我听出这是提醒我呢。

我嗯嗯应声，心里对刘乙己萌生更大兴趣，我想知道他为何喜欢钻研陈旧知识。

第二天走出小院，我又遇见刘乙己，他快速眨动小眼睛说：“我去文庙书市淘到不少资料，非常珍贵！”说着从胳肢窝下抻出两册纸页泛黄的书籍，在我面前晃了晃。

“《滦城文史资料选编》。”我盯着糙纸封面念出书名。

他满脸得意表情，说：“还有这本呢！《河北省工商史料汇编》。”

我不知道这两册书的价值，想起他说二姨很像电影里国民党官太太，再次追问他是哪部电影。

他将两册书重新夹在胳肢窝下，做出撤退的姿态说：“我从前见过国民党官太太，当然那是万恶的旧社会。”

“你经历过万恶的旧社会？”我没头没脑问道，“那么你知道田文佐是谁吗？”

“你说田文佐……”他弓身低头打量着我，“我这册《滦城文史资料选编》里有这名字，解放前滦城保安大队长。”

“什么保安大队长？”我不懂这个生词，抬头望着他苦瓜形的面孔。

刘乙己笑了，说：“你对从前的事情感兴趣，将来报考大学历史系吧，人活着研究历史很有意思呢。”

我望着他走远的背影，心里展开小学生的思考：人活着研究历史很有意思？这么说历史是死的，它供活人研究，还让活人觉得很有意思。

2

我十岁那年，城市粮食供应充裕起来，猪肉不再凭票敞开供应，只是有个别售货员不愿意卖肥肉给群众，偷偷开后门留给亲戚朋友。我则顺利升入小学三年级。

人们起早买豆腐也不收粮票了。妈妈仍然周末傍晚从南郊农场回家，表情越来越严肃。妈妈这样漂亮的女人表情严肃起来，往往让我想起电影里女革命者，譬如林道静、吴琼花什么的。可惜妈妈在农场种田，并没有肩负革命重任。

我家居住的胡同里，贴满“全面开展社会主义教育运动”大标语，红彤彤激动人心。祖国形势越来越好，刘乙己从店内售货员改为外勤业务员，不用整天戳在柜台里了。于是街道居委会指派他书写大标语，满手沾满人民的墨汁。

“柯延蓉好久没来了。”单身汉刘乙己仍旧关心我二姨，并且知道她名叫柯延蓉。

“你二姨家的独生儿子叫柯惠生。”刘乙己好像无事不知无人不晓，“咱们中国人多随父姓，柯延蓉却让儿子随母姓，这就叫与众不同。”

“你怎么知道得这么清楚？我二姨又不是什么社会知名人士。”

刘乙己有些抒情地说：“那些著名人物好比座座高山，你只能扬起脑袋伸长脖子瞻仰他们。我喜欢低头寻找时光缝隙里的颗颗尘埃，这才有意思呢。”

“你说我二姨是颗尘埃？”我不高兴了。

刘乙己连连甩手表示道：“你这孩子不懂赋比兴，看来小学生语文课有待加强。”

我跑回家去问外祖母。她老人家表情凝重说：“你二姨守寡无依无靠，她让儿子随她姓柯就不孤单了。”

“我还没见过惠生表哥呢，可是刘乙己反而对二姨家庭情况比较了解。”

“这女人要是长得好看，自然有男人惦记。”

我不解，问道：“我妈妈长得也好看啊。”

“你妈妈当然好看，随我呗。不过你妈妈有你爸爸呢，别的男人惦记也是白惦记。你二姨是单身女人，兴许刘乙己起了念想。”外祖母这样下判断。

星期六傍晚，妈妈从南郊农场回来，一进家门脱掉沾满黄泥的黑胶雨鞋，快速扒下白色线袜，打着赤脚走到里间屋去了。

我吃惊地望着外祖母。她老人家眉头微皱，示意我不要作声。妈妈平时很讲卫生，从农场回家首先洗手换鞋，然后走进卧室打开衣柜更换衣裳。今天竟然光脚踩踏地板，径直坐到里间屋的梳妆台前。

外祖母端了杯热水给妈妈送去。她老人家走出来轻声告诉我：“你妈妈忙着写信，兴许是有急事呢。”

我说有急事可以去邮局打电报。外祖母说你就会瞎出主意。这时小院里传来响动，外祖母认为送冬煤的来了，派我先迎出去。

天色渐暗，我家小院里摆满物件：盛着鲜货的蒲包，装着干货的笸箩，打了包的海货，穿着腊肉的木杈，拴了篛子的板鸭，装满了松花蛋的纸箱，还有两只捆了翅膀的活鸡躺地盯着我……原本不宽敞的小院几乎没有插脚的地方，这是有人搬家的阵势。

“今天真是累死我啦！”二姨侧身用肩膀撞开小院门扇，气喘吁吁继续往里面搬东西，“好孩子！胡同里还有两盒洋点心你拎进来吧……”

我跑出小院嗅见西点的香味，还有两瓶红果罐头躺在地上。二姨动作敏捷反身回来说：“我在泰隆路雇了辆三轮，把吃的喝的装车拉回来，那车夫不帮我往院子里搬东西，卸车拿钱就走！这混账东西怎么不学雷锋呢？”

外祖母听见响动叉开两只小脚跑出来，惊得张嘴瞪眼说：“小黑眼儿你买这么多东西！这是自家印钞票啦？”

二姨满脸淌汗，嘻嘻笑着不说话。外祖母伸手把二姨拽近身边神色紧张地说：“你以为还在滦城显富摆阔呢？如今新社会你充什么大尾巴鹰！”

“您先别咋呼好不好？我昨天在家收拾老屋翻腾东西，没想到找出田文佐留下的这幅山水画，寻思能卖十块八块的，一大早赶头趟火车就过来了。”二姨猫腰拎起两只活鸡继续讲述，“我下火车走出天津东站，步撵儿直奔文物公司旁边的艺林阁，您猜猜他们报价多少？”

外祖母不是见钱眼开的人，还是贪心地猜道：“十块钱？”

“那胖经理说这是钱维城的山水卷，现金收购二百块钱。”二姨兴奋地扔掉两只活鸡说，“我坚持争到二百二，当场就把画儿给卖啦！”

外祖母受到感染，啪啪拍响大腿说：“一幅画能卖二百二？我的苍天啊！”

这时候我听到妈妈的声音：“二姐，你快把东西收起来吧，这让邻居看见影响不好的。”

我转身看见妈妈穿件大红运动衫，表情严肃跨出家门，手里握着黑色自来水笔。

不知什么原因，身穿大红运动衫的妈妈近在面前，我却感觉声音从别处传来，仿佛她在远方。

二姨重新抓起那两只母鸡说：“嫚儿，你在农场劳动身体吃亏，我买议价母鸡吊汤给你补充营养！”

嫚儿？敢情这是妈妈的乳名。外祖母叫二姨“小黑眼儿”，二姨叫妈妈“嫚儿”，她们习惯称呼乳名，好像乐于停留在当年时光里，永远不想长大。

妈妈显然并不领情，转身进家继续写信了。那可能是紧急信件吧。我看过小人书《鸡毛信》。

二姨依然兴致不减，高呼低叫指挥我把东西搬进楼梯间里，然后双手叉腰跟外祖母说：“那些腊肉啊干虾啊板鸭啊炼乳罐头什么的，凡是放得住的您先存着，这些放不住的鲜货抓紧吃，可别把好东西放坏了！”

妈妈似乎忍无可忍了，手拿自来水笔来到楼道里说：“二姐，你还没学会小声说话？”

二姨继续高嗓响声说：“嫚儿，我今晚就给你吊好鸡汤，你喝不完灌到瓶子里带到农场去！”

我听到妈妈叹了口气。二姨哼哼着皮影腔调抬腿跑到后院宰鸡去了。外祖母打量着楼梯间里东西，低声寻思着说：“小黑眼儿买这多吃的喝的要花五六十块钱吧。”

“我连雇车总共花了五十八块二！另有两箱玫瑰露酒明天雇车取回来。”二姨在后院尖声应答，随之响起母鸡被宰的叫声。

我想起那幅山水画的主人，问外祖母田文佐究竟是什么人。“他是你二姨父，解放前就死啦。”外祖母说得很轻，我听得清清楚楚。

外祖母说罢伸手拧了拧我耳朵说：“小子，以后不许再跟我问这儿问那儿！”

我暗暗得意起来，认为自己有了跟刘乙己谈论的资本。我二姨的丈夫田文佐解放前就死了，他应当属于历史人物吧。

晚间爸爸从市政工程局下班回家，进门看见满桌美味佳肴：冠生园的童子鸡、稻香村的浇汁铁雀、冀州曹记酱驴肉、玉生香的油浸带鱼、四海居的素什锦……满脸惊诧表情。

二姨起身招呼道："我说铁廉妹夫！听说你跑工地很辛苦，今儿喝几盅直沽高粱吧，暖暖身子解解乏。"

爸爸摘下眼镜擦擦镜片说："这山珍海味的，我以为又在家里彩排话剧呢。"

爸爸说得没错。妈妈参加教育系统业余话剧团演出，以前总在家里彩排角色。自从下放农场种田，再没有舞台演出机会了。

二姨热情催促我爸落座。妈妈换了件蓝色夏卫衣，没有大红运动衫那么耀眼了。她神色平静对爸爸说："铁廉，你还是先洗手换衣服吧。"

我看到爸爸笑了，这种笑容如果老师要求课堂写作文，我觉得应该写作苦笑。

爸爸洗手洗脸换了件衣裳，挨着妈妈坐下。一张圆桌我左边坐着外祖母，右边是二姨。她给外祖母酒杯里斟满直沽高粱酒说："您酒量大！记得我出阁喜宴你喝了半斤老白干儿。"

外祖母有些尴尬，伸出筷子给我夹了只浇汁铁雀。我知道铁雀是麻雀做的，属于"四害"之一，吃了没事儿。

二姨伸手给爸爸斟酒，说："铁廉你不要放不开！"

爸爸抬头望着妈妈。妈妈重复二姨的话说，"是啊，铁廉你不要放不开。"

我趁机嚼掉浇汁铁雀，迅速夹了酱牛肉和童子鸡，当然是给自己吃了。想起"吃水不忘挖井人"的课文，我咀嚼着鸡肉说："二姨，谢谢您买了这么多好吃的！"

妈妈向我投来目光，说："别光顾自己吃，给你姥姥夹菜。"

二姨跟外祖母和爸爸碰了杯，说："我没想到钱维城这么值钱，怪不得他姓钱呢。"

"二姐，您应该说没想到钱维城的画儿这么值钱。"爸爸一杯酒下肚，好像是放开了。

“我没啥才调，念了高小就在家里学绣花了。不像人家嫚儿念过大学有文化。”二姨兴高采烈说着，轮流给大伙夹菜。

我悄悄观察着，妈妈只吃了几块素什锦。她不是尼姑却不动荤，在农场劳动不应当饭量这样小。

我家晚饭从来没有如此丰富，大家吃起来便不好收场。外祖母喝得满脸红透，兴奋得开始说古，“我记得那年惠生过百岁儿，好家伙在滦城饭庄摆十几桌酒席，来了当地军政两界要员……”

二姨突然停住筷子，扭头望着外祖母。妈妈起身说：“你们慢慢吃吧，我还有要紧事情要做。”

“嫚儿，你不教书不用备课，哪儿还有要紧事情要做！”外祖母显然喝多了，召唤妈妈的乳名。

妈妈并不吭声，还是起身回了自己房间。我又吃了块童子鸡。二姨好像也喝多了，伸出筷子指着外祖母说：“其实惠生享了几年福，可惜三岁之后好日子就完啦！”

“那时候你整天打牌听戏下饭馆，多亏人家小树叶儿带着惠生，那真是个好丫头呢。”外祖母跟二姨碰了杯。我又听到小树叶儿这个名字，感觉挺生动的。

爸爸说了声“我去看看延瑛吧”，起身离开饭桌。延瑛是妈妈学名，她叫柯延瑛。

二姨咧了咧嘴，小声对我说，“你爸活像个小伙计，你妈就是他大掌柜的。”

我认为“小伙计”和“大掌柜”都是陈旧词语，我们语文课本里根本没有。

晚间爸爸去单位睡办公室了，妈妈和二姨睡里间屋。妈妈睡床上，二姨坚持打地铺说床垫太软。外祖母酒劲未减说：“小黑眼儿！你结婚时睡过钢丝床啊，那是滦城商会会长送给你家老田的。”

二姨没有应答，迅速睡着了。我跟随外祖母睡在外间屋。她老人家关了灯，黑暗里我兴奋得睡不着。

半夜里我被说话声弄醒了。里间屋妈妈跟二姨争论起来。

“你家惠生给我写信寄到南郊农场了，我总要给你儿子做出解释吧。”

“惠生给你写信问这儿问那儿，你别搭理他就是了，用不着这么认真对待。”

“二姐！你以为惠生不知道他自己姓田吗？”

外祖母爬出被窝儿凑到里间屋门外说：“小黑眼儿、嫚儿，这么多年过去了，咱家这些事情就不要再提啦！”

我听见妈妈说话：“二姐，请你以后不要再到我家来了，好吗？”

“这是我娘家啊！我嫁出去的姑娘回娘家，这连党和政府都不反对吧！”二姨呜呜哭了起来。

外祖母连声叹气，说：“天啊，我这是造了什么孽呀！”

造孽。半夜里我牢牢记住这个词语，不知作文课会不会用得上。

3

我 12 岁那年，妈妈参加春季农田水利基本建设，不慎跌进农场干渠里摔成两处骨折，拖拉机送到医院右胫骨打石膏，左小臂打夹板，农场领导批准妈妈回家养伤。外祖母说伤筋动骨一百天，急不得。

我沏好橘子汁水送到床前，妈妈满怀遗憾说：“我要是再得两枚劳动红星，就会评为季度优良，关键时刻骨折了。”

“您还是应该当老师，农场不缺您种田。”我忍不住说道。

妈妈注视着天花板说：“以前我想重返教学岗位，现在我愿意在农场劳动。”

外祖母轻轻走到床前说：“你就是天生争强好胜，心里委屈也不吭声。”

“您还不了解我性格啊，我就是不愿意吭声。”

外祖母心疼地说：“你就这样熬自己吧，没人念你好处。”

趁着外祖母去厨房煮汤，我问妈妈怎么爸爸不回家照顾你。妈妈身体被石膏模板和医用夹板固定着，反而显得目光明亮，她说："你爸爸跑施工现场呢，时间紧任务重没时间回家，我不能拖他后腿的。"

外祖母说过，我爸我妈离多聚少，夫妻感情冷淡疏远，这种苗头不好。我问怎样能让我爸我妈感情恢复，外祖母说不容易，"你妈性格执拗，你爸只能容让呗。"

我不愿爸妈情感破裂，情急之下想到刘乙己。这两年我向他学到不少课外知识，渐渐成了忘年交，私下叫他"师父"，他也愿意收我做徒弟。

刘乙己家住"过街楼"，这间凌空横跨胡同两侧的房间，往往令人想起董存瑞高呼"为新中国前进"炸掉的桥式碉堡。小时候我确曾担忧这间"过街楼"被人炸掉。刘乙己独居此处号称固若金汤。我说陈长捷认为天津易守难攻固若金汤，半夜里解放军就打进来了。刘乙己听了夸奖我擅于积累近代历史知识，属于"小神童"类型。我当然高兴。

我沿着吱吱作响的楼梯，小心翼翼走进他家，进门叫了声"师父好"。

他房间特别凌乱，一堆堆旧书好像废品收购站，等待装车转运造纸厂化作纸浆。其实这些书籍都是他的珍藏版，日益充实着他的单身生活。

刘乙己比前两年胖些了，尖腮明显隆起有了肉的厚度。他自称这是吸收古典书籍营养，既长骨头也添肉。我觉得还是跟国家敞开猪肉供应有关，毕竟能吃到肉馅饺子了。

师父见徒弟来了，起身抬腿跨越两堆旧书，完全不顾裤角掀起灰尘说，"特大号外！我半夜翻书意外发现刺杀吴禄贞的凶手是马蕙田！困扰多年的悬案终于有了结果。"

"吴禄贞要是不被刺杀，他肯定参加滦州兵变，那样袁世凯就难以独大了。"他仰天长叹连呼悲夫，好像那个吴禄贞是他祖父的同僚。

我不知吴禄贞是谁，却想起滦城那边有我二姨柯延蓉和她儿子柯惠生。

刘乙己小眼睛倏地放射光芒，说："我忘了告诉你，这些天我重新研究了《滦城文史资料选编》等几本书。"

我索性直接点破题目说：“您热心搜集滦城史志资料，这是关注我二姨吧。”

他听罢放下手里书籍，表情委屈得活像大孩子，说：“你以为我出自私心？我阅读史料是要拂去岁月积尘看清历史真实脸庞，我阅读滦城史志资料自然会涉及柯延蓉和她家庭了。”

“咱们历史资料记载大事件大人物，不会有寻常百姓的事迹吧？”我不相信滦城文史资料里有“柯延蓉”的名字。

刘乙己翻开蓝色封面的《滦城革命历史回忆录》，检索目录找到《我打响人生第一枪》这篇文章说：“这作者名叫王宝田，1946 年他参加鳌山伏击战，首次上战场慌里慌张提前开枪，严重暴露了埋伏的火力。没想到歪打正着，击中骑着高头大马的国民党保安大队长田文佐。那场战斗结束召开总结大会，王宝田并未受到处分，将功抵过了。”

“原来田文佐这样被打死的。”我急迫说道。

刘乙己摇摇头，说：“我也认为田文佐死于这场伏击战，但是又读到其他回忆录，看来他又活了一年零五个月……”

我听到“又活了一年零五个月”便觉得我这位师父比派出所警察查户籍还要精准，不由得相信他了。

“我听姥姥说过田文佐这名字，你说的这个保安大队长会不会是同名同姓的人？”我不愿意有个国民党反动派的二姨父，于是迫切地问道。

“保安大队长田文佐右腿中枪，那肯定伤筋动骨了，所以后来成了瘸子。”刘乙己用唾沫蘸湿食指，快速翻书找到丰润县财政局侯子祥回忆录页面，临时改用普通话读道，“解放后搜集革命斗争史料，根据目击者马三鼓回忆，农历八月有天半夜里他去地主家偷粮食，没料想半路乌云散去满地月光，不便做贼只得转身回村，偏偏碰到国民党宪兵半夜行刑，他吓得趴到草丛里不敢动弹，可巧看见那个男人拄着拐杖走向河堤，几个拿枪的宪兵押着他。随即乌云遮得没了月亮，便看不清这群人的去向。马三鼓说当时没听到犯人喊叫，也没有听见响枪毙人。1969 年开展清理阶级队伍运动，县公安局找到马三鼓询问详情，这次他不光承认去地主家偷粮食，还说那个拄着拐杖的男人就是滦城保安大队长。”

我不甘心，认为半夜被枪毙的是个同名同姓的田文佐，他跟我二姨的丈夫没有任何关系。

“后来推断不是枪毙的。那时国民党宪兵队秘密行刑不开枪，田文佐是半夜被活埋的。”

活埋？我听罢迅速思考起来。那个田文佐骑着高头大马进山讨伐被八路军打成瘸子。国民党保安队跟国民党宪兵队是自家人，自家人不会活埋自家人吧？

这样想着我做出合理判断，说：“那个半夜被活埋的田文佐肯定不是我二姨的丈夫！”

“这事儿要去问你姥姥，她应该知道自家女婿的下落。”

我嗯嗯应答，顺手拿了本《坚守要塞》翻看着。他说这是解放前版本，你要借走看的话不要外传。

我说你是从旧社会过来的人，可是书籍里的知识没有新社会与旧社会的区别吧？比如匪兵杀害刘胡兰的凶器，旧社会叫铡刀，新社会还叫铡刀。刘乙己听罢有些激动，称赞我具备思考能力是个好苗子，将来报考大学很有前途。我说外祖母要我长大报考技校，当工人凭手艺吃饭最安全。

“你姥姥饱经风霜阅历丰富，她当然首先考虑安全。不过人生在世还是要多读书的。”

我把《坚守要塞》夹在腋下回到家里。外祖母盯着我说：“你也在胳肢窝底下夹着书，这是跟刘乙己学的吧？”

我本想向刘乙己请教怎样防止家庭破裂的策略，可是光借本旧书就回来了，这叫人小忘性大。听到里间屋传出急促喘息声，我拔腿跑到床前看到妈妈疼得脸色惨白。

这就是妈妈的坚韧性格，强忍骨折疼痛绝不呻吟，反而问我手里拿着什么书。我说“坚守要塞”。她仿佛听到特殊词汇，咧嘴笑了笑。我破天荒看到妈妈笑容，感到很奇特。

妈妈让我读书给她听，说随便翻到哪页都可以。我翻到第 49 页，第二自然段是女主人公内心独白，我轻声朗读了。

“人们说女子弱不禁风。是的，我承认自己羸弱，既不能翻山也不能涉水，独自来到岸边等候渡船。艄公皮肤黝黑体格健硕，他默默撑篙渡河，默默送我登岸。就这样我从女儿成为妻子，之后从妻子成为母亲。我的孩子啊，你明天就要独闯世界了，你将负重行走遭受多次挫折，记住有两宗东西不可丢弃，一是对自由河流的追求，它会带你通往广博的海洋，二是对正义要塞的坚守，它会让你抵御邪恶的泛滥。你还要懂得悲悯和奉献，不要害怕前边搭建祭台……”

突然妈妈泪流满面，我停止朗读。妈妈闭目说道：“应该还有几句话，你没有读完呢。”

我应声继续朗读：“我的孩子，今生今世你这样做了，我就承认你是我的儿子，你也会承认我是你母亲。”

“《坚守要塞》真好啊……”妈妈睁眼望着我，泪珠停留在眼角。我觉得妈妈有些陌生，或者我本来就不熟悉妈妈。

我找来牛皮纸给这本《坚守要塞》包了书皮儿，因为它是能够让妈妈落泪的好书。

星期六傍晚，爸爸回家来了。他走进家门摘下眼镜，掏出手绢擦去镜片上的雾气。这让我看到他浓密的连心眉。外祖母说过男人里这种面相的不多。

爸爸走到里间屋问候妈妈的伤情，从提包里取出补充钙质的药片，说每天两次每次两片。看到爸爸关心妈妈，我放松心情。外祖母高兴了，下厨做了肉丝打卤面，热水焯好黄豆芽做菜码。

热气腾腾的面条出锅，外祖母用大碗盛面，浇了卤子放了菜码，大声说铁廉你先吃吧。爸爸拿起筷子拌匀面条，端着大碗走到床前侧身坐下，准备给妈妈喂饭。

“还是我自己吃吧……”妈妈被石膏模板和医用夹板管制着，每餐都是外祖母喂饭。这时外祖母快步上前说，“你单手端碗怎么拿筷子？还是让铁廉喂你吧！”

我看到爸爸脸色窘迫，有些不知所措的样子。我凑前说道：“妈妈，您就让爸爸喂饭吧。”

“那么你来喂我吧。”妈妈朝我说道。我惊讶地扭脸望着爸爸。

“好吧，那就让儿子喂饭吧。”爸爸把大碗递给我说，“你用筷子夹断面条，小心别烫着妈妈……”

爸爸起身走到外间屋吃饭，随即传来吃面的声音，听着挺响亮的。我抱住大碗用筷子夹断面条，一簇簇送到妈妈嘴里。妈妈慢慢咀嚼着突然问我：“你读小学五年级了吧？”

“是啊……”虽然妈妈近在眼前，她的询问猛然让我感觉遥远，大声告诉妈妈我明年小学毕业。

妈妈平静地说：“你要好好学习天天向上。”

“团结、紧张、严肃、活泼。”我说出八字校训。

吃过晚饭，爸爸吸烟询问我学习情况。我说本周测验语文 98 分数学 99 分。他听了鼓励我下次测验争取考得双百。

外祖母给爸爸端来茶水，仿佛老年服务员。爸爸连忙起身表示谢意：“这阵子我驻场没回家，让您伺候延瑛辛苦了。”

“你工作繁忙不用分心，一家人不说两家话。”外祖母这样客气地说着，反倒像是两家人了。

天晚了，我和外祖母关灯睡下了。半夜时分我猛然惊醒，不敢回忆梦里情景，因为黑暗的梦境里有人被杀害了……

里间屋没有熄灯，时隐时现传出爸爸跟妈妈的谈话。我害怕梦境重现不敢入睡，悄悄爬起溜到里间屋门外偷听。

爸爸语调低沉劝告妈妈：“我知道你跟惠生多次通信，好在还没有彻底捅破这层窗户纸，我希望你保持沉默，不要给他出具证明身世的材料……”

“可是惠生的亲爹是给国民党反动派杀害了，难道历史真相就这样被掩盖了？难道惠生永远蒙在鼓里接受不公平的命运？难道我没有责任撩开尘封的历史……”

妈妈好像骨折疼痛说不下去了。我屏住呼吸继续偷听。

爸爸稍微提高声调：“如果这次你给惠生出具证明材料，等于白纸黑字暴露自己的历史污点！谁能够想到堂堂天津卫女大学生，曾经委身于国民党宪兵司令……”

“铁廉，既然这是历史污点，我索性写材料把它暴露出来，这样有什么不好吗？”妈妈语气平和，仿佛面对无关紧要的事情。

爸爸有些生气了，说：“柯延瑛啊柯延瑛，你这样不光自毁名誉，让大家知道你这段不光彩的经历，还让大家知道我有个不纯洁的妻子！你今后让我怎么做人呢？”

我听到妈妈的声音：“看来你我对纯洁的理解全然不同，这真是没有办法的事情……”

黑暗里我被一只手揪住耳朵——外祖母将我牵回床边说：“小子！有些事情将来你会明白的……”

我抓住机会趁机问道：“姥姥！我二姨的丈夫田文佐是不是被国民党宪兵队给抓去活埋啦？”

我看不清黑暗里外祖母的面孔，清楚听到她老人家应声说：“当初都怪我是糊涂虫，急着救人尽做傻事。”

天啊！刘乙己所说被国民党宪兵队活埋的田文佐正是我二姨父，也就是柯惠生的亲爹。

4

我 12 岁那年，初秋季节妈妈身体基本复原，又要去南郊农场参加劳动了。外祖母特意买了紫藤拐杖让她带上，说走路腿脚发软就拄着。妈妈仔细端详着紫藤拐杖的形状，然后缓缓摇头说："唉！没想到我要拄它走路了。"

妈妈把紫藤拐杖留在家里，依靠自己两条腿去了南郊农场。外祖母迅速把拐杖收进柜子里小声嘟哝说："我怎么忘了呢？这东西勾人心思啊。"

妈妈还是星期六傍晚回家，生活貌似回到原来模样。

爸爸用自行车驮着行李，搬去单位住了。平时我跟外祖母共同生活，感觉挺孤单的。爸爸临走把办公室电话号码留给我，说有事可以联系。过了几天我上街找公用电话拨打这个号码，确实很快有人接听，告诉我铁廉同志派驻工地了，若有事情可以转达。我慌忙挂断电话，交费四分钱。

天气转凉了。星期六我和外祖母吃过午饭，听到外面有人笃笃叩门。我停止洗碗跑去开门，这人跨步进家叫了声"姥姥"，大声说我是惠生。外祖母摘下老花镜望着自家外孙，抬手抹了把眼泪说："我的惠生长成大小伙子啦！"

原来这就是二姨的儿子惠生。他其貌不扬却目光炯炯，给人很有力量的感觉。我主动说了句"欢迎惠生表哥"。他走过来笑着说："怪不得我妈在家夸你是冰糖嘴儿，从小就懂礼貌。"

我被他夸得不好意思，便没话找话说："我二姨好几年没来天津啦。"

不等惠生搭言，外祖母抢先跟他说："你妈妈这大半辈子不容易，以后你可要好好孝敬她啊。"

惠生使劲点头表示听从。他蓝色棉衣胸前印着"滦煤"二字，我知道这是大企业工作服的标志，打心眼里羡慕说："惠生表哥是工人阶级啦！"

惠生立即说："是啊，幸亏老姨给我写了证明材料，组织派人查阅冀东根据地档案，找人证明我爹不但不是国民党反动派，还是被国民党反动派杀害的。所以民政局给我安排工作，分配到煤矿当了工人。”

“好啊，进煤矿当工人吃商品粮，你不用在农村挣工分啦！”外祖母高兴得跺脚搓手。

惠生打开人造革手提包，掏出几听铁皮罐头说：“我从心里感激老姨，要是她不给我写证明材料，我这辈子就是国民党保安大队长的儿子，哪里会有今天的好光景！”

惠生说着眼睛里闪出泪光，说：“我妈告诉我说，老姨写这份证明材料等于给自己抹了黑，还惹得老姨父不高兴，我是专门跑来给老姨磕头谢恩的！”

惠生如此激动，外祖母反倒满脸尴尬，一时说不出话来。我感到这件事情并不简单。外祖母听说惠生没吃午饭，颠儿颠儿跑进厨房弄吃的。我趁机跑到刘乙己家向师父报告最新情况。

刘乙己合拢书本闭目倾听，不时微微点头。当我说到政府给惠生安排工作，他突然睁开眼睛。

“我对这桩事情有所判断：一、惠生亲爹田文佐不是国民党反动派，他的真实身份有待继续考证。二、你父亲反对你母亲给惠生出具证明材料，说明这件事情背景复杂……”他说罢起身背手踱步，很像电影里旧社会老学究。

我忍不住问道，“三呢？”

“三嘛……这话说出来有些残忍，不知你能不能承受？”他停止踱步从抽屉里找出两块压缩饼干，塞进嘴里咀嚼着。

“你还没吃午饭啊？”我怕他噎着，端起茶杯递给他。

他说这种压缩饼干是部队内部清仓处理的。我焦急等待他说出“三”，并不关心军用物资的保质期。

“你现在年龄太小哇，还不能理解丈夫无法容忍妻子哪类事情。”

我承认自己年龄还小，对很多事情都不能理解。

“我们中国人有古老传统观念……”刘乙己显然难以表达，顺势转变话题说，“你母亲给惠生出具证明材料，这肯定使你父亲落到难堪被动的境地。”

我说我爸不愿回家，如果我爸跟我妈离婚我家就破裂了。

“你母亲不惜名誉受损也要给惠生身世做证，这就叫勇气担当！”刘乙己受到我母亲感动，“我认为田文佐的真实身份迟早会被澄清的！我相信历史的自洁能力。”

我没想到他给田文佐如此评价，我说：“我二姨吃喝玩乐做了好几年国民党官太太，现今还有不少旧习气呢……”

“你说得没错！柯延蓉缺乏政治思想觉悟，当时只知道自己是国民党官太太，却不清楚丈夫究竟是什么人。”

“您说田文佐究竟是什么人？”我认为师父思考能力很强，徒弟就要及时请教。

刘乙己有些得意地笑了，他说：“读书破万卷，方知古圣贤。我刘福禄大胆判断，田文佐不是国民党反动派，他是共产党的人！否则政府能给惠生安排工作吗？这叫抚恤革命烈士遗孤。”

尽管我不懂抚恤的意思，但还是欢喜起来。倘若惠生表哥变成革命烈士遗孤，那是多么光荣的事情。我兴奋地跟刘乙己挥了挥手，噔噔噔跑回家去。

我走进家门外祖母轻声说惠生睡了。我听到里间屋传出鼾声，这响动让人想起玩具小火车。外祖母情不自禁说：“惠生连打呼噜都像田文佐！真是亲爹亲儿啊。”

我快速问道：“田文佐打呼噜您怎么知道？”

外祖母被我问得毫无思想准备，脱口说道：“那时你二姨被田文佐打呼噜吵得没办法，经常抱着被褥跑到我屋里来睡。不过人家田文佐不经常回家住，你二姨整宿打牌耍钱，有时三缺一还拉我凑数……”

外祖母胆敢讲出这种生活往事，可能跟惠生定为革命烈士后代有关吧。于是我模仿刘乙己的语句问道：“姥姥，惠生他亲爹是共产党的人吧？”

“田文佐是半夜里从家里带走的，那些国民党宪兵倒挺客气，有个大兵还拿了他的紫藤拐杖，让他拄着上了军车。”外祖母侧脸望着窗外回忆，“所以我觉得他没犯大事儿，兴许是得罪了同僚被小人陷害了。”

我趁机又问道：“事情后来怎么样呢？”

“我急着要把田文佐保出来。只要他当保安大队长，你二姨就有好日子过。逢年过节有人送礼，不论吃的喝的还是穿的戴的，小黑眼儿是有送就收来者不拒，从来不告诉丈夫谁给家里送了礼。不过她对小树叶儿挺好的，给那丫头做了好几件花布衣衫……”

我把话题拽回来问道：“姥姥，您不是急着要把田文佐保出来吧？”

外祖母充满遗憾说：“是啊！我跑去找宪兵司令高铁桥求情，谁知道那人是个笑面虎，我送钱也好送人也罢，他光说关押几天就放人，没承想秘密把田文佐弄死了，后来连地点都找不到……”

外祖母似乎后悔多嘴，止住话语去厨房筹备晚饭了。这时候里间屋里没了鼾声，我家顿时安静下来。

“我送钱也好送人也罢？”我思索外祖母这句话。当然送钱是金票银圆，那么送人呢？肯定不会糊个纸人儿送去。那时外祖母身边只有乳名“小黑眼儿”和“嫚儿”的两个女儿。一个小媳妇一个大姑娘，她老人家会送哪个呢？

“难道我爸跟我妈分居的原因就是当年……？”我这样寻思着顿时紧张起来，不敢想象外祖母送女儿走进国民党宪兵司令家的情景。

惠生睡醒推门走出里间屋，朝我无声地笑了。我想从他身上寻找田文佐的影子，就定住目光看着表哥。

他从衣兜里掏出白色手绢，手绢里面包裹着褐色小纸包，打开小纸包露出两块水果糖，说：“这是那年你让我妈捎给我的，我一直舍不得吃保存着呢……”

我瞪圆眼睛望着这两块被惠生表哥保存至今的水果糖，实在难以想象他家农村生活的窘迫。

惠生说现在形势好转，家里生活大变样，他说：“我妈特别高兴，她说再来天津就自己花钱住旅馆去。”

我想起自从妈妈拒绝二姨再来我家，这两年她确实没有露面。“是啊，二姨卖了那幅山水画有了存款，她可以去北京玩儿嘛。”

惠生告诉我，那次二姨坐火车回家被小偷掏了包，一分钱没剩。“我妈性格稀里糊涂，家里有啥她不知道，家里没啥她也不知道。”

外祖母听到我跟表哥说话，就招呼我到厨房择菜。我跑进厨房看到没菜，只有她老人家板结的面孔。“你不要跟惠生谈论从前的事情，那时他两岁多啥都不知道。哪像你这个小神童，张嘴前五百年，闭嘴后五百年，没有你不知道的掌故！”

外祖母回避着从前的事情。这使我想起自己那句名言：从前的事情就叫历史。看来她老人家回避着历史。

惠生来到厨房说上街转转，外祖母紧急叮嘱道：“你带来罐头就是了，上街别再给你老姨买东西啦！”

我送表哥走出小院，告诉他去南市怎么走，那是二姨最喜欢的地方。惠生摇头笑了，说：“我要去兆丰路参观，那里有解放前中共地下党秘密联络点，听说不用花钱买门票……”

我说不知道去兆丰路怎么走。表哥说这种地方你应该知道的，就匆匆走了。

临近傍晚时分，妈妈从南郊农场回来，身体显得沉重。她性格刚强从不示弱，走进家门破天荒叹了气，说：“我这条腿阴天就不得劲儿，难怪您给我买了拐杖。”

“不听老人言，吃亏在眼前。”外祖母伸手接过女儿的帆布兜子说，“你伤筋动骨不该干重活儿，这是落下病根儿啦。你要还这样玩命表现，等身子骨老了就受罪吧！以后阴天腿疼就拄拐杖吧。”

“我在农场拄拐杖干活儿，人家领导能不批评我吗？您收好那根紫藤拐杖，等我老了拄着它走路。”

我听了这话有些难过，便岔开话题告诉妈妈惠生表哥来了。妈妈走进里间屋换衣服说："惠生离开农村当了工人，这孩子总算熬出头了。"

我听妈妈说话感觉她在从前的地方，这声音穿过高山越过大河，经过好久才传到今天。从前的地方就是历史的地方。我不敢把这种奇怪的感觉告诉妈妈。

外祖母好像心有灵犀，说："王宝钏住寒窑十八年熬出头，今年惠生十八岁也熬出头了，总算有了正式身份。"

天黑时分，惠生上街回来了。妈妈从里间屋迎出来满脸微笑。这是我首次看到母亲温暖的笑容，如果作文可用"春光灿烂"形容。惠生叫了声"老姨"扑腾跪下就磕头，碰得地板咚咚响。

妈妈被这突发动作吓住了，求救似的望着外祖母说："新社会不兴下跪行礼，这可使不得啊。"

外祖母响声说："嫚儿！你就让惠生磕头吧，这孩子是跟你谢恩呢。"

我上前拉住惠生表哥说："你磕破脑门儿我有红药水……"

妈妈连忙扶起惠生。他放声大哭说："老姨！您给我写了证明材料，不怕暴露自己那段事情，弄得老姨父跟您离了婚，我这辈子对不起您啊！"

啊！我爸我妈离婚啦？我惊诧望着妈妈，转而望着外祖母。外祖母对惠生说："你这是从哪儿听来的闲言碎语？别信那些嚼舌头根子的人！"

我也不愿相信父母离婚，急忙对表哥说："我爸工作忙不回家，他经常跑工地呢。"

惠生特别实诚，极力表明自己没说瞎话："我去兆丰路可巧遇见老姨父，他还嘱咐我珍惜工人身份，这是老姨牺牲个人名誉换来的……"

妈妈听了再次露出笑容说："我有什么牺牲的，你这是沾了你爹的光。好啦，全家吃晚饭吧！"

外祖母拿出惠生带来的罐头说："前年小黑眼儿买的玫瑰露酒我还存着呢！今天咱们喝酒庆贺惠生成了工人阶级！"

外祖母活跃了气氛，惠生抹干眼泪高兴起来，动手打开两盒午餐肉罐头，又打开茄汁鲮鱼和五香鸡胗。

“惠生这孩子真会买东西，这方面特像我二姐呢。”妈妈对外祖母说，“您年轻时酒量就大，今天高兴多喝几盅。”

外祖母猜不出女儿是悲是喜，表情疑惑问道：“嫚儿，今天高兴你也喝点酒吧？”

“我当然要喝的，这么多年过去了，我做了应该做的事情，您知道我特别高兴。”

外祖母连连点头说我知道。惠生及时给外祖母和妈妈斟满酒盅，双手抱拳行礼说：“今生今世我要像亲儿子那样孝敬老姨！”

妈妈表情严肃起来，说：“惠生不要这么隆重感恩，你这样反而给我造成心理负担。”

惠生连连眨动小眼睛，说了声“先干为敬”端起酒盅就干了。外祖母小声提示说：“你随你爹没酒量，这玫瑰露酒醉人呢！”

“人逢喜事须尽欢，今天让惠生敞开喝吧。”妈妈和声细语告诉惠生，“以后有事情写信不要邮到农场，你就寄到家里来吧。”

外祖母突然放声说：“吃菜吃菜！我还有瓶糖水橘子没打开呢。”

她老人家又在干扰别人说话。我爸我妈都离婚了，外祖母还要遮掩什么呢？可能还是从前的那些事情。

这夜晚惠生喝醉了，果然像外祖母所说，惠生随他爹没有酒量。

我建议我去刘乙己家里借宿，让表哥睡家里。惠生听罢坚决反对，说他打呼噜搅得全家睡不好。外祖母几经犹豫同意让我送表哥去刘乙己家里借宿。

我没有想到惠生酒后跟刘乙己彻夜长谈，那段扑朔迷离的历史显露出几分底色。

5

我十七岁那年，天气转暖，有小道消息说应届初中毕业生去河北省农村插队落户，这路程比内蒙古近多了。我打电话向父亲报告可巧他在办公室，听说了我的情况，父亲主动约了地点和时间，说请我去宏叶食堂吃饭。

我已然长成小伙子了。母亲的情况也有变化。南郊农场取消公休日，开展备战备荒大会战，即便周末也不许回家，妈妈每天还要写思想汇报。我即将离开城市去农村广阔天地炼红心，心里有些想念母亲，张口找师父借了飞鸽牌自行车，起早赶往南郊农场。

我内心敬重母亲。她给惠生表哥出具身世证明材料，自愿暴露旧社会生活经历，经过两年审查定为“隐瞒历史问题”，落户南郊农场成为在册职工，不会重返校园了。这几年她变得又黑又壮，还学会南郊靠海口音，几乎没了原来模样。我想起初中政治课的马克思主义哲学原理，认为母亲完成“从量变到质变”的飞跃，她本质属于南郊农场了。

一路骑行三个钟头到了南郊农场，边界围墙就是铁丝网。我几经周折找到丙字小队的劳动现场，人们齐刷刷埋头收割，田野响彻镰刀割断高粱身躯的声响。我记得母亲工号 49，便跨步钻进田垄，呼叫一遍“柯延瑛”呼叫一遍“49 号”，就这样轮番喊叫着，好像我有两个母亲似的。

是啊，我会不会有两个母亲呢？一个长久驻留历史时光里，一个辛勤劳作现实生活中。不知何时能够结束这种分裂，让我拥有真正的母亲。

随着我的大声呼喊，有个被汗水浸透的身影应了声，缓缓冲我转过身来。我透过高粱枝叶看到这是妈妈。她头顶包裹着白毛巾，身穿蓝色长衣长裤，向我挥挥手里的镰刀。

“我昨夜梦见了你，今天你就跑来啦。”妈妈嗓音有些沙哑，摘下白毛巾擦汗，露出完整的面孔。我说您真的梦见我啦。她拎着镰刀走到田地外边，让我坐下。

她从田埂旁边布袋里掏出两个玉米面窝头，递给我说吃吧。我给妈妈带来国光苹果和槽子糕，正好当作午饭。她说槽子糕不耐饥干活儿没力气，坚持让我吃槽子糕，她吃窝头就苹果下饭，咕咚咕咚喝凉水。这属于男性化咀嚼方式。然而确实是我母亲，以前喜欢吃馒头蘸炼乳。

我告诉妈妈有消息插队落户去河北省。这时她手里苹果已经变成苹果核，而且盯着苹果核说："河北那边也种植多穗高粱，你要学会使用镰刀的。"

这时太阳当空照耀，我与母亲的谈话只有苹果和镰刀。当然苹果被她吃掉了，剩下镰刀成为重要内容。当然我不会吃掉镰刀的。母亲叮嘱我虚心接受贫下中农再教育。我表示努力学会使用镰刀收割庄稼，做合格的社会主义新农民。

母亲突然转变话题，侧脸望着田野说道："刘福禄夸赞你是小神童，这几年你长成大神童了。"

我自幼很少受到母亲表扬，一时吃不准"大神童"评价的含义，于是向母亲介绍刘福禄的情况，说他外号"刘乙己"单身生活嗜书如命，邻居们不大待见他。

"刘福禄是个人才呢。"母亲被农场太阳晒得肤色黢黑，黑色表情愈发严肃，"那时我读津沽大学，刘福禄低我两届，他喜欢研究历史，带头创办'问津社'，写文章挖掘被历史湮灭的人物。"

刘乙己竟然是母亲的同校学弟？这令我感到意外，这些年来他从不提及大学经历，好像只读过幼儿园。

既然母亲提到刘乙己，我鼓起勇气说他对冀东人物史志也有研究，包括田文佐和高铁桥。

母亲伸手拖过几根高粱，挥起镰刀砍成几段，快速剥掉高粱秆的苞叶说："你假装这是绿皮甘蔗，嚼嚼也甜呢。"

不知母亲是何用意，我接过青色高粱秆就像吃甘蔗那样咀嚼起来，果然尝到清新的甜意，有着几丝甘蔗的韵味。

"当然高粱秆不是甘蔗，人们叫它甜棒。这称呼既象形也写意，可是农村小孩儿就认为它是甘蔗，有的小孩儿长大成人还是这样认为，你说怎么办呢？"

我觉得母亲变成高粱地里的哲学家，便努力回答她：“但愿他们能够见到真正的甘蔗。”

我嚼光手里的几截甜棒，说我若是农村小孩儿也会相信这是甘蔗。母亲听了露出满意的表情，说：“研究历史是门沉重的学问，你年纪轻轻担得起吗？”

“我现在年轻，终究会变老的。我变老了就担得起了。研究历史的人，可能愈老愈有力量吧。”我不知不觉喝光母亲瓶子里的水，感觉水里放了盐。

母亲整理着头发，然后摘上宽檐大草帽，要送我到农场大门。我推起自行车请母亲坐在后边，她说走路说话方便。

临近农场大门母亲说道：“刘福禄没有看错人，你是个有思想的孩子。我当然看出你的心思，感觉妈妈的经历比较神秘，就拜师刘福禄研究冀东宪兵司令和保安大队长，你认为这些都是难以启齿的事情，所以妈妈不告诉你。其实这些都是过去的事情了，当年女大学生现在农场劳动，我觉得这样就可以了……”

我只好安慰母亲说过去的事情就过去了。母亲略有伤感地说：“过去的事情就是历史啊。我是历史事件的当事人，即便名誉受损也不会急于解释。”

我说历史会被时间检验的，然后跨上自行车跟母亲道别，她突然低声说道：“我相信田文佐是个好人！就是不知高铁桥落得何等下场……”

当年跟高铁桥发生纠葛的女大学生就是眼前的母亲啊，我本能回避着说了声“妈妈再见”，猛地蹬起自行车跑开了。

一路心中没有风景，铆足力气蹬车。想起母亲心情愈发沉重。历史就是过去发生的事情，说着好像轻盈的羽毛，当你背负自身履历行走时，便会气喘吁吁了。妈妈从中学教师变成农场女工，坐在田埂啃窝头就苹果下饭，大口喝着加盐的凉水，就是从过去走到今天的。

天黑透了走进家门，祖母打量着我，说：“你这脸色就跟放了血似的，是先吃饭还是先睡觉啊？”

我说先把自行车给刘福禄叔叔送去。外祖母讽刺说你师父出租自行车计时收费啊。

“你妈妈没事儿吧？”外祖母追到院子里问道。我说我妈妈特别结实，就跟铁人似的。她老人家略显放心说，“农场干活儿累身不累心，人活着就怕累心。你要是上山下乡也是累身不累心，只要吃饱饭睡好觉就成。”

我推着自行车停到刘乙己楼下，又困又饿双腿发沉，攀沿楼梯走进这间“过街楼”，迎面嗅到浓烈的香烟味道，显然他家有客人来访。推门进屋看到父亲在跟刘乙己谈话，俩人中间堆着几摞旧书。房间里烟雾笼罩好像来了神仙，显然他们交谈好久了。

在这里意外遇到父亲，我不知该说什么。他手里夹着香烟说：“前天跟你约好时间地点跟你吃顿饭，没想到提前巧遇了，就算在这儿见面了吧。”

我忍不住打起哈欠，点头应答表示同意父亲的说法。我的师父没有脱离俩人讨论问题的亢奋状态，凝神皱眉话语不断：“有些时候，请注意我是说有些时候，一个人物细节就可能颠覆事件走向，甚至改写历史。譬如清末军机处章京连文冲伪造‘归政照会’，这是个历史细节吧？但是彻底激怒慈禧太后，当即下诏向十一国宣战，于是完全改变中国历史的走向。”

刘乙己说着起身踱步，无奈房间堆满书籍地面狭窄，他要高抬腿慢伸脚寻找地面，这姿势宛若探测雷区。父亲趁机对我说：“你长大成人即将上山下乡，这些事情也不必对你隐瞒了。我觉得你母亲那段经历轮廓模糊，总想弄清事情的来龙去脉。”

我累得强打精神说：“您跟我妈妈离了婚，何必还要穷追猛打呢？”

父亲温和地笑了，说：“我觉得跟你母亲离婚过于武断，后来经常思考这个问题。譬如她既然委身于冀东宪队司令高铁桥，怎么没能救出田文佐呢？这等于把自身清白搭进去，还染了洗不净的历史污点，结果姐夫还是被处决了……”

我觉得这话题不适合父子间展开，便起身告退说：“你们是长辈，你们继续讨论吧，我交还自行车就该回去了。”

“你可以留下旁听，这样会看到你母亲的真实面目。”

父亲挽留我旁听，我扭脸望着刘乙己，毕竟我是他的徒弟。然而他似乎忘记我的存在，猛然停住雷区探测式踱步说：“那晚柯惠生酒后借宿我家，跟我讲述了那份证明材料的原文大意，应该具有研究价值的！”

“好几年过去了您还记得原文大意？”我全天骑行八小时浑身疲累，强打精神问道。

“你问得好！其实任何事情都是难以复述的，因为任何复述都会改变事情原貌。所以人们喜欢听广播电台的评书。”

父亲有些不耐烦了，说：“依照你的逻辑历史教科书就成了民间传说？咱们言归正传吧。”

“你后悔自己轻率离婚，这种心情我能够理解。不过破译历史真相还是要平心静气。我尝试复述原文大意，争取不大走样吧！”刘乙己说罢双目微闭，搜索自家记忆仓库。

我的师父记忆力很强，可以背诵《中国近代史》很多重要段落。可是困意袭来眼皮好像涂了胶水，我竭力睁大眼睛听着。

“临近学校放暑假，家里寄来快信说姐夫田文佐出事了。那时我姐过着国民党官太太的生活，在滦城提起柯延蓉可能没人知道，提起保安大队长太太颇有名气的。

“我走出滦城火车站，有个洋车夫认出我是保安大队长的小姨子，就说坐车不要钱。我不习惯这种民间称谓，文明用语我是田文佐的妻妹。家里来信说母亲找到算卦先生得到指点，此番若想保住女婿性命只有财色双奉，可是母亲带着金条陪同我姐找到宪兵司令求情，却被对方拒了。于是我决定直奔滦城宪兵司令官邸……”

我侧耳听着，感觉那篇证明材料的原文大意，被复述成节奏缓慢的叙事散文，人物倒还鲜明。

刘乙己睁开眼睛望着我父亲，说：“我暂停这段复述好吗？我手里另有佐证提供给你们。”动手从旧书堆里翻出《江西文史资料全编之九》说，“这是高铁桥的回忆录，他被定为乙级战犯收监关押，一九五七年写了这篇知法认罪的回忆文章……”

我猛然打个激灵，冲淡几分困乏。刘乙己淘到高铁桥回忆文章，不啻从浩瀚无边的书海里采到小朵浪花。我师父真是宇宙级书虫儿。他慢条斯理告诉父亲，这册《江西文史资料全编之九》从废品收购站烂纸堆里搜救出来的。父亲听罢尴尬地笑了笑，伸手递去大前门香烟以示敬佩。刘乙己接过香烟回首往事说，“我读津沽大学三年级学会吸烟，没留神被学监给开除了。”

我想起母亲跟我说刘福禄低她两届是学弟，却没说他被开除学籍的遭遇。看来这也是个履历复杂的人物。

刘乙己翻开泛黄的书页，轻声诵读高铁桥回忆文章：“一连几天供电线路遭到共产党行动小组破坏，造成冀东部分地区停电，天黑官邸点燃蜡烛照明。大约晚间八点钟有副官报告，田文佐的岳母陪同田妻柯氏闯进客厅，声泪俱下为自家夫婿求情，殊不知田文佐罪难赦免，即便柯氏献金献色亦无转机，执行死刑了。这是我犯下的滔天大罪……”

我的耳朵被拧疼了，睁眼看到外祖母矗立面前，她说：“你不是来还自行车嘛！我以为你出家当了和尚。”

我猛然意识到自己困得睡着了，没有听到高铁桥回忆录的结局。这时父亲起身跟外祖母打招呼，表情局促。外祖母神色坦然说：“铁廉你没吃晚饭去家里吃吧，别看你跟延瑛离了婚，咱们不伤情分呢！”

父亲表情愈发拘谨轻声谢绝。刘乙己好像突然失控了，表情执拗举起《江西文史资料全编之九》大声说：“您急于搭救田文佐不光给高铁桥送了钱物，还送了人物嘛。”

刘乙己居然大胆追问外祖母那段隐私，我被他吓着了，起身想跑。没想到她老人家展露前所未见的泼劲，拍着胸脯大声说道：“没错！我既送了钱物也送了人物，可是人家不要啊！小黑眼儿只好跟我回家，我寻思高铁桥不愿要小媳妇，他是想要黄花大姑娘。”

听到外祖母这样说，我脑海嗡地炸开了。小黑眼儿已是少妇，那么家里只有嫚儿是黄花大姑娘，莫非为了解救田文佐，外祖母和二姨果真联合起来把我母亲送去高铁桥家……我难以相信这种骨肉亲情的残酷，起身跑回家去。

我冲进家门扑到床上，头昏脑涨，浑身酸痛，动弹不得。朦胧间外祖母回家来了，伸手摸了摸我额头。我感受到她手掌老茧，迷迷糊糊睡了过去。

梦里我飞翔到滦城上空，看见有辆洋车驶到宪兵司令官邸大门前，乘客看样子是个女大学生，身穿阴丹士林蓝大褂，外面套着月白色上衣，全身装束朴素大方，她下车告诉洋车夫不超过半点钟就会出来。洋车夫点头表示等待。她便只身走进那座黑漆大门了。夜色里我低空盘旋着，看到洋车夫弯眉细眼紫记脸膛，接连不断地抽着烟卷……

半夜突然醒来，想起梦里并没看到女大学生走出那座黑漆大门，那辆洋车也不见了。我失望地哭起来。

之后想起苏联小说里那句话：“有时历史老人也会流淌新鲜的泪水。”

我不是历史老人，我的泪水来自我不曾经历的时光。

6

我十八岁那年，初夏时节突然传来本市工矿企业招工的消息，说将有大半应届初中毕业生留城，从而避免插队落户的命运。我迅速回家告诉外祖母，她老人家听了毫不兴奋，反而口气冰冷说：“你妈妈身背历史污点，我估摸人家工矿企业不会选你的，还是趁早做好插队落户准备吧。”

我认清自己的处境，当然不会抱怨自己的母亲，可是我想知道事情的原委。外祖母深谙世故看透我心思，故意提示我说：“你师父刘乙己是刘伯温转世，有啥事儿你去问他吧。”

我诚恳地告诉她老人家，那天没有听完高铁桥回忆录，后来几次询问刘乙己，他都说那册江西文史资料被我爸借走了，好像故意不让我得知详细情况。

“你呀你呀！有事儿求我的时候，你就变成小孩子，没事了你就是大小伙子。你就这样跟我变来变去吧。”

外祖母说得真对。我想探清事情原委就像个小孩子，无形中促使大人放松戒备心理，不经意间就把实话说出来了。我承认自己有了心机，渐渐具备跟外祖母斗智斗勇的本领。于是，我当场使出“激将法”，向外祖母讲了我凌空飞翔的梦境，说紫记脸膛洋车夫等到天色大亮，也没见女大学生走出宪兵司令官邸。

外祖母抑制不住惊诧说：“小子！你真的做了这样的梦？不会是从破烂资料里看到的吧？”

我指着自己鼻尖做出保证，说梦里洋车夫称呼女大学生“柯小姐”，显得特别尊重。

外祖母抬头望窗外小院，说：“那时滦城真有个紫记脸膛的洋车夫，不过那种人抽不起烟卷的，拉洋车的都抽旱烟袋，他们穷啊。”说罢转回目光望着我，“所以说你那梦是假的！”

我说希望梦境是假的，那样妈妈就不会永久下放南郊农场劳动了。

“你长大成人懂得道理，当初我想尽办法搭救田文佐，就是想保住你二姨的富裕生活！她过好日子我也沾光啊。”外祖母表情严肃起来，“你整天跟刘乙己讨教，他嘴里说的全是旧书里看来的，我嘴里说的都是亲身经历的！”

我望着外祖母的“国字脸”说：“您说这次我不能留城，那就趁我还没上山下乡，多给我讲些您亲身经历的事情。”

她老人家拿过针线笸箩，双腿盘起端坐床头说：“我现在回想起那个宪兵司令，还是觉得他不像武将，眉清目秀面孔白净，说话文绉绉倒像个文化人，可是谁能想到这路人最难通融，远不如那些占山为王的土匪好办事儿……”

“这么说从前您见过土匪？”这是我学会的谈话引导法，对付外祖母应当管用。

外祖母难堪地笑了，她说：“田文佐死后约莫半年光景，那天半夜里有人翻墙进院凑近窗户，说要约定时间接你二姨和惠生去北山根据地。我光听说过北山那边出土匪，就让你二姨拍窗户撵那人走。那人说了声你们保重就翻墙走了。紧接着听见外面街上响枪，还把惠生吓醒了。转天清早听说夜里宪兵巡逻打死个共产党交通员，我寻思就是半夜窗外边说话的那人……”

我听了心里难过，想象那个半夜冒险进城的共产党交通员，就这样牺牲了。外祖母也是满脸愧色说：“我哪儿懂得什么叫根据地！不过幸亏小黑眼儿没去北山，她浑身好吃懒做的毛病，哪过得了根据地的苦日子！”

我当然有不同看法，我说：“二姨不去北山等于跟革命根据地断了联系，解放后背着国民党官太太身份，还让惠生从小受到牵连。”

“现在惠生混好啦！你妈妈给他写了证明材料……”

外祖母话音落地，我家房门咚地被撞开了，一只白布大包袱首先进屋，随后是双手紧抱大包袱的人。这只大包袱进屋落地，随即露出二姨的形象。外祖母拍响大腿抱怨说：“小黑眼儿你闹鬼呀！”

二姨撩起大襟擦拭下颏汗水，笑嘻嘻环视着房间说：“我好几年没来，怎么家里没啥变化呢。”

好像二姨也没啥变化，还是吃咸不管酸的气派，照旧没心没肺的性格，依然心直口快的脾气。我不禁想起落户南郊农场的母亲，直接向二姨报告说：“这几年还是有变化的，我妈星期六不能回家来了。”

这则坏消息唤起二姨轻声叹息，随即要求外祖母沏茶，并且要喝正兴德的香片。她不等热茶端来就打开话匣子，兴致格外高涨。

经过这几年熏陶，我养成倾听别人诉说的习惯，刘乙己说这叫收集现场资料。于是我蹲坐角落静心聆听。外祖母扭脸盯了我一眼，好像审视跑来偷听的邻家孩子。这个瞬间表情令我吃惊。

二姨兴高采烈说惠生当了林西煤矿井下安全员，工作认真负责被评为年度先进生产者。他不再随母姓改名“田惠生”，认祖归宗恢复革命烈士的血脉。

我听了不感到意外。田文佐终归被国民党宪兵杀害，他只是披着国民党保安大队长外衣而已，真实身份应该是共产党的人。否则不会惨遭国民党宪兵杀害。

“前几天几个大官模样的人来到我家，说是省里领导送来革命烈士证书，那场面吓得我慌了手脚。我嫁给田文佐那段光景就跟做梦似的，脑子里还是那个国民党保安大队长！没想到人死了给家属带来这么大荣誉……”

二姨说着喝口茶水，小声抱怨不是好香片，伸手剔出嘴里的茶梗说：“你这个冰糖嘴儿快给我解开大包袱，这一路累死我啦！”

我猫腰解开大包袱，看到里面裹着床旧棉被。外祖母凑近打量片刻，突然双肩颤抖着说：“这是田文佐留下的吧？我认识这粗布被面！”

二姨并不悲伤，跨步上前抖开旧棉被露出那块红匾说：“这是领导亲自挂在我家门前的，我带来给你们开开眼！”

“这是功德牌啊！”外祖母双手捧起所谓功德牌，往怀里搂了搂，好像抱小孩儿似的。二姨拍手大笑说，“封建社会叫功德牌，社会主义叫光荣匾！”

这块光荣匾大红烤漆底色，自左向右镌刻“光荣烈属”四个楷体金字，一下映得我家红彤彤的。外祖母抻出袖口擦拭着光荣匾，转手递给我说：“你也沾沾福气！这功德牌荫及子孙呢。”

我接过约莫两尺长四寸宽的红匾，却想起远在农场收割高粱的母亲。人的命运真是大不相同。

二姨划亮火柴点燃香烟说：“我跟那几个领导说，当初看不出惠生他爹真实身份，他整天忙碌不回家！你们猜省里大领导怎么跟我说的？他说田文佐同志潜伏敌营多年，给华北根据地和延安输送重要情报，屡建奇功。坚持‘上不告父母，下不告妻小’保密原则，所以没把妻子发展为革命同志。”

喝了口茶吸了口烟，二姨得意地说："我当场告诉那个大领导，要是田文佐把我发展成革命同志，我们两口子肯定同坑被国民党反动派活埋了，今天你们也见不到我啦。"

"小黑眼儿你就是不会说话！让人家省里领导下不来台。"外祖母随时指点着女儿。

二姨果然有所反省，说道"是啊，今后我要提高思想觉悟，克服自己的坏毛病，咱起码对得起这块光荣匾吧。"

我想起刘乙己说过，研究历史懂得现场收集资料，便打破心理障碍问道："我姥姥既送钱物也送人物，怎么没能把二姨父保救出来呢？"

"钱没收，人也没收！"二姨毫无戒心地说，"后来我寻思明白了，惠生他爹死了，我就是'共匪遗孀'！高铁桥是忌讳寡妇晦气，干脆不沾身把我给退回来啦。"

我觉得二姨说话爽快，有些容易害羞的地方她也不害羞，显得特别可爱。

外祖母反而急了，说："小黑眼儿你不要张口就说！咱们求见高铁桥的时候，兴许田文佐已经被活埋了，他当然不会收礼的。"

外祖母这些话令我产生怀疑，索性大胆问道："姥姥！您不是把我妈妈送去了吗？"

"你放屁！嫚儿是我老闺女，我能舍得把她往火坑里推？你小子胡说八道，存心给我抹黑……"外祖母说着一屁股坐在地板上，咧嘴哭了起来，"你跟刘乙己学得蔫坏阴损，整天鼓捣黑材料，非说我把你妈妈送给高铁桥啦！"

我从未见过外祖母如此撒泼，完全变成陌生人。我吓得起身想要溜走。

二姨哈哈大笑说："你从小就是冰糖嘴儿，长大成人反倒不会说话啦！你看都快把老太太气疯啦。"

外祖母从地上爬起，继续朝我喊叫："我没送你妈妈去高铁桥家！你让刘乙己给我拿出证据来……"

"这不关人家刘乙己的事啊。"我转身逃出家门，下意识跑向"过街楼"。

我抹着眼泪走进刘乙己家。他手持拖布擦拭地板，抬头见我满脸泪痕便安慰说："你不要哭嘛，他们把书收走了，可是重要内容全部刻印我脑海里，以后查找资料我能够闭目盲读。"

我稳住心神环顾四周，看到曾经堆满旧书的房间空空如也，仿佛大海退潮沙滩裸露，显出那张破旧单人床和老式写字台，还有擦得干干净净的地板。猛然感觉房间很大，却没了丰厚的内涵。

刘乙己收起拖把点燃香烟说："有人检举我收藏旧书钻研封资修的东西。我倒是觉得他们说得没错，我收藏的三百八十七本旧书里，《宋稗类钞》和《清稗类钞》就属于封，《西方哲学史》和《南北战争史话》就属于资，《托洛茨基传记》和《苏联经济学史纲》就属于修，封资修三毒草全齐啦！所以我不抱怨人家清理指挥部的人，还帮着他们往楼下搬书呢。"

我意识到他收藏的滦城文史资料也被没收了，突然觉得母亲更加遥远，她的那段特殊经历愈发成为难以考证的历史。

刘乙己神色从容地踱步。眼看房间空旷了，他有了踱步思考的场地，却没了给他添草加料的书籍。

他停住脚步，迟疑片刻，面有难色说："今天咱们讨论的话题，肯定关涉你家长辈的隐私，希望你有充分思想准备。我们研究陈年旧事，必须努力超越私心杂念，才能坦然面对残酷的历史真相。"

我诚恳表态说："我姥姥，我二姨，我母亲，她们娘儿仨经历的事情，肯定令我难以想象，但是我会理解她们的苦衷，那毕竟是万恶旧社会。"

"但是你不要以为这是忆苦思甜呢。"他颇为感慨说道，"就你二姨柯延蓉本人而言，她嫁给田文佐过的是富裕生活，好吃好喝好光景，无忧无虑尽享福。可惜后来丈夫死了，她过起缺衣少食的苦日子，一直到你母亲柯延瑛给她儿子惠生写了证明材料。尽管你母亲的证言属于孤证，政府结合其他当事人回忆录，也就采信了。"

"还是我母亲出具的证明材料起到至关重要的作用。"

刘乙己表示同意我的观点，他说："不过当年重要的角色是你姥姥。她竭尽全力营救田文佐，先后两次往高铁桥官邸送人，还是没能保住柯家女婿的性命。"

我想象当年外祖母急于救人，带着年轻貌美的二姨前往宪队司令家里求情，没料到高铁桥拒收，只好回家打起我母亲的主意。

"《江西文史资料全编》被收走了，我大体能够记起高铁桥回忆录的结尾内容：子夜时分田文佐的岳母又跑到宪兵司令官邸，这次她带来个年轻姑娘，说死说活也要见到我……"

尽管早有思想准备，我仍然心跳加速，血液嘭嘭撞击脑海，引发阵阵耳鸣。天啊，让我怎么面对这段历史呢？我不能想象那年轻姑娘留宿高铁桥家的场景，毕竟后来她会成为我的母亲。

我渐渐冷静下来，说："可是我姥姥不承认她送我母亲去了高铁桥家，而且情绪特别激烈。"

"是啊，有的人不能面对过去的自己，这是研究民间历史常见的现象。比如我就不愿回忆津沽大学的往事……"刘乙己主动提到大学往事，我佯装不知他被开除的经历，内心颇为感慨。人啊人，十年河东十年河西。二姨柯延蓉曾是国民党官太太，现今家里悬挂光荣烈属红匾，儿子惠生国家煤矿工人。反观我母亲柯延瑛呢？不由心情惆怅。

我仍不甘心地问道："那次惠生酒后借宿您家，他还谈到我母亲哪些情况？"

"好像没谈到什么……"刘乙己连续眨动小眼睛说："以后有机会你当面问问惠生好啦。"

"有的人不能面对过去的自己，难道也不能面对过去的别人吗？"我这个徒弟给师父留下这句发问，说声再见就回家去了。

刘乙己好像有些内疚，他话语啄着我背影说："一旦历史泥沙沉淀下去，现实的湖泊就清澈了。"

7

我 24 岁那年，全国恢复高考。接近年底我收到录取通知书，不敢声张悄悄收拾行李。春节过后告别插队落户的小村庄，搭乘手扶式拖拉机到达县城，可巧遇到大队治保主任问我干啥去，我说去天津读大学。他使劲跺脚说你小子脱产了。我表示从体力劳动转为脑力劳动，这不算脱产。他说脑力劳动就是坐办公室里，喝茶水看报纸打电话说话呗。

我乘坐长途汽车到了天津，下车径直奔向津沽大学报到，成为正儿八经的大学生，以前这所大学里挤满工农兵学员。

当年外祖母预见准确，我没有被招工留城，插队落户去了。务农七年每逢返城探家，明显感觉外祖母冷淡了，好像我不再是她外孙。亲情的疏远令我百思不得其解，内心苦闷无以排遣，就看了很多文科书籍，参加高考都用上了。

我报考津沽大学历史系，第一志愿就录取了。我觉得这是天意与人心的结缘。首先是我考进母亲的母校就读，从教室到饭堂，从图书馆到学生斋舍，可以就近感受母亲的成长历程，真是难得的亲情体验。这些年总感觉跟母亲难以缩短心理距离，如今我成为母亲的校友，当然会被写进厚厚历届同学录里，我和母亲只相隔十几页纸的距离。这是多好的事情啊。再者就是我选择刘乙己曾被开除的历史系读书，权作替他读完本科学业吧，倘若他有过读硕考博的志向，我也会努力完成这位学长的理想。

恢复高考扩大招生，造成学生宿舍床位紧张，学校号召家住本市的新生选择走读。外祖母反而要求我做“住校生”，明显不愿我住家里。得知我读历史专业她老人家愈发紧张，好像我会成为严查历史的审判官。

外祖母好像故意要把自己孤立起来。这心结可能来自当年经历，她先后把两个女儿送到宪兵司令官邸，这实在是难以洗净的人生污渍，人到晚年形成自闭心理。

我给惠生表哥写信，向他报告我被大学录取的喜讯。当然我同时提了几个问题，希望他及时复信回答。

前几年惠生表哥支援三线建设调到攀枝花煤矿工作。记得外祖母大发感慨说，惠生他爹是地下工作，惠生下井挖煤也是地下工作，这真是亲生父子啊。后来惠生表哥被提拔为脱产干部不用下井，她老人家听了没做评论。

临近开学了，我没有报名“走读生”因此受到班级辅导员批评，说全国人民努力建设四化，我却不愿为学校分忧。我有苦难言不便解释。既然尚未找到化解外祖母心结的良方，我只得住校避免她老人家精神紧张。

我没有等到惠生表哥复信，星期天清早乘坐郊线公交车去南郊农场看望母亲。全国形势越来越好，就连农场里也修了柏油路，有了改革开放的迹象。母亲参加劳动态度端正，政治学习表现突出，从丙字小队调到农具仓库做保管员，不再使用 49 工号。然而母亲明显老态，眼角爬满鱼尾纹，头戴无檐白布帽露出几束花白头发，使我觉得这不是仓库是临时疗养院。看到母亲身体微微发福，这说明她营养不错，毕竟农场开始饲养荷斯坦奶牛，水塘里白鸭成群戏水。这些都是从前不可能出现的景象。

走进农具仓库我叫了声妈，母亲表情淡然并不问及我读大学的事情，只是问我渴不渴。我想起母亲曾经喝盐水吃窝头收割高粱，她应该拥有祥和安康的生活。

母亲收起农具账簿，主动跟我聊天说小学时我叫小神童，中学时我叫大神童，不知现在应该叫什么。我说现在叫大学生。

“真好啊，你也能读大学了，一定记住这是国家恩惠。”母亲似有几分感慨，“你那桩心思妈妈知道，可是母子之间不便谈论那种话题，你要是女儿就好说了。”

我表示理解妈妈的苦衷，告诉她给惠生表哥写了信。她摇头说出事那年惠生两岁多，如今澄清身世确认身份成了工人阶级，他对往事不会津津乐道了，毕竟他母亲去过宪兵司令家里，这不是值得反复讲述的故事。

我感到母亲心明如镜，一眼望穿世事。既然她从容面对往事，我便捷直问道："您的意思是说已经没有值得告诉我的事情了。"

"不是妈妈不告诉你，这些年我写下些许文字，就算是对自己青春岁月的记载吧。有些文字将来我会给你看的。你研究历史能够理解我的情感吧？比如那时我固执地认为田文佐不会死的，可是他已经被活埋了……"

我脑海里倏地掀起小朵浪花，然而这种问题我怎能直接询问母亲呢？于是采取迂回战术说道："二姨年轻貌美嫁给田文佐，他们夫妻间有爱情吗？"

"你还是那个大神童哟！"母亲露出罕见的笑容说，"你还不如直接问我有没有爱情。"

我的小伎俩被母亲识破，不禁红了脸。母亲不再继续这个爱情话题，起身带我去农场食堂吃午饭。一路遇到熟人母亲便说："这是我儿子，考上大学啦，还是津沽大学呢。"

我就大熊猫似的被人们观赏着，临时成为农场珍稀动物。

走进食堂母亲给我买了豆馅馒头，我吃得又甜又香。七年农村插队生活，我见到白面好像吸毒者见到白粉。

"好奇怪啊，你吃饭的样子怎么有些像他呢？"母亲凝神望着我。

我不假思索卖弄辞藻说："世界上没有两片相同的树叶儿。"

母亲听了随即转身，匆匆赶去跟熟人搭话了。我怔了怔，继续咀嚼豆馅馒头，认为豆馅里糖精放多了。

母亲转回来了。我受到豆馅馒头激励，继续卖弄辞藻说："不过，世界上可能会有两片相似的树叶儿。"

母亲突然大声告诉我，因为豆馅也是粮食做的，所以每个豆馅馒头食堂收三两饭票。我以为母亲饭票短缺，吃了两个便收手了。然而我误解了母亲，她跑去主食窗口排队又买了四个豆馅馒头，让我带回去吃。

母亲送我和豆馅馒头来到农场大门前，叮嘱说天热豆馅容易变馊。我跨上这班郊线公交车，挥手跟她道别。我目光穿过颠簸的车窗看到母亲越变越小。

一路上脑海里全是豆馅馒头引发的思索。“因为豆馅也是粮食做的，所以每只豆馅馒头食堂收三两饭票……”母亲为什么特别关注这个话题，我百思不得其解。

天色已晚，我携带豆馅馒头直奔刘乙己家。走进胡同巧遇外祖母出门倒垃圾，她老人家吃惊地望着我，说：“咦！你不是住校吗？怎么跑回家来啦？”

我解释说去刘福禄家借书。外祖母满脸狐疑问刘福禄是谁。看来邻居们习惯称呼外号，反而忘了人家本名。

我担心节外生枝，没告诉外祖母去农场看望母亲了。她老人家快速把垃圾倒进脏物箱，撇开小脚匆匆进院了。我找不到化解外祖母的心结的良方，心里干着急。

我走进“过街楼”，看到屋里再度堆满书籍，好像新书多于旧书了。记得李白说过天生我才必有用，时隔千年在刘乙己身上应验了。祖国四化建设各行各业急需人才，光辉电料行职员抽调到夜校补习班教课，主讲白寿彝的《中国通史》。那些祖国花朵准备高考冲刺，刘乙己自然成了园丁。

我执弟子礼进门躬身问候，看到师父戴了圆圈老花镜，就是王国维相片里那种式样的。刘乙己主动说还没吃晚饭，我从背包里取出四个豆馅馒头。他满意地笑了。这几年人生境遇好转，他不时展现笑容，我替他感到高兴。

很快吃掉两个豆馅馒头，他吃第三个时被我摁住了，我问：“我正要向您请教豆馅馒头的问题，您听过提问再吃好吗？”

他舔了舔嘴唇说你问吧。我便把母亲的异常表现讲出来：“您说这普通豆馅馒头怎么就成为我母亲的重要话题呢？”

刘乙己还是将第三个豆馅馒头攥在手里，好像这样便于思考。“当时你肯定跟母亲谈到敏感话题，她只得以豆馅馒头回避，正可谓以此物遮蔽彼物也。”

我听了很受启发，却回忆不起当时跟母亲谈到什么，光记得她突然转身赶去跟熟人搭话了。

一个豆馅馒头徒弟吃，三个归到师父胃里，这形成晚饭总体格局。刘乙已吃饱饭喝足茶，心旷神怡对我说：“你二姨只念过高小，写信挺有条理的。”

“你跟我二姨有了通信联系？”我有些意外问道，“您还在研究滦城地方史志？”

刘乙己嗯了声，给人此处删去八百字的感觉。他吸过香烟伏案整理讲义，说明晚两节辅导课讲到唐了。

似乎大唐盛世鼓舞了我，登时觉得脑海闪光亮堂堂，南郊农场食堂场景清晰浮现眼前：母亲说我吃饭的样子有些像那个人，我说世界上没有两片相同的树叶，还说世界上可能会有两片相似的树叶……难道这就是母亲敏感的话题？我绞尽脑汁也想不明白。

我不再跟师父交流，起身告辞。他依然伏案整理讲义说：“一旦有了研究滦城文史人物的成果，我会及时通知你的。”

我骑车赶回学校，校园里灯火未熄，颇有生逢盛世的感觉。传达室告示牌里写有我名字，我跑进收发室取到信件，看信封是惠生表哥回信了。我溜进宿舍攀到上铺，打开手电筒阅读这封远方来信，颇有地下工作者的味道。

惠生表哥写信字体很大，总共两页纸，说新近担任安全生产科副科长，忙于熟悉新岗位新环境，心情无比振奋。他让我转告外祖母和母亲，他在当地搞好了对象，是云南姑娘，双方决定国庆节结婚。

这封信里惠生表哥没有回答我的询问，只是抒发情怀写道：“往事如烟，过去的事情就让它过去吧。我们青年人应当向前看，前进的道路是曲折的，我们的前途是光明的，让我们携手并肩，投身祖国四个现代化建设，在本职工作岗位上做出应有的贡献。”

我此前去信询问的重要问题，惠生表哥并未回答。我熄灭手电筒瞪大眼睛望着宿舍天花板，想起母亲跟我说过，惠生澄清身世确认身份，不会津津乐道那些往事了。

我把惠生表哥来信塞到枕头下，然后轻声轻语说：“田文佐烈士请给我托梦吧，我想了解您是什么样的人，只要我知晓您是什么样的人，我就能够理解当年的母亲了……”

睡在我下铺的兄弟醒了问道：“上铺你在说梦话吧？千万不要把革命烈士招来，我特别害怕魂灵。”

我诚恳告诉下铺兄弟：“历史系研究的人物早都成了魂灵，你害怕就转生物系吧，他们那里都是细胞。”

我听到下铺兄弟说：“你报考历史系的目的，好像就是要把自家事情掴摸清楚，所以特别热爱学习。”

我突然觉得下铺兄弟说得有道理，我是有这种念头。

8

我 25 岁那年，新学期被选为中国近代史课代表。我庆幸自己报考历史专业，随心所欲徜徉历史长河边，既可投宿于前世纪的旅店，也可抵达百年前的现场；既可阅览伪托欺世的典籍，也可访问毁誉参半的名人……等于我变成提前千百年出生的通人，俨然金刚不坏之身。

可爱的外祖母还是疑虑重重，几次问我学历史是不是想弄清从前的事情。我说大学毕业想当中学老师。

我偶尔回家吃顿饭，绝不向外祖母打听任何事情，包括胡同里何时铺了水泥路。我害怕她老人家再度失控，尖声高喊没把嫚儿送到高铁桥家里去。

母亲处境出现好转，南郊农场允许周末回家了。她却不常回家，好像爱上农场了。母亲回家次数偏少，外祖母乘坐郊线公交车去农场看望女儿，还带着各种好吃的。母亲写信告诉我：“你姥姥见面就喊我乳名嫚儿，好像要把我固定在小丫头时代，特别不愿让我长大似的。”

我读罢母亲来信自有心得，只是不便向母亲表达我的见解罢了：“我姥姥不愿回想您女大学生的模样，您若永远是个小丫头，便没有她老人家后来那个行为了。”

尽管没有讲给母亲，我把这几句话写进自己日记里，然后走出宿舍去教室晚自习。

半路遇到班级辅导员说收发室有我信件。我跑到收发室拿到父亲的来信。想起很久没跟父亲联系，有些内疚。

我凑近学校宣传栏灯光下，认真拜读父亲来信。他的字体温润秀美，令人舒心惬意。父亲喜欢写信。我觉得这是性格内向所致，他宁肯将语言落到纸上，也不愿动嘴来说。动嘴说话需要表情配合，可能父亲不便流露吧。

“你母亲隐瞒婚前经历遮蔽自身污点，这是情感欺骗行为，令我难以接受，只得选择离婚。如今已有两篇革命回忆录澄清那段历史，证明你姥姥没有把嫚儿送到宪兵司令家，如今历史真相大白，等于我错怪你母亲了。尽管离婚多年不相往来，我想当面向她道歉，不知你母亲能否给我这个机会，故而请你带个口信……”

天啊！我读到这里惊住了，完全不敢相信这是真的。已有两篇回忆录澄清那段历史？如此说来外祖母也是无辜之人？父亲来信字里行间仿佛掀起风暴，我蒙了。

坐在教学楼台阶前，我思索起来。父亲是工程技术人员，几乎无缘接触有关文史资料，他所说两篇回忆录来自哪里，采自民间或来自官方？是亲历者执笔还是口述者未经整理？我渐渐产生疑问：假如外祖母没有把嫚儿送给宪兵司令，我母亲的历史污点就不存在，她下放农场劳动便是冤假错案。

我判断父亲所说两篇回忆录来自刘乙己书房，此公坚持寻访挖掘滦城地方文史资料，而且跟我二姨建立通信联系，似乎有了新成果。我理清思路刻不容缓，跑回宿舍找室友借了自行车，仿佛跨上战马冲出学校大门，顶着满天繁星直奔刘宅去了。

进了胡同，我忍不住伸出脖子望着自家小院，窗户里没有泻出灯光。人老睡得早，外祖母安歇了。抬头看见“过街楼”灯火通明就跟除夕守岁似的。如今没了查夜的清理人员，师父有了夜生活。

刘乙己家里挤满学生，我止步门外听他讲解历史考试答题技巧，滔滔不绝。莫非这也属于教学研究成果？我耐心等待学生们散去，已然子夜时分。

“夜访民宅，无事不来。说吧，什么事儿？”他结束讲课满脸疲态，立即抽烟喝茶好比汽车加油。好似漫不经心听了我提出的问题，他打开书柜认真寻找起来。这排书柜是新近添置的，好像他新娶了太太。

他找出两册半新半旧的书籍，说：“你看滦城这地方，即便非常时期滦城坚持编辑文史资料，当然只能以革命回忆录为主，兼有地方大事记。”

我急急问道：“这属于信史吗？非常时期编纂文史资料，难以避免倾向性的。”

“这肯定不是民间传闻。你看这篇《我的点滴回忆》，作者叫杨茂林，1947年为‘中共冀热边特委’情报员，解放后在省委统战部任职。”

我认真阅读杨茂林回忆录。这是作者口述，经人整理。文通字顺表述严谨，令人产生信赖感。

“抗战胜利后，国共谈判破裂，内战打响。我的公开身份是河头镇聚贤饭庄跑堂伙计，河头镇距离滦城六十华里，水旱码头特别热闹，便于秘密接头。我清楚记得他初次走进饭庄雅间，头戴礼帽身穿便装，稳稳落座让我沏茶，声调沉稳举止庄重，令人感到威严。他要我沏天津卫正兴德高级香片，我就知道这是递送情报的接头暗语。他若不提天津卫正兴德高级香片，那表示没有带来情报，专程来取上级指示的……

“这位同志爱吃聚贤饭庄的焦溜里脊和糟烩豆腐，这是大厨王胖子的拿手好菜。吃完饭他故意把香烟盒丢在脚下，我打扫雅间便收了香烟盒，那里面写有情报暗语，我连夜转交上线交通员……”

我中断这段阅读抬头请教道：“难道这人就是田文佐？他不是被八路军打断大腿瘸了吗？”

“你阅读文史资料不可性急嘛，好饭不嫌晚。”刘乙己点燃香烟随手把空烟盒扔到地上，吓得我缩了缩脖子以为他被革命烈士附体，跑来跟我秘密接头了。

杨茂林继续回忆道："后来好久不见他再来聚贤饭庄，听滦城方面说有个保安大队长被八路军打断大腿，已经成了瘸子。之后上级通知我，以前那位同志负伤不便亲自递送情报，已经安排新人代替，增添新人就是增加风险，上级要求我绝对保障情报安全。

"毕竟是革命同志负了伤，我听说后有些难过，猜测他是否因为暴露身份，撤退途中跟敌人枪战负了伤？虽然跟这位同志只有几次短暂接触，他魁梧的身材、沉稳的表情、威严的举止，都给我留下深刻印象。他身处敌营环境凶险，赤胆忠心为党工作，给根据地传送多少重要的情报啊。解放后可能成了默默无闻的英雄，我很怀念他。

"上级通知我递送情报的新人是个年轻貌美的姑娘，可是从未见她来到聚贤饭庄跟我接头。大约半年后我奉调平北根据地，解放战争期间随大军南下了。"

读罢这篇回忆录我感受到，时隔多年杨茂林的深厚情感没被时光冲淡，他对无名革命同志的怀念发自肺腑。

我受到革命前辈的感召，格外关切那位不曾露面的年轻姑娘："她没来聚贤饭庄接头，不会出事了吧？"

"你阅读文史资料怎么无法克服焦躁心理呢？那位年轻貌美的姑娘在下篇回忆录里等着你呢，你喝口热茶再读吧，我这是天津卫正兴德的高级香片。"

天津卫正兴德的高级香片？听到刘乙已跟回忆录里人物品茗趣味如此相同，我想起那句"一饮一啄，莫非前因"的名言，难道是历史资料读得太多，刘乙已无形中成为前世人物的同好？如此看来历史就是大型古装剧，我们台下观众浸淫其间，不知不觉随了剧中人。

"你认定那位来到聚贤饭庄递送情报的男子就是田文佐？"我重复问道。

刘乙已并不回答，吸着香烟告诉我，下篇回忆录也是当事人口述，经人整理成文。当事人名叫赵路宽，解放前从事党的秘密工作，解放后病休居家，身体状况不详。

我立即认真拜读《怀念无名女英雄》这篇回忆录。

“……田文佐右腿中枪最终导致残疾，腿瘸脚跛不便亲自递送情报，他向上级首长发出‘给我买双鞋吧’的暗语，请求找人代替将他手里情报递送河头镇聚贤饭庄。其实根据地敌情科未雨绸缪，早已在他身边安排隐蔽人员，只是没有启动关系而已。这个隐蔽人员代号‘老太太’，是个年轻貌美的姑娘。”

我忽发奇想忍不住问道：“这位年轻貌美的姑娘不会是来自大城市的女大学生吧？”

“这位姑娘名字不叫柯延瑛。”刘乙己打破我的美好愿望说，“当年你母亲只是个进步青年，从未参加过革命活动。”

赵路宽文章回忆道：“也不知哪里出了纰漏，田文佐同志白天获取重要情报，半夜里突然被捕。上级首长紧急启动隐蔽人员‘老太太’，对她提出两点要求：一是摸清田的被捕原因，如果属于保安大队内部矛盾导致同僚倾轧，我党可以托请社会贤达出面解救；二是倘若田的真实身份暴露，那么解救难度极大，必须想方设法得到他被捕前获取的那份重要情报，安全稳妥传送后方根据地……”

读到此处页码出现残缺，直接从 21 页蹦到 26 页，跨进别的文章。不等我抬头询问刘乙己呵呵笑了。我已熟悉这种笑声，有时像天真的大孩子，有时像饱经沧桑的老者。

“你知道什么叫无巧不成书吗？这第 26 页的文章也是半截子，但是能够看出口述者是滦城洋车夫，他回忆当晚拉车送保安大队长岳母和女儿去宪兵司令家，天气、时间、道路、地点，经我考证基本属实……”

我猛然想起曾经梦见滦城的洋车夫，于是难以抑制惊奇心理问道：“那洋车夫是弯眉细眼紫记脸膛吧？他还会抽烟呢。”

刘乙己显然认为这问题不必回答，沿着自己思路继续说：“这篇回忆录印证了你外祖母首次求见高铁桥的史实，洋车夫拉着保安大队长岳母和太太离开宪兵司令官邸回了家，这说明你姥姥送钱送人遭到拒绝。保安大队长太太当然是指柯延蓉。既然小媳妇对方不收，你外祖母就要改送大姑娘吧？”

我顿觉灾难降临，“那大姑娘不会是我……”实在难以说出“母亲”二字，我毕竟是她儿子。

“你放心勿念，这幕历史剧没有你母亲出演。不过你外祖母确实带着大姑娘去宪兵司令家里，她是你二姨家的丫头小树叶儿。”

小树叶儿？这是个略显生疏的名字，我想起外祖母说过惠生小时候尿湿过这丫头的花布衣衫。

我没问清缘由便激动地拍手道：“太好啦！这篇回忆录价值连城，它证明我母亲没有去过宪兵司令家，反而溅了满身历史污点！”

刘乙己异常冷静，她说：“你外祖母送小树叶儿去高铁桥家，这究竟是你姥姥逼迫的，还是小树叶儿自愿的，我现在只能做出推断而已。”

“马上去问我姥姥就是了！”我依然处于亢奋状态。

刘乙己不乏嘲讽意味地笑了，她说：“你以为她老人家就能说出小树叶儿的下落吗？”

我被他说得清醒了。是啊，小树叶儿去到高铁桥家里，之后她怎么样呢？

“我姑且做出这样的判断，田文佐身边代号‘老太太’的隐蔽人员，”刘乙己抬手拍响桌子说，“就是这个小树叶儿！”

我被他说得倍加振奋，语无伦次说道：“所以，所以，所以你推断是小树叶儿主动要求去宪兵司令家里，并非出自我姥姥的逼迫？”

“你姥姥当然不是黄世仁他妈。”刘乙己揉揉眼睛说，“既然上级首长要求拿到田文佐被捕前获取的重要情报，那么小树叶儿只有投身高铁桥这条途径，才有可能谋得接触田文佐的机会。你想她是个黄花大姑娘，这就叫为革命上刀山下火海。”

我还是及时醒悟了，以历史系学生身份请教道：“杨茂林公开身份是聚贤饭庄跑堂伙计，但是他回忆录里没有指明那个递送情报的男子就是田文佐。另外赵路宽回忆录里所说的隐蔽人员‘老太太’，我们也无法证明她就是小树叶儿。既然人物没有得到确认，我们能够做出结论吗？”

刘乙己端起茶杯说：“你说得很对！人物难以确认，考证资料匮乏，而且当年安排田文佐单线联系的顶层首长，解放后可能早逝了。既然独家线索中断，我只好展开‘主观感受式研究’，汉朝司马迁不是这样吗？《史记》里明显残留太史公的想象痕迹。如今寻找田文佐和小树叶儿这类人物的下落，我只能调动主观感受的力量，从而激发逻辑推理的进程，找到那扇窄门咣地推开它，让今日的阳光照射进去。”

我受到师父的情绪感染，一时说不出话来。是啊，历史不是无情物，它要求我们以心灵触摸人物本相。

彻夜探讨，天色大亮，大太阳透过“过街楼”窗户洒进晨光，把徒弟和师父映照得亮亮堂堂。一夜不曾合眼，我反而没了困意。刘乙己趁机告诫说：“小子！历史就是个连环套，你死啃书本拆解不开的。”

我起身告辞，推着自行车走出胡同上街排队，买了油条和烧饼快步走进家门，送上早点给外祖母。她老人家满脸狐疑望着我，好像遇到过路财神。我告诉她老人家，经过刘乙己研究有了初步成果：“我们模拟了历史现场，还原了事件真相，认为您没送我妈妈去宪兵司令家！”

“真的……？”她老人家惊得瞪眼张嘴，亮出缺位的门牙说，“你们俩真把历史给研究成好事情啦？”

我说历史里不乏好人好事，必须下功夫寻找。外祖母情绪激荡起来，说：“是啊！我怎么能把亲闺女往火坑里推呢？何况她还念着大学呢！可是你妈妈偏偏承认去了高铁桥家，还给惠生写了证明材料，你说这不是让自己背黑锅吗？还把我给连累上啦，弄得我心里发毛……”

外祖母说话气喘吁吁，我便不敢提及小树叶儿的事情。尽管刘乙己推断小树叶儿就是田文佐身边的隐蔽人员，而且是她鼓动外祖母把自己送到宪兵司令家。我认为还是稳妥为好，不要轻易刺激她老人家。

外祖母顽强地咀嚼着烧饼油条，不禁回忆往事说：“田文佐这男人真不错，特意给你二姨雇了个丫头，小树叶儿干活勤快从不多嘴，田文佐出了事儿，这丫头人特别着急，总想去宪兵队送饭，担心田大队长在狱里受委屈。”

看来外祖母至今不知道这丫头的真实身份，于是刘乙己推断小树叶儿主动要求外祖母把她送到宪兵司令官邸，所以外祖母不会产生自责心理，甚至认为小树叶儿想攀高枝嫁豪门。果然她老人家手里举着烧饼说：“后来我还梦见过小树叶儿嫁了有钱有势的男人，这辈子过上好生活啦。”

我没有承接这个话题，说：“这烧饼油条您趁热吃吧，以后有好消息我会告诉您老人家的。”

“嗯，你念大学应该知道，历史里有坏人也有好人，好人总比坏人多呢。”外祖母诚恳地说。

9

我 26 岁那年读大三，属于适龄青年，跟中文系女生韦华谈起恋爱。她知道我父母离异，喜欢询问我家情况，说要写作就要保持好奇心，这样你的世界会比别人丰富。她喜欢读《简·爱》和《安娜·卡列尼娜》，还有《包法利夫人》。

我告诉韦华我父亲曾经流露悔意，请我捎话向母亲致歉，可惜母亲没有回应，于是局面难以盘活。韦华听过非常焦急，仿佛是她父母离了婚，为我构思多种方法以求破局。我受到感动主动带她去见我师父，一是让她接触民间历史学家，二是让她听到我母亲的故事。

刘乙己表现出罕见的热情。我家的故事纷繁复杂，涉及人物不少，事件脉络散乱，情节重叠悬疑……没想到被他说得清清楚楚，讲得明明白白。毕竟是高考辅导班老师，练就超常的概括能力和逻辑本领。

我的女朋友则具备出众的理解能力，她听罢异常兴奋转而问我：“既然推断你母亲没有历史污点，应该让她振作精神，大步走进新生活！”

“我们研究历史格外谨慎，一个人物漏洞可能改变事件真相，所以不像你们学中文的，依靠虚构创造新世界。”

韦华心情急迫问道：“刘乙己先生您能举例说明吗？比如什么漏洞改变了什么真相……”

我打断韦华说：“你要称呼刘福禄先生，不要叫刘乙己。”

“难怪我觉得跟鲁迅小说重名了……”韦华恍然大悟。

刘乙己并不介意，完全沉浸学术状态，他说：“我给你举个现成例子吧。”说着目光转向我问道，“你姥姥没把她闺女嫚儿送给宪兵司令，可是嫚儿偏偏承认去了高铁桥家，解放后还给惠生出具证明材料，以亲历者名义证明这是烈士之子，你说这逻辑能够成立吗？”

“不能够！这里头肯定有故事。”韦华大义凛然答道，俨然成为我的代言人。她不愧是思想解放时代的女大学生，性格耿直生猛。我想起自己的母亲，这位旧社会的女大学生蒙受冤屈饱经磨难，性格愈发内向了。

刘乙己表情郑重地说：“我们研究历史讲究实证。国民党宪兵队半夜活埋田文佐，当时河堤下边另有目击者，他是个半夜看青的农民，名叫张仁国，解放后参军立过三等功。他回忆跟田文佐同时被活埋的还有个姑娘，她身穿花布衣衫挺直身板走路，毫不怕死的样子。”

韦华瞪大眼睛望着我，明显吃惊不小。我当即请教师父说：“如果这段口述实录属实，可以认为小树叶儿有了下落吧？”

“小树叶儿好像人间蒸发了，我们怎么向革命先烈交代呢？”韦华充满历史责任感，初步显现妇女能顶半边天的气概。

刘乙己目光瞬间放亮，问：“你为什么不报考历史系呢？”之后扭脸望着我，“韦华比你有潜质，她学中文太可惜了。”

韦华表态说：“历来文史不分家嘛。我会经常跟您探讨历史谜团的，比如赛金花跟瓦德西究竟什么关系？今后我想把历史迷雾里的人物写到小说里去。”

听到韦华要写小说，刘乙己失望了，说：“我就不留你们吃午饭了，出胡同右转有家南韩炸鸡店，味道很不错的。”

韦华指出现今不叫南韩叫韩国，全称大韩民国。

“你干吗非要学写小说呢？跟我研究历史多好啊。”刘乙己勉强笑了。

“您在书籍里研究历史，我在小说里构建历史，我跟您共同努力吧。”韦华说罢催促我起身告辞。

我和韦华遵旨走进刘氏概念的“南韩炸鸡店”。韦华吃了两口就嚷嚷味道平淡，说：“看来研究历史的人缺乏现实生活判断力，比如那些常年研究清宫御膳的学者，会不会天天吃方便面？”

我不宜臧否自己的启蒙师父，只得表示刘乙己单身男子饭食单调，自然感觉炸鸡就是美食了。

韦华勉强吃掉半份炸鸡说：“既然认为小树叶儿是地工，既然认为小树叶儿自愿去了宪兵司令家里，既然认为小树叶儿舍身也要完成上级交给的任务，你说她会是什么结局呢？”

我回答说：“要么她成功拿到田文佐的情报全身而退，要么她不慎暴露真实身份命丧敌手。”

“二者必居其一？”韦华显然想象着小树叶儿深入虎穴的场景，身临其境表情紧张。

我安慰女朋友说：“小树叶儿和她的舍生取义行为，出自刘乙己的‘主观感受式研究’和‘人生情理经验’推演，目前有谁能证明身穿花布衣衫从容就义的姑娘就是小树叶儿？目前又有谁能够证明那个跟身穿花布衣衫的姑娘同时活埋的男子就是田文佐？”

“哦，研究历史只能存疑了。”韦华被我说服，主动把她的半份炸鸡让给我吃，“我还是钻研文学吧，写小说联想丰富构思精彩，你们研究历史好枯燥哟。”

看到女朋友铁心归属中文系，我食欲大增吃掉她赠予的半份炸鸡。她看着我的吃相说：“有些事情问你母亲就是了，你何必非要钻故纸堆儿呢？”

“妈妈不告诉我。”我有些感伤地重复说，“妈妈不告诉我。”

我的女朋友表示不解，她问：“你妈妈不告诉你，这为什么？”

不等我回答韦华便发表主观见解，她说：“可能母子间不便谈论内心隐私吧，你若是女儿那就不同了。”

我发现韦华喜欢自问自答，不但问得尖锐，而且答得精到。我交了这种性格的女朋友，今后将节省许多语言。

临近学校放寒假，我意外收到母亲来信。这只大号牛皮纸信封里，装有白色小信封和两页信笺。

这两页信笺是妈妈写给我的信，字体硕大接近贰分硬币。莫非人老了字就大啦？我捧读南郊农场来信，还是感觉她在远处。

母亲写信格式规范。首先祝贺我有了女朋友，说读了韦华同学来信，觉得这姑娘坦诚直爽令人信赖，特别是钢笔字稳重端庄，看着让人放心。母亲做过中学教师，相信字如其人。

“我前天给韦华同学回了信，向她表示感谢。我确实没想到有位姑娘横空出现，给了我回首往事的力量。你长大成人肯定懂得，一个母亲向自己儿子谈论少女时代的际遇，那是难以启齿的。我庆幸有了韦华同学，可以跟这位不曾谋面的姑娘敞开心扉，这仿佛对山外青山讲述，又好似向海里浪花诉说，甩掉多年形成的心理障碍……”

我又惊又喜。韦华竟然给我母亲写了信。我母亲竟然如此信任韦华，终于愿意讲出自己那段经历。

“我的故事讲给你的女朋友，就等于讲给你听了。对我来说这是自我解放，如同脱掉多年爬满虱子的小棉袄，干净清爽地晒太阳去了，感觉天气真好啊。”

母亲叮嘱白色信封等到农历八月初十打开，那天是田文佐的忌日。母亲要求我读罢祭文朝天焚烧，权作对亡灵的祭奠。

我小心翼翼收起白色信封，心情激动起来。我心里遥远地做她儿子，她内心缄默地做我母亲，只因那段深若鸿沟的往事。历史是集体的往事，个人却是历史的负重者。如今，我的母亲不再站在远处，我期待她轻快地朝我走来。

晚自习时间我约会韦华，她小步跑来当头就说："我没有跟你打招呼给你母亲写了信，你不会怪罪我吧？"

我说怎能怪罪你呢，应该感谢你让我母亲乐意讲出那段尘封往事，这样我就真正有了母亲。

韦华带我走到学校围墙里老榆树前，说："柯老师当年就是从这里出发的！她说那是暑假前夕……"

柯老师？终于有人又称呼母亲"柯老师"，而且她是我的女朋友，我忍不住哭了。

"1947 年初夏，那个名字柯延瑛的女大学生，来到学校大墙下这株被称为'许愿树'的榆树下，踮起脚尖把红绸带系在枝头，默默发出心愿：只要能够营救姐夫，我不惜付出自身代价……就这样她离开学校赶回家乡。火车到达滦城天色已晚，她乘坐洋车去见冀东宪兵司令高铁桥将军。副官呈报有天津女大学生拜访，她走进那座黑漆大门。"

随着韦华轻声讲述，我仿佛跨进历史现场看到那位女大学生，她身穿阴丹士林蓝大褂，外面套件月色上衣，手提藤条旅行箱走进会客厅，姿态优雅地落座。这就是当年的柯延瑛啊。后来她成为我的母亲和人民教师，再后来她成为南郊农场丙字小队工号 49 的农工……

冀东宪兵司令高铁桥将军走进会客厅。他圆脸宽肩，五短身材，通身浅灰色立领便服，疙瘩襻系得整整齐齐，脚穿尖脸黑布便鞋，乍看很像乡村教书先生。

并非教书先生的宪兵司令神情和蔼，语调轻松跟来访者交谈，还询问天津学生运动情况。女大学生有问则答，表示没有读过《方生与未死之间》这本小册子。

“我希望我姐夫能够平安，不论长官提出什么要求。”

高铁桥突然问道：“柯小姐，你认为共产党好不好啊？”

“共产党……”女大学生明显遇到难题，下意识摸了摸胸前佩戴的校徽，表情犹豫地答道，“不好。”

高铁桥笑了笑，略显得意地问道：“那么你说说共产党怎样不好呢？”

她显然不知道共产党怎样不好，于是满脸窘迫表情。

“您赏光访问寒舍，令慈大人不知晓吧？”

“我下了火车径直就来拜见您了，我的事情我能做主。”

“那么您还没用晚饭吧？我陪柯小姐边吃边谈。”高铁桥语调柔和。女大学生不便谢绝，跟随他走进官邸餐室。

晚饭两菜两汤，分餐制。她象征性吃些米饭喝些羹汤，拿出丝帕擦手表示谢意。

“既然柯小姐无所畏惧，那么今晚留宿寒舍吧。”高铁桥说罢注视着来访者。女大学生异常镇定答道，“无论司令长官要求我做什么，我只希望我姐夫能够平安。”

“你很崇拜你姐夫吗？”高铁桥毫无表情问道。

她毫不犹豫点头应答。宪兵司令随即板起面孔，说：“你姐夫是共产党啊！”

“我只知道他是我姐夫。所以我希望您给他平安。”

高铁桥没有说话，挥手指派副官送女宾去后院房间安歇。

突然间，韦华中断讲述掩面哭泣，猛地将我拉回现实世界的老榆树下。

“柯老师真了不起！她愿意为自己钟爱的男人献身，这绝不是寻常女子能做到的，即便是当代女大学生……”韦华倚靠我怀里说，“我不敢想象自己能否做到！”

我受到强烈震动：“什么！我母亲信里承认她钟爱田文佐？”

“柯老师当然没有这样讲，可是我认为是这样的！毕竟我也是知识女性，请相信我的直觉。”我的女朋友激动不已说，“那是何等深厚情感啊，驱使自己献身救人在所不惜。”

我抬头仰望夜色里的老榆树，它枝叶苍茫，沉默不语。

一个女大学生为营救自己的姐夫，毫不犹豫留宿宪兵司令家里。我不知道韦华怎样继续讲述母亲的来信。

韦华擦干眼泪苦笑了，说：“这个故事绝对吊诡！女大学生彻夜未眠，做好牺牲贞操解救姐夫的心理准备。天色大亮仍然没有动静，她意识到对方没有接受这笔交易，自己的营救计划落空，伤心地哭起来。”

我不知事态如何进展，心情特别紧张。我的女朋友居然评点说：“我认为高铁桥是个值得深刻研究的人物，以往文学作品里还没有这种国民党将军形象！”

我有些失控说：“韦华！你能简明扼要讲述事情结局吗？”

“不能！”韦华露出未来作家的潜质说，“我们写作课老师有句名言——细节是雄辩的。假如我的讲述忽略人物细节，你怎能晓得什么叫天使什么叫魔鬼？”

我只得平心静气听韦华讲述：大清早副官来到后院客房门外，轻声请柯小姐去用早饭。女大学生拭去泪水整理仪容，推门走出客房跟随副官来到官邸餐室。这顿西式早餐非常丰富，她只喝杯咖啡，极力保持镇定。

高铁桥谨慎地吃着煎蛋烘肠和面包，不时用餐巾掩拭唇边，武将反而显出文人的教养。

“柯小姐，你是张白纸啊，应该没有涉及校园政治活动。那位昨天夜里来的姑娘就不同啦，我把她交副官全程接待。那姑娘说自己是用人不识字，就想见见男主人给他跪地磕头，感谢多年救济之恩。这样她就露了马脚，果然不出所料她是张红纸啊，而且被共产党染得太红了，竟然敢来宪兵队接收田文佐掌握的情报，真是吃了豹子胆。这女共党敢于自投罗网，我只能成全她啦。”

女大学生听罢掏出手帕捂住嘴巴，忍不住失声痛哭。高铁桥起身围绕餐桌说："昨夜我问那姑娘共产党哪里不好，她说共产党杀地主、抢财产、分田地，搅得天下乱哄哄，分明把共产党说成混世魔王，这戏就演过头了。"

我听得哭了，韦华也哭了。她说柯老师写信时肯定落泪了，那信笺皱皱巴巴洇了字迹。

"小树叶儿毕竟年轻，临危受命求成心切，太可惜啦。"韦华极其感慨道，"那代热血青年老啦！我们这代大学生呢？"

10

我 26 岁那年，农历八月初十晚间骑车出了大学校园，独自来到水溪公园，坐到彩灯旁边石椅上，小心翼翼打开白色信封，阅读母亲写给田文佐的祭文。

这篇祭文不遵文体范式，开篇直接说话："三十五年过去了，你在天堂，我在人间，相距遥远，你仍然活在我心里。那时候，我不懂政治，只觉得你是个好人，不忘叮嘱家里汇款供我读书，还跟我母亲说将来女子同样是社会力量，所以不可中途辍学。我不知道你是共产党，更不知道你已抱定必死信念。但是我知道国民党官僚奉行钱色交易，得知你身陷囹圄，我发誓以自身贞操营救你的生命。我哪里知道恶魔本性啊，假使我像小树叶儿那样献出生命，他们也不会放下屠刀。你就这样尸骨无存地消逝了。我至今不知你埋葬哪里，我猜想那是个青草茂盛的地方，一簇簇野花自由开放。

"时光流逝好快，快得令人健忘，快得埋没你的英名，如今多少人谁记得你的名字？我想不会很多。我只能尽绵薄之力，为惠生出具申诉材料证明他的身世，他是被埋没的烈士的骨血，你可以不知晓，不可以怠慢。

"我知道你魂归天堂，也知道恶魔应该下地狱。今天适逢你的忌日，我让我的儿子焚烧这篇迟到的祭文，把我的炽热献给你。你能看到人间这簇跳动的火光吗？我是柯延瑛，我想念你。"

这篇祭文深深打动了我。三十五年时光，母亲深怀如此炽热的情感，从来不曾冷却。我蓦然想起前年在农场跟母亲说起“世界上没有两片相同的树叶儿”，她当时出现的反常情绪，如今也有解了。那个舍生忘死勇闯魔窟获取情报的姑娘小树叶儿，她的名字和形象同样常驻母亲心底，默默影响着母亲的日常生活。记得母亲把高粱秆剥成甜棒当作甘蔗给我吃，那也是颇含深意吧。

水溪公园不断变换颜色的彩灯把四周照耀得有些迷幻。我愈发留恋这篇祭文，舍不得焚烧，几经踌躇只得点燃火焰，起身抬头仰望夜空，确实有颗星星朝我眨眼。无论是出于钟爱或是暗恋，它都是母亲心仪的星座。

我骑车返回学校。韦华在学校大门前等我。灯光雕刻出她的剪影，不经意间成为人物艺术。她对我说这种事情就要独自完成，因此没去水溪公园打扰我。我的女朋友满怀感慨说：“对一个人的怀念持续三十五年，这是多么坚韧的女人啊。”

“可是我母亲为此付出多么沉重的代价。”

韦华表情郑重说：“你有这样的母亲，我更愿意做你女朋友。”

“你不是要写作吗？我母亲应该是你笔下人物吧？”

韦华表示为难，她说：“人性实在太复杂，例如高铁桥的反常行为便令人费解。他指派贴身副官牵马坠镫送女大学生回家，出自什么动机，达到什么目的，我始终琢磨不透。文学作品塑造人物具有穿透力，我目前还没有觅得金刚钻。”

我说刘乙己的许多见解来自多年生活积累，我们应当向这位民间文化学者请教。

适逢国庆节假期，我买了墨菊香烟，韦华拎着国光苹果，前往“过街楼”看望“胡同里的学问家”。我叮嘱韦华不要错呼“刘乙己”，人家不是鲁迅小说人物的转世灵童。韦华说记住了。我俩走进胡同碰到外祖母走出小院，好像是出门晒太阳的。她老人家已然拄了拐杖，尽显老态。

“这紫藤拐杖当初给你妈妈买的，她伤筋动骨腿脚没劲，可她就是不拄，嫚儿的性格真犟啊……”外祖母抬眼看见韦华和苹果，表情随即显得夸张，“唉！你俩来看我不要总是花钱买东西嘛！”说着从韦华手里接过装满苹果的尼龙网兜，“我不用搀也不要扶，我是心疼买拐杖的钱才拄着它出来溜达的。”

韦华笑得捂嘴，“您真是鲜明生动啊！连曹雪芹都没写到您这样人物。”

“闺女！我要是被姓曹的写进大观园里，还能活到今天吃你苹果？”外祖母左手把拐杖夹在腋下，右手提起苹果网兜，小步颠儿颠儿回家去了。

我还是不能告诉外祖母小树叶儿早已惨遭国民党宪兵杀害，太平盛世就让她老人家回家啃苹果吧。

我的女朋友还是笑个不停，说刘福禄同志的苹果被你姥姥劫持了。我安慰韦华说咱们进贡还有墨菊牌香烟。

我没想到外祖母收下苹果走出院门，满脸神秘表情说：“你二姨阳历年结婚！她要嫁给什么民革副主委，那人还是省里文史馆员呢……”

韦华拉住我胳膊低声说：“你说过刘乙己惦记你二姨多年，他光研究历史不关注现实，现在去滦城求婚也晚啦。”

外祖母絮絮叨叨说：“这女人老了依旧漂亮，看来还能嫁得不错。那男的原先是国民党起义将领，这小黑眼儿又成国民党官太太啦？”

韦华笑着纠正说：“姥姥！人家现在是民主党派，跟台湾那边没有关系。”

“对，那拨老国民党搬到台湾去啦。”外祖母说出自己的见解，“小黑眼儿熬了这么多年，又过上好日子啦。”

不知出于什么心理，我还是有些为刘乙己感到失落，他多年研究柯延蓉家史，如今被人家掀开新篇章了。

刘乙己书房斋号“过街楼主”，依然保持单身汉生活习惯，这习惯就是家庭环境脏乱差。他接过我呈送的墨菊牌香烟，频频颔首表示欣慰，转脸对着韦华说：“你肯定有问题要我解答，弄明白了写进小说里是吧？”

我怕韦华说话有失分寸，抢先表示我和韦华前来看望师父，我说：“请放心，您不是她要观察的文学人物。”

“那么高铁桥肯定是哇！我检索黄埔军校第三分校学员名单，登记在册七千多人里没见他名字。”韦华毫不犹豫说出此行目的。

刘乙己打开墨菊香烟嗅了嗅，然后背手踱步等待韦华提问。我的女朋友从书包里取出笔记本，站起身来尊称刘福禄先生，并说：“我今天专程向您请教，当年高铁桥出于何种心理那样款待柯延瑛，他想达到什么目的？”

此时显然不用我张嘴了，韦华的提问比较到位。

“好，很好，非常好。”刘乙己瞬间显现辅导班讲师状态，“你提了两个问题，一是何种心理，二是什么目地。那么请你简约讲述事情线索吧。”

“高铁桥行伍出身职业军人，外表温文尔雅，那天吃过早餐他命令马夫牵来他的白色军马，亲自扶持女大学生跨坐马鞍，派遣贴身副官牵马坠镫，一路穿过滦城闹市区，沿途引发人们追随围观。滦城大东照相馆得知消息，当街架好照相机抢拍这组新闻镜头。那贴身副官就这样把女宾送到家，返程复命去了。”

刘乙己闭目静听，连连点头说：“你这段讲述很新鲜，这是当事人提供的吧？”

“我是独家，愿意分享给您。”韦华不等对方应答自行分析起来，“高铁桥是国民党官僚，田文佐是共产党地工，这俩人政治信仰不同，自然成为不共戴天的敌人。高铁桥目睹美丽端庄的女大学生匆匆赶来，宁愿牺牲贞操营救共产党地工，这种行为已然超越政治属性，衬托出田文佐的人格魅力，这可能对高铁桥形成强大心理冲击。他贵为冀东宪兵司令，也是个男人啊！柯延瑛宁愿舍己救人，高铁桥内心做何感想呢？他认为已在军界实现自我价值，然而面对这场生死情感的较量，难道他不是最大的失败者吗？”

刘乙己伸长脖子凑近我说：“我想夸赞你女朋友历史领悟能力超强，你不会自卑吧？”

韦华意犹未尽话语不止，“据说男人都希望自身价值得到女性世界认可。

那么我揣测高铁桥从来不曾拥有爱情，他从来没在女性世界实现价值，尽管以儒将自况……”

“你的历史领悟能力很强，不过你的目光尚未穿透高铁桥的深层心理。他特意指派贴身副官牵马坠镫护送柯延瑛回家，难道这是知书达礼绅士风度吗？”

我随即插言抢答：“这貌似温文尔雅的行为，可能是高铁桥的心理变态……”

韦华大声表示赞同：“就是高铁桥的心理变态行为，毁了你母亲的人生！”

“孺子可教，后生可畏。你们基本具备独立思考能力，将来都是建设祖国文化事业的人才……”刘乙已狠狠吸了口香烟，瞬间情绪波动起来，“高铁桥派贴身副官牵马坠镫走过闹市区，这成了滦城最大新闻，一时间到处传说女大学生从天津跑来，夜宿宪兵司令家，主动献身做妾。很快形成社会舆论。社会舆论是把软刀子……”

刘乙已愤怒地喊叫起来：“这就是高铁桥的阴谋！你不是要舍身营救你姐夫吗？我用硬刀子杀了田文佐那个共产党，再用软刀子杀了你这个痴情女子。”

我听得浑身发冷，说：“这把软刀子杀人不见血啊！”

“柯延瑛身为洁身自好的女大学生，如果真被他玷污了，那是被污辱与被损害的痛苦，如果没被他玷污却被公众舆论斥为委身于人追求富贵，这种蒙冤受屈百口莫辩的心理，甚至超过被污辱与被损害的痛苦。高铁桥的软刀子长久割噬着柯延瑛的生命时光。”

韦华惊恐地看着我，说：“这么多年过去了，你母亲被这把软刀子杀得沦落农场劳动改造，这真是无形的凶器。”

空气沉重，心情抑郁。刘乙已冷静下来转而安慰我说：“我从江西文史馆朋友那里得知，高铁桥晚年定居赣南，他患白血病去世，留有两万字遗书，人之将死，其言亦善。我想他会证明你母亲的清白吧。”

性格外向的韦华依然沉浸在悲剧情节里，并不相信人间存在良心发现，她说："我会继续寻找小树叶儿的下落。"

我们跟刘乙己道别走出"过街楼"，韦华从书包里掏出牛皮纸大信封，闷头闷脑递给我说："这是你母亲写给我的全部信件，我交给你看吧。"

我谢绝了韦华的好意。这些信件记载着母亲的心路历程，希望她好好保管这部女性精神账簿。

我和韦华走到街心公园，望着长街尽头缓缓沉落的夕阳。

"你母亲性格外柔内刚，心里极好强呢。她甘愿献出贞操营救田文佐，可惜没有成功，这是你母亲的终生遗憾吧？小树叶儿义无反顾牺牲自己，这是你母亲的终生记忆吧？只要想起那个身穿花布衣衫的姑娘，她心底会不会泛起自卑自艾的涟漪呢？如果你母亲心境果真如此，就等于她常年蔑视着自己。这种精神苦闷是常人难以想象的。反观你母亲下放农场劳动改造的经历，这会不会属于自我放逐呢？"

我吃惊地望着韦华，仿佛不认识她了。她这番话语宛若电流击穿历史岩层，以文学独有的方式，直抵人物心灵深处。乍听起来亦真亦幻，却使我感觉无限逼近事物的本相。

刘乙己夸赞韦华机敏聪慧是有道理的。她在寻找文学的历史意义，同时寻找历史的文学意义。无论读中文系还是读历史系，对她来说已然不重要了。

夕阳彻底告别城市，天色渐渐昏暗。昏暗光线里我顿生疑窦：小树叶儿与田文佐同时惨遭杀害，皆为宁死不屈的革命英烈，可是母亲八月初十祭文里没有怀念小树叶儿的只言片语，这到底是什么原因呢？

韦华好像胸有成竹，讲述起来有些小兴奋："每逢农历八月初十夜晚，你母亲便悄悄去往农场野外，把那几套彩纸剪制的花布衣衫点燃焚烧，轻轻呼唤心底那座汉白玉雕像的名字，'小树叶儿你不要舍不得穿，我这边每年做几套衣裳给你送过去，你穿花布衣衫可好看呢，特别是穿那件蓝底红花斜开襟的小袄，好像仙女下凡人间了，……"

我意识到被韦华带进故事现场，问道："你这是真实的场景还是虚构的画面？”

我的女朋友信心满满问道：“有时候，真实与虚构殊途同归，这两者有多少区别呢？”

我说可能是这样吧。多年来妈妈不告诉我，如今韦华以文学名义将那段经历展现给我，让我看到母亲真实的内心世界：因为您生命里有过小树叶儿，所以无论今生今世把事情做得多好，您都不会对自己满意的，您永远是那个单纯的女大学生。

这就是母亲背负的光阴。怀念那些不曾被历史记载的人，已然成为母亲生活的头等大事。尽管妈妈不告诉我，我也努力长大了。尽管妈妈不告诉我，我也能理解她终生不泯的情愫。尽管妈妈不告诉我，我将默默分享着她的苦与乐。

事情就是这样。该记住的我都记住了。而且牢记得就像金刚石那样结实。母亲不告诉我，我会告诉母亲的。

原载《人民文学》2021 年第 4 期

【作者简介】萧亮，1959年出生于江西省武宁县。1981年毕业于九江师专美术专业。先后在武宁县文化馆、武宁县文联、九江市《浔阳江》杂志社、南昌市文学院、百花洲文艺出版社、江西美术出版社工作。1984年开始发表小说，至今共发表短、中、长篇小说数十篇，出版小说集2部，出版其他文学类图书20余种，另著有长篇影视剧本多部。

Xiao Liang was born in 1959 in Wuning County, Jiangxi Province. He graduated from Jiujiang University and majored in Fine Arts in 1981. He has worked in Wuning Cultural Center, Wuning Literary Association, *Xunyangjiang* magazine, Nanchang Academy of Literature, Baihuazhou Literary and Art Press, Jiangxi Fine Arts Publishing House. Since 1984, he has published dozens of short stories, medium and full-length novels, two collections of novels, more than 20 kinds of other literary books, and several full-length films and television plays.

独角牛

萧　亮

一九六九年我十岁，那年三月，妈妈暴病去世，在这个世界上我失去了唯一疼爱我的人。

那是一个多雨的季节，泥巴湿得坟堆也垒不起来，我双手插进泥堆里抠住妈妈的棺材不放。一个打油纸伞的老人站在我身旁。人们都走了，雨停了，阴暗的夕阳斜照着一堆湿透的黄土，那个老人夹着雨伞还站在我身旁。哭哑了，再没有力气挣扎，老人把我抱起来，到水沟边洗去泥巴，然后攥紧我的小手往车站走。列车开动了。就这样，我永别了妈妈，告别了有过我幸福童年的北方古城。

列车在著名的京广线上走了两个昼夜，然后我们坐船，顺着一条混浊的大河日夜航行，后来我知道这就是长江。四天之后我们改乘一艘帆船，斜穿过水域辽阔的鄱阳湖，接着走进一片浩无边际的原野，这是中国南部的粮仓——长江中下游平原。在一个暮色苍茫的黄昏，我们站住了，有条小河横在面前。

我望见河对岸生长着一带低矮的树木，越过树梢可以看到平坦开阔的田野上面有一溜小街，暮霭中亮着柠檬色灯火，这就是名字叫作桑格拉子的地方。我至今不明白它为什么叫这个奇怪的名字。从十岁到十九岁考上大学离开，我在这里度过了整整十年难以忘怀的时光。它深深地刻在我的脑海里，如今当我回忆起往事，和原野默默相对的时候，就情不自禁地流下泪来。

说起来又是一些怎样平淡的事情。

我们萧家祖辈生息在桑格拉子这块土地上。我的父亲在我两岁的时候去世了。他家三兄弟，他是老二。父亲死后，妈妈带我嫁到北方，妈妈去世前两年继父已经病死。父亲的哥哥老大早死了，没留下后人，弟弟老三也只生了一个女儿，女儿长大招婿生的也是女儿，取名笑笑。这样，作为一个男孩我便成了唯一承继萧家香火的根苗，为此，妈妈一去世，那个打油纸伞的老人便赶去收养了我。按照萧氏祠堂宗谱分支，顺着高、厚、仁、德等顺序，我的派号为“仁”，大名萧仁亮。我记得刚到南方，族人便称我“仁亮”，随时随地表示尊重，这使我在幼小年纪里便感受到庄重严肃，同时也过早丧失了童真。大学毕业后，借参加工作新到一个单位的机会，我把姓名中间的“仁”字去掉了，这曾使族人十分诧异，我也有些惶然，但族人毕竟无奈我的现实地位，只好忿而不言。那时我没想到，对这事极无所谓的居然会是我的小老，那个打油纸伞的老人。

居住在桑格拉子的大多数是一百多年前从河南迁徙过来的灾民，带领他们南下的据说是一个强悍的蒙古人。有传说桑格拉子的地名就是这个蒙古人取的。他们带来异地的风俗与文化，在人数悬殊的情况下轻而易举地把当地人同化了，最后当地人说话全说河南话，比如他们把妈叫成“娘”，爹叫成“大”，吃饭说成“克饭”，骂人说成“诀人”，父亲的兄弟当地原来叫叔，父亲兄弟的媳妇叫婶，现在都变了，叔叫“老”，婶叫“娘”。那个打油纸伞的老人是我父亲的弟弟，我本当叫他小叔，但按现在的叫法却是“小老”。

那个黄昏，小老呼唤渡船把我们送到对岸。经过一片潮湿的河沙地，从一片桃树林子穿过时我迟疑了一阵，我看见一棵桃树下拴着一头母牛，有个模样古怪的女人对我们龇牙笑，她全身趴在牛屁股上，整条手臂粗鲁地在母牛阴道里捅进抽出掏什么。我一下就记住了这个怪女人，同时从内心对我第一次看见的南方水牛产生了很深的厌恶。

走出桃树林，我们从灶屋进了小街的其中一家。灶屋是连着正房的披厦，屋檐很低，个头矮小的小老进去时把腰弯着。

屋内阴暗，饭桌旁相对坐着两个大人，身子端正而面目模糊。桌上摆好了筷子，菜用碗反扣着。听见有人进屋，两个人都站起，也不很急，不知他们嘴里咕哝了些什么，那时我还听不懂河南话，只看到两张嘴都笑得好厚道。后来，他们一同慢慢吃饭，慢慢洗碗，慢慢洗脚，不发出一点响动，最后我瞪大眼睛睡在有生人气味的被子里，已经是半夜了。他们俩盖好水缸，推门进房去睡，连走路也悄然无声。这就是小老的女儿和女婿。晚饭期间，房中曾响起清脆愉快的叫声，一路欢跳的脚步把一盏老油灯送到灶屋来，站在我面前的是一个和我年岁相仿的小姑娘，头发黄黄的，闪动睫毛望着我。她就是笑笑。

在我和笑笑相处不到两年的时间里，我们像亲兄妹一样相待，虽然按辈分她得叫我表叔，但她事事护着我，唯恐我出现一丝丝不高兴的样子。我不相信她会永远离我而去。如果她还在，今年应该是二十五岁。

在我初到南方的日子里，睡不惯更吃不惯，以前我曾偎在妈妈温暖的怀抱里，听妈妈讲述南方美丽动人的故事，吮着指头向往南方，渴望吃上又香又软的白米饭，但我那时吃到的几乎全是连我们北方也只拿来喂猪的麦糠。麦糠吃到嘴里渣子满口乱钻，极难下咽。桑格拉子的人们把它叫作“麦皮饭”。饭中只有星星点点的米粒，笑笑总是细心地用筷子把自己碗里的米饭粒一个一个挑着送到我的碗中。在我少年的记忆中，桑格拉子没有一年能吃饱饭。每年秋收过后，桑格拉子的男人女人们，排起看不见头尾的送公粮队伍，把满担满担的稻谷送到等在河边的大船上。他们肩上的扁担像弦月一样两头高高翘起，一上一下大幅度地闪动。这种扁担是桑格拉子的一个特色，它闲下时像个大括弧，不在行的人用它挑东西，不但不会灵活自如弹上弹下省力，而且说不准什么时候会突然翻转来打坏耳朵泼掉东西。我的右耳曾被狠狠打过一次。我记得送公粮队伍永远是那样整齐壮观，长长的队列旁边有个肩背闹钟手挥红旗的女人在吹着口哨指挥，她那样严厉，不停地训斥别人，自己也一刻不停地甩手迈着高抬步，惹得村里除了送粮的人全都站出来观望（关于这个女人我后面要专门提到）。我那颗少年的心每个秋后都曾被这壮观的行列鼓荡得兴奋不已，开始我还大惑不解，这么有趣的事情，旁观的人们为什么高兴不起来，原来，正是因为这件事才决定了春上吃“麦皮饭”。在我后来到镇里上中学的几年中，因为“麦皮饭”我受了不少委屈，去食堂蒸饭，我会先抓两把麦糠放在碗底，然后用一把稻米或薯丝压在上面，煮饭的工友打水时以为是谷糠，把它全部簸掉了，而我却怯于去说明。后来我不能不告诉工友，工友却说不准蒸这种东西，因为水开时麦糠浮得整个蒸笼中的其他饭碗都是，别人有很大意见。那时并不是所有学生的家里都没有能力省下白米，这更加重了我的痛苦。这种含有个案色彩的痛苦后来变换着脸谱，一直紧紧地伴随着我。工友要我用个有盖子的碗，可我哪里有带盖子的碗，我现在仔细回想，还是确认小老家里除了炒菜锅和煮饭鼎罐之外，再没有一件带盖子的碗盏。后来是笑笑替我削了一只茅竹筒，我用那只带盖子的竹筒在中学里度过了四个春荒时节。这只竹筒我保存了很长时间。

春荒一般从过完阴历年的三月左右起，一直延续到六月中旬收割早稻。在我少年的记忆里，最强烈的感觉是饥饿。我常常饿得膝腿发软，背脊冒汗，多少次我蹲在田边盼望才灌浆的稻谷快些成熟，偷着捋下青谷粒放到嘴里嚼着充饥。我的手哆嗦着抓不住悬在眼前的谷穗。好不容易等来一顿麦皮饭，我总是要在狼吞虎咽了半天之后，才品出它的滋味。我不能忘记在布谷鸟的叫声中，从黑色屋脊上升起的南方三月的炊烟，它像我少年时期的腿杆，饿得又瘦又软。直到今天，每个早晨，只要听到清脆的鸟啼，我就联想起那只布谷鸟的长声呼唤，头便自然仰起满天寻望，胃酸随即阵阵上涌，在舌根下积成一片水塘。南方春晨的朝日啊，好像下早工回家饿急了猛揭盖子看到的热雾蒸腾中满满一鼎罐白米饭。一切春天的景象，都和饥饿连在一起。多少年过去，盛饭时当木盖被蒸汽吸住要用勺把或菜刀去撬开鼎罐，我都掩饰不住一阵阵冲上心头的喜悦。

到南方不久，我才知道有麦皮饭吃还算受到了照顾（那个怪女人曾经在深夜两次把一麻袋麦糠背到小老家，不容小老拒绝。我那时已经知道她是桑格拉子的队长，但还不明白她为什么要那样做）。多数人家只能靠到河边竹园里挖野葛充饥。有次放学，天很晚了笑笑还没有回家，我一直找到十里以外河边的竹林深处，发现竹林空地上挖出了一个半人深的泥坑，坑底有根胳膊粗的野葛露出了一截，下面可能还有很长。那时对面已经看不清人脸，挖葛的人们默默从旁边经过走回家去，却没有谁来帮忙。笑笑满身满脸污泥，急得哭一阵掘一阵，用双手摇一阵又哭一阵。记得那次我和笑笑共同挖掘到深夜才把那根野葛挖掘出来。那是一条多长多粗的野葛呀，我们像抬树木一样抬回家去，全家人靠它足足度过了十来天的光景。现在当我偶尔把这些苦难的生活讲给城中那些从事文学写作的行家们听，他们的眼神是那样专注，闪动着神奇的光彩，他们说这就是稿费啊，这就是存折啊。

到南方一些日子后，小老问我喜不喜欢放牛，我立刻想起桃林里遇见的那个情景，坚定地摇头，小老不再说什么。我喜欢上学，在北方我已经念到小学二年级，于是到南方接着念书。起初放学后不光我不做事，笑笑也总是放下事情陪着我玩。笑笑没上过学。没多久，笑笑说家里要她放牛了，问我肯不肯跟她去放牛玩。尽管那时我已经一步也不能离开笑笑，但一想起桃林里的那个情景，我便坚定地拒绝。那时全家人都来劝我，举出种种放牛好玩的例子，这种说服工作持续了一个多月。当时我真不明白家里大人怎么在这件小事上面有那么大的耐心。

一直到我为了跟笑笑去骑牛连书也几乎不愿去念的时候，我才明白过来，原来小老是有成分的人家，按规定这种人家不准放牛，牛是集体财产，一是怕他们破坏，二是放一头牛每年能挣不少工分，得照顾成分好的苦人家。我在北方迁来的成分是贫农，小老没有把我的户口放在他们一起，单独给我立了一个户头，和上头说清了，十八岁之前生活由他照应。小老并不是一定要我放牛，而是只有借我的名义才可能让笑笑放牛。明白了这个道理，我心里是多么后悔和难过，尽管那时我还不足十岁，但我已经懂得体谅大人的艰难，我向小老保证一定同笑笑好好放牛。可是那时我不明白队上有那么多牛，为什么小老一定要挑选这头，一看见就让人恶心而且工分也少。

那天笑笑按照小老的吩咐把牛牵到了屋后坪里。这是一头多么丑陋的水牛啊。干牛粪和枯黄的皮毛结成团块纠缠不清，背上四处突起的骨峰好像要把它的皮囊刺破。尤其让人看不顺眼的是它只有一只左角，右角连根失去了，剩下一个空洞，洞眼里不断有什么东西掉下来，走近看，里面成团成团地翻涌着蛆。

小老那时端着饭碗出来，久久望着这条可怜的独角牛，牛也一动不动望着他。小老指着碗让牛吃里面的麦皮饭，牛把脑袋掉开到一边去。小老用袖口掩着眼睛呆了半晌，然后放下饭碗，双手摸遍牛的全身。那天傍晚，小老一手抱住牛头一手伸进牛角洞里，将蛆一把一把掏出来。

我那时睁大眼睛，紧紧攥住笑笑的手。

不知道小老往那洞里塞了些什么，过了些日子洞眼就长实了，但再也没长出新角来，人们开始把它叫作独角牛。笑笑每日牵着它在田埂上吃草，我离它远远站着。那时我一闻见牛身上那股气味就想作呕，同时太靠近它，我还有点害怕。日子久了，我才走近去看拉犁的独角牛，它被人管着我感到很安全。但是每当独角牛那条后腿蹬直留在后面，我的心便因焦虑而紧缩起来，生怕后面跟上来的犁尖会铲着它。多少年过去，这种担心在我内心还没有完全消失，尽管理智上我知道犁尖永远不会铲着牛腿。

笑笑每日给牛洗背，还用半个木梳替牛理毛，牛的皮色渐渐好看起来。后来笑笑居然骑到牛背上去了，而且让牛慢跑起来，黄头发纷纷地在脑后飘扬。我心里开始痒痒的。有一日笑笑让牛跑到我身边停下，我闻到牛身上散发出一股奇异的花香。笑笑从口袋里掏出大把白花给我看，原来她在牛身上擦了茉莉花。笑笑跳下地，牵着牛绳，对牛低声说："低角！"牛果然低下头，把那只独角送到我的脚前。笑笑搬起我的左脚踏到牛角上，要我双手搭住牛肩，然后又对牛说声"送"，牛头一抬，我觉得全身往上一升，不知怎么便骑到牛背上了。我才坐稳，笑笑用绳头在牛屁股上拍了一下，牛小跑起来。牛肚太大我腿太短夹不住，我双手揪着牛肩胛上的一把皮毛，身子连连颠离牛背，屁股抛得比脑袋还高，眼看不从两旁摔下便要往牛颈脖子栽去。有个人突然从后面抱住了我，是笑笑，她是跑着从牛后面跳上来的。她口袋里的茉莉花全抖出来了，泼得牛背上道路上到处都是。她一手搂紧我，另一只手伸过来抹我的眼泪，其实那时我并没有被吓哭。

记忆里的茉莉花是多么芳香。如果说在我少年的岁月里还有过欢乐，那些也算欢乐的话，唯有笑笑曾给过我。

笑笑是那样地爱护独角牛，现在想起来她那时就知道了独角牛的来历，她是多么懂事，如今城里像她那么小岁数的女孩可能还在为自己分到的一只苹果的大小和弟弟争执生气。

总是在我一觉醒来天还蒙蒙亮，笑笑便已经放牛去了。早晨放牛她从不叫我去，那时我和笑笑还睡一床。我后来怕她不喊醒我，睡觉前用一根带子把她的腿和我的腿拴在一起。

遮天蔽日的麻雀一群一群南飞之后，接下来是阴晦漫长的乌冻天气，到腊月才看得见几回洁白的雪花。南方的雪不如北方那样潇洒大方给人痛快淋漓之感，它老是那种慢悠悠的愿下不愿下的样子，总要到黄昏或天完全黑下来，我彻底对它失去信心关门睡觉，次晨静谧中却被惊诧声弄醒。那时，历来阴暗的房中到处被一种奇异的光源映亮，人们推开窗板便禁不住喊出声来，啊，好大的雪！

在我的记忆中，笑笑没有穿过棉裤和棉袄，在漫长的冬日，无论天晴落雨，她都披一件厚厚的棕蓑衣，她也从来没有套鞋和袜子。在冻得受不了的时候，我看见笑笑把赤脚放进热牛粪中取暖，她手冷时伸进牛细嫩粉红的胯间暖和一阵，牛总是冰得浑身激起一串寒战，肚皮连连抖动。

冬天确实没有欢乐的记忆。独角牛身子向后弓着，四条腿伸得笔直，斜顶着地面不肯出栏半步。我们从家里烧热水给它喝，用包着豆子的草把喂它。被地上雪花映得通明的牛栏的各个横档上，小斑鸠跳来跳去，我猜想它们的小腿一定和我的手指一样冻得通红，人稍走近它们便一哄而散，扇动肉嘟嘟的翅膀飞到那棵红叶没有落尽的大枫树上。池塘上的冰也没有给过我欢乐的印象，有次我一踏上去整个人便落进水底。认真想来，雪天顶有趣的事情怕要算扯稻草了。草垛年年总是堆得房子那么高大，有长方形的，有圆锥形的，垛壁密密实实压得极紧。我一回只能揪住小小一把，双脚蹬紧垛壁让身子悬空，弓起背往外使劲。笑笑便在后面紧紧抱住我的腰，常常两个身子连同拔出的一把金黄耀眼的稻草一齐跌翻在洁白晶莹的雪地上。那时候远处雪山上炭窑冒起的青烟静静上升，满山冻折的树木呀呀地响成一片。

笑笑最盼望的是冬天快点过去，对于乡村的少年来说，年过完了，冬季便再没有任何意义。天转暖和，笑笑就不必老穿那件棕蓑衣了。在我对她的记忆中，她总共只有两件没有打过补丁的衣裳，一条黑布裤子，一件白底蓝点单褂。平常日子穿这条好裤时总轮到配另一件破褂，如果不久将有个令人高兴的日子来临，比如电影队要来或节日将至，她一定会费尽心机，调度错动，以一个个破旧灰暗的日子作代价，等待着把那两件好点的衣裳同时穿出来。

有一件事，现在想起来我依然痛悔。

我清楚地记得那是一个离端午节不远的日子，南方的冬小麦穗已抽齐，绿油油地在初夏的暖风中摇动。独角牛在一旁悠闲地吃草，笑笑穿了那身好衣服站在一棵高高的棕榈树后，阳光斜穿过绿色麦丛照着笑笑从麦穗后露出的半个圆脸。我觉得她好像和以往不同，总显出不好意思，头老低着，我那时眼睛忽然一亮，发现她发辫上系了两束刺眼的红毛线，我连忙下意识地低头到自己身上查看。

那时我身上的毛线背心在桑格拉子可说是绝无仅有的了，从桑格拉子人把毛线衣叫成头绳袄便可见它的稀罕。这是妈妈留给我的唯一的遗物，穿着它我就感到妈妈的手在抚摩着我，每天睡觉前我要把它小心叠好放在枕头底下。它一天比一天破得厉害了，但当地没有任何人会补，我还是十分小心地穿着它。我在桑格拉子虽然见过家境好的女孩子用毛线系头发，那也是在出嫁的日子里，笑笑绝对不可能有钱买毛线，一定是我背心上的。

那时我极其愤怒但不好发作。忽然我感到有只什么东西钻进了我的裤管里，我慌忙站起来，感觉到是一条非常粗大的毛虫。我急忙抖动裤管，那毛虫不仅没有掉下来反而又往上爬了一点。我脸色刷白，更急地抖着。毛虫却越爬越高，我已经感觉到它约莫有手指粗，浑身生满针刺。我吓得几乎就要哭出来，而笑笑却在一旁笑得东倒西歪，最后倒在垄上压倒了一片小麦。我停下毛虫也停下，我一动毛虫便往上爬，眼看就要爬到裤裆中去了，我疯了一样跑进树林扒下裤子，发现竟然是一个青青的麦穗头。

我明白了是谁悄悄放进去的，本来我是该破涕为笑了，可是我一看见笑笑头上的红毛线，一看见笑笑还在笑个不止，便不由恼羞成怒，冲上前去恶狠狠地朝她脸上抽了一巴掌。

笑笑捂着脸，惊圆的眼睛久久地望着我。

她永远不会明白我为什么打她，我没有告诉她，尽管我不久之后就知道了她那红毛线并不是从我背心上扯下来的。我没有来得及向她解释，在那个夏季洪水如期来临的时候，她永远离开了我。

那以后很长一段日子笑笑独自一人去放牛，由于自尊和愧悔的矛盾心情，我曾多次远离她又走近她。我看出她并不记恨我。她躲着人是因为在做一件属于她自己的事情，这件事在我悄悄走近时终于发现，她在缝制一个奇怪的布袋。那布袋看上去只有两寸宽，大约一尺长，两端缝了长长的带子，她猛回头发现我，整个脸轰的一下红尽了。

这事一直到我上了中学才明白，桑格拉子的女人月事里用布袋灌满摊凉的火灰作衬垫，那时班上有个女生上体育课袋口没扎紧，灰土顺裤管泼下来洒了一地。想起这些事情我心口至今还阵阵发痛，我怎能忘记笑笑那羞红的脸和惊慌的眼神。

那副神态在笑笑远去的许多年后我仅仅遇见一次。那是在有条母牛生下一胎牛犊不久，我看见那小家伙行走时总不忘记与妈妈身体保持接触，而经常被妈妈的大肚子挤撞到一旁趔趄着。那时它妈妈便站下望着它，它又跑拢去。忽然它看见了前面站着的我，或许它把我当成了坏人，注意力完全集中在接近它的危险的来源，四肢不动，整个身子后退，前肢斜抵地面，两只明晃晃的大眼睛在毛茸茸的圆脑瓜上盯紧我。那时我是多么高兴，从尘世间跋涉一圈归来又看到一副这样天真的神情！它的恐惧表明它不会也不能伤害我，而我也对自己有完全的把握，绝对不会伤害它。我那时恨不得让它立刻懂得我的心，曾做出各种让我现在想来仍觉得荒唐的举动。它好像懂得了我的心，高兴地迎着我竖起尾巴慢跑，拱着背起跳，并且用两条后腿同时踢出。现在我一想起笑笑便想起那头小牛犊。

从那以后笑笑再也没有系过红毛线，后来婆家再送来的礼品中各种颜色的毛线她一根也不要，她甚至不愿再将那身好衣服挪到一块穿。但青春的汛期已经身不由己地来临，她的腿杆不再那样又黑又瘦，总是长疮，这一块那一块贴着苦瓜叶了，她的脸色不再那样黑里透黄黄中泛白没有一点红晕了，她的头发也不再干枯灰黄毫无光泽。笑笑好像突然在一天里长大了。她不再爱说话，整天沉默着想心事。

如果不是那年春荒私下求人借粮，笑笑不可能那么早订给人家，如果那边人家不是成分好，家中不会那样急于促成其事。日期已经选好，收起早稻人就接过去，养三两年再正式圆房。那年桑格拉子的水稻长得多好啊，上年纪的人们搓下谷粒在巴掌里数，每根穗头均不下二百四十粒。但没有任何人露出丰收在望的喜悦，人们沉重地站在稻浪起伏的田野上，凝望着南面的那条大河，那河中喧腾的水，水上缓行的船……桑格拉子的水稻有哪一年长得不好？果然，没等到收获，端阳节过后的一场洪水，许多人，许多东西都消失了。

桑格拉子辽阔的土地位于长江中下游支流修河的北岸，地面仅高过河水数尺，洪水淹没田地、房屋是每年初夏的例事。这里的房屋均为砖木结构，砖为火砖，房屋门多窗多，易上易下，宽裕点的人家房屋多涂桐油。造屋也不敢孤居一隅，皆相互搀扶着凑成两长溜，于是夹出一条窄窄的石板街心。洪水来时则上楼，把下面门户窗板打开过水，家具需要搬的暂且搬到楼上，猪牛早已牵到远处山坡。水再涨人们便上屋顶，胆小的则坐上用门板扎好的木筏往山坡划。在我的记忆里，桑格拉子除了那条笨拙的渡船，任何私人都没有船。多少年来的经验是，站在屋顶上熬熬，水也就下去了。退水很快，人也特别忙，女人要赶紧就着退下去的河水刷洗房屋，男人急于用木筏把那些运到远处山坡上的家什装运回来，水退下河槽就够肩膀扛的了。

一九七一年夏季的那场洪水是桑格拉子从未经受过的，在这场灾难中，死去多少人我无法说清，只记得洪水过后许多熟悉的面孔再也见不到了，仅在我的家中便永远失去了笑笑和她那沉默耐劳的父母。

在涝区生活多年的人们知道，最令人恐惧的是夜间洪水猛涨。那个深夜我们全家被洪水逼到了屋顶上。黑暗中到处是恐怖的叫喊声和洪涛的咆哮声。有几栋结构不甚牢固的房屋倒下被洪水卷走了，落水人的惨叫撕裂人心。小老那时不幸被一条毒蛇咬伤，处于半昏半醒状态。屋顶水已过膝，屋脊一端有棵槐树，大家把小老抬到树杈上挂住。笑笑的父母叫我和笑笑往树梢上爬，他们则拉住一根树枝站在屋脊上。在朦胧的星光下我看到洪水已经漫过他们的胸口。那时洪水还在往上涨，槐树上面爬满了毒蚂蚁，很快爬满我们全身，拼命啃咬我们。笑笑用手在我身上不停地抹扫，我摸到她身上也尽是蚂蚁。我们都没有哭，也没有喊，互相抓紧对方一只手或一只脚。

那时候水面响起一种低沉的叫声，我一听清楚，泪水就哗地流下来了。我们都叫起来，牛来了，我们的独角牛来了。

我们连忙把小老扶上牛背，然后我坐上去扶住小老，最后笑笑坐在后面抱紧我，笑笑的父母一手搭住牛背一手在水里划。

只划出两三丈远，独角牛便受不住压，不时往水底沉，最后一声长鸣未完只剩下鼻子在水面吹泡。笑笑的父母同时放开手，叫笑笑也不要骑，下来抓紧牛尾巴，又叫我抓紧牛绳抱住小老别松手。

那时笑笑哭了，呼喊爸爸妈妈赶快回到树上去，她送我和小老上山后就回来接他们。把我和小老送上山后，笑笑片刻未停赶牛往回游去。

一直等到下半夜独角牛还没有回来，天亮了，独角牛依然不见踪影。小街不见了，那棵槐树不见了，天底下一片汪洋。

那场洪水过后桑格拉子人口减半，房屋几乎全被卷走，即将成熟的上千亩水稻连根冲光。一个多月以后的一个黄昏，我发现独角牛回来了，它精疲力竭地垂首立着，四蹄粘满遥远的异地才有的红泥。小老在它身上一下一下抚摩着。

多少个黄昏或夜晚，关大门时我都要留上最后一条缝，我永远感到至少还有一个该回来的人没有回来。直至如今我也还是不相信笑笑会死，我等待着她突然一天归来。我曾把那件毛线背心全部扯散，希望笑笑乐意用它系头发，我曾反复准备道歉的话语，希望得到笑笑的原谅，但她再也没有回来。

那场洪水过后，我对独角牛有了非同寻常的感情，通过它我真切地记起和笑笑共度过的每一个早晨与黄昏，它能让笑笑的每一个言谈举止在我的眼前重现。我如同笑笑在时一样以无限的爱心喂养独角牛，骑牧时生怕大腿压着了它左边的肋骨。那是草肚，笑笑说过草肚是不能压的，压着牛会吃不饱，尽管这时我已知道那不过是充满稚气的爱语，但我还是确信笑笑的话，当我的大腿无意间压着它左肋部位的草肚时，我会赶紧挪开，那时我分明看见笑笑满意的眼神。隆冬草枯时节我独自进山割芭茅嫩芯喂它。初次割茅不懂得茅边上有倒刺，只有用力攒紧才不会割破手掌，弄得双手血迹斑斑。深秋进山放牧独角牛怕石子硌脚，我编了四只草鞋给它穿上。我那时最关心的便是哪里有肥美的青草，看准了谁也不告诉，悄悄牵着独角牛去吃。现在我所认识的一些牛可以吃的植物几乎全是笑笑那时教给我的。比如树木类有槲栎、毛栎、水青冈、胡枝子；藤刺植物有金刚刺、三月泡、葛藤；草本植物最多，有冬茅、白茅、黄背草、狗牙根、蕨、箭竿竹、小金竹、野古草、铁芒萁、狗脊、鼠麴草、淡竹叶；有的草牛不太爱吃，主要有蔗草、苔草、灯心草、菖蒲。笑笑总是告诉我不要把晚稻草给牛吃，晚稻草秆硬，农药打得多，牛吃了会短命，又告诉我糯谷草有毛刺割舌头不要强给牛吃，也不能用它垫栏，糯草爱生虱子。笑笑还教我如何开关牛栏的暗闩，如何从牛角算牛的岁数；到野地抛放免得踏坏牛绳，教我挽颈、挽角多种系绳方法。笑笑的知识好像无穷无尽，她还知道相牛，她告诉我，后足落地的足印超过前足落地的足印的牛才好。她居然还告诉过我一个非常有趣的事情，说牛走道跟唱歌一样是打着拍子走的。这话当时我没有在意，许多年后，我偶尔翻阅一本关于牛的行为论著，重新去观察牛，发现牛走路果然是有节拍的。如每蹄分别着地称为四蹄拍步态，相当于乐谱中4/4拍子，情感庄重辽阔；如奔跑，每步仅发二音，称为二蹄拍步态，相当于进行曲，两者之间的慢跑是三蹄拍步态，俨如轻松婉转的圆舞曲节拍了。

这些都是过去的事了，笑笑死后，我变得从未有过的孤独。古历五月，长江中下游平原进入梅雨季节，我怕打湿衣裳，跪坐在牛背上，全身缩成一团（笑笑那件蓑衣被洪水卷走了，我戴个沉重的大斗笠，腰后系个化肥袋子）。我把裤管搓得很细往上滚，一直滚到大腿根部，隐隐勒得胀痛。长长的下午就那样跪着不动。那时除了静静听到斗笠上的雨声，便只有独角牛“噗噗”的拔咬田埂一线被人踩到路边的带雨水的绿草的声音，和由于贪婪憋久了才有一次的喷鼻声。牛口肥，前面吃掉的青草后面就长出了黄芽。牛背温度高，湿度也大，我把腿挪动一下便冒出热气。让人心烦的是蠓蚋，它们也凑到斗笠下面来躲雨，永远在耳朵边嗡嗡叫，怎样也赶不走。还有绿头牛虻，趁着雨水浸涨了牛皮好钻眼吸血，常常惹得独角牛猛地回头朝自己的肚皮上挽一角。有一次那只独角恰好挽在我刚打算放松一下的小腿上，痛得我咬紧牙关流出了眼泪，直到现在小腿那里还有一个褪不掉的乌记。记得那次我痛得下地牵着它吃，一不留神我的一只赤脚被它一只前蹄踩住了。我忍住剧痛用另一只脚踢它。本想它赶紧挪开，谁知它领会错了，把那只没有踩着我的前蹄高高提起来，将它差不多大半重量全踩压在我小小的光脚背上。尽管那样我也没有打一下独角牛，我知道它是无意的。夏天晚上蚊子多，我总是把独角牛拴到屋后土坪里，点燃辣蓼、黄荆子、艾蒿熏烟为它驱蚊。在整个夏季让我受到强烈刺激的，是那些牛盲虱，它们并不坚硬的身体居然可以钻进牛胯间的皮肉中，发现它时常剩半个屁股露在外头，我用指头拉扯它总是拉断，在肉里的半个还是拼命往里钻。桑格拉子人把这种牛虱称作“县太爷”。在此之前我还只是一种想象中的难受，后来居然有一只“县太爷”钻进我的肚皮内去了，痛感正如被泥中土蜂所蜇，我使尽法子也没能够把它完全弄出来。多少年过去，我只要一看见南方的水牛，就感到有许多“县太爷”正往它们的皮肉深处钻，在吮吸它们的鲜血，立即自己肚皮那里便针扎一样疼痛起来。

在我对南方的记忆里，总是同我作对，几乎专门迫害独角牛，使我恨之入骨的就是那个大家一直喊她“母队长”的怪女人。

初到南方的那个黄昏我就对她没有好感。那时她把衣袖挽得露出了腋毛，伸长手臂对准一头母牛的阴户捅进抽出，那时她正好回过头来看见我和小老，咧开嘴笑，布帽盖在一边耳朵上，叼着卷烟眼半眯着努力要躲开烟熏的样子，要不是看见她胸前汗衫破洞里漏出半个奶来，我还以为她是个男人。她不知是对小老还是对我那样笑着，那只捅进去的手随便抽出来，抓出一大把血肉模糊的东西，看一看，不像是她要的，于是又塞回去再掏。事后我才知道那头母牛产犊后胎盘没有下来结果死掉了，因为第二天村里大人孩子都欢天喜地吃上了牛肉。

我到南方那年她就是个半老太婆了，其实她那时不过四十来岁。曾多次听人说她年轻时候是怎样的漂亮迷人，但这正如人们闲话中说到独角牛曾经是一匹怎样雄壮威风的牯牛，在我都不曾目睹因而确实是难以置信的事情。她的两条手臂特别长，长到站立时随便可以摸着自己的膝盖。那时小街上有一种十分无趣的娱乐，便是到油榨作坊两手各取一块枯饼，然后从上街头走到下街头，再从下街头走到上街头，反复来回，谁耐久谁赢。赢也没有任何奖赏。我记得最后赢的总是她，我一度揣摸她那两条手臂恐怕就是那时候吊长的。别人早败下阵去了，她还要咬紧嘴唇闷红着脸来回走。那时街沿两边怂恿小孩似的众声起哄：母队长加油！母队长加油……

许多年后，她的那种神态还一直活在我的脑海里，那是她给我顶愉快的一个印象。这使我经常想起大学时期一个追求过我的女同学。那天晚上她表演节目要我去看。一个集体舞蹈结束了，别的姑娘早已退下边幕，她还板着脸在台上一遍又一遍地重复刚才大家下场时的那个动作，速度丝毫不变地慢慢往台内移。那时候观众的掌声早已过去，伴奏也停下多时。她的那种认真当时虽然让我为她感到羞愧难当，但许多年过去我还总是缅怀她那过头的认真后面希望受到赞许的心情。

在我上大学之前，我一直以为大家喊她母队长是种戏称，没想到中国姓氏中真有姓母的。小时候我曾听说，从一九四九年她就是桑格拉子的队长，她一直住在一间集体仓库里，上面下来干部都到她那里搭饭落宿，几乎没有一个包队或蹲点的干部没和她睡过觉。她对干部好，对群众却很厉害，动口就是我是预备党员。我在桑格拉子十年中，听她这样说起码一千遍，后来我了解到，解放初她就这样说了。和她关系最亲密、保持时间最长的是一个被桑格拉子人叫作张组长的公社书记。她和张组长的关系长期是半公开的，我那时候曾被一些小伙伴拉去偷看他们抱在床上亲嘴，总是笑笑跑来严厉地把我拉开。我那时还不懂得笑笑为什么那么生气，我以为母队长从来就是一个人过。

就我少年时期对她的总体印象而言，她是一个顶不要脸又顶威风能干的女人，在她当政的几十年中，桑格拉子就没有出现过一起违抗她的事件。给我印象较深的，还是每年秋后由她一手指挥的送公粮。她规定所有参加送粮的人必须使用同样长短同样弧度的弯木扁担，使用同样大小的丝篾箩，每人颈上要挂一块白毛巾。最让人受不了的是在正式送公粮前，她还要提前一个月指挥全体送粮的人们排练。排练主要内容年年相同，一是脚步要走整齐，二是口令一响同时换肩；手的动作也要求有变化，一是搭扁担扶箩绳式；二是一手扶绳一手甩动式，难度最大的是双手甩动式，这种走法换肩也不能用手。另外还有走法，不是一二一、一二一笔直往前走，而是走十字步，走一步退一步。走这种步子时母队长便在一旁跑前跑后，大声反复唱一个调子：56561615165323……而且反复纠正大家，唱到5656和5165时要低下头做不高兴状，唱到161和323时头要猛抬起，露出幸福热情的笑脸。这种场面我看过无数遍，的确，当时我那颗少年的心曾受到热烈的感染，我曾因看到那些老人和妇女因老学不会甩手迈步闹出种种笑话而感到快活甚至看不起他们，也曾因看到月光下小老挑着空箩在屋后坪里苦苦练习而认真地上前帮他纠正手脚上的错误。可现在当我偶然又听到那支秧歌调，全身便条件反射地暴起一片鸡皮疙瘩。

那顶黄布军帽盖着母队长的半只耳朵，永远像要掉下来的样子但从没掉下来过。她夸耀说那是真正的军用品，她说着把帽子摘下翻开让人看里面那个模糊不清的长方形公章。人们严肃认真地看着，谁都知道这顶帽子是张组长送给她的。她下嘴皮上永远粘着一棵卷烟，几十年的烟雾把她半个脸都熏黄了。在她身上永远穿胸斜背着一个具有时代特征和象征着统治权力的道具，这是母队长区别于其他干部的地方。

我到桑格拉子头几年她身上背着的是一只闹钟，有个鸡头会啄动的。过几年背一个比剃头箱子大两倍的收音机，是那种可以开大会扩音的，木框，塑料壳面，上头浮雕图案是毛泽东放射光线的头像，光线中有他的手书体“人民公社好”五个字。

想起这个收音机我就感到羞得无地自容，正如当众败露了一桩和她共谋的丑行。那些年月里，母队长把巨大的收音机终日用根棕绳背在身上，到处走动，让田里干活的人及时听到宣传。有个好事的人提意见说听不清，有个喇叭才好。果然不出几天她手边就有了一个，那是一只口径比水桶还大的高音喇叭。母队长先是自己扛在肩膀上，田头地角到处宣传，不到一天便累得挺不住了，她放下喇叭，目光在我们这些干活的人之中巡睃。

笑笑和笑笑的父母离开我们后，我便和小老相依为命，小老身体不好，经常卧床。小学那时停课日子多，除了放养独角牛，给家里挑水砍柴，我还必须到队里干活，尽量多挣几个工分。

那时候母队长的目光落定在我身上，接着她扯下裤带拴紧喇叭往我肩上一挂。尽管心里憎恶但当时我并没有挣脱。那时所有的眼睛都望着我，我知道他们是在怎样地羡慕我。就这样，我背着巨大的高音喇叭走前，母队长背着收音机走后。我已经记不清收音机里响了一些什么，母队长对着扩音器叫了一些什么，只感到在震耳欲聋的响声中，肩膀被勒得发痛，地皮震得脚板发麻。那种日子我也记不清有过多少个，我只记得母队长以后每次都要我背喇叭，她仿佛是为了照顾我，从众人眉眼中我也感觉到这一点，我想起她曾经偷偷给小老家背过两口袋麦糠。但我还是十分讨厌跟她在一起，我曾经暗暗弄坏过三个高音喇叭，但每次她都去买了新的换上。我实在不愿回忆那一段往事，然而它凝聚成了潜在于我心理上的强烈厌恶，现在只要我一看见那种铅灰色、翻开的口沿包了一圈黑色橡皮的高音喇叭，我的头皮就情不自禁地阵阵发紧，伴随着强烈的耳鸣。

如果母队长在我的生活中仅仅如此，我肯定是会轻易地淡忘她的，最使我对她深怀敌意的是她那样狠毒地对待独角牛。

直到现在桑格拉子的人们还回忆说，没有见过一头那么会做事通人性而且活到那么大岁数的水牛。从桑格拉子解放前夕到恢复高考后我离开南方，独角牛足足活了三十四年。它像当地真正的农民一样熟悉桑格拉子的每一块土地。它做事不需人们多费脑筋，无论站到一块形状如何古怪的田边，它只要回头看看身后拖着的是一件什么农具，就能马上作出反应，该从哪个角落下田，然后才能从哪里结束，不走重复路线。它还是桑格拉子唯一一头可以不要牛绳耕田的牛。

南方的夏天酷热而漫长，最苦最累的“双抢”永远是在烈日直射的土地上展开的。那时节，蓝色天幕上生硬的白云如熔银灼眼，南方晴朗的远天总是响着行雷。水田反射着强烈的日光刺得我眼睛发花，可以不断听见头发晒得发出断裂的爆响，汗水把整个脑袋泡成了粉红色，流到眼眶里，刺得眼膜发痛，插秧的双手都是泥巴，也只得到水田里撩滚烫的浊水洗抹眼睛。那时听见一声鞭响，我抬起头来，看见独角牛全身滚满的泥巴被晒裂成白花花的无数块。母队长的鞭杆头一下比一下凶狠地抽在它背上，抽一下牛背上便裂碎一块干枯的泥壳，同时爆起一团白色灰雾。独角牛嘴吐白沫大口喘息，它瞪大眼睛，竖起尾巴，伸长颈脖，拱背左右摇摆，脚步踉跄地拼命将木犁往前拉动。

在我认识的农民中，真正狠心打牛的并不多见，像母队长这样打牛是独一无二。通常农民使用的鞭子是水竹梢，而她的鞭子却是一根三尺多长指头粗细的木棍，末端扎了一根两尺来长浸过桐油的细麻绳，绳头拦腰拴紧一个拇指大小的坚硬柴棍，一鞭下去，牛背轻则鼓起一个肿块，重则当即揭去一块表皮，露出血红的伤口。当我少年时曾经多少次流着眼泪冲上去，咬母队长的手，朝她砸土块，把她推翻在田里，最后总是小老跑来把我拉开，抱住。母队长则会更疯狂地抽打独角牛，同时歇斯底里喊叫什么，小老望着她沉默不语。那时我还不明白爱牛如命的小老为什么不阻止她毒打独角牛。

我看出母队长一直故意歹毒地虐待和折磨独角牛，好像有说不清的怨愤和仇恨该当朝它发泄。

桑格拉子使用的是典型的南方木犁，在犁弓和犁底之间有根和扶手平行的竖栓，竖栓穿出犁弓部分有一道小方孔，可以通过在方孔中加减树枝调整犁尖吃土的深浅，孔中塞满树枝，犁尖和弓头拉纤形成的角度小，吃土便浅，那样牛也轻松。正常情况下塞个两三根树枝能犁清熟土就可以了，但是母队长在使役独角牛时一定要把所有的树枝全部抽去，一直把熟土深处发红的夹有沙石的生土也翻过来，走不动便狠狠抽打。

在南方的烈日下面，在重轭和犁手残忍的鞭笞下，独角牛把破碎的土地艰难地向后蹬动的情状，这个具有象征意味的造型，在我记忆深处耸起一座无法抹去的雕像，让我从各个侧面思索它本身所包含的历史、现实与未来的含义。据史料记载，我国公元前三千年开始养牛，黄帝时代开始用牛驾车，西周开始用牛耕田，春秋战国时期出现铁制的犁耙，我国水牛最多的时候是一九三五年，目前总数在一千九百万头，次于水牛的故国印度。我了解到目前中国南方水牛无论外形还是秉性以及它们屁股后面的犁铧等工具，至少与四千年前没有什么不同，其间中国社会却经历了大小上百个王朝的更迭。

夏日傍晚放轭，我找不到清水洗拭独角牛伤口上的泥巴。那时南方的夕阳匍匐在原野尽头，把红重的光芒集束地横扫过大地，浩莽的暮色渐渐在桑格拉子千亩原田上弥漫铺开，混浊的暮霭中低低弥满蜻蜓的薄翼。面对漠漠大野，少年的我曾默默流下多少泪水。

无论我怎样爱护独角牛，它还是逃脱不了日复一日的毒打。在犁手到树下歇憩时，独角牛站在日头下嚼一把晚草，那些可恨的黄嘴黑八哥从各处飞来，落在它背上啄它的伤口。独角牛的耳朵和那只独角只能保护前半个身子，尾巴只能保护后半个身子，背上很宽一片是它无法保护的地方，而母队长打得顺手的就是这里，八哥安然无恙啄着的也是这里，独角牛对它们毫无办法，只能默默忍受。有多少回，我气得摸起土块打过去，被打中的却往往是独角牛而不是八哥。那时独角牛会抬头朝我望一眼，直到如今我还忘不了它那一望，因为怕它误解而惴惴不安，这种痛苦的体验，于类似的情形中我不知重温过多少次。

为了报复，我曾经半夜牵着牛去吃母队长园里的菜，为了让用牛人找不到牛，我总是起得很早，把牛牵得远远的躲起来，但总没有逃出过母队长的眼睛。站在上街口那个高坎上四下瞭望，平坦辽阔的桑格拉子哪里藏得住独角牛！我曾苦苦哀求母队长用别人的牛，让独角牛歇几天。但她偏偏要用独角牛。她为什么这么仇恨独角牛，对别的牛她并不这样，几年后我才在深深的震惊之余完全明白和理解了。

母队长不仅打牛，故意深犁，而且经常在独角牛走得好好的时候，猛然扯一下独角牛的鼻子，过一阵又猛地扯一下，那时独角牛只好停下回过头来，我不止一次看见它那样一副无所适从的神态。现在我还时常在浮想之中对它凝视，想起生活中与此相似的若干人和事。

独角牛在母队长无原则的斥责下变得硬鼻不听使唤了，木栓对它已不能约束，因此母队长让铁匠打了一个阎王栓。阎王栓是一种铁栓，穿入鼻子的铁环中带有一串倒钩，轻轻一拉，倒钩便刺进肉里。我看见独角牛不再敢违背母队长的意志，整天鼻子都在淌血涎。在一个夜晚我把阎王栓取下丢进了终年不干的池塘。

现在想起来我是多么幼稚，第二天母队长问阎王栓怎么没了，我说还不是独角牛它自己弄掉的。因为我的话独角牛遭受一顿毒打之后，拴上了另一只更大更厉害的阎王栓。

在我上中学的几年里，独角牛由别人放养。一个夏天我回家看见它的时候，我忍不住抱着它哭了。它比小老那年领回家时更老更瘦，双颈筒已经变成了单颈，皮吊吊地打着灰白色的干皱，肛门深深陷落进耻骨窟窿里，像水一样左右晃动。

一九四九年十月前，小老用自己的双手在桑格拉子开垦了八九亩荒地，后来经过反复平整，把这片土地连成整块水田，称之为“十亩大丘”。那时他已经是个三十出头的种田行家，他没有自己的耕牛，却有一手诊牛的好本事。有个宽裕人家的母牛产头胎犊，胎盘不下十分危险，这家人对小老说如果救活母牛，小牛作为答谢归小老，小老由此有了牛。那时小老已经与当地的一个姑娘成婚，并生了一个女儿。不久桑格拉子变天，来了土改工作组。那姑娘参加运动十分积极，工作组张组长是刚从部队转业的，看上了她的什么，答应培养她入党，但先得考验一个时期。划成分开始后，张组长根据小老家庭的经济状况，说如果交出那头牛可以勉强算个中农，如果要牛就定为富农。无论那个姑娘怎样反对，小老最后咬定牛是要的，就当富农。富农的老婆不能入党，那姑娘便与小老离婚了。从那以后小老一直带着女儿过日子，那个姑娘则不分日夜协助张组长搞运动。工作组走后，党员没批下来，换了新的工作组，负责人要她继续努力争取，不要泄气。几年后成立人民公社，各种人畜都要入社，小老和那个姑娘感情还在，一心想着复婚，便把牛高高兴兴地牵到社里去，并说现在牛他交出来了，富农他也不要了。但工作组的人对他严肃地说，富农跟牛不同，牛可以退还，富农不能退还。

从那以后小老便没有再提复婚一事，也未再婚。那姑娘虽然与小老的旧情难断，但一直当着桑格拉子的干部，上进心强，且对常常下来的张组长抱着幻想，两人热火时便神气十足，一旦失意又念及旧情。如果不是那头牛，她同小老早该复婚了，或许根本就不会离婚。

那头牛就是独角牛，那个姑娘就是现在的母队长。

我知道这件事，是在初中毕业的那年秋天。那年按照当时新的政策，小老被摘去了富农帽子，可以喂养集体的耕牛了。其实小老那时体质已经十分虚弱，像一头衰老的牛，重活已经拿不起来了。桑格拉子的秋天，山是阴森森的，四野无限宁静，天空上陈列着层次丰富而清晰的乌云。有一堆较黑的云朵破了几个不规则的缺口，漏射下来几支极为清朗的光束，其中有一支垂直落在低头吃草的独角牛的背上。一只苍鹰在高空舒缓地盘旋，时而穿过那支光束，时而消失在黑云之中。红薯地隆起的土垄裂开了很宽的口子，大个头的黑蚂蚁被沉醉的香气引得爬进爬出。空气中不时震动轻微的迸裂声，接着有绽开的板栗落下来打中行人的脑袋。远处高高的树顶，秋风吹凉的阳光淡照着八哥乌云一样柔软的胸脯。田沟厚厚的灰土赤脚落上去清凉细腻，足尖埋进踢起，依然尘灰不扬。小老用粗糙的手在地上抓拢草根柴刺。白色烟雾升起来。飘起了麻麻细雨。春雨两头齐，秋雨两头尖，天气凉下来了。烟雾在湿爽的秋空里左右蠕动，渐渐飘横，在辽阔空旷的原野上汇成一道雾蟒。我抿紧嘴使劲吸着鼻子，烟雾中有燃烧过的水竹和南方干松针的浓郁香气。

独角牛安静地吃草，小老埋头削牛栓。那时小老已经用木栓换下了阎王栓。小老削栓一律采用池塘边生长的木梓树，削好早早放到尿桶里浸得通红，据说这样不伤牛鼻，在灶屋檐下终年盛满陈尿的大木桶里必然有几只备用的牛栓。放牛时，除了削牛栓便是在腿上搓牛绳。小老怕搓坏裤子，搓绳必然把裤管卷到大腿根部。我那时总以一种恐惧心情望着那条可怕的腿，这是一条上下直筒足有炖菜炭炉粗的腿，桑格拉子人叫作“冬瓜腿”。小老的腿杆是道地南方种田人的腿杆，上面没有一根毛，颜色是那种陈旧的光溜溜的黄色，好像日子久了被粗巴掌捋光的锄头把。这是因为小老下面半截身子终年栽在泥巴里的缘故。在我印象中小老终年都是一双赤脚，天冷才踏一双草鞋，收工回家把草鞋退在门角里，洗脚上床才穿那双胶底鞋（笑笑的母亲死后，我们都没有布鞋穿了）。小老脚板皲裂很深，经常看见他坐在黄昏的灶屋门口，用扫帚苗把卡在里面的谷粒或石子拨出来。

每年耕冬水田都是小老和独角牛的事情。

冬水田酸性重，浮了一层锈水，终年不干的淤泥田，一年只种一季红壳糯，不用犁，只消用木叶扎滚把头年的禾秆蔸扎进烂泥中。我曾多次看见独角牛整个大肚皮在布满锋利秆蔸的泥面上拖动，一天下来生殖器肿得撒不出尿。扎滚上面不能站人，人太重，通常只压上一个四五十斤重的石块，但人总得跟在后面。小老的腿杆在深泥里捅进拔出，不仅磨光了汗毛，而且常常肿胀通红，那只冬瓜脚更是腐烂出水，穿草鞋也疼痛难忍。那天我突然看到一个本来十分一般的情景，却让我感到非常陌生非常惊异：收工时，小老骑在独角牛的背上回家。

那时我久久怔住了，我不相信自己的眼睛，因为我突然记起，多少年来我从没见过骑牛的小老。

自那以后我也再没有见过小老骑牛了。

我和小老总是到田野上一丛丛的丝茅当中抽取茅筋，扎成一把一把，晒干挂起，留到日后搓牛绳或打草鞋，同时附带查看田头地角有多少丢弃的农具。那时候随意损坏集体农具的事情是很普遍的，经常可以看到秋后用过的犁耙，牛在哪里放轭就丢在哪里。漫长的冬季，风霜雨雪，犁耙在那里生锈腐烂，人们路过只当没看见，总要到次年开春了，要用了，大家才在漫不经心的闲聊中互相提到某处田角处或水沟边有一架犁或一行耙。等到去看，牛轭上本来已经枯死的拉藤居然复活了，发了新芽，长出绿色的叶子。

只要能够找到，小老总是一件一件地背到集体仓库里去。在我的记忆里，无论是集体生产还是以后的分田单干，小老对劳动的态度始终不曾改变。因此我想到生存的方式无论如何变来变去，都不是冲着小老这类人来的。这个世界亏欠他们，他们从未亏欠这个世界。

那天我和小老把两架木犁扛到仓库，回来发现独角牛不见了。

我们到处寻找，终于在一道深沟里找到了。独角牛仰面跌翻躺在沟底，四肢搅动身体无法动弹。

小老大惊，叫我跑去村里喊人。我气喘吁吁地奔跑着，想到马上可能发生的危险。

忽然我发觉有个人从身后追了上来，又疾风一样超了过去，他连续跳下七道田坎，转眼变成一个越来越小的黑影。我不敢相信那会是小老，多少年来走路缓慢神情灰暗的小老。在我一生中我只看到过小老那一次疾奔如飞的身影。

记得那天我们跑到村里求人帮忙，人们嘴上敷衍着但没有一个人动身。我看见他们说话时喉结上下滚动，不停地吞咽口水。

我知道他们想吃牛肉了。那些年月，桑格拉子极少杀猪，每年上面下达的派购任务很重。我记得每年集体只杀两回猪，一回在春插，一回在“双抢”，年景好的话再加上端午和中秋两回。桑格拉子人口多，通常一次至少得杀两头猪，按户口人头数，肉多的时候每人能够分到半斤，单身汉可以得双份，那时总让人眼红。记得有一年春插我和小老分肉去晚了，屠桌上空空的只剩下一个猪尾巴。屠夫说那就是我们的一份，七两，还足足超过了一两。猪肉吃不过瘾，人们就在牛身上打主意。尽管那时人们或明或暗地损害集体财产，但公然屠杀耕牛还是被明令禁止的，总要有意和无意使牛跌坏一只脚，或瞎了眼破裂了鼻镜等等，这才有充足的理由让心口激动得怦怦跳着等待吃肉。那时间桑格拉子人如果迎面碰到必然喜滋滋地举起两个指头从上嘴唇往外一抹，那是一个早成惯例的手势，意为：“掰开胡子喝汤。”

小老扯住桑格拉子每一个男人说好话，最后他登了母队长的门。在我的记忆中，母队长曾多次或明或暗地表示过想接近小老的意思，比如那次扛来队里两袋麦糠，虽然小老坚决退了回去。据说自张组长和另一个女人结婚后，小老摘掉了富农帽子，母队长就有了那份意思，但是小老从不理她，我看见那时母队长脸上露出说不清是辛酸、得意还是高傲的古怪表情。小老的双膝颤抖着在慢慢往下弯曲，母队长的表情渐渐变得单纯，在难于抑制的激动中显出渴望已久的欣喜。但是小老那双快要触到地面的膝盖猛地往上一弹，转身走了。

小老找来绳索和木杠，我记得那是抬棺材用的，闲时就堆放在碾盘的横梁上，母队长和小老死后，也是这副绳杠抬上山的。我如果没有离开桑格拉子，终究也得用着它。小老把独角牛四蹄捆紧，我们用木杠往上抬，但我们毕竟是一老一少，太乏力了，独角牛虽瘦当时也还有三四百斤。最后多亏那群看热闹的孩子，总算把独角牛抬起来了。

救活了独角牛，小老却在那年秋天被抓走关押起来，判处三个月的拘役。有人告他故意破坏耕牛。

根据小老平时的为人，能断定在桑格拉子他没有任何对头，要么就只能是仅仅因为没吃上牛肉而告他，除此而外我得不到稍微合理一些的解释。多少年过去我才知道，告小老的是母队长。

我不会忘记小老刑满回到桑格拉子的那个冬天。

那时桑格拉子又来了工作组，组长又是那位张组长，来这里试行土地承包责任制，把集体的仓库、耕牛、农具分回私人。不知是小老执意要求还是张组长有意撮合，独角牛又分回了小老。

那天桑格拉子的原野上刮着萧瑟的北风，无边无际的茅草在风声中劲飞狂舞。小老佝偻着背牵着独角牛慢慢走回家去。

只几个月，独角牛已经老得不成样子，眼角积着成堆的分泌物，枯干的皮毛下肋条根根可数，浑身结满成串的灰白色的虱婆蛋。

三十多年过去，独角牛已经老得走不稳了，但它总算挣扎着活了下来，看到了许多稀奇古怪的世事。

小老在一块大田跟前站住。这就是三十多年前他一锄一锄开垦出来的

“十亩大丘”。现在它上面垒起了无数道田埂，划分成一小块一小块，因为这块田土质好，都要求搭配一点。小老只分到脚尖前面晒席大一块。如果笑笑的父母还在，笑笑还在，而笑笑又结婚生了孩子的话，如果张组长肯容情，这“十亩大丘”说不定会完整地归还小老一家。

小老坐下来，久久凝望着面前的土地。他身旁那只粗糙的老手在地上下意识地划个不停。我几次低下头去，看不明白画的是什么，只见反反复复交叠着一根曲线。倘是现在我恐怕会带一定的主观色彩去理解那根曲线所能暗示的含义，随着时间的推移，我越来越觉得小老是一个情感丰富而神志清醒的人。

小老那只手是一只极为平常的老年农民的手，如果拿笔在纸上绝对画不出一道一寸长的直线，但这只手却栽得出上千米长的线禾。小老是桑格拉子最有名的“线手”，“十亩大丘”每年都得他来下线。现在想起来我还是那样自豪，小老每年也只有在那些日子里脸上才焕发出一种年轻人才有的光彩。

春插是南方盛大的节日！那时水田已平整好，泥泞的田埂上洒满阳光，草芽如同春天伸出的指头，把赤着脚板挑秧的南方姑娘撩得笑闭了气。小老在人们的簇拥下走向“十亩大丘”。他很考究地挽起袖口、裤管，第一个走下田，解开一把秧苗，弓身眯眼，拉直一根扎秧的灯芯草瞄向大田遥远的那端。“十亩大丘”那端人影小得只有指头长，从面目很难看出是谁。在那端的田埂上距离均匀地放了七包勇士牌香烟（当时一角四分钱一包）。小老测量完毕，谨慎地插下七蔸头秧，然后便只能看见白茫茫的水田上七根绿线笔直地朝大田那端射去，最后七蔸尾秧刚好对准七包香烟。旁观的人们欢呼起来，那时小老把香烟散给大家抽，脸上微露得意。

小老慢慢站起来，依然凝望面前的土地，他一下一下拍着独角牛的脊背，眼里闪射出神往的光辉。我知道小老想了些什么。

现在回忆起来，桑格拉子的春天确是异乎寻常美丽的。

远山残雪消融，不知从哪儿吹来了不息的和风。水田白了，池塘阔了，桃树梨树举起了巨大的花束。什么雀儿被油菜花的香气熏醉，撒娇似的歪斜着跌落下来又斜刺里飞起，“燕子来了！”有人说。果然那雀儿从浓黄的花海中又蹿回天空，是燕子，它们撞折花茎，沾满一身花粉，欢快地飞舞。燕子具体什么时间离开桑格拉子我一直没搞清楚，总要到看见它们成群结队地在田野上飞旋鸣叫我才想起它们确曾离开过。

在对联红纸渐渐淡褪的门口，可以听见在腰头系了一冬的罗布汗巾当空啪啪地抖响，而那为暖风折断为晴光照耀如同漫空撒下银筷子一般的新雨，打湿了南方水牛背一样的黑色屋脊和蓝色炊烟里燕子黑色的翅膀。雨中洇开团团绿荫，杏花殷殷地静亮于泉边，鲜红的太阳水淋淋地升起来，雨停了，阳光吻遍梳洗过的绿色世界，白云在满山苍翠里流走。小老赶着独角牛下田了，他用巴掌一下一下拍着牛背表达自己的兴奋心情。

牛蹄踩着南方肥嫩的鲜草，趾丫间溢出一股股芬芳的青汁。小老开犁前总要搓搓独角牛的脖子，在轭上包好破布。开犁了，犁尖把酣睡了长长一个冬天的土地往右边轻轻翻开，被窝里跳出的是口里含了一包泥土梦的青蛙。冬来上了黄锈的犁尖渐渐变白变亮，翻开的春泥气息多么清新，赤脚走在上面好凉快呀。那时候，笑笑总是提着草篮沿着田埂聚精会神地寻找可口的草莓。她旁边的田畴，冬小麦穗已抽齐，田沟长满嫩茸茸的青草，一汪温暖的清水在上面活活地流淌。经雨水冲刷的泥块失去了新翻时的轮廓和光泽，露出头年禾蔸丝丝淡红的根须。先落地的油菜花被雨水泡胀变得苍白，萝卜起薹了，摇动一片乱纷纷的小花。暮色降临的时候，傍晚空气中震动着女人呼唤鸭子回家的声音，母鸭游弋迟缓，尾巴沉重地拖在水面，叫声洪亮，公鸭翘尾连连甩水，嘴巴张得很大而嗓门沙哑。这是南方春天黄昏时所特有的声音。

那是怎样的春天！可是我记得就在那样美丽的季节，独角牛不止一次地倒在田里，肚皮胀得滚圆，四蹄僵硬指天。小老知道那是因为拉犁时贪吃了红花草，作气发胀所致，医书上叫青草胀，不赶紧放气，肚子会胀炸。那时有多少人盼望独角牛死掉。小老最后总是用石块敲下一根耙齿，在衣襟上擦净泥土，对着鼓鼓的牛肚硬钉进去……

那天小老把独角牛领回家，用仅剩的小半碗猪油给牛搽虱子，只花间着薄薄涂抹一片油就用完了。小老打算把牛毛剪光。

远处兴冲冲地走来一个头发蓬乱的老太婆。她穿胸斜背一架沾满泥垢的双喇叭收录机，提了一挂猪板油跨进门来。是母队长。

她走近独角牛，也不吱声，抓起猪油就往牛身上大涂大擦。

独角牛已经不是小老一家所有，四条腿中有两条属于母队长，她有一半股份。这是小老牵牛回家的前一个夜晚，在桑格拉子最后一次人民公社的小队社员会上由工作组张组长宣布的。就是在那个晚上，有人当我的面挑明了小老和母队长解放前那段关系，并在会场上戏弄我，要我喊母队长小娘。

过几天，在张组长主持下，桑格拉子举行了历史上第一次民主选举，推选他们自己的村长。母队长彻底落选了，只有两票选她。当场宣布了桑格拉子新任领导人。张组长让母队长把闹钟、收音机、录音机和那枚桑格拉子的牛角公章交出来。母队长赖着，反复说张组长不把她党员批下来就不交。大家在一旁等着不是滋味，主要也是半夜瞌睡来了，替母队长向张组长求情，张组长说这是原则问题，很为难，答应回去研究。

关于让母队长和小老合分一头独角牛的原因，我知道不光是张组长的意图，更主要的是桑格拉子群众的想法。母队长如今老了，没有后代，也没有任何亲人，按规定合格吃五保。但母队长自以为是桑格拉子的革命老干部，虽然没有争到退休金待遇，但无论如何也放不下架子让人们把她当成孤苦伶仃的五保户对待。她硬起嘴巴说自己还不老，还能种田，还要地要牛。事实上村里人正巴不得少负担或晚负担一个五保户，因此想到她同小老以前那段关系，便略带善意地以合牛的方式把她往小老身上推。

那以前，母队长只身长期住在一间集体仓库里，土地承包后，仓库也卖给私人了，母队长再无栖身之所，那家人一天数次撵她搬走。恰好不久死了一个五保户，腾出一间空屋来，不管母队长怎样不愿意，那家人一齐动手把她的铺盖搬了过去。五保户那栋房子是集体盖的，故意搞得破烂不堪，好随时向上头讨救济，在此之前母队长坚决不肯住过去。

母队长在当干部几十年中太听上头的话，工作起来毫不留情，得罪过很多人。

母队长被人强行搬过去后，可能是羞于露面，数日没有出门。无论是在大家心目中还是她自己的现实处境，她都变成桑格拉子的一个五保户了。但没有任何人帮她砍柴挑水，在她病倒的那些日子竟没有任何人知道，是她自己从床上爬下地，爬出门，爬到一条水沟边喝水，才被过路人发现，这个过路人恰巧是张组长。

我至今仍清楚地记得，为此张组长到我家来征询小老意见的情形。张组长的神色一直十分尴尬，一根接一根吸着卷烟，两根夹惯纸烟的手指好像格外生疏起来，卷烟经常掉到地上。小老坐在门槛上。两个均已白发苍苍的老人怀着各自不同的复杂心情长久地沉默着。终于小老抬起头来答应了，但提出两个条件，一是母队长住原处不动，二是日后倘小老先她去世，母队长与萧家人不再有任何关系。

现在想起来，我不知该怎样认识小老，在这件事情上，他承受下来的不是爱情也不是义务。他自己做出牺牲，却为我的远景谋虑。

在那个比任何一年都要寒冷和漫长的冬季里，足足活了三十四年的独角牛悲惨地死去了，母队长也死了。那是发生在我去北方上大学后返回南方的第一个寒假间的事情。

这有一半是因为我上学需要钱。虽然已经是大学生，但我连一条敢于穿出来跑步上操的短裤都没有。鉴于自尊与自卑之间的羞耻心，使我连当着同寝室的男生面换短裤也不敢，总是极为猥琐地睡到被子里脱下换上，洗它也总要等到水池边没有男女同学的时候。有次我从教室自习回来，发现寝室前面围了大群的男女学生，当中有个胖女人用铁钳举着一块打满补疤滴着泥水的破烂旧布，高声吆喝是谁的，还要不要了。我猛抬头寻望，发现晾着的我那条短裤不见了。胖女人是大学的清洁工，她故意寻开心地叫嚷，再不说话就送到博物馆去了，男女学生发出阵阵哄笑。我那时候不敢去承认，热血涌到脸上，心里剧烈翻腾着卑贱、屈辱、仇恨、愤怒……种种复杂的感情。最后我冷静下来，都市人们并非都不善良，但我和他们是不同的。我本来想趁放寒假在大学挣一点钱作下学期的费用，但第一个寒假我想还是应该回去，和孤独的小老作新年的团聚，同时我也知道小老卧病多时了。

回到桑格拉子是古历腊月二十四，在黄昏的时候渡船把我接过河。远望暮霭中的小街已有几处亮起柠檬色的灯火——它猛然使我回想起母亲死后小老接我来到桑格拉子的情景。

依然是经过潮湿的河地与那片桃林，我从灶屋进了家门。

踏上桑格拉子的土地我的心情便无比沉重，双腿每迈一步都显得困难，进灶屋时忘记弯腰，前额在门顶上碰了一下，脚被门槛绊住，一跤扑倒在灶屋黑暗的地上，发出很大的响声。屋里什么也看不见，我爬起来往堂屋摸。

堂屋一角铺了禾秆，独角牛一动不动卧在上面，它旁边的地塘里横着一个烧空了肚子的树蔸。渐渐能看见一些东西，睡房依然昏暗，我听见调匙和碗边轻轻相碰所发出的响声，张嘴叫了两声小老，没人应。我摸进房，发现母队长坐在床头一手勾住小老的脖子，一手朝他嘴里喂药。桌上的油灯因为没有油已经熄灭了，灯下倒放着母队长那根土制的五节电筒，灯泡刚刚烧红钨丝，欲熄未熄，隐隐能照见小老半睁半闭的眼睛。

为送小老到镇上住院治病我到处上门借钱，以我的人格担保四年后按银行利息归还。从腊月二十五到二十六，整整两天，只借到三十一块四毛钱。腊月二十七日，母队长望着躺在地上的独角牛，转着眼珠动心思。最终她强硬地把牛赶起来。独角牛摇晃着，颤颤巍巍地跟在母队长后头走出屋。那时我盲目地跟在后面。

出上街头往右拐个弯的高坎下面，是那条连接县城和乡镇的公路，如果汽车从这里经过，站在高坎上，可以看清车厢里装着什么货物。记得曾经有头牛从土坎上冲下公路被汽车撞死了。母队长把独角牛拉到高坎上面站住，等待什么。

站在高坎上可以眺望桑格拉子全景。记得以往每当我牵着独角牛躲避母队长使役，她就站到这个地方来喊我。此刻已近年关，还没下雪，天色阴沉，田野与河流显得灰暗而毫无生气，腊月的太阳像吊在灶屋的十五瓦灯泡，照不亮任何一个物体，整个桑格拉子是一张色调模糊寡暗的灰色照片。像百脚虫一样蛰伏在原野上的小街，不时闷闷响几声鞭炮。可能考虑到自己势单力孤，造不起新年气氛，响过几声也就算了。凛冽的寒风牵动母队长的衣角，她不住地吸溜鼻子踮足远望。我觉察到她想做什么。

一辆汽车开过来。母队长顿时显出紧张，她浑身哆嗦着，我看出她努力镇定自己。她让独角牛更靠近坎沿一点。那时我整个人一阵摇晃，随即那颗心急剧地下沉，完全明白了。

汽车一驰而过，母队长紧紧抵住牛屁股的双手松开了，没有往下推。她拍拍手告诉我，这是私人的车，撞死出不起几个钱。她要等县城里政府的车来，要过年了，县政府机关年年有车下来买新鲜野味。

虽然现在我总是在理智与感情十分平静的情况下，因无力挽救而孤立一旁，看着人们满怀热情地干着一桩又一桩蠢事，费毕生精力在通往自由的道路上设置障碍，但那时我毕竟同母队长发生过尖锐的冲突，这些我如今也不愿提起了。记得那天我们在刺骨的寒风中一直从早上等到下午，再也没有等来一辆过往的汽车。独角牛已经站立不稳，挣扎着走回街口便趴下，再也没有起来。

傍晚从县城方向来了一辆吉普车，看见街口倒了牛便停下。下来的是张组长。土地承包试点工作搞完他调进县城去了，平级调动，组织上主要是考虑给老干部安排一个能安度晚年的生活环境。他家属还暂住镇上，年关放假，小车送他回家过年。张组长摸着一头白发，洒脱地同母队长打招呼，然后用皮鞋尖踢踢独角牛的屁股，笑着说剥掉算了，总还有百把斤肉，现在城里牛肉一斤卖到了两块三，并说他也打算搞一腿肉回去过年。

我记得当时母队长恶狠狠地盯视张组长很久，然后咬紧门齿质问她的党员怎么还不批下来。张组长岔开话题，说他过完年就要退休了，转眼跟母队长一样，不过是个高级五保户。母队长望着张组长，好像对他那话考虑了半天，说牛还没死，要拖怕还拖得两三天。张组长那时看看手表没有说话，走进街边铁匠铺，从徒弟手中接过一把八磅锤。母队长看着，手不敢接。

看见他们真的要杀独角牛，我飞跑回家把情况告诉小老，想背起小老让他出面阻止。但是小老没有起身的意思，他靠在床头，目光发直半天，最后合上眼睛说，算了，牛就是这样的命。说这话时两股混浊的泪水顺着小老凸凹不平的老脸滚落下来。

走回街口，围观的人逐渐增多。我看见母队长已经接过铁锤，一步一步朝独角牛移近。那时独角牛不知凭借一股什么力量，居然挣扎着慢慢站了起来，它的眼睛那时突然显得极为明亮，温驯地望着母队长，丝毫没有恐惧的神色。一切都是那么安静，母队长把铁锤举起来，举得很慢，突然她双膝一阵抖动，铁锤颓然落地，神经质般地狂喊一声：“做恶人就要我来！”喊声惊天动地，听了叫人心里发毛。张组长没有受到惊吓，他叹了口气，走到水田边，提提裤子，很讲究地蹲下，把毛料中山装袖口挽起，用两只瘦削白皙十分干净的手各掏了一捧稀泥，朝独角牛走过来。独角牛神色骤变，明亮的双眼泪水泉涌一般流出，同时咚的一声双膝跪下。

张组长走近前，对准独角牛的两只眼睛一手盖上一捧稀泥。

我只感到双眼顿时发黑，脑门顶上轰的一声震响，一切全炸裂开来。

那天母队长一锤下去独角牛便永远倒下了。牛刚倒地，人群中蹿出一个喜欢打点猎的人，从裤袋摸出半根早已预备下的钢锯条（是当时那种一毛五分钱一根的），敲着那只独角寻找什么，这时我才发现独角牛活着的时候他就在角上锯下了一道口子，我想一定还是集体时锯下的。现在找到那道锯口，他接着飞快地锯起来，带血的角质粉末纷纷散落在独角牛的颈脖上和糊住眼睛的污泥上。桑格拉子的猎人习惯用牛角作硝筒。

因为已经是私人的牛，大家不像以前死牛那样高兴，女人连连喊叫各自的男人和孩子赶快回屋。但张组长停车在等，便有人自告奋勇动手帮忙。桑格拉子的男人剥起牛来几乎个个在行，不出一根烟工夫，一头没有皮的水牛便仰睡在它自己的皮上了。接着用板斧劈开胸膛，扒出内脏，卸成几大块。张组长得了一条腿，看来看去觉得太多了，便吩咐剜下几大块好肉，付给母队长一张拾元的钞票上车走了。母队长望着张组长的吉普车消逝在桑格拉子原野尽头，才记起什么似的把钞票举到鼻子底下嗅了嗅。

按照习惯，把好肉歹肉全割下来搭匀，用棕叶穿成一挂一挂，总数是一百三十四斤。母队长决定要卖两块钱一斤，桑格拉子的人们想起以前集体分牛肉只要三毛五分钱一斤，现在涨了好几倍。结果一斤也没有卖掉，只好另想办法。

桑格拉子没有吃牛内脏的习惯，便掘个坑埋了。好肉剮下后的骨头由一些好事的人连夜搬到原集体养猪场的大瀬锅里煮，剔拆骨肉，谁剔归谁。第二日天明时火熄人空，一摊白骨头堆在墙角的大箢篓里。有个晚些时候听到消息的土木匠走来，猫着腰，鼠头鼠脑地到肋骨堆里挑选合适的做曲尺。当日来了个收破烂的，用五分钱一斤的国家牌价，收去了独角牛的全副骨头。

腊月二十八，我和一个请来帮忙的人到乡镇上去卖牛肉和牛皮。本来想挑到县城去，但逼近年关没有车，走去太远。怕帮忙的人不卖力，临时母队长说工钱从卖得的钱中按比例付给。那是个老实的种田汉，一路乐得眉开眼笑。他肩上是那种弯得很厉害的扁担，他好像想起了母队长指挥送公粮的往事，大步迈开了十字步，咧开嘴唇唱着“5656161……”

路上他把我的一担合在他的一起挑。国营收购站以最差一个等级收下了牛皮，两毛钱一斤。严寒的腊月是南方水牛的鬼门关，我看见收购站的院子内四周包围住我的尽是巨大一张绷开的牛皮，一些临时工正在用竹片加紧绷开一堆堆刚收到的湿牛皮。独角牛的那一张也绷开了靠在墙上，当我移开眼睛再望去时，已经认不出哪一张是独角牛的皮了。

我记得那天回家路上帮忙的汉子哭丧着脸，因为直到傍晚牛肉还没卖掉一半，镇上居民少，也嫌贵了，我们只好又挑回家。

在我到镇上卖牛肉那天，母队长用棕叶穿起四只牛蹄给住在镇上的张组长送去。膝关节痛是张组长的老毛病，据说牛蹄熬胶吃了好，以前桑格拉子倒了牛，牛蹄都习惯留给张组长。母队长那天从镇上回来，进门便笑，见到鸡也笑，见到狗也笑，问她笑什么，只答“就要批下来了”，全身充满活力，她把没卖完的牛肉全倒进锅里煮熟，变成一小堆，然后天天端出去晒。

母队长从打死独角牛起精神便有点不正常。大年三十，小老让我去把她叫到一起来吃顿饭。我走进那间阴森森的木屋，一个可怕的情景让我连续后退了几步。

年近六十的母队长身穿一件花罩褂，头发蓬乱，全身背满东西，闹钟、语录袋、收音机、录音机，腰头还吊了一只巨大的高音喇叭。她正忙着往蚊帐上盖公章，发黄的帐子已经被密密麻麻地盖满了红印子。可能听见我的膝盖在门框上打电报似的叩得响，她才回过头。我不敢看她的脸，掉头拔腿就想跑，她抢步上来一把抓住我的后领，把那只高音喇叭强行挂在我的脖子上，歇斯底里地大笑着。

现在我已经想不起当时是怎样逃脱的，只记得在晴朗的正月里，母队长整天背着那些东西东奔西跑，不吃不睡，对着没有电池的收音机反复喊一句话：“就要批下来了！”

那时小老勉强能够下地行走，拄着棍子到处找她。我记得是初七那天下午，小老把满身泥巴的母队长领进屋来，给她端上洗脸水，端来好饭好菜。

我看到那时母队长在小老面前显出了从未有过的温顺，就像一个自己认识到做错了事情的七八岁的小姑娘。她自己动手把闹钟、语录袋、收音机、录音机等物件一一放下来，每放下一件都要回头望一眼小老，神情是那样的温柔，眼眶里闪动着欲出又忍的泪花，仿佛感到难以述说无穷无尽的愧悔。我不能忘记送她回家的那个夜晚。小老一遍一遍说着收拾好房子就接她过来一起住，她听话地频频点头，像小姑娘那样用手背抹着涌流不止的泪水。我记得是我提着那些东西送她回屋去睡觉。第二天初八，我和小老整理完房子，打算去把她接过来，但无论如何也见不到她的踪影了。我和小老，还有桑格拉子一些好心的人们找得好苦啊。元宵过去还没有找到她，我就要返回学校了。正月十六小老猛然想起什么，急急忙忙朝一栋早已废弃的老屋走，在一间终年阴暗潮湿的破房里摆着五六副油漆好了的棺材，全是桑格拉子五保户的。母队长没房子，她的一副也放在那里。所有棺材都积满厚厚的灰尘，唯独母队长那一副上面盖着的破草席挪开了，整个棺材的黑漆幽幽发亮。我一看见就全明白了。小老双腿哆嗦着走近去揭开棺材盖。

我不愿再细说下面的情景，我只记得大家捂紧鼻嘴说赶快盖上抬出去埋掉算了。小老没答应，他请大家让开。我看见那天小老把她从棺材里抱出来，放到门板上，给她抹身洗脸，把给自己准备下的寿衣先给她穿上，然后为她梳头。我看见过小老为不少死人装尸，但很少这样细心，当把她放回棺材，用寿被盖住她的脸倒进石灰的时候，小老失声恸哭了，哭得那样伤心。

那个正月就这样过去了。春天就要来临，家里耕田没有牛，借牛、肥料、农药都得用钱，卖牛肉牛皮得来的一点钱我不能要，但我读书又确实需要钱。小老渐渐恢复平静，终日沉默不语，在我动身的时候，他交给我一只装得鼓鼓的大提袋，里面是晒干的牛肉，我念大学一年的费用。

我就这样提着剩下的独角牛，一步一步离开桑格拉子，走向北方，当我回过头来眺望南方的时候，泪水便潸然而下。

在又一个春天没有到来的时候，我永远离开了桑格拉子。那年小老去世，我料理完后事回校，毕业被分在北方工作。离开南方多年了，北方难见到水牛。我有时情不自禁地往动物园走，临近入口才恍然想起动物园不可能有水牛。我的案头有件陶瓷玩具，是一头北方公牛，夜深人静，我轻轻摸着公牛头顶两支短角，思念起南方，思念起我的独角牛。在高原和平川，象征着野性、勇猛、强悍、进攻和不屈的北方公牛我是见得多了。它们的确不像南方水牛那样终年沉默，它们饿了就叫，饱了也叫。它们不像南方水牛永远孤零零的，不习惯群聚，永远小心翼翼地走在瘦小弯曲的田埂上，也不像南方水牛那样具有理智，它们永远任性纵情，永远一副对一切皆不屈服的样子。我确实喜爱北方的牛，我觉得这正如同喜欢过去的我自己。

但是我常常怀疑自己的思考，因为在我记忆深处总也抹不掉独角牛的那样一副神情。

那是在烈日下耕田过后歇午我去牵它喝水时每每能够见到的：独角牛在干爽阴凉的牛栏里静伏着，鼻息均匀，长时间地沉默不动，仿佛在回想什么远古的事情，然后扇动耳朵自我解嘲似的摇摇脑袋，好像什么也记不起来了，干脆不去想，下巴一左一右开始慢慢磨动，俨然无所谓的样子。那时牛栏和烈日下的田野皆十分静谧，我摸着它被鞭子抽烂的背，它转过头来看我，我觉得它似乎对我淡淡笑了一下。

回想这个重复过无数遍的细节，有次我产生了一种恍如隔世的奇异悟觉。我知道中国水牛的祖先来自印度，那里是佛教发源地，莫非是它在来此之前便已经领悟了全部的佛教精义，莫非是它像一位超凡的哲人，虽然每天都用了在它看来极为浅显的语言与我谈话，而我却浅薄得没法理解。但有两个原因又使我对此构想产生了怀疑。我发现它的驯服只不过是一种懦怯习性，因为我看出它对好人和坏人都一样驯服，并不具备因人而异的情感，这使我非常痛苦。我后来看到有人歌颂它这一习性，总难免据此推测他们的居心。不过后来它对坏人也驯服这点，在我潜心阅读了大量佛学经典后有了新的理解，推倒它在我心中的形象的，是它临终前流下眼泪且向张组长下跪那一幕。我感到一个历来为我崇敬的神像彻底倒在了我的足下，使我顿时感到自己无比高大，悲悯地望着足下一摊卑贱的躯体。那时候我便久久凝想起古印度和古中国，凝想起古印度迦毗罗卫国净饭王的儿子释迦牟尼坐在佛陀伽耶菩提树荫里看烈日下农夫耕田时的心境。

多少个深夜的静思默想，终于促成我重返桑格拉子，探望久违了的我的南方。

走进那条小街，人们还认识我，一阵热情过后便也各自忙去。小老的房子已被买主拆掉并在原屋基上盖起了新楼，依然按防洪要求建造。我不禁举头仰望那棵高过屋脊的古槐，想起那场洪水，想起笑笑和笑笑的父母……在屋后坪场上我被什么绊了一跤，低头看，是系过独角牛的那个木桩，我想起夏夜那辣蓼、黄荆子和艾蒿熏起的白色浓烟。

田园风光如旧，人们分散在各自的田地上辛勤耕作。"十亩大丘"当中那根电线杆还在那里歪斜着，我记得那还是我十岁那年被独角牛蹭痒挤歪的。

一间一间连得很长的集体牛栏已经在田野上消失了，农闲时节，各家小孩依然结伴放牛，稀稀拉拉几头水牛被骑着走了过来。牛的皮色也比那个年月好看一些。

我静静望着它们在我跟前一条泥路上艰难地迈动。泥路上凸起一道一道白色土埂，土埂中间是深深的泥坑，积满粪水污泥。每头牛都以缓慢的速度艰难吃力地提起一条腿，迈过高高抵到前胸的土埂，小心谨慎地看准了才放到前面那个别的牛蹄刚刚挪开的足迹凼里，如此循规蹈矩如此举步维艰地前进。我认出在我放牛的时候曾一直走这条泥路，恐怕在二三十年前或许更早一些年月，这条路便已经有了。那些惯于走前的老牛迈起步来眼睛半闭，摇头晃脑，显出驾轻就熟，怡然自得，而后面几头步伐大的高脚壮牛，屡受老牛阻碍和间隔太密的土埂约束，不断减小步子，走起来十分碍力，但是它们尽管显出不满神气，仍只愿停下来等待前面的老牛走远拉开距离，再开始一步一步踩着前面的足印走，只不过比刚才更轻松更准确。

它们为什么不走旁边，旁边有宽阔的荒草地。是牛在学人，还是人在学牛？

我望着这群慢慢远去的水牛，望着它们屁股后面那条带了闲适幽古情调的尾巴，胸口被紧紧堵着。在我的书案上有两幅照片，是小老的，我记得那是六年前，桑格拉子来了一个摄影记者，以一种令人莫名其妙的热情要给小老拍照，用独角牛、老木犁和“十亩大丘”那片土地作背景。我记得小老回头看清那些东西后，本来高兴的脸陡然黑下来，厉声喝叫快把牛牵开。后来小老自己进屋拿出一床红绸被面让我在他后面牵着照。记者反复恳求再照一张后面有牛的。经不住苦求，小老答应了，但脸色依然十分难看。我记得事后小老有几天对独角牛态度不好。记者走后再也没有音讯，根本没寄照片来。我在北方读大学时偶然在参观一次全国摄影艺术巡展中发现了那张照片，小老岩石一样坐着，神情苦涩，其实那时心里正生闷气，后面漠然卧着独角牛，背景是古老的犁具和颜色很重的土地。这张摄影连同香港一个著名摄影家拍摄的长城同获一等奖。我还发现衬着红绸被面的那张也展出了，挂在一个不起眼的角落，没有获奖，观众反应也不佳，可能是因为小老笑得太开心。那个记者在展览厅碰到我，显得很不好意思，他后来把两张照片重洗寄给了我，那时小老已经死去一年多了。

因为这两张照片，我夜晚经常做噩梦，我梦见自己被开除工作，押送回桑格拉子种田，在烈日下面跟着牛屁股转，沾满污泥的牛尾巴“啪”的一声打在我脸上。那时我骤然骇醒，紧张得周身痉挛，虚汗大作，情急中胡乱抓挠，摸到身边床单后紧紧攥住，方明白仅仅是场虚惊。

我不敢向人表露自己这种潜在的心理，但我常常为此而羞愧。记得那年秋天放牛，小老对我说他生来就是牛变的，头顶上头发有两个旋，说着低下头让我查看。小老说两个旋是牛命，这辈子该受苦。我也歪着脑袋请小老查看，小老的粗指头在我的头发林里翻了半天，头皮都被他翻痛了。小老眼望别处显得心神不宁，我反复催促他才讷讷地说，一个，是一个。我歪头斜瞅了小老半天，不信，去请别的伙伴查看，可他们说是两个旋。记得那瞬间，一阵强烈的悲戚感紧紧攫住了我天真的心灵。多少年来，流传的说法就是如此，但我从来不肯相信我生来就是牛命。大学毕业后我结婚了，有一次我突然想起什么，低头让爱人查看到底是几个旋，爱人也说是两个，并且说她也是两个。她问我问这个有什么意思，我笑笑，没说什么。

原载《收获》2021 年第 2 期

【作者简介】侯磊，北京人。青年作家，诗人，昆曲曲友。中国人民大学文学硕士，热衷于研究北京史地民俗、碑铭掌故。著有长篇小说《还阳》，小说集《冰下的人》《觉岸》，诗集《白鹅的羽毛》，北京非虚构文学三部曲《声色野记》《北京烟树》《燕都怪谈》，社科图书《唐诗中的大唐》《宋词中的大宋》等。

Hou Lei is a native of Beijing. As a young writer, poet, Kunqu opera lover, he graduated from Renmin University of China with a Master Degree of Arts. He is keen on the study of Beijing history, folklore, inscriptions and old stories. He has authored the novel *Be a Man Agan*, the novel collections *Man Under the Ice, Enlightenment,* the collection of poems *The Feathers of White Goose*, the non-fiction trilogy of Beijing *The Story of Sound and Sight*, *Smoky Trees in Beijing*, *The Strange Stories of Yandu*, and the social science books including *Tang Dynasty in Tang Poems, Song Dynasty in Song Poems*, etc.

纺织厂的女儿

侯　磊

楔子

仿佛一觉醒来，海燕又出现在她成长、工作过的纺织厂对面时，那沸腾如群山一般的工厂消失了。大自然集中所有的力量发了场洪水、刮了场龙卷风，或像地震那年一样，把整个厂子在视线里和地图上一并抹去。宛如海燕刚刚还睡过宿舍楼下的地震棚，余波还在敲击着她的心。

和当年比起来，海燕已经发胖，眼泡微微有点浮肿，脸颊发硬且有雀斑，她面无表情却似心事重重，在一个阿姨的年纪活成了北京大妈的样子。

她看到纺织厂一带的几番变迁，这个她不愿离开的地方，想工作一辈子的厂子，预估在自己死后还会万万年永不停工的车间，已先于她离开了。当年风华绝代的纺织女工们，除了她这样病退的以外，那些来自郊区农村的，一直盼着转正留厂的、转成城镇户口的同事们，她们都哪儿去了？自己班里那几个小姐妹已经失联许久，她才想到，自己在车间里当过管着七个人的班长，领着全班评过优秀。

而现在，楼盘压住了厂子的根基。

她仿佛看到车间里的所有被席卷一空，只剩下黢黑的水泥梁架如一具骷髅；水泥的地面已成为崎岖不平的土地，堆满了弃物长满了野草；车间顶上的玻璃全部破碎，混着木料、砖头和阳光四处撒落。在那车间的横梁上垂下一条粗绳坠着个满脸浮肿的人，那人的面孔近了，是父亲。

这是她做过的梦。梦醒来时车间轰然倒塌，瞬间腾起的烟雾中有一个年轻纺织女工的身影，那是年轻时的自己。身影原地不动，就在那里站着。

她还记得童年时的自己，穿着白衬衫背带裙，踩着小红皮鞋抹着红嘴唇红脸蛋，左右梳着两根麻花辫子。男女同学一起举着花束，到天安门广场上欢迎周总理出访归来。车一过长安街上，海燕和同学们都一起举起手中的花，车路过天安门广场前，海燕和同学们跳起来欢呼着。总理打开黑色红旗车的车窗，探出头来和孩子们招手。她和伙伴们的欢呼声飘荡在天安门广场上，也在人民英雄纪念碑前。那是她童年时期最为激动的一天。

回到家后，她忍不住地骄傲。她问父亲：“爸，你见过毛主席吗？”

“没有。”

“见过周总理吗？”

“见过，没说过话。一起开大会，我离得远。总理很严肃，很少笑。”

父亲操着一口浓重的乐亭话，她想李大钊说话也就父亲这个味儿。而乐亭话和唐山话很近似，却比唐山话更乡土、方言更浓重一些。

她想起那天的情景兴奋得睡不着觉，那天北京的天空比往日要高了许多，而男同学们个个画着红脸蛋，离远了看像一片可爱的小银娃娃，而近了看，则像年画上的哪吒。

一

北京的东郊区改了名，叫朝阳区。那片广袤的荒村与田地永远朝向太阳，有顶着天然气包的公共汽车在麦田中奔驰，一路向东的地方有运河，孩子们在运河边游玩，一片河湖稻香。转眼之间，厂房像搭积木般搭起来，宿舍楼像树林长出来，配套的医院、学校、商店、游乐场像蘑菇冒出来，来自上海、武汉、青岛、石家庄等纺织重镇的人在此结成夫妇养育后雏，如众鸟投林在每株大树上做了窝。她便生长在纺织厂的宿舍楼群中。路边都种满了哨兵一样的杨树，守卫着厂房和宿舍区。人们相信孩子、工厂和那成排的杨树，不几年便都能排列成行。

厂区里的人在增长，各种机器、原料沿着铁路公路运来。整个工厂便是一架纺织机器，它自己在运转，自己活了。

海燕童年时有个洋气的名字叫菲菲，后来的革命如风暴般到了，她不要做资产阶级的想入非非，而要做高尔基笔下迎着风浪的海燕。

海燕的父母都是一九四九年前老革命，都是严肃而老派的人，从读大学时便参与了地下革命，新中国成立后直接参加了工作，他们的命运与国家的命运绑在一起。在似熔炉之火的年代，他们抛弃了原先的家庭，到最艰苦、最荒漠的地方去，把北京只有农田和荒村的郊区，建设成一片林立的烟囱与厂房，让毛主席在天安门城楼上一眼就能看到。他们像给新生儿喂奶一样，让祖国这个宝贝快快长大，快快站起来走，奔跑到世界的前方。

于是，海燕的父母走出了市区的机关，到郊区来从事纺织行业。为了研究纺织，母亲去了青岛进修，后来回厂子里搞技术，再后来去了工会。而父亲则在朝阳区的各个工厂，调来调去做党委书记，最后也落在纺织厂里。海燕只有一个比她小很多的弟弟，两位革命干部挣钱养两个孩子，在那时是少有的宽裕。小时候，同学们都穿布鞋，海燕有双小红皮鞋，也有好几个布娃娃、赛璐珞的洋娃娃，各种彩色积木，还有铁皮做的小火车、小型的玩具钢琴、小手风琴……她能无师自通地捣鼓出“一闪一闪亮晶晶”的音阶来。填表写出身时，全校只有她和很少的几个人会认真地填上：“革干”——革命干部。

海燕的家就位于纺织厂马路对面的宿舍区里，在那个碉堡一样的礼堂旁边。礼堂作为电影院和食堂，如同一口座钟，坐落在纺织厂宿舍区里，兼任着从物质到精神的双重抚慰。每逢下班，纺织女工们从工厂的大门口过马路走向宿舍区，有人头发上还粘着棉花。海燕便是看着纺织厂门口上下班的女工，想着工厂里的炒饼、香肠、猪头肉和凉拌心里美萝卜的香味长大的。

厂子一进门是个苏联样式的办公大楼，楼前楼后都有花园。尽管父母都在纺织厂里当干部，但她没怎么去厂里玩过，上中学后学会了骑车，她也没有到纺织厂去过几次。不是怕看门的老大爷轰她，而是怕厂子大门内的世界的神秘。她时常站在宿舍区门口，隔着马路看对面的纺织厂大门。每逢节庆日，大门上便会一边出现一个白底红色的大字，连起来是“春节”，或者“元旦”“国庆”“五一”。她以厂子门上的两个大字作为日历，那两个字是什么，她便要准备什么。

纺织厂里有条龙一样弯曲的铁路。她的家边上有个铁路桥，她总是到桥上去看神出鬼没的火车。火车晚上五点或七点才来一趟，附近纺织厂的宿舍楼里传来案板剁菜声，或飘来炖肉的香味儿。她想也许有一天，没准会去厂子里上班。想到此时，一辆不多见的汽车从东向西呼啸而过，那马路上的空气仿佛被车刷新了一遍，她再看那工厂的大门，变得更加清晰。课本上大胡子的马克思在指引她，胸前像章上的毛主席在指引她，那是她的宿命。

有时，她觉得眼前到处都是景色；有时，她觉得眼前的景色从来不变。

海燕从小就过着校门、家门、厕所门是三点一线的生活，规律得如任何时代的乖乖女一样。她上的附属幼儿园，也要系着白围裙，她们是缩小的纺织女工。接下来便是子弟的小学、初中。她的功课很好，便去考了较远处的高中。那些没考上高中的初中同学，直接进了厂里半工半读的四年制技校，在第三年实习期拿每月十八块的学徒工资，毕业能进厂里工作。很多功课好的女生都去念技校，以便接他们父辈的班。海燕身边最好的几个女伴都去了技校，或护校、师专；给家里省了学费，在校住宿还为家里腾出地方，将来的工作也有了保障。如此一举三得，恨不得能马上结婚、早生孩子。

她像每一个女生一样爱美。家里有保姆，她并不用干许多的活儿，后来社会气氛骤紧似一下子扎紧的布袋，厂里开会批评她的父母，说雇保姆是剥削劳动人民，吓得连孩子再多的人家也不敢雇了。为了学校统一，她不再穿那双小红皮鞋，偶尔在庆祝节日的时候，她才会穿出来。临近小学毕业她赶上了史无前例的日子，学校停课了。过了两年，直至“复课闹革命”她才上了初中，像同学们一样穿黑色的布鞋。功课已不重要，更重要的是各项学军、学农。有一次，她用白色的粉笔试着在布鞋两边画上两条白道，当作可怜的装饰。全班不论男女，只有她的布鞋和别人不同。而淘气的男生一拥而上，看见了都上去踩，要把那“不一样”立刻踩掉。她哭了，去报告老师，而老师则说，她小资产阶级观念作祟，思想不健康。既然不健康，那么就不打算健康了。她神游了一遍又一遍《钢铁是怎样炼成的》，幻想着遇到穿军装的保尔，而自己是穿布拉吉的冬妮娅。

她高中毕业时，有着一米六五的身高，在女生中鹤立鸡群，她的腿并不长，但很粗壮，她想自己如果胖了，那一定是个圆柱体。她留着两根粗大的麻花辫子，薄薄的嘴唇，嘴角左下方有个并不明显的痦子。女同学之间说，有这样痦子的人就贪吃，她笑了笑，想想自己是爱吃好吃的，但什么都不贪。她和母亲一样强势得像个男人。母亲留着齐耳短发，如果那发型再往后梳一下，并在后脑海发根用发卡别上，那便近似于“红军头”，那是长征时女战士的发型。她想高中毕业，大学能考到哪里算哪里，毕业了便听从国家分配，分到哪儿是哪儿，哪怕是天边的工厂，那是祖国最需要的地方。可现在工厂不招人，大学不招生。海燕只好去郊区插队，但她犹豫了许久。

在那阴霾般的日子里，父亲有一天去厂里开会学习，从此再也没有回来。她只记得小时候父亲在主席台上穿着白衬衫、戴着大手表作报告时的英姿，以及告诉她和周总理一起开过会的事。父亲临走前留给她的是，一张有些浮肿的脸，灰黄的面色和挺直的腰杆，以及头戴鸭舌帽和一身蓝大衣的背影。那天的工厂大门口仿佛翻滚着浓雾，父亲就消失在那喷涌而出的浓雾中。她一次次向厂子里的人询问，没有人告诉她；她去厂子里找，在厂子门口哭，没有人让她进去。

母亲在下放劳动时已经不大正常，重新回厂已是年过半百、处于半退休的老奶奶，从精神到身体都受了刺激，没人敢去接近她。每逢冬天的时候，母亲一身蓝色干部服，银丝悄悄地爬上了短发，因为体弱而显得走路有点不稳，且大幅度地发胖，像自己小时候赛璐珞的不倒翁。如果父亲能回来，父母在一起，像一对被霜打过的甘蔗。

粉碎“四人帮”之后，抄家的物资在退赔，抄走时箱子是满的，退回来时却是空的。运动来临之前人是健壮的，而运动之后人却娄了。很快，母亲查出了癌症，不时要去医院化疗，便在单位请了病假。弟弟一直在上学，还想着以后考大学试试。母亲在临回家休养之时，海燕命运似乎已经被安排好了：进厂子接班。两年后，海燕插队刚一回来时，在家先休息了几天才去厂里报到，那一周她不敢走近厂子，甚至不敢向厂子的方向看一眼。厂子像一口井，吞没了父亲，弄伤了母亲，现在又来吞没她。她没有父母在一九四九年以前取得的大学学历，回厂不是当干部，而是做工人。甘心被纺织机吞没的原因，是父母能因此欣慰，如果不是接班，她根本无法从插队的农村回来，说不定跟贫下中农相“结合”，就像她身边的同学一样。

能回到厂里已是她脚下最像条路的路，哪怕是去学徒。

二

二十世纪八十年代的厂子再度辉煌，又扩招了一批工人，都是应届的初高中生和纺织学校的毕业生，高中生多是没考上大学，或是厂内子弟来接班的。

厂子里三班倒永不停工，还有个词叫“四班三运转”，分为早、中、夜班和正常班四种。正常班上九个小时（多一小时是午休），早、中、夜班不计午休，但早班六点半就上班、中班十点半才下班、夜班白天补觉，都有不便之处。上下班都会打铃，特别是在临上班前一刻钟打一遍铃，这样人不论在厂子哪个地方，哪怕是在厂子门口，都能轻车熟路赶到自己的车间或办公室，绝不会迟到。海燕不论什么班都提早半个小时到，以便在换工作服时更加从容。换完后，她脸上戴着口罩，头戴工作帽，双手戴着套袖，身系白围裙，上面有四五个兜子，胸口绣着厂名。

纺织车间的女工叫挡车工，每人负责多少台机器，要管下料、换纱、接线等，在纺织机之间能走上八公里。纺织机是巨大的蜘蛛不断喷吐着线，车间里的她们一刻不停。不论是纺纱机还是织布机都需要手工接线，线断了机器就停，海燕就赶紧去用手打个扣儿接上，同时手里还攥着小刀，接完一把就把线头划掉了。车间里最不能偷懒，每项劳动能拆解成若干标准动作，都有比赛和记录，接十根线头只需要四十三秒。如果检查织布的质量，一人负责二十四台织布机，一上班就在机器之间穿梭，看车、验布。一天下来，能走上若干公里的路。机器仿佛是翕动的怪兽铁牙，女人被视为心灵手巧，那么在那个年代，在铁牙前接一辈子线头便是天经地义。

刚上班的时候，海燕一天走下来就累得回家趴在床上，恨不得把自己的四肢都换一遍。上班比插队时种地割麦子还累，干农活儿可以休息，而当工人满打满算，上厕所都要飞奔，别人也有自己的机器要看，不能老帮你看着机器。到了夏天，厂房里有空调，但海燕热得一身是汗，汗水顺着脸滴滴答答落在地上，难受又难为情，上一会儿班就总想着换衣服洗澡。但很快她习惯了，更能走路，也更厌烦走路了。

厂子里给她分配了学徒三个月的师父，师父也是女的，是厂里少有的白净漂亮的人；上了几岁年纪，但年轻时必是美人。师父教她给线头打结，非常有耐心，但师父不爱说话，在厂子里似乎有些边缘。

海燕工作永远拔尖儿，跟长辈说话永远小心翼翼，每一次考核评比都如临大敌。工作就是一项考核接着一项考核、一个评比接着一个评比，她的任务就是完成一项再等着下一项。她自己设想的合格，比实际评为优秀的标准还要高，她十成地付出能力与心血来对待每一次成品审核，得到好评才如释重负，她在继续自己学生时代一次次的考试和评三好学生，也像在战争年月里突破敌人一个个的哨卡。相应的犒劳是去礼堂看场电影，或去食堂打个贵点的菜，那些作为奖品的笔记本是战利品，而一纸薄薄的奖状就是军功章。厂里人高看她，领导人接见她，但海燕是女工也是女人，比男人要流更多的血。

她改进的一个零件，为厂里节省了不少资金，被厂里评为先进，当月多发了一百元的奖金。厂里看她表现不错，很快就让她当了班长，管着七个小姐妹，并负责检查她们的工作。

她记得小时候厂里宣传过“铁姑娘”，此时厂里不再用这个词，但她还要和母亲一样，做个铁姑娘。

铁姑娘也是要被介绍对象的。

厂里凡是正式工的未婚女工，很快被所纺出的线划分出一群：大龄女青年。各种领导、车间主任、师傅、财务、总务、工程师、机械师……只要是个年长的人，都会张罗着为“大龄们”介绍对象，首选是兄弟厂里的男工。当初建厂时来自哪儿的人都有，厂区的人经过南北混血，远比周边乡村的人要精神许多，一眼就能看出来。每次多是由工会出面来组织舞会和联谊。

仿佛每个螺母都要配个螺栓，每个女工也要配个男工做丈夫。

海燕个子高，漂亮，脸盘开阔，大气干练，烫成大波浪状的长发集中了纺织女工的朴素与时髦。给海燕介绍对象的人到处都是，厂里的长者和干部都知道她的父母，对象也得介绍个干部。

海燕不愿相亲，八十年代的新青年，一提相亲便成了未过门的小媳妇。但一个不见似乎也不大合适，她决定挑一个去见见看。

见面在一个普通的冷饮店。她穿上用第一个月工资给自己买的紫红色皮鞋，穿上米色的女士西装去见对象。裤线熨得坚挺笔直，左手上戴了一块精工舍手表，是亲戚探亲回国时送她的，家里还放着一块西铁城。货真价实的干部子弟来了，她目测对象，“四舍五入”向前推进一下身高将将一米七，比自己还单薄些，一脸南方人的气质。几句话谈过，便知道彼此父母入党的时间、级别都差不多。

文文弱弱的对象没什么不好，海燕开始与他试试相处。他们下班后偶尔去走走，在街上看人、看车，去电影院看电影。每次都是海燕没话找话说，如此几个月，已到了夏天。街上的热浪如同单位的厂房，不一会儿烘得人汗流浃背，这一天他们正走在一大片空场上，四处没有阴凉也没有一丝风。海燕能走路但怕热，浅色的衣领被汗水浸透，见不远处有卖冰棍的老太太，正掀开在冰棍车上的被子，在车里翻腾。她便问身边这个男人：“你想吃冰棍吗？”

那男人说：“啊，不用、不用。”

“现在挺热了啊。”

“啊，我不热，我不怕热。”他也用手背擦了擦汗。

“我热，你买根冰棍儿给我。”海燕起了急，卖冰棍的老太太走远了，谁也不愿再走那段暴晒的回头路。此时海燕才想起来，几个月来不论干什么，大多是自己掏的钱。他们继续走着，谈来谈去，无意间聊到家里的条件。

“我父母补发了一笔工资，能有两万块，都给我结婚用。”那男人说，他知道人不应该露富，但他掩饰不住自豪。

海燕想起自己的父亲前些年去了厂里就没再回来，母亲还时常要去医院。或许是刚才晒得有点中暑，她一阵阵的没精神。她又看了看眼前这个男人，男人感到刚才没买成冰棍有失体面，很快又拉她坐进一家冷饮店里喝橘子汁。

海燕说：“咱俩掰腕子吧。”

“好啊，那我让着你。”男人说。

海燕从小喜欢游泳和打乒乓球，放学就去参加田径队的训练。她厌恶自己每月有几天不能游泳，也不能运动，还不能吃小豆冰棍儿。若像男生一样，没有那几天该多好。老师总想让男生当班长，就让她当语文课代表。她细心地收发作业，每天把作业内容写在小黑板上。她力气很大，掰腕子一般男生掰不过她。除非是班长，她觉得一米八的班长挺帅，赢了他不大合适，便让着他。

父亲消失后，她逃向农村，去郊区插队，住在农民家里，两三个女生一间土房。刚去的那段日子，她整天不说话，只是喂猪、起猪圈、扬粪（施肥）、挑粪、挑秧苗儿、挖河泥……春天，她到河边挖出一锹锹的河泥，用独轮车推走沤肥；冬天，猪圈里的粪和泥混冻成坚硬的冻土层，她把冻土用镐敲碎，用担子挑走、晒干，作为肥料撒入麦田。担子磨得她肩膀生疼，她的手上长了老茧，她想用身体的劳动与疼痛来麻痹自己，累了就不再梦见父亲，乏了就能睡着觉了。为此，她每天什么都不想，一心把自己变成农妇。

她有着使不完的力气，一个人能干两个女生的活儿，每天挣六个工分，这是女性的最高值，更高的只有当地人才行。她第一次弯腰割麦子，一镰刀就把鞋带如切豆腐般割断了。她害怕了很久。有人不小心一镰刀把腿划开，露出白惨惨的迎面骨，跑到大队里找赤脚医生。要是把肚子划开了，还不得割断肠子。郊区插队的地方，离家不过一百二十里，但她两三个月才回一次家。回来后拿出家里带的一大罐酱豆腐和一大罐炖肉外加十个油饼，每个油饼二两粮票六分钱，油晃晃的一大张。这便是全屋人最幸福的时刻。海燕的幸福是收工时坐在拖拉机的麦垛上看风景，呼吸着田地中的麦香。

两年的插队生涯让她有了更健壮的身子，但每逢劳累之时天空似乎有点恍惚。那大有作为的广阔天地，她不知道自己的作为是什么。力气是有的，她不是不使劲，只是觉得南辕北辙。就像她觉得《暴风骤雨》写得好，但不如《青春之歌》能感动她，后者写的是她的父母。每当这时，她一边自责扎根农村不够坚定，一边又想到童年的纺织厂，那才是她成长的地方。而她坚持来到农村插队，是因为在厂里，要面对自己内心的阴霾和亲人的血。

两个人刚一搭手海燕就知道，男人从小没干过活儿，连自己班里的女工们都比不上，而自己是班里的第一，即便不舒服，赢他也有富余。他根本不会把半边身子的力气用在胳膊上，再用于手腕子上，他的力气都撒在谈笑里了。

男人暗中使劲，他仿佛握住了一截铁棍，或要掰弯一个扳子。

海燕稍微用了用力，她心里有数，让男人掰了过来。

“啊，你力气好大啊，一定很能干活。”男人生硬地笑了笑，他调皮地抖了抖酸疼的手。海燕陪着他笑，她觉得这是一生中第一次陪别人笑，她从长辈到领导都不陪着笑，就像一只燕子，没必要陪着鹦鹉说话。

他们放下没喝完的饮料往外走，海燕稍稍退后，看着那男人的背影走在前面，她想：男人可以矮也可以瘦，但不能又矮又瘦。

这是她的第一个对象，一位老同志介绍的，老同志说对象的父母参加过解放战争，差一点没把他生在辛保安的战场上。她想这帮干部家的小崽子，从小都上房上树，扒火车打群架什么都敢干，怎么长大了都跟柴火似的，攥巴攥巴就没了。

对象又约了她几次，赶上那两天她带着全班参加厂里的劳动竞赛，一阵忙乱，又真的不大舒服，就拒绝了。一连几次后，那男人就不再找她了。

三

纺织厂经常接受各级领导的视察，总有领导来车间参观。看挡车工们表演接线头，和厂里的女劳模握手，到附属幼儿园里抱孩子，是历来领导视察的三大事项。每一次接待领导访问都是一件大事。厂里先全员开个准备动员大会，分派接待任务，组织提前排练，并由系统内资深的老干部、老前辈前来指点，哪里不合格，哪里容易挑毛病。领导年高德劭，哪些是要照顾的，哪些是领导喜欢亲力亲为，不能照顾太过而有失颜面的。每次参与接待的工人，必然是要根红苗正，出身好、形象好且劳动技术好。为了筛选，厂里总是搞一些“大比武”来组织各个岗位的工人们比技术，连食堂都搞过切萝卜切洋葱比赛，并炒了菜请领导来评味道。海燕想，都八十年代了，又不是在部队里，还用这么老的词儿。

老工人们则对此很是不屑，当年毛主席、周总理和非洲总统都来过，这次不过是个部里的领导，哪至于呢？

视察的日子到了，领导在人群的簇拥下进了厂子，厂里立刻安保严格，剑拔弩张，闲杂人等一概回避，劳动模范准备演练，宣传科室准备照相，积极分子准备“台词”。一切都按照事先安排的步骤在走，领导终于来到了车间，车间里瞬时气氛凝结，仿佛连机器和空调声都整齐划一了，水泥梁架上白底红字的标语格外显眼：“迎接新征程，人人把好质量关。”

进了车间的领导由厂领导陪同，车间主任引领，并有年轻姑娘，穿着刚时兴的黑色套裙和高跟鞋担任讲解员，比小学生背书还认真。领导沿着车床一架一架地看，下意识地点着头。众人一起来到海燕看守的纺织机前，讲解员介绍说海燕是厂里的劳动优秀分子兼班长，她曾带病坚持技术比赛，领导全班获得了全车间里的第一。海燕细致地演示着，她并没有去看领导。领导听得很有趣味，他多停了一会儿，盯着戴口罩的海燕多看了几眼，神情没有任何起伏。海燕下意识抬了一下头，与领导目光相遇，但仍旧安心操作她的机器。

演示结束，领导们参观完毕整体往外走，去办公楼里开会座谈。车间里一切重归就位，很快打铃到了午休时间。海燕出了车间摘下口罩，去位于办公楼一楼的医务室拿点小药。领导们开完会从办公楼里下来。办公楼的一楼有厕所，海燕去厕所时，正好与领导在厕所门口相遇。这时的海燕才盯了一眼他：一身灰色的四兜中山装，脖领子上的扣子紧紧地扣好，袖口垂下将将盖住腕子上的手表，年纪并不算大但梳成了背头，仿佛将来是离休的待遇。

“海燕，你怎么都不理我了？我是你——”领导没说出口，他是海燕父亲的秘书，海燕从小就被他哄着玩，从父亲消失以后再也没见过，一晃也有数年了。“你在厂里上小学时，我还接你放学。”

海燕眼睛一翻：“你还认识我呀？”

领导一时没话可说，他原本想关心几句，甚至想海燕来求他帮忙他都会帮。同时，他不想让别人看到。

“我先走了，问你爸妈好。”领导掏出手绢擦擦手，转身走进楼门口接待他的人群中。

我爸爸死了快十年了，我妈妈肺癌化疗掉光了头发。你说好不好呢？

海燕心里在质问他，她觉得没必要再说什么，扭身去吃饭，并准备下午的工作去了。

当天夜里，海燕做了噩梦。她梦见车间里被席卷一空，只剩下黢黑的水泥梁架如一具骷髅；水泥的地面已成为崎岖不平的土地，扔满了弃物长满了野草；车间顶上的玻璃全部破碎，混着木料、砖头和阳光四处撒落。车间的横梁上垂下一条粗绳坠着个满脸浮肿的人，那人的面孔近了，是父亲。

海燕不知道，目前巨大的经营困难笼罩在厂子上空，厂领导为了出路找到这位大领导，而这位大领导从此再也不敢来这座纺织厂了。

四

她再也不想找个干部子弟的对象了，经一位工人师傅介绍，海燕认识了援朝，一个当过知青的公交司机。

跟干部子弟相比，援朝仿佛是群众光荣的化身。他有一米八的个子，一百二三十斤的体重，长方脸留着平头，朴实得令自己无所适从。一件的确良衬衫洗得干净，虽然有时他会戴一块二百多块的天克诺，但仍不改他工人本色。他的脸膛黑中透红，笑的时候龇着一点门牙，嘴略微有点鼓。海燕觉得，他如果嘴巴再鼓一点，就像还没进化好的原始人。

援朝见海燕时有点不知所措，对方是人人羡慕追求的纺织女工，而自己是个公共汽车司机，每天饱受烈日的鞭挞和冬天寒风的飕骨，那时公共汽车没有空调，玻璃上没有遮阳的镀膜，车里只有个小电扇。每天仿佛驾驶着一个大铁箱子，任凭人在车厢内挤成沙丁鱼罐头。

他知道海燕住的是楼房，而自己家在北京北城的胡同。海燕父母是上过大学的革命干部，自己家是北京土著，老实，本分，普普通通。母亲是认不了几个字的家庭妇女，父亲生前是个小职员，连自己今年多大了都不清楚。

他和海燕吃过一次“老莫”（莫斯科餐厅），点了满桌子的俄式冷酸鱼、红烩牛肉、法式炸猪排、首都红菜汤。他盯着那三块四一道的大虾沙拉，在俄式装潢的餐厅心里念着佛祖保佑，幸好海燕放过了它。那顿一共五块多的饭吃掉了他一周的伙食标准，他只是和十几个返城的知青战友，每人出了三块钱在这里聚过餐。但两个人点菜要贵上许多，他每花一分钱都希望物有所值。他看海燕点菜时不看菜单的样子，就知道她家的条件差不了。

“你工资用交给家里吗？”

“我要交，但家里不要。我妈有时还要塞给我钱，怕我不够花。我就给家里买点菜，有时带他们出来吃，可每次还是我妈结账。”海燕吃得很开心，她无意间露出左手腕上那块精工舍，闪闪地眨着两只不大不小的眼睛，好像是在问，你呢？

“我主要都攒着，给家里换大件的东西。”援朝主动说了，他非常实在。

“你住的胡同，是什么样子？我姥姥、姥爷家在西单辟才胡同，有个大院子，好几进，我小时候总去。我跟我表哥表姐他们一起玩骑马打仗，一个男的背着一个女的，在院子里把别人往下拽。”她用勺轻呷了一口奶油鸡片蘑菇汤，随手用餐巾沾了沾嘴，不发出一点声音。援朝这才想到，自己家仅仅是一进小院里的两间南屋加一间西屋。东不暖，夏不凉，房顶上有时候跑耗子，家里睡觉有时还要现搭板子。他抬头望望装修如冬宫的餐厅，盯着头顶上吊灯灿灿金光的玻璃珠子，扭头看到旁边餐桌有人把餐巾系在脖子上，他心中纳闷，这么大的人了，吃饭还带个围嘴儿？

“哪天我去你家看看吧。”

他没想到海燕能这么直接。

那天海燕是坐无轨电车来的，援朝想要正式一点，要提前忙一下家务。海燕说自己按照门牌号能找到，援朝信了，就没有去公交车站等她。八十年代的胡同里还没有什么私家车，不少老头老太太戴着“首都治安守卫者”的红箍在胡同里坐着闲聊，海燕捋着门牌号挨家地找，走着走着发现门牌号跳跃了，怎么二十几号接上八十几号？哦，原来中间有个路口要拐弯，她就沿路拐弯、拐弯再拐弯，拐进死胡同又原路退回来，才发现门牌号在死胡同里甩了一大截又接上了。这里挺有趣，每一步都有个不同的景象，如同每户门前窗下的花池子里，都栽满了层层叠叠的花。

援朝家的院子很小，本该一户人家住的院子，现在住着好几家街坊，但各家窗台上都是指甲草，地面是鸡冠花，而院子中间用砖头码起矮墙，上面大盆的月季开得正艳。

海燕穿过漆黑的门洞，一进院子，就见援朝坐在一个小马扎上，地上扔着半条土黄色的灯塔牌肥皂，人在一个巨大的白铝盆前，用一个古老得似门板的搓板，吭哧吭哧地洗衣服。海燕看了一眼窗户，窗户上没有玻璃，糊的白纸，有的都破了窟窿。

“哎，你来啦！”援朝站起来，满手并没有多少肥皂泡，搓板上往下直流黑泥汤子。

不一会儿，援朝洗好衣服，把屋子略微收拾一下，撑起一个油腻的折叠桌，招待海燕吃饭。援朝的父亲已经过世，母亲是个有点驼背的小老太太，一脸的严肃与慈祥，一直不停地擦桌子。屋子里窄小又阴暗，家具新老混杂，什么样子都有，似乎各种舍不得扔的破烂和杂物都能找到，但就看不到一本书。

援朝的母亲招待着吃饭，端上桌来的是肉皮冻儿、熘肝尖儿、韭菜炒血豆腐、炒蒜苗还有整盆的熬白菜氽丸子，热气腾腾的看上去很香，但吃起来既寡淡又烫嘴。海燕吃了两口就放下了，她受不了从冬天捂到春天的臭白菜帮子味儿。她理解的，白菜帮应该剁了做馅儿，白菜心儿凉拌，白菜叶才熬着吃或醋熘，这时，她才发现自己从小吃到大的纺织厂食堂，伙食普遍比城里的平民百姓要好得多，起码永远有肉菜和熟食可卖。

援朝却吃得很开心，比起去纺织厂找海燕时的拘谨与“老莫”里的局促，他习惯平房的自在，那一大盆白菜粉丝氽丸子，他加上酱油泡到米饭里，呼噜呼噜地吃着。因为烫，他每次嘴唇和舌头一起吸溜吸溜着上下翻飞，吧唧嘴的同时一阵风卷残云。铁勺与铁锅、木筷与瓷碗、瓷碗与桌面都一起奏打击乐，如同一头饥饿的瘦猪一猛子扎进了食槽。

吃完饭出房门时，援朝的母亲悄悄在海燕身边说：“哎，他就是这么狼乎，你别在意。”

海燕没说什么，她心里想：“没事，习惯了，又不是没见过。”

出门后，援朝推来一辆二八锰钢自行车，几乎是家里最值钱的物件，他一骗腿就上了车，请海燕坐上来，他把她送到公交车站。海燕想都没想就跳了上去，侧着坐在后座上，双腿朝向车的左面，右手扶着援朝的衣服。她不好意思扶得太紧，但她相信援朝带她足够稳当。

援朝也喜欢运动，特别迷恋于滑冰和游泳，他痴迷于运动的速度感。每当他在什刹海或颐和园里下了水，双手一划像一艘大船。这点很让海燕喜欢，如果说自己游泳像一条鱼，那么援朝就像一艘不熟练的艄公驾驶的大船，游得很猛，但一看就是什刹海里狗刨出身。两个人难得有点共同爱好，一起出去游玩的时候就多了。

援朝比她大六岁，待她处处照顾，完全服从于她，要怎样就怎样，冰棍儿要奶油的就不给小豆的，饮料要健力宝就不给北冰洋。海燕在他面前，永远是个穿布拉吉与小红皮鞋，还梳着两根麻花辫的公主。援朝自知明明伺候不起公主，但他爱面子，咱是爷们，该伺候时绝不含糊。海燕在家里是老大，父母工作很忙，从小便脖子上挂着钥匙，要给唯一的弟弟做饭，或到食堂去打饭。有一次弟弟在床上乱蹦把床蹦塌，她说是自己蹦的，免得弟弟被骂，而自己对着墙角跪了一小时的搓板。现在，终于能有人让着自己了。

有一天他们一起骑车去逛西单，在等一个红绿灯时，车多人多，他们被车流分开，援朝骑过了十字路口，在海燕这里变了红灯，等红灯变绿，她过去就找不到人了。她不好意思大喊，想自己连个大活人还找不到吗？就反反复复在这趟街里找，盯着每个男人的脸看，把街边每个小店都翻了一遍。她找不到人，又羞又气，只好哭着回家了。风吹着树在摇曳，仿佛树们商量好了一起嘲笑她。回家后过几天，援朝来找她，道歉说自己骑得太快，一扭头人不见了，气得海燕当天没跟他出去，一连好几天都不理他。

两个人出身迥异，但海燕觉得这个男人从修理桌椅板凳、自行车，到换灯泡，装水龙头，买菜做饭……什么都会，甚至能接电线、自行车拿龙、修话匣子，就差能组装电视机了。这要进了厂子里，不论是车、钳、铆、电、焊肯定都是好手，没几年就能干到四级工了。

很快，他们举行了简单却郑重的婚礼，从屋里到院里摆了几桌，各路七大姑八大姨们都冒出来了，街坊邻居们都来道贺。他们并沿着北京、天津、南京、上海、苏州、无锡、杭州、黄山、九江……旅游了一番，援朝在上海花了相当于两个月工资的八十块钱，到最好的影楼拍了一组西服婚纱的结婚照。好几年以后，他们还没有孩子。

五

当了班长的海燕更加严肃认真，她凡事都小心，工作以外的事什么都不想，每天忙完自己的还要检查班里的，这使得她比别人更集中精力，也使她下班后身心疲惫。日久天长，海燕发现大家似乎不那么爱上班。中国这朵曾经萎缩的花又重新开放。街头卖各种新鲜东西的多了，衣服、手表、太阳镜、口红，眉笔、粉扑都在吸引人。越来越多的女孩子把嘴唇画成猪血的颜色。一面是纺织厂的劳累和死工资，另一面是社会上各种翻着花的消费和娱乐，实现四化与万元户，出国热与霹雳舞，都是女人最好的年纪，难免不让人多想几分。

只要进了厂子，唯一能轻松的，是她打饭、吃饭的时候，唯一能伤神的，是她在班里所带领的几个小姐妹。

为群是班里的骨干，与海燕年龄相仿，一来二去就熟了。两人一起吃饭，每人打两个菜，两个人就可以吃四样菜了。但日久天长，她发现为群的日子不好过，她结了婚并有了孩子，公婆总指使她干这干那，丈夫喝酒还打过她，她想和丈夫分开，但她想不到离婚这个念头。她为为群愤愤不平，想着厂里怎么也得帮为群一把。

小三是郊区的农村户口，她是合同工，签约五年，五年后怎样，到时再说。她干活表面上很卖力气，领导在的时候更卖力气。但细算来，她总在请病假，私下里，她总是叫苦叫累，每逢临下班时便会早早收拾好东西，只要一打下班的铃声便立刻冲向更衣室。她把自己打扮得漂漂亮亮，和社会上的男人单独逛街、看电影，或去舞厅跳舞。如果你等在厂门口，在第一拨下班的女工中，肯定会有她，晚一会儿就别想找到她。

在工作面前，她总是嘴上一切说好好好，背后蔫儿有主意，她不会考虑说话你爱不爱听，也不会考虑活儿交出后别人怎么接，当你批评她时，她会瞪着一双无辜的大眼睛，好像万事随风过，一问三不知。而在男人们面前，她总是那么娇小、柔弱，盼着男人们好歹能帮她做点事情或出点钱。不论远近，她会让男人骑车来接她，帮她找紧俏的商品，她想，做女人，要给男人展现能力的机会。这让海燕很是惊奇，自己在郊区插队时，村里的女孩子都土得掉渣，而小三这样的姑娘，她还从没见过。她想，也许小三的家境特殊，起码比城里的小娟要好。

小娟是个闷头不响的女工，单纯得惊人。论文化她比海燕差得远，但一心努力学习，只要社会上有个什么打字员、缝纫班、服装设计班一类的，她都不顾一切去报名，包里装满了各种听课笔记，哪怕是上厕所，她也要揣着红色塑料皮的小笔记进去温习，别人还以为她在看纺织技术。平常的晚上或者周日，她不是在上补习班，就是在赶去补习班的路上，不给自己留一点空闲，只有这样她才能安心入睡，不至于百爪挠心地在床上翻饼烙饼。

小娟的家离得远，家里挤得住不下人，她不方便和长大的弟弟同住一间房，搬进了厂里的集体宿舍。宿舍里都是木制的上下铺，爬上爬下吱吱嘎嘎地响。屋子大得像兵营，二十几个女工，都是像她这么大的女孩子，床头的衣裳架上挂满了女士内衣、内裤和袜子，公用的桌子上放满了大搪瓷缸子和铝制的饭盒，墙角的垃圾桶永远满满当当。即便住在角落里，也能听到每天房间里接连起伏的歌声、呼噜声、收拾东西声，混在一起。一个人只要问一声："哎，那个《庐山恋》女的亲完男的，接下来该什么剧情了？"随后便响起一片炒了蛤蟆坑般的回答声，每个回答都不一样，房间又像鲜鱼放进了油锅里蹦起了油点，吱吱啦啦响声后泛起某种腥臊。空气里弥漫着年轻女性潮湿的气息，仿佛只有回到宿舍，女工们才会变成女孩子，充满了不到二十岁的骚动。

那两年社会上正在严打，到处都是法制故事，女工们议论纷纷，她们急于找个男人嫁了，又怕被男人骗了身子后踹了，更怕的是怀上孩子。她们还不知去哪里领计生用品。小娟生性老实、保守，她对同宿舍女工之间的私房话听了脸红，觉得她们不该这么说，但她们偏要在自己面前这么说，不带停的。

"哎，你们能不能……"

"小娟还没处过对象吧？改天给你介绍一个。"

有个女工过来用手一捅她屁股："长肉了啊？"

"哈哈哈，"女工们先是一阵嘲笑，"哎，这是什么？"

小娟在下铺，她的墙上有个布帘子，上面有各种兜子放生活用品，其中一个里面放着卫生巾。她的上铺伸手就拿了出来："这是什么？你没长吗？许长不许说？"

"你给我。"

"哈哈哈。"下铺把卫生巾扔到另一个女生身边，几个女生围成圈，像球场上遛猴儿一样，把她的卫生巾扔来扔去。小娟不会断球，卫生巾几下就扔向门口，她气得哭了。

一觉过后，大家早把事情忘到脑后，照样嘻嘻哈哈，小娟却好几天谁也不理。

海燕知道后，她先批评了自己班里的人。下班时送小娟回了宿舍，特意找了捉弄小娟的几个女工，女工们都笑了。

"多大点事啊？"有个女工说。

“不许你欺负人。”海燕急了，但女工并没有急，她们一向如此，知道自己不对也不愿让人说，特别是海燕这个干部子弟。

“就你妈是干部啊？”女工们悄悄议论着，且故意让她听见。

海燕气急了，眼睛瞪起多大，眉毛立得老高，宿舍里仿佛要展开一场混战，但被看势不对的人把海燕劝走了。海燕心里也难受了很久。母亲已是肺癌，她还不到六十岁，尚在工会主席的任上，正住在厂里的医院化疗。头发都已经掉光了，只是在头上戴个毛线帽子。不时有从前的老同事、老领导来探望她。女工们常年被钢铁磨砺得粗糙，但她容不得说自己的母亲。

六

就援朝而言，生活就不那么轻松了。

海燕刚刚嫁到胡同里的时候，她什么都新鲜，觉得住平房也挺好，头顶苍天脚踩大地。一推门就出来，一抬头就望见天，头上和脚下都没人家。而婚后新鲜劲儿过去了，她才发现生活的种种不适。

夫家给她腾出了房子，援朝找自己的小哥几个帮忙，一起打了新的家具和大床，他还亲自用绒布、鬃和弹簧做了一只沙发，原本想做一对儿，但家里实在没地方。结婚那天，海燕的母亲硬撑着病体参加了婚礼，到下午就和海燕的弟弟一起回家了。到了晚上收拾已毕，海燕才发现自己成了别人家里的人。一个人女人进到一大家子里，一滴香油滴在一碗混浊的汤上。

新婚之夜，海燕就听房屋顶棚上一阵咚咚咚的响，又一阵咯吱吱的叫声，好像先是有只狗在挠门，然后有黄鼠狼把鸡咬死了的声音。

“援朝，这是……”

“啊，房顶上有耗子。”

“它……不会掉下来吧？”

“不会不会，掉下来有我呢，到时候我拾掇拾掇顶棚。”

婚姻带来了亲密，也带来了窒息。

平房的一切都很小，很嘈杂，冬天很冷，夏天闷热，各种破旧的家什杂物像阴天一样压下来，远不如厂房里，透过屋顶玻璃窗的阳光。

厨房和新房是套间，援朝的妈妈起得早，慢慢用手扶着墙，一点点从他们的新房穿到厨房里做早饭，让他们早起有饭吃。驼背的婆婆在身边走，儿子和儿媳还在被窝里睡。海燕觉得自己在婆婆面前都被扒光了似的，每次她醒了也在装睡，甚至恨不得把头埋进被窝里，忍着援朝温热的脚臭屁臭。最让海燕难受的，是上厕所。五十年代以后，胡同里逐渐没有了时传祥们来院子里掏粪，原有的厕所都改成了下水道，或用作洗漱的水房，只能上大街上的公厕。晚间便用塑料或搪瓷的尿盆。第二天早上，各家的女人们穿着秋裤，迷迷糊糊地到离家最近的公厕里倒尿盆，成为胡同里的一景儿。

海燕从没想过住平房要在屋子里用尿盆，她刚开始在屋里根本尿不出来，比在公园小树林里都难堪。早几天半夜她都不惜跑到胡同里上公共厕所。黑夜的胡同里寂静无人，她好像一匹脱缰的小马在路上嗒嗒跑着。有时路灯坏了，四周黢黑一片，她在家门口也觉得害怕。但她更受不了倒尿盆这事，她几乎不去，偶尔去一次还难为情。她想起学农时一个人挑一担子粪，或一个人推一车河泥，都从来不嫌脏。而现在，一想起跟那些掐着腰骂街的小老妈儿为伍，恨不得赶紧回厂里去。

她每天很早起床上班，周日用来补觉，把倒尿盆尽可能地躲过去。

嫁到胡同里以后，上班的距离远了很多，海燕赶上这阵子上六点半的早班，也加入晨起赶公共汽车的队伍中。她要倒两趟车，第二趟一路向东，直达总站。每向纺织厂近一站，车里的女工便多了一分，最后几站便有熟悉的女工叽叽喳喳地聊天，欢声笑语的仿佛去郊游。她在车上忍不住冲盹儿，遇到熟人也没精神打招呼。一进了厂子，听到上班的铃声，她便如上了弦的机器。车间的大门敞开着，她自身的电门也打通了。下班后，她来不及去厂子对面的娘家，早早坐车回家，在路上找地方买菜，因为援朝下班要做饭。又一阵赶上她上中班，晚上十点半才下班，赶最后一班车回家。这趟车开得飞快，她打开车窗让风沿路吹来，看着一盏盏金黄的路灯亮成一个个小太阳，一时全天的机器轰鸣声全都吹散了，随之吹来的是困意与疲劳。

到了冬天，胡同里要干的活儿更多了，塘炉子、劈柴、笼火、换煤气、搬蜂窝煤。这些粗活儿由援朝来干。但每天添加煤、倒炉灰、封火这样的杂务，海燕还是躲不开。她看着新鲜，尽管弄得满脸土灰也耐心地学着干，但日久心烦。她不是不愿做家务，是没想到平房这么多活儿，这么浪费时间。一旦她干得慢了，援朝的老妈就会猫着腰、驼着背、手扶着墙，一点一点地干。先拿出一个白布帽子戴上，再含一口水“噗——”地一下，喷在炉灰上，扫地时也先喷上一口，均匀如喷壶。老太太已经毫无怨言地干了一辈子，她认为女人天生便应该如此。

海燕看着这“噗——”的神功，暗想自己实在干不出来。她想起住西单辟才胡同姥爷家的三进大四合院，觉得住平房家里人口多的话，怎么也得雇个老妈子，最好还能雇个厨子。现在家里就她和婆婆两个女人，谁来当老妈子呢?

时间一长，她便觉得厂子比家好，下了班也不想回家。厂里的活儿再累也没那么琐碎，有多少事都是固定的；跟人打交道也简单，东西不用轻拿轻放，女工之间说话都不必多想，扯着嗓子喊就行。她像一个搭积木的孩子一样心里有谱。而胡同里的日子，指不定出什么幺蛾子。援朝有时候调侃她：“你现在可算下凡了。”

她没好气地回上一句：“厂子又没盖在天上。”

一旦劳累和忙碌起来，上班就觉得乏味了。并不是力气不够用，而是时间不够用；工作很卖力气，但不愿被家务和通勤瓜分。

海燕这般乏味地过了几年，便觉得生活不过如此，世界上能干的都干过了，不能干的下辈子也轮不到你。她默默习惯着这种上班的奔波，车间里的噪声和污染把文静的她变成了急性子和大嗓门。她经常耳鸣且睡眠不好，也总担心自己老了会耳背。

就在这不知不觉中，她怀了孩子。

海燕刚上班那两年没太考虑攒钱，只攒了一大抽屉张蔷、程琳和邓丽君的歌曲磁带。她不会像别人那样算细账，遇到好看的衣服和鞋就买两件。她最爱干的三件事是看电影、下饭馆和逛公园。老北京的那些名馆子很多都歇业了，她爱吃“老莫”、维兰和大地餐厅。可现在，她不得不把钱攒起来，留着给孩子买奶粉和尿布，母亲也不时给她钱，让她千万别委屈了自己。此时她才发现，人生最快乐的时候，便是刚工作没结婚的时候。

怀孕七个月，海燕被暂时调入单位食堂去蒸馒头、蒸花卷、蒸糖三角，都是机器和面，并不累，算是照顾孕妇。海燕这时才知道，从小吃到大的糖三角，红糖馅儿里要和上白面，要不然包不住。

孩子在三九天出生，她掐指算算：带工资的产假只有五十六天，再延长就要扣工资了。纺织女工大多无法一边上班一边给孩子喂母乳，一忙一累就没奶了。只有极少人能把孩子放在厂里的托儿所，中午跑来跑去，当移动的奶瓶。出了产假已是隆冬，三更半夜地顶着西北风追公共汽车，她有点跑不动。最好的方式是住在娘家，住楼房条件好，离厂子也近。婆家的条件摆在那里，只能给她熬大骨头汤，骨头缝儿里都没什么肉，她也顾不得样子拿起骨头就啃，差点把牙铮了。她看到援朝和婆婆都在吃熬白菜，便也不说什么了。

只是，生于清朝末年的婆婆并不乐意看儿媳总回娘家。但婆婆朴实厚道，恪守一切旧京的老礼儿，凡事看在眼里，沉着脸色，并不说。援朝想说，可夹在中间，哪边都惹不起。每月的死工资令他捉襟见肘，四处拆兑。婆婆当儿媳妇时，在大家庭里忍辱负重，对生活的艰辛见怪不怪，唯一渴望的就是能自己带孙子，连请保姆都不愿意、不放心，外加舍不得花钱。婆婆坚信，只有自己带的孙子才是自己的。让亲家带，那儿子不成上门女婿了？

海燕在心里给自己列了张表：

一、家离单位去时一个半小时（堵车），返程半个多小时，往返接近两小时。带孩子上班没地方寄存，没可能。

二、把孩子放在娘家，不仅给母亲添麻烦，而且婆婆不乐意；让婆婆带，不放心。婆婆是好心，可在现实面前成了麻烦。

三、厂子里有宿舍和幼儿园，可以问问能不能让孩子上厂里幼儿园，自己住厂里宿舍，一边上班一边自己带孩子。听说，有种宿舍可以妈妈带着孩子住，就叫“妈妈宿舍”。能洗澡做饭，运气好的话能申请到一个小单间。平常没事可以带着孩子回到娘家，炖条肥大的胖头鱼给孩子补脑子，免得长成二傻。还能和母亲、弟弟说话，看看比婆家多几个频道的电视节目。周末带孩子回婆家，自己再陪陪援朝，援朝要是不忙也可以来宿舍，忙就不用来了。

又过了几天，奶水不是很足，她看别人家同龄的孩子小脸都是圆鼓鼓的，而自己的孩子嘬着腮，像个出生没几天的小猴子。她回家去看望母亲，把孩子留在家里，由婆婆给喂奶粉和米汤。母亲带着病痛的身子，给她炖鱼炖鸡，奶油沙拉子的一顿补。那是她从小就爱吃的沙拉子，用奶油、蛋黄来调配沙拉酱。她想起小时候，母亲带她和弟弟，在家里做罗宋汤、炸鱼排。她想在婆家做一次，但婆家人从不接受新鲜事物，抗拒一切不习惯的饮食乃至生活方式。

傍晚时分，她不想走，但还是坚持出家门，到宿舍区里找同事打听，去看看那种能带孩子的“妈妈宿舍”。

向同事打听到了楼号，她直接进了楼。楼道像办公楼的样子，两边的房间正对着，都是漆黑的老式木头门。楼道里灯泡高挑，灯光昏暗，堆满了烂纸箱子，木头衣架和锅碗瓢盆，还有缝纫机和一些破柜子、梳妆台……仿佛到了旧货市场，或到了破烂市儿。她看着揪心，要是闹了火灾，跑都没地儿跑。

“咔”的一声，海燕一脚踩碎了一个玻璃罐头瓶，瓶子里还有水，她的鞋被浸湿了。

“谁呀？”面前的门一推就开。一个正在洗头的女工顶着一头黑白相间的肥皂泡从里面出来，一脸睁不开眼还气呼呼的样子，“谁把我家东西踢坏了？你哪儿来的？”

海燕看她头发滴滴答答的样子有点硌硬，仿佛是在滴擦完厕所地面的脏水，马上能挥发到自己鼻孔里来。她本想说我也是厂里的，但她下意识地说：“谁看得见？”

“你……你这么晚上来人家门口，你干什么的？”

女人嗓门很大，周围几家的灯都亮了起来，有人渐渐从自家门里出来。两边的墙更阴暗了，仿佛要把海燕围堵起来。

“哎，海燕。”出来一个人，把女工们分开。

“一车间的，算啦算啦，罐子我陪你。”来人边说边拉海燕，海燕一看，竟是为群。她还想说什么，已被为群拉进了房间。房间被一个帘子隔成了两间。为群一挑帘子，“你进来，那边是别人家的，幸好今天她带孩子回娘家了。她才难惹，你别过去。”

海燕坐在方凳上，为群坐在床边说：“那是小六，二车间的。她脾气不好，糙人一个，连车间主任都敢杠，别在意。”

“哦，我给你添麻烦了。”海燕没想到对一起吃饭的为群还这么客气。她第一次进为群的宿舍，也很久没关注她的个人近况了。海燕还未定神就问：“你怎么住这里？”

为群很干脆地做个压言的手势：“嘘——孩子睡了。前一阵离婚了，带孩子在这里。”

海燕环视一下宿舍：房间很小且不通风，窗户也被隔成几个一尺见方的玻璃块，旁边是枣红色的窗框子。屋里被帘子一隔，就像是进了一间裁缝店，或一家极小的照相馆。更像一间烂纸糊成的窝棚。窝棚里拉着绳索，晾满了万国旗般用大人衣服拆改的孩子衣服和尿裤子，东西很乱，湿气冲冲。床是上下铺，上铺堆满了纸箱子，为群的孩子不过两三岁的样子，躺在下铺睡了。两个人用几乎耳语的声音在说话。海燕想，再艰苦的大宿舍也比这个强一些。

“唉，什么‘妈妈宿舍’，几乎都是我们这样离婚的。孩子归我，房子归他。我又回不去娘家，只好住这里。我就像让他们家取了件东西，又被赶出来一样。”

海燕说：“有孩子就好。”

为群说：“是女儿，他们家才不要。我在产房里刚生完时，他妈在产房外一听是女孩，一眼没看，转身就走。”

海燕说：“那你不再找一个？”

为群叹了口气：“哪有那工夫？上班时先把孩子送到幼儿园，下班时再接回来。接回来我就不出门了。现在年龄不上不下，正学走路。我不能总抱着她，更不敢把她一人放家里。”她凝视了一会儿说，“过两年，孩子大几岁再说吧，兴许还好找点，省了人家嫌弃。”

“妈妈宿舍”里的为群头上竟隐隐地有了几根白发，与上班时判若两人。海燕掀开了帘子一角，看到了女人背后的辛酸。她想不出用什么话来安慰，也没表明自己想住“妈妈宿舍”的意愿，便匆匆走了。

第二天，班上的为群又恢复了往日的样子，昨晚“妈妈宿舍”里是不是这个人，海燕都有点恍惚了。没人知道每个人下班后是什么样。

她打消了住宿舍的念头，孩子还是没法带。时间在计时沙漏里哗哗流淌，产假的时空即将关闭，回车间里的日子又近了。可家与工厂两边的奔波，面前隐忍的婆婆，都逼得她难受。她知道，婆婆每月都取自己原本很少的退休金来贴补家用。她两边都折腾不起，无轨电车只能一站一站地停靠，纺织女工们蜂拥地上上下下，而纺织机永远在转。

海燕一狠心，在第四十天上一下子给孩子断了母乳，决定在五十六天的产假后照常上班，孩子只能丢给婆婆喂米汤了。

七

孩子一断母乳，援朝不乐意了。当初找她就是因为身体底子好，想着将来孩子能健壮，怎么现在连奶都没有？援朝的老妈有时对援朝念叨："上头还有几个哥哥姐姐，可你那会儿吃奶吃到三岁，我连口热水都喝不着，单喝凉水都有奶。生你头几分钟，我还在擦地，一使劲，哎哟，羊水破了，不行了，赶紧让人上骑河楼请老娘儿（产婆），就跟家里生，跟地上直接生的，哪有现在的人这么金贵？"

援朝刚想说两句时代不同了一类的话，老妈又说："哎，援朝，你打听打听，谁家媳妇奶水足，给匀两天。"

援朝憋不住笑了："瞧您说的，人家自己还不够吃。也没奶妈这么一说。您说这奶妈得多残酷啊，自己的孩子不能喂，喂别人家的，现在谁干啊？您放心，过两天我去他们单位一趟。纺织厂都是女的，我打听打听别人家生了都怎么办，横是不能全纺织厂都不给孩子喂奶？也看看怎么跟领导说，晚上几天班。您别跟海燕说，要不她不乐意。"

这是话赶话说了，平常援朝不愿跟老妈说海燕单位的事，特别是海燕想去单位住宿舍更不能说。一想到只是一点事却要在老妈和爱人之间两头瞒，援朝不由得一阵苦笑。

援朝请了假，自己坐公交车来到海燕的单位，走到厂子里，他听到巨大的噪声，连心情都跟着烦躁起来，仿佛一支鼓槌在胸口咚咚地砸，要把心脏从嘴里砸出来。他不由得咂了下嘴巴，海燕的工作真不易。

厂子规模不小，一切井井有条，但人的脸上有暗藏的阴云，仿佛是要下雨而大家都没带伞的样子，只要背过身去就会唉声叹气。援朝在巨大的车间门口停下了，他也在工厂里干过，知道不能贸然进去，说不定找不到人，还叫“破坏生产”。

他在想找谁，以怎样的方式聊聊天。忽然间，他看到一位年长的女工过来问他：“您好，您找谁？”

年长的女工很是客气，甚至有点细皮嫩肉，年轻时必然很漂亮，现在也不难看。援朝知道纺织女工是五十五岁退休，这位估计离退休没几年了。

“哦，您好，王海燕，您刚才看到了吗？”

“没有，您找她什么事？”

“您是跟她一个车间的吗？”援朝抢先问一句，看看这位跟海燕熟不熟。

“哦，我当过她三个月的师父。今天还没看见她。”年长的女工很直接，援朝一下就明白了，他听海燕讲过她的师父。

纺织女工是熟练工种，学徒期是三个月，不需要像技术工种那样学好几年，师徒之间也没有那么亲密。海燕的师父在厂里是个另类，人很好，长得漂亮，但一辈子没结婚，从五几年进了厂时就有传说，说她是从八大胡同里解放出来的。那时候有这样的事，但都不公开。有人风言风语地说过师父，海燕还跟别人急过。

援朝仿佛见到了亲人，便将海燕早断奶早上班，甚至想着带孩子住厂里宿舍的事都说了。

师父拉开了话匣子：“唉，我是听说，海燕她们车间又要评比，她太争强好胜了，一搞什么技能比赛来就不要命，有时候还叫‘比武’。有一回她发烧还要去比，真跟比武似的，为了退烧喝了四支庆大霉素，直接喝比打针见效快。”

“啊？”援朝有点着急，这事他不知道。“庆大霉素早不让用了，有副作用。”“她哪顾得？人太正。她父亲就是这脾气，老革命了，不会拐弯。她喝完第二天退烧了，还跟我说过，她做了一夜的噩梦，梦见她爸吊死在车间里，车间里什么都没有，都……荒废了。”

“她爸在十来年前就死了，听说也是厂里的干部。”

“新中国成立前的老革命了，十三级高干。‘文革’中在厂里挨斗，戴着高帽跟台上撅着，不服，在台上喊口号，喊不是反革命。让人连掐脖子带堵嘴，活活跟台上给掐死了。”师父往远处一示意，“有说是上吊的，有说是服安眠药的，但就跟厂里那边的大礼堂里，我在台下亲眼瞧着的。”

援朝不禁一惊，叹了口气：“她什么都不说。”

师父接着说：“细节上她可能不知道，就知道她爸给斗死了。她什么都是骨干，写了好多次入党申请书，可她父亲平反得稍微晚了几年，就没发展她。后来想提拔她当干部，她又结婚生孩子去了，再往后就顾不上她了，年轻的还顾不过来。这不，心里有怨气啊。”

“那孩子也不能不生啊，不提拔就不提拔，不就上个班儿嘛。”援朝刚说完，又觉得不能当着师父说徒弟，赶紧找补，“我这是站在家庭角度说……”

师父满脸没好气：“你这样的，就不懂她。”接着，师父又语重心长地说，“我快退休了，海燕还年轻，你想办法让她换换地方吧，厂子快不行了。唉，就怕她不乐意。”

从那以后，援朝开始努力挣钱，他想办法把自己在汽车公司里的工作，从司机调到了安全科，身穿便衣到公共汽车上负责暗查司机和售票员的违规现象，看司机开车有无违规操作，停车是否按规矩进站，售票员服务是否热情，有没有上班跟乘客聊大天。他自己上班就没多累了。周日，他替人临时开中型轿子车，从东直门跑到平谷，一个人车票三毛到顺义，七毛到平谷，每次车上都挤满了人，跑一个来回能挣三十块，但这又没了周日的休息。那紧巴巴的第七天，挣钱便不能顾家，不挣钱生活不够，不顾家家里乱如猪窝。待手里有点钱了，他便开始软磨硬泡，左敲右击地让海燕换个单位。但海燕每次都回他个冷脸，他不敢把事挑明了说。

海燕顾厂不顾家，援朝和老妈都不乐意。

八

援朝并不是个文化很高或很聪明的人，但他手脚很灵且很务实，因为他从小受过穷、挨过饿。

援朝从小捋过地坛南门榆树上的榆钱儿，喝过柿子粥，过过一个月三两肉四两油的日子。他给海燕讲，从小一家人吃饭，回家晚了没饭了，就找块凉窝头、喝点凉水，要么就干脆饿着。他能拿半斤肥膘炼成半斤猪油。他懂得什么是大油，什么是网子油，什么是血脖儿上的，每种都怎么炼、怎么做最香。他二十多岁时一米八的个子，肋巴扇儿上都一根一根地突出。因此，他对钱十分敏感，要把每一分都用在刀刃上，也把每一次可以避免的消费都视为罪恶。不论是单位发的一点米面，还是别人送的礼物，他都第一时间搬回家，如眼珠般看护好，并算好米面使用的分期，掂量转送礼物的人情。家中淘米洗菜的水用来擦地，擦地的水用来浇花，有时把还不太脏的水在塑料桶里存着，等待第二次使用。有时地面擦过还是黏黏的，但他感觉不出来。要是出门在外喝了饮料，瓶子他都会带回家留着，每个五分钱卖给收废品的，而临卖的废报纸，恨不得撒上点水添点分量。海燕厂子走了下坡路，他时刻放在心上，有意无意地旁敲侧击，盼着海燕不那么死心眼。

对海燕而言，买东西排队她是习惯了，但饥饿是她从没想到的，厂子渐渐不行了的事，她也没想过。

援朝讲的故事，海燕听着像《三毛流浪记》。她那时还小，没有什么节约粮食的记忆，更不知有什么自然灾害，至于饿死人，她更没想过。城里热火朝天的政治运动，与童年的她无关。在她印象里，只要不超过晚上七点半，食堂永远有饭在卖，每个周三都卖不用粮票的熟肉，她每周都能吃到香肠和带鱼，想换样儿了就去饭馆。窝头，家里从来不做；挖野菜，若不是插队，连荠菜都不认识。她恍惚想起来，上幼儿园那几年，每天多发一个窝头，以防止小朋友们饿着，但大家都不爱吃。幼儿园有一间铺有木地板的教室，许久不用了，她悄悄地把窝头掰碎，找到地板的缝隙塞进去。后来那教室总是闹耗子。

她看到报纸的厨艺专栏，上面讲怎么做烩窝头这道北京特色菜，她没听说过，就问援朝。

“嗐！”援朝满脸沮丧，很不情愿地回忆，仿佛要揭开一块伤疤。“什么他妈北京特色？把剩下的凉窝头当折箩，切成块拿剩菜汤一烩，穷得没辙了。”

援朝看到今天海燕的兴致不错，两人都忙，也很久没这么说说笑笑了，他想再试着劝劝海燕换工作。援朝说：“我都想换个工作，去开小公共或者出租车。你也想着换一个吧，去学点打字、维修电梯或者学个会计？你就跟车间里当一辈子挡车工，接一辈子线头吗？国外早就都换新机器了，等以后设备一更新换代，都是数控机床之类的。现在南方一个小厂子，就把你们单位的活儿全干了。”

海燕说：“用你管？”她觉得自己被窥探到了隐私，在工厂怎么上班是她的小天地，生活中能做主的事本来就不多。

援朝性起，他又一次义正词严：“你一定得换个工作，你又不笨又不傻的，跟着你们厂子走下去，那是死路一条。就你们厂子那大五服布，卖到北京各个针织厂做的衬衫，又土气又不舒服，我都不穿。”

“少说我们厂，我们厂的事，碍得着你吗？去去去，你别管。”海燕也想不到，自己态度能有这么不好。

“你们厂子我不管，可家我得管。你下岗了我得养活。”

海燕生气了，这才几年？旅游结婚的钱，是自己母亲给的；嫁到胡同来的家务活，是自己每次摘了手表干的。她本不是爱计较的人，但受了累还受埋怨，她没经历过。

这是两个人结婚以来少有的一次争吵。海燕没想过自己会变得这么激烈，这么没样子。

九

第二天海燕上早班去了。援朝中午正在汽车公司的安全科，接到幼儿园的电话。

原来，孩子上的是幼儿园的全托，每周回家一次。前一天孩子尿了裤子，没跟老师说，就那么沤着睡了一夜，直到次日中午才被老师发现。电话先是打到纺织厂，孩子的亲妈忙得没空接，就只好来找孩子的亲爹。亲爹早就对幼儿园的老师不满意了。每月工资里扣八块钱，可那几个老娘们儿哪配当老师？是连车上卖票都不要的主，说话都跟卖菜吆喝似的。

援朝请假到了幼儿园。他用湿毛巾和干毛巾给孩子擦了几遍，换上新裤子，带孩子回了家。

援朝一想起孩子就觉得委屈。个子还没桌子高，胳膊还没擀面棍粗，小小的身子大大的脑袋，长得细皮嫩肉圆圆的脸，一脸怯生生的样子，总想躲在大人身后。这天他接孩子回家，推着自己那辆二八大杠，让孩子坐在横梁上。孩子瘦小，精神也很一般，一直静静地一声不响，似乎老实得过度了，不像别人家孩子有个机灵样儿，粘上毛比猴儿都精。他自己这个岁数，都在胡同口乱跑，恨不得上树上房了。他听人说过，小时候越淘气，长大了越聪明。也听同事恭维过：“你家这孩子，心事重，有内心世界，说不定能成个作家、艺术家。”

他表面上笑笑，心想：“别介！可千万别介！”

他想到未来，这孩子肯定不让人省心，心里便如一阵阵刀扎。他不敢在车后座上弄个架座位，怕孩子掉下去或把脚卷到车条里，更怕自己骑上车一骗腿把孩子踹下去。援朝沿着马路的便道慢慢推车回家，孩子睁着大眼睛东看看西看看，看树叶落地，也看卖熟食的摊位，甚至低头看泛着恶心气味的臭下水沟。

援朝也难得这么放松一下赏赏街景，远处的天空白纸般明亮，连云彩都泛着银光，夕阳将人、树、自行车的影子拉长，将车轱辘拉成椭圆，车条还在转动着。人们逐渐下班了，卖熟食的人推着板儿车出来了，路边跑着红色或黄色的夏利，偶尔有能当出租车的桑塔纳。他想开辆车试试，但从没想过打车是什么样子。骑自行车回家的人很多，一辆辆自行车从父子二人身边走过。

今天，他真不愿意来这趟幼儿园，这是女人的事。他忍不住想摸摸孩子的头，这么大的男孩像只温顺的小瘦猫，但又觉得：孩子像他妈那么傻，海燕像孩子一样傻，都傻一块去了。

援朝到了家，原本以为海燕会做好饭在家等他，但直至和母亲、孩子吃饭完才见海燕回来，心里便有点怨气。他问海燕怎么回来这么晚，才知道海燕到小娟家做思想工作去了。

海燕生了孩子以后，小娟也结婚有了家，她终于不再住人声嘈杂的宿舍。一开始，夫妻之间还恩爱，但很快有了孩子，要干很多家务。她好容易通过单位，找到了上夜校读大专的机会——能拿大专文凭，非常难得。但丈夫和公婆都不同意，说这样没法带孩子了。小娟没有听家人的安排，偷着在下班后去上夜校。没想到丈夫动了粗，他把小娟锁在屋子里，只在三餐时端碗饭去，要小娟保证不再去读书了。直至厂里发现小娟两天没来上班，赶紧派人来家里找，才发现职工被职工家属拘禁了。

作为班长，海燕陪着车间主任到了小娟家，与小娟的丈夫展开谈判。这个丈夫一定要妻子保证带孩子、顾家和照顾公婆为重，气得海燕心想，自己就是没枪，要是有枪先把这男人崩了。她几次忍不住站起来争执，要不是车间主任从中调和，她会与小娟丈夫拼命。海燕想不明白，社会越来越开放，人们越来越文明，人人都知道读书光荣，都明白妇女解放，可为什么落到现实中，就走到了反方向。

最终的谈判结果，是小娟做了双重保证：一是向丈夫保证绝不耽误家务劳动，二是向车间主任保证绝不耽误本职工作，这才被放出来，第二天照常上班。海燕觉得真是荒谬，有些事单位不该来管，因为它本身不该发生。

海燕回家后还没吃饭，先到屋中看孩子，并把去小娟家的事告诉援朝。正说着话时，她想给自己倒杯水喝，杯子一时没找到，厨房的桌上有个空罐头瓶，上面贴着花哨的“糖水梨”字样，她看这瓶子不错，就刷出来倒满了热水，等着一会儿放凉了再喝。

援朝又谈起海燕换单位的事来。援朝说：“你看，读夜校和上班太累了，少学点少干点。我就说，纺织厂这活儿不能干。”

海燕的脸色非常难看，她正要说话，忽然间就听嘭的一声，孩子并不嘹亮的哭声响起，两个人连忙往厨房里跑去，看到罐头瓶子已经落地摔成片，孩子胸前的衣服都湿了，正哇哇地哭。他赶紧过去把孩子上衣扒下来，见孩子肚皮上有一大块红斑，像是刚用开水烫过的西红柿，用手一搓，皮就下来了。他吓得叫不出声来，一股巨大的蛮力涌在他身上，他回手一抡，啪地甩了海燕一巴掌。

他原本只是发泄力气，没有瞄准就随手抡去，仿佛是手带着他抡过去的，是空气把他的手带过去的。

援朝一米八的个子，在知青时做过端铁水的铸造工。他没想到，那一巴掌抡得很准很瓷实。

海燕的脸肿了起来，孩子还在哇哇地哭着。

海燕什么话都没说，径直去拿自己的包，又翻出一个大点的包，随手把衣架上的几件换洗衣服都塞进去，看一下自己的钥匙钱包证件之类，一把抱起孩子，奔着大街门走去。援朝缓过神来，在院子里一把拉住她：“哪儿去？”

“你别管。松开！”

声音斩钉截铁，隐隐地透着寒冷，院子里不多的花草，在那一刻停止了摇曳。

援朝还是抓住她不放，两个人在不大的院子里拉拉扯扯，几乎要动手推搡起来。海燕急于把援朝挣脱开，却不料如此僵持，孩子还在哇哇地哭着。援朝的老妈出来了，她刚才在街坊家屋里聊天，街坊邻居也都从屋子里钻出来，立刻好说歹说地劝。

有几位大嫂大妈看得明白个大概其，纷纷骂起援朝来，边骂还边恨不得照着援朝掐上两把："这么好的媳妇你还要上房揭瓦啊？我叫你对人家不好，大老爷们丢不丢人？"她们连着使眼色，也把两个人往屋里拥。海燕一阵子委屈，她猛地抬头问援朝："咱俩几号结的婚？"

"啊？"

她说得快，援朝一时没反应过来，旁边的人也没听见。

"几号结的婚？"

她见援朝不语，又用力抱着孩子往外走，孩子哭得更凶了。

援朝的母亲来了，她颤巍巍地扶着墙走到门洞里跪了下来："海燕，别把孩子抱走……"

"唉，唉，这怎么说的……"院子里又是一阵大乱，街坊们前去搀援朝的老妈，那位七十岁猫腰没牙的老太太。海燕放下孩子扭身回头，进屋从里面插上插销，把门锁了。

援朝一时不知道，此时应该先去搀母亲、治疗孩子，还是哄海燕，仿佛一时间，有十个人同时抓着他去做十件事，他要给出一百个答复来，每个人都认为自己的事最要紧。他头一回觉得过日子如此复杂，凭他再巧妙的双手也无法抚平生活的褶皱。他呆呆地站在原地发愣，那些胡同里的嘈杂如风过耳，与他无关。

"啤酒白酒啊，换酱油换醋啦啊——"胡同里推着板儿车吆喝的人路过家门口，那是个大嗓门的女人，每天这时她都会来。今天她一路吆喝，一路没人出来买。

吆喝声远远而去。

十

援朝从街坊那里要了点獾油给孩子涂上，顺便从街坊家借了张折叠钢丝床。原先家里两间房，自己三口住一间，老妈住一间；现在海燕锁了一间，他只能和孩子、老妈挤一间。

钢丝床像一个灰色的不锈钢大梯子，往母亲屋子里一放，怎么也摆放不开，他又给还了回去。当天老妈和孩子睡一张床，援朝就在母亲屋中，拿三个方凳拼在一起，垫上条褥子凑合了一夜。他担心自己翻身摔下来，后来想摔了就摔了，只要孩子别乱爬就行。

他等母亲和孩子先睡着了，一个人去敲海燕的房门。

“海燕，海燕。”屋里没声。“开开门。”哪哪敲门，屋里还没声。

屋里挂着门帘窗帘，他从缝隙去看，什么都看不清。海燕许是蒙头睡了，还是躲进大衣柜了，他都看不清。

他想，等海燕先休息一会儿，没准就好了。他心里盘算着，每一个小时，不，半个小时到四十分钟敲一次试试。他掐着表算时间，等快到时间的那几分钟，他徘徊在房间门口，想敲门进去，又怕间隔不够，再把海燕敲烦了。好容易熬到时候了，他敲门，没人应。他拍门的声音很是急促，但房间里没声音回答。他手足无措，一时起急，有心把门踹开。这木头门被踹开，上一次是三十多年前，老妈在屋里打他不念书的哥哥，插上门拿木板子打，而自己和哥哥的亲大爷，比父亲还疼大侄子，在屋外跳着脚连嚷带砸门。外面声越大，屋里打得声也就越大，哥哥的哭声也就越大。那时哥哥的作业总是得五分，考试总得一百，所以非常的不爱学习，一不学母亲就打。大爷真急了，咔嚓一脚踹碎了屋门上下半部的门板，门开始打不开，大爷弯腰从门下钻过来。也许是大爷有点微胖且上了点年纪，也许是衣服穿得多，一下子卡住进不来了……

今天他太想把门踹开了，只踹碎下半部门板也能钻进来。但他忍住了。

再敲了三四次门以后，四下里人都睡下。夜深了。援朝搬了把中间断了根皮带子的马扎坐在院子当中，他拿出一支“红梅”，用打火机点燃，用力吸了一口再慢慢吐出，把全身的气息都吐出去。不一会儿烟抽没了，他拿出老妈深绿色包装的“大前门”，接着抽。

第二天一早，援朝憋着劲儿想早起、早起、一定要早起，可当他起来以后，房间已经空无一人，家什有点乱，茶几下还放着尿盆，他过去一端，几乎快满了。料想海燕把自己反锁在屋里一夜没出去，她可算在屋里上厕所了。

援朝出门亲自倒了尿盆，同时问街坊看见海燕没？街坊说没看见，但有点神经兮兮地问：“你们家那口子，是不是夜里尖叫来着？我都醒了，就听见嗷——嗷——的，是不是吓着了？”

援朝被问愣了，他不知道也没听母亲和孩子提起，还是先找人要紧。他出门去问胡同里戴着“首都治安守卫者”红箍的老太太，老太太猫腰没牙，耳朵也听不见了，也不知谁保卫谁。她老半天才明白是打听海燕，便向胡同口指了指，那意思估计是去坐公共汽车上班去了，早没影儿了。路上遇到不知情的街坊二哥，还拿他打趣：“哟，今儿劳您大驾，亲自来啦？”援朝没理他，他想说声“滚蛋”。——他不怕打起来，在小时候每片儿的人都打遍了。他就怕忍不住拿尿盆泼过去，破了对方金钟罩铁布衫。

援朝暗想真糟糕，想早起堵人还没堵上，接下来该干什么？昨晚的顶牛让他没法进行今天的安排，但每一刻的安排都跟火车时刻表似的可钉可沿儿，错位了就天下大乱。他先去胡同中的早点铺给孩子买了两碗豆浆三个炸油饼，白豆浆两毛，糖豆浆两毛五，孩子吃糖的自己吃白的。母亲不喝豆浆只喝茶。早点铺都用缺了沿儿的大海碗，他没法拿回来，干脆端了个铝锅，糖的白的混一起端走了。

他匆匆把锅端回家，又跑到胡同里一处公用电话等开门。早晨七点，公用电话开了，他抢在头一个，先打给车队请求倒休，但车队也安排不开，让他找人替班。他又打给同事求帮忙，同事家住的是老婆的单位宿舍，还得让传达室的大爷喊一声。等了许久同事答应帮忙了，又打电话给领导好说歹说一番，无非是为了不算事假，好别扣钱。

他要面子，但仍硬生生厚着脸皮求领导，干忍着听领导说了很多酸溜溜的话，各种夸张的、无中生有、有一成说成十的训斥，估计身后排队的人听了都觉得太伤人。但援朝回头一看，排队的早就不耐烦了，催他快挂。

援朝挂上电话交了钱，他再次回家，推着自行车把孩子送到幼儿园，又跟幼儿园老师说了些道歉和请帮忙看管的话，隐含着说出：孩子每天只能去捡次的玩具玩，别人家的孩子总抢了他的玩具，还说你的玩具不如我的好。

幼儿园老师不吃这一套，一个个泼辣得很，援朝又被这几个他死也看不上的老娘们儿抢白："孩子都受家里影响大，我们这儿就是看着，他自己会长。"

老师接着说："有一天，你家孩子想撒尿不去厕所，跑到个没人的屋子里，也不知从哪儿翻腾出一尿盆来给尿了。那尿盆是搪瓷的，漏了，多少年都没人用。"说完便皮笑肉不笑地笑，援朝也想附和着笑一下好结束谈话，但他没"呵呵"出声。

从幼儿园出门，已经上午九点半快十点了，他赶紧坐车去海燕单位找人，怕海燕下班后直接回娘家，再请回来就麻烦了，甚至由此分居……孩子由谁管呢？他不会往离婚方面想，两口子吵架动了手，哪至于？家门口这片胡同里的人家，时而有打架动菜刀、动擀面杖的，摔个炒菜锅、飞起把铁剪子砸了玻璃……不新鲜，没听说谁家真离了。

十一

赶到单位以后，援朝自报家门是海燕的丈夫，厂里的人给他指路，在车间门口等海燕。时间临近中午，他想海燕要是给面子，就一起在食堂吃午饭了。

他来过厂子，这一次心里有底，就直接去车间。可到了车间，听说海燕不在，她作为优秀员工代表，到纺织厂配套的纺织机械配件厂参观去了。

纺织厂是一大片厂区，海燕在一厂，还有二厂、三厂、配件厂、印染厂等，都属北京东边的棉纺织集团。配件厂就在纺织厂后面，援朝赶过去，刚进了大门，就见一群工人抬着一个人走向办公楼里，好像是去医务室的样子。人围得如同平地上长满了灌木，他想挤进去，但被拦住，又挤进去，看到那个脸色苍白的人正是海燕。他的头脑仿佛被撞钟一样猛敲了一下，耳边听到嗡嗡的回声："快打 120，叫救护车。"

昏迷的海燕被送到医院，援朝事后更责备自己没拦住她，早知如此就干脆把海燕锁屋里，就学他们厂那个把妻子锁屋里不让上夜校的丈夫。

这一天原定是单位组织去配件厂参观，海燕一夜没睡好，总是隐隐地做着噩梦，她梦见车间的横梁上垂下一条粗绳坠着个满脸浮肿的人，那人的面孔近了，是父亲。这一次，她在梦中尖叫。早早醒来后，她还是晕着头、肿着双眼上班去了。

配件厂跟纺织厂不一样，里面都是金属车间、精加工车间等，比纺织厂的车间要小，工人九成都是男的，不像纺织厂是纯粹的娘子军连。每个车间按照车工、铣工、铸工等不同工种来划分，都要学徒三年。海燕跟着众人进了精加工车间，这里的工人一身长衣长裤，用松紧带扎紧袖口，不系围裙。她好容易见到一位守着一个 CA620 型号精密小车床的女工，她看这场景是如此熟悉，甚至那女车工都很面熟，才反应过来，这跟人民币上"车工贰圆"的图案一样。

海燕听讲解员讲，回味着工人之间的俗谚："紧车工，慢钳工，溜溜达达是电工。"车工是用车床加工金属零件，是个技术活。车刀要停得及时、到位，停慢了零件就废了，还得快干，否则不出活儿。讲究如何下料、卡位、调试机器，用手和千分尺来量。车工有危险，容易出事故，配件厂里有位女工眼皮上有个红斑，是操作时烧红的铁屑溅上留下的，好多年都不褪去。

众人一起去看车工的演示，海燕的困意上了额头，仿佛有一块铁在脑袋里，坠得自己的头四处摇晃，要大头朝下一猛子栽倒。

一阵恍惚间的错觉，海燕刚刚眨了眨眼睛，猛觉得头顶上空乌云迷雾，是哪位大罗金仙掷来的法宝，还是飞来一只翼龙或巨大的蝙蝠。“呼”的一下，海燕被人狠命地一把推开，一个跟头摔了出去。

“哐当！”

一块长方体铁块砸破了水泥地面，落在摔倒的海燕身边，铁块距海燕的头不过二尺。那是一块准备车的铁料，它没有被卡紧，从刚刚开动的车床上甩了出来。刚才，它正在海燕头上鹰隼般盘旋。

而海燕这一摔，一时没有醒来。

尾声

海燕昏迷了三天才醒来，这次是她摔成了脑震荡，摔得瓷瓷实实。但同样她真得感谢推她的同事，算是捡了一条命。自她醒来以后，有时一阵明白一阵糊涂，有时昏睡不醒，有时彻夜不眠。她一遍遍地想自己从进厂以来发生的事，却几乎想不起什么。关于厂子，她首先想起来的是，车间里的所有已被席卷一空，只剩下黢黑的水泥梁架如一具骷髅；水泥的地面已成为崎岖不平的土地，扔满了弃物长满了野草；车间顶上的玻璃全部破碎，混着木料、砖头和阳光四处撒落。在那车间的横梁上垂下一条粗绳坠着个满脸浮肿的人，那人的面孔近了，是父亲。

从此以后，海燕因为有一阵部分失忆，援朝帮她办了手续——请病假吃劳保。海燕的母亲因癌症去世，弟弟卖掉了他继承的纺织厂宿舍，拿了钱并入赘到外省市当寓公去了。那是一个海燕不知道的小地方，弟弟不再正经干什么，照样活得优哉游哉。

过后，厂子真不行了。

年轻的都下岗，合同工不再续签，有能力的调走，科室只保留几处，在宿舍区找个角落负责给职工报销。在歇了几年病假，援朝跑厂子报销了几年医药费以后，劳资科把海燕叫过去办理病退手续，她三两下就办完了，从此每月有几百块的退休金（后渐渐涨到两三千块），与厂子再无瓜葛，时年四十一岁。

海燕打听了一些同事的下落：师父退休了，为群调走了，小三被她多次试验后遇到的唯一真爱给甩了，哭着回了农村；而小娟终于补了个夜校文凭，调到仅存的几个科室里去坐班，再也不用进车间了。她觉得这样挺好，每个人都有个出路，自己这个班长没白当。

她好像只是度了个周末，在家睡了一大觉、周一早上继续上班一样，但这个世界开始将她遗忘。当她回到厂区的时候，才发现这片挥洒了她和父母青春和生命的地方已经荡然无存。仿佛是一列火车拉着鼻儿从站台前呼啸而过，而把原本下车透透风的自己留在了站台上。

火红的年代过去了。她站在马路对面，觉得厂子就像浮出海面喷水的巨鲸群，现在鲸群寿命已到，它们下沉到海底成为鲸落，它们该离去了。

原载《青年文学》2021 年第 2 期

【作者简介】宋小词，中国作家协会会员，鲁迅文学院第二十届高研班学员，现为南昌市专业作家。著有中篇小说《血盆经》《开屏》《太阳照在镜子上》《固若金汤》《直立行走》和长篇小说《声声慢》等，多部小说被《小说月报》《小说选刊》《中篇小说选刊》选载。获第六届湖北文学奖，获第十八届《当代》文学拉力赛中篇小说总冠军，获第八届《小说选刊》中篇小说年度大奖。

Song Xiaoci, a member of China Writers Association, student of Lu Xun Academy of Literature, professional writer of Nanchang city. She is the author of several novellas, such as *Xue Pen Sutra*, *Display Its Fine Tail Feathers*, *The Sun Shines on the Mirror*, *Impracticability*, *Walking Upright* and the full-length novel *Slow Voices*. Many of her novels have been selected by *Fiction Monthly*, *Selected Novels* and *Selected Novellas*. She has won the 6th Hubei Literature Prize, the 18th *Dangdai Monthly* Literature Rally Novella Championship, and the 8th Annual Award for Novella by *Selected Novels*.

舅舅的光辉

宋小词

五一期间我回了趟老家，落屋没多久，我妈便嘱我去看望外婆。我妈多年风湿病，脚步艰难，自从我爸去世后，近几年不常回娘家，总觉得自己孝行有亏。替母尽孝也是应该，再说九十岁的外婆，看一次就少一次了。

外婆住在白家岗村，离我们家十多里地，小时候腿短，觉得路长，如今他们村一位大款出资把路修好了，走，也就半个小时。外婆一直跟着大舅生活，这两年大舅他们在县城带二胎孙，她便一个人过，身体倒硬朗，去年我还见过她担水浇园。

远远地看见她在稻场上剥豆子，我喊她，她张望了半天，认出我后，欢喜地把我迎进屋。我们东扯葫芦西扯叶地拉些家常。我问大舅多久回来一次。她说，每月回来三四回。说大舅跟邻居都打了招呼，叫每天都来看我一下，死了好及时递信。我笑了笑。坐了片刻，我掏出孝敬钱给她后便起身告辞，免她留我吃饭要花费一番心思。我们这里礼行规矩大，留客招待，即便是常来常往的亲人，若席面置得不丰盛，会有怠慢之嫌。外婆自然苦留，但我执意要走，她也只好随我。送我到六棵槐那儿，她说，你今年回来过年吧，你小舅说今年回来呢。

哦。我木木呆呆的，对这个小舅没有多大感觉，从小到大，拢共也就只见过三次面。外婆说起他来，于我就像在说别人的舅舅。

回来吧，跟婆家打个商量，今年回来过年。外婆强烈要求，我不忍拂了老人家的心意，便说，好。

从来团圆都缺只角，今年不缺了。

她这样说时，我看见她混浊的眼里放出了亮光，离过年还有大半年呢，她已经开始憧憬了。

我说，外婆你回吧，别送了。

好哦，好哦。外婆嘴里应着，停止了脚步，却没有进屋，站在稻场旁的六棵槐那里看着我。我走了好远，回头看，她还在槐树下望。我的眼前是大量抛荒的田野，杂草疯长，地里偶有老夫挥锄整平，越发地令人觉得村子快要与世隔绝了。站立在天阴雨色中的外婆，让我想起风烛残年这个词。这个词语连同孤零零的外婆和凋敝的乡野一起让我的内心充满伤感。

外婆两儿四女，六个子女中，小舅读书最多，是恢复高考后的第一代大学生。外婆总说她这串葫芦里，只锯出了小舅一把好瓢。这话我不大认同，那是他们舍不得锯，若舍得，不定出多少把好瓢呢，至少我妈就是一把。我妈跟着民办老师的我爸，认识了不少字，都能读下全本的《水浒传》和《红楼梦》，我爸都很为她可惜呢。不过我妈心态很平和，既不埋怨爹妈，也不眼红小弟，相反，她和大舅姨妈们都一样以这个小弟为骄傲。这“一把好瓢”成了他们共同的荣耀。

回到家我把小舅要回来过年的消息说与妈听，她说，回不回又值得了多大的事。我妈的反应倒出乎我的意料。好像是前年还是大前年，说起小舅她都是一脸神气，说小舅给我们这些外甥和侄子都做了安排。

我呵呵笑，说，妈，你洗了睡吧。

妈说，哼，你不要不信，你还不知道你小舅的实力，到时他拔一根毫毛，也够你吃一辈子的。

呵，够我吃一辈子，那得是多少？个十百千万十万百万千万？就算是，也拔不到我们外甥的头上。要拔早拔了。

我妈显然是深信不疑，说，你呀，你别到时吃相难看。

呵呵。我对小舅早已没有任何期待了。

我第一次见小舅是六岁，记事如刀刻的年纪。春节里，小舅带着他的妻女回来过年。我们正月初二去给外婆拜年，一路上我那小脑瓜都在想省城的舅舅会给我们带来什么样的礼物。我们这儿有这样的礼信，出远门的人一般都会给亲友带礼物，叫带折食。像我那银行工作的表姑，父亲每次去县城开会，她都会托他给我捎一袋鲜果冻，或是一袋饼干，或是一袋鸡汁快餐面。折食不一定要多贵，就是一个心意，但我喜欢这种被人惦记在心里的感觉。

还只走到六棵槐这里，我就瞧见外婆家里有个生客，个儿不高，穿着带毛领的黑色皮夹克，脸很白，似从没见过太阳，鼻梁上一副大眼镜，眉眼像我妈。

叫小舅。我妈在旁边指导我。

小舅！我响亮地叫了一声，叫声里充满了期待。

哎。这是春来吧，都这么大了。小舅摸了摸我的头。我以为他摸完我的头就会去摸他的荷包，但没有，他直接跟我爸握手去了。

折食是不能讨要的，那时虽然年纪小，但也知道了丑，只得没劲地走了。在火塘屋里看见一个长卷发涂着口红，怀里抱着一个胖女娃的女人。大舅说，这是小舅妈。我喊了小舅妈，她也是答应了一声，然后就纹丝不动了。反倒是后面来的姨妈们给我们几个小孩子带来了新年礼物，大姨妈是红毛线围巾，大表姐织的，二姨妈是卜卜星，小姨妈是砸炮。我们围着崭新的围巾，吃着卜卜星，时不时从兜里抠出个炮往地上一砸，砰一声响。这才是过年走亲戚的味儿，不然大老远的，走得腿酸，图啥呢！

其实小舅也不是啥都没带，吃过饭，小妹妹说要玩炮炮，她当真是大城市里来的，瞧不上我们土鳖的砸炮。小舅从门后拖出一只皮箱，我们几个毛头孩子全都围了过来。他从里面拿出一个塑料袋，从袋里拿出一个花花绿绿像秤砣似的东西给小妹妹，在小舅的帮助下，她拉了吊在下面的一根绳子，突然“吱吱吱”几声响，射出一大堆彩纸，这些细碎的彩纸从半空中落下，犹如一场童话梦，引得我们在彩纸雨下转圈圈。这也罢了，更奇的是，这里面居然还射出一只小小的降落伞，粉红色的，就挂在稻场旁的椰树上，我跑去踮起脚摘了下来。这只降落伞太漂亮了，我如捡到孙悟空的三根毫毛，喜得哦哦叫。可小妹妹也要降落伞。我当然不给，这是我捡的，捡的当买的。

小舅说，还有，还有。接着又放了一个，可这个降落伞却落在了高树上，搭了梯子也够不着。又放一个，是烂的。眼看着袋子里没几个炮了，我赶紧上前跟小舅打商量，说，小舅，我把降落伞给小妹，你给我个炮吧。

小舅说给。我刚好接时，小妹号啕大哭，她不让，小舅就转而拉了引线，这一个却落到了水塘里。我好泄气，盼望下一个能顺顺当当。不如此，我感觉我手里这个就保不住了。最后一个总算如愿以偿，落在草垛上。我像狗一样跑过去捡给她，她总算破涕为笑，可还没高兴三分钟，她去火塘找她妈，不小心把降落伞给烧了。她又哭了起来。我赶紧提着降落伞撒腿往家跑。

春来！

我妈赶了出来，身后跟着小舅和哇哇大哭的小妹。我想，若是迫我，我就一把撕了。我玩不成，大家都玩不成。

我妈说，春来，你听我的，把这个降落伞先给小妹妹，小妹妹大老远来，是客。

我也是客。

我妈又说，你把这个给小妹妹，等会儿小舅再给你一个新的。

我不信。

我妈说，小舅箱子里还多的是。

我有些将信将疑。

小舅也附和说，是的是的，还有还有，还有更大的呢。

我总算信了，将那个降落伞给了她。然后我心里就开始惦记那个“更大的”，问他什么时候放“更大的”，他说，等吃了晚饭。我如得了令一般，跑到厨房跟外婆催饭。外婆说，乖乖，中午的饭才丢碗，哪有那么快的晚饭。外婆说的是实情，可我心里就是不爽，便跑到猪圈去找猪撒气，用棒头捶猪，猪没捶着，失手把猪食缸给打破了，潲水拌糠流了一地。这下连猪都知道我闯了大祸，拿俩眼看我，不敢哼哼。外婆和大姨妈听见动静往猪圈一瞧，就全明白了，她们没有声张，但随后而来的我妈看见了，她顺手拿起门边一根吹火棍。我赶紧撞了“天网”往外跑。我妈说，我今天不把你的手铲肿，我白字倒过来写。

屋里女人们都在抢猪食，男人们打牌，没人给我解围。还是大舅耳朵尖，他从屋里出来，冲到稻场一把拉住我妈，说，你真是，碎碎（岁岁）平安，打发打发呢，大正月里，外甥给我这么好的一个彩头，你还打她。我妈也就借驴下坡，将棍放了下来。为着这场恩情，我一直都坚守着正月不理发的传统。

好容易等到吃晚饭了，我瞅着小舅的饭一吃完，就一步一摇地摇到小舅跟前。小舅看见我如看到活怪，放碗筷的手都哆嗦了一下。小舅说，你再等等，我去上个厕所。这一等就等到天麻眼，我担心小舅是不是掉进了茅坑。外婆家的厕所是埋的缸，上面搭两块木板，没处下钉，木板是活动的，踩不稳真会掉进去。我想去厕所看看，可厕所在屋后面，屋后是竹园，黑漆漆的，我害怕。我对我妈说，我要去厕所。

怕厕所里面有人，我妈在外面咳嗽了一声，可里面没回应，我心里顿时咯噔一下。

我被骗了，先前我妈要拿棍子打我我都没哭，可这会儿，我实在憋不住了，一下哭起来。我妈说，好端端的，哭什么？你上不上厕所？我不说话，只哭。我妈慌了，赶紧用手把我的额头往上抹了三下。然后抱着我边走边朝竹园里破口大骂，骂那些没长眼的孤魂野鬼，大过年的享了那么多的祭，还出来害人。

回到堂屋，所有人都问我哪里不舒服，我不作声，我不能让他们知道我那点小心思，那样会让他们觉得我没出息。我只哭不说话。大舅便拿着一刀黄表纸到竹园那里烧去了，就让他们误会我是见了鬼吧。

这一次因大姨的儿子肖立秋来武汉办事，我们几个在汉的表亲在楚河汉街的小龙坎设宴款待。我们表亲相聚聊天，一般都会聊到小舅，我们最感兴趣也最疑惑的就是小舅到底有没有钱，有多少钱。白家岗的人都认为小舅是岗上走出去的第一代大学生，国家选拔的栋梁之材，到如今只怕在朝中都能呼风唤雨了。他们这样猜测时，大舅和我妈她们也不作解释，小舅便在这种静默中演绎成了一个人物。

小舅很早就去了深圳，在一个大型国企集团当财务经理，还给我们亲戚都寄了一张名片，烫金的，上面还印了相片，白玉寿、五八集团财务经理，然后是两个电话号码，一个是座机号码，一个是大哥大号码。

那时候看港片，大佬们出场都是手里握大哥大，后面一群马仔，大哥大一按，江湖上立刻就会掀起一阵腥风血雨。村里有见识的年轻人说那东西可贵了，要好几万块。当我们在为节省一毛钱两毛钱在菜摊子上挑挑拣拣讨价还价时，我们的亲舅舅手里却握着几万块的大哥大。小舅矮小的身躯在我心里一下子高大起来。

妈跟小舅感情很好，那是她脚下的弟弟，小舅差不多是我妈带大的。看到我为小舅高兴，她也跟着眉开眼笑，说，你小舅从小就是个聪明人，读书识字过目不忘，白家岗的神童。要不岗上几个参加高考的，就独你小舅一个人考取了，照古理讲，你小舅那是天上文曲星下凡。

咿呀咿呀，还文曲星下凡，这话也太说大了。我很烦我妈那套下凡论，我曾问我妈我是什么星，我妈说我是一颗吵星。从此我便对我妈这套歪理邪说没有了好感。

不管怎么说，生命里有了个发财的舅舅，成了我小小的骄傲。上小学和中学，学校经常让我们填一些表，逢到填写姑舅姨亲属那一栏，我第一个会写上小舅，单位：深圳五八集团公司，职务：总经理。我从不写大舅，也不写亲姑亲姨，他们都是农民，我妈已经是农民了，再多一个我觉得蚀人。然后我会写表姑，单位：县人民银行，职务：副行长。这便好了，虽然我的字歪七竖八，成绩一塌糊涂，但我家世显赫，出身富贵啊。

我把这些记忆中的小事说给我的表哥表姐们听，他们一个个笑得差点把食物喷在火锅里。

我说，我也不知道那时候怎么就有了这样的思想，就觉得穷是一件羞耻的事。

表哥表姐们终于不笑了。我们都是一根藤上结出的瓜，除了小舅跳出了农门，披挂了一身城市衣，我们的童年都是跟着爹娘在泥田里打滚。

添了汤，火锅暂时停止了沸腾，我们也安静了一会儿。秋表哥说，你小时候国家已经改革开放，农村分田到户，虽然穷是普遍的，但贫富有了差距，一旦有了穷与富的差别，嫌贫爱富就是很自然的事，也就是说你的势利是时代缘故。

海表哥说，其实我们小时对小舅生出过一些幻想，幻想走出去的小舅能伸出一只大手拉我们一把。

年表姐也说，我们那个时候能靠什么改变命运呢？一靠读书，可农村孩子靠读书，家里劳力不宽展，钱也不宽展，读书读得战战兢兢，指不定哪天家长就来学校搬桌子。像我家供了我哥就供不了我，能让我读到中学毕业，已经是父母莫大的恩情了。二靠什么呢？靠亲戚。像我们村有个人当兵出去提了干，然后就把他家里的侄儿侄女外甥拔萝卜似的，一个一个全拔到了城里。看着别人的叔叔姑姑姨妈和舅舅都八仙过海各显神通，我们那个时候也真的指望着小舅能像菩萨一样，显一显圣，让我们有个奔头。

年表姐的话让我们想笑，可却又笑不起来。记得那年我们家盖房子，我爸动过找小舅借钱的心思，但我妈没有接话，我妈的意思是，不到节骨眼上，不要去找他。什么是节骨眼呢，她觉得在家人的重大疾病上，在我读书毕业找工作时，人生至关重要的节点，小舅一伸手就能扭转乾坤满血复活的那种。母亲是把小舅当成了王牌，不到见底是不能出炸的。

小舅到底有没有钱？酒过三巡，我们差不多异口同声地问秋表哥。

在我们这些表亲中，秋表哥与小舅是接触最多的，他一年中上海待一半深圳待一半，再一个他是我们当中的首富，弄不好也有可能是整个白氏亲族的首富，毕竟小舅的底我们一直没摸清。

我们掐指算过，秋表哥的资产大约上亿了。他在深圳和上海都有房有厂有仓库，一个公司养着几百号人。虽然他总是自谦说是过过小日子，可他的小日子跟我们的小日子那是两个概念。他的大中华一摆上桌，海表哥的黄鹤楼蓝腰带就吓得藏进裤兜里；他身上的乔丹威风凛凛劈着一字马，而我身上的乔丹畏畏缩缩蜷着一只腿；同样都是大众，但秋表哥的大众多出一排字母，他的车一上路，许多车都躲得远远的，给他让一道。海表哥说，不怕奔驰和路虎，就怕大众带字母。还有我们的车需要我们亲自开，但秋表哥的车有司机开。我们在座的，试问谁家逢年过节没喝过秋表哥顺丰快递过来的茅台酒、蒙顶茶。资本为大，一般秋表哥说话，哪怕就是放个屁，我们都觉得香。

秋表哥说，我也不知道小舅有没有钱，我只能说几个事，你们自己判。小舅这几年经常要去北京，他说他在北京国贸大酒店有个长期包房，我打听了一下行情，这没个百把万下不来，这是有钱人的做派吧。还有九妹和小舅妈她们在美国过的可不是普通人的生活，她们的房子买在富人区，前后都有大草坪，九妹开的是兰博基尼。这些都是小舅给她们创造的，有钱吧。可我前一阵公司资金周转不灵，缺笔钱过渡，找小舅开口借六十万，我想六十万对他来说是小意思吧，但他说没有。前年，白家岗修路，他不是抬起众人摔了一跤？所以有钱没钱，真不好说。

秋表哥一番言语令小舅的身价越发像太虚幻境，这么多年都弄不明白，令我们有些垂头丧气，但也勾起新一轮的好奇。

与小舅第二次见面是在我十二岁。那年家里建房，工程几度因缺钱而停止，直到秋后姑舅姨们卖了粮，借了钱给我们，房子才上梁。我们一家人在稻场旁的窝棚里从惊蛰住到小雪才搬进新房。腊月初八办贺房酒。农村里盖新房算是一件大事，我们提前十多天就给小舅写了信。

记得大舅和姨妈们合伙给我们制了一块大匾，红丝绒的底面，正中四个烫金大字，华屋春晖。大匾披红挂彩，三个姨爹和大舅抬着，还雇了乐队。外婆走前头领着穿得色色新的姨妈表哥表姐们浩浩荡荡的，将这块大匾从白家岗一路吹吹打打抬到我们家。为了迎这块匾，我爸在稻场上放了三挂万字鞭。

把这块匾送得这么声势浩大是大舅的谋划。在农村推倒旧房盖新房，一般都算作是女主人的志气，是在夫家的业绩。大舅这是在给他的妹子扬名立万。大匾用两架梯子一步一步升上去的，每踏一脚，喊彩师就要喊一句彩，什么步步高升、五谷丰登、六畜兴旺、养子成龙、养女成凤之类的，母亲好激动，不停地用手抹眼泪。热火朝天之际，门口做支客先生高喊一句，贵戚到。我们一齐往外面看，屋檐下站着一个穿毛料西装、戴眼镜提公文包的男子，样款像极了中央电视台《新闻联播》里的领导干部。

这贵戚是小舅，他的从天而降令白氏亲族像是活捉了一只凤凰。

虽然稻场上一桌茶席才布上不久，只动过几块麦芽糖和黄豆酥，但为了凸显小舅尊贵的地位，我妈将其撤掉重新布了一席。白家人坐在一起热热闹闹吃茶，时不时从讲话声中爆出一串洪亮的“哈哈”声。小舅出类拔萃的仪表吸引了满稻场的目光，连筛茶装烟的往这一桌跑得都勤便些。

那时秋表哥已经是第三个高三了，小舅自然问起他的状况，他鼓励秋表哥，说，秋儿一定要扳下脑袋好好读，考个好大学，你一生的道路就平坦了，你是老大，有楷模和标杆的作用，你读出来了，底下的就会跟样学样，这样一个一个就都出来了。

大姨爹吸了一口烟，弹了一下烟灰，说，秋儿这书读得我骑虎难下，劳力劳财读了这么多年，考不取不甘心，考取了我为难，没钱呢，他小舅舅。大姨爹说着低下了头。

一桌子的欢喜劲儿出现了片刻的低沉。每个人都望着小舅，仿佛他就是救苦救难的观世音菩萨。小舅略沉吟了一下，说，先一门心思赴考，有我在，有白家这么多亲人在，不会让他考取了还读不成。

小舅舅说话向来轻言细语，连下诺也不像村里人，恨不得把自己胸脯拍烂。我妈教育我时就喜欢拿小舅做比子，说有志不在年高，有理不在声高，像小舅舅，小声音也说得起大话。小舅的一番话把我的舅姨和我妈听得笑嘻嘻的。一个个都对秋表哥说，这颗定心丸子吃得好，明年秋儿高考顶状元。把秋表哥说得满脸通红。

我似乎也得到了某种鼓舞，在一旁扬扬得意。逢到有客人来打问这个

"贵戚"时，我就会骄傲地告诉他，这是我的小舅舅，亲亲的小舅舅。

连我那县里做人民银行副行长的表姑都托我爸引荐，跟我小舅握了手，交换了名片。表姑在我们当地那也是大筛子面上的人，饱受尊敬的，但小舅对她不过就是很平常的客气，表姑几次敬烟，小舅都给推了。虽然他个子矮小，但坐在人群熙闹的稻场上，表现出的那股有知识有文化有本事又有钱的气势，让我觉得小舅真的像庙堂里塑了金的菩萨，宝相庄严。

晚上最后一场宴席完毕，写账先生将人情簿交给我爸。爸妈连夜在灯下对账。我爸看完账本像是怕漏了什么，又从头翻了一遍。我妈问，你还查什么？这礼金跟账目是对的。

我爸疑惑地说，我在找玉寿，你弟弟莫非没上情?

我妈"嗯"了一下，似也觉得奇怪，但转而说，没上就没上，他大老远地为你这场事赶回来，就已经是很大的人情了。

我爸说，这个我知道，我不是争他的人情，只是奇怪，你说他千里迢迢的人都赶回来了，上个人情那不就是挖苕扯蔓子顺带的事吗。

我妈顿了顿，似怕我爸在此问题上过多纠缠，说，哎，人情再多总是要还的，他今天往我这屋里大匾下一坐，我觉得我这新屋都不一样了，蓬荜生辉。我爸嘿嘿一笑，夸赞我妈蓬荜生辉这个成语用得好。

我妈之前就教给我一句话，说千里送鹅毛，礼轻情意重。小舅从深圳坐火车转汽车，那时荆州与松滋还没有架桥，隔着一条长江，得转一次轮渡，然后又是汽车转麻木，路不平，那坐麻木的滋味可不好受，浑身骨头恨不得要颠散架，然后还有三四里小路得靠双脚亲自走，这么一段隔山隔水又隔岩的远路，小舅能回来一趟确实不容易。而且今天贺房子，我们家的亲戚六眷都来齐了，他们看到了我们家的大匾，看到了我们家的"贵戚"，还看到了我们家因这位"贵戚"有可能出现的光明未来。

我躺在床上跷着腿说，爸，其实小舅也送了礼，如果说大舅和姨妈们送的是物质意义上的大匾，那么小舅送的就是精神意义上的大匾。

我把话一说完，我爸妈都齐声喊“呀”！然后我妈忽然捧着我的脸左右狠狠亲了一下，说，这才是我们家今天最值得庆贺的事，我们家的小春来长大了。

秋表哥在武汉的事情处理得差不多了，说是签了一个大大的单，武汉为迎世界军运会，要彻底改造雨天积水秒变大海的现状，预备把两个区的下水管道重新铺设。他们公司的下水管道中标了。回上海前，他向我们在汉的亲友发出邀请，再聚一次。这是庆功宴，我们自然不会推辞。

秋表哥请吃饭的位置很是隐蔽，在东湖边上小区里面，没有招牌，我们一路上被表哥在电话里指引，上了电梯，还以为是到谁家串门去呢，到了后推门进去，才知道这并不是家户人，确实是一吃饭的地儿。一个大约一百五十平的大平层，被设计得古色古香，墙根下一溜儿石佛头、香案、琴案、画案和茶案，粗糙却别有一番质感，高几上设着炉瓶三事，炉里青烟袅袅，一个巨大的白沙盘上画着枯山水，宋式风雅里掺杂一丝日式侘寂腔调。整个空间的光线阴暗但又层次分明，显然是刻意布置的。

厨房是开放式的，一个穿白衣服戴白高帽的厨师正烟熏火燎地忙着，一股油煎鱿鱼的香味在整个大厅缭绕。

我笑着说，吃顿饭，搞得偷偷摸摸的。

海表哥，这叫神不知鬼不觉，安全。他是机关科室的，虽然手里没多少实权，但似乎也是个内行人。

秋表哥跟海表哥都呵呵一笑。

我们听不懂他们打哑谜，便看西洋镜似的，东瞅瞅西瞧瞧，秋表哥就坐在一旁的圈椅上抽大中华，边抽边笑嘻嘻地看着我们，仿佛我们缺少见识的表情能让他得到某种满足。那一刻，我有一种撞破秋表哥内心的感觉。

四个菜端出后，我们就被招呼上了桌，厨师依然在厨房为我们备菜。

那顿饭吃得真开眼界，一盘藕片和菱角米切得大小一致，加上几颗莲子铺排在冰山上，插上荷叶与荷花，再弄得雾气腾腾的，便是售价二百五十元的“秋塘三艳”，用筷子夹一颗莲子都得慎重，若不小心滚在地，好似刘姥姥在大观园吃鸽子蛋，一两银子没听个响就没了。年表姐从小生活在湖区，这些东西她小时吃得要呕。她说，二百五十元啊，我的天啊，这不是要杀人吗？那这几片生鱼估计得上千，我都不敢下筷子了。又转向秋表哥说，哥，你的钱也不是大风刮来的，亲友相聚，不比生意场上讲排面，没必要如此破费。

而我在经过最初的惊叹之后想法与年表姐不一样了，我在武汉待了八九年，他们也来了三四年，东湖边上来来往往多少回了，有谁知道这里面还藏着这样一个所在。想想谁吃顿饭需要隐藏得如此之深呢？可见秋表哥的生意早已鸟枪换炮，攻入了官场。中国的为商套路，官与商一旦结合，那利润就是清早船儿去撒网，晚上归来鱼满舱。

我说，小年姐，你就放心吃吧，咱们的秋表哥再不似当年旧模样了。作为一代豪绅，他有义务和责任向我们展示资产阶级的生活方式，让我们增长见识，这本身就是在引领我们向上，让我们知道人类天堂生活的模样，这就是富人对穷人的积极意义。

呵呵。秋表哥笑了起来，笑得呛住了。他说，春来妹还是那么的伶牙俐齿，一点都没变。你说这话，我倒想起了我人生中喝的第一杯咖啡，第一顿牛排，第一瓶红酒，第一次感受漂亮小姐跪在我脚下给我点燃香烟，所有这些城市生活启蒙的第一次都是小舅带我的。那时小舅总是给我灌输一个理念，拼命赚钱，想要在这个时代活得出人头地，秘诀就是永远不能放弃对金钱的追求，哪怕死也要死在钱堆上。

秋表哥举杯跟我们碰了一下，又抿了一口酒，说，金钱就是打开这个时代的万能钥匙。

关于秋表哥和小舅之间的关系，通过大姨妈私下里透的一点口风，我们隐约也知道一些。舅甥关系一直并不怎么好，只是君子交绝，不出恶言罢了。

秋表哥当年终于以全县高考第一的成绩考取华中理工大学，县里都给发了喜报，录取通知书寄到家时，听说邮递员想讨包喜烟喜糖，但看到大姨妈、大姨爹一脸愁容和家里四面土墙后，只喝了杯三匹罐就走了。

大姨他们一直在等待小舅的主动关心，然后好顺便提一提经济上的资助，但小舅既没来信，也没拍电报。后来大姨他们决定办个酒席，一是喜庆喜庆，再就是体体面面面地凑个学费。办酒就要接客，这就让大姨把被动化为了主动。别的客捎个口信，亲传亲，友传友，就都知道了，唯独接小舅稍微麻烦些，先是请我爸给小舅写了一封信，后又担心怕收不到，又专程到乡邮局给小舅挂了电话（那时电话未普及，只有乡邮局有两部电话供老百姓使用），电话打通了，小舅向大姨道了恭贺，知道了酒席的日子，表示一定到场，还叮嘱大姨不要为学费担心，再苦再难都一定要让肖立秋把大学读完。大姨挂了电话，心里的负担轻了一半。她还很长远地考虑到怕小舅热，扇扇子担心他受累，经过一番心理斗争，咬牙花了二十块钱在百货店买了一把鸿运扇。

记得那天刚好立秋，但秋没有立起来，闷热得要命，好在大姨家门口有一棵花椒树，枝繁叶茂，像一把天然大伞，我们到得早，就搬了椅子在树荫下坐。花椒正值成熟期，一股特殊的芳香阵阵散发出来，蚊蝇虫孓驱赶殆尽，都不用拍巴扇，惬意得很。

秋表哥出来跟我们打照面，白白净净又腼腼腆腆。白家人都向他道贺，说这么多年的冷板凳没白坐，白家又出了一个大学生，给国家又培养了一个人才。

我爸对秋表哥说，你们家这棵花椒树长得好，像红顶子，一看就知道门户里要出人。

我妈说，前不栽桑后不栽柳，屋门口栽树有讲究的。

秋表哥说，这棵树不是栽的，是隔生（野生）的，好像是我读初中那年莫名其妙钻出来的，当时都不认得，虽吃过花椒，但不知道花椒树长什么样，我爸当时要挖掉，我妈说等等看它是个什么东西，后来慢慢才弄清是棵花椒树。

姨妈们说，花椒树在我们这儿确实稀罕。

秋表哥说，估计是哪个鸟儿从远处带来的。这棵花椒树现在是我妈的宝贝，每年结的花椒可以摘一箩筐，卖了还很能补贴一下家用，我妈说要是没有这棵花椒树，我读不成高中，读不成高中就没有如今这个大学。

听了秋表哥的话，我们又抬头把这棵花椒树上上下下看了一遍，觉得这是一棵神奇的树。

坐久了，我们小孩觉得无聊，便约着村里跟我差不多大的小伙伴玩去了。我们上树掏鸟窝，下河摘菱角，很快我们就饿得前胸贴后背了，坐在沟岸上等大人来叫吃饭，左等右等也不来，只得回来。大姨家的屋檐下站满了客人，我爸妈他们还在花椒树下坐，满稻场人声喝喝。似有几人对席面迟迟不开有怨言。我朝我爸的手腕上的手表数了数，已经十二点半了。我们那时还未流行三餐制，庄户人一天就两顿饭，酒席一般十一点开。我去里头问大姨什么时候开席，大姨说，厨子粗心，烧了夹生饭，正在加工。可大姨隔一会儿就出来在稻场上望一下，一点都不像是家里饭没烧熟的态度。

大姨在望什么呢？哦，我恍然大悟，她在望小舅。

那顿饭直挨到一点钟才开席，宾客们饿得都已经顾不上餐桌礼仪了，鱼糕鱼丸扣肉炖蹄一端上来，就空了盘。其实大姨还是蛮讲面子的，桌席整的是十碗，碗碗真材实料，可并没落客人多少好话。

宴席过后，大姨面上的神情像是遭了榔头棒，垮掉了。木木呆呆的，但还是时不时就伸长脖子朝村口方向望一下。大姨的这种期盼，让我从原先的想笑转为了难过。

大舅说，大妹，你别望了，望不到了，他要来早就来了，去年小妹贺房子，他不到十点就到了，前一天赶到荆州，次日一早从荆州起身，时间才来得赢。

我爸说，十一点还不到，来的可能性就不大了。

大姨满脸担忧地说，怕不是路上出了什么事吧。

大舅说，那不会，你不要瞎担心。可能是屋里有什么事，脱不开身，不要紧，他以后总是要给你一个说法的。

我们也不断安慰大姨，叫大姨不要把小舅来不来这事放心上，不要为了小舅一个人，让大家的十碗都吃得不快活。

大姨总算是被逗笑了。

晚上留下吃饭的是姑、舅、姨顶首的亲戚，圆桌围了两桌。秋表哥中午坐了上席，这一次说什么也不坐了，非把大姨父拉到上席来，大姨父不肯坐就拉大舅，大舅拉我爸，我爸也不肯，就同大姨父一起把大舅摁在了上席。他们你谦我让，弄得屋里一阵阵欢声笑语，大姨的心情也被感染得欢欢喜喜的。看到大舅和我爸喝酒脱去了外衣，大姨像是突然想起了什么，进房拿了一个大大的纸盒子出来，是一把鸿运扇，扇壳上写着万宝俩字，那把红色的扇子插上电后，摇过来摇过去，为我们送来一阵阵惬意的清风，也为逼仄贫穷的小屋增添了一些喜庆。

大舅跟大姨父碰杯，说，大兄别担心，我们那个时候饿肚子都供出了一个大学生，如今这么好的条件，更没什么说的。

我爸跟两个姨父也宽慰大姨父，说，一个好汉三个帮，我们几家合一起，就是砸锅卖铁也不会耽误秋儿的学业。

白家因为外公的痨病不能负重，幸而早年入私塾识得几个字，可以为生产队管理账目，所挣工分比外婆少不了多少。从外公身上，外婆知道识字的好处。大舅跟大姨只相差两岁，到了发蒙的年纪，两人先后进了学堂，大姨倒读得进，但外婆不让读，读了一年，认识自己名字就下了学，大舅读不进，但外婆硬把他摁在学堂，读了三四年，看他实在厌学，才罢了，此后接连三个女儿，外婆也都无心栽培，直到生下小舅。小舅屁股能在板凳上生根。

小舅初中读一半学校动不动停课，但还是断断续续读完了高中。白家一向是外婆撑门立户，女人当家为人不免强势，在村里没结上好人缘。小舅想上大学，村里不给推荐。外公便替他谋出路，想让他顶替自己给集体记账，不让，去村里小学代课，不让，去卫生队学个赤脚医生，也不让。大家伙就想看白白净净的小舅在泥田里干活。

小舅扛了锄头下地干活那天，村里人都早早出工来地里看热闹。从来没有跟庄稼和农活打过交道的小舅，笨手笨脚的样子成了村人的笑柄。白家姊妹心里极不舒服，在她们眼中如此珍贵的人却成了村人嘲讽捉弄的对象，他们抱成一团，再不让小舅出去干活，大有你躺着，我们养你的雄心。

在家足不出户的小舅抑郁了，成天躺床上没个人形。几个村人来劝外公外婆准备棺木，还说少年亡，不用多好的木头。外公气得痨病发作，夜夜吐血。屋里一下躺了两个男人。外婆提了一瓶农药，奔到小舅床前说，儿啊，我一生为人强悍，自嫁入你们白家，知道这家光景，从不肯输半分斗志，如今你这样不争气，我这志量也减了一大半，你若体谅为娘，咱们就一起活，你若狠得下心，咱娘俩就一起死，黄泉路上做个伴。外婆拧开就要喝，小舅喊了一声妈，外婆止住了，然后小舅奋力下床，将药给打翻了。从那以后，小舅像是换了一人，任谁笑话也不惧怕。他去担水，洒了一担又重新担起一担，耕田拢地什么的，他也不着急下田，只坐在田埂上细细看，等看出了门道再去弄，渐渐便在农活上有了心得。他还买了一些农技方面的书籍，活学活用，制种、害虫防治什么的，很快就在生产队的种田把式里有了一席之地。

两年后，我妈跟我爸相识了，我爸有次去白家岗看我妈，除了给我妈带了一身衣料还带了一个惊天消息，国家要恢复高考，工人农民都可以报考，考上了国家包分配，自此便是国家干部啦。这个消息不亚于一声惊雷炸在白家屋脊上。国家干部，一听就位高权重，白家人太明白权力在老百姓日常生活里的重要性了，莫说是公社干部，村里支书，哪怕是生产队队长站在田埂上，也有人堆着笑上前去打根烟，敬杯茶，以期他们可以不克扣工分，可以掩人耳目地分些好处。他们这一家受打压欺负多年了，倘若家里能出个干部，便如孙悟空的金刚罩一般，便没人再敢欺负了。

那年高考是在冬天。本来我妈是要过年前嫁给我爸的，为此事也推迟了婚期，留在娘家照顾备考的弟弟。我爸也频送殷勤，将自己当年读师范的教材送给小舅，还为小舅手抄了一本代数。去县里赴考，也是我爸联系县里银行姑婆弄的车。

腊月二十八，我爸终于收到了小舅的录取通知书，他赶紧去给小舅报信，外公外婆高兴得把过年的鸡提前杀了来庆贺。白家众姊妹也扬眉吐气，个个出门脸上都是得意之色。

考取了但村里不放人，说小舅是个农业天才，他一走就没了好收成，广大无产阶级兄弟要饿肚子。把小舅气得。到这个时候了你们还欺负我。外婆不好想，但事关她幺儿一生的前程，她把一腔怒火给忍住了，还是得低下身子去村支书那里走一趟，先是大舅去的，提了酒称了一捆叶烟并罐头和两对烧饼，这对外婆来说已经是下了血本。但没成，村支书态度很强硬，不收东西也不放人。末了，外公去柴房拿了一个装火屎的坛子，从里面掏出一个木盒子，盒子里藏着一块金如意。外公外婆把大舅两口子叫来，意思是眼下只有拿这个去试试了。大舅说，这可是祖上传下的，为保这个东西，当年破四旧，交账目什么的，没少提心吊胆过。外婆说，不过就是个金疙瘩，今儿为你兄弟舍了它，日后他挣个金山给你。大舅说，我不过随口一说，从未想过要阻兄弟的前程。从不肯低头的外婆拿了金如意去了村支书的家里，生搬硬套讲了许多好话，直到村支书同意放人。

次年春天小舅上学，白家女儿都回了娘家，看着小舅背着包走出白家岗。大姨一时情热肠动，嘤嘤哭了起来。那时秋表哥已经有了些记忆，他说，看到小舅出白家岗，就跟西游记里孙悟空驾船出海寻求不老仙方，好拯救猴子猴孙脱离无边苦海一样。他还说，走出洼地，在高岗上回头摇手的小舅头上似有一道光环，光彩夺目。

秋表哥上大学那会儿，正是邓小平同志南方谈话归来，全国涌现下海潮，铁饭碗不如活脑袋，很多体制内的都以脱离单位去做生意为时尚，连好不容易转为公办老师的我爸那个时候都想出去印教辅卖。我们村的男女老少也不再把村支书放眼里，而是谁出去挣的钱多谁说话就算数。秋表哥大学毕业本来是分了一个好单位的，但他瞧不上，他雄心勃勃直奔深圳，说那是改革春风吹得最带劲的地儿。

那时小舅已在深圳五八药业集团当上了财务经理。虽然秋表哥大学宴缺席一事，小舅后来也没给大姨一个说法，但大姨也没有为此事对小舅心生怨怼，至少我们耳朵里没听过什么话。大姨对小舅有不满是在秋表哥去了深圳之后。

秋表哥大学毕业来深圳首先投奔的是小舅。他所说的第一杯咖啡、第一顿牛排、第一杯红酒，还有漂亮小姐跪在他面前给他点烟，这些都市风情都是小舅带他领略的。但秋表哥投奔小舅的主要目的不是为了体验这些，而是想通过小舅帮他找个工作，毕竟小舅是白氏家族第一个城市“拓荒者”，在秋表哥看来，小舅是一条捷径。但小舅对这个刚出大学校门的外甥很是看不上眼，觉得他木讷，呆板，不活泛，不能在改革大潮中腾起浪来。那时秋表哥也想进五八集团，但小舅并没有替秋表哥引荐，他的顾虑是怕秋表哥不会做事，反倒牵带了他的脚后跟。

他给秋表哥安排的事是让秋表哥去售药，售药所得，五五分成。售药就售药吧，秋表哥说他反正也不挑剔，可关键售的是那种野药丸，什么壮阳、回春、醒酒、迷情，乱七八糟。怎么售呢，说小舅也指了一条道，去夜总会、红灯区、酒吧、洗浴楼，去那些灯光昏暗的犄角旮旯。秋表哥也去了。秋表哥说他在那些神秘的药丸中看到了改革之初的光怪陆离，在兜售这些品的场所中见识到了金钱的魔力，那些左拥右抱，莺歌燕舞，声色犬马，纸醉金迷每天都如电棍敲击着他。秋表哥很多次都慨叹，人啊人，从来都没有当家做主过，不是权力的奴隶，便是金钱的奴隶。

大姨对小舅的意见倒也不光是小舅让秋表哥售了那些疯魔的药，而是秋表哥投奔小舅，小舅连住处也没给秋表哥安排，每天晚上就给秋表哥两床薄被子，让他在楼道里打地铺，屋都不让他进。秋表哥来深圳投奔小舅，一是找寻工作，二是也想图个落脚的地儿节省生活成本，毕竟家里就那个底子，为了他读书，他的妹妹，我们的大表姐连初中都没读完就潦草嫁人。小舅倒是对这件事跟大姨解释了，说是屋子小，不方便，小舅妈脾气又古怪，小表妹那时又正值钢琴考级，怕影响到她们。但大姨妈不过就表面敷衍了一下。

这样过了几个月，秋表哥觉得售药和打地铺都不是长久之计，便开始制作简历，往各个公司投递，很快他就被一家地产公司录用，他就是在地产公司就职期间看准了下水管道的商机。他跳槽出来做这个还征询了小舅的意见。小舅当时是力主打破，认为秋表哥暂时能力不够，贸然投身商海，风险多于利益。但秋表哥还是坚持了自己的想法，并且迅速掘了第一桶金，后来局面一打开，市场越做越大。

2000 年，大学毕业六年的秋表哥头一次回家过年。在我们那儿，像秋表哥这种一隔好多年都不回家过春节的人一旦敢回家过年，那就表示发迹了，脱去蓝衫换紫袍啦。这一次春节，秋表哥的几件事都载入了我们镇的史册。我们镇上的第一辆宝马车是秋表哥开进来的。他带着大姨和大姨爹来给我们辞年。我们这里过年前也要把顶首的亲戚走一遍，叫辞年。听说秋表哥是开车来的，我们都下楼在校门口迎他，引导他把车开进来，停在操场上，很多老师和家属都围拢过来，说这就是宝马，传说中的宝马。秋表哥下车后，跟众人点头，还给每个人都打烟，芙蓉王的。然后他打开后备厢，我看见后备厢有四个一样的纸袋子。秋表哥拎了其中一个纸袋子递给我爸，我爸接过后，手不由沉了一下，我猴儿急一通扒拉，袋子里有烟有酒还有一个白色的小盒子，我拿出来一看，妈呀，是手机啊，夏新翻盖的。我可以确定当时我的眼珠子在眼眶里“咚”地弹了一下。

秋表哥说，听说你也上了大学，送给你的，方便联系家里和同学。我捏着手机，傻子一样地点头。他不知道我做梦都想拥有一部手机，因为价格之故我没有勇气向家里张口。面对秋表哥的大恩大德，我几乎要给他跪下了。

那一次回来，秋表哥很是花费了不少，除了烟酒、手机、过完年拜年，每家又包了一千块的红包。镇子上第一次包红包包一千块的也是在秋表哥这里起的头。春节里我们几家轮换着拜年，人群都以秋表哥为中心，尤其是我，时时都挨着，生怕跟丢半步。秋表哥想坐，我立马把椅子搁在他屁股底下，秋表哥想喝水，我立马把杯子递到他嘴巴边，秋表哥一入席，我就把酒给他满上。我为秋表哥像驴拉磨似的转来转去，一点都不累。

海表哥说，春来妹这脚上是绑了神行太保的甲马吗？

我一愣。

兰表哥略一沉吟，说，戴宗的甲马跑直线可以，不能横着跑，更不能转圈跑。那时兰表哥已大学毕业，在镇上高中教物理。他似斟酌了一番，说，春来妹脚上踩的应是哪吒的风火轮。

桌上亲友一顿大笑。我也跟着他们一起笑，笑得比他们还大声，想让我难堪，没门。

秋表哥返城起身那天，白氏亲族来到大姨家，都给秋表哥带了点特产，米啊油啊蛋啊菜啊，这些秋表哥都没有放在车上，只带走了我爸给他写的一幅字，自古逢秋悲寂寥，我言秋日胜春朝。晴空一鹤排云上，便引诗情到碧霄。我说，爸，秋日胜春朝哈。我爸一愣，继而呵呵笑。都说我对秋表哥跟进跟出，这些人包括我爸不都是这样吗？我言秋日胜春朝，听听，我爸为了长外甥志气，不惜灭亲生女儿威风。

临行时，一众亲友握着秋表哥的手千叮万嘱，叫秋表哥好好干，千万要听话，别走错道了。秋表哥自然是点头。他穿着一件红色羽绒服，头发茂盛如葱，梳着偏分，架着一副金边眼镜，他鼻子又挺，嘴唇带着点自然红。高高大大站在灰不溜秋的庄稼人堆里，默默散发着一种金钱与文化并存的高级气质。我从来没有认为秋表哥帅，这次眼光忽然上了一台阶，觉得秋表哥的人才真的是白氏表亲中最出众的，无可争议。这跟我看马云一样，以前我觉得马云好丑，后来吧，随着他财富积累得越来越丰厚，我便觉得他越来越帅，帅到了珠穆朗玛峰上。我朋友说势利眼看人就是这德行，可能吧。

秋表哥好容易上了车，关了车门了，亲友们又隔着窗玻璃再次叮咛，说老大不小了，要成家立业啦。什么老话云乱滚的石头不长苔，流浪的汉子不招财，男人不成个家，挣再多钱都留不住的。大姨跟大姨父喊了声阿弥陀佛，觉得这话硬是说到心坎里了。大姨态度强硬，说，下次若再一个人，就不要回来了。

可不是吗？头一回省亲，就烟啊酒啊手机加大红包的，抛撒的，若没个女人管着，再回来几次不得破产啊。我心里也为大姨盘算。

秋表哥发动引擎，白家长辈们才跳着离开，生怕车轮子碾到了他们的脚丫子。总算遇了空，我们表兄表姐们围了上去，抓紧时间说些祝福的话，一路平安，一路顺风，慢点开，到了报平安这些，只有我思考得深远，趴着窗玻璃问他，表哥，你今年过年还回来不？

秋表哥说，你没听你大姨说，要是一个人回就不要回了。其实我是心里面想到了笔记本电脑。他一回来就送手机，再回来可不就是笔记本电脑了。

就是那次秋表哥省亲之后，大姨才开始把对小舅的一些看法私下讲给白家姊妹。

有了手机后，我就加强了与秋表哥的联系，对他的另一半问题操碎了心。不能不操心啊，这关系到秋表哥是否能再回来过年的重要一环，往后的年，若秋表哥不回来，还过个什么劲。可这样的情感事件秋表哥哪肯对我说，他当我是小屁孩呢。我对他再三表示了我的诚恳，他也渐渐跟我吐露了一些想法。他说他有恐婚症，主要是怕步小舅的后尘。

他这一说，我脑瓜顿时就响了一下，茅塞顿开。

小舅虽然对他的身价瞒得深紧，但对他的婚姻倒是在亲戚面前抖落个干干净净，谁都知道他跟小舅妈的感情稀巴烂。据他自己说，当年是小舅妈看上他的，死活要跟他。这话当时我们都信。如今回过头想，一个响当当大武汉的城市姑娘会倒追一个贫穷农村的小伙子？何况这小伙子个还不高。小舅说小舅妈当年是一个小厂工人，他是上级单位的小头头，被派遣到厂里做调查。其间在报纸上发了几个豆腐块，便成了厂里口口相传的大才子。好像说小舅妈那会儿也是文艺女青年，常拿了自己写的东西去敲小舅的门，敲来敲去就敲出了故事。

后来小舅好像是看出了小舅妈什么缺点，断定两个人在一起不合适，想抽身而退，可小舅妈不答应，听说还找了娘家兄弟把小舅揍了一顿。反正最后两人还是扯了结婚证。小舅结婚这事他也只在信上提了一下，也没说什么日子，更没说摆不摆酒。

听说婚后两口子回来过了个春节，还说那次俩人不知为什么突然在屋檐下吵起来，只听小舅妈说了一句，你凭什么自作主张要加二十块。等我妈他们赶出来看时，就见小舅妈一巴掌铲在了小舅的脸上。把我妈他们都铲蒙住了，在她们的心里，敢铲小舅耳光的人得到下辈子。小舅想还手，但还是被姨妈们拦住了。白家人本着息事宁人过个安稳年的态度劝说小舅，男子汉大丈夫不要跟女人一般见识。这当然是明面上的，实际上那个响亮的巴掌无须小舅说什么，他们也都知道了小舅这个婚结得糟心。

次年听说小舅还闹过一次离婚。本来这事白家一点不知情，是因为有一天，小舅妈突然到了白家岗，那天刚好下了雨，她一双皮鞋跟一对裤脚像是泥糊的。小舅妈此番前来是问小舅下落的。白家人这才知道他们在闹离婚，说是小舅有一两个月没着家了，几次去单位也没找到人，问单位领导同事，说他一两个月没上班了。能找的地方都找遍了，这才来他老家的。外婆一听，心急如焚，一两个月没落屋，屋里人都不知道音信，只怕是不好了，一时大哭，说，我就知道我的儿心里过得不舒服，一个人在武汉，没人疼，心里有苦说不出，我的儿要是有个三长两短，我又找哪个讨说法去。小舅妈看这情况，知道小舅没在这儿，且屋里气氛，也没她立足之地，便走了。稻场上的爆火泥，小舅妈一脚一个坑，走得跌跌撞撞，差点摔倒。外婆、大舅和大舅妈没一个开口留她喝杯水，吃餐饭。小舅妈一走，外婆也不哭了，像没事人一样。大舅纳了闷，说，这么快就不担心你幺儿了。外婆说，我还活着，他还敢寻短见不成。

小舅妈走后的第三天，听说小舅就回了家。外婆朝小舅看了老半天，长叹一口气，说，你回家去吧，别闹了，好生过日子，我瞧你媳妇肚子打了兜，有了。外婆又说，生了你，我就跟你算了命，算命的先生说你的八字各方面都好，就是婚姻上不好，怀抱一冰人，一辈子讨不到女人的热乎气，这是命啊我的儿。小舅听此话，自然是痛哭流涕。

其实我后来想，小舅妈那次独身一人来白家岗是不容易的。这犄角旮旯，她一个城里的女人家不过是跟小舅来了一次，方向估计都没完全摸清，就凭着模糊的记忆只身前来。千里迢迢，舟车劳顿，想见这一路上颇多狼狈。来了后连口热茶也没喝上，又往回赶。又是风，又是雨，水一脚泥一脚。我有时候替小舅妈想一想，那会儿她的内心也是恓惶和委屈的。此后，在我的记忆中，小舅妈只在我六岁那年来过白家岗，便再也没有来过了。

从大人的口中，小舅与小舅妈的状态基本是三天一小吵，五天一大吵，还打过不少架，当然每次小舅都没打赢过，他本来个子矮嘛。小舅婚姻的不美满几乎成了白家人心里一个坎了。

关于小舅和小舅妈的婚姻状况我们不过是听说，但秋表哥可是真真切切在他们的近旁待过一段时间的。秋表哥说，这辈子宁愿打光棍，也不要过像小舅那样的生活。他说小舅妈很擅于营造一种低气压氛围，在家的小舅就跟道旁遭霜打的茄苗似的，身板从来没挺直过，小舅洗出的盘子咯吱咯吱会唱歌，白衬衣洗完还要对着亮光看，生怕漏了一个污点，跪在地上擦地板，擦得锃锃亮，台面上的瓶瓶罐罐一件一件摆得整整齐齐。秋表哥都不敢相信这就是当年他视为神祇一般的小舅，指引白氏家族前进方向的伟大导师，一个云端上的领袖，一个家族的楷模竟如此的折下腰身，低到尘埃里。秋表哥内心里如遭遇了泥石流，山崩地裂。而他在小舅家盘桓的那些时日，小舅妈对他的诸多生活习惯也明目张胆表示出了刻薄的嫌弃，这同样也给秋表哥的心理造成了巨大冲击，以致他不敢恋爱，对女人有种心理和生理上的害怕。

不过秋表哥最后娶了上海小姑娘。听说俩人是在火车上认识的。让秋表哥动心想娶她，是因为一个细节。当时火车上与他们相对而坐的是一对贫苦老夫妻，泡一碗方便面，还你一口我一口，吸溜吸溜，吧唧吧唧，边吃还边抹鼻涕。连从农村出来的秋表哥看得都起鸡皮疙瘩，但他旁边的姑娘却全程带着善意的微笑看着对面两位老人，还打开包包，给人家递过两片香喷喷的纸巾，老人家吃完了，又帮人家去倒了垃圾，一点都没有表现出嫌弃的姿态。秋表哥说那对老人令他想到了自己的父母。正是这个姑娘的善良与温柔，令秋表哥鼓足勇气要了人家的手机号码。然后他专程去了几趟上海，做了细致又全面的考察，最终表白了自己的感情，也向对方交代了自己亲戚六眷的家底。

事实证明秋表哥的眼光还是不错的，不然我们后来哪里会有茅台酒和蒙顶茶喝呢。

与小舅的第三次见面是在 2009 年，我都是奔三的人了，在武汉已成家立业。那是小舅第一次与我主动联系。他在电话里告知了他要来武汉办事，以及抵达时间，并详细询问了我的居住地，问我小区附近有没有好一点的酒店，帮他预订两晚，他给我转账。亲亲的舅舅到我这里还要住酒店，这不符合白家的待客之礼，再说好一点的酒店住两晚也不便宜，这钱我出划不来，他出又没道理。我便诚挚邀请他住家里，一显得亲热，二在亲人们面前也好看。他爽快答应了。

放下手机我郑重地对我那口子说，我小舅要来武汉。

他惶惑，你小舅？

我说，哎呀，就是那个很有钱的小舅。

他似想起来什么，说，就是那个第一代高考大学生。你说你上学读到《我的叔叔于勒》那篇课文，非常有共鸣，菲利普一家对待于勒的感情跟你对小舅是一样的，是不是就是那个舅舅。我忘了啥时竟跟他说了这些，不过差不多吧。只是我的小舅没有像于勒落得个替人割牡蛎的潦倒下场。

也不怪他对我这个小舅不熟悉，这么些年，我们这些表亲婚嫁生子，他从来都没有出现过。秋表哥的婚礼办了两场，上海一场，老家一场，我们整整齐齐参加了老家一场，但小舅一场都没有参加。我们这些跟在秋表哥后面办事的，也就不再通知小舅，与小舅本来淡漠的感情就更淡漠了。这么多年，我们在乡间贫穷的土壤里挣扎着前进，除了秋表哥，后面这些读书的、学艺的，现在也都在镇上、县城里、市里扎下了根，安居乐业。对于年少时有过的像菲利普一家对于勒的期盼，现在聊起来都会打趣和嘲讽当年的我们。我们已经看破、放下、自在了。

我们两口子对于小舅的到来，很是重视。一个小两房，为了小舅住得舒服，决定把主卧让出。利用周末的大晴天，我们跑上跑下把床上的铺盖都拿到楼顶曝晒，洗衣机整个上午都在不停转动，洗床单被套，窗帘地垫。忙活了两天，总算把整个屋子收拾得干干净净，洁白的窗纱浅绿的窗帘，没有一丝褶皱的床单，地板和家具能反照出人影，仿佛屋子里每一粒细小的尘埃都被清洗过。

夜里我们两口子瘫在客卧一米二的小床上，那口子竟发起感叹，说，在资本主义社会里，亲情也是暗地里标了价格，富亲和穷亲那绝对是不一样的。嗯，你说如果是你大舅来了，你会给这样的接待标准吗？

无聊吧你。我扯过被子翻过身去不再理他。但我在心里问了自己，如果是大舅来了，我会这样上蹿下跳地忙活吗？应该不会吧，就算会，也会偷工减料。但这样的区别接待，真的是富亲与穷亲的区别吗？我深刻地觉得也不是，我们这些外甥在情感上都是与大舅亲近，但我这样为小舅辛勤忙碌，很大意义上似乎是为了一种展示，展示我们晚生后辈在青天黄土里，没有依靠救世主，没沾白大真人一丝一毫的光，凭着我们自己也在城里安营扎寨了。

风平浪静时，小舅总是把自己塑造成一尊神，给我们无限希望，每一次我们站在难关口，他又及时进入信号盲区联系不上，即使联系上，也是各种为难，股票套牢、孩子住院，存款死期、投资项目，栀子花茉莉花的。我们家没有联系过小舅，但二姨和小姨她们联系过，加上以前有大姨的说辞，我们自然也就觉得小舅虚伪。但白氏家族的传统，自家的屎再臭都得捂着，所以这些流言只在她们姐妹这儿止步，都没传到外婆和大舅耳朵里，整个白家岗对外婆和大舅都是恭敬的，觉得秋表哥赚大钱，海表哥考公务员，兰表哥当老师，科教文卫上都有人才，一大家子风调雨顺皆是他白玉寿的手段。说这才是一人得道鸡犬升天。白家人从不去辩解澄清这些传闻，就这么供着白大真人。

小舅如期而至，给我打电话时已到了小区门口。我一下楼就看到不远处一辆黑色奥迪 A6 正试探着前行，走近一看果真是小舅。我引导他把车停到我们门栋下面。我老公也下来替小舅拿行李，并处处抢先一步开单元门、电梯门和房门。

小舅进屋换上我专门为他准备的新拖鞋，在客厅里四处打量房子。我打开主卧的门，把小舅的行李箱放了进去。我说，小舅，这是您的房间。小舅进来一看，想必是感受到了我的热情和隆重，面情上很感动，说，好、好。然后他打开箱子的密码，从里面拿出一个盒子，说是给我的，打开一看，是一只印着火烈鸟和龟背竹的玻璃水杯，双层的，不算稀罕，但因为我是杯子控，便开心地向小舅道了谢。

乍相逢，虽是亲人却又很陌生，怕冷场又不知道该说些什么。我说，小舅您开了大半天的车，也累，要不休息一会儿，我们把饭做好了，叫您。

他说，好。

我退出替他关上了房门。想必我在他心里也是一个有着血缘关系的陌生人吧。

好在桌子不大，五六个菜就有丰盛之感。碗筷摆好，酒斟满，我进去把小舅请上桌。老公陪小舅喝酒，我在一旁请菜添饭，照顾席面。起先都很拘谨，三杯酒后，气氛活跃起来。老公说，小舅五十多了，却一点不出老，若我们走到街上，别人都以为是哥俩，绝不会想到是甥舅。小舅呵呵笑，骄傲地自谦，说，哪里哪里。然后又碰一杯，喝下。

小舅问我老公是不是武汉人。我老公说不是，是吉林的。听到吉林，小舅竟莫名有些兴奋，说，吉林人好，我一个要好的朋友也在吉林，我曾救过他的命，他总说要变牛变马报答我，滴水之恩当涌泉相报。

我问，男的女的？

不知道是不是小舅没听见，对于这个问题他没有做出什么反应。而我也觉得这人是男是女并不重要，不好再问。我说，这个优点我倒没感受出来，就他学舌这一点如拜了鹦鹉，一口汉腔要的，好多人都以为他是武汉人。弄清了外甥女婿的底细，小舅便以老武汉自居，说起他从前在武汉的一些事情。说武汉人都是讲门后代，讲吃讲穿讲玩讲乐。我老公接了一句，说，还讲不听。然后他们呵呵一笑，相互又抿了一口酒。

小舅继续向我们科普武汉的人文地理。他说，他以前在武汉是住汉口民众乐园那里。他一说，我和老公都“哦”了一声，以示对那个地段一平米达三万块的崇高敬意。小舅说，民众乐园连着六渡桥这一段，是武汉老汉口的正宗窝子。我们当然只有点头的份儿。

小舅伸出一个手掌比画，说，武汉是两江三岸格局，长江、汉江在此合流，把武汉分成汉口、武昌和汉阳。汉口是经济中心，银行、当铺都是在这里扎堆，有钱人多；武昌呢，高校云集，是读书人重地；汉阳全是厂子，工人苦力满大街。一年里，汉口人过武昌来了不起就一回，武昌的去汉口呢，一年三四回吧，但汉口和武昌的是从来不去汉阳。为什么呢，武昌人历来瞧不起汉口人，觉得汉口人一身铜臭没有文化，汉口人也瞧不起武昌人，觉得知识分子一股穷酸气，汉口人跟武昌人又共同瞧不起汉阳人，觉得汉阳人又穷又没有文化。

哈哈哈哈。我们一顿大笑。这是我们来武汉后，第一次听到这么演绎武汉三镇的段子，又形象又风趣。这个梗令舅甥俩下了不少酒。

我探问小舅此次来汉的安排。小舅细细滋了一口酒，面上活泛的笑容隐去了一些。他很认真地说，我是来联络老同学感情的，听说我们那一坒的同学现在有几个做官做到省里，有一个还是副省长呢。小舅这样说，言语中也藏有几分不易察觉的骄傲。

我问，您是长期跟他们有联系、有来往吗？

小舅说，没有，我们那个时候没有电话，一毕业就跟鸟被枪打散了，几十年同学音信如石沉大海，这不是官当大了，浮出了水面，谁知道呢。

说完他们继续喝酒吃肉。我却直觉小舅这事不大靠谱，有竹篮打水一场空的预兆。几十年没联系的同学想必当年同窗感情也一般，如今人家当了大官，你才来投，明显不是投情，而是来投利的。当官的人现在多有觉悟，哪里会轻易相见，加上如今的衙门也不比过去，政府机构拆了院墙，看上去没有从前的壁垒森严，但有门啊，门口有保安，那门也不同以前的门，凭你孔武有力就能推开？人家都是高科技，进去得刷卡。当然若是里面的人想见你，自会“蓬门今始为君开”，但若是不想见你，你便是“小扣柴扉久不开”，关键你也没“小扣”的机会，一伸手就会被保安架走。

看着被酒气熏得红光满面的小舅，忽然觉得在外面闯荡了几十年的小舅还不识人间真滋味。他都没有感受到这个时代的人际关系已经悄然发生了变化。血缘都不一定靠得住，更何况是几年同窗。

听小舅一个劲地说这个酒好喝。我那口子便从酒柜里扒出两瓶，装在礼盒里，说，这个酒还是您家乡的酒，二十年的白云边，难得您喜欢，给您送两瓶。

小舅高兴接下，说，好好好。

次日我们仨差不多同一时间起床。穿着一套蓝色真丝睡衣的舅舅，不论个头，看上去还是很有时下流行的大叔范，小腹这块比我还平坦，红光满面，精神抖擞。他在卫生间洗漱台前躬身良久，刷牙、洗头、上护发素，吹风机吹干，还用弹力素抹出造型，以为他接下来洗把脸就完了，但看他细细挤出一点洗面奶，在脸上打圈，我就知道这不是一时半会儿的事，便赶紧催促老公在阳台水龙头下接水刷牙，把眼屎擦干净得了，不然上班要迟到。

幸亏我决策英明，等我那位提包出门时，小舅还在那儿拍拍打打，随即出来，脸上竟贴着一张面膜，饱满多汁，水乳交融。他跟我老公道别，祝他工作愉快。我老公一边回应一边愣神，头差点被门夹着。一个东北爷们认为男人擦个大宝都是娘炮，如今亲见老娘舅敷面膜，连我的内心都泛起了涟漪，他那里定然是白浪滔天。

我上班倒不急，可以气定神闲在沙发上看一集韩剧等舅舅。终于小舅马甲领带，手表皮包，收拾得像早年间东洋归来的留学生。我对小舅的衣品表示了欣赏，他道了声谢谢，临走拿起了昨天我们送给他的两瓶酒，说是去送人。看他进了电梯，我有种他今天会出师不利的感觉。他若是空着手还体面些。

晚上下班给小舅打电话，探问晚餐问题，怕他外面有留饭的，我们小两口就可随便吃一点，但他说马上就到家，没吃饭。我们便想着到外面去吃一顿，刚好楼下有个汉调馆子，做的排骨藕汤和牛蛙烧鱼脸还不错，可以让小舅品尝一下久违的武汉味，但小舅说他有上火的迹象，怕油怕辣，我们便重寻了一家粤派餐厅。

我们是坐小舅车去的餐厅，我留心看了座位和后备厢，发现那两瓶酒不在，看来是送出去了。小舅定然是有些背景的，不然两瓶普通白酒怎么可能敲得开几十年都不联系的高官同学。我忽然觉得握着奥迪 A6 方向盘的小舅如桃花潭水，深千尺啊。

在包厢里，我琢磨着菜单，点了贵妃白切鸡、蜜汁排骨、白灼虾、瑶柱节瓜煲，空里瞥到小舅手腕上的表，银光灿灿，大表盘里还嵌有两个小表盘，各个指针都四平八稳地走着，不知道牌子，感觉应该是贵得不讲道理的那种。忽然一种好奇怪的心理，竟咬咬牙加了一道清蒸东星斑。一桌子老广的味道。服务员起先是个大妈，后来又换成了小姐姐，她细腰软语，为我们侍奉茶水，烫洗杯筷，传递肴馔。

先生，这酒要开吗？小姐姐拿起我自带的红酒弯腰询问小舅。

开吧。

好的，请您稍等。小姐姐出去后，不一会儿就回来了，她将红酒倒在醒酒器内，然后为我们分杯，双手呈上，毕恭毕敬。

东星斑上来了，小舅吃了一口，说，嗯，味道很靓。他才吐一根骨头，三根鱼刺，服务员就很热情地给更换了骨碟，顺便把我们的也换了一遍。这样的殷勤礼遇，让在外面吃了无数顿饭的我第一次感受到了尊贵。这定是因小舅之故。他穿着考究得体，身形结实硬朗，头发乌黑浓密，早上出门时的那个造型还在，浑身散发着一股淡淡香味，金边眼镜，镜片像星星一样亮，特别是手腕上被衬衣遮了一半的手表，一举一动，流光溢彩。小舅通身散发出的大佬气质让餐厅觉得这不知是何方神圣驾到，有不可怠慢的强大气场，故服务员有礼有节，处处示好。此时金钱再次展现了它的万能，灿烂的笑脸和真诚的逢迎，处处柔情，时时蜜意。有钱人的世界真他妈的美好。我一边恶心着又一边享受着。

沾着舅舅的光，我和我那口子似乎也觉得自己人五人六了，席间的话题便不可造次，虽然谈不了中东局势、游艇石油和全球之旅，但鸡毛蒜皮柴米油盐肯定是不能上桌的。为了烘托舅舅是个人物，我问舅舅今天可见到了那位副省长。

舅舅很老实地回答，说，没有，没联系上。

这倒印证了我最初的直觉，官场的人岂是说见就能见的，前面都没有铺垫。但奇了怪了，那两瓶酒哪去了？但这个问题就是再好奇，也不好问啊。

我们举杯再次对小舅的到来表示欢迎。小舅抿了一口酒，咂吧咂吧，说，不错，这酒。

我说，这是秋表哥给的，是他公司送客户余下的，说要三千多一瓶呢。

哼，肖立秋惯会搞这种小恩小惠，这么多年了，还是没有一点出息。小舅忽然垮下脸来，说话的声音虽然不大，但语气冷硬，话音里听得出他对秋表哥的不满。

我心里自然是替秋表哥鸣不平了，小恩小惠您瞧不上，您有出息您倒是给点大恩大惠啊。我说，这就可以了，秋表哥也算是做到了“苟富贵，勿相忘”。总不能让他给我们一人送套房吧。我边说边呵呵笑，想把气氛缓和。

小舅并没有跟我一起笑，他似一点都不在乎气氛的变化，他依旧一脸严肃，说，肖立秋格局不大，小富即安，年纪轻轻，四十多岁，就恨不得要养老，我快六十了，也没告老。说着表情很是不屑，说，没有一点头脑，目光也短浅，不知道做大。

我说，秋表哥不是他们上海什么区的政协委员了吗，可以啦，舅舅。来，碰一个。

小舅又抿了一口酒。说，什么政协委员，不过是给当官的酒桌买单的，终成不了气候。

这把秋表哥说得太不堪了。我心里有点抵触，手上还端着秋表哥的酒呢。但替秋表哥辩解，似乎又会勾起舅尊对他的强烈批判，我一时竟也两难，便想如何断片，再另起一行。

我说，舅，给您老报告一个好消息，海表哥马上要调到武汉来了，官也升了一级，正科啦。

小舅说，像马晓海，考进了公务员队伍，肖立秋若是有心，完全可以为晓海操作一下，让他仕途顺利，平步青云，像世兰，你和你爱人，他也可以助助力，不是要他几瓶酒、几斤茶，是他要有为家族搭架子的谋划，不能只顾眼前，要长远地考虑。

小舅又说，你们自己也要有点野心，要有往高处走的雄心壮志，趁着现在阶层还未完全固化，哪怕有一丝缝隙，都要削尖了脑袋朝上爬，蛋糕与面包都在上头，底层有什么？吃喝呼啦一辈子，终其一生不过是个蝼蚁，有什么用？要捞油水就不能怕脏手。忽而小舅有些悲哀，叹道，这个世界的精彩从来都只有少数人能看到。往后这个社会，只会是有钱的越有钱，没钱的永远没钱，阶层固化，便没有翻身仗可打了。

我那口子给小舅加了一点酒，说，小舅说得有道理，我们也想向上，可一抬头，山峰入云霄，束手无策啊，天天坐在格子里熬材料，也觉得没有出头之日，拿个工资，过个众人都有的安稳日子，还要常规劝自己，知足常乐。

小舅说，我跟肖立秋敲过好几回边鼓，好歹现在他还算有钱，要筹谋一番，要做架梯人，哪怕十二巫峰高万丈，有了梯子，慢慢也就上去了，只要上去了，就能看到最美丽的太阳。上次我做股票，从内部打探了消息，递信要他买，若听我的盘算，至少他能猛赚一笔，这些钱拿来给兄弟姐妹架桥铺路，不就起来了。

我慢慢品出了小舅的意思，他是想把白、肖、程、马、邓建设成类似《红楼梦》里贾、王、薛、史的格局。这是一个宏伟的工程，眼前还只有几片破瓦烂砖。而我也才从小舅的话里惊觉，我倍感荣耀的武汉小两居生活，不过是蝼蚁，我的父母辛苦一生把我捧成城市里的蝼蚁。舅舅一句话就抹杀了两代人的血汗和成果。我的心里一时五味杂陈，既不服却又无力辩驳。

服务员轻轻敲门，给我们又端来一盘菜，海蛎煎蛋，热气腾腾，说是我们消费达到了标准，酒店赠送的。她拿着铲刀将蛋饼划开，给我们每人的碗里送了一块，动作轻柔，态度谦卑。说，请先生和女士慢用。然后微笑退出。

也许舅舅说的是对的，这人间最美的风景只有有钱人才看得到。

舅舅趁着酒兴继续高谈阔论，说，如今道德与秩序都被财富踩在了脚下，世界无论怎么变换，钱和权始终是全人类的上帝和福音，你们要进一步解放思想，要知道为五斗米折腰有伤尊严，但为百斗米千斗米折腰呢，那是值得的。活在这个时代，就要应变这个时代，不要拧着扭着，鲤鱼跳龙门的样子很丑，可它化为龙的那一刻光芒万丈，人们只会记住这光辉耀眼的一刻，不会记住它曾经摔打的伤痕与丑态。这是一个好时候，浑水摸鱼，为后世子孙杀出一条血路，这是我们白家一代人两代人肩上的责任，要为这个责任努力奋斗。

小舅顿了顿，说，我一直都在为这个家族的前途努力，只是暂时我还没有太大的气量，若问我这个当舅舅的将来能给你们什么，绝不是烟酒糖茶，而是江河湖海、日月星辰。

这么些年我不知道这位亲人遭遇了什么，见了怎样泼天的大世面，思想言谈全不像白家子女。外婆家虽然是地道农民，但教育后人从来都是几句老话："陈谷烂米不抛撒，想起灾年吃糠粑"，这是节俭；"树活一层皮，人活一口气"，这是上进；"钱财如粪土，仁义值千金"，这是金钱观；对于女子品德还在要求封建那一套，"饿死事小，失节事大"，白家长辈就怕后人在人生航线里一个不小心翻了船。所以我们从小都被管教得中规中矩，只要人生有饭吃有衣穿便要懂知足，知足才会常乐。

舅舅不偏不激、语气平缓的讲述还是蛮有煽动性的。他的江河湖海、日月星辰论形成了头脑风暴，那一夜我的心里如威马逊台风登陆华南沿海一样，所有心理建设都被摧毁了。我以一夜失眠深深拷问自己的灵魂，真的是知足常乐吗？真的是跟大富大贵有仇吗？带院子的别墅想不想？琐碎的生活渴望不渴望有个保姆打理？武广里面那些国际奢侈品牌有没有兴趣了解一二？头等舱、商务座、VIP 贵宾包厢愿不愿坐？鱼子酱、松露、神户牛肉的滋味想不想亲口尝一尝？泰国、新加坡、印度尼西亚有没有用脚踩一踩的想法？是想的，可是这些自己做成了哪件？一件都没有，因为没钱。钱是什么？是眼界、胸怀、品位、胆量、境界、姿态、风骨、命脉。是的，舅舅说得对，这个世界只有有钱人释放了自己，活成了人，穷人从来都是压抑自己，活得像个鬼。

舅舅次日一早就离开了武汉，走时我又给他送了两瓶二十年的白云边。他接了，说，昨天的两瓶酒他中午去汉口民众乐园那块，碰见以前的老街坊，俩人就着一盘卤猪耳朵和花生米喝完了。看着他进电梯，形单影只，想起外婆从前说的，小舅一辈子讨不到女人的热乎气，我不禁有一些伤楚。

我折身回来将他送我的那只杯子洗净，打算泡茶，开水一倒，忽然一声闷响，热腾腾的水随即从底部放肆淌了下来。杯子竟掉底了。我突然想，未来小舅就算是能过上“玉盘珍羞直万钱”的日子，但花间一壶酒，独酌无相亲，这样的人生又有何趣呢。

小舅走后，我一连几天都心绪烦乱，一会儿被各种欲望逗弄得动如脱兔，然后又被各种现实束缚得静若处子。时不时就将自己撕裂一番。

我抽空给秋表哥打了个电话。我说，听说小舅给了你一次发大财的机会，你没把握住？

秋表哥说，听说？听谁说？

我说，小舅才从我这里离开。

秋表哥说，哦，去找他那位副省长同学去了吧！我看他现在着了魔了。啥关系都想去攀一攀。一门心思想攫取官场上的财富，说这才是发财的终南山捷径。

我呵呵一笑，说，你真是有三只眼，小舅这次来就是想结交一位管金融和投资的副省长，但失败了。

他现在五十多岁了，小九妹跟小舅妈都移居美国了，他孤家寡人的，不知怎么对权力与财富的追求疯狂无比，为了接触官场的高层，还专门去学了保健养生和风水、占卜，以期能有机会用上一用，取得深入的结交。

小九妹跟小舅妈出国这事我听我妈说起过，这一次来汉他自己也提了几句。他说离婚后他把深圳的房子、股票、基金全卖了，加上所有积蓄全部给了小舅妈。他自己住在深圳一个三十来平米的公寓房里，重新白手起家。我们本来是准备为他的婚姻破碎唏嘘一下的，但看他却并不为此感到难过和遗憾，相反还有一种砸碎千年铁锁链的解脱感，我们也就有化悲伤为庆祝，庆祝他重获自由，再遇良人。

我们只知道小舅玩股票，但没想到在秋表哥的嘴里，小舅还成了神棍，我伸长打探八卦的触角，问道，他跟你弄没？道行怎么样？灵不灵？

秋表哥无奈地说，他上半年跑我深圳的厂子里面，说我大门开错了方向，对着高架，会破财，硬要我换个方向，一天到晚纠缠你，我没办法只得换了方向，灵不灵的，反正也不知道效果。

我呵呵大笑，说，你看，小舅的玄学研究方向还是对的，你们吃这一套啊。哈哈。

秋表哥也呵呵笑。说，小舅现在对股票研究很深，几次悄悄跟我说他的关系通到了国务院的银监会，动不动就给我递内部消息，要我跟庄，之前我听了他三次，亏了三次，搞得我周转资金都差点断了，君子不立危墙之下，我当然得止损，第四次我不信了，结果那一支确实是支牛股，然后他就跟拿住了把柄似的，一天到晚骂我。上次我去深圳检查产品库存，专门去看了他，一个人对着五台电脑屏，屏屏都是K线图。我一坐下他就要我把手机拿到卧室，怕说话被监听，还没说上三句话，他就说我影响了他，几分钟让他亏了几十万。秋表哥说，我是再也不敢登他的门了。

哈哈。我大笑。挂了电话，我心里就一直在琢磨，窝囊了一辈子的小舅在妻女去了国外后，竟强势了起来。有好几次我都怀疑，小舅不遮掩他跟小舅妈的恶劣关系，是不是在我们亲戚面前要的一种心机，故意以小舅妈做挡箭牌，让我们这些想借钱、想借小舅之力的亲戚知难而退。我这阴暗的揣测不好去跟白家亲友讨论，他们都是忠厚本分人，他们只会说小舅有难处。

如今小舅妈跟小九妹已移居海外，小舅一人独大，吃喝拉撒总算能自己做主了，可他对待外甥呢，依然这么马面无情，好心好意去看你，居然下逐客令，居然还埋怨外甥耽误他赚钱。秋表哥是我们中的一个杰出代表，他对待秋表哥的态度，便是对待我们众外甥的态度，这令我们心寒。

小舅至武汉一别，我们又是几年音信不通。我于一三年底将所有白氏亲友聚拢建了一个群，群名叫好大一棵葫芦藤。亲友们进来后，都调侃这个群名，怎么起这么一个怪怪的名字，好大一棵葫芦藤，我们又不是葫芦娃。我注明出处，说，这是外婆说的，说她这一串葫芦，只锯出了小舅一把好瓢，外婆是葫芦藤，我们都是她这根藤上结出的瓜。但他们依然反对，说这个名不好，纷纷建言献策，要改名相亲相爱一家人或者有爱的大家庭。我绝不采纳这烂宇宙的名字。海表哥说，那就叫一把好瓢吧。群里顿时狂笑。秋表哥说，一把好瓢有趣是有趣，但一把太孤单，不如起名六棵槐，既有凝聚力，又有象征意义。

秋表哥的建议群里倒是纷纷响应，都说这个好，各自给出了注解。六棵槐本来就是外婆门前一景，也差不多是白家岗的地标；外婆刚好有六个子女，六棵槐树开枝散叶，才有了如今枝繁叶茂的白氏一家，六棵槐，好！紧密团结的六棵槐，好！

在他们的议论中，我早就默默把好大一棵藤改成了六棵槐。

六棵槐虽是由我创建，但秋表哥却更像群主。我发个言，如西伯利亚冷空气，秋表哥随便发个表情，都有人前来问候一番。建群半个月后，兰表哥把一个名叫“潜龙勿用”和“我⑩一條鈥腥渔”拉到了群里，介绍说是小舅和小九妹。按群规，新人进群，群里要热烈欢迎，要拿出千家万户把门开，快把咱亲人迎进来的热情态度，但小舅父女进来后，群里突然安静了下来。

我作为群主，想带个头表个态，但憋住了。

大约一刻钟群里都没啥动静。还是兰表哥率先发了个炸鞭炮的表情，说，欢迎小叔和小九回家。

然后是兰表嫂，她说，欢迎小叔和小九妹。

接着兰表哥的女儿，“岗上の猫”说，欢迎小爷爷和九姑姑。

再是大舅，说，欢迎欢迎，欢迎玉寿和九儿，这下亲人们就团圆了。

跟在大舅后面的是秋表哥，秋表哥说，欢迎小舅和小九妹，小九妹在美国还适应吧？

我跟在秋表哥后面也赶紧表示了欢迎，并发了一张敲锣打鼓的表情图。很快群里再次热情高涨。但在我们的热闹里，“潜龙勿用”和“我⑩一條鈥腥渔”保持沉默，没有一句回应。像是两个空气。我们也就此偃旗息鼓。

那年年底，我是在东北过的年。而小舅却回了白家岗，除我和秋表哥当然也要除开小九妹，白氏亲友在外婆家大聚了一次。等我正月初四回到娘家，小舅已动身去北京了，说是去见北京银监会的一个处长，这个处长还是我人民银行当行长的表姑介绍的一个关系，有几年了，这几年小舅一年跑十几次北京，硬生生把一条冷线跑成了热线。听说他学的按摩保健和堪舆都用在了处长和处长父母身上，听表姑有次说起，处长买房子和给父母买墓地，都要小舅去察看。

也就是这一次，我妈对我说，小舅要发财了，并对每一个亲戚都作了安排，那可不是小打小闹的钱，你以后可要对小舅好一点，小舅这辈子不容易，为我们这些亲人，操了大半辈子的心。我联想到他之前在武汉与我说的那番话，感觉小舅似有些大动作，可我问我妈这次小舅回来对各家可有表示？我妈很不耐烦，说，你这伢儿，眼睛皮子就是浅，小舅将来给你一座金山，你还争他这些干啥。我便不语了。

还听说这次小舅回来要了我们每个晚生后辈的出生时辰，用四柱八字给我们都算了一次命。对于命理结果，他也没有什么评价，没说好也没有说不好。只是命算完后，他情绪不怎么高昂，倒像是有满腹心事似的。

六棵槐的群里，小舅和小九妹依然是长年不发一言。那次小舅回来过年，亲戚们大聚的情景，群里也没有发一张图片，说是要为小舅的行踪保密。

秋表哥倒是很活跃，动不动就在群里发红包，大手笔的那种，一抢就是一百多块。抢完红包我每次都会发一张磕头如捣蒜的表情图。兰表哥打趣我好几次，说，春来妹又在治疗颈椎啊。有段时间，群里找各种理由让秋表哥发红包，外婆生日啦、大舅生日啦、海表哥升副处啦，再后来大舅家母猪下崽，都要秋表哥发红包。秋表哥有求必应，每次红包都能发几千，令我们很多人都能抢一两百。所以我每次都会大张旗鼓跪舔秋表哥，似想气促一下潜水的小舅。

这几年，我依然在武汉过着如小舅所说的蝼蚁生活。每天挤公交挤地铁，灰头土脸，却也生趣盎然。年表姐也来到了武汉，开了一家美容美发店，而且还小规模地连锁了起来。

我们仨时不时就聚一下，他们也知道小舅对我们爹妈的许愿，说是将来要分多少钱什么的，这话说起来，我们当然都只是笑笑，哪里当真呢，可是心里还是隐隐有些期盼。从道理上来说，我们都是有手有脚的年轻人，不愁吃喝，这么指望着一个人来彻底改变我们的命运，是恬不知耻的，毕竟小舅也好，秋表哥也好，都没有义务来对我们精准扶贫。亲情本就是一种纯粹的感情，但小舅之可恶，就是他一直姓许，让我们一直姓望，长期地望不到，积久就会生疑、生怨。善女子善男子拜神佛也还讲究个许愿还愿，许了菩萨就要给菩萨，许愿不还愿，早晚生罗乱。

小舅最后遭到白家姊妹的公愤，是因为一六年白家岗村修路一事。村里修桥补路一般的套路都是让从村里走出去的在外面当官的，发财的出大头，虽是出钱，但也是乡亲们的一种抬举，是在外游子光耀桑梓的一份荣耀，是另一种高级的衣锦还乡。那一年白家岗村的村支书带领村领导班子过年前专门到大舅家里坐了坐，当外婆面把外婆的子女后人都夸耀了一番，说外婆好福气，生的儿女一个赛似一个，然后特别地把小舅恭维了一番，白家岗第一个大学生，天之骄子，国家栋梁。又看了看堂屋的大匾，说，这才是真正的华屋春晖啊。

外婆跟大舅听了笑眯了眼。

然后村里表达了明年修路，想让白玉寿捐资的想法。说，村里领导班子走的第一家就是这一家。外婆连连感谢村里的抬举和器重，说自古修桥补路是善举，她和大舅替小舅做个主应下来，让他出个三万五万的，也算是回应村人的奉承。大舅当着村干部的面给小舅打了电话，没想小舅竟承诺出五十万，差不多承担了整个修路的钱。村干部高兴的，只差给外婆磕头了。次日村上还专门置办奶、茶、烟、酒、糖、酥、果、肉八礼隆重地向外婆辞了年。

小舅要出五十万为白家岗修路，这个消息一经大舅发布，亲戚间和群里一下炸了，整个白家岗也炸了。我妈说，那一年他们姐妹回娘家辞年，拜年，走在路上，不少乡人都拉着她们的手，说了许多感谢感激的话，说还是望地方上出人呢，还有的表达了当年小舅受难他们没搭把手，如今小舅造福乡里他们却跟着沾光，心里惭愧。我妈和姨妈们或谦虚或安慰或大度或不计前嫌，皆是得意神色，当年小弟受乡人奚落之屈，为上大学遭赠金之辱，如今一遭得报，想想以后，由她们小弟出资修的宽阔的水泥路从贺家渠口一直修到白家岗尾，修到六棵槐，接壤外婆门前的稻场，这是何等的荣耀，这是光宗耀祖、荫蔽子孙的大事，白家姐妹明里暗里都痛快受用得很。

可是后来这事吧，不知怎么的就转了弯，变了方向，之前承诺的五十万，小舅没能拿得出，只出了五万。这像是一场戏弄，把人抬起来欢喜一场，又猛把人掀翻跌一跤。我妈和姨妈们也觉得无趣，都不敢回娘家，村人脸色难看，说话也风凉。

这也就算了，后来白家岗的路竟是由当年阻小舅上大学的村支书的儿子出全资修的，六十万，人家说出六十万，话一落地，就把钱打进了村里账户。弄得村里人都说，果真是闹台打得大必然无好戏。这是含沙射影说小舅。钱到位，不出三个月，路就修好了，修好了不说，人家还在路口修了好大一个牌坊，上面刻着“野鹅堰”三字，白家岗的村名都改了，说是村里领导决定恢复旧名，白家岗这地儿在清道光以前叫野鹅堰，县志里面有记载，而且白家岗一直是有这两个称呼的。说是这样说，但白家人心里知道这里面的文章。那老支书的儿子怎么发家的，还不是靠白家送的那个金如意。

那牌坊像高高的裤衩，令我妈和姨妈还有大舅觉得是从人胯下过。从那以后再在她面前说小舅将来要彻底改变我们什么的，我妈就特别恼火，姨妈们和大舅也不再谈论小舅。

倒是秋表哥的生意这两年越做越大，名目越来越多，不局限于城市下水管道了，市面上什么赚钱就做什么，纺织印染，造粒设备，医疗器械，动车座椅，去年又说要做什么大飞机，做的东西越来越不贴近生活贴近群众了。有一段时间还嚷嚷说公司准备上市，后来说是中美贸易战，环境不好，便搁置了。

兰表哥去年四十四岁，又逢生二胎，秋表哥私下给兰表哥转账一万，兰表哥把转账截屏发到群里，惹来一片垂涎。我下半年生孩子，秋表哥又按照兰表哥的标准来了一遍，弄得各个表哥表姐都想生孩子。大表姐，也就是秋表哥的姐姐，说，哎，弟弟妹妹们加油，我绝经了，没指望了。群里哈哈大笑。秋表哥说，姐要是再给我添个外甥，我给一百万。大表姐说，滚！群里再次哈哈。

我们从东湖私房菜馆出来后，秋表哥掏出一张金光闪闪的卡给海表哥，说是那个私房菜馆的VIP卡，里面他存了二十万块钱。我和年表姐把下巴都惊掉，说，你又不在武汉住，存那么多钱干什么？秋表哥说，这个私房菜馆是省里的，算了，话不多说。我和年表姐一头雾水，但海表哥好像听懂了，叫我们不要问那么多。秋表哥把卡给海表哥，说，卡你拿着，弟弟妹妹们有需要就来这里消费。海表哥也没客套就承情收下了。

秋表哥的司机把车开来，我们也赶紧道别。见我们为喝酒故，没有开车来，秋表哥说他就住翠柳村客舍，挺近，吃了饭想走走，安排司机送我们回去。又打开后备厢，拿了三个手提袋出来，说是他们公司买来送客户的，多了几个。我一看纸盒上印着LOUIS VUITTON，心就怦怦跳，虽然不知道是个啥，但只要LV，哪怕是坨狗屎也是香的。我又忍不住热情跪舔了秋表哥一番。

我们上了车，没溜出三步远，我从后视镜看到秋表哥对我们摆摆手后就拿起了手机，然后他踉跄了一下，差点摔倒。我赶紧让司机把车停住。从车窗伸头问他是不是喝多了。秋表哥向我们走来，一副大事不好的表情，我们赶紧从车上下来。秋表哥捏着手机，说，不好不好，小舅出事了。

怎么了？我们一惊。

他说，你们看头条新闻。

我赶紧掏出手机，扒开，今日头条刚刚推送了一则消息——“深圳五八集团涉嫌‘老鼠仓’，高层领导被一锅端”。

我们四人在夜色中目瞪口呆，你看我我看你，不知道该说什么。

秋表哥稍稍迟疑了一下，突然很坚定地说，不行，我得连夜赶到深圳。话刚出口，就吩咐司机，订最快的航班，他要先走。又对我们说，小舅妈出国前就跟小舅离了婚，这事她自然不会管的。上车后掏出一张卡给我，说，这是翠柳村客舍的房卡，商务大床房，两千多一晚上，朋友订的，你们住吧，记得明天退房就行，对了，含两份早餐。

我毫不客气赶紧接过，嘱咐秋表哥不要着急，路上注意安全。

在酒店宽敞奢华的套房里，我迫不及待把礼盒拆了，果然是我神往的水桶包，顿时心花怒放。我让年表姐给我洗了个头，用吹风机简单弄出造型，靠着落地窗对着东湖夜景的霓虹疯狂自拍。又开了一瓶酒店敬赠的红酒与年表姐对酌。我将那些拜金风格照片发在六棵槐群里，等了许久也没一个人搭理我。我突然意识到是不是小舅的事亲戚们也许都知道了。我赶紧撤回了我那几张享乐主义的照片。在别人的难关上欢笑，是不符合白氏家族一贯的人道主义作风的。

躺在软软的床上，用酒店的 Wi-Fi 我开始搜索五八集团的“老鼠仓”事件，也搜索小舅白玉寿的点滴消息。关于白玉寿的信息网上并不多，配合五八集团或武汉六棉厂能搜到一些只言片语。小舅当年考取的是武汉财会学校，毕业分配到武汉六棉厂财务室工作。这个厂子当时牛叉得很，与武钢、武船号称共和国长子。他应该就是在这个厂子里认识的小舅妈。九〇年小舅就离开了这个厂，南下去了深圳，在五八集团从一名普通会计做到了公司财务总监。我在一个武汉老国企的怀旧论坛里看到一个网友在帖子里留言，说他是在六棉厂的院子里长大的，整个六棉厂留给他的童年记忆除了那座老钟楼，就是每天清早一个矮个子男人偷偷摸摸去公厕给他媳妇倒尿盆。后面还跟着哈哈两个字。我没来由地肯定这个网友记忆里的倒尿盆的男人就是我的小舅。我忽然感到一种悲怆。

第二天我们在酒店吃早餐时，接到了秋表哥的微信，说，没事，受惊了。

我问，啥意思？

他说，没有进去。

我一头雾水，只觉得秋表哥讲话无头无尾。我再次问他，小舅怎么样了？是不是被抓了？

他老半天回复我两个字母：BZ。

我先是怀疑秋表哥是不是在发高烧，但突然我警觉起来。我试着在输入法上打出 BZ，出现了三个词组：不知，闭嘴，不在。我意识到可能事情不像我们想象的那么简单，秋表哥需要用密电码似的暗号来跟我们打哑谜。我反复琢磨里面的意思。估计秋表哥是在说小舅没有被抓进去。热点事件，高度关注，说太多是很危险的。

晚上，家人带着孩子出去转悠，我乐得清静。刚泡好茶，手机就响了，打开一看是秋表哥发的一段微信视频，并留言，看后即删。我心一晃，点开一看，是小舅，好像是在一张桌子底下，头发花白又蓬乱，胡子拉碴，身上一件格子衬衣胸前点点白迹，似滴下的牙膏沫，他双手环抱着自己，瑟瑟发抖，像是很害怕的样子，嘴里一动一动，似在说着什么，但听不清。桌上的几台电脑显示屏也被推倒了。这跟前几年在武汉见过的小舅天差地别。他又老又落魄，若丧家之犬的狼狈样子，让人心疼又让人绝望。

我删掉视频后，人像是折断了腰一般，瘫痪在沙发上，一动也不能动。

过了一会儿，我问秋表哥，他在说什么？

秋表哥又发来语音，是小舅的声音，这次我听清楚了，是在说，不是我举报的不是我举报，不要追杀我不要追杀我。

我说，谁恐吓？

秋表哥说，当然是进去的人。然后他发来两个字，删除。

我继续瘫在沙发上，天光透过窗户一点一点暗下来，黑暗终于将我吞噬。我打了一个寒战，忽然感觉到一种不可名状的恐惧。似大厦将倾，一切都来得太快，事先没有一点征兆。小舅曾鼓励我们削尖了脑袋也要爬到高处、不能烂在底层的言语还响在耳畔，这个拼命爬向高处，要为白氏家族光明未来买单、要赠予我们后生日月星辰的人，自己却从高处跌落下来。

我想跟小九妹联系一下，点击群才发现群里已没有了“潜龙勿用”和“莪⑩一條鈥腥渔”，他们不知何时退了群。我顿时觉得从前在群里我过度抬举肖立秋来唐突他们的样子好丑，丑到令人作呕。

半个月后单位派我去上海总部取一份保密材料，办完公事，还有几个小时的富余，便给秋表哥打了个电话。他说他刚从深圳回上海，就约在虹桥机场见面。他来后把我带到机场里面的一个酒店，开了个房间。从服务员的笑脸和问候来看，他应是这里的熟客，而且他还有这个酒店的 VIP 卡。前台拿了我的身份证边给我拍照边冲我笑，别有一番深意似的。我说，我是他表妹。前台愣了一下，笑得越发开颜了，说，肖总的表妹好。秋表哥说，这是真表妹。我瞪了他一眼。难道表妹还有假的吗？

第一次跟男的开房，居然是自己的表哥，真他妈别扭。进了房间，他把门一关，我心里也莫名有些忐忑，说，见面说几句话，还要开房，孤男寡女的。秋表哥一边点烟一边说，你能不能不要心里油兮兮的，我知道你巴巴跟我见面要问什么，那是在咖啡厅、粉面馆能聊的吗？

我一悟，不由得对秋表哥再一次心悦诚服，果然姜是老的辣，事事虑得都比我周到。我说，小舅到底怎么回事？他说，小舅的事是小孩没娘，说来话长，现在他住进了深圳罗湖区精神病院。

看我眼睛瞪得像铜铃，秋表哥说，这也没什么惊讶的，那天我不是给你发了视频吗？他神志不清，人处在极度恐惧中，大小便都失禁了。我心里也是震撼不小，这两年看他太各色，我也没怎么跟他联系。你看着他妻儿不在身边，想关心关心，给他打个电话，他还跟你规定时间，你上门去看他，他嫌你坐久了耽误他赚钱，经常地热脸去贴他冷屁股，我也凉了心意。哪里知道他竟落到这步田地。

我叹了一口气。小舅二十岁出乡关，便一直在外面，回家的次数十根手指头掰得清，每次回来长也不过三五天，接触的时间不长，交流沟通有限。血缘伦理上是舅舅，情感交际上却同于路人。他的人生轨迹、心路历程，遭际转变，我们都只是浮光掠影地知道一点点而已。

秋表哥掐灭一支烟，又点燃一支。说，怎么说呢，一个苦难的家族里有一个人出人头地，其肩上好像天然就有一种拯救家族的使命。小舅心里其实一直对白氏家族有个宏伟蓝图，想他五个姊妹人人金山银山。他一直都在朝这个方向努力。当年他财会学校毕业能进武汉六棉厂，是跟人下跪求来的，也是下了一番功夫，九〇年到深圳进五八集团，十五年上下经营，坐到了集团财务总监的位置。我们都以为他一直都是集团高层，我也是才知道，他早几年就从集团出来了，伙同集团几个高层在境外注册了一个公司，利用银监会的关系吃起了“老鼠仓”这碗饭。先嘛他是说有小舅妈和小九妹，小舅妈那个人又强势，他顾不到白家岗这些亲戚，如今他与小舅妈离皮脱骨，让她们母女在国外，山高皇帝远，经济上他就可以自己做主了。

我想起了早几年小舅在武汉时我们在粤菜馆里说的那番话，心中一动。我说，小舅这事绝不是临时起意，他是谋定而后动的。

秋表哥长长吐出一口烟，说，嗯，现在回过头来看，他应该二十年前就在谋篇布局，从集团底层做到高层，又从集团出来、结交银监会处长、包括跟小舅妈离婚和把她们办出国，等等，都应是他一步一步实现宏伟蓝图的节奏。忽然秋表哥笑了笑，说，果真是矮子矮，一肚子拐。不得不说小舅还是绝顶聪明的，这些年按他的说法过的是刀尖上舔血的日子，但他还是赚到了钱，不然小九妹在美国的豪宅和兰博基尼哪里来？而且他反经济侦查手段也有，出了事摆平事的能力也很强。这些年他跑北京，路都跑成槽。小舅说其实银监会敲打了他们几次了，多少个漏洞，都是小舅用钱去抹平的。本来说好那次干完就收手，人家银监会处长都辞职隐居了，哪知道最后一票，捅出篓子，碰了高压线。在医院里清醒的时候他跟我讲过白家岗修路一事为何成为乌龙事件。那一次他是搞到了钱，但有人把这笔钱黑了，那一次黑掉他五百多万。你要知道小舅干这事，是不能用自己的银行卡，也不能用亲戚的，不然账户有异动，是很容易暴露的，他的钱一般是打进千里之外的一个朋友的账户里，说那个朋友是吉林的，寡妇，说与小舅有过命的交情，之前他们合作得都很好，但不知为何那一次人家反水了，从此那女的也如人间蒸发再也找不到，这笔钱本身也是黑钱，不能报警，只能干忍。但这个事对小舅心理打击很大，他再也不敢相信任何人。不过这一次东窗事发，小舅能成为漏网之鱼全身而退，不得不说这是万幸。

我说，我搞不懂小舅为何把自己活得那么劳累，我们曾经是幻想过小舅的援手，但那是力所能及的援助，没有指望他给我们挣个金银堆满屋啊。

秋表哥用烧开的水冲了两杯速溶的蓝山咖啡，递给我一杯，说，你不知道，小舅这种心态我能体会到一些。就是像咱们穷苦家庭出身的人，后来若有一人过上了好日子，这人心里都有一种原罪感。小舅觉得他能走出来，是大舅和四个姨妈做出的牺牲，同是一个奶子吊大的姊妹，他读书，其他人用劳动的汗水供他，他是踩着他们的前程出来的，这种负疚感会如影随形，会让他在以后的生活中，吃块肉喝杯酒都觉得良心有亏。秋表哥忽然有些动情，眼圈忽地红了，说，就像我，有时想起你大表姐，也就是我妹妹，我也会整夜失眠，当初她的成绩也很好，若读也能读出来，可家里那个条件，使得她初中没读完就下学，成为家里的劳动力，我是靠着她的成全才得以跳出农门，她现在在镇上做点小生意，她不好自然也找不到好丈夫，一个老实巴交的漆匠，这样的CP组合，我就算想帮，也无从下手，只能帮他们在镇上起两栋房子，每年给外甥几万块钱，让他进好一点的学校。在你表嫂看来，我已经是仁至义尽了，可对我来说，依然弥补不了我的愧疚与亏欠。为这些事，我和你表嫂也积累了很多矛盾，我估计我的婚姻也不长久了，听你表嫂那个意思，大概是孩子将来成家后，她就会跟我提离婚的。秋表哥说着说着竟哽咽了起来，搅动咖啡的手也直颤抖，说，这世上最幸福的事莫过于心安理得，但我和小舅这辈子也无法拥有了。秋表哥说，没想到我跟小舅是一样的命，为家人打拼一辈子，到头来还是孤家寡人一个。

一时间我的心里像是塞了好多个烂砖头，凌乱而又沉重，不知道该说些什么。一个在精神病院神志不清的舅舅，一个热泪双流婚姻即将解体的表哥。这人世到底要给我什么样的启示。我也不知道该如何安慰秋表哥，他也是五十多岁的人了，鬓角也已经白了一片。我只能抽出两张纸巾，一张给他，一张给自己。

群里突然有了消息。是大舅发的一条语音，说是外婆不好了，今早倒在菜园里，被人发现抬回家，醒来后人就糊涂了，说黄昏话，说外公在窗户外边向她招手。大舅说，看样子，这次难得好了，能回来的就尽量回来，估计这是最后一面了。

事发突然，我问秋表哥回不回，他说回不了，这两天把上海的事稍稍处理一下，明天又得飞深圳，小舅那边也离不得人。我点点头，表示对秋表哥的理解和支持，也表示了对他的敬佩。

次日中午我们到外婆家。外婆头上包着帕子躺在床上，盖着一床厚厚的老式蓝花被子。越发地枯瘦了。我妈和几个姨妈们围在床边无声又汹涌地流着眼泪。外婆似在睡觉，但每一声响动，她都会睁开眼睛，似在人群里找寻什么。这满堂的儿孙似乎都还不能让她瞑目。

我的脑海里闪出几个月前，她送我出门，站在六棵槐下对我说，从来团圆都缺只角，今年不缺了，到时候，我们这一窝亲好好聚一聚。她在期盼她的幺儿。但她的幺儿此时却在千里之外身遭巨难。

不多会儿，大舅妈喊吃饭，我们就都出来了，房里留着我妈和姨妈们守着外婆。我们围坐在火塘吃炉子，很快就从悲伤的情绪中解脱出来，喝酒喝饮料，有说有笑。姨爹们对大舅说，还是要想办法跟玉寿联系，养老送终，人之常情，不要等以后黄土盖了身，空留遗憾。

大舅捧着碗，腰身折着，一颗头似有千斤重。他说，你们也都知道，他现在的电话难打，给我们留的号码，规定必须要到星期天晚上八点到九点之间才能打，其他时间都是关机的，而且讲话还不能讲多，他说他的电话是被监控了。大舅说的这个，我似乎有过耳闻，我听我妈也讲过，自从修路事件之后开始的，我妈说不知道小舅现在在外面干些什么名堂，连打电话都干难。

白家亲戚都觉得小舅有点神神道道的，但因见识水平有限，也不敢妄自评断。只是觉得联系他还有那么多规矩和约束，那干脆不联系好了。

大舅、大姨妈和白家长辈们还不知道五八集团的事情，可见表哥表姐们都没有跟家里通气。兰表哥似乎也不知，他和表嫂居住在环境相对单纯的学校里，两耳不闻窗外事，一心只育二胎娃。情势所迫，我作为知情者，为外婆故也为小舅故，毕竟生离死别是人生大事，小舅即使身陷泥潭，但为人子，他有知情权。我对大舅说，想要联系小舅，不妨给秋表哥打个电话。

大舅说，不是一样，他又没单独给秋儿设个二十四小时不关机的号码。

我说，您打秋表哥的，秋表哥在深圳，就在小舅身边。

大舅将信将疑，拿出手机，摁了号码。通了后，大舅说，秋儿，你是不是跟你小舅在一起？你让你小舅接电话。

有什么不能跟他讲的？你再能耐，也是我的晚辈，晚辈不要做长辈的主，你做不起，你把电话给他。

玉寿？玉寿，是不是玉寿。

你在胡说些什么？我杀你？我怎么会杀你，我是玉福，是你兄。妈病危，快落气了，你赶紧回来，看能不能给妈送到终。

玉寿！玉寿！大舅一声一声叫着小舅的名字，说，你瞎说些什么，妈不是被人杀的，妈是今早去菜园里摘菜晕倒的，谁来一个鸟不拉屎的乡下谋害一位九十岁的老太太呢，吃撑了。

大舅说，你不要疑心重，不要哭，哭什么呢，妈年纪来了，要走也是顺头路，你赶紧回来，妈舍不得断气，她还在等你。玉寿！玉寿！

我们都住了筷子，一齐望着打电话的大舅，只听到电话那头传来歇斯底里的大叫声。妈啊，我知道你是被人害的，他们要害我呢，还不着我，才跑来害你，妈啊，我要为你报仇。又说，妈啊，你说我怀抱一冰人，真没说错，我好冷呢，一辈子都没有讨到热乎气。妈啊，我冷呢。接着便是那种无助又凄凉的哭泣声。

秋儿，你小舅舅怎么了？怎么成这样了？到底发生什么事了？你你你把他弄到医院去看看。

大舅挂断电话，怔了一会儿，一屁股跌在椅子上，一脸疲惫，像是背了一座山回来的。他的嘴里喃喃道，玉寿，玉寿，妈真是白疼你一场了，你竟送不了妈的终。忽然大舅嘤嘤哭了起来，我们也感染了悲伤的情绪。

酒足饭饱后我们再次围在外婆的床前，外婆依然吃力地抬起眼皮，看着我们，她眼里不曾熄灭的期待像秋千在我的心里晃荡，我为她苦难的一生不得圆满感到悲伤，明知她的心愿却不能为她实现感到无奈。我的老外婆，一个将死的人，一个强势了一辈子的女人，终将要在一种遗憾中离开她活了近九十载的人世。我喉头像是卡了一根鸡骨，为这荒诞又残酷的阳间感到无可名状的生疼与恨意。

外婆的眼睛就那样睁着，睁了好久好久，直到大舅用手将其合上。

我们忍了许久的哭声终于宣泄了出来。

今年我在老家过年，我妈说小舅在外婆满五七的时候回来了，穿得邋遢死了，还背个蛇皮袋子。都以为是个叫花子。他一进屋就跪在外婆的灵前连连磕头，撞得地板嘣嘣响，这才搞清楚是你小舅。活着的妈是看不到了，只有引他到坟前看堆土。说小舅那一场哭，差点背过气去，连过路的生人都跟着赔了一场眼泪水。

我妈说小舅这次回来给了大舅五十万现金，说这些年他没有为妈尽孝，一直都是大舅在照顾，包括发丧他也没有到场，这点钱算是一种补偿。他给的真心，大舅只得接了。那晚上大舅说都不晓得他有没有在家过夜，等他次日一早起床，就发现大门八字大开，小舅的床上铺盖还是原封原样，都没散开。打手机又是空号。

大舅便只当小舅是不辞而别。

过了三天，大舅看见堂屋的大匾那里一个板刷发亮，直晃眼睛，走过去一看，是小舅的手机，苹果的土豪金，用根绳子捆了挂在中间固定匾的木桩上。大舅取下手机，顿感事情不妙，赶紧跟几个妹妹联系，姨妈们和我妈也觉得这事蹊跷。疑心疑胆地在白家岗几口堰塘里下网搜寻，又到外婆坟茔的四周和附近几丛松林里找了几遍，都没有什么结果。

跟秋表哥打电话，秋表哥说小舅出院后就把深圳的小公寓给卖了，卖了五十多万，现在我也不知道他住哪里。

我妈又托我表姑打听之前给牵线的那个银监会处长。表姑回复说，那个处长早几年就辞职了，连同他妻儿老小，一并都打听不到任何消息，怪得很。

除夕前，大舅在群里发消息，听说邻镇村里的水库打捞起一具男尸，已经被水泡烂，因当地派出所没有接到失踪人口报案，作为无主尸体已送到火葬场火化。

我们都觉得那不会是小舅。

原载《江南》2021 年第 1 期

【作者简介】陈楫宝，笔名阿宝，“70后”，中国作家协会会员，北京作家协会会员，北京老舍文学院年度特等奖学金获得者。在《中国作家》《北京文学》《青年文学》《天津文学》《诗歌月刊》《野草》等发表作品。有中短篇小说被《小说选刊》《小说月报》选载。出版长篇小说《对赌》《黑金时代》《纸金时代》等。

Chen Jibao, whose pen name is A Bao, was born in the 1970s. He is a member of China Writers Association and Beijing Writers Association. He is also the winner of the annual special scholarship of Beijing Lao She College of Literature. His works have been published in *Chinese Writers, Beijing Literature, Youth Literature, Tianjin Literature, Poetry Monthly, Wild Grass* etc. Some of his novellas and short stories have been selected by *Selected Novels* and *Novel Monthly*. He published novels including *Gambling, Black Gold Age, Paper Gold Age* etc.

万寿路姑娘

陈楫宝

1

“你不会是喜欢男的吧？”曼迪一甩飘逸的黑发，俊秀的面孔镶嵌着那双漂亮的深棕色眼睛，乜着我。

明知故问又有点儿挑衅。白皙额头上的小绒毛，棕色的瞳仁——曼迪曾经纠正说，亚洲人是棕色眼睛，只有哥斯达黎加人才是纯黑色的眼睛——在闪烁的灯光下，掩盖不住年轻的稚嫩，尤其是在我们这帮老家伙面前。

超短裤，大号的衬衣，下摆露出一双修长的大长腿。此时，我们相继坐下，在一个飘着森林味道的木屋咖啡馆，窗台上，一台小型台式冰柜般的制氧机，在低分贝地响着，吐出一圈圈过滤的空气。我们相对而坐，彼此右手托腮，肘立桌面。我超近距离凝视着她那颗尖尖的下巴上的美人痣，随着嘴角的上翘而微微抖动，不怀好意地凝视着。

我答非所问：“我是大叔。”

“姑奶奶可不是大叔控啦。”曼迪似乎捕捉到满意的信息，又心有不甘。与此同时，她坐直身体，别过脸，右手扬起过耳，露出白瓷般的手臂，做了一个不在乎的表达动作，干净利落，一刀落下。

她用眼角的余光瞟着我，看我一副不上钩的狡猾神情，转过脸来，盯着我半晌不语。忽而，她疯癫般爆出大笑，笑得前俯后仰。

夜色浓妆。咖啡厅，满屋弥漫着咖啡的香味，三三两两，坐满了一屋，暖色的灯光，忽闪忽灭，增添着暧昧的气息。曼迪笑得双肩抖动，她大庭广众之下毫不在乎，没心没肺。不过，即使如此，此刻几无引起他人关注。也是，人人都在争分夺秒地调情说爱，这个连空气都要快餐式便利供应的时代，没有耐心也无暇他顾——大家都忙着呢。

原形毕露。我一瞬间的感慨，年轻真好，想一出是一出，情绪可以无来由地平地起波澜，可以肆意汪洋，然后骤停，归于风平浪静。

——无关对象的感受。

这是我们第三次见面。每次见面，我都要重新认识她似的，屡见屡新，都像换了一个人，唤醒潜伏期的挑战意识。

根据曼迪回忆，第一次见我是在王府井的东方君悦酒店。那天下午，东方君悦一场私募基金的青年投资人年会，群雄荟萃，红男绿女，大佬云集捧场，这帮人的身价——纸上财富，据说随手可买下拉斯维加斯。我从台上做完主题演讲下来，烟瘾发作，不待主持人极尽溢美之词，快速穿过如雷的也许是礼节性的掌声，径直从座无虚席的中央走廊过道，溜到酒店大堂东侧咖啡间。咖啡间只有两个服务生，站在吧台里面闲侃着，瞟了我一眼，可能判断我没有要咖啡的意思，就继续侃他们的。此刻，咖啡厅没有其他顾客，我窃喜，左右一扫，目测尚无他人进来或注视，就火急火燎地抽出一支香烟，点火，深深地吸了一大口，然后眯着眼，进入迷离状态，好不舒坦。

——我真的憋坏了。

这一刻，被尾随过来的曼迪发现，她一脸惊诧，瞪大双眼。眼前的这个人，刚才还在演讲台上侃侃而谈，磁性的男中音，美元指数、大宗商品、低估值高股息、效能监察……这些资本市场的词汇被薄薄的嘴唇一一点击。这个群体的口舌功夫，曼迪是见过的，她在英国留学和实习时见过不少基金经理们推销理财产品和股票，在这个谦谦君子不事张扬的国度里，最富有激情的不是艺术家和传销群体，而是衣着光鲜的基金经理们，他们不像卖保险的口沫横飞，是以系列曲线图对经济环境、产业优势、资本市场量价关系进行煞有介事的点评。

这个男人前一秒钟口若悬河，后一秒钟沉默不语——更关键的是，这厮穿着完全与金融盛会场合格格不入。

这些细节和心理活动，是曼迪告诉她的铁杆闺密璐璐，璐璐事后不小心透露给我的。曼迪对她描述：呵呵，他经常斜挎着一只帆布包，长发飘逸，黑发发梢越过他的眉骨，右手习惯性轻捋一下额头头发，或者不经意间左右摆一摆头，发梢边分……就这副德行，还穿梭在高档酒店和私人会所。这种装扮，哪像金融人士？金融人士西装革履，头发油光可鉴，甚至身上喷着香水……

于是曼迪从我身后跨步上来。我在咖啡间贪婪地吸着香烟，当一个高挑的身影闪现在眼前，还没来得及仔细端详，只见她迅疾伸出一只手，从我嘴边抽走燃掉了一半的香烟。在我右手食指和中指保持着夹烟的动作悬空在唇边，在我整个人还没有反应过来时，她一声“河东狮吼”：“怎么能在这里抽烟呢？”我下意识地心里一紧，宛若做错事的尴尬，眼睁睁看着她转身向店门口垃圾桶走过去，高跟鞋噌噌地磕击地砖声尤显得嘹亮。她在垃圾桶边摁灭猩红的烟头，掐断了一缕轻烟，用力甩进垃圾桶——这些动作一气呵成。

待她再次转身走到跟前，我才看清那是一张清秀的年轻面孔，下巴上的美人痣，以及高耸的胸部，被紧绷着——我那份沉睡的心猿意马仿佛刹那间被激活了。

“你知道吗？其实那次你偷偷抽烟的样子，让我瞬间深刻体味了何为‘目醉神迷’，有一瞬间失去了免疫力。”曼迪毫不掩饰自己的情感表达。

我随之大笑：“哎呀，从我手中抢走那烟的气势，我还以为你是这咖啡店的老板娘。再说了，你扔就扔掉了，还干吗来一击‘河东狮吼’啊。”

右手抚着左胸胸口，我做心有余悸状，学着她的“河东狮吼”，发出的是铁块擦击水泥地的刺耳噪声，把正从我身边穿过的端着咖啡托盘的小姑娘吓了一跳。她侧头给了我们一个白眼，旋即快步走开。

此刻我们旁若无人。

“哈哈，那是本能！你可真会找地方，还抽得可带劲儿了，好像整个世界都不存在了似的。”曼迪笑得弯腰捧腹，差点儿呛出了泪，“你也太目中无人啦。”

这一响“河东狮吼”，她在把自己砸进一个大叔的怀抱。

2

那次被她“河东狮吼”不久，我们就有了第二次见面，曼迪主动约我吃饭，在北京南城方庄的“一碗居”，地道的北京菜馆。

“一碗居”门面临街，场所却在地下室。走楼梯下去，墙壁两侧挂满了各色名人合影，还有中华老字号牌匾。搭着马褂的店小二们从进门到餐厅，此起彼伏的吆喝声依次传递，恍惚间进入民国时期的老北平，八方桌小方凳，别有一番风味。曼迪已在小包间把菜点好了，干炸丸子、炸灌肠、肘子肉、豌豆黄、海米冬瓜……满满一桌。她冲着进门的我举着苹果手机，屏幕显示着时间。她说，还不错，迟到 16 分钟，在本姑娘容忍范围内。看在你是从牛哄哄的谈判中溜出来的，重友不轻钱，给你手工点赞！

她双手一摊，指着满座的菜，这是我从小就爱吃的京味儿。

我迅即瞄了一眼，发现曼迪今天整个人都变了。清秀而不妩媚，淡妆，白皙而胶原蛋白饱满的脸蛋，能拧出水来。说话语气平静多了，这哪是前几天那个“河东狮吼”打扮妖艳的北京妞？

曼迪是话痨。

曼迪一边带头招呼吃着，一边介绍着菜品。曼迪说一会儿吃炸酱面，过水时赶紧捞出来不能太硬了，干炸小丸子不能过火了，炸馒头片抹上腐乳开胃……我顺着曼迪的指点，每介绍一处就夹一块放进嘴里，点头或摇头。我点头时，会获得曼迪雀跃的神情；我摇头时，曼迪嘟着嘴表达着遗憾。在后期，我不管是否好吃，就频繁点头，惹得眼前的北京妞儿乐呵呵。后来，她似乎反应过来说，不对啊，你是不是为了图我开心哦？不过，无所谓了，本姑娘请你吃地道京味，获得赞美天经地义。

久违的放松。大学毕业我换工作频繁，干过不少营生，尤其做私募投资，马不停蹄，一周飞四五个城市，钱生钱的活儿并不好干。

这晚，我心思不在吃上，而是对面的姑娘。说实话，眼前的这个姑娘，忽而勾起了我的情欲，虽然我算是阅女人无数，尚未油腻中年，心态已近佛系，对很多人和事宠辱不惊。

曼迪说，你们玩投资的，是不是都挺厉害？我一个姐们，玩风险投资的，见人就问要投资吗？然后就是一通专业术语，动辄数百万、上千万，可牛了。

“曼……那个迪。”我说，怎么说这个名字挺别扭的，又不是在纯种外企，就没有中文名吗？

曼迪没有在乎我的些许嘲弄，说名字不就是一个符号吗？叫英文名简单，否则中国姓后面总是加一个啥总的什么处长的多麻烦。然后，她自来熟般说，别嘲笑我是一枚金融菜鸟，本姑娘在英国学艺术，其实就是化妆，免费帮你收拾收拾外形。

学艺术？那往投资圈凑什么热闹？我听了头大。投资这事儿哪是几句话能讲清楚的？本来可以靠脸蛋就能赚钱，偏偏要动头脑。

曼迪瞟我一眼，似乎看出我的心思，毫不掩饰自己：怎么啦？这么快就认为我志大才疏，花瓶姑娘？

——这丫头口舌不饶人。

我摆摆手，连声说哪里哪里。你不是说聊聊投资吗？其实，投资能否成功不是靠算，是靠运气。别看一堆公式，一串逻辑，各种数据模型，别说你了，就是我们这些所谓专业人士，也是用来安慰自己的。

我停顿了会儿，说，换个饮食男女的故事，一说你就明白。你得先回答我几个问题，如实回答。

说完，我憋着，心里在偷着乐。

曼迪捕捉到我一闪而过的诡秘，就有些警惕："什么问题？"

"有男友吗？"

"这个嘛……能保留不回答吗？"曼迪盯着我，琢磨着。

我一愣，有些小失落，就说，当然可以。

我略一思索换个问题："找到一个合你心意的丈夫，对你多重要？"

"合我心意……"曼迪沉吟，一双大眼睛盯着我，忽地笑了，下巴上的美人痣开着花儿了。"嘿嘿，我要找的肯定不会差，必须是钱锺书和杨绛那样的，怎么说呢，势均力敌的爱情和婚姻。"

"呵呵，还挺会类比的。难度不小啊，那就是对你很重要了。"我感觉有点儿意思了，谈兴上来了。"那就告诉你如何用挑老公的方法来玩投资。"

"选老公？这和投资有啥关系？"

"关系大了。有道是男怕入错行，女怕嫁错郎，一失足成千古恨，一步错步步错。"我补一句，"不是恐吓你哦，这是祖宗留下的古训。"

"哎呀，你思想还那么老土，鞋不合适就换，老公不好就休了，这些对我们姐妹而言，算哪门子事儿啊？"

我一时语塞。

“上奢侈品店买东西总要选购一番吧？何况老公，那是你人生伴侣，哪儿那么随便啊？”

“嘻嘻，”曼迪瞧着此时一脸认真的我，忍俊不禁，“好吧，我错了。”

“其实，类比也不完全恰当。我们投资一个项目，时刻要考虑赚钱退出，而选老公都会希望‘执子之手，与子偕老’，属于战略投资，基本是一锤子买卖，彼此被锁定一辈子。”我笑笑，从如何看项目、如何评估，甚至怎么婚嫁上，也就是交易结构上，有相通之处。

“那不完全同意，考虑那么多干吗？我在英国读书，班上一中国女同学一个眼神就爱上爱尔兰的红脸庞家伙，哪儿考虑这么多事儿？”

“一见钟情吧？”我说到这个词，忽而想起了学生时代的一些青春往事，依然感激这词的神圣。“荷尔蒙的事情我们不讨论，我们讨论的是资本。”

“嘿嘿，这个我感兴趣。洗耳恭听。”

“你们女朋友们在一起，聊得最多的是什么？”

“口红啊，衣服啊，哪个男人帅啊。”

“衣着光鲜不就是为了讨人赞美？你不想嫁个好人家吗？”

“也是。”曼迪有点儿脸红，“我们喜欢一见钟情。”

一见钟情？不知咋的，我口若悬河起来，对探究眼前的姑娘有着浓厚的兴趣，于是我试探着问：“现在，在北京，你身边有三个小伙子，都高大英俊，才情也都像钱锺书一样，还都和你一见钟情……”

曼迪笑吟吟地说：“多谢你的美好祝愿啊。可惜北京从来都不是应许之城。”我手指轻轻敲着桌子：“因为北京的奶和蜜是要搏斗来的。”

我们相视而笑，一瞬间有种莫逆相得的感觉。

我跟服务员要来纸笔，摆起正经的脸色，在纸上画了三个小人的图案。她看着我稚嫩的手法就想笑，一直憋着。

我自顾自地说，这三个人，第一个，豪门子弟，自小锦衣玉食，往来巨商富贾，刚出来打拼就是继承家业；第二个呢，家里没啥背景，但也是小康，从小表现优秀，名牌大学，毕业就进入大公司，很快爬到高管位置，买车买房，虽然背着贷款，但也有存款；第三个呢，家里只能说是贫困了，啃着馒头勉强上了个二流大学，混上个学生会主席。毕业可进不了大公司，一直在底层奋斗，什么都干过，东拼西凑，创办了个小公司。业绩虽然没什么起色，但是明显能感觉到一股不服输的狠劲。

“就这三个小伙子。你会怎么分配时间？”我抬头看着她，一一指着三个小人问。

曼迪一下还没转过弯来，发出一声疑惑：“啊？”

我试探她：“你这不是和他们都一见钟情嘛，那就三个人都同时交往着呗。那，在他们仨身上，你要怎么分配时间，好保证以后嫁个如意郎君？”

曼迪脱口而出：“这不是渣女嘛！”

我乐了。我来了这么一句：“其实我们大部分人大部分事情不都是这么干的吗？”

曼迪做出一副要吃了我的样子。我笑着提醒她，投资，我们说的是投资。

曼迪毫不迟疑：“第一个豪门，我不花时间。第二个小康，我会花多些时间，好好栽培他。第三个困难户呢，倒是也可以理一理，有时间关心一下就好。”

我马上轻声鼓掌：“你看，你这不是很懂投资嘛！”

曼迪闻言，似乎终于获得了一次认可，有些得意地看着我。

第二个是大多数人的选择。典型的风险投资对象，中早期潜力股。平衡性比较好，对他的争夺，竞争不会太过激烈，而收益也有一定保障，不算是豪赌。用投资的语言来说，就是具备基本的盈利能力，还有高度成长性。用人生的语言来说，就是一个事业属于上升期的男人。所以你选择把大多数时间放在他身上。

我话音刚落，她迅即反问：“那你属于哪一类？”

我脱口而出：“你看呢？”

她看着我，笑而不语。

我趁机转移话题，进而诱导她："其实，你为何不大胆地选择投资第三类，天使投资才是巨大收获。"

不待她回应，我就点开手机炒股软件，翻到 A 股一只做安全监控系统的公司股票，指着它说："我大学一个师兄，当年 250 万投资了这个项目，典型天使投资，成功上市后，回报你知道多少？ 40 倍！"

我又停顿了下，故作姿态深吸一口气，继续说："其实那个创始人，之前真叫一穷二白，前景迷茫，他们的人生也并非被直接判了死刑，他们完全可以暴发，尽管成功概率不是很大。我师兄看中了他的韧劲，赌了，成功了，嘿！"

"一穷二白没有基础的，谁看得准啊？"曼迪摆摆手，说，"再说了，这个家庭出身的，价值观不同，视野也有局限性，还有性格是否合得来。比如我一个大表姐，嫁给了一个农村考出来的名牌大学研究生，白手起家，创业成功，公司上市……可是，表姐说一言难尽，幸福指数没有提高。"

我闻言一怔，似乎针刺般眉头一皱，也就眨巴下眼的空当儿，转瞬即逝。

曼迪没有发现。

我若有所思地问她："可是，你不也把一些时间分配给困难户了吗？这可是典型的天使投资行为啊。而且，你计算得很准啊，这种一穷二白的家伙，本来就乏人问津，你只要分配一点时间，就足以让他们牢记，一旦发达，少不了报答你的青眼之恩。"

曼迪一时语塞，急中生智，把我的话搬了过来："投资，这是投资。"

我不接话，直截了当地问："你为何不选择第一个豪门呢？不是很多女孩喜欢这类豪门公子与顶级富豪，随时套现？"

曼迪眉毛一扬："呵呵，你就这么看我？明确告诉你，这类人不是我的菜。姑奶奶才不稀罕。"

我闻言，一时心花怒放，竟然哈哈大笑。

"这有啥好笑的？我就是实话实说。"曼迪敲击着桌面，提醒我，"那我问你，万一高买低抛都抛不了，咋办？如果被渣男给占便宜了，还惹一身骚怎么办？”

我彻底被逗乐了。

“有句话说‘自己选择的路，跪着也要把它走完’。这是经济学意义上的‘沉没成本’。其实，沉没成本不是成本，就让它沉下去，生活永远在向前，你老往后看，就会失去未来。投资是这样，生活也是这样。”

我煞有介事地对她来了一番谆谆教诲。

3

曼迪第三次见面时对我的试探，源于璐璐的提醒：“这么一个人，竟然不结婚，莫非不喜欢女人？”或许她们潜台词还有一句话：“那人是不是那方面不行啊？”

我能想象她们私下议论时夸张的表情。

“你知道吗？你总是让我感觉瞬间的不真实。”第六次见面，她就躺在我的臂弯里，富有弹性的皮肤，在我手指力作用下，凹下去又弹起来。浴后，穿着睡衣的曼迪，眼里一汪春水。长长的睫毛在扑闪着，下巴上的美人痣也在轻微地颤抖，那是欢快的。

曼迪所言的“不真实”，至少有三层意思：一层是搞金融的这货，有着不务正业的文艺青年范儿，跟操盘高手或私募新贵能扯上半毛钱关系？第二层是本姑娘虽非“天生丽质难自弃，一朝选在君王侧”，但也是集万千宠爱于一身而独自逍遥，咋就突然砸在你手上呢？还心甘情愿毫无怨言。第三层是“你是谁，从哪里来，到哪里去”的苏格拉底三大终极哲学追问，你的前世今生，谈了多少次恋爱，泡了几个妞，全部是黑洞区。

即使在我们俩好的那些日子，对于她的前世今生，她也是讳莫如深。这并不奇怪，我自己身边圈子的人没少干这种勾当，隐瞒身份，或编造一个，稍微高级点儿的，就花钱请人做一个百度百科，搞得像模像样，社会名流，骗项目骗色甚至骗出资人。不过，按性别论，男人占比当仁不让。

曼迪来历不明。正如我在她眼里一样。不过，与她有过一面之缘的金亚洲，祖上往上数多少代都是北京的土著，他算是北京土著的后裔了。金亚洲是我哥们，那天与曼迪见面后，他断言，这妞儿就是地道北京南城的胡同妹，别猜了。话痨，爱逞能，显摆活，她们就这德行。

曼迪家住万寿路，不是南城。有一次在酒店开房，在前台登记时，我装着不经意地偷瞄了一眼她的身份证，出生年月日栏显示我们年龄相差近十岁，坐实了我的“大叔”身份；我知道了她的中文名，还看到地址一栏，家住万寿路。

金亚洲露出他的一口龅牙，龇牙咧嘴地嘿嘿笑，揶揄我说，哥，你这好不容易“刀枪入库，马放南山”，才修炼两三年，又开始重泡江湖?

在他们眼里，我曾经是浪荡哥。我一时无语。也许，从一开始，我也是抱着玩玩的心态。

我们进入热恋的速度恰似高速发展的北京城，前些天见到的是一个大坑，不几天就变成机器轰鸣的建筑工地，一转眼，一栋毛坯大楼就耸立在眼前。我们还没有了解彼此，甚至“三观”，就已经了解彼此的身体，我们会轻易瞬间高潮迭起。我们彼此心知肚明，这叫荷尔蒙速度。

我们也在试图悄然了解彼此。一次，我去曼迪就职的外企等她，这个代表处三五个人，清一色的“90 后”，包括曼迪。我在会客室，透过玻璃隔间墙能看到隔壁会议室情景，她们在与美国总部进行跨洋视频会议，会议室和会客室的门都没有关闭，曼迪汇报的图像，像一帧一帧的高清镜头般在眼前展现。曼迪正襟危坐，一身职业装，手握激光笔，口齿伶俐，操着英式口语，点击着投影仪投放的图片和视频，不断滑动，向洋上司汇报工作。眼窝深陷的秃顶洋老头，一个大头像占据着宽大的液晶屏，他在不断点头，竖起大拇指，薄嘴唇不断发出“Interesting”“Hmmm”“Not bad”“Great”……认可和赞赏就像手机下载东西时的进度条，随之水涨船高。

曼迪是一个洋买办。

璐璐说，工作状态的曼迪挺玩命的，别看日常生活中她嘻嘻哈哈，没心没肺的，其实她心底可有主见。然后，璐璐一脸醋意地说，你们本性上是一丘之貉，否则怎么可能腻味在一起？曼迪对你都五迷三道了。

璐璐是我目前唯一可以通向曼迪私人全领域的通道。对于曼迪，依然是谜一样的物种，于我而言。

璐璐说，当年在英国留学时，那么多富二代官二代追她，还有的在她生日那天，在她宿舍楼对面，拉了一个大长条横幅，从楼顶垂直飘下，写着赤胆忠心的求爱宣言。那场面，好莱坞大片也不过如此，挺来劲儿的。但是，曼迪硬是连个眼神儿都没给人家，他们皆如过江之鲫。

“……那只能说他们缘分不够。”

璐璐停顿了下，然后做百思不解状：“回国后，这帮家伙就突然消失了……然后，你出现了。”

“说明我们是在正确的时间遇见正确的彼此。”

璐璐没有直接回应我的话，自言自语：“其实，那帮家伙都是纸老虎，别看蹦跳厉害，一碰到曼迪，就蔫儿了，他们拿不住曼迪。当然啦，她也没兴趣降住他们，人家可挑剔着呢。”

“她就靠河东狮吼？”我坏坏地笑，想起曼迪第一次撞见我在东方君悦大酒店抽香烟时的情景。

璐璐说：“曼迪可文静着呢，她做事可有条理，哪儿来的河东狮吼，那是曼迪吗？人家这出身……”

啥出身？每聊到此处，璐璐就戛然而止。

4

有一次，璐璐问我：“汪春水大叔，你究竟是左脑发达还是右脑发达？”

我一听头就大了，“90后”姑娘都是这种思维吗？

原来，女人之间喜欢私下对各自钟情的男人评头论足。比如，成为她们讨论靶子的我。

曼迪告诉璐璐说，汪春水穿着过于随便，吃得清淡、喜欢海鲜，有时一发呆就是几个小时不挪动位置，都忘了旁边还有人，坐他身边的可是个大活物啊……“你说，我咋就迷上了这种人呢？”

“你当初可不就是被他这些迷上了吗？我跟你说哈，别吹毛求疵。汪春水就是你命中注定，即使是劫，也逃无可逃。我在麻省大学时，天天被你煲电话粥，那么多官二代富二代你都说无感，爸爸是最年轻工程院院士的那位，你批评人家是脑筋灵活四肢不发达的侏儒婴儿。说实话，我从小就嫉妒你，干吗那么多男生围着你转啊？你们家汪春水啊，你别嘴硬，其实你心里乐开花了——他还写诗。”

“是啊。他还真会写诗。那次去大理开会，他说凌晨睡不着，还起来给我写了一首诗呢。”说到这儿，曼迪心里莲花盛开，一脸娇羞。

“别打断我的话。我的意思是说，人家说左脑发达的人，思维能力强大，逻辑无敌。你们家汪春水，数学系高才生，左脑不发达才怪！”璐璐吞了一口口水，“关键问题不在这儿，在于你家汪春水还能写诗，我的天啊，这不是典型的形象思维吗？还拥有右脑优势啊！”

璐璐像一个生意人，扳着指头，对曼迪历数我的左右脑发达的外在表现。

曼迪白她一眼：“你是不是被他收买了啊？怎么尽是替他说好话。姑奶奶我不吃这一套。”

其实，她们那次讨论后不久，曼迪有意无意地测试着我到底是左脑发达还是右脑发达还是双脑发达。

“比如，他能清楚记得初次见面的人的面孔，肚子不饿就不肯吃东西，说吃饭太累，需要等有需求时再吃不会浪费食品，即使挨骂后不会闷闷不乐，喜欢玩游戏玩成骨灰级，对好莱坞的大片细节记忆如新，甚至清楚记得那些主要人物的表情和细节……天啊，这是典型的右脑思维。并且，他打羽毛球时，左手握拍子，比右手打得好。”

曼迪把这些发现一五一十地事无巨细地无一遗漏地告诉璐璐。

璐璐非常配合地做出难以置信状，夸张地瞪大着眼睛。

曼迪顺着杆子试探：“要不要让他也在身边找找，给你找一个一样的货色？”

“哎哟喂，瞧你这小心思，不就是提醒我别打你家那位的主意吗？萝卜白菜，各有所爱，姐我有自己的偏好。”

5

曼迪有点儿玩真的。我也是。

家里，健身房，开车路上，办公室，商场，餐厅，电影院，咖啡馆……曼迪随时随地都能发现喜感，把生活当作游乐园，且随手拍给我，让我感受着她的无时不在。

在西单陪她老妈逛商场，她随手拍老妈选购新款衣服，在镜子前摆弄着姿势。“青春期撞见更年期”，曼迪风趣地附上一句话，连图带文字的私信给我。

晚上饭局，曼迪私信我说：“碰上不投机的饭局，整个人都不好了。”其实，这晚她是核心。三位与她年龄相仿的女孩子，都是她妈妈在老家同学的孩子，在北京读书、工作。妈妈召集这帮孩子吃饭。一顿饭局下来，最初一见面生涩，迅速自来熟，很快形成了以曼迪为中心的话题圈子。曼迪有这方面的天赋，能够在陌生圈子里成为话题中心或者引起参与者注意力。饭局结束，曼迪私信我：“她们围绕一个滴滴打车的优惠券讨论一晚上，也是醉了，浪费姐的时间啊。”我回应一句：为何斤斤计较这些琐事呢？

一次从武汉坐高铁回京，在候车室，曼迪拉着我直奔咖啡店，点了咖啡，然后有些为难地说：“我得去趟卫生间了，高铁上卫生间没法用。”怎么挑剔起卫生间了啊，咋就没法用啊？总不能不是应急的时刻非要强行去应急嘛，那样违背生理，会憋出膀胱炎、肾炎的。我一本正经地数落她过于矫情，对卫生间要求那么高干吗？她脸色涨红，振振有词地辩驳：“一叶知秋，别看一些场所金碧辉煌，档次高不高去卫生间看看就知道了。比如说遍布全国一线城市的 super mall，我就瞧不起它，外面整得高大上，去了卫生间得捂着鼻子。我觉得吧，卫生间好不好，一是体现管理层对顾客的态度，二是展现顾客群体的整体素质。说起来可是很严重的问题哦。”我辩解道：“人有三急，人憋急了，能有地方解手就不错了，哪儿顾得上挑地方啊？”曼迪一撇嘴乜我一眼：“瞧你，就那么点儿要求！”

6

欢愉之后，我们就经常散坐在客厅沙发上，闲聊着。曼迪讲话叽叽喳喳，绘声绘色，脸上的表情在一分钟之内能变八百次，还会被自己的冷笑话逗得爆发出咯咯的笑声。

我说：“你们北京人一辈子说的话，至少多我们一倍。”

她走过来往我膝盖上坐，整个身子仰在我怀里，头搁在我肩膀上亲昵地蹭着我脸。

“你们北京人？你不是北京人啊？”

“我啊，我是北京的人，你们是北京人。”

“汉语被你们糟蹋了，以为加一个‘的’就欲盖弥彰。”她把性感的嘴唇往我脸上凑着，吹出一缕缕清新的青春独有的气息。

我双手托起她腰，自己一撤身，她一屁股坐在沙发上。她顺势躺下舒展着凹凸有致的身体，然后一个侧身，一只手托着腮，兴奋得容光焕发，深情地看着我。

“那一倍的依据呢？”

“嘿嘿。”我一屁股坐在紧靠沙发的茶几上，俯首看着她，有些得意起来。

7

一旦玩真的，潜藏的分歧或麻烦就自动找上门来。比如习性，比如价值观，比如所谓感情来得快也去得快——不知道是快餐的腻味还是什么更深层次的原因。

那天早晨出门，去东方君悦参加一个项目洽谈会。我背上帆布挎包，穿得稀松平常，长发飘逸。

刚出门，就被曼迪喝住："汪春水，你怎么能这么出去呢？"

"咋啦？"我一脸愕然。

"你可是投资人，不是文艺青年，要注意仪表。你是三十五岁的大叔，不要穿得像二十多岁的吊儿郎当的小青年。"

曼迪赤脚站在大厅，刚从床上爬起来，披头散发，追逐着即将拉门外出的我，指着我，颐指气使，一脸愤慨。

"你今天咋啦？我向来就是如此啊。"

"从现在开始，你就得改变。我不允许你邋邋遢遢。"

……我一时无语。

我继续拉开门往外走。她追到门口。

"汪春水！你不能对外说是我男朋友。"

"呵呵，男性朋友，行不？"

说完，我扭头就走。

曼迪在背后大喝："你这人怎么能这样呢？"

日子就像翻扑克牌，一张张翻着，渴望着惊喜，却往往扑面而来的是沮丧。

"你吃穿咋这么不讲究呢？我就纳闷了，生活小事都搞不定的人，咋动辄投资数千万做项目呢？"曼迪一番煞有介事，堵我的嘴，"以小见大知不知道？"

一个周末的午后，我刚午睡醒来，睁开惺忪的眼，就看到曼迪站在我跟前。她倒着的面孔，凑近着我，历数我的种种不是。一缕清香袭来，此时，我没有品尝的心情。

这些在我看来，都是鸡毛蒜皮的俗不可耐的可以完全忽略的琐屑。

我一个鲤鱼打挺，从床上蹦起来，不见曼迪日常习惯的极尽欣赏的咯咯笑，而是她的一脸气呼呼："你以为这样好玩吗？都老大不小了。"

她双手叉腰，粉嫩的面孔，此情此景让我脑海里猛然蹦出一个词：黄脸婆。

其实，她正值青春妙龄，我也恰是人生壮年，从生理层面上讲，黄脸婆距离她还有十万八千里。

那些天，我都怀疑现代医学发生了巨大错误：听说过老年慢性病在奔向年轻化，难道更年期也在加速提前吗?

在曼迪眼里，我就是一个生活能力有问题的人，并且问题不是一般的严重。比如，第一次我们俩住酒店，我拿着房卡，上面写着"8726"，在电梯间刷卡按楼层，刷卡后，第一次按8层，指示灯不亮，第二次按，无反应。我觉得很奇怪，仔细看了看房卡，不是明明写着8吗？怎么会没反应呢？又狠狠第三次按，依然如故。怎么回事？曼迪看不下去了，正在吸饮着中杯星巴克焦糖咖啡星冰乐，把咖啡杯麻利地从右手换到左手，左肩还挎着红色小包，右手食指直接点击7层，指示灯亮了。在电梯上升过程中，她抢白说："你懂不懂啊？星级酒店喜欢在房间号前加一个'8'字，图吉利，不是显示是8层啊！只有生活低能的人才会真的按8层呢。"说完看着我一脸窘态，她对我手一指，"像你这种人，不会从来不住豪华酒店吧？"我只能讪笑着：以前嘛，都是助理办的。

我说的是实话。从KP公司驻华首席代表离职后，长达半年的时间里，因竞业禁止条款的限制，去同业公司DB公司就职被推迟半年。在KB公司，有专职司机伺候，行程有秘书打理，日积月累，过去独当一面的生活能力就此退化。

8

年轻人发飙，大叔也吃不消。曼迪经常会拖着我推心置腹地讨论到半夜，都是生活琐屑，谈得我哈欠连天，疲惫不堪。不时说着说着就争吵起来，吵得飞沙走石，吵得天昏地暗。我们嫌国语不够用，就夹杂着英文。当然，我们争吵的词语找不到一个脏字，虽然彼此面红耳赤，互不相让。

曼迪喜欢拍照，保持间隔一天发朋友圈和微博的频率，还获得微博美食博主认证。她的朋友圈和微博，都是我们俩四处寻觅美食和玩耍的合影，搞怪的、嬉笑的、蹦跳的……突然有一天，曼迪删掉了所有微博和微信朋友圈，也包括我们俩的。

那时我不堪忍受，主动提出分手不到一个月。她这个时候删掉所有社交信息，删得我心疼不已，每一帧都是两人的欢喜和追忆。

这是何必呢?

她的手机也关机了。刚分手的那段时间，我习惯性地在手机数字键上，就像多动症，按着她的手机号码，停顿半晌，最后放弃拨出。当发现朋友圈和微博所有信息一夜消失，我立刻拨打她的手机号，一个没有任何情感的机器人用中英文告诉你：“你所拨叫的用户已关机。”

究竟怎么啦？究竟发生了什么，为什么要彻底删掉我和我们？北京土著哥们金亚洲说我疯了，着魔了，不就是玩玩嘛，至于那么认真嘛？分手了不就是你想要的吗？你好歹也是有身价的人，不怕贼敲门就怕贼惦记着，这胡同妹子！

我差点儿动手挥拳把他的龅牙给全数塞进他肚子里去。喝了几杯啤酒就上脸，我红着眼，噌地起身，怒瞪着他。

曼迪踪影全无。我开着车去过所有的可以找到她的地方，办公室、健身房、商场、餐厅、电影院、咖啡馆、酒店、私人会所……我们曾经去过的地方，包括凭着记忆拷贝下来的她家住址——在万寿路某大院门口，武警站岗，把我拦在门外，对于我的任何提问，都拒绝回答。

我们恋爱一开始，我从没打算把她带进我朋友圈，不是担心我有啥私密被她窥见，也不是担心她被朋友圈的人引诱，而是我没想我们之间相处会长久。当然，最初她也从来没有提出过如此要求，我们宁可在卧室厮守一天，也不愿外出参加各类酒局和聚会。不过，在我们关系高温时刻，她却缠着我必须把她引进我的朋友圈。在她的威逼利诱之下，我一一就范了。

直到想要找她的时候，我突然发现，除了璐璐，我再也不认识熟悉她的第三人。我忽而就像丢了魂儿似的，发现她已经成为自己的一部分。我三番五次拨通璐璐的电话，她表示不知道。直到被我几乎哭着腔逼问，她才告诉我，曼迪爸爸被带走协助调查了。她所在的那家外企，也把她辞退了，因为外媒报道了她爸爸的事情，把她也牵扯进去了，说那家外企涉嫌与她爸爸进行了交易，关系暧昧。

一列火车从心房轰隆穿过，鸣笛声占据了整个世界。我半晌说不出话。

难怪她家住万寿路。那片儿，非富即贵，老牌部级高干聚集区。至于曼迪家里有多高，璐璐用北京人特有的说话方式，乜视着我说，你去喝瓶二锅头，往高里喝，然后脑子往大里想，能想多大就多大。

9

此后三个月，就像泡在一整瓶二锅头里一样，一切都在光亮里，却漂浮着，难以捉摸，如这个世界所有不确切的记忆。我到所有我们去过的地方，一遍遍地去，如魔怔，如信仰。那些地方还是熟悉的样子，只是再也看不到那个熟悉的影子。老板和服务员们已经熟悉了我，看到我推门进来，甚至在玻璃门外，就冲着我摇头，示意她再也没有来过。

天知道这些日子她是怎么过的？我在脑海里编织着关于她的种种际遇，脑补了很多风暴眼中的不测或劫后余生的悲情。我甚至想，如果有未来，我要给她最好的拥抱，用所有的日子宠她。

空气开始凉了，阳光仍烈，我站在咖啡厅外的街边，怔怔地看着树上的叶子。还是满满的绿意，在风中轻摇，但是看得出来，已经收起了浓烈的光彩，等待着变黄，进入另一个璀璨的国度。

有人轻拍我的肩膀。

我的心一下收紧，浑身僵硬，缓缓地转过头去。

阳光照在笑脸上，一片耀眼，看不清，只看到头发在光芒中闪动。是她，又不是她。就算看不清脸，也认得出就是她。可是，似乎又不是她。头发短了，没戴耳环，身上的衣服依然看不出牌子，但比以前的简单普通多了，在她身上另有一种风味。她拥抱过来时，不再飘过来香味，脸上没有化妆品，一点都没有，看得到细微的雀斑。不只是这些，似乎还有些东西完全不同了。

“在满大街找本姑娘呢？”

我的身体放松下来。她的说话风格没变，少了那种娇嗔的雀跃，还是大大咧咧的自信劲。

“这个咖啡厅已经来了31次了。”这个数字是脱口而出的。第一次，我不再像以往那样刻意计算并牢记住数字，只为了随口而出，给听众出其不意的强烈印象，专业、严谨，具有非凡的计算才能。这个数字是从1开始增长的，用三个月的时间默然而迟缓地攀爬到现在，就像呼吸一样，在脑里占据着一个并非不起眼的角落。

“我也在满大街找你呢。”她笑着说。她的笑容一时让阳光都黯然失色。我从没见过她这样，眼角还带着些许憔悴，可笑容一绽开，把一切都抹去，眼神里有一种我说不好的东西，也许是疲惫之后的释然，但不是无能为力。

我也笑着。没说话。也不用说话。喧嚣繁华从来不会让生活变得深刻，蛋糕上的奶油花朵、樱桃点缀，飘浮包围着我们，随意采撷，随意给予，用数量来安慰轻浮时代的空虚。不遭遇人心变故，不会明白奶油花朵也需要浇灌。活到我这个年纪，自以为看遍人世浮华，一切不过如此，现在才哆嗦着粗粝的双手，开始去做二十年前就该做的事，就像那个孤独的小王子，保护柔弱的、长着刺、骄傲地说我会保护自己但仍然柔弱的那朵小花。

轻轻拉起她的手，我带着她走向街道另一侧，车泊在那里。我坐进驾驶座，系上安全带，副驾上没人。她就在车窗外，看着我。我摇下车窗。

“你肯定知道发生在我家里的那些事情了。”

我点头，又摇了摇头，做出不重要的表情。

“一开始很痛苦，后来，是一种解脱。我以前……一直没有自己。没有自己。什么都能买来，送上来，怎么会有自己。”她深深呼出一口气，挤出一丝生硬的笑，语调变得有点轻快，“你以前说过，我把生活当作游乐园。那时候以为自己懂，现在才真的懂了。听到的话和经历过的话是不一样的。”

她挺直身体，眼神里那种东西又回来了。她轻松地说：“那个小姑娘离开游乐园了。”

“那我们……”

“沉没成本。大叔啊，你是我的沉没成本。你教我的。”

她俯身，头伸进车窗里，在我脸颊上轻轻亲了一下，离开了车窗。在车窗外，她凝视着我，几秒钟后，转身往车尾方向笔直走去。

我在后视镜里看着她，很快她就消失在十字路口。我没有动。

原载《天津文学》2021 年第 3 期

主持人：**梁鸿鹰**

梁鸿鹰，文学批评家，《文艺报》总编辑。

Liang Hongying, literary critic and editor-in-chief of *Journal of Literature and Art*.

短篇

推荐语

叶兆言以两对夫妻之间千丝万缕的联系，映照大时代的历史涌动，洞见各自的性格与命运，作品叙事诚恳，凝视过往深沉而富于感染力，以富于细节文本展现出普通人复杂的内心世界，成就了从容独特的小说境界。

翔虹的小说《心愿》以一位老战斗英雄在生命最后时刻，意欲将远在边境的烈士遗骸接回家的描写，表达对那些为国家、为人民做出牺牲的感恩与铭记，情节曲折，笔墨饱满，余味悠长，主人公性格鲜明，具有很强的震撼力和感染力。

南翔的小说《伯爵猫》借深圳“伯爵猫”小书店歇业前的最后一夜读者聚会，呈现了告别前不无温馨的一幕。小说将舞台场景艺术与隐喻象征手法娴熟地结合在一起，在现实土壤散发人间烟火气的同时，于精神和文化的维度一并飞升，含蓄隽永，哀而不伤，语言精粹，从容幽默，耐人寻味。令人想起狄更斯的名作《曼克斯菲尔》。

作者高建刚以少年视角对往事中隐去姓名、面目模糊的人进行书写，在

《陀螺大师》中勾勒出一个个伟大而高尚群体形象，凸显他们不为人所知的奉献与牺牲的品格，以小说笔法激发读者去怀想和崇敬那些伟大的灵魂。

西元的小说《生》以十六岁的二斗伢子作为主人公。他目睹了战友的逝去，也经历了战火中的情爱，最终得以蜕变，领悟了“生”之深刻内涵，书写了抗美援朝战争中普通英雄的成长和再生。作品以写意营造出绵密的战场实景，以写实建构出内心丰盈的革命英雄，始终弥漫着战争深处的一种细腻感和抒情感，充溢着打动人心的悲壮感和崇高感。

【**作者简介**】叶兆言，江苏作协副主席，南京作协主席。主要作品有八卷本《叶兆言中篇小说系列》，三卷本《叶兆言短篇小说编年》，长篇小说《一九三七年的爱情》《别人的爱情》《没有玻璃的花房》，散文集《旧影秦淮》《叶兆言绝妙小品文》《叶兆言散文》等。

Ye Zhaoyan, vice chairman of Jiangsu Writers Association and chairman of Nanjing Writers Association. His major works include eight-volume *Ye Zhaoyan's Novellas*, three-volume *Ye Zhaoyan's Chronicles of Short Stories*; full-length novels including *Love in 1937, Someone else's Love, A Garden House Without Glass*; essay collections including *Memories in Qinhuai, Wonderful Essays by Ye Zhaoyan,* and *Proses by Ye Zhaoyan*.

会唱歌的浮云

叶兆言

1

1953年春节是阳历2月14日，老魏单位里放假四天，这四天，扣除路上时间，也就整整三天。妻子云裳正好身上来那玩意，好不容易才盼到几天探亲假的老魏十分憋屈，很窝囊，很让人恼火。时间就这么不凑巧，老天就这么不帮忙，憋屈也好，窝囊也好，恼火也没用，反正这事不太好对别人说，只能跟自己生气。

老魏所在的工厂，是一家很大的化工厂，在长江北面的六合，也就是在南京城的江对岸。搁在今天，距离市区并不太远，可是在那时候，长江大桥还没建造，可以说很远很远，相当的远。咫尺天涯，一年只能有一次探亲假，怎么使用好，极其珍贵绝对讲究。到了 3 月 5 日这一天，广播喇叭突然放起哀乐，苏联人民的伟大领袖斯大林逝世了。当时的悼念规格非常高，各单位立刻设了灵堂，挂上斯大林像，很多人为这个人的离去戴孝哭喊。

这也是老魏第一次从广播里听到哀乐，从此哀乐开始流行，一旦收音机里播放这个哀婉激昂的旋律，他就知道是死人了，一定是死了个很重要的大人物。斯大林的万人追悼大会在新街口举行，时间是 3 月 9 日，老魏所在的工厂也派代表参加。他和同科室的老王有幸被选中，坐着厂里的两辆大卡车，大清早出发，黑咕隆咚地一路开到江边，乘轮渡过江到下关。然后乘马车到达新街口附近，人已经很多了，人山人海车水马龙。

追悼大会很隆重，结束后率队的马副厂长发话，说这次活动嘛，有意挑了家在南京的同志，当然，也有家不在南京的同志。马副厂长是南京人，解放前是南京的地下党，老革命，资格很高，他知道家不在南京的人，譬如几位从东北南下过来的，可能就没在南京玩过，马副厂长的意思，好不容易进了南京城，今天有一部分人可以先不离开。他跟厂部交代过，明早会再派辆卡车到江对面的浦口来接大家，愿走愿留自己定。

于是兵分了两路，一路人马当天先回去，还有一些同志就留了下来。老魏自然属于留下来的，不止老魏留了下来，与他一起的老王也没走。这个老王在南京上过大学，没毕业，他有位同学是南京人，关系挺不错的，当年上大学，经常去他家聊天。老王想的是借此机会，去看望一下老同学叙叙旧，没想到老同学久不联系，早已离开南京去了西北。老同学的家与老魏家相距不远，也是顺路，老王扑了个空，老魏正好就在他身边。

老王说："没想到会这样，这怎么是好。"

老魏说："没关系，不行就住我们家去，总会有办法的。"

老王就跟着老魏去了他家，老魏突然能够回来，全家都很高兴，也很意外。老魏的老丈人没有参加追悼大会，对追悼会很有兴趣，追着能说会道的老王问这问那。老先生这一年已七十六岁，白发白胡子，穿着中山装，胸前还插着支派克钢笔，依然是民国遗老的模样。老王很有耐心跟他描述，敷衍了好一会儿，一起吃中饭，继续聊国际形势，继续说国家前途。那时候，老魏家也就两间房子，老丈人和丈母娘住一间，老魏夫妇带着两个儿子住一间。

云裳回来很晚，她回来的时候，已经是要吃晚饭，桌上饭菜早就放好，老魏和老王开始陪老人喝黄酒。老王向云裳解释，说自己太冒昧了，冒冒失失就跑来打扰。又说他本来准备去中山码头坐一夜，没想到老魏好心人，非要拉他过来，非要让老王住到他家。云裳说你当然应该过来，这不用客气的。老王是个话多的人，特别会讨老人家的好，会说让老人高兴的话，吃饭的时候，基本上一直都是他在说，老魏和云裳也插不上话。

这一年，老魏三十三岁，云裳比他小两岁。老王比他们都大，他们俩既然插不上话，就只能互相对看，你看我一眼，我看你一眼，眼睛里都是话，各自心照不宣。老魏知道云裳心里在想什么，云裳也知道老魏心里在想什么，老魏想表达的是无奈，想表达的是无辜，他也是没办法，只是顺口说了一句，没想到就真把老王带回来了。恰巧话题到了晚上睡觉怎么安排，老王说老魏跟他说过，反正他们家是地板，到时候打个地铺就行。

老魏家说起来有两个房间，其实这两个房间原来只是一间，是一间大客厅，中间用木板隔了一道墙。吃完晚饭继续聊天，老魏大儿子胜武很快要上小学，云裳开始教他识字，因为识了几个字，便让他为大家表演，认纸片上的方块字。纸片上的字是老魏老丈人用毛笔书写，老人家的字很好，非常地道的唐楷。七岁的大儿子胜武很卖弄地表演，两岁的小儿子利和在一旁捣蛋，要抢哥哥手上的纸片。

打地铺确实简单，可是地铺究竟打在哪个房间呢，商量来商量去，最后还是决定安排在老人房间里，毕竟这间略大一点。老魏松了一口气，脸上露出不经意的微笑，正好被云裳看见，狠狠地白了他一眼。这一个白眼反让老魏真的笑起来，一种不加掩饰的笑，掩饰不住的坏笑。云裳便说你笑什么，有什么好笑的。老魏说我回到自己家，为什么不能笑，为什么。

终于睡觉了，终于关灯，老魏迫不及待地掉头睡，摸黑爬到云裳那头去了。大床上还有两个沉入梦乡的儿子，关灯前，老魏与胜武睡在一头，云裳与利和睡在一头。灯一关，他也就不老实了，用不着再老实。云裳害怕弄出声音，不让老魏动，老魏便轻手轻脚小心翼翼。可能是憋得太久，也可能是外面睡着一位老王，距离挨得太近，老王的地铺就在门口，云裳一直在拒绝，一直在反抗，老魏只能霸王硬上弓，不管对方配合不配合，不管对方愿意不愿意，一味使蛮劲，折腾了没几下，刚入港，便心满意足地结束。

这一夜，老魏睡得非常香，一觉醒来，天都快亮了。云裳没睡好，老魏呼噜声很响，老王的呼噜声更响，隔着门板，一阵阵传过来。迷迷糊糊睡了醒，醒了睡，刚要再次睡着，老魏又来劲了，要二次进宫。这次云裳没拒绝，也没反抗，也谈不上配合，感觉自己是醒着，又好像是睡着了，心里希望老魏快点结束，又好像不太愿意他很快就完事。说老实话，她也不知道自己是怎么想的，心有点不在焉，不知身在何处。隔壁老王的呼噜惊天动地，他已经三十七岁，还是单身，人也很瘦，云裳想不明白老王那么瘦的一个人，为什么呼噜声会这么嘹亮。

2

弹指一挥间，转眼三十多年过去，到了 1991 年的 8 月 20 日。这一天是云裳六十九岁生日，民间有做九不做十的说法，老魏决定隆重庆祝一下。他今年七十一岁，夫妻俩岁数相加，正好一百四十岁。老魏很喜欢 140 这数字，觉得这个数字很吉祥，很有内容。人生七十古来稀，他们老夫妇退休在家，既能吃又能睡，身心健康，这个那个什么都行，活得非常愉快。

所谓隆重庆祝，无非在楼下新开的一家馆子吃一顿。除了自家人，又喊了一位老朋友过来，这个老朋友就是老王。这时候，老王已七十六岁，精神矍铄，头发居然还没有全白，原来是个瘦小子，现在变成了大胖子。他单身很多年，熬到五十多岁，才与比自己小十五岁的小黎结婚，小黎的前夫在“文革”中患病去世，留下一儿一女。两年前，小黎患乳腺癌走了，老王便与继子一起生活。

老魏的儿女们都已成家，吃完了各回各家。老王喝得有点多，面红耳赤，老魏夫妇便邀请他上门坐一会儿，喝口茶醒醒酒。老王没有推辞，说也好，说我是要看《渴望》的，这会儿赶回家看也来不及了，就到你家去看，看完了再回家。那一阵子，电视连续剧《渴望》正热播，已是播放第二轮，老王认认真真地在补看。老魏夫妇第一轮就看过，都觉得不错，很愿意陪老王再看一遍。老魏说我们可以一起看，看完了，你要是愿意，就在我这住一晚也没关系，反正床铺都是现成，为小孩回来准备的，空着也是空着，对了，我还告诉你，我们现在有空调了，很凉快的。

电视剧只放两集，打开电视，第一集都快完了，很快又看完第二集。外面很热，南京的夏天一向是很难过，恰巧老魏家今年新安装了空调。那时候，后来大名鼎鼎的苏宁电器，创业还不到一年，只能说是刚刚起步，大多数南京人家里都没有安装空调。因为用电紧张，能否安装空调也和级别有关，必须是相当级别的干部，才能够得到电力部门的批准。当时的最荒唐之处，商场里已经开始大卖空调，只要你花钱，谁都可以买，买了是否能安装，是否能让供电局盖章，就要看你的能耐。

老魏的女婿下海做了生意，思想比较开放，比较新潮，胆子也大，自己先买了一台空调偷偷地享受起来，又为老丈人老丈母娘买了一台。说是说未经允许，不能私自安装，否则就属于非法，就有可能取缔。不过你真大胆安装了，也没有什么人会过来干涉。只是电压经常会有些问题，用电高峰的时候，空调就启动不了，因此每天下午四点钟左右，必须先把空调打开，空调机一旦启动，一旦已经开始制冷，就再也不存在打开不了的问题。

老王很羡慕老魏家新安装的这台空调，在南京过夏天，有没有空调，能不能享受空调，完全是不一样的人生。他几乎立刻就下了决心，明年夏天一定也要买台空调，一定要买，不管电力部门允许不允许，管他合法不合法，一定要安装。说起来，老王也算离休干部，也是一把年纪，能享受就应该赶快享受。从老魏所在的科室调走以后，老王一直都在人事处上班，老魏说根据你老王的级别，很可能是可以使用空调的，你可以先申请申请，如果可以，就不用像我们这样偷偷摸摸。

老王说："今天就在你们家，有空调真是舒服，这么凉快，都舍不得离开。"

老王又说："还记得上一次住你们家，那次也是冒冒失失，一晃多少年过去，唉，我们是真的老了。"

老魏家的空调装在客厅里，老王说住下就住下了，有空调的感觉确实不一样。云裳为老王找了一套换洗衣服，先安排他洗澡，然后他们夫妇分别洗澡，再然后是洗衣服，随手把老王换下来的衣服一起洗了，晾在阳台上。云裳提出要去小房间，说她不怕热，吹吹电风扇就可以睡，说她其实也不是特别喜欢空调。老王便连声说这不行，肯定不行，这不是要让我走的意思吗。云裳想想也对，离开空调房间真的会很热，说那好吧，我歪在单人沙发上先睡，你们把长沙发放下来，一边看电视，一边聊，想怎么聊就怎么聊，想聊多晚到多晚。

老魏家客厅里有张可以折叠的长沙发，打开来就是大床，两个男人继续聊天，聊到临了，都有些犯困，都开始打哈欠，迷迷糊糊中，电视里插入新闻，说苏联领导人戈尔巴乔夫被抓起了，莫斯科正式宣布宵禁。报道来得很突然，老魏和老王大吃一惊。男人对政治总会有些莫名其妙的激情，他们立刻困意全无，想弄明白怎么回事，可惜电视里新闻，就短短几句话，播完便没下文。遥控器不停地换频道，换来换去，好不容易有报道，说到一大半，已是最后几句话。电视节目终于都结束了，变成了一个个足球一样的测试圆台标，仍然没弄明白究竟发生了什么事。

第二天一早，天还没亮，云裳醒了。两个男人还在呼呼大睡，呼噜声此起彼伏，也不清楚哪个是老魏，哪个是老王，声音都响，都是地动山摇。她不由得想起很多年前，也就是上次老王借住在她家的那个夜晚，那时候还住在老房子里，云裳父母都还健在，她和老魏以及两个儿子睡在里屋，老王与她父母睡外屋，睡地铺。那时候，老魏偶尔也会打呼噜，那时候老王的呼噜已经很响，隔着一扇房门，像冬日的西北风一样呼啸，正是因为太嘹亮，云裳永远忘不了。

当然也是因为那一晚特殊，因为那个特定的日子，他们有了女儿玲安。金风玉露一相逢，对于分居两地的夫妻来说，每一次探亲都会不同寻常。老魏家的新居偏东朝向，天刚蒙蒙亮，朝霞红了半边天，初升的太阳很快通过窗户射了进来。两个男人还在睡，睡得正香，睡得太香了，云裳悄悄爬起来，上了趟厕所。单人沙发睡觉并不舒服，然而有了空调，总比在外面好，在没有空调的岁月，夏日南京是著名的火炉，晚上根本没办法睡个安稳觉。

老魏和老王终于也醒了，老王惦记着还要听收音机里的早间新闻，云裳说我和老魏天天早晨要去公园锻炼，我们可以一边去散步，一边听你的新闻。老王就笑了，说什么叫我的新闻，新闻是国家大事，怎么变成我的了。三个人刷牙洗脸，老王换上自己的衣服，与老魏夫妇一起去公园。老魏家附近有个小公园，不仅有人在散步，还有人在吊嗓子唱京戏。云裳为老王找了个小半导体收音机，因为不经常用，也不知是电池原因，还是接触不好，一会儿有声，一会儿又没声音，老王想听听新闻，想听听来自莫斯科的消息，结果也不能如愿，还是听不明白。

散完步，一起在小摊子上吃烧饼油条，沿街放了一排小凳子，就两张小餐桌，一人一碗豆浆。老王又是羡慕又是感叹，说你们的这个小日子，过得才叫舒心，才叫爽快，天天能散个步，再吃个烧饼油条，这才是人过的日子，现做出来的烧饼油条就是好吃，就是不一样。老魏说天天都这样，也没什么，很容易的事。老王说什么叫没什么，能这样就行，就很不错了，唉，可惜我们这一生，知道什么叫好日子，开始明白人应该怎么活，人生都已经快到尽头了。

老魏说你老王能想开一点不就行了，到我们这岁数，到我们这把年纪，钱留着也没用，想吃就吃，想用就用，你说你还留着那些钱干什么呢。老王叹气，说话是这么说，毕竟我是一个人过，也没什么意思对不对。停顿了一下，又接着往下说，我那个儿子和儿媳妇呢，对我也不能算不好，不过毕竟不是一代人，话也说不到一起去，想法也不一样，要是小黎她还在，小黎还在，两口子一起过，情况就完全不一样了。

一提起小黎，三个人不约而同，突然都不吭声。看得出来，老王并不想提到小黎，不愿意提到自己已经不在的妻子。尤其不愿当着老魏夫妇的面，而老魏夫妇呢，也是尽可能地避免谈起。老王只不过是脱口而出，说了便有些后悔。云裳情不自禁地看了老魏一眼，老魏立刻也显得很不自然，有一些尴尬，有一些沮丧。老王低头不语，此时此刻，大家心情都变得很沉重。云裳叹了一口气，说人生无常，想不到我们几个人中，小黎最年轻，反倒是她最先离去。

3

送走老王回到家，老魏与云裳已一身臭汗。南京的夏天就是这样，南京的夏天就是个大蒸笼。回家的路上，在菜场顺便买些菜，买了几条黄鳝，买了点青椒和洋葱。黄鳝是现杀，老魏很擅长爆炒黄鳝这道菜。一路都无话，云裳有些话想说，憋在肚子里没说，很难受。老魏知道她有话要说，云裳不说，让他这么干等着，要等她说出来，也挺难受。

到了家里，老魏先把杀好的黄鳝放进冰箱，然后摊开纸墨，脱去汗衫赤着大膊，用小楷抄一遍《摩诃般若波罗蜜多心经》。年轻的时候，老魏喜欢写毛笔字，后来多少年都放弃了，退休以后才重新拾起。他最初是习隶书，老了反而转向毕恭毕敬的楷书。老魏坐在那写字，云裳开始收拾房间，把收起的长沙发重新放下，理了理，再一次折叠起来。

过了一段时间，云裳拎着老王换下来的衣服，走到老魏面前，说老王穿过的这衣服，我也不准备洗了，直接扔了吧。老魏一怔，说要扔就扔了，你用不着跟我说。云裳说我当时就是挑了一条你没必要再穿的短裤，看这料子也不像全棉的，不瞒你说，我早就想扔了。老魏继续写字，他知道云裳有洁癖，别人穿过的内衣，她肯定是要嫌弃，是不是全棉并不重要，她要扔就扔，也没什么舍不得。

到了中午要做菜，老魏系上围裙，从冰箱里拿出黄鳝，十分细心地洗干净。云裳在一旁当下手，青椒和洋葱已为他收拾好。油锅已经下油了，油开始升温，开始冒起青烟，老魏正准备将黄鳝下锅，云裳轻轻地在旁边问了一句：

“老魏你能不能跟我说句老实话，你和小黎不会真有过一腿吧？”

老魏一怔，将手中的黄鳝倒入油锅，喳的一声，手上快速翻炒，嘴里嘀咕了一句：

“说什么啦？”

云裳不吭声，沉默了一会儿，看老魏做菜。老魏手上一阵忙乱，将爆炒过的黄鳝盛出来，再加油，爆炒青椒和洋葱，加上各种作料，将煸过的黄鳝再次倒入锅中，继续翻炒，加胡椒粉加水淀粉，洒上明油，然后正式起锅，盛菜装盘。云裳不说话，一直看着老魏，老魏终于忙完，老魏终于又一次开口：

“你脑子里又在想什么呢，真是莫名其妙。”

“是有点莫名其妙。”

“让我说你什么好，真不知道该怎么说你。”

云裳笑了，说我知道不应该这么问你，不应该问，我也就是随口问问，你千万不要往心上去。云裳说也就是突然想到，脑子里突然就有了这些念头，其实我早就说过，你与小黎真要有什么，也没什么大不了，真要是有了什么，我是说真要有什么，不开心的可能不光是我，老王心里会更不好受对不对，他应该更在乎对不对？云裳的意思是男人肯定更应该吃醋，男人肯定更不能忍受戴绿帽子。明知道老魏不想听这些话，不愿意听这些话，云裳还是忍不住要说，说了，就有点儿停不下来。她说不光是我在乱想，我在胡思乱想，老王很可能也一直在这么想，对不对。

老魏说："你要让我说什么呢？"

云裳说："我又不要你说什么，我已经说了，这事我早就不在乎了。"

云裳嘴上说不在乎，心里当然不是这么想。时过境迁，她这一生中，如果说夫妻之间真有什么太在乎的事，可能就是这一桩。老魏也知道她会在乎，知道她很在乎。女人的心思永远琢磨不透，每一次结局都是一样，云裳嘴上说不在乎，说相信老魏，心里还是非常在乎。这次过生日要请老王，说起来也是云裳的主意，她主动提出来，她提出来了，老魏还真没办法拒绝。云裳说我这一辈子最后悔的，就是从来也没有与小黎好好谈一次，我也是真够傻的，有太多的机会，好几次话都到嘴边，都没说，都没好意思说出来，唉，为什么不趁她活着的时候，把话说说清楚呢？

小黎显然是云裳心中永远解不开的疙瘩，永远是飘在她心头的一块浮云。三十年前，那时候女儿玲安刚上小学，老王和一位姓宋的女人，冒冒失失地找到了云裳所在的那所中学。在云裳的办公室，和云裳进行了一场非同寻常的谈话。那个姓宋的女人开门见山，问云裳与老魏的婚姻生活，是不是有什么不和谐之处，有没有感情方面的危机。问题很突兀，很无理，云裳一时都不知道应该怎么回答。她转向老王，问他是不是老魏犯了什么错误。老王那时候刚调往人事处，他支支吾吾地说，这事现在也不好说，我们呢，主要还是想先了解了解情况。

云裳第一次听说有个叫小黎的女人，第一次看到了小黎的照片。不能说那个叫小黎的女人有多漂亮，眼睛不大，眉毛细细的，嘴唇有些翘，老王解释说，小黎丈夫是一名现役军人，他写了一封告状信，说老魏与小黎有着不正当的男女关系。老王特别强调，目前只是那个男的这么说，只是那男的这么认为，究竟有没有这事，组织上也不清楚，他们过来跟云裳谈话，也就是想摸摸情况。那个姓宋的女人始终在观察云裳的脸色，她的表情很严肃，态度很不友好，好像什么事都知道，什么事都在她的掌握之中。

云裳说："你们想让我说什么？"

姓宋的女人说："我已经问过了，你们的夫妻生活，究竟正常不正常？"

"什么叫正常，什么叫不正常？"

"这个当然只有你们自己才知道。"

云裳看着那个姓宋的女人，痴痴傻傻地回了一句："我不知道，我什么都不知道。"

风雨晨昏人不晓，个中甘苦只自知，云裳与老魏结婚时二十三岁，婚后很快有了儿子胜武，然后又有利和，同居没几年，老魏就去了江北六合的化工厂，从此开始漫长的夫妻分居。夫妻分居百事哀，一年有一次探亲假，说正常也正常，那年头夫妻分居并不罕见，分了也就分了，老天爷就是这么安排，夫妻因为分居而离婚的也不多。说不正常，当然不应该算正常，绝对不正常，夫妻不在一起过怎么能算正常呢？云裳记忆中，不如意的事情太多，都说久别犹如新婚，最担心的是老魏要回来探亲那几天，自己身上恰巧来例假，有些事拦都拦不住，有些事该来还得来，越担心就越会发生。

那段时间，云裳正准备往六合的一所农村中学调动，只是为了离老魏近一些。她做好了离开南京的准备，为了夫妻团聚，为了能和老魏在一起，她已经决定不再管孩子们。三年的自然灾害时期刚过去，国家经济形势正开始好转，如果没有小黎这事，老魏夫妇很可能会少分居二十年。生命苦短，人生能有多少个二十年？姓宋的那个女人言辞严厉，说破坏军婚的罪行如果确实，你男人是要坐牢的，这个不是什么闹着玩的事，这不是一般的生活作风问题，军婚可是受法律保护的。

结果是不了了之，老魏不承认，小黎也不承认。事出有因查无实据，组织上做出了最后处理意见，认定他们的关系显然有不妥之处，譬如不止一次相约去电影院看电影，曾经在厂外的僻静处散过步，两人也都对对方表示过好感。小黎与老魏在同一科室上班，因为这件事，小黎被调动，去了别的厂区别的科室。也是因为这件事，流言蜚语漫天飞，到处有人说闲话，云裳和老魏闹得差点要离婚，调动的事也没有进一步落实。她不止一次地逼老魏把这事说清楚，她想要知道真相，可是老魏说不清楚，没办法说清楚，他说根本就没有什么真相。

三十年过后，七十初度的云裳满头白发，早已不在乎什么真相。真相也许就像老魏说的那样，根本没有真相。真相困扰了云裳大半辈子，真相早就变得不重要，真相有没有也就那么回事。退休后的老魏夫妇，与同样也是退休的老王夫妇，关系相处得挺不错。他们最后都从江北六合的工厂区，重新回到南京城里定居。小黎也是地道的南京人，地道的南京女人，她家在城南还有私房，改革开放后私房拆迁，换上了新房子，与云裳家一样，居住环境才大为改善。云裳到了晚年，时不时地会感慨人生，恨他们这一代人活得太压抑，活得太窝囊，会觉得他们的所谓夫妻生活，直到退休才重新开始。退休前一切都是身不由己，感觉就仿佛在石头缝里过日子。退休后分配了新房子，孩子们各自独立，他们才开始有了属于自己的空间，才开始可以肆无忌惮，才可以在光天化日之下，像年轻人一样，甚至有时候比年轻人还过分，尽情地做些自己想做的事情。

老魏做的爆炒黄鳝，略微有些小失败，稍稍煸老了一些。老魏说这都要怪云裳，怪她不应该提起小黎。老魏说不要说我和她没什么，真要是有什么，你也没必要在今天这个日子里提起。云裳说有什么应该不应该，这事我早就不在乎了，你又在乎什么呢。老魏说我怎么能不在乎，当然要在乎，这很影响情绪的。云裳说影响屁的情绪，你现在的情绪不要太好，骨头不要太轻。吃中饭前，老魏一本正经地拉上窗帘，打开了空调，说今天我们应该喝点黄酒。通常都是在下午四点多钟，用电高峰之前，他们才会开始启动空调。云裳知道老魏此时兴致勃勃地拉窗帘开空调，显然是有别的目的，是别有用心，无非又是老一套。她知道接下来会发生什么，知道老魏人老心不老，已经蠢蠢欲动。

4

云裳第一次见到小黎，是1976年暑假，唐山大地震期间。长江大桥早就通车了，她骑车去江北的六合看望老魏。这是云裳第一次去六合，第一次主动去看望老魏，也是第一次听说老王也结婚了，第一次听说老王娶的女人就是小黎，老王结婚已好几年。

这一代人的称呼很有意思，也不知怎么的，都习惯称“老”或“小”，老魏老王小陈小黎，喊着喊着就固定下来。不止旁人这么叫，夫妻之间也如此称呼。老也好小也好，现在都已经有了白头发，小黎比云裳还要小好多岁，看上去白头发似乎比云裳还要多。这是继上次老王与她谈话后的初次见面，一转间，又是十多年。当时是从厂部电影院出来，看的是一部“反击右倾翻案风”的影片《决裂》，老王认出了云裳，热情地打招呼。云裳也认出了对方，老王已开始发胖，她不知道他身边的那个女人就是小黎。回到宿舍，才从老魏嘴里得知，才知道他现在的这个太太就是小黎。

第一次见到小黎，云裳心情有些复杂，难免激动又很快平静，反倒是老魏坐立不安，说话都支支吾吾。事发有些突然，没有想到与小黎的见面，会如此直截了当。自从有了那次该死的谈话，云裳整个人生都被颠覆，这以后，她经常会为这事敲打老魏，找老魏的碴，跟老魏赌气，与老魏冷战，老魏呢，做出各种无辜和生气的样子。这个世界上有许多事说不清楚，云裳自己也不太明白，不知道是应该相信老魏和小黎没事，还是应该认定他们就是有事。有时候她这么认为，有时候她又那么认为。老魏一口咬定自己鱼没吃着，沾了一身腥。老魏说我要是真有这事，你跟我闹我也认，什么事都没有，你凭什么这样，凭什么。

因为夫妻长年分居，长年不生活在一起，最初的那十年，老魏会按时给云裳写信，诉说对妻子的思念之情。云裳一度很享受这个，事实上，她也很想念老魏，然而很少回信，很多话只是放在心上。都说两情若是久长时，又岂在朝朝暮暮，女人和男人不一样，女人再想念男人，那些太肉麻的话说不出口。自从有了小黎这档事，事情开始变得不可收拾，老魏的情书开始变得尴尬和暧昧，仿佛又有了另外一层含义，可以有另外一种解读，太亲热不好，不亲热也不好。信写来了，云裳懒得回复，故意让它有来无回，一而再再而三，老魏也就干脆不再写信，先是省了事，再以后也就省了心。感情这玩意就这样，冷了就会淡，淡了也就渐渐无所谓。

两人如果再往前走一步，要离婚也就离了，离了就离了。老魏与小黎究竟是怎么回事已不太重要，很长一段时间，他们的婚姻不死不活，只能说是聊胜于无。云裳平时根本也不会想到老魏，老魏恐怕也是这样，因为分居，一年见一次面，法律上的离不离婚就那么回事。好在这段时间正好是“文革”，这个运动那个运动，世道也不怎么太平，什么事都能忍，什么事都能凑合。到日子老魏还会回来，回来探亲无非老一套，再到日子，老魏又走了。南京长江大桥通车后，两个人都希望有所改变，老魏与云裳商量，是不是考虑买辆自行车，有了自行车，来往可以方便许多。

结果还真是买了辆自行车，只是让云裳先用，当年她是一心想往老魏所在的六合调动，打过申请报告，为了小黎这事犹豫了一下，耽搁了，没想到最后把她调到南京南面的江宁，离江北的六合更远。那个时代的人都很听话，必须服从组织分配，一切听从党安排，领导上真这么决定了，想更改都不行。当时的省领导在江宁弄了几个小煤矿，配套建立了小学和中学，云裳正好就被选中去当化学老师。那地方在今天也不算远，可是搁在当时，骑自行车起码一个多小时，只能每周回一次南京。因此说起来，老魏夫妇的家在南京，事实上那段时间，云裳每周回去一次，老魏一年回去一次，真不太像个正常的家。

云裳在江宁待了两年多，煤矿不弄了，根本就挖不出什么煤。她也重新调回南京城，这时候，林彪事件也发生过了，她已经五十岁，父母都不在了，都已死了好多年。孩子们也一个个地离家，老大胜武大学毕业分配去了石家庄，老二利和中学没毕业就当兵去了，女儿玲安在农村插队。人说老就老，云裳开始有些在乎老魏，开始不断地思念他，少年夫妻老来伴，她突然觉得身边没有男人的日子，真的是很不好。老魏的想法也差不多，过去这二十多年，有老婆的单身汉岁月，实在是太不好过。有了大桥，从六合的厂区回南京方便许多，骑自行车两个多小时也就到了，于是探亲节奏开始改变，不再是一年一次，改成每个月回一次家。

1976 年的夏天，云裳五十四岁，再过一年就要退休，忽然心血来潮，忽然特别想念老魏，决定不顾路途艰难，骑车去老魏那里过暑假。没想到会立刻遇到小黎，也没想到很快又会遇到地震。唐山大地震很遥远，与这里风马牛不相及，可是流言不止，大家都生活在谣传的恐慌之中。有那么一阵，户外都在搭建简易防震棚。与小黎的见面纯属偶然，这工厂有几千号人，有好几个厂区，隔得也很远，老魏与老王夫妇平时很难见面，或者说根本就不见面。云裳相信情况就是这样，她变得十分理智，变得通情达理，既没跟老魏撒气，也没让老魏下不了台。大老远骑了三个小时自行车，好不容易才来到这儿，不值得为若有若无的小黎，再闹得不可开交。

再往后，云裳和老魏不仅不再回避，而且可以心平气和地谈论。最初向组织交代问题，老魏只承认和小黎一起散过步，散步时拉过手。这事有人亲眼看到，想赖也赖不了。一起看过电影，这也是在吃瓜群众眼皮底下发生，同样抵赖不了。坐在电影院里，坐在黑暗中，又干了些什么，又做过些什么，难免有不同版本，坊间传说很多。小黎和老魏各自的表述就不一样，拉着手是肯定的，暧昧是肯定的，有一点过分也不容置疑。发乎情止乎礼，时间是大冬天，都穿着厚厚的棉裤，再怎么暧昧和过分，也就那么回事。

从老魏嘴里，云裳听到不少与小黎有关的八卦。按照老魏的交代和描述，显然还是有所遗憾，显然还是心有不甘。与小黎没走到什么实质性的地步，但是，但是可以肯定，从老魏所在的科室调走，在新的工作环境，小黎起码又与两个不同的男人发生过婚外情。这事很多人都知道，根本瞒不住。小黎有个众人都知道的毛病，只要干那活做那事，就会忍不住发出杀猪一样的声音。破坏军婚的罪名确实存在，小黎前夫老韩为此很痛苦，非常烦恼，一次又一次给厂领导写信，可是小黎属于那种不怕撕破脸的女人，敢作敢当，老韩也拿她没什么办法。为了保住婚姻，最后不得不妥协，最后不得不让步，只能灰溜溜地要求转业，转业到老魏他们厂的保卫处，当处长。

老韩所在的保卫处，与老王所在的人事处，房门恰好正对着，大家低头不见抬头见。都觉得小黎这位前夫是个非常不错的男人，人长得也挺帅，都觉得小黎太过分，不应该那样对待自己老公。老韩转业到地方上，夫妻不再分居，关系变得正常，开始恩恩爱爱过日子，对小黎可以说是百般呵护。渐渐地，与老王也越走越近，成为无话不说的好友。他们是同乡，老韩参加过抗美援朝，手臂被炸弹炸断过，身体一直不好。进厂时正好“文革”开始，不久诊断出患了癌症，拖了没几年，临终前托付老王，希望能帮着照顾好小黎，照顾好他留下的一儿一女。

就这样，老王到了五十多岁，终于结束单身生活，与小黎结了婚。婚后感情相当好，据说小黎曾向老王忏悔，说年轻时不懂事，对不住老韩。她对老王的照顾无微不至，还为他怀过一次孕，可惜最后小产了，没有能够保得住胎。和老王刚结婚时，厂里单身汉闲着无聊，经常会溜过去听房。小黎家住在一楼，最西边一个单元，楼前有一片很矮的小树林。都把这事当笑话讲，也是因为有人会偷听，老王和小黎不得不小心翼翼，不得不让她嘴上咬住一块毛巾，不得不把床脚垫了又垫。可是真一点动静都没有，很快又传出另外一种流言，这就是老王不行了，他的那个什么很可能有问题。

老王很生气，真的很生气，非常不服气。老王最不愿意别人觉得他老，虽然他比小黎大了十五岁。个性倔强的老王好钻牛角尖，知道有人无聊，知道无聊的人下作，不要脸，他索性大气一些，他索性豪放一些。让一切禁忌都去他妈的，老王想怎么样就怎么样，老王要怎么样就怎么样。不就是有人想听个什么吗，不就是想知道老王还行不行吗，那就给他们来一个痛快。老王将计就计，让小黎嘴里不用再咬毛巾，床脚不平也懒得再去垫。老王甚至还故意很配合地喊上一两嗓子，厂保卫处派人躲在他家屋外留守伏击，一下子抓到了五个偷听的小年轻，都是厂技校的学生。

口无遮拦的老王说自己直到结了婚，才开始怀疑人生，才开始感慨人生。失之东隅收之桑榆，老王说他想不明白，不明白怎么就单身了那么多年，直到跟小黎在一起，才知道成双结对的好，才明白有女人有家庭的不一样。老魏告诉云裳，老王曾不止一次地对他吹牛，说自己绝对没问题，说自己很厉害。说他的婚姻开始晚了一些，可是宝刀不老，起点很高，过了七十往八十走，仍然天天还照样晨勃。云裳一时不太明白这话，老魏笑着向她解释，她听了十分鄙视，撇着嘴说你们男人真无聊，真是老不正经。老魏说我们这一代人，只能是到了老了，退休了，才能老不正经，年轻时想不正经都不行。

云裳与小黎见面后不久，那一年十月，“四人帮”粉碎了。老王也到退休年龄，紧接着云裳退休，小黎退休，女人退休年限要早一些，最后才是老魏。说退休就都退休了，虽然退休，大家精力依然旺盛，还有用不完的劲，美好生活才刚刚开始，好日子刚开头。社会突然之间发生了大变化，他们的人生也跟着大变化。首先是居住环境改善，这是最重要的一个进步，因为住得都不太远，可以经常聚在一起打麻将。云裳和小黎都喜欢打，女人的麻将瘾往往比男人更大。有一段时候，也就是二十世纪的八十年代，几乎天天都要打几圈麻将。

打来打去也就那么几个女人，不是在老王家，就是在老魏家，或者在老钱老杨家。老王和老魏只有遇到三缺一，才会偶尔上场。退休生活别有一番天地，女人们在一起打麻将，嘴里往往不肯闲着，不是嗑瓜子，就是胡说八道，什么都说，什么都敢说。最喋喋不休的是老钱，她是国营菜场的退休职工，回忆起物资缺乏年代，总会有股按捺不住的得意。作为一名卖鲜肉的小刀手，当年讨好她的人实在是太多。上岁数的人回忆年轻时，都会说当年怎么好，青春总是美好的，说着说着话锋转移，变成了忆苦思甜，突然感慨当年那样的日子，怎么稀里糊涂地就过去了。譬如一说起夫妻分居，老钱就很疑惑，忍不住要问云裳，说你们夫妇是他妈怎么熬的。

有一天在老王家打麻将，云裳和小黎都已听牌，等着有人点炮，结果旧话重提，老钱又说起云裳和老魏的分居，说这都叫什么事呀，这么多年，是怎么熬过来的。没想到她打出去的这张牌，一炮两响，正好是云裳和小黎都想要的，云裳很平静地回了一句：

“什么叫什么事呀，这不就是熬过来了吗。”

原载《长江文艺》2021 年第 2 期

【作者简介】翔虹，原名陆祥红，壮族，广西都安县人，中国作家协会会员。曾在《中国作家》《民族文学》《作家》《山花》《边疆文学》等刊物发表报告文学、小说、散文、诗歌、评论等400余篇，近100万字。

Xiang Hong, formerly named Lu Xianghong, Zhuang nationality, born in Du'an County, Guangxi Province. As a member of China Writers Association, he has published more than 400 articles of reportage, novels, essays, poems and reviews, totaling nearly 1 million words in *Chinese Writers*, *Ethnic Literature*, *Writer*, *Shan Hua*, *Bianjiang Literature* and other publications.

心　愿

翔　虹

1

吴玲急燎赶到老家时，已有一些亲戚守在灵堂。大姐一家先到，她嫁在本乡，平时也只有她和外甥们常回来看看独居的老母亲。吴玲一家离得远，又都忙，想顾也顾不上。内疚悲恸的吴玲，伏在母亲身上呼天唤地地哭诉。许久，俩外甥边劝边把她架起来，让逝者入棺，大家商议后事。

正说着，村主任走进门和吴玲打招呼：表姨回来啦！老太太高寿仙游了，您多保重。另外有规定，后事我们得简办快理哦！

吴玲点点头，说这个我们明白，一定从简。旋即脸上现出迟疑，恳求般向外侄解释道，老人家走得突然，你姨父表弟他们也忙抗疫，可能要晚天把时间才能赶到，他俩一回就扶棺上山，行不？

村主任听了，也稍显迟疑，但他理解这个特殊家庭。交代完，他叩拜上香，匆匆出门忙活路。

第三天上午，大家正在灵堂聊天。一个大汉走上石阶，跨进门槛丢下背包，疾步上前，“咚”一声跪在地上，朝棺材叩头：妈呀！妈呀！春节前我来家，您老还三声九句叫我注意身体，咋的转过眼您就走了哪！

众人没反应过来，全愣了。拎个大背包奔丧不说，衣着脏兮兮，身上大杂味，该不会是哪里蹿出来骗吃骗喝的吧？

疲倦恍惚的吴玲，也有点蒙瞪。但她很快转念，这是嵇良。这么确定，是因军人的敏锐，也因对这个弟弟的心灵感应。

嵇良啊，你是咋个来的呀？起身相扶的吴玲一开口就意识到多余。他还能怎么来？这犟驴还不是像父亲过世时那样走路来的？相隔三十多年，同样的交通受限，同样为送行亲人，眼前这个憔悴得快认不出的汉子，两次步行几百里！早料到他一定来，此刻，吴玲心里特暖和，涌出的泪也暖乎乎的。她自责早该瞒着他。可她知道，真瞒了，自己铁定愧疚一辈子。

跪在地上的嵇良，膝盖钻心地痛。来的路上他受了伤，靠拐杖走到这里。临近家时他扔掉拐杖，恢复正常走姿。这并不等于伤好了，这伤好好静养也得耗上个把月，他伤后走了好久山路，啥时能好就两说了。何况刚才又这么一跪，那裂口准是撕开老大。

在吴玲扶的时候，他咬牙使劲，配合着站起来，绝不可让吴玲察觉腿有问题。

望着嵇良，又联想他刚才讲老太太叮嘱注意身体，吴玲隐约不安。

嵇良啊，才一年不见你变了这模样，身子骨有啥不对劲哪？

没、没什么，二姐您不知道妈都这么叨唠嘛！

嵇良掩饰的神情让吴玲捕捉到了。长久以来，他在自家那边总是不轻易露声色，但每每面对战友吴司的家人，却是另一番样子。就如凝冻千秋的冰，却在一根火柴梗面前融化。

待嵇良洗漱好，吴玲亲手端了热粥给他吃。这是嵇良两天来头次热饮热食，热量下肚，暖了心头，他边吃边陷入回忆。

2

前天清晨，鸡刚叫头遍嵇良就醒了，比平时早很多。他醒来后再也睡不着，总觉得哪里不对劲，身子像被抽走一股气，虚飘飘的。正纳闷儿间，电话铃声响起。嵇良一看是吴玲来电，更加纳闷儿怎会这么早打电话。他一接通就说，二姐，这么早啊？我春节前去了趟省城，本想要看看您和姐夫，怕你们忙，我呢时间也紧，就没打扰。您和姐夫都还好吧？

吴玲等他稍一停顿赶紧插话，嵇良，妈昨晚走了。

啊？二姐您说的是真的吗？都没听说她老人家生病呀，你们怎么瞒着我？

电话另一端的吴玲没应，泪珠迸出来，响响地砸在风衣的扣子上。嵇良此后湿哑的声音，她几乎都没听清，只有一句话重重砸上心头：我要去送妈！

嵇良含泪僵站着，任凭二姐挂电话后听筒中久久响着嘟嘟声。直到他感觉捏紧电话的手指酸麻，才把它朝床上一扔。他揪自己的头发，顺着墙角瘫坐地上，死死咬住牙不让泪水滂沱。打四十年前那天，他的泪水该狂泻而强止之后，碰上何等痛苦，他都如此。哪怕悲伤到面色狰狞，泪浪击穿肺腑，他也从未让它肆意流淌。就是说，四十年前那次没有大哭，这辈子就没啥可大哭了。不再放纵悲声的嵇良，不仅因为自小父母双亡，也不单因为他是硬汉军人，更因他心底那道坎儿。这坎儿四十年前便开始成形，像岩洞里水滴的钟乳石，海底固化的珊瑚礁，过一天，积厚一层。

一只嗡嗡盘旋的蚊子贴上嵇良的额头，叮了一口。他条件反射地一巴掌拍死它，也把自己拍过神来。回神的嵇良开始忙活。他拣了衣物、药品、手电，磨得溜光的旧军用水壶，齐齐塞满帆布袋。收拾完了定神细想，他又进厨房烙了几大张玉米饼带上。

临出门前，他给头天回邻村娘家的妻子柳叶拨了电话：小兵他妈，我要进山收山货。完了他关上手机。

正在娘家忙活的柳叶，听了丈夫莫名其妙的话后，赶紧“喂喂喂”几声，回拨电话听到“该用户已关机”时，直呼不对！她呆坐门槛上，想不通嵇良为何来这一出。因为老人生病她昨天回娘家，丈夫留下照料牲畜，出门时他还叮嘱这交代那的，这会儿咋又突然这样？

今年天气贼怪，清明一过就下暴雨，这一带几个县到处路塌坡垮，班车都停开了。近来丈夫身体每况愈下，柳叶心想他肯定不是去收山货，那他要去哪儿？怎么去？特立独行的丈夫，从不按常规出牌。他们结婚二十多年，生嫌闹心并不多，唯一的导火索，就是丈夫牺牲的战友吴司。想到这儿，柳叶的脑壳就晕菜了。

丈夫不但经常叨念这个战友，还一念起就眼噙泪花，情绪夸张老火。他每年清明节都辗转四五天去边境烈士陵园，逢战友父母生辰或大病，必跑两百公里去探望服侍。战友父亲过世时他去戴孝送终，哭得比人家亲属还伤心，一个劲儿伏在棺材上痛骂自己，说自己没死是造天孽。在场不明就里的人，就猜这人肯定受过什么刺激，忒反常。为这些，自家的农忙，外家的许多事儿，就常常顾不上了，让田里家里操劳的妻子柳叶愈发不满。当初她仰慕英雄，才嫁给揣着残疾证的嵇良，他却偏执地怀旧成痴，一切以此为重。长年中蛊似的心思游离，再大的仰慕，也让柴米油盐淹没了。那个年代崇拜英雄，十里八乡仰慕嵇良的姑娘大把多。起初她曾怀疑嵇良心有杂念，久了才确定非也，他的游离绝对只因天上的战友。

柳叶赶紧跑回家看，门锁着，不见人。挂在堂屋的旧水壶不见了。丈夫只有出远门，才会带上旧水壶。不该出远门的时候出了，真玄乎！柳叶马上打电话给在市里的儿子小兵。听了妈妈慌张的话头，小兵安慰几句后，赶忙拨打父亲电话，还是关机！一直忧虑父亲健康的小兵忒紧张，无力靠上窗台，他的骨架嘎吱嘎吱响了起来。

3

打小兵幼时起，父亲就经常讲战斗故事，既让小兵崇拜，又有些恐怖。父亲平时是愣头青，但一讲起打仗，就完全沉浸在战场上，口沫飞溅，手舞足蹈。那眼光，那动作，仿佛周围全是敌人。直到有一天，父亲说起那场最惨烈的战斗，引发了小兵的第一次骨架响。他当时八岁。

小兵永远不会忘记那个晚上。月亮从山坳上升起，穿过密密的竹林，照亮他家的矮房。凉凉的月光从房顶亮窗落下来，落到小兵碗里。那天一家三口晚饭吃得特别晚，他们边吃边聊。聊着聊着，喝了几杯的父亲又陷入“战斗”：炮火轰隆，硝烟弥漫，军号急急地吹响，战士们一排排冲向敌人。他入戏太深，声音、眼神都夸张至极。母亲几次劝阻也没用，他依旧旁若无人地描述，挥动。

一阵风吹走月亮，黑压压的竹林一片嘈杂，仿佛大批敌人呐喊着蜂拥冲下来。父亲愈发紧张，亢奋。亢奋中，酒杯摔烂了，饭桌掀翻了。碗筷哗啦啦碎落，声音敞亮地砸向四周，震得窗户发抖。吓尿的小兵大哭，但他只有哭的动作和表情，声音却出不来。破碎声，长久不满而爆发的母亲号啕声，毁灭着小瓦房里的一切，包括小兵的哭声。他的哭声从心头发出，刚蹿到喉咙，就被生生灭掉。

也不知过了多久，屋里沉寂下来，父母亲凝固在各自角落。茫然的小兵突然听见“嘎吱嘎吱”的声响，他竖起耳朵寻遍每个角落，最后竟然发现声音发于自己体内！先是他的头骨离析重搭，接着是肩颈、手臂，直至腿脚。骨架一截一截依次离析重搭，发出声音。小兵感到无比诡异、惶恐，但他依旧哭不出声。过了好长一阵子，响声逐渐停止，但小兵的惶恐无法刹住。骨架响，像是遗传了父亲念叨战友的蛊咒，从此伴随他。唤醒蛊咒的，永远只能是常人难以理解的父亲。后来他才知道，吴司叔叔在那场惨烈的战斗中牺牲了。

小兵第一次骨架响过后，柳叶对丈夫的不满又加深一层。她知道嵇良很爱自己，宠着母子俩，什么都想到，凡事让着。但她就是容忍不了嵇良对战友近乎病态的感情，凡遇关乎战友之事，其他全让位靠边。柳叶虽是农家女，文化不高，但自小喜欢唱山歌，长得又俊俏，是方圆百里有名的山歌手。唱山歌的女孩都多情，柳叶也有浪漫的少女梦。当年正是期待嫁给英雄，过上诗意的田园生活，她才进了嵇家门。谁知日子会过成这样子。小兵难懂父亲，但特理解母亲。哪个女人，尤其浪漫多情的女人，受得了自己在爱人心中屈居次席？

甚至有一回，嵇良觉得妻子有句话是对战友不敬，很生气。他明白自己过不了内心的坎儿，有些对不住妻子，所以大多时候他都忍让。但这次不一样。他当即叫柳叶道歉，妻子当然不肯。嵇良为此好几天不说话，过后一提起就坚持让她道歉。这自是徒然，但丈夫的坚持，让柳叶苦闷不已。

有次嵇良又提道歉，柳叶气不打一处来，便想戏弄他。她咻咻笑着问，你想要我怎么道歉？

听不出弦外音的嵇良以为有门儿，傻傻地答道，你在神台前摆供品，烧香，对着祖宗和吴司照片三叩首，说上道歉话，这事就算完了。

柳叶一听，又咻咻笑说，好呀，服了你嵇良同志的邪犟，等屋后的高楼山平了，村前的红水河干了，我就道歉。嵇良知道又挨耍了，但没法吱声。这件事，他可以坚持，但硬来不了，因为是自己心里的坎儿迈不过，怪不得别人。

小兵问过他，爸，你为什么拗着妈妈道歉？

她当然得道歉！这是良心，是原则！

原则？还拔高到良心上？小兵实在想不通，追问了，父亲也没说出个寅卯。他曾经趁出差机会，专门回母校政法大学请教心理学教授，他们听完也一愣三叹，对嵇良琢磨不来。

4

吴玲家在隔壁县，二十世纪八十年代他也步行去过一趟。那年夏天也贼怪，老天像漏底的大水库，方圆数百里连降大暴雨。吴玲家后面山体滑坡，冲毁两排房子，压死十二口人，包括吴玲的父亲。由于处处道路塌方，班车停开，嵇良闻讯走了差不多两天，赶去吊唁。他这趟行程，与当年同方向，同目的。不一样的是，他的体格大不如从前。

嵇良年轻时和牛犊一样壮。当兵前这样，战场上更威武，哪怕负伤痊愈后重返战斗，也没差多少。随年岁增长，镶嵌在骨头里的弹片，越来越生出排斥。先是天气变化时动不动便疼痛，慢慢发展到经常无缘由地疼。这段梅湿季节，发自骨头的剧痛，让他吃不香，睡不好。而这些，还不算最打紧的。

嵇良在旧砖窑里醒来，已是次日清晨。他虽体力透支，但行走速度并不比当年慢。他只得靠路牌、地图和指南针紧赶，只有赶上了，这一趟才值得。这趟他不仅奔丧，还要和二姐商量个事，了却心愿。

昨天大半夜他已离开自己县境，这个废砖窑属于战友家乡地界。他是实在累到迈不开脚了，才打手电找了干草钻进来，眯了三小时的眼。

天刚放亮，白蒙蒙的晨雾从坡脚涌上来，望出去看不清十米开外。带霉腐味的雾气由豁口浸入，刺激嵇良的喉咙，他又想咳了。

他强忍不咳。但一团燥辣的东西，顶上喉咙，总在那儿忽紧忽轻地摩擦、冲撞。他拼命憋着，希望以意志击退它。可他的肺像充气过头快要爆开的大球，那气团在后力撑挺下，如要冲破牢笼的困兽，愈发凶猛。终于，嵇良抵挡不住，喉咙的闸门被击破，气团冲上口腔，轻而易举撞开紧闭的牙关、嘴皮。

喀——

第一声咳嗽出腔，不算长，但特大声。咳声短，是因为嵇良不甘心，在发声到一半时，他把两排牙齿一叩，闭紧嘴唇，硬生生把后半截声音切断。所以，第一声短而急促。瞬间弹开嘴唇和强关嘴唇，引发震荡，鼻子里的浓涕也震了出来。

他叹了口气，用汗巾擦擦鼻涕，暗自庆幸压住了咳嗽。可没过几秒，他就意识到又白高兴了。近几个月他的咳嗽更老火了，每次他都这样压制，想减少时长，每次都徒劳。他明知会如此，但从不放弃抗争。总希望在某一次成功，开个好头，这回也一样。此刻，那半截被切断的声音才缩回喉咙，就遭遇正好冲到那儿的更强气流。两股力融合，迅速膨化，以无可阻挡之势奔腾到口腔，再次爆开牙关嘴唇。

喀！喀喀喀！

喀！喀喀喀！

长长高高的咳嗽声，像爆炸的排雷，响彻整个砖窑。四周窑壁的粉屑“嗖嗖”往下掉，他感觉眉毛都沾满了。

他咳了足足七八分钟。本无血色的脸涨得通红，上嘴唇挂鼻涕，下嘴唇沾着浓痰，眼角压出泪水。好不容易停咳，他将背部移开窑壁，挺腰坐直，左手从脖子往胸口顺抚，右手捶腰后。一会儿，他嘶嘶喘着粗气，拧开水壶服药。谁知冰凉的水一入口，刺激喉咙，把水和药都呕出来，再次咳开。这一波咳声，更沉重、空灵。声音仿佛不是从胸腔发出，不是在砖窑里回荡，它像是黑森森的矿井顶部石块，坠落到深水中，发出瘆人的“咚——咚”之声。他就这么咳了更久更烈的一阵子，肚皮抽动到痉挛。

嵇良等咳嗽真的结束了，或许应该说他自个儿度量，已没力气支撑这种声音发出来了，便轻轻收拾好上路。

他稍微放慢脚步，逐渐激活体能，走太快会喘大气，诱发咳嗽。中午时山里大雾消散，吸入的空气清爽好多，胸腔和喉咙没了恼人的不适。天空放晴，久违的太阳在山顶上照着。走在崎岖的山路上，他先是浑身暖和，接着额头和后背开始微微出汗。他脱了一件衣服，心情稍显轻松地加快步子。

路边的花草散出新香，林子里飞出一群鲜艳的蝴蝶，追着他飞舞。嵇良恍然置身刚入伍那个春天，在靶场训练间隙，他和吴司追逐嬉戏的情景。俩小伙子同年同月，吴司只比嵇良小一天。他们分到侦察连后同宿舍，一聊，才知道家乡毗邻。更巧的，又都是三代单传男丁，很快混熟。

吴司外出训练时，一有机会就摘野花，还喜欢撵着蝴蝶萤火虫跑。嵇良想不通，男孩子就应该硬邦邦，脆嘎嘎，看不顺就鼓捣眼，言不和则拳头见。他就猜，可能是吴司有几个姐姐疼，见天和女生玩，就长柔性，缺刚性。嵇良甚至担心，这个摘花玩的男孩，上了战场能有啥胆量哟。虽说如此，可他们同乡同龄，吴司又乖巧讨人，健壮硬壳的嵇良对他特亲，处处护着他。

沉醉中的嵇良眼前亮灿灿，嘴角抿出天真的笑意。突然，他右脚踩上浮石一滑，往路边踉跄几步。先是两个膝盖撞到地上，然后整个身子前仆倒地。他听到裤袋里手机被碾烂的声音，掏出来看，报废了。

懊恼的嵇良定下神，气得狠狠拍打大腿，怎能这么大意！弄岔了走不到二姐家，他一辈子都不会原谅自己。

他翻过身坐起，双手合十在心里祈祷：吴司呀，哥这身子骨走回家好着力，你千万得保佑我，别再有啥子岔歪哟！完了他才记得揉了揉辣痛的肘部，要用手撑地站起来时发现不对劲。刚才两个膝盖撞在石头棱角上，裤子戳破俩洞。嵇良挽起裤腿，左边不打紧，可右膝伤得不轻，皮肉撕开一片，露出白森的骨头。他从衣袋拿出汗巾轻轻点擦血水，暗骂自己一句。然后侧身往前匍匐半米，才够着地上的背包，取出创伤药水涂上。又掏出一件旧背心，撕成两半缠绑伤处。

嵇良吃劲地站起来，用旧军刀削好一根树枝当拐杖。这里僻静无人，他就地把裤子换上。走了一阵他歇住脚，观察路边的植被，便放下背包拐过去。找寻半晌，果然采到治伤草药，之后他得在合适的地方，把草药捣烂了敷上，单擦药水是不行的。

5

旁人的声音把嵇良从回忆中扯醒，一大盆粥也吃完了。肚里的暖意散透周身，他稍微缓过了气色。吴玲便讲，姐，我们送妈上山吧。

你不是说等孩子和他爸回来吗？

不了，他们工作上走不开。吴玲一开始就知道，父子俩根本不可能回来。她拖这两天时间，就等嵇良。姐弟俩信任彼此，一个紧赶，一个等候。吴玲常常叹服，自己和嵇良的感应，与小弟在世时几乎分厘不差。所以也只有她，最能体会嵇良对小弟的情感。

安葬完母亲吃过午饭，吴玲把嵇良和大姐一家叫到厢房围坐一起。她缓缓环视家人，挨个儿看了一遍，然后定睛在大姐身上。

姐，这么多年妈不肯去城里住，还好有你们三天两头顾着。我和家里商量了，爸妈留下的这三间屋子，以后就归你们了，怎么处理都行。还有，爸和小弟走后的承包地，村里看着军烈属分儿上，我们怎么退还也不肯收回。现在妈也走了，就把所有地都退给村集体吧。

她将目光转向身旁的嵇良，说姐也有话对你唠唠。

嵇良应着，嗯，二姐，我正好也有个事想跟您说。

吴玲一愣，那你说呗。

不，还是二姐您先说。

吴玲疑惑地看着他。嵇良和小弟同年，虽只比她小三岁，但在吴玲眼里，他们永远是小孩儿。尤其是嵇良，无论见面时他模样怎么变，但平时一想起，他都是小弟参军那天的容貌。

小弟那天的容貌，是奶奶口述的，也是吴玲床头老照片上的。那是一次死别。谁会想到，小弟的背影消失在村头那丛楠竹后没过两年，就永别人世。奶奶还在时，见天叨唠着，小司怎么还不回来呀！逝世前最后一句话，也是一字一顿地问：小司怎么还不回来呀？奶奶死了没闭眼睛，她还在等一身橄榄绿的孙子。

吴玲从记忆中转回，柔软说道，嵇良，感谢你代小弟尽的孝，难得你对爸妈比亲爹亲娘还亲，姐姐在这儿谢过了！

讲到这儿，吴玲面前又浮现出小弟最后的身影，泪水淌下来，嵇良也不住鼻噎。

她伸手抓着嵇良的手说，弟呀，你对二老的孝道算圆满了。我们是一家人，亲情打不折割不断。只是二姐今天要再刨刨你，这回你怎么也得听姐的劝，往后呀，要用心劳神缝补你的那个家！孩子大了，你一天天向老，想事情得周全点儿。况且，你要是还这么苦自个儿，为难别人地过着，小弟在九泉之下也不安心哪！

吴玲顿了一会儿，抽出手晃了晃嵇良的肩膀：你到底听明白姐的话了吗？你吱个声啊！

嗯，二姐，我记住了，您和大姐也多保重身体。嵇良答道。他这话不是应付，此刻他真被触动了。他接着说：

大姐二姐，我这次来，也想和你们商量件事情。

你说，什么事啊？两个姐几乎同声应他。

现在妈也走了，她和爸聚着了。可是吴司他一个人待在边境，孤单。我想了很久，我们应该把他接回来，让他和爸妈也挨近点儿。

在场人都惊讶，他怎么想到这个？这不单是突然，而且按农村习俗，家里有人刚过世，切忌提到先走者的安置，不吉利。尤其这先走的，还是后辈分，更得忌讳。

大家吱不出声。吴玲毕竟干练，赶忙说，弟呀，这事得考虑周全，复杂得很。今天我们就不论了，先打住，啊！

嵇良听出弦外音，迟疑地望着吴玲，正欲开口问，碰上她笃定的眼神，只好点头作罢。

一家人搞完新坟“三早”，吴玲硬把嵇良推搡上自己的车。县际受灾的道路已抢通，她要多留两天，好让司机先送嵇良回家。几天来，凭医生的敏锐，吴玲已通透嵇良的状况，再由着他任性走回去，怕是没到家，她就没这个弟弟了！两个弟弟就会在天上，瞅着俩老姐了。她不能失去嵇良，小兵也不能没了父亲。想着，她就心尖痛。

6

坐车返回的嵇良，比几天前步行更难熬。本以为这一趟能和姐姐们达成共识，不想却碰了壁。

嵇良何止是失望，打吴玲家庭会议后，他的心便压上一块石头，隐隐地痛。这个挫折，揉搓着丧亲之痛，酸苦的嵇良穿越到去年中秋。

那天，嵇良作为模范代表应邀参加县里两个仪式。

上午是烈士纪念日活动。大巴车在坡脚停下，嵇良随队伍走上烈士陵园台阶。

每逢这些，嵇良总是心思难平，昨晚几乎不眠。他恍惚的鞋底像粘了强力胶，抬一次腿都得加把劲。秋风已丝丝的凉，他的额头却沁出汗。

默哀，鞠躬，献花圈，广场上一片肃穆。嵇良神情凝结，思绪却像鼓风机里的棉絮，一团缠着一团。他想吴司，想自己的战斗，也想起这片土地上百年来的各种战场，想起千千万万躺在烈士墓里或无名荒岭上的英魂。他的泪流了一遍又一遍，热烈而滚烫，饱含愧疚与苦楚。泪水不从眼腺出来，而是发自骨髓，生于每个细胞、每根纤维。它们没有外溢，却汇成泪潮，泻向嵇良幽深的心底。

缓缓绕着陵墓瞻仰时，嵇良看到纪念碑上密密麻麻的烈士名字，心头肉像被针尖一扎。那上面没有吴司，他却看见巨大石碑上，全是一张张吴司的笑脸。他双脚好像踩进棉花堆，轻飘，浮滑。虚软的脚晃动他的眼睛，吴司幻化成千万人，二三十岁，五六十岁，还有百岁老者。嵇良看着他们，愧疚与汗颜便愈加猛烈吞噬他，淹没了一切。

回到宾馆，嵇良没吃午饭，径直走向自己房间。他掏出钥匙，弄了大半晌才开了门。推开后又闪身不及，自动回位的门板狠狠撞上他，“咣”一声，额头蹦出一枚鸡蛋。

下午，嵇良顶着阴雨走进脱贫摘帽成果展示大厅。这些年，家乡的变化养眼悦心。但置身于此，这片土地的新颜靓貌，通过照片、视频和仿真三维，一层层刷新他的认知。家乡竟然这么棒！高速路、乡村路交织流淌，像儿子小时候书上的五线谱。山间的小楼代替了茅屋泥房，老乡话头里嘎嘣着开心。村屯广场上的舞姿和笑脸，把嵇良从头到脚捂个暖透。

嵇良不禁想起当年与吴司的一次对话。

司弟，打仗时你要跟在我后边，别乱跑。

为什么？

哥个大，结实。

嗯，我知道了。吴司怎会不明了嵇良和战友们的“那种”心思？他转过话头：真希望战争快点结束，报纸上说不久就实现农业机械化，我们老家也会楼上楼下电灯电话。

今天的农村，早就超过吴司的憧憬。嵇良的步子、神色朗悦起来。他庆幸自己生在这块土地，活在这个时代。这一切，是人们一茬接一茬干出来的，也是先烈们用生命和鲜血换来的。如果他们还活着，也能看到和享受今天的幸福，该多好！

晚饭时嵇良吃了很多，但他又失眠了。透过窗户，望着山尖上皎白的月亮，嵇良脑里闪出一个念头：我要接吴司回来，他会更欣慰的。

7

再说这头，内心焦灼的小兵晚上很难入睡。今天中午加班，实在困得不行，便伏桌小憩。还没几分钟，手机响了。县公安局的朋友说，小兵，在你老家那个乡的池塘里发现一具男尸，派出所同志讲大概六十岁左右，正在查。我一知道就打电话，你要不要回来看看?

小兵一听，脑子轰地炸了。他微信报告了特警队长，奔下办公楼启动车子。驶出城区时他冷静了点，也想过不太可能是父亲。但他哪还坐得住？这件事老家人不好惊动，更不能让母亲晓得。自己必须去一趟。

天下小雨，穿梭在山里的路弥漫着大雾。在一处缓坡，小兵准备超前面的大卡车。谁料两车刚好平行时，突然前方左侧岔路口冲出一台拖拉机，小兵不敢急刹车，下意识踩大油门想加速超越，避免三车扎堆。这一快一拐，困乏的小兵没处理好。车子后轮斜滑，方向不听指挥，冲出右侧路面，“嘭”一声侧翻在沟里。要不是有排水沟外沿的树挡着，车子就冲下百米深崖了。

惊魂未定的小兵，身体弹离安全带的束缚，额头撞裂了挡风玻璃。左挡风玻璃的裂纹，以他迸溅的血迹为中点，开成一朵狰狞的花。膝盖受到强烈顿挫，小兵感觉似乎大腿骨有一截套上了小腿骨。左手因为死顶方向盘，肘关节震得麻辣痛，他用右手一摸，脱臼了。缓过神后他熄了火，打开朝天的驾驶位车门，踩着座位吃力地爬了出来。双脚着地后的小兵，魂魄归身，但依然后怕。当他望下百米悬崖，又庆幸有树挡着。小兵心里暗说，爸常讲我和吴司叔叔年轻时一个模样，他会在天上护佑我，难道刚才真是他显灵吗?

小兵忍住痛，绕着车子看一圈，便掏出手机向县公安局那位朋友求助。他们到达发现尸体的池塘时，天快黑了。朋友的车还未停稳，小兵顾不上伤痛，开门跳下跑过去。他朝勘查现场的干警点个头，就弯腰一把掀开尸体上的白布。这不是他父亲。松口气的小兵，身子也软塌下去，一屁股瘫在湿漉漉的草地上。

8

嵇良失踪又回来的消息传遍村子。他本来到吴玲家时就想给家人电话，可是手机烂了，他又背不得号码，只能愧疚地干着急。一回家门，他顾不上跟着拥进来的亲戚，拿了妻子手机拨电话。寝食不安的小兵以为是母亲打的，正要开口，父亲说话了：小兵，我回来了。小兵一听，想问你去哪儿了，但他更想发火。然而他没有发火，也没问，只淡淡说了句爸你回来了就好。这时候他可不愿片语不合，又发父子隙争。他想起父亲无数次“任性”中的一幕。

几年前，父子俩大闹过一场。

小兵读政法大学即将毕业那年，父亲打来电话：小兵，你去部队吧。

小兵很意外，问为什么让我当兵？

你是军人后代，而且真男人就该当兵！

小兵说爸那是你的想法，我要过自己想要的生活。

父亲不住叨叨，小兵不耐烦了，说爸，我要上课了。

听出搪塞的嵇良，气得在电话里大吼：都没人保卫国家，你生活个屁！

你不是整天吹嘘“若有战，召必回”吗？要保卫你去，我才不为你的兵痴买单！想起父亲常常气惹母亲，以及使他留下骨响的怪病，小兵都不是滋味。如今又在择业上强迫自己，他遗传的那股犟劲爆发了。他不但不当兵，还决绝地去了广东打工，两年不回家。没想到自己一直寄予厚望的小犊子，竟然如此没志气，白背“小兵”这个响亮的名字，嵇良伤透了心。他脱口撂下“断绝父子关系”的狠话，双方互删了电话号码。柳叶见这对犟驴父子闹成这样，焚急地做双方工作，埋怨上天怎么就让儿子接了嵇良的犟棒。

后来，还是小兵犟不过父亲的持久冷战，而且听母亲说多了，也担心他的身体，只能服软，回来考进市公安局的防暴特警队。嵇良觉得虽不能参军，加入警队也还勉强安慰，父子关系才缓和。对这个结局，也不知道儿子怎么想，反正对于嵇良是妥妥作为一场完胜的战斗，一喝两杯就炫耀。

迁就父亲从警的小兵，也许是因为身体里流着军人的血液，富有正义感，业务精，没几年就成了骨干。而且，他发现自己越发喜欢这一行，有劲有奔头。得到单位认可的小兵，还惹来一个白富美警花猛烈倒追，顺利收编成未婚妻。嵇良不时听到一些从警老战友的表扬，别提多得意。他那个榆木脑子里，也渐渐淡了小兵没当兵的不满和遗憾。

9

亲戚们聊了一会儿就走了。累垮的嵇良，连洗澡的力气都没有，吃了一碗妻子煮的粥，便早早上床。半夜梦见春节前去过的医院里，医生板着脸对他说，病很严重，你得下决心早住院，我们尽力治，不然……

忽而，一个五六岁小男孩站在床边，拉扯他的手撒娇：哥、哥！你带着我，就要你带着我嘛！他转过头一瞧，竟然是吴司。

惊醒的嵇良，听到后山林子里传来一串鸡麻姑低切的叫唤，咕咕——咕！咕咕——咕！嵇良听来，像极了吴司在黑暗中追着他喊，哥哥——哥！哥哥——哥！嵇良听了心酸酸地想，弟呀，我咋能不知道你想回来，可是哥说服不了家人，你都不晓得哥有多窝囊哟！下半夜嵇良再也没合上眼。柳叶让他的翻身声弄醒了，问，又说累又在这儿像蚯蚓似的乱动，干吗呀？嵇良没应答，只是“唉”了一声。

转眼快到五一节了，这天上午老郑前脚刚进办公室，后脚就跟着一个人。他一看是老战友嵇良，便招呼让座。

嵇良随手将袋子搁茶几上，一坐下便说，郑哥，我想求你帮个忙。

屁股才着凳子的老郑听到他有事找，脑袋大了。谁不知道嵇良是全县头牌的拗？

老郑比嵇良早两年从部队转业，最先在人事局上班，他至今清楚记得嵇良回来的第一天。

嵇良是特等功英模，可以随便选单位。那天他到人事局报到时，老郑问他，你想去机关还是企业？

去机关是干吗？去企业又是干吗？

老郑说，你初中文化，在机关就像我这样，做行政杂事，就是一张报纸一杯茶打发日子那种。

到企业呢？

老郑又说，县国有林场保卫科需要人，护林防火防盗。

嵇良立马说，去林场！

老弟，你可要想好了，企业有事干，但不好干。部队转业的老郑，对军人自然亲，善意暗示。本来他要点破：机关是铁饭碗，好混又稳定。但想了想，自己干人事工作，不合适这么讲话。

嵇良并无半刻犹豫，重复道，就去林场。

他这话，让办公室里所有人惊掉下巴。之后，他在林场当了二十六年保卫科长。因为太耿直，啥都较真，混得左右不讨好。年月一长，成了众人皆知的嵇老犟。承包保卫科恁久，是因为他不愿干别的，更没谁想干这又累又得罪人的活。后来林场工资发不正常，为了供小兵读书，他便提前内退，回乡下老家收购山货。

而没打过仗的炊事兵老郑，这期间转了五个单位。前年从局长位子上退下来后，他主动要求调到退役军人事务局工作。

郑哥，你到底帮不帮我呀？开口相求后，老郑却发着愣，嵇良按捺不住了。

老郑闻声回过头说，帮得上我会不帮吗？你先讲讲是咋回事儿。

嵇良从袋子里拿出一沓东西，放到老郑面前，说老哥，我要把战友的骨骸转回我们这儿来。

猜对了，不是很棘手的事，嵇良不会求人。可他这事儿也太棘手了，太离谱了！难怪战友们都讲嵇良的脑子让炮弹炸过，里边结构反搭了。

嵇良呀，你咋想到这一出哪？

郑哥，我就想做成这个事，我时间不多了。嵇良把那沓东西向老郑又推了过去。

老郑听到这玄关话，赶紧拿过来。最上边是嵇良写的材料，讲他为什么要转吴司的骨骸回来，有十多页。老郑只看了第一页便放下。往下是有关嵇良参军、立功、伤残的资料，这部分最多。最后是他春节前去省医院看病的诊断书、片子。

老郑放下资料，心头乍疼起来。就像失准移动了秤砣，秤尾翘起，秤钩上的重物直直砸中脚背一般。他叹了口气，老弟，得病就抓紧治，现在医疗很先进了，怕什么。你不积极治病，反去想那么多，操这天开的心干吗呀？

我的身体我晓得，老哥你就给个话，能帮不？嵇良脸上又是经典的犟驴色。

看你这脑瓜天真的！你以为咱哥俩能办多大的事儿？活几十年，这种事我压根就没听说过。

嵇良还是不变的脸色，直直盯着他。神情叫人哭笑不得。

老郑知道，绕是不行的，便接着说，今天我也没办法掰个寅卯来，你先回去吧，我打听一下。可你必须去治病，这可真拖不起哟！

嵇良走后，老郑思忖许久，拿电话打给退休的老政协主席：老易，我上你家坐坐。他也是转业老兵。

从老易家出来，老郑又去县政法委龙书记办公室，他前年才从武警转任县里。

不出所料，他们俩都对这事儿泼冷水。但也说了，既然无法拉回这犟驴，就得想法子一起使劲。办不成，也是个态度。这大烧包全烙进嵇良脑子，他身体不垮才怪。

回到单位，他又去敲局长的门。听老郑捋完，局长同样一愣一愣的，但也心生敬意。他说，我会向县里市里汇报，您该怎么干怎么干，有啥需要尽管说。

老天，我哪晓得怎么干哟！老郑几个月后就退休，偏偏摊上嵇良这趟事，头大了。他的忐忑不单是事儿难办，还因为这个战友一直没少过“超常”的举动，比如打群架。

十年前，几位外地战友来看嵇良，在一家大排档吃饭。久违的伙计们喝着聊着，兴致正涨。忽然，邻桌一群年轻人的对话吸引了他们。

看看电视里拍的英雄，什么董存瑞、邱少云，都瞎编。世界上哪有这么傻的人？

对对，明摆着嘛。要么就是这些人脑子有病才这么逞能！

哈哈哈……

大家越听越不是滋味。嵇良正要开口，一位战友转过头说话了，小伙子，你们不懂历史就别议论，这样不太好。

我们不懂？你个油腻大叔又懂啥？你是哪根葱，有什么资格在这里吱喳？

嵇良站起来说，小兄弟，凭我们上过战场，就不许你们侮辱英雄。他越压沉声音，反而越威凛。这一来惹火了对方，他们乒乒乓乓地冲过来，战友们来不及细想，只有招架。

林场场长跑进派出所，见着嵇良就跺脚戳脸一通臭骂：嵇老犟呀嵇老犟，你还像个军人，像个保卫科长吗？战斗英雄打群架进派出所，很快传遍全县。

现在，叫人头大的嵇良，冷不丁塞过一个火烫的山芋，老郑直叫苦。

10

第四天老郑请了假，开自己的车带着嵇良赴边境。十个小时后，他们刚好在下班前进入烈士陵园。

一进入园里，嵇良的热血就一股一股由胸腔往上蹿。他感觉得到，他的兄弟吴司，正在园里某个地方训练、种菜，或者追逐蝴蝶。看见他便停下来，暖暖地笑了，迎上来招呼。嵇良听到熟悉的声音，他干乏的眼角，便温润起来。

在主任办公室，俩人递上那袋资料，花挺长时间讲了原委。打过仗又见识广的主任，烧了好大一片脑才听明白。他讶异到不行：老伙计呀，当兵的谁少战友情，生死之交的也多，但我还没听说有这么干的！就算真想守护，就学我，一辈子待在这些战友跟前。

首长，我在这个世界上，就只剩这一件要干的事了。嵇良站了起来，朝主任猛鞠躬。膝盖磕到茶几，茶水晃洒出来，疼痛击穿大腿，蹿上他的胸腔。

主任赶紧也站起来，拍了嵇良肩膀阻止，让坐回去。他扯出抽纸抹干水迹，脱下眼镜，理了衣领，又掏手机看了时间，才一字一顿地说：

老伙计，我能理解你。但这事涉及烈士政策，决定权在省里。我这儿只能给你撂句明白话，我们权力范围的事，都办好。其他的我就帮不上了。

晚上，主任掏腰包给俩人开了个房间，还帮忙找着嵇良在本地的三个战友，一块儿见面吃饭。

人到齐后，主任说嵇良这伙计，要把你们战友吴司的骨骸接回家乡。

这些战友回忆，嵇良在部队时确实和一个战友特亲。但现在他要把战友骨骸转回去，不可思议。

伙计，真有这个必要吗？这事不好办吧？

嵇良说，必要，我这辈子只剩这事儿要办。

战友们不了解他的犟，但听了那语气，看见他笃定的眼光，只能折服。一个战友大声说，伙计，甭管你想啥，凭你铁定要干成，我们敬你！可他们只能说敬佩的话，端起的也只有茶水。那年头当大兵的谁不能喝？但六个人谁也喝不了了，他们的身体全快过岁月，早衰了。

次日六人到吴司陵墓前，摆上花果，烧了香。嵇良全程没吭声，只是上上下下，不停抚摩着石碑。

离开边境快三个小时了，嵇良一直闷声不语，老郑也不理他，专心开车。

刚经过省城绕城高速时，他突然冒出一句：郑哥我们进城，找我姐夫去！

这声音把专注的老郑悚到了。握方向盘的双手反应性失衡，车子稍微歪斜向右。好在车速慢，老郑手也熟，打正了方向。虚惊的他调理气息后，没好气地责怪：你这人，憋着就憋着，干吗冷不丁放臭屁，害我差点儿撞上护栏。

不会的，吴司保佑呢。

你……

老郑瞪了他一眼，懒得理了，只照着他指的收费站入城。

快到吴玲的小区时，嵇良打电话说二姐，我来省城办事，想进家找您和姐夫商量个事儿。

我在下班回家路上了，你姐夫出差明天才回来。你等会儿，我就快到了。

老郑停好车，转身要走出小区。嵇良问，郑哥你去哪儿？

买点水果。

不能买，二姐会骂的，我从来不买。

老郑站定，不认识似的看他。这闷头犟驴啥时候这么驯，人家说不带你就真不带了？

第二天吴玲弄了一桌丰盛的菜，丈夫回来时正好晚饭点儿。嵇良一年多没来了，老郑也是转业干部，四个老兵吃饭，亲。

昨天吴玲问了几回，嵇良支吾着不提正事。现在她见吃得差不多了，便提醒嵇良，你不是有事和姐夫讲吗？

嵇良放下筷子，喝了口温开水，冲涮嘴里的渣渣，吞下。他得时刻避免异感，不让自己咳。昨晚睡觉时小咳几回，幸好刹住了。今早二姐问，他讲是感冒。清了嗓子后嵇良缓缓地说：是这样的，姐，姐夫，我想把吴司骨骸接回我那儿。他话声刚落，吴玲马上张嘴，但她的嘴让“咣”的一声关上了。

原来，姐夫手里的水杯磕到桌面，不知是他放杯时手重，还是听了这话手松，给滑了下来。

姐夫左手捋了捋稀松的头发，把右手上的水杯转了两圈，看着嵇良说，你告诉我，为什么要转去你那里？

是呀，这家伙上次建议转回老家陪爸妈，我已经否定了，怎么又想着转去他老家了？吴玲心里暗忖，但她没插话，先听他咋说。

边境烈士陵园太远了，去一趟不容易，我就想着……

姐夫扬起手，切断嵇良的话：嵇良呀，知道你对小弟好，我们家人都很感动。可你想过没有，小弟是革命烈士，四十年来安息于烈士陵园，怎么维保怎么祭扫，都有专门机构。你揣着兄弟情，能去几回是几回，但哪能不分轻重，要整这为难的大动静呢？

姐夫是师级干部转业，威望高，嵇良知道他的话在理。可嵇良想的角度不同，他只拧自己的死理，又鼓起胆分辩道：

他、他们生人看着守着，能一样吗？

打过大仗的姐夫，心头的镜子照得明亮。他知道，老犟的嵇良已入魔了。但他知道，必须打消嵇良的念头。便回道，不叫生人守着，你就要接回去自己守？

姐夫口气发硬，嵇良明白他的态度。但还继续拧：

我是这么想，我们这代人过后，要说去边境祭扫小弟就难了。我观察我们家小兵，他和他叔叔天生地像，有冥里缘分，又在本地工作，接小弟骨骸回来，有他我放心。

吴玲一边听，眼前一边浮现这些年，嵇良一次次在偏僻的小山村和边境之间，辗转奔波几百公里的情形。四十年哪，不管刮风下雨，不顾身体好坏，他都一直这么过来的呀！她的眼角潮湿了。

姐夫听完，愈发恼了嵇良的迂腐，正要接茬，这时，吴玲开口了：

孩子他爸，你让我说几句。才开个头，她就哽咽了，停下来拿纸巾擦眼角。

擦完，吴玲伸出手搭上嵇良肩头，继续说，小弟不在这些年我们都忙忙碌碌，全家人去陵园看他加起来也不过二三十回。难得嵇良的路比我们远一倍都不止，年年清明节、小弟忌日，哪时断过？我开始也想不通，现在听了他这话，觉得在理。

讲到这儿她又抹泪。我们当然不赞成嵇良这种想法，前阵子在老家我也开导过他。但再怎么着，我们得认他这份心，不能拿平常眼光看待，不要责怪，泼冷水。况且你知道他的性子，我们不理，他一个人也会硬闯这死胡同。我们能忍得了心吗?

丈夫还能说啥呢?当年追求妻子，除了爱，还有对他们一家的钦佩。岳父是抗美援朝老兵，把俩孩子送到部队。吴玲曾经讲，若不是大姐腿疾，原本也是要参军的。小舅子一牺牲，便断了家里香火。他深明妻子的苦，这么多年总细心呵护，生怕不小心戳了她的痛处。转陵园这事于常理不合，而且不是一般的难，可再难也得管，他绝不能让妻子失望。

在吴玲家的两天里，俩战友只表心意，不敢示物。不但那袋材料留车上，嵇良还时刻提示老郑别岔了嘴。所以老郑一直像个墙角的旧锣，不敲不响。但一出小区，他就不停催嵇良上医院。任凭他讲得牙齿松了，嵇良就是坚持先回家，过一阵再来。他急回家，是惦着柳叶。想到妻子他就无比愧疚，因自己心里的坎儿，让柳叶受这么多年的苦和委屈，我嵇老犟真不是男人!

11

嵇良做了一个梦，他去参加“模范人物进校园”活动。

县中学广场坐着上万学生。嵇良和主持人坐在台上。手里的宣讲稿是他自己口述的，别人帮忙整理，再让他提前熟悉。

主持人说，老师同学们，今天来宣讲的是咱们县目前唯一的特级战斗英模、优秀共产党员嵇良同志……

听着主持人长长的介绍，层叠的赞誉词，嵇良先是不自在，接着惭愧。最后，主持人嗡嗡的声音，变成时常揪痛他心头的叩问声：你嵇良算哪门子英雄?你不过是枪弹里逃生的负债佬、背名者!

下面，让我们以热烈的掌声请嵇良同志宣讲!

掌声大作。但声音停下后嵇良没接话。

嵇良同志，该你宣讲了!

依旧无声。主持人赶紧用左肘碰了碰他。

这人咋了嘛？场下开始议论。

哦？到我了？好的，好的。回过神的嵇良开始张嘴要念，可他的眼睛却看不清手里的稿子，那上边全是一个个临死战士的面孔，和一堆堆小山似的尸体。横流的鲜血染透纸背，顺着衣袖和桌子，哗哗地冲刷脚下的土地。纸上的文字，变成一道道血沟。哪怕他已经将这些文字倒背如流，此刻却回忆不起任何的句子。

在全场愈发嘈杂时，嵇良的声音从大喇叭出来：

我、我不是英雄，我是个偷来了四十年时间，每一天都忍受内心折磨的人。我牺牲的战友吴司，千千万万个在战争中牺牲的先烈，他们才是英雄。吴司是我们老乡，我这辈子最后的愿望，就是接他回来长眠故土，让家乡人永远记住这位真正的大英雄……

他的声音一发，全场阒然。主持人急了，不断用眼神、喉音，还有不好声张的手势暗示嵇良，你讲岔了，快停下来。但没用，嵇良如儿子骨头第一次响那晚，星空下唯我无他。

直到哽咽了，话儿没法接茬儿了，他才打住。他用袖子擦了泪水，扫一眼全场，才意识到自己搞砸了。尴尬的嵇良抱歉地看了看主持人，调匀呼吸，拿起稿子准备“宣讲”。

突然，前排一个女孩“嗖”地起身，左手抹眼泪，右手摸出口袋里的餐巾纸，跑上台递给嵇良，敬了个队礼，场下再次响起掌声。女孩跑了几步停下，倏地又折回到嵇良跟前，张开双臂紧紧拥抱他。

稍愣即清的嵇良起身，离开桌子跑步到台前，向全场敬了一个端正的军礼。炸裂的掌声排排荡开。嵇良！嵇良！年轻胸腔里奔破而出的节拍，脉住小山城的夜。

次日早上起床漱口时，一碰冷水，嵇良又咳上了。随着洪亮的一声咳，他喉咙涌上一股暖腥的东西，吐到洗手池，竟然是一摊暗红的血块。他慌忙转身找东西要弄掉。柳叶闻声凑近来，一看吓一跳：

嵇良，嵇良！你咋吐这么多血，你到底怎么啦？柳叶话头发抖，抓丈夫肩膀的手也在抖。

没什么，感冒太久了。嵇良还在掩饰。

柳叶哪能信，联想近来他反常的柔和体贴，顿觉不对头，嚷嚷着逼他道实情。怎么也撬不到丈夫实话，她便电话告诉老郑和小兵。

中午时家里挤了一群人，大家好一顿劝。嵇良总推说有药吃了，不去医院。老郑火了，大声说，那行，我告诉吴大姐！

嵇良急忙摁住他说，别别，我去还不行吗？

老郑请了假，开车载上嵇良夫妇直奔省城。

转眼，嵇良住院已一个多月，省城炎热入夏。他的肺癌春节前发现时才中期，耽误太久已至晚期。吴玲背着他从北京、广州请了两次专家来，没见效。今天，她又陪一位外地专家来。专家查看一番后，去了医生办公室。吴玲回头对嵇良说，小弟骨骸转园之事已办完手续了！

啊！真的吗？嵇良兴奋地坐起来，把输液管呼吸管都快挣脱。

那你要好好配合医生，出院了我们去接小弟。

行、行，二姐，我一定听话！

那几天，柳叶发现嵇良脸色和胃口都好了很多。可之后的病情非但没有改观，还加重了。她常躲到走廊角落抹泪。这个曾经壮如牛犊的英雄，却虚弱成如今模样。这是她视为真汉子，爱之切、亦忧烦不透的丈夫。如今她流的泪里只有爱，甜里泛涌酸苦，冰里透着灼烈。

12

八月初，老郑来探视嵇良。聊着聊着，嵇良无意中看了墙上挂历，眼里掠过一丝光。他说，郑哥，明天我去接吴司回家。

老郑让他闪冒的话吓了一跳，说你病还没好，这身子骨怎么去呀？

管不了了，我必须去！他话里有了久违的刚声，老郑心想难搞了。

柳叶和老郑说啥也不顶用，忙请吴玲过来。三人合嘴也讲不过他，吴玲脑里咯噔一下，脸色沉重。最后她拍板，好吧，我求医生看看能不能出去几天。

在办公室，主治医师惊讶地说，吴姐呀，您也是医生，他这么虚弱，而且院里有严格规定，我哪能让他出去哪？

我知道，可我不但是医生，更首先是家属，我这也是没办法啊，算大姐求你了！

看到一向严谨的前辈这样，医生犯难了。那您容我先请示领导，好吗？然后走到一边打了电话。

几分钟后医生回来，说家属得给医院一个书面承诺，写清楚是家里有特殊情况，主动要求外出三天，如果有意外与院方无关。吴玲点头道谢。

老郑火速电告局长和边境陵园主任，还让小兵无论如何都要请假来会合。

下午赶到陵园时，主任已组织人等着。大家列队默哀后，工人开始刨挖。当他们正要动手捡骨骸时，嵇良喊了声，等等！

众人望向他。嵇良从队伍出来，缓缓走到朽落散形的棺材旁，深深鞠了一躬。接着泪声轻柔，弟啊，二姐和我带你回家了哦。

说完，嵇良弯下腰，一根，一根，从头部开始捡。他的动作缓慢，柔和，不像在拿物样，而是在诉说，心儿连通十指。一边捡，他一边喃喃自语，嗯，那天炸弹爆开过后，你脸上没伤。我摸遍你的头，都没摸到你哪儿受伤，只是沾着泥土。我不见你脸上流血，也没见你脑壳破窟窿。别人负重伤头部都坏了，耳孔鼻孔和嘴角肯定淌血，但你没有。几十年来一想起，我就纠结，就不相信你怎么会牺牲了。更难想象的是你的表情，它自然得我没法相信。你表情真的没有丁点痛苦，我记得很清楚。

过后我告诉爸妈和姐姐，说你走的时候很安详，很自然，还对我微笑。他们没一个人信，都说是我编的，是在安慰他们。可这是真的呀！对不对，吴司？他们不信你是这么走的，就像我不相信你头部没伤，竟然会牺牲一样。

对了，你脖子让弹片割破，汩汩喷着血，我慌忙拿左手堵。我狠命摁住，也不怕压太紧了你会喘不上，那时谁还记得顾其他？对吧？

后来，我就看到你的胸口、肚皮、腿脚，都让弹片击穿了，腥鲜的血染湿你的军装。你就像落在浅水里，头是干的，往下全泡在水里。

嵇良每拾起一根骨头，都靠近端详，喃喃追忆一番。他的手不是做事的手，而是一根笛子，一支画笔，·本回忆录。这方苍穹下，只有他和战友。

嵇良就这样，慢慢将骨骸一根一根，轻轻放置陶瓷坛中。终了，又仔仔细细用手寻摸一遍，确定棺材里不漏一丁点，才合上坛盖。小兵早已悄悄靠过来，看着、听着，化身四十年前的战时记者，记录一对战友四目永别的时刻。

工人把车靠过来，嵇良弯腰抱陶瓷坛。可他抱紧后试了两次，都没能抱起来。

泪水模糊的柳叶，仿佛看到外婆带着五岁的她在河边洗衣服。外婆脚下一滑跌入水中，她急急伸手去拉，扯到外婆的袖角，却抵不过大河的力。外婆的袖角从她手里滑脱，在水中扑腾了几下，便翻滚着被水带走，不见了。每次柳叶泪涟涟地回忆这事儿，嵇良都会搂着她说，叶儿，这是弱命难抗天。此刻，柳叶撕心地明了，丈夫也是弱命的，哪怕他是战斗英雄，哪怕他曾经壮如牛犊。

小兵两步上前，拍拍父亲的肩膀。嵇良哀哀叹口气，由小兵抱起，他用双手扶着，父子合力把坛子放到车上。小兵可以用一己之力抱起，但他不，他刻意让父亲也能使上一点力。这间隙，他听到陶瓷坛里发出声音，“嘎吱”“嘎吱”。他知道叔叔的骨骸正在还原搭接，再生骨架。他明白了，父亲刚才为何要这么仔细，轻缓，他是在保证每根骨头位置无误，顺序精确，好让骨架再生。

众人目送车子开往殡仪馆。一片云彩遮住太阳，莽莽青山下，吴司叔叔就像电影的场景，高高屹立在小兵面前。他脸庞黝黑，目光刚毅，亲切地对着小兵笑。叔叔的模样比照片上高大多了，像一位威武大将军。小兵攥紧拳头，挺胸绷腿，他的骨架，又响了。

次日的家乡，太阳更加热辣辣。

烈士陵园广场上，县长带着干部、群众、学生，老易和几百名老兵排在他们后面。

来了！来了！

只见嵇良双手捧着覆盖国旗的骨灰盒，从坡底一步一步艰难登上石阶。平时五分钟走完的台阶，他耗了差不多半个时辰才上到广场。他经过人群，走向新修的墓穴。到近前，他弯曲左腿，慢慢跪下右腿，再跟下左腿。两膝盖稳稳并拢了，他往前托骨灰盒，轻轻放于穴内。工人们随后把墓穴封上。

县长主持安放仪式。他含泪宣读吴司烈士的事迹，几度哽咽中断，全场隐隐泣声此起彼伏。

仪式结束，老易站到台阶上高高扬起右手，声音激昂：

全体都有，整理队伍！

几百号老兵迅速移动，对齐，裁直。

老易接着号令：

立——正！
向右看——齐！
向前——看！
敬礼！

唰！几百号人齐刷刷地敬了一个军礼。他们有高有矮，有胖有瘦，年轻的三五十岁，年长的七八十岁。他们举止有力，好像还在部队操场上。动作惊人一致，仿佛他们不是数百之众，而是一个人。在一旁的小兵看得满脸惊讶，惭愧。

接着，他们一个跟一个，缓缓走到吴司的墓碑前，单腿跪下，把手中的鲜花、树枝、稻穗整齐摆在地上。起身后稍微整理衣服，立正，再敬一个军礼。然后一个接着一个，保持同样距离，转身走下石阶，消失在莽莽绿色里。整个过程，没人讲一句话，连他们离开的脚步声也没有。偌大的陵园上空，静如止水。

13

下第一个台阶前，嵇良稍稍驻足，响亮地长吁一口气。再迈开腿时，突然一软，要不是旁边的小兵一把拽住，他就跌下几百级台阶了。瞬间的惊险，尽入身后的柳叶眼帘。这一次，她想到的就不再是外婆落水，而是地面突然塌成无底的大窟窿，万千众生无恙，呼呼阴风偏偏只把嵇良卷进黑洞。

耗了比上去更长的时间，柳叶母子俩才扶嵇良走到坡底，费好大力把他弄上小车。

车一开柳叶便说，我们去县医院看看吧，你这么撑不行的。嵇良摇摇头，轻声说，叶儿，我们回家。随之闭上眼，不再言语。这是嵇良热恋时的称呼，他已经很久没这么称呼她了，柳叶心头一颤。

老郑已关上空调，但小兵握住父亲的手，越来越冰凉，像大冷天抓着一根刮伤流汁的山药，顶风走回家那样。

他们进屋，邻里便陆续过来。坐着聊一会儿，嵇良对堂弟说，感觉好困乏，我想躺着。堂弟就说，我扶你去床上。嵇良摆摆手说，太热了不去床上，你铺张凉席到神台前，我在这儿躺着，凉快，还能听你们讲话。

村里老辈人听了嵇良这话，无不神情凝重。在农村，这叫离床。就是病重随时死掉的人，不再上床，铺席子躺地上，消耗最后时光。躺多久没定数，有的半天几个时辰，也有的熬个一两天。甚至有些人在奈何桥上转悠，总死不了，身子硌得慌，家人陪着也不方便，又睡回床上。反正要离床，肯定是认为没救了，且别人定不得，只有病者自己才行。他们知道自己的命数，冥冥中有啥指引这么做。这习俗说法不一，有说将要去阴间的人，先挨着地预习，适应今后怎么睡地下。也有说他们知道要死了，不愿在床上断气，影响床铺今后使用，家人不敢再睡，浪费。不管咋个说法，重病的人睡地上，都是明摆的事儿。

每个人都认为不至于，不想让嵇良躺地上。今天下午他还捧骨灰盒走上台阶，还能下得来。虽然一下子身虚脚软，行走困难，但也没到抬着回家的地步。想归想，却都知道劝没用，只有听他的。此时柳叶的心像混着半钵鱼仔撒到地上，让一群饿猫争抢着，它们吃鱼，爪子却来回踩破她的心，汩汩流着血。

堂弟找来席子铺好，和小兵扶嵇良躺下。头部枕地的时候，嵇良难以察觉地“哎”了一声，闭上双眼。大家坐着矮凳，一层一层围住席子聊天。

一直闭目的嵇良，突然睁开眼睛，用手指向吴玲和柳叶母子。屋里顿时静默。

吴玲和柳叶离开凳子，坐到席子上，每人握住他一只手。小兵到跟前单腿跪着，手搭上父亲的额头。

我的弟啊，有什么话你就说吧，吴玲柔柔道。

嵇良朝她点下头，攒了浑身力气，才费劲张开嘴：二姐，今天是三伏天对不?

吴玲“嗯”了一声，她咋会不知道，今天是小弟忌日。她大颗的泪珠，砸在凉席上，嘭，嘭，嘭嘭。

嵇良想伸手帮姐姐擦泪，但举不起来，便放弃尝试，继续说：

四十年前的三伏天，小弟在背后扑倒我。炮弹炸过后，我从他身子下面出来，发疯似的叫喊他，他没应，只是含笑看着我。他就这么看我，我就这么喊着，喊着。突然，他张嘴猛咳一声，红红的血喷出来，喷洒到我脸上，有的流进我嘴里，咸咸热热的。

嵇良停下，喘了两口气，将被握在两个女人掌中的手动了动。俩人脸上加厚的泪帘，令他确认她们感受到了自己的手劲。他接着说：

我把他抱紧，听见他的骨头在“嘎嘎”响，身子在我怀里软成一团，一点一点沉下去。最后，我抱不住了，他滑下去，不知道沉到哪里去。我发疯地哭啊喊啊，但就是发不出声音。然后，我也沉下去了……

嵇良讲过这场惨烈的战斗，但从未说这个细节。大家只道他和吴司是好战友，谁知原来他的命是好友舍命保下来的。嵇良不提，是因为他始终无法迈过这个坎。他万没想到，爱摘野花爱追蝴蝶，别人担心上战场会吓破胆的吴司，竟然用身体帮自己挡炮弹！吴司牺牲四十年了，从来没有足够的能量支撑嵇良，来重现这一幕痛彻骨髓的死别！

此刻，吴玲更加为小弟自豪，小兵更读懂父亲和生死之交，柳叶责怪自己没能用妻子的柔情，早日触及爱人心底最柔软、最隐秘的部分。他今天不说，这个秘密就永远没人知道。

地上的嵇良明白，今天必须得说了。不单让自己过坎，也要对心怀愧疚的亲人有交代。特别是忍耐这么多年的贤妻柳叶。

嵇良的语速慢下来，声音一节比一节小，像春雨过后屋檐落下的水滴。一滴，两滴，三滴……一滴比一滴慢，一声小过一声。他实在太累了，喘着喘着，又闭上眼睛。

许久，他的嘴唇动了动。堂弟见了，端来温水说，哥，你喝点水吧。嵇良睁开眼，让堂弟喂了两小口。然后把目光投向儿子，慈爱地说：小子，你真的很像吴叔叔。

小兵立即接话，嗯，爸爸，我知道，我也骨头响。泪水猛要破眶，但小兵不让，因为他是两位大英雄的骨血。

小时候，爸爸总说他像吴叔叔，逢人便讲。本来没人会留意，可爸爸讲多了，就叫人笑话：没见过哪个傻瓜老讲儿子像别的男人！时间一久，好多人就觉得小兵越看越不像嵇良。

慢慢地，他们母子俩竟然也觉得真的挺像照片上的吴司。柳叶为人爽朗，倒不理会别人的目光，但每次走过神台前，望见照片就后背凉丝丝，好瘆人。小兵长大后，妈妈不止一次告诉他这种感觉。此刻，爸爸说他含下吴叔叔最后一滴血，小兵一切都明白了。

嵇良想抬起左手，没能成功，便伸着食指朝儿子继续说，你吴叔叔回来了，爸爸还在的时候，会经常去陪他。以后我走了，你一定把我葬在烈士陵园边上，我要天天见着他。

嵇良声音又小下来，他示意堂弟再喂一点水。水到嘴里时，他又是要咳的表情，但没力气咳上来。这回他咽下去的，不像一小口水，而是一大杯。从下巴到喉咙，到敞开扣子的胸腔，这一小口水到哪儿，皮囊都凸起大大的包。

嵇良又眯缝眼睛几秒，接着睁开了对小兵说，你一定要照做，吴叔叔托梦给我了……

小兵凝噎着猛点头。吴玲泣不成声，伏下身把脸贴在弟弟胸口。

这时，柳叶说话了：二姐、郑哥，待会儿扶他进卧室。我不能让他躺这儿，我们夫妻要睡一块儿。你们大家伙儿，也要敞了怀，暖暖这个家。柳叶说的声音挺大，斩钉截铁不容置疑。

老郑点点头，泪水下来了。这是他近年来流的第一行泪。他曾经当过三年兵，聊了几十年部队，直到这几天他才懂得战争，战友，战魂。

吴玲直起身，擦干眼泪。她看着平静的柳叶，久久才伸出手，帮她顺了顺刘海儿，平静地说，好呀妹子，应该。

老郑和堂弟夫妇分头指挥。几个小媳妇整理卧室，有人跑回家拿来物品，铺上崭新的红床单，喷了香水。有人杀鸡、染红蛋、蒸五色糯饭，点上大红烛，满满供上神台。堂弟找来毛巾，细细擦拭了祖宗灵位和吴司的照片。

柳叶站起身，缓缓走到神台前。她点了香，深深三叩首，哭着说小弟呀，我对不起你，我们全家欠着你，你要原谅嫂子呀！

未婚妻走过来在小兵身旁跪下，抓住嵇良的手，喊了一声“爸”，便抑制不住失声痛哭。

嵇良闻声睁开眼，朝她点点头。他侧过脸望着妻子的背影，露出浅浅笑容，像四十年前他怀里的吴司。

柳叶换上新织的蓝衣壮族服饰，让准儿媳画了浅妆，扎粉红头巾。妥帖后，小兵从凉席上抱父亲站起，和母亲一人一边，携扶他一寸一寸挪向卧室。母子俩几乎是架起他走，但三人讲究身姿步履，步步优雅。准媳妇双手捧着嵇良干净的军装，上边搁一束带露水的野花，跟在身后，保持花童和新人的距离。

柳叶走着走着，感觉是在嵇良牵着的长腿大马上，道旁是翠绿的树，鲜艳的花。笑容不自觉绽上她的脸，一如二十八年前新婚那天，少了青涩，多了雍华。

小兵和未婚妻出来后，柳叶关上卧室的门。

堂屋里，人们放声讲话，摆开牌桌，嗑起瓜子。年轻人拧开啤酒喝上，小孩们见人疯似的玩儿。

夜深三更，卧室里忽然飘出柳叶的歌声，是这一带传唱的《柳郎咧》：

柳郎咧，咧郎柳——
十八那年桥头见，
想哥想得魂倒颠；
要是三早不着面，
心头好比挨油煎。
挨油煎，柳郎咧，
柳柳郎咧咧郎柳，
心头好比挨油煎，

哎喂，哎喂——
嘟柳哒嘟咧啊咧啊咧。

悠扬的开场曲后，柳叶的歌调转向凄婉：

哥去当兵路远多，
整天想哥泪成河；
半夜听到你喊妹，
原来是风吹草坡。
吹草坡，柳郎咧，
柳柳郎咧咧郎柳，
原来是风吹草坡，
哎喂，哎喂——
嘟柳哒嘟咧啊咧啊咧。
……

黑沉的堂弟突然说话，郑哥，你和我出去一趟！

天放亮时，他们带回一位老草医。草医进房探询一番，便让所有人回避，只叫柳叶配合他熬药，侍饮。

正午时分，进卧室后一直没有声息的嵇良，突发三声响咳，喀！喀！喀！

房外的人听到老草医一声喝，成了！话头才落，柳叶拎个黑色塑料袋疾步出来，到屋后珍珠李树下，挖个坑埋了。

人们拥进屋，老草医汗淋淋坐着喘气，床上的嵇良满脸回光。嵇良一见着儿子就嚷嚷，我好饿！

《民族文学》2021 年第 2 期

【作者简介】南翔，本名相南翔，深圳大学文学院教授，一级作家。著有小说、散文、评论《南方的爱》《当代文学创作新论》《绿皮车》等十余种，在《人民文学》《北京文学》《上海文学》《当代》《江南》《作家》等刊发表百余篇作品，获上海文学奖、北京文学奖、鲁迅文艺奖等二十多种奖项，小说四度登上中国小说排行榜。

Nan Xiang, whose real name is Xiang Nanxiang, is a professor and writer. He has written novels, essays and reviews such as *Love in the South, A New Study of Contemporary Literary Creation*, *Green Train* etc. He has published more than a hundred works in *People's Literature*, *Beijing Literature*, *Shanghai Literature*, *Dang Dai Bimonthly*, *Jiang Nan*, *Writer* and other magazines. He has won more than 20 literary awards including Shanghai Literature Award, Beijing Literature Award, Lu Xun Literature Award, etc. His novel has made the list of "Chinese Novel Ranking" four times.

伯爵猫

南　翔

今年的冬天有点冷，时交冬至，即便这个城市属于亚热带向热带过渡的海洋性气候，早晚已有不少人穿起了毛衣加外套。阿芳从春潮鞋店出来，身后的电工师傅却只着一件单薄的衬衣，衬衣左边的口袋里，半截中华烟的烟盒露在外面；衬衣外面套着一件无袖的夹克。不到七点，天就黑尽了，电工嘴上叼着的香烟，一明一暗，让阿芳无来由地看到了书店里的伯爵，伯爵的眼睛常常在暗处发出幽蓝或浅绿的光芒，也是乍明乍暗的。六岁的伯爵已经“猫”到中年，依然体态轻盈，柔若无骨，毫无一些居家宠物发胖的烦恼。它最喜欢炫的一个动作，就是常常倏然蹿上二楼，从窄窄的廊梯边慢慢探出身子，将背脊蜷成一柄张开的折扇，四脚几乎踏在一条线上，千钧一发之际飞弹出悬梯，轻巧地落在一楼的案台上。

伯爵的这门独家武功也不是轻易可以示人的，威武不能屈，猫粮不能淫。若想伯爵做此展演，需要满足两个条件：一是老板娟姐姐发令，再是店里来了新面孔。

原本鞋店到书店，直线距离不过百米，因了电缆或是煤气管道维修，道路开挖，半尺厚，一人高的塑料夹墙，挡住了捷径，需得阿芳带着电工在夹墙边七绕八转，才能抵达近在咫尺的对面的伯爵猫书店。

电工嘴里不停地叽里咕噜，既是抱怨鬼天气太冷，也在诅咒路面开膛破肚无休无止，你有本事装根拉链吵，想挖扯下来，想关扯上去！后面便是一句含沙射影的脏话。

阿芳搓搓双手，捂捂脸和耳，后面这个人幸亏不是她的男朋友，若是阿元当着才刚见面的陌生姑娘，讲这样难听的话，她一定不会跟他拍拖。可此刻她还不能撂下这个既显邋遢又出言不逊的男人，甚至还要装模作样地称这个比自己大不了几岁的男人为师傅。像伯爵猫会从高空飞落一样，师傅的特长是会登高修灯，阿元打过包票，讲他不仅懂修普通家庭用的吊灯、射灯、吸顶灯，还包括各种娱乐场所五花八门的霓虹灯、LED 灯，至于小小书店门口的发光店招，在电工手里当真是小菜一碟！

阿芳的男朋友阿元在步步高的一家大型娱乐城里做领班，黑白是颠倒的，别人下班他上班，害得不愿意独自在一间寂寞宿舍里挨过漫漫长夜的阿芳，索性打了两份工：一份是春潮鞋店的日班，朝九晚五；另一份是伯爵猫书店的晚班，主要是上半夜上班。

为了抚平电工师傅的情绪，阿芳一边接手他的工具，一边告诉他，不用担心今日冬至没吃到饺子和汤圆，娟姐姐早都备好了。你只要赶紧把店招和屋里的几只射灯、吸顶灯弄好，待遇与娟姐姐的掌上明珠伯爵猫是一样的，好吃好喝好招待！

电工嗤的一声道，讲了半天，我的待遇也只抵得到你们老板脚下的一只猫吵！

说话间，两人一前一后走到了店门口，电工将烟头啐到地上，再踏上一只脚。阿芳弯下腰去打开、拉起卷闸门，再给一道厚重的玻璃门解锁，一一揿开了门背的开关。

一只尺把长的虎纹猫蹿到了脚下，见有生人，反身飞快地跃上楼去。

习惯了大型娱乐城的浩大华丽与先声夺人，电工对这么一个局促的空间简直反应不过来，虽然两排壁立的书架几乎高耸到了天花板，可是除了书，就是三排又矮矬又过时的双人沙发，面对窄窄的楼梯边是一顺儿四张旧藤椅，面前各摆了一张小学生课桌一般寒碜的茶水桌。前面的案台上摆着热得快和一应杯盏，案台里面吊着酒具，边上立着一台高高的冰箱，透过玻璃门，看得见啤酒和饮料的孤寒。

在此城市里打拼过十几年的电工，除了日常给娱乐城聘用，得闲去各式店铺装灯、修灯，也是经济补充的汩汩溪流，不然他不可能一天消费一包软中华。他也去过本市赫赫有名的覔书店、简阅书吧之类，无论公有民营，要么富丽堂皇，要么小巧精致，即便是坂田万科城里的一家民营书店麦哲伦书吧，藏在曲里拐弯的地界，却也有百余平方米！眼前这么小的书店还是头一次见，所谓二楼就是一溜儿墙沿，只摆得下三四张椅子。楼下是书房，是卖场，也是谈讲的空间，整个书店四十平方米都得撑破墙！莫讲老板才眼光毒辣，打工仔一样明察秋毫，但凡到一处，四下里瞟一眼就晓得高低贵贱，付得起怎样的跑腿、刷墙、换灯泡的工钱！亏她的老板好意思叫一个伯爵猫那么高大上的店名，比照下沙、沙嘴等城中村里细密如鱼子酱一样的士多店，叫个小蝌蚪书店，只怕还是抬举不是贬低！

店里只备有一把铝合金的人字矮梯，难为电工师傅将桌椅板凳叠床叠架，猿猴一般爬上了三四米的高处，阿芳在下面扶住也手心捏汗，仰着脖子叫他千万小心。电工两手朝空中射击似的左旋右旋，啐去簌簌而落的灰尘道，多久没搞清洁了？几十年的龌龊淹得人死哦！

二十分钟不到吧，几只射灯及吸顶灯都更换好了。屋里焕然一亮。

电工刚落地，接过阿芳在案台里面递出来的柠檬热茶，才喝一口，便见眼前倏然落下一个黑影。那黑影稳稳地落在案台前，两只前爪并拢，高耸起背脊，转过头来看着面生的电工师傅。

阿芳拍掌笑道，伯爵真是懂事啊！娟姐姐没有来，它就给客人表演空中飞落，一定是对你刚才高空作业的犒赏！

电工呵呵一乐，低头想找点什么吃的给它。阿芳制止了，说它只吃猫粮，小店再穷，也不会叫伯爵吃苦的，伯爵吃东西也很节制，你看它至今保持了一副走 T 台的好身材哦。

阿芳提醒电工，店招还有待修理，八点之前务必修好。电工放下杯子道，店招不高，有架人字梯就够了，晚会以前给你搞定就是了。说着两人一起来到门外。

夜色中的“伯爵猫书店”五字，只有“书店”二字是完整的红色，“伯爵猫”三字缺胳膊少腿的,“伯”丢了一个单人旁,“爵”少了一个“寸”,“猫”掉了一个“田”。支开人字梯的双腿，电工斜背着工具袋，嗖嗖上去，骗腿取一个骑马坐姿。他原本想意态潇洒地亮相给梯边的姑娘看看，能工本无价，工作就是耍！却未料头上的店招根本不回应，调试了不行，换零件也不行，全部扒拉开来还不行。电工由坐姿变成站姿，由站姿变成跪姿——他果真是像杂耍一样跪在了人字梯的顶端。这一份虔诚依然没有换来“伯爵猫”的感动，任凭电工手里的电笔测，起子旋，钳子夹，钉锤敲，三个字依然丢盔弃甲，暧昧不明。

虽是身着单衣，电工腋下生汗了，狠狠骂了一句娘，阿芳原谅他了。见他的卖力与紧张，就晓得了，再行时的巧匠，也有不得已的时辰。抬手看表，不剩多少时间了，已经一前一后进来了三个客人。却不能催他，若是他一个失脚从梯子上掉下来，那我们娟姐姐真是破屋更遭连夜雨了！

终于忍不住问，你那边是不是还有师傅，请赶紧过来看看？

电工用钉锤在屋宇一根横梁上当当敲了几下。

阿芳道，你有脾气也不用撒在那上头啊！你以为“伯爵猫”三个字睡着了，敲几下就会醒过来吗？

电工纵身跳下，愠怒道，在娱乐城我就是师傅！这几个字就像你们女崽子，露出两筒臂膀和大腿要扮相，她们硬是不肯穿衣裳，娘老子来了也拿她们没办法哦！

先进去的客人跟后面刚踏上台阶的客人一起笑了，都围到了店招下。

一旦明白是想将店招修得亮丽，一个脸黑发稀的男子道，今天不是最后的一堂聚会了吗？里面光亮就够了，门外的店招就要换成别人的了，又听讲这一路都要拆迁的，别劳神了。

阿芳道，老刀哥哥，你晓得娟姐姐是一个追求完美的人，她交代的事情我要是没做好，她不会放过我的啊……

不会放过你又怎样？一个戴长舌帽的窄条脸男子怪声怪气道，莫非你这个老板还是一个拉拉？

什么叫拉拉啊？一个脸上还显出稚气的姑娘，抬头问比她高出半截的男友。

阿芳剜了长舌帽一眼道，陆工，别忘了你到的是书店啊！

老刀一手揪住陆工往里去道，看老板娘来了怎么收拾你！

陆工嗷嗷叫道，她不是老板娘，她就是老板。如果她是老板娘，应该还有一个老板才对啊？！

此时，便传来一声喝道，这么冷的天，不都进去，站在门口怨怼我不是？！

娟姐姐到了，大家伙一愣，忽地都拥进去了。

娟姐姐站在门口，看着忽明忽暗的店招，两道又黑又浓的小山眉越发拱起来。阿芳心里不好受，娟姐姐这几天忙着处理书店歇业前的“后事”，几乎就没有消停过，她是一个细节没有做好，就要写在脸上的人。更何况，今晚是她最后一次与自己顾客的面对面。此时她道，别管灯了，亮还是不亮，由它去吧！

一旦立在案台前，娟姐姐即刻便换了一副如沐春风的嘴脸。

阿芳一一指导客人到前面来取茶水，或是咖啡、啤酒，反身才注意到，站在众人面前的，平时不大化妆或至多只化淡妆的娟姐姐，此刻堪称浓妆艳抹，不仅夸张的蓝色眼影将一对原本就大而圆的眼睛，衬托得像两支炬火，水红的嘴唇在射灯的照耀下，也娇艳欲滴。精心打理过的短发一律上扬而卷曲，两只鹅蛋大的耳坠，直逼肩胛。从来都喜一身运动装，此刻也换成了一袭亮钻铺陈的曳地长裙，两筒肉滚滚的白臂膀，径直裸到了腋下。

朋友们好！随着娟姐姐的开场白，来客或坐或站，也有两三个人端起杯子顺着窄窄的梯子上了二楼。娟姐姐未持话筒，房间小，也用不着话筒，可她拿了一张讲稿，阿芳想，娟姐姐平时伶牙俐齿的，不拿讲稿才能显出她的气概啊。

感谢各位这么多年来对伯爵猫书店一如既往的盛情，整整十六个年头，往来过伯爵猫的朋友多达一两百位，本店地处深深小巷，不像那些在万象城、shoppingmall 的书店，后面站着财大气粗的老板，倚靠着金碧辉煌的商厦，书店也跟着喜气洋洋。本店主要靠特色活动吸引回头客，多为居住在附近的朋友，也有一些喜欢本店存书以及活动风格的朋友，不惧地铁和公交车转线，路上花费一两个小时过来观摩和参与。如果我没有记错，住在梧桐山艺术小镇的陆工陆先生没有落下过任何一次活动，不管是电影人讲座，还是读书分享会，他总是八点前到达，九点半离开。为什么一定要九点半离开？因为再晚，他在罗湖国贸转的一班公交车就停了。据不完全统计，本店的常客有三四十人，今天来的二三十人，堪称是伯爵猫的铁杆粉丝。还有几个没到的，要么在外地出差，要么有其他重要活动，不能分身，他们发来了微信感言，有时间可以让阿芳给你们念念，我也可以发到公众号里……

阿芳是在娟姐姐讲话停顿的那会儿，才去座下续水及啤酒的。前两天娟姐姐就交代了一应细节，包括今天的红茶、咖啡和啤酒都管够，不像平时只给一杯或一瓶。除了备好饮料，还特意因冬至日备了水饺、汤圆。今夜，既是为伯爵猫书店十六周岁庆生，也是十六年的揖别。一想到在这个鼠年将尽的夜晚，她要与这个兼职打工了五年的小书店挥手告别，心里便泛起莫名的悲伤。这种感觉，她长到二十三岁只有过两次，一次是七年前离开江西宜春的老家，只身来到深圳投靠表姐，还有一次是得知初中的一个要好同桌得了白血病，不治去世了。

还好啦，娟姐姐只在开头念了一段，很快就抛开了讲稿，神态自如地放开讲了。她的声音丝丝滑滑的，又有一点儿低沉，那便把软性托起来了。就像门口的一棵腊肠树，夏季开满倒挂的风铃般的黄花，随风飘扬，一根树干却是直立笔挺的。

阿芳端着一只椭圆的大托盘，略略弯腰一路续水往后去，她看见电工并未离开，抄着胳膊半码在人字梯上。凭经验，十有八九他是在等工钱？即便没有修好店招，毕竟屋内的灯具是他弄好的。给他多少才好？加上上门费，100 元，150 元？更多还是更少？她不能自作主张。这些年她一直在鞋店和服装店打工，对中低档服装及鞋子的价格折扣了如指掌。对租赁、维修和设计、装修之类，就完全是瞎子进祠堂——找不到碑（北）。有一次店里的冰箱坏了，怎么鼓捣都不听话，既不亮灯更不制冷。打 114 查号请来一个维修工，那个一嘴酒气的维修工检查之后，说是里面一个电器件坏了，更换之后，张口要 300 元。此前一直在边上做事的娟姐姐过来冷冷地问，换掉的旧零件呢？你给我再换回去试试。修理工很不情愿，可在娟姐姐恶狠狠的盯视下，只有一一复原，结果出人意料，电冰箱运转如常。

那一幕看得阿芳目瞪口呆，不晓得哪里出了问题。

娟姐姐给了修理工 50 元上门费，修理工悻悻离开之后，她把阿芳带到门后，掰开墙上的电表盒道，这一条管冰箱的线路跳闸了，他装模作样这里看看，那里看看，用电器件坏了来骗人。要不是我眼尖，今儿就被他给骗了！

阿芳错愕道，我一直在盯着他搞修理，你一直在准备晚上的分享会，我没看出来，你倒看出来了！我以后不但不扶墙，连比尔·盖茨和乔布斯都不扶（服），只服娟姐姐你哪！

娟姐姐此时抬起两筒有了赘肉的胳膊，不无煽情地提升了嗓音道，有道是读书人以书会友，我们是书友，是朋友，是亲友，难得在这里岁岁年年，读书、听书、讲书，融合了亲情、友情和……感情……

坐在第一排的老刀插话道，亲情和友情，都是感情。应该是，融合了亲情、友情和爱情。

座下便有了笑声和议论，陆工追问，我们想晓得，融合了哪一个的爱情哕？

老刀道，我还真不是无中生有，有一对儿，男的在一家银行工作，女的好像是做财务的，具体单位不详。今天没有来，我基本可以肯定他俩是在伯爵猫认识的，记得头一次来，两个人还互相不认识，后来就交往比较多。大概半年前，我在欢乐海岸的一家杭帮菜馆看见他俩吃饭，互相搛菜了……

陆工咻咻道，吃个饭，搛个菜，就说明有爱情了？你这个爱情也太浅了吧！

老刀道，那要看往哪里搛，你搛到我碗里，我搛到你碗里，那还未必是爱情，我看到的是搛到对方的嘴里啊！一入深喉深似海，不浅哦。

座下哄笑了。

娟姐姐也捂住了嘴，俄而道，你讲的我大致晓得是哪两个了。嘿，要是他俩今天过来，讲讲从相识、相知到相爱的过程，一定会为我们今晚的聚会添彩啊！

陆工道，他俩不来，其他人也未必没有在这个小书店结缘的经历，有的主动站起来讲讲呗，这是好事啊，也为我们老刀刚才提到的爱情，下一个实实在在的注脚。

座下无声。一个迟到进门立在右侧的黑皮小个子举手道，要是没人领情，我建议娟老板发扬风格，讲讲自己的故事，十六年操持打理一个书店，如果有了爱情，也不会在这十六年之外吧？

娟姐姐略一低头，很快抬起头来道，我的故事，包括跟伯爵猫的故事，当然可以讲，甚至，在座的朋友也有写作人，我希望可以给我做个专访。以后有机会，我可以讲自己，你们也可以讲讲自己。今天是讲讲各位跟书的故事，也可以讲讲在本书店对哪一次分享活动印象最深。这既是对各自阅读历程的一次回顾，也是我们相会这么多年之后的一场告别……之后，我会做一期图文并茂的公众号推给你们。

阿芳听出了她语调中的感伤，却也是一过性的，烟云袅袅。

此种感伤触动了老刀，他起身道，我们都晓得前不久黄宗英去世了，他们那一辈的老电影慢慢地一个个都走了。但我今天想讲的是，前年吧？娟姑娘请来的作家和导演彭小莲，那次她带来了刚上院线的电影《请你记住我》，和我们一起分享她的创作经历。那是一个非虚构和虚构结合的电影，或讲是一个纪录片和故事片结合的电影。黄宗英就在里面演黄宗英。片子里面的潘导演是一个郁郁不得志的理想主义导演，面临大拆之下几乎面目全非的城市建筑和文化，她坚持自己不合时宜的选择。她甚至也不屑于考虑成功还是不成功，比如票房、盈利之类的。一对小年轻阿伟和彩云在潘导的影响下，也跟着一道清贫，却不舍地跟拍老电影人的纪录片。

小个子插话道，我看那个潘导演，其实就是彭导演的变身，彭导是不是太自恋了一点啊？

陆工反驳道，自恋怎么了？一个连自己都不恋的人，你倒是指望他恋你啊？

小个子抢白道，太过自恋的电影就没有票房，票房惨兮兮哦。

陆工道，你以为迎合了市场的就是好电影啊？阳春白雪，曲高和寡，那才是品位，也才适合来伯爵猫分享。

娟姐姐仲裁道，你们先别争，先让老刀讲完吧。

老刀继续道，人生有很多遗憾。那次我在本书店买了一本彭小莲的非虚构《他们的岁月》，光记得让她签名，却忘了跟她合影了。这本书一直摆在我的案头，每当翻看，就像是在跟她对话。她拍的电影，我看得不多，不好评判。她的书，她的文字，可真是好。那么深的感情，都藏在里头，每一个句子都很结实。她去世前还出了一本非虚构《记忆的颜色》，可惜再等不到她的第二次签名了！这本书伯爵猫书店还有啊。

小个子嘲笑道，落脚总在伯爵猫，幸亏伯爵猫没有网店，要不然我们以为你是带货的啊！

老陆道，为书店带货有什么不好？！

娟姐姐赞道，是啊，好酒也怕巷子深，这十几年，伯爵猫搞了一百多期读书和电影分享会，就是要把好书好电影带出来。今天冬至，饺子和汤圆都是现成的，煮好了，大家过来吃吧，边吃边交流。

小个子倏地蹿到案台边，左手端了一盘饺子，右手不忘托起一碗汤圆。

音乐响起来了，是一首近两三个月风靡了大街小巷的《可可托海的牧羊人》：那夜的雨也没能留住你，山谷的风它陪着我哭泣。你的驼铃声仿佛还在我耳边响起，告诉我你曾来过这里……

阿芳端了两份吃食径直送去给后面的电工。

电工在阿芳耳边问，那个黑皮小子是哪里来的吃货？我看他进来以后嘴巴就没有停过，不是多话，就是吃吃吃！

阿芳反身悄悄道，他就是一个吃货，常常来蹭吃蹭喝蹭电影看。欠了钱让人家给垫上也好意思的哦！

电工问，那书店有钱赚吗，是个什么缴费模式？

阿芳睨了他一眼道，不是你也起了开书店的念头吧？告诉你，除非你心怀天下，不然开一个闭一个，开两家倒一双——后一句，分明是娟姐姐的口头禅。小芳告诉电工，来伯爵猫的都是常客，进来扫码预存 500 元，多存不限，每次消费 50 元到 80 元不等，消费一次扣除一次。也有散户不预存的，就不给折扣，喝了饮料，吃了点心，再自行扫码付款。对这一类人，娟姐姐就任其自然，不当真。那个黑皮小子就时不时钻空子，吃了喝了，有时候还顺一本书揣在兜里走人。

电工瞪大眼，毫不客气道，他偷书，老板娘也看不到吗？她是一个马大哈啊！这样开店，死得快哦！

阿芳点头，她哪里看不到，她眼睛可尖了，明察秋毫。可我们娟姐姐也是金刚身子菩萨心，她总讲，喜欢来书店蹭的人，能坏到哪里去呢？一定是兜里实在没钱了，才会来摸书，我们就睁只眼闭只眼吧。

电工一定是饿坏了，把一小碗汤圆呼啦啦都倒进了肚子，瞥了阿芳一眼问，她就是观音转世又能给你开几多工钱？

钱钱钱！阿芳伸出一根食指，忍不住就要戳到电工的额头上去道，要是为了钱，我就不到书店来上班了！

电工鄙夷道，不为钱你跑到深圳来做什么？跟着阿元安心待在江西老家就好啰！

一句话呛得阿芳心里发堵，阿元是她正处着的男朋友，高中辍学到深圳之后，开过一段时间泥头车，嫌倒渣土又脏又累还受气，常常为了倒一车渣土排两三个小时的队，三年前转行到娱乐城去做了领班。

电工继续道，我们都是一群没文凭的人，人家讲我们都是城市的边缘人。现如今文凭就是一个进城的通行证，或者叫“健康码”，没有这个金色的通行证就得在城市边缘讨生活，若是在边缘讨生活，就要有一技之长。这个道理我以前不懂，是我舅舅教会我的，我的电工技术开始是跟他学的，后来花了钱跟了一个更好的师傅，现在没有什么电工活计的河沟蹚不过去哦……

他像是被一只来不及吞咽的饺子噎住了，忽然停顿。

她心里好笑，你是在打自己的耳光吧？今夜就栽在伯爵猫书店的店招上了。

却又不能不点头，电工讲的话实实在在。阿元现在吃的也是一碗青春饭，到底是不能长长久久的，技多不压身吵。况且，在那种鱼龙混杂的场合出入久了，她也担心他变坏。明乎此，她才将一嘴怨怼赶紧转换成温和的语气道，我舅舅的一个朋友，在广州开了一所技校，里面有电脑、模具、家具、数控车床及各种专业，要是能说服阿元也去学个一年半载，拿个资格证书，进工厂或是公司打工，也免得只能做一些搬搬抬抬的事情吵！

电工的虚荣心，在眼前这个柔弱而清秀的姑娘面前得到了些许满足，平时单打独斗的工作性质，种植了他一份提防，也养育了他一份倨傲。他从口袋里摸出一根烟来，在鼻子头嗅嗅道，阿元还是一枝嫩笋，你要看紧一点，不要像我这样吃喝嫖赌，样样无师自通……

电工出去了。

阿芳收拾起客人们留在桌边的碗筷，重新布上杯盏。

这时间，陆工讲了一个自己的故事，某夜伯爵猫请来一位诗人分享他新出的诗集，这位诗人曾当过中学老师，娟姑娘朗诵了他诗集中收入的一首缅怀母亲的诗歌：失去了你——亲爱的母亲 / 我的天空刹那间不再蔚蓝 / 我的世界刹那间不再温暖 / 我的生命刹那间不再完整 / 我的灵魂刹那间失去依恋……诗人的母亲是一位农家妇女，没有文化，却与父亲一道，担起了六口之家的重任，当儿女相继大学毕业，或进城工作，可以向母亲回馈一份孝心之时，她却因操劳过度，在五十四岁的壮年撒手人寰……

老陆好记性！老刀道，那首诗写得有感情，娟姑娘的朗诵也增色不少。

陆工抽抽鼻子道，那以后，我回去做了一件事情，就是给一个姐姐、一个弟弟打电话，不要再让我八十三岁的老父亲每家轮流住三个月了，那会让他感觉自己是一个多余的人，像皮球一样推来滚去的。我让老父亲就跟我全家住一起，他俩手头松就支援一点表表爱心，不给也没关系，我一个人能支撑得起。我母亲走了也有十来年了，想起当年她弥留之际，也给我们姐弟仨一个提醒，照顾好你爸爸……

一阵寒风呛进来，隔那么远，阿芳都嗅到了电工带进来的一股子烟味。到底还是惦记有一点工钱没拿吧？阿芳上去关严门时道，我还以为你走了呢！原来是出去抽抽抽了？

电工打着饱嗝道，吃饱了就好这一口啊。阿元是个好男人，一不抽，二不喝……嘿嘿。

前台的娟姐姐道，谢谢陆先生，伯爵猫的历次分享会，你住得最远，来得最勤。能得你这一份鼓励，我也是真心感动了。今天这个夜晚，是最后一次分享，也希望各位朋友都讲一讲，无论什么话，都讲出来，留下来。我总觉得，伯爵猫有很多不足，有很多亏欠，日后如果有机会，我们理当做得更好一些。阿芳呢？你过来讲一讲呗，你跟我这么多年，也看到了很多。

阿芳答应着走上来，有些紧张道，我在伯爵猫几年了，看到了很多，听到了很多，也学到了很多，越来越舍不得离开这个地方，这里既能打工，又能学习啊。我始终记得娟姐姐跟我讲过的一句话，一个人在课堂上学到的东西是有限的，更多的时间和机会是在课堂外、社会上学习。其实，娟姐姐跟我讲，她当初为何要把书店当恋人，我听了就很感动……

座下便有了呼应，娟姑娘讲讲自己为何要把书店当恋人呗！

小个子叫道，如果肯讲讲自己身后的那个恋人就更好！

娟姐姐眼睛一眨，想了想道，我开书店的缘起很简单，小时候家境不好，读完了小学家里都没有一本课外书，每当班级里搞课外活动，包括春游、秋游，看见同学们手里都有一本甚至几本课外书，我心里就既自卑又嫉妒。那时候，看见人家穿了新衣服，有了新玩具，我不会有多羡慕，唯独看见人家时不时从书包里抽出一本新的课外书，心痒难熬，痒到恨不能据为己有。大约是读五年级的时候我做了一个梦，梦见自己在书店或是图书馆上班，四壁都是高高的书架，书随便取，随便翻。我没有读过大学，甚至高中都没读啊，不是成绩不好，是我爸重男轻女，加上家里经济条件不好，就让一个哥哥上了大学、一个弟弟读了中专，我是初中毕业就出来打工了。出来以后我一直抱怨我爸，有两三年吧，电话只打给我妈，不打给我爸，连着几个春节也不回家，那时候我也不懂事哦。可能因为我业余读了不少书，也喜欢写点东西，在一些单位做文秘，无论写材料，还是写新闻稿子，都比刚毕业的大学生强，领导也看重。可是我还觉得不自由，主要是放不下那个梦，既然不能去图书馆上班，就自己开书店呗！这就有了十六年前开业的伯爵猫，从那时起，店里的伯爵猫都换三代了……

娟姐姐停在那里，双手交叉在胸前，阿芳见她眼里闪过一丝亮光。

初心易守，始终难得。讲这句话的，是进来之后，顺手取下一本书一直心不在焉地翻看的律师。他镜片后面的眼神，释放出一本正经的温情。他道，一动不如一静，美丽的风景往往不在远方，而在身边。

阿芳晓得律师曾经中意过娟姐姐，律师是离异男，还是大龄男？娟姐姐不讲，阿芳也就一概不知，也不问。娟姐姐三十五六了，是一个大龄女，她甚至也自嘲是剩女。阿芳认为，在这个一线城市，有太多优秀的剩女了，因为不肯将就或是没有遇到，蹉跎了自己的青春，讲起来还是有一些遗憾的。娟姐姐晓得阿芳从二十出头的桃李年华就开始恋爱至今，很是鼓励。阿芳认为律师从谈吐学识到工作平台都不错的，为何要放弃呢？娟姐姐叹口气道，如果放在你这个年龄，我就看不到那么多，也顾不到那么多，稀里糊涂结婚生孩子就过去了。现在不行了，年龄大了事事看得透，这不是好事哦！

毕竟隔着一轮的年龄距离，阿芳对娟姐姐的想法和做法，并非完全都懂。伯爵猫书店为何要歇业？疫情以来严重影响了营业，房租照样得交，不堪重负是其一；再有一说，此处低矮的一片老房子都要拆迁，据说华润还是万科地产都来测量过了；还有一个因素，娟姐姐谈恋爱了——这当然是再好不过的事情。可是从未见娟姐姐带过一个她亲热的男人来伯爵猫，阿芳只能猜测这个人在外地。既然在外地，为何不能让他来深圳，却是她关了书店，小跟班一样跟了过去呢？

为此事，她从旁问过娟姐姐。

问：如果一个男生和一个女生相爱得很，但他俩不在一个城市，应是男生迁就女生，还是女生迁就男生？

答：那要看谁更爱谁吧。

问：你是讲，更爱谁就迁就那个更被爱的？

答：谁陷在里面，谁才有发言权。

似乎答非所问，又似乎都回答了。

律师紧接着讲了自己与伯爵猫的结缘，讲了两次读书分享、三次电影分享的经历。不愧是律师啊，凸显细节，头头是道。讲完之后，站起来朝案台也就是娟姐姐站立的方向，深深鞠了一躬。

律师一出场，就弄得很有仪式感。他一个人讲了三十多分钟，大概把平时在法庭上不能尽兴发挥的积攒，都在伯爵猫一吐为快了。以至于后面的，各讲几分钟就结束了。

轮到娟姐姐做小结了。她概括了几句，忽然涨红了脸，不连贯道，这次对不起，大家了，希望，不久的将来，伯爵猫还能重返……家园。

她让阿芳把该交代的话跟大家讲讲。

善后的事情，娟姐姐此前跟她交代过，却没想到让她来宣布。阿芳却也镇定道：

此前有一些朋友在伯爵猫微信里预存了钱，大家可以按照自己的预存余额任取相应价格的书回去，每本书附送书店精美定制的镂猫铜版书签一枚。如果不愿意的，可以在案台本子上留下姓名电话，留待日后我们清算偿还。今天的酒水、点心等，算是伯爵猫尽的一点心意，最后一次，免费招待，你们就不用扫码付款了……

话音刚落，这会儿轮到娟姐姐朝座下深深鞠躬。

一片轻却整齐的掌声响起。

掌声刚停，各人起身去找书取书。娟姐姐低头走进案台内。阿芳环视左右，有取一本的，有取两本的，也有个别的，抱了一摞书在怀里。

阿芳瞥见，陆续有人去台前扫码，却不见谁在本子上登记姓名。

客人依依不舍地走了，小个子倒数第二出门，他举起一本书，扮了一个鬼脸。落在最后的是电工，他反身也举起了一本书，阿芳影影绰绰地看到“如此世界”几个字。

店里就剩下娟姐姐、阿芳和伏在二楼边缘不知所措的伯爵猫。

阿芳从抽屉里打开工作手机，检点存款余额，惊讶地发现那是一个激励人心的数字：18999。她高兴地告诉娟姐姐，此前预存款是 9000 多元，现在不但没有一个人登记清算，还凭空多出了一倍！

娟姐姐涩涩地一笑，刚要张嘴，一直蛰伏在悬梯旁的伯爵猫倏然一个抛物线，翻滚着落在案台上，又影子一般蹿出门外，喵喵地大叫。

娟姐姐和阿芳一道快步跟出去。夜深了，四下了无行人。幽蓝的天空上，几颗低矮的星子水洗过一般洁净。

两人乍一回头，伯爵猫书店的五字店招，不知何时，一起闪亮了。

娟姐姐啐了一句，人都散了，它又回来献殷勤了！她弯腰抱起伯爵猫，柔声对阿芳道，你今晚就把它带回去吧，阿元来店里的那一次，我看出来，他也是蛮喜欢的……

阿芳点点头抱过去，伸出手从头抚到尾。娟姐姐擎起手机给伯爵猫拍了照。照片里是一个黝黑的背景，唯见伯爵猫的两只眼睛，灯泡一样灼亮。

《芙蓉》2021 年第 2 期

【作者简介】高建刚，男，1962年生于山东青岛。发表作品百余万字，入选多种选本。出版小说集《眺望》、诗集《悬空的花园》等。

Gao Jiangang was born in Qingdao, Shandong Province in 1962. He has published works more than one million words. which has been selected into many kinds of anthologies. He has published a collection of novels *Gazing Far Away*, and a collection of poems *The Hanging Garden*.

陀螺大师

高建刚

我经常从口袋里掏出一只鸽子蛋大小的金陀螺，让它在台面上旋转，边盯着它边思考问题。很奇怪，许多想不通的问题，这时候都迎刃而解。

那天，与我投契的同事在通往会议室的走廊窗前发现了我这一举动，问其究竟。他是研究激光物理的，我是搞哲学研究的，我们在同一个院里工作。起先我不想交谈这个话题，便说："没什么，玩而已。"他说："我在故宫博物院见过几乎跟它一模一样的金陀螺。"我心里一动。他笑着说："应该是复制品吧。"并示意我给他看看。我递给他。他在手里掂了掂，然后在黑色大理石窗台上把金陀螺捻转起来。金陀螺好像格外卖力，飞速地旋转，无声无息，全身放射着金光。他说："好东西。"又说，"别小看了这玩意儿，它跟我们关系密切着呢，新石器时代就有了石、木、陶陀螺，南北朝时期称它'独乐'，现在激光、手机、飞机、航母、导弹、卫星都离不开它。"听他这么一说，我便来了兴致，说："还有比这更神奇的呢。"他说："此话怎讲？"我盯着窗台上旋转的金陀螺，想了想，说："算了吧，说了你也不信。”“卖什么关子，不信你信谁？快说吧。”他说。此时金陀螺似乎特别欢快，旋起了华尔兹，想听我说似的。“好吧。”我说。于是我看着窗外无限深远的蓝天，讲起我的伯父和陀螺神秘奇幻的故事。

那是很久以前的事了。

我的童年和少年是在孤儿院度过的。孤儿院是一座带阁楼的三层德式建筑：一楼是办公区，二楼是教室，三楼和阁楼是宿舍，还有一层是地下室。地下室后门通往长满野草的后院，院子常散发出潮湿的泥土、茂盛的青草和腐朽废弃物的气味。听说前任院长——一位人类学家、达尔文的追随者死在这里。能看到他做研究用的人和动物的骨骼散落在爬墙虎覆盖的墙边。同学们都很怕去后院，到地下室仓库领取生活用品，经过后门时都提心吊胆，唯恐避之不及。去后院罚站也就成了孤儿院对学生违纪最严厉的处罚。不知为什么，我对后院不仅不惧怕且很好奇。一次我从阁楼爬房顶掏麻雀窝，被同学打了小报告，院长罚我去后院站一小时。我在后院待了两小时，趁机到处搜寻前任院长遗留的蛛丝马迹。在草丛里发现了一把朽烂的折叠木尺、一根锈蚀的铁锯、一双走废了的破旧军用皮靴。墙角上一个旧汽车轮胎后面，有一颗龇牙咧嘴的人头骨，紧挨着一颗模样相似，但前额扁平像是猿猴的头骨，两颗头骨上的两双眼洞茫然地望着我。我边寻索边想象前任院长生前在此的情景……临了我脱下外衣，将轮胎后面的两颗头骨裹起来，两只袖子扎紧作提手拎着，像拎着一个包裹，大摇大摆带回宿舍，摆在靠窗的床头柜上。本想等到夜深人静同学们熄灯上床时制造一次恶作剧，以“回敬”对我的告发。始料未及的是头骨竟是蟋蟀们的栖息之所，晚上它们发出昂扬激烈的鸣叫，我猜它们一定是在眼眶或耳道或梨状孔内狭路相逢而斗勇。据说尸骨里的蟋蟀都是亡命徒，斗起来不要命。我正畅快遐思，已有手脚轻快的同学循声而至，打开包裹的一瞬，同学们惊叫着四散奔逃，彻夜不敢回宿舍。第二天，院长永久封闭了地下室后门。因同学们拒绝与我同住，我被调到阁楼一间只能容纳一人的房间。我难捺欢喜——那是一个带天窗的房间。星空伴我入睡，鸟鸣唤我醒来，独享海边教堂的钟声那美妙的乐音。从此我拥有明亮的光线，一个人自由自在，告别了楼下走廊的昏暗、空荡、阴冷、满是回声的肃静和不由自主压低嗓音的交流。

那些年一个让我称他伯父的人，几乎每个星期日都去孤儿院看我。他总是拎着黑皮箱出现在我的房间。黑皮箱神秘莫测，能变出许多我喜欢的东西。有时他也空着手，即便如此他也能变出让我惊喜的稀罕玩意儿。

每到星期日，我很早便起床，去走廊尽头的卫生间照着镜子刷牙，洗脸，把头发弄湿偏分成伯父的发型模样，然后回房间踩着方凳趴在窗上，边吹口哨边等待伯父的到来。伯父很瘦、很高，像一根黑木电线杆，头戴黑色礼帽，穿黑色长衫，蓄着浓密的胡须，眼神深邃，与众不同。伯父总有一种神秘感，我不知他从哪里来，做什么的，与我是一种什么关系。只知道他亲我，像父亲那样的亲，虽然我不知父亲和母亲是谁，没有父爱的体会。每当我看见他走进孤儿院门口的一瞬，便迅速从窗上撤下来，趴在桌上，埋头在事先准备好的写字本和课本之间，摆好写字的姿势，同时竖起耳朵等着听他跟传达室爷爷打招呼的低沉嗓音，听他上楼梯，拐进通往我房间的走廊那沉缓的伴着回声的皮鞋声。此时整栋楼变得低矮、充实、暖和了许多。

他进门总要摘下帽子，低一下头，以免碰着门框，然后把帽子旋转着一扔，帽子便按照螺旋的轨迹落在床上。他放下黑皮箱，张开双臂等我冲上去，然后把我举过头顶，快速转许多圈。若不是我缩着脖子，每次都要碰到屋顶。转完后，好长时间还是天旋地转，立不稳，不过我喜欢这种感觉。

他通常坐在我的小床上，双臂撑着后倾的身体，微笑着看我，看不够似的。看得我手足无措，不知该做什么。有时他坐在书桌前，皱着眉头看我的课本和作业本。有时打开我的刻着灯塔的铝制饭盒和印着“为人民服务”红字的白搪瓷茶缸看一看，嗅一嗅。有时捏起一只被我的脚趾顶破的袜子垂吊在手上打量着。有时给我讲好听的故事……一次，他在我的课本上发现我用铅笔画的两幅“插图”，一幅是人头骨和猿猴头骨的四个眼洞里各有一只蟋蟀在振翅鸣叫；另一幅是人头骨和猿猴头骨在接吻，两对蟋蟀分别在两只头骨顶上撕咬争斗，仿佛各为其主，一对为人头骨，另一对为猿猴头骨而战。伯父注视着我，沉默许久，他指着“插图”问：“这是什么意思？”怕挨伯父批评，我说：“是课后画的，随便乱画。”没想到伯父却夸我画得好。他从我的铅笔盒里找了支铅笔，在接吻的猿猴头骨和人头骨侧面各画了一只蝉蛹和一只蜕变的蝉，然后说：“这样就更完美了。”伯父画得惟妙惟肖，有透明翅膀的那只蝉像要飞起来。不过我没有别的心思，总是盯着黑皮箱，一心期待伯父快点打开，看里面有什么宝贝。伯父坐在床上，把黑皮箱平放腿上打开，他总是让我看看并伸进手去摸摸，确认里面是空的。等他把黑皮箱往空中一抛，或在手中像转陀螺那样转几圈，再打开就能取出我喜欢的东西，比如一牛皮纸袋散发着煳香味的糖炒栗子或透明糯米纸裹着的几串亮晶晶的糖球，比如一网兜苹果或橘子。每次我都掩饰不住惊喜和垂涎，边吃边用膜拜的神情望着伯父。不仅是吃的，伯父的黑皮箱还能变出衣服、袜子什么的。他把变出的衣服让我穿上，退到远处，欣赏地注视着。记得有件铜纽扣的白色小站领上衣，他很满意，但我穿了不到一年就小得穿不上了，我感到自己的身体在暗地里模仿着伯父快速生长。

伯父没带黑皮箱时，也能变出好东西。一次伯父像是匆忙赶来的，没带黑皮箱。他坐在床上显出少有的疲态，常看手腕上的表，没坐多久站起身就要走，忽然想起什么似的，让我看着他，他运足了力气，双手缓慢、艰难地靠拢，仿佛在压缩强力弹簧，然后猛一用力竟从空气中掏出一盒彩色橡皮糖。他打开盒子，捏起一块红色橡皮糖扔进嘴里，然后递给我，让我跟孤儿院的同学们分着吃。我记得橡皮糖吃完了，漂亮的印着外文字母的小金属盒保存了好长时间。一年夏天，也就是中国第一颗氢弹爆炸成功的那一年，小金属盒丢失了。

下次来再变什么给你？伯父有时会这样问。一次我故意为难他，说：“给我变个天堂吧。”伯父想了想说：“知道开普勒吗？”我听一个爱好天文的高年级同学经常提到开普勒，他说起开普勒，眉飞色舞，浑身展扬，仿佛开普勒是他爸爸。我得意地回答：“开普勒是天空的立法者，他创立了行星运动三大定律。”于是他在下个星期日来的时候，黑皮箱竟变出一只带咖色皮套的徕卡望远镜和一本旧书——开普勒的《梦游》。我是第一次见到望远镜，而且是徕卡望远镜，看上去高级、精致。对着窗外看远处的大海：海平线、邮轮和灯塔近在眼前，白色船体的锈迹、舷窗的暗影、灯塔的窗口……太清楚了。伯父指了指天窗说：“晚上看看天堂吧。”于是望远镜成了我在同学中炫耀的资本，几乎每个同学都在晚上潜入过我的宿舍，借望远镜仰望星空，那个爱好天文的同学举着望远镜，以非常专业的架势，边和我们一起看，边给我们讲解，这是月球上的环形山、月溪、月海、陨石坑，我们只能看月球的正面，永远看不到它的背面；这是长庚金星，看，金星相位盈亏，是爱与美的象征，也称维纳斯；这是戴草帽的土星，土星光环、恩克缝、卡西尼缝，很明显它经历过创世和毁灭；这是木星云带，就像雾裹着一个金属球……同学们一律用钦佩的表情望着他，洗耳恭听。而我更感兴趣的是开普勒的那本《梦游》。

记得伯父再一个周日来的时候，我正在看《梦游》。伯父坐在床上，端着我的白搪瓷茶缸喝水，手指有节奏地敲着搪瓷茶缸，像在弹奏一支乐曲。他问我：“看到天堂了吗？”我笑着说：“伯父哄我，我们看到的不是天堂，是平常看不到的星球。”伯父点点头，说：“如果用心看，就能看到用望远镜也看不见的东西。”我边听边若有所思。伯父见我一直手捧《梦游》爱不释手的样子，便让我谈谈读后感。我说：“我觉得开普勒一定是在一六〇〇年从梦中来过我们现在的世界，然后回去写成的这本书。唯有一点美中不足——月亮上没有月亮人。”伯父又问：“知不知道开普勒的职业？”我摇摇头。伯父说："大部分人不知道，只知道开普勒对外的职业是皇家数学家，其实他是为鲁道夫二世占星算命的占卜师。一五九八年亨利四世宣布南特敕令时，他占卜过亨利四世将于一六一〇年五月十四日在马车上被刺。十二年后的这一天，亨利四世要前往每个礼拜必去的教堂做弥撒，他的儿子提醒他星象预示他不要外出，亨利四世认为所谓星象占卜都是痴人说梦，他不仅去教堂做了弥撒，还要去附近探望一位大臣，就在赶往大臣住处的一条马牙石路上，在一家名为'利剑穿心'的客栈门口，他被一名狂热的宗教教徒冲进马车刺杀……"我很愿意听伯父讲故事，尽管当时像听天书。

伯父变出的所有东西中，最神秘莫测的是一只陀螺。那只陀螺形状、大小如柿子，周身透明如玻璃，看上去很轻，轻若空气，顶面是八卦图。它不仅能在地上旋转，还能在空中旋转，它旋转速度极快，仿如静止不动。旋转时陀螺顶面的八卦图不见了，周身放射着光芒，同时浮现出各种画面，你对着它说什么，它就会浮现相应的画面，比如我说太阳，就有太阳升起，我说月亮，便升起一轮明月，我说山川，群山毕现，江河奔流。所有画面都浓缩在陀螺内部，色彩斑斓地变幻着。在我情不自禁想要伸手触碰它时，伯父抢先双手把它拢住，收进黑皮箱里。那是最让我魂缠梦绕的东西。我到现在也分不清那是幻觉还是真实。

那天晚上，我在睡梦中透过天窗，看见夜空繁星密布，月亮呈现彩虹色的光晕，就像透明的陀螺在旋转。朦胧中伯父的面容也隐现其中，深邃的眼睛闪烁着星光，浓密的胡须如卷曲的灯丝。我蹬梯子攀上天窗，伸手去够那只透明的陀螺，伯父微笑着扶住我的手。我睁开眼，皎洁的明月正穿过天窗俯视着我，伯父的面容随之消逝……

伯父每次来看我，最长能待一上午的时间，最短个把小时。他离开的时候，小伙伴们从各个门口探头仰望着他，伯父边走边摸摸他们的脸蛋，有时从黑皮箱里掏出巧克力什么的分给他们，直到伯父消失在楼梯拐口，响起下楼梯的皮鞋声，他们又一齐把脸转向站在门口一直目送伯父、心里升起万丈光芒的我。然后一起拥进我的宿舍，七嘴八舌，问这问那，有的说你伯父像外国人，有的说像特务，有的说像资本家，有的说像神父。同学们都知道院长对伯父很敬重，我在同学中的威望无形中得到了提升。我得意忘形地靠墙站在凳子上，一只手抄裤兜里，一只手臂展开，手心向下，说："安静一点，安静一点同学们。"我开始讲述伯父在我宿舍制造出的一个个神奇瞬间。尤其是讲到伯父变出美妙的不可思议的陀螺，我的演讲有声有色、活龙活现。我看到同学们神情专注而激动。那个天文爱好者跟我接耳低声说："你伯父是天上的人。"我笑了，把它理解成赞美之词。

那一年，也就是首颗东方红卫星发射升空那一年，伯父已经很久没有来过。起初每个周日上午我都趴在窗上等待，徕卡望远镜不再用来遥望星空，而是遥望伯父的身影。后来我几乎绝望，不再趴窗上等待了。

一个周日的早晨，我冷得缩在被窝里瑟瑟发抖。昨晚发了一夜烧，服了孤儿院奶奶给的药，只舒服了吃一块橡皮糖的工夫。就在这时，伯父出现了，他坐在床边端详着我，冰凉的手试了试我的额头，又摘下帽子，俯身额头对额头试了试，似乎对我的发热有了某种判断。他起身掀开被子，把蜷缩着的我舒展成仰卧的姿势。一只手捂在我的胸口，另一只手伸出中指叩击这只手，手在胸腹部边移动边叩击，发出敲门似的声响。他凝神听着，好像在断定身体的问题所在。他拉上窗帘，脱下黑长衫盖住我的身体，弓着腰，双手伸开保持一定的高度在我身体上方震颤着游移，从头到脚，仿佛我是一团熊熊烈焰炙烤着他的手和脸，他的脸通红，沁出汗珠。他从黑皮箱里取出一个信封，小心翼翼揭下信封上的邮票，去桌子那边坐下。我听见伯父撕纸的声音，接着是写字的声音。然后他回过身，把信封放在我的脚背上，在舌尖上抿了一下邮票贴在一张写了字的纸上，双手托住纸，站在床头，从我头顶向脚的方向，嘟起嘴唇用力一吹，贴着邮票的纸便飞了起来。飞着飞着，就像飞机被炮弹击中，这张纸突然震颤了一下，从四周燃起火来。燃烧的纸继续飞行，我看到许多火星从火焰中迸溅出来，像无数萤火虫组成我的名字和不认识的字，环形的名字在空中旋转着，闪耀着，与此同时教堂的钟声响了，燃烧的纸顺着我的身体呈抛物线缓缓飘落，至脚背上的信封刚好化为灰烬。恍惚中，我感到那只透明的陀螺放射着彩色的光，旋转着进入我的身体。我出了一身的汗，突然从床上坐起，仿佛从睡梦中惊醒，喊着问：“伯父，我刚才怎么了？”伯父没回答，笑着张开双臂，我从床上一跃而起扑进伯父的怀里，委屈地哭个不停。伯父抱紧我，说：“好了，没事的。”从那时起，我总感觉伯父就是我的父亲。

就在那一天，伯父去院长办公室办理了带我外出一天的手续。

我们出了孤儿院，向海边方向走去。我问伯父：“去哪里？”伯父说：“到了你就知道了。”我们路过山丘上的教堂时，有人正沿阶梯往尖顶教堂里走。到了海边，拐进一条小巷。这条路到现在我也说不清它的确切位置，方向难辨，交织着许多条弯路。走了大约二十分钟，在一条马牙石路口，伯父停下等我赶上来。一路上我兴奋地四处张望，看见一棵法桐树上坠满了黄绿色法桐果，便迅速攀上法桐树下的一个绿色邮筒，站在邮筒上摘下一颗法桐果，追上伯父，将毛茸茸的法桐果球递到伯父手里。伯父捏着法桐果根茎，在我头上轻轻敲了两下，说：“这是法桐树的孩子。”他转身望一眼法桐树，双手捂住法桐果，嘴对着手缝往里吹了口气，嘴里念叨着什么，一只脚往前迈了一步，像扔保龄球那样对准那棵法桐树，用力一掷，法桐果如蝌蚪一样欢快地游进法桐树茂密的树叶，不再出来，接着法桐树叶像被风吹过，哗啦啦一阵喧响。伯父说：“好了，它回家了。”伯父深邃的眼神看着我，瘦高的身躯在远处尖顶教堂的衬托下，显得更加高深莫测。

我们沿着马牙石路行走，这是一条通往高处、坡度陡峭的路，弯弯曲曲，盘旋而上，如左旋海螺。马牙石被行人磨得锃亮，阳光下格外刺眼。我还记得路两旁多是两层的日本风格的红瓦房。伯父在一个拐弯处的路口停下，他指着掩映在松树冠中一座红瓦顶的二层楼说："到了。"伯父推开红漆斑驳的院门，一棵雪松的树冠占据大半个院子，靠墙有爬满葡萄藤的葡萄架。我跟着伯父往右拐到拱形的绿漆木门前，他转动黄铜的门把手，门开了，房间在松树的阴影里光线昏暗。伯父在前面引路，我们顺着侧面的红漆木质楼梯上了二楼。一进屋，我就被房间的布置吸引住。屋里到处是大大小小、不同样式、不同色彩、发出不同声音的陀螺，而且都在旋转，地板上、桌子上、凳子上、床头柜上、墙壁搁板上、窗台上……仿佛从未停止过。陀螺的材质有象牙、黄梨木、金属、竹子、番石榴、龙眼木……形状有圆柱形、圆锥形、菱形、三角形、斧头形、倒钟体……发出的声音有蜂鸣、蝉鸣、鸟鸣，如同进入一座森林。

正面墙上挂满了齿轮和钟摆构成的许多个表芯，我屏住呼吸听见众多表芯发出连成一片的咔嚓声，像下雨的声音。这面墙的中心还有一幅爱因斯坦叼着烟斗的黑白肖像，他全白的乱蓬蓬的卷发，显得很醒目；另一面墙上挂着一张对开的八卦图和一幅同样大小的元素周期表。

眼花缭乱中我看见了那只让我魂缠梦绕的透明陀螺，它在吊灯下方旋转着，像旋转着一团彩色的光。我不知不觉被它吸引着走过去，踮起脚尖，想要伸手够着它。伯父在我侧面敲了敲五斗柜台面说："看这里。"我边看着那团陀螺彩光，生怕它消逝，边心不在焉移步过去。伯父又敲了敲台面，我才转过脸去。伯父让我闭上眼，伸开手。我闭上眼，伸开的手心便有种轻微的刺痒感。睁开眼，看到一只闪闪发光的金陀螺在手心里旋转，并沿着手纹移动。这只金陀螺，圆锥形，鸽子蛋大小，很奇异，攥在手里像活物往外顶撞，要求继续旋转的意思。陀螺应该是存放在五斗柜抽屉里，"养在深闺人未识"的那种。伯父关上半开的抽屉说："这是送你留做纪念的礼物。"我喜出望外，只想礼物，没想纪念的含义，摩挲着手中的金陀螺，在脸上蹭来蹭去，感觉它一直在挣脱着要去旋转，便蹲下，在暗红色地板上捻转起来。看着它发出金灿灿的光芒，仿佛自己也将具备伯父那样的法术似的。伯父说：

“这是一六四四年崇祯自缢，混乱中后宫遗失的那只陀螺的复制品。”我似懂非懂地听着，收起金陀螺攥在手中。再去看吊灯下的那只陀螺，已经不见了……

同事指着在窗台上旋转的金陀螺说：“金陀螺就是它了。”我点点头。

伯父带我来到他的书房，透过书房窗能看见院里的葡萄架和绵延至大海的红房顶。玻璃台面的写字台上有个紫铜色地球仪，伯父随手转了一把，地球仪快速旋转起来。他像授课似的说：“万物都在自转，同时也在公转，星球是这样，原子是这样，人也一样，所以世界就是个大陀螺。”伯父边说边看着我，眼里闪着慈父的目光。他说这段话时重音强调了“人”。我懵懂地听着，不知人是怎样自转和公转。他手搭在椅背上，让椅子的三条腿离地，一条腿撑地，好像随意间手按住椅背转了一下，椅子便开始旋转，而且越转越快，椅子已经不是椅子是一只造型奇特的陀螺。我盯着旋转的椅子问伯父：“什么都能当陀螺转吗？”伯父没有回答，他从口袋里掏出一枚金币，食指按住让它立在写字台玻璃面上，他一直没说话，动作和表情告诉我，准备旋转金币了，他屏息敛气，另一只手的拇指和食指聚起爆发力，弹向金币的边缘。随着他的弹拨，金币飞快地旋转起来，旋转成一个金色的透明球体，像太阳。球体中间是它和玻璃上的反影燃起的对称的金光柱，高光点在顶尖放射着阳光般耀眼的光亮。我惊叹道：“金钱的太阳。”伯父说：“看见了吗？金币以玻璃为界，金光与金光在对等交换。”伯父话音刚落，金光与金光又燃起一簇新的光芒，仿佛金光在不断地诞生，层出不穷。

我被伯父营造的神秘气氛带入奇幻的世界，看见墙上挂着一把雪亮的银柄连环刀，便去取来，故意为难伯父，说：“这也能转吗？”伯父接过连环刀，依然不说话，太极拳似的动作，缓慢地把刀立在旋转的金币旁边，刀柄作支撑点，手掌逼住刀尖，全身弯曲，嘴唇嚅动，仿佛在念咒语，另一只手在刀背上如拂弹琵琶猛一用力，刀立刻在玻璃面上旋转起来，转速越来越快，那银光透明的纺锤体像明月那样皎洁。伯父说：“看见了吧，刀锋追逐着光和时间，光与时间交织成一体。刀斩不断光和时间，成了光和时间的同谋。”我像听天书一样听着。伯父摘下帽子，拔下一根黑发，捏住，靠近浑身银光的纺锤体，黑发从发梢到发根慢慢变白，随即被斩断，飘落在玻璃板上。金色球体与银色纺锤体相映生辉，相互吸引着靠近……

我看到写字台上方的墙上，有一张伯父和一个女人的照片。伯父手里拿着黑礼帽，穿着黑长衫站在湖边的草地上，女人穿着浅色长裙挽着伯父的手臂，两人都在深情地看着我。不知为什么我端详着女人的脸，总感觉这女人跟我有关。我指着照片问伯父：“您身边的人是谁？”伯父没有回答，却指着对面墙壁上挂着的一排肖像问：“你知道他们是谁？”我迟疑着把视线从那个女人身上移到这排肖像上，从左往右，一个眉毛、胡子特别长，穿长袍，双手叠握胸前的老人；一个被钉在十字架上的人；一个大胡子，高高的白领子，手握圆规的人；一个长发、手扶地球仪，手拿鹅毛笔在本子上写字的人；一个头戴礼帽盯着从很高的拱顶垂悬下来球摆，做实验的人；一个长长的白头发、白眉毛、白胡子的人；一个在实验室，从显微镜向密闭容器观察什么的人；一个穿衬衣，戴领带，在写有许多英文的黑板前讲课的人；一个穿西服，头发蓬乱站在擦得乱如麻的黑板前的人；一个大胡子、卷头发的人；一个头发后梳露出大脑门的人。这些肖像中有的认识，有的不认识。我不想转移话题，便说不认识。我下巴往上指了指那个女人，又接着说：“我想知道她是谁。”伯父表情复杂，迟疑了片刻说：“好吧。”他从侧面的书架上取下一本黑皮布面精装书，放在写字台上。我以为这本书跟照片上的女人有什么关系，便期待着伯父继续说下去。伯父把黑皮书封脊的底端作支撑点，立在玻璃台面上，一只手握住书的顶角，弓下身，一副虔诚的样子，嘴里念叨着什么，像在举行一个仪式，他握着书的手如同用力拧开一个锈死的开关那样转动了黑皮书。黑皮书旋转起来，随着速度的加快，逐渐旋转成一座水之上透明的夜色建筑。白的纸页随之打开，如拉开手风琴风箱。它越转越快，奇迹出现了，书上的文字脱离书页，密密麻麻互相追逐着黑皮书旋转，渐进地组成这座建筑的地基、栋梁和墙壁。文字与文字不断组合，仿佛听从来自上天命名的指令，随之变幻出各种图像：在花园中的一男一女手拉着手奔跑，河流蜿蜒远去，山峦起伏，万树摇风，洪水方舟……伯父说："这是语言与图像在转换。"我即刻想到了那只顶面是八卦图的陀螺，那只陀螺呢？黑皮书会不会就是它的化身？伯父的魔法我是领教过的，一切皆有可能。就在我缓过神来，惊叹之际，伯父又从书架取下一本蓝皮书，他如法炮制，继续在黑皮书旁，让蓝皮书旋转起来，渐渐旋转成水之上透明的天蓝色建筑。旧黄的书页如折扇打开，随着急速旋转，文字挣脱纸面横冲直撞，逐渐地按序由点到线，由线到面，组成建筑的内在结构。词与词按照人类的律法组合，变幻着一幅幅图像：巨坑里无数的骷髅、白骨，"小男孩"和"胖子"的蘑菇云在两座城市上空升起，长江万船齐发，戴袖章的男女云集……水之上，透明的夜色与天蓝色建筑相互排斥着，渐行渐远。

如同看了一场精彩电影不过瘾，我又从书架上取下一本与黑皮书紧邻的红皮书，递给伯父。伯父明白我的意思，他抚慰地摸了摸我的头，说："这个不行。"我问为什么，伯父盯着墙上的肖像，说："不行就是不行。"看到伯父如此严肃、坚定的神情，我不敢强求。

伯父到底是谁？这个让我困惑不解的问题还没有答案，又有了新的疑问：那个女人跟我有什么关系？伯父为什么总是闪烁其词不回答我，一连串的疑问驱使我把话题引到写字台上方的照片上，我说："伯父，您身边的人是谁，您还没有告诉我。"伯父第一次如此长久地注视着我，眼里闪烁着复杂的内容，慢慢地显出泪光。他回身把墙上的镜框摘下来，背对着我，面向窗外，仿佛在回忆什么，又似乎在躲避什么。过了很久，伯父转过身，将镜框一角也就是照片上的地面支撑在玻璃板上，表情凝重，眼里噙着泪水。难道伯父要旋转照片？我看着伯父的一举一动，不知下一步会发生什么，心跳莫名地加快。伯父左手轻按镜框顶角，右手捏住边角，缓慢地转动，越转越快，如同手摇发动引擎，逐渐加速，直至引擎发出轰鸣，镜框飞速旋转起来。伯父闭上眼，仿佛经受不住将要发生的事情。于是令我惊呆的画面出现了：伯父和那个女人从镜框中走了出来，女人手挽既高又挺拔的伯父在湖边草地上漫步。他们发现我在湖对面，女人向我挥手，伯父摘下帽子也向我挥手。女人张开双臂向我这边奔跑，全身透着母亲般的爱意，我禁不住潸然泪下，就在我要冲上去的那一刻，伯父紧紧地抱住了我，他的黑长衫像夜空一样笼罩着我，我什么也看不见……伯父最终也没告诉我他是谁，那个女人又是谁。他说，我们都是宇宙的孩子。

伯父送我回孤儿院的时候，已是深夜。孤儿院都熄了灯，唯有院长办公室的灯还亮着。他手里提着黑皮箱向院长办公室走去。我回到宿舍，趴在窗上，等着目送伯父。等了很久也没有等到伯父的身影，手里一直攥着那枚金陀螺。就在我准备从窗上退下来，熄灯上床时，看见伯父出现在孤儿院正门的通道上，院长办公室斜射出的灯光照亮他穿长衫戴礼帽的身影。他也看见我趴在亮着灯的窗上，他摘下帽子向我挥手，就像在他书房从照片上走出来那样……从此我再也没见到过伯父。

同事伸手捂住还在大理石窗台上旋转的金陀螺，说："那些肖像我能想到的第三个是傅科，他是陀螺的命名者，傅科摆实验证明地球的自转。后面，没说错的话应该是物理大师伽利略、卢瑟福、海森堡。我只知道这些。"我说："那么久远的事了，记不真切。除了你说的，我猜是老子、达尔文、维特根斯坦。"我要继续往下说的时候，同事打断我，问："如果伯父是你父亲的话，他为什么不挑明？"我接过金陀螺，在手里抚弄着，不置可否。同事说："你伯父是一个灵异之人，过去有这样的人，现在已经没有了。"

同事说："后来你没再去你伯父的住处找他吗？"我说："去过，去过许多次，但找不到那个地方了。每次转到那条海螺似的马牙石路上，拐来拐去又回到了原点。一次问路，遇见一个好人，带我来到一座红瓦顶的二层楼院里。房子很像我去过的伯父家的房子，但没有了松树和葡萄架。敲敲门，里面蹒跚着出来一位满头白发、穿着红花裙子、看上去起码九十多岁的老太太，似乎已经糊涂得什么也不知道了……”

同事见我一副遗憾、难过的神情，便说：“你已经很幸运了，不管他是不是你父亲或者伯父，他是天降的陀螺大师，这一点确凿无疑。”

我说：“是的，我的确很幸运。”

原载《收获》2021 年第 1 期

【作者简介】西元，1976年生，籍贯黑龙江巴彦。1994年考入解放军南京政治学院，同年入伍。就读于中国人民大学、北京大学，获文学博士学位。现为解放军文化艺术中心文艺部创作室创作员。曾获中华文学基金会“茅盾文学新人奖”、解放军文艺优秀作品奖、《钟山》文学奖等。

Xi Yuan was born in 1976 in Bayan, Heilongjiang Province. He was admitted to the PLA Nanjing Institute of Political Science in 1994 and joined the army in the same year. He studied at Renmin University of China and Peking University and acquired a PhD of Arts. Now he is a member of the literary and art department of PLA Culture and Art Center. He has won the "Mao Dun Literature Newcomer Award" by Chinese Literature Foundation, the PLA Award for Outstanding Literary Works, and the "Zhong Shan" Literature Prize, etc.

生

西　元

在这里，有个海拔五百多米的高地。向北望去，是好似一面湖水的山谷。谷底有雾气、薄冰和积雪，当阳光照耀在上面，仿佛盛满了熔化的金子。二斗伢子总是梦见自己变成一只黑色大鸟，展开遮天的双翅在高地上空缓缓盘旋。黑色大鸟孤独地尖叫着，那叫声奔向太阳，奔向天空，奔向云朵，奔向层层叠叠波涛一样的群山。二斗伢子盯着自己映在大地上的影子，慢慢低飞，向高地主峰落下去。一瞬间，那里燃起了地狱般的焦红色大火，黑色大鸟痛苦地嘶叫着，再一次飞向高空，久久不肯离去……

当年，十六岁的二斗伢子第一脚踏上高地主峰，小腿就陷在了土里，一直没到膝盖。这是种被成千上万颗炮弹炸成灰尘状的黑色浮土，像炉膛里烧过的稻草灰。他之前没见过，之后也一辈子没见过。尺把深处以下，才能踩到碎石块、弹药箱和散落的枪支、子弹壳，还有僵硬的肢体和躯干。阵地上光秃秃的，没有任何草木，不远处立着半截炭黑色的树干，树皮早已被气浪剥光，无论来年春风怎样吹拂，也绝不会再活过来了。

二斗伢子不知道在他之前，有多少茬部队守卫过，争夺过这个高地。他跟在指导员身后，爬进一条朝西北方向的坑道。它的洞口有汽油桶粗细，里面坍塌了两三米深。只因还有个碗口大小的通气孔，新上来的部队才发现了它。掘开洞口，只见十七八米深的坑道里坐着或躺着二十几个人，全都是伤员，大腿上搭着步枪，或手里抓着手榴弹。他们脸色灰黑，薄薄的皮肉包着颧骨、下巴，隐隐露出骷髅的轮廓。目光直勾勾的，狠狠盯着你许久，像盯着敌人一样，眼珠子也不转一下。这里又热又憋闷，还有股很可怕的气味。爬着爬着，二斗伢子手中的蜡烛慢慢熄灭了，后来才知道是因为坑道里没有多少氧气。指导员轻声说道，我们是来接替你们的部队。你们打得很顽强。现在，大家伙儿可以下高地了！坑道里没人动弹，似乎一时还没听懂他在说什么。指导员又轻声重复了一遍。一个声音从黑暗里小心翼翼地问，有水么？二斗伢子把一名伤员拖出坑道。他还活着，只是身体轻得吓人，像个婴儿。伤员很久没见到阳光了，双眼痛苦地紧闭着、颤抖着，直到军用水壶里的水流进他干裂得像刨花的嘴唇时，才有几颗泪珠儿从纸一样薄的眼皮下钻出来。

二斗伢子一个一个给伤员喂水，一个一个问他们部队的番号，二十几名伤员竟然来自十三支连队。二斗伢子默默地想，问出了多少番号，就意味着有多少支队伍曾经在这里打过仗。可是，他们走的时候为什么不把伤员带上呢？琢磨一阵子，二斗伢子明白了。那些队伍上来后，就再也没下去过。还活着的，其实就是眼前这些伤员。不远处，他听见指导员对担架连的人说，没有他们，高地早丢了。不管多辛苦，一定要把这些人都活着送到师医院！过了一会儿，指导员又说，坑道最里面还有不少牺牲的战友，一起抬走吧！

一

夜，是乌蓝色的。二斗伢子抬起头，鼻尖上方贴着银河。密密麻麻的星星又冷又远，细细听去，隐约传来轰响声，那是来自天空深处的声音。挖了一夜战壕，二斗伢子真希望这夜再漫长一些。指导员坐在他旁边，用后背使劲靠了靠刚砌好的掩体，看是否结实。二斗伢子也坐下来，一个东西硌在后腰眼上。他知道，那是埋在工事里的美军士兵胳膊肘。

指导员问他，你怕吗？二斗伢子问，怕什么？指导员说，死啊！二斗伢子说，不怕。指导员问，屁股底下就埋着死人，你不怕？二斗伢子说，鬼子都死了，还有啥可怕的？不怕！指导员问，从坑道里拽出来那么多战友的遗体你也不怕？二斗伢子说，那时心里只想着报仇，不怕！指导员呵呵一笑，又问，你个小牛犊子，就从来没感觉到怕？二斗伢子说，从来没感觉到过。指导员不笑了，说，没感觉到怕，不是真的不怕。等你心里有了它，并且知道怎么面对它的时候，才是真的不怕。二斗伢子嗯了一声，却不太服气，心想，怕了就是怕了，还说什么不怕？

回到坑道里，二斗伢子坐在老兵李大棉裤旁边。老兵打过不少仗，在东北，在湖南，在广西，在海南岛都打过。只见他往铝饭盒盖里倒了薄薄一层炒面，用小手指甲仔仔细细地翻弄，像犁地一样，把其中的谷壳、沙粒挑出来。然后，再用中指、食指和大拇手指把炒面搓成中药丸一样的球儿，小心放进嘴巴，连口水也不喝，就生生咽进肚子里。二斗伢子说，老李，喝口水呗，小心刮破了嗓子眼儿。李大棉裤摇摇头，说，水？过三天你再跟我说喝水的事儿吧。你没看见咱们上来时，那些人都干成什么样子了？

李大棉裤又说，等会儿美国人的炮弹打过来，你要学会分辨。听我说啊，如果是“呜儿呜儿”发尖的声音，那是远炮，你不用理它。如果是“呼——噗”一下过来，带着风声，那就是近弹，你赶紧卧倒，能多快就多快，亲爹叫你也不要管。还有子弹的声音你也记着点，“吱儿吱儿”的声音说明它早就飞过去了。凡是打到你身上或近处的子弹，你根本听不见。我说你个娃儿，别不当回事儿，多少人还没学会，就没了！二斗伢子用肩膀拱了李大棉裤一下，问，老李，你怕死不？李大棉裤说，肯定怕呀！活人哪有不怕的？二斗伢子又问，那是啥感觉？李大棉裤说，每个人可能都不一样。我吧，就像喉咙里黏着一口痰，吐也吐不出来，总是让你喘不过气来，弄不好还能把你憋死。他接着说，不过，也有个好处。你虽然甩也甩不掉，可它却总在提醒你，别冲动，别逞能，只要仗还没打完，就时时刻刻都别放松了警惕，小心、小心再加小心。许多人的死，其实都因为心里头那根弦儿松了。他们本应活得更长久——

突然间，二斗伢子只见李大棉裤的嘴一张一合，却听不到任何声音。然后，蜡烛晃了一下，一片漆黑。坑道口那碗大的一丁点光也扑哧一下，没了。接着，后背被坑道壁撞了一下，像被坦克碾过似的，骨头咔嚓咔嚓直响，胸膛紧紧箍着肺叶子，却一口气也吸不进来。一声接一声的巨响震聋了二斗伢子的耳朵，以至于什么也听不见。他蜷起身体，死死抱住脑袋，任由筛子一样的坑道把他抛到空中，撞在墙上，再摔在地上。二斗伢子在黑暗里上下翻飞，昏昏沉沉、气若游丝，搞不清这是在哪里，不记得自己是谁，也不知道为什么来这里。渐渐地，他觉得自己变成了一团微弱的亮光，像萤火虫似的飞在无边无际的黑夜里，又像一束瘦小的火苗，随时会被狂风吹灭……

炮击过后，美国兵就该上来了。有人扒开坍塌的坑道口，拽起手榴弹箱，猫着腰冲进战壕，一边往死里喘着粗气，一边忙不迭地拧下手榴弹柄上的铁皮盖子。二斗伢子在坑道里跌倒了，胳膊和大腿被人重重踩了几脚。他使了几次劲儿，还是没立起身子，后面的人便从他的背上急匆匆爬过去，锤子一样的膝盖头快把他的脊梁骨压断了。有只手揪住二斗伢子的棉裤后腰，拎小鸡一样把他拎出坑道，颠簸了上百步，扔在了一个炮弹坑里。二斗伢子扭过脸，看到这人是机枪手大老张。大老张的手紫红色，手指头又粗又壮，每根都像茄子。他把机枪架好，瞄了瞄，对二斗伢子吼道，这两箱手榴弹归你！

二斗伢子还是第一次离这么近看到美国兵端着枪向上冲。他有点慌，手榴弹一个接一个向下甩，却不知道炸到敌人没有。他哪也不看，除了脚下的手榴弹箱，似乎世界上什么都不存在了。大老张给了他一个大脖溜子，喊道，看准了再甩！那手榴弹都是拿命换来的，运一箱上来就得少一个人！二斗伢子愣了一愣，盯着大老张的手，又摸了摸发烫的后脖梗子。过去，二斗伢子挺怕这双紫红色的大手，因为大老张开玩笑时总是没轻没重。现在，却觉得这手挺亲切，若不是它，自己非得给踩死在坑通里不可。一巴掌过后，二斗伢子清醒多了，每次把手榴弹抛出战壕之前，总会把半个脑袋探出去，瞅瞅鬼子已经冲到哪儿了。

不知过了多久，那只手又重重地拍了一下二斗伢子的肩膀，并且紧紧抓住他的领子。二斗伢子一片空白的脑子开始慢慢转动，并且记起了一些东西。他哆嗦着，向高地下方望去，只看到了美国兵的后背和屁股。他们挤成一小团一小团，向远处跑了。二斗伢子腿软绵绵的，稍不用力，准会跪在地上。他抹了一把满脸的鼻涕和泪水，心想，原来仗就这么打啊！他感激地扭过脸，想对大老张笑一下，道个谢。可是旁边的那挺机枪枪管给炸弯了，大老张也不在身边。二斗伢子把胳膊探向肩膀，把抓住自己领子的那只紫红色大手掌拿到眼前。这是大老张的手，只是从小臂一半处炸断了，慢慢滴着血，指甲缝里的污泥似乎都还留着体温。二斗伢子隐约记起来，机枪被炸坏了，敌人冲上了高地，大老张用手榴弹砸碎了一个美国兵的后脑勺，自己也被工兵铲劈断了一条腿。最后，他拎着爆破筒和两个鬼子抱在一起，接着是暴雨般飞过来的石子、土块和血肉。

二

打退敌人第一次进攻之后，指导员就一直让二斗伢子留在坑道里，守着电话机。这个黑色的家伙一声不吭地摆在那儿，二斗伢子盯着它，有点走神儿。他总在想大老张的那只手，心里不好受，又怪怪的。大老张他怕过吗？二斗伢子思量着，就那么一眨眼的工夫，大老张肯定也是没细想过。春天那会儿，部队还驻守在别处，有只白羽毛的红嘴小鸟大概是被炮弹炸昏了头，糊里糊涂地落进了坑道。没有人去管它，大老张却把小鸟握在手心里，将嚼过的炒面吐在指头上，逗它吃。后来，他还用树枝编了个笼子，养着小鸟，直到它能飞了，才把它放走。几十年后，二斗伢子依然清晰地记得大老张伸出那根紫红色粗手指去喂小鸟时的画面和他又欢喜又天真的表情。或许，只有这样的人才有勇气拉响爆破筒吧。

不过，也容不得二斗伢子胡思乱想，坑道外面的仗一直在打。敌人的炮火覆盖高地时，战友们撤进坑道。待美国人发起冲锋时，他们再出去，把敌人击退。如此反复，从日出一直打到日落。越来越多受伤的人被抬进坑道，到处是呻吟声、叫喊声，有人在找水喝，有人在找卫生员。不久，有人把连长抬了进来。他腰部的衣服炸烂了，汪着一摊血，并且还像泉水一样向外涌。指导员把他放在电话机对面的短坑道里，跪在地上给他擦脸上的血污，耳朵贴在他嘴上听他讲话。坑道里很吵，那里也很黑，二斗伢子没看清连长的脸，也看不清指导员的表情。过了一小会儿，指导员把自己的军用毯子盖在连长身上，抓起枪，匆匆跑出去了。

借着电话机旁蜡烛的一点光晕，二斗伢子看到连长露在毯子外面的脚旁边慢慢流出血水，像细细的小溪一样，越流越多，越流越长。他瞅几眼连长的脚，又回过头瞅几眼静默的电话机，觉得一切都很陌生。铃声响了，二斗伢子猛地抓起听筒。有人问，你是谁？二斗伢子慌了一下，忙答，我是九连文书二斗伢子。对方说，让连长接电话。二斗伢子犹豫了，答，连长受伤了。对方说，还活着吗？二斗伢子扫了一眼连长脚旁越积越多的血水，答，大概是死了。对方严厉地问，活着就是活着，死了就是死了，到底是活着还是死了？二斗伢子答，死了。对方又说，我是师作战科张科长，你写一个电话记录，马上交给指导员。二斗伢子找出纸和笔，答道，准备好了。对方说，限于明日上午十时前，将近日以来战斗总结报告交师前指，作战科科长张某某。二斗伢子答，记好了。对方很温情地问，二斗伢子，你还好吗？二斗伢子答，都很好。对方说，你的文章越写越好了，最近那篇登在咱们师出的战地报纸上了，你看到没？二斗伢子说，水都送不上来，报纸更看不到。对方沉默了片刻，道，我这儿有支钢笔，明天上午要是你来就带回去吧。

二斗伢子给师部送过几次文字材料，而且都是交给张科长。有一次，张科长问，这份材料是你抄的？二斗伢子点点头。张科长说，抄得不借，但有错字，你过来，咱们一起改过来。那一次，张科长教会了他五个字。不知为什么，二斗伢子印象特别深，之后再没错过。临走时，张科长还对他笑了，说如果哪次材料里一个错字都没有，就送他一支钢笔。张科长把那支亮晶晶的黑色钢笔给他看了，很漂亮，沉甸甸的。还有一次，二斗伢子替张科长送了封信，是给军文工团的一位女同志的。她收下信，给了二斗伢子一双布鞋，让转交给张科长。两个人收到对方东西的时候，表情都很平静，像是刚刚还见过面似的。

抬进来的伤员越来越多，慢慢就摆不下了。于是，死了的就被叠放在坑道最深处，活着的也尽量往里面躺。太阳变成浓红色，稀稀溜溜地挂在西边的天上。敌人停止了进攻，阵地上的硝烟像炊烟一样，告诉生者，这一天就要过去了。入夜，二斗伢子悄悄爬出热气腾腾的坑道，趴在一块结了冰的战壕土坡上，向山峰四周张望。从他头发上、领子里冒出一股股雾气。后背上的汗碰到冬夜里的寒风，让二斗伢子受了惊吓似的打了个激灵。北面的山谷，此时像除夕夜里的小村庄。敌人的信号弹、照明弹，还有各种型号的炮弹在里面爆炸闪光，机枪子弹拉出亮黄色的网，一刻不停。雪白的光亮处，能看到小小的马匹，还有人，他们被映得水银珠子一样闪闪发光，那是我们的运输线。

二斗伢子冻僵了，往回爬，坑道里挤满了人。他小声说，让一让。可没人动，好一会儿，有人说，还让个老六啊！你就从我身上爬过去吧。二斗伢子壮着胆子说，那我可就爬啦！他小心地爬着，从身旁身下身后传来叫声骂声，瓜娃儿轻点，老子的腿上有伤撒！个小鳖羔子，脚丫子都蹬到我脸上了！快下去，喘不过气来啦，肚子还流血呢！瞅瞅，你这一踩，又冒出来了！有人在他屁股上使劲拍了一下，有人狠狠拧他的大腿。二斗伢子疼得大叫道，都别他娘的骂了，我在执行任务呢！再骂，再骂你们自己爬出去吧！

爬到坑道中部，二斗伢子看到指导员正和几个人开会。这里热得要命，仿佛从雪地里一下子进了开水锅。手榴弹箱上的蜡烛软软瘫成一团，只剩下黄豆大的火苗，随时会灭掉。二斗伢子坐在角落里，昏昏沉沉地听他们说话。指导员说，连长死了，副连长也死了，排长只剩下一个。二斗伢子还听到，这一天里，连队伤亡了一大半，如果照这个打法，明天就得拼光了。有人说，那咱就换个打法，阵地上不放那么多人了。现在看来，这屁眼儿大的一块地方，一次上去三个人正合适，伤亡一个，补充一个。指导员说，那就这么定了……

二斗伢子扫了一眼尺把远处连长露在毯子外面的脚，血水干了，留下一摊黑色的硬块儿。他偷偷用鞋跟把旁边的干土踹过去，把血迹覆盖上。这时，有人在坑道口大声喊，咱们的人送东西上来啦！不久，爬进来一个人，一身一脸土，张开嘴说话，露出一口白牙，眼睛血红血红的，让人有点不敢问他话。那人从后背上扯下五个装满水的军用水壶，又从腰里解下一只布袋子，里面有三根白萝卜。最后，他扒开上衣，从怀里摸出一包油纸裹着的水果糖，上面还沾了一大片滑溜溜没干的血。他喘着气，用骂人一般的口气说，给俺开个收条，把这三样东西记清楚喽！水果糖本是某某某带着的，半道上炸死了。指导员递上一搪瓷缸水，那人一把推开，说，这水我他妈的怎么喝得下去？！发了好一会儿呆，那人爬起身，叹了口气，说，我得回去了。你们别嫌少，我们出来时是十五个人，只有我一个上来了……还不知道能不能活着回去。

那人走了，坑道里稍稍安静一些。有人低声说话，有人呻吟，有人磨牙，有人把手榴弹盖子拧开再拧上。一颗水果糖砸在二斗伢子额头上，把他砸醒了。他看到指导员正借着豆大的一点光亮写战斗总结报告，每个人都分到了一枚水果糖。属于自己的那枚在地上闪闪发光，二斗伢子拾起来，仔细端详，糖纸一角留有指甲大小的血迹。他犹豫了几下，还是狠狠心剥开了，把糖放在嘴里，将糖纸小心叠好放在挎包里。指导员似乎用眼角看见了，又甩给他一枚，正落在怀里。二斗伢子旁边坐着李大棉裤。此时，他正借着亮光，把炒面捏成小球儿，摊在手掌上，一颗一颗往嘴里放，吃得美滋滋的。二斗伢子问，大半夜的，就吃上了？李大棉裤边嚼边说，得着空就吃点呗，谁知道鬼子啥时候上来呀？

不知不觉，二斗伢子又睡着了。这回是指导员把他摇醒的，说道，战斗总结报告写好了。来，来，来，你再帮我捋一遍，看有没有不通的地方。

三

当二斗伢子从坑道里钻出来的那一刻，他觉得自己像魑魅魍魉一样，即使是朝阳那并不强烈的光，也刺得睁不开眼睛。他紧捂双眼，像挨了子弹那样在薄雪上趴了好久，世界才一点颜色一点颜色，一块形状一块形状，一把沙土一座土包，一枚弹坑一条战壕地恢复了原来的样子。刚才，指导员把战斗总结报告交给二斗伢子，让他穿过山谷，在上午十时前送到师前指。指导员还说，你大哥不是在三十四团吗？那个团这会儿就在师部附近休整。我再多给你半天时间，看看能不能见上一面，天黑前赶回来。二斗伢子跑出去十几步，又被喊了回来。指导员从手腕上摘下自己的瑞士手表，给了二斗伢子，说，看着点时间！二斗伢子急了，一把推回去，说，这是你花了两年津贴才买到的，我可不敢戴！指导员苦笑了一下，说，贵不贵重的早看淡了，东西就是拿来用的，坑道里还有个马蹄钟，挺准的。说罢，指导员把瑞士手表撸在二斗伢子手腕上，又在他屁股上拍了下，仿佛催一匹小马快点出发。

其实，二斗伢子心里还有一个人，那是他的霓云姐姐。二斗伢子的大哥叫九斗伢子，是他的亲哥哥。霓云却不是他的亲姐姐。她是师部文化干事，从重庆来的大学生，造桥专业毕业的。去年冬天刚过江时，被派到二斗伢子他们连采访。那会儿天寒地冻，连里面要求宿营时两个人两个人抱在一块儿睡。霓云是个女同志，没人和她睡一起，几个晚上下来，给冻得哭了。二斗伢子年纪最小，指导员就把和霓云搭伙儿睡的任务交给了他。那晚，二斗伢子把霓云的脚抱在怀里，又轻又软，像抱着一束桃花似的。霓云也一样，还轻轻地给二斗伢子捏着脚心和脚踝。二斗伢子涨红了脸，说，姐啊！我的脚臭，也不冷，你就别抱着了。霓云说，净瞎说！冰天雪地的你脚能不冷？快睡吧！她一边说着，一边哼歌，一边给二斗伢子捏脚，直到他睡着了。其实二斗伢子没睡着，而是偷偷解开棉袄扣子，把霓云的脚贴着胸膛搂在怀里。他一直半梦半醒，一朵朵粉红色的火苗在寒冬夜空里漫天飞舞。

走下山谷的那一刻，二斗伢子就知道敌人的大炮已经开始瞄准，不知在哪棵树后的狙击步枪准星也正对着自己。他回头看了看那个小小的坑道洞口，又看了看头顶的天空。今天天气真好，碧蓝碧蓝的，偶有几片羽毛一般的薄云。一只黑色大鸟在太阳下方飞过，轻轻地挥舞着翅膀，盘旋了几圈，又尖叫着飞向远方。二斗伢子觉得自己就像那只自由的鸟儿一样，可以奔跑，可以欢笑，可以呐喊，去见久别的哥哥和姐姐。

在枯草和积雪上，有打了几个洞的铁皮水箱，有炸断了腿的骡马，有散了架的手榴弹箱，还有丢弃了的萝卜、苹果、香烟和罐头。所有那些在坑道里比黄金还贵重的东西，二斗伢子都不能停下来去捡。他像一头机敏的狸猫，一会儿向左跑，一会儿向右跑，一会儿趴在地上，一会儿又躲在树丛里。他想象着自己在和敌人捉迷藏，当敌人扣下扳机前的那一刻，他便一跃而起，从对方的准星里逃出去。有那么一小会儿，二斗伢子特别兴奋，快活劲儿一辈子少有，快要把身体胀破了。他差一点忘了还有个黑漆漆的东西在背后追着他，只需一刹那，就能把他变成尸体，和遗落在山谷里的那些物件没什么两样。二斗伢子还发现，这山谷其实是活着的。有一大群棕色的大蚂蚁排成队，努力地从裂开口子的布袋里搬运炒面疙瘩。还有田鼠从地洞里警惕地探出头，然后蹿到丢在野地中间的木筐边，偷偷摸摸叼走几粒带壳的花生。在一处薄冰之上，竟还有根发了翠绿色嫩芽的白萝卜。那嫩芽冻在冰里，闪烁着太阳光，仿佛还会继续长大似的。有一次，当二斗伢子卧倒时，看见草丛里伸出一截灰黑色的手，手腕上套着一只瑞士手表，和指导员的这只一模一样。他只敢匆匆端详两秒钟，就再次爬起来向前跑。不过，他也看清了，那只表完好无损，最长的秒针还在一下一下跳动着，真是奇迹。

不知为什么，二斗伢子穿过山谷，还翻过了一座海拔一千来米的山峰，敌人却没开一枪，没打一炮，就像真的只是一只鸟儿从荒无人迹的大山中间飞了过去。而不久前，一支九十多人的增援队伍打这儿通过，只剩下十七个人活着进了坑道。到了山脚下，二斗伢子发现这里多出一处战地医院，密林里搭了十几个帐篷。他钻进其中一个，看有没有认识的人。帐篷里没什么光线，但生着火，很暖和。行军床上躺着没了胳膊或腿的人，但他们没叫，也很少呻吟，入神地看着帐篷顶上的某一处，周围静悄悄的。二斗伢子知道，能活着被抬到这里的人已经是最幸运的了。不远处传来号叫声，他跑过去看，原来是护士在给被凝固汽油弹烧伤的战友换药。当纱布从一大片一大片皮肤上揭下来时，上面带着血水和脓水，还有刚刚结好的痂。

有个帐篷里架着几口大铁锅，里面煮着医疗器具，雾气当中充满药味儿和腥味儿。一个穿白短褂子的女护士背对着二斗伢子，正在搓洗什么东西。她身边有几个可以给小孩子洗澡的大铁盆子，硬邦邦带血的纱布堆得老高。二斗伢子急忙跑到她面前，大叫道，姐！真的是你啊！女护士抬起头，正在走神的眼睛里慢慢有了泪水。她一下子站起来，把二斗伢子搂在怀里，身体颤抖着，用手仔细地摸二斗伢子。从头发开始，像寻找什么东西似的，抚过脖子，捏一捏胳膊、腰身，又摸过大腿，连脚踝也一左一右地扭了几下。检查过之后，她再次把二斗伢子牢牢抱住，脸贴着他的耳朵，说，都是好的，姐姐真高兴！

霓云端详着二斗伢子，飞快打来一盆热水，往里扔了一小块碱。她按住弟弟的脑袋，先是把头发好好揉搓了一遍，又把脸和脖子彻底洗干净了。她捧起二斗伢子的脸，掏出一只用花蛤壳装着的擦脸油，从额头开始，然后是鼻子，接着是嘴唇和下巴，一点一点，一下一下把他的脸都涂了一遍。霓云仿佛看着一只刚刚洗干净的白瓷碗，用指尖轻轻拂拭，一颗灰尘也容不得留下。

这时，又来了几个穿白短褂子的女人，其中一个脖子上挂着听诊器。她走到近前，用手掌在二斗伢子的肩膀、胳膊和腿上来来回回拍了几下，开心地笑着说，这小伙子，长得可真漂亮！说罢，她从兜里摸出一只一寸见方的纸袋，里面有三粒维他命药片，塞进二斗伢子的挎包。另外两个女人也围着二斗伢子打量了一番，分别送给他一只装有消毒酒精棉球的小玻璃瓶和一双厚毛袜子。二斗伢子涨红了脸，故意把瑞士手表放在眼前看了看，就往师前指方向跑开了。他悄悄回头望了一眼，霓云姐姐孤零零站在帐篷外面，一手捂着嘴，另一只手向他挥着。他觉得自己的心似乎被某种通人性的动物咬了一口，比如说马，比如说狗，比如说猫。不是那种死命地咬，而是小心地半含着，只在皮肉上留下牙印的咬。那颗不管不顾的心里头，就这么落下了一颗姐姐的泪水。

四

又翻过一座小岭，二斗伢子找到了师前指，时间是上午九时四十五分。不过，最后的时限又突然失效了。今日凌晨，敌机在这里投下三枚重磅炸弹，其中一枚把师前指一处隐蔽所炸塌了。当时，作战科张科长和两个参谋正在里面，把他们挖出来时都已经牺牲了。三人的遗体盖着白布单，并排放在一个矿洞里。十几个人围成半圆，师政委低声念了一份不长的悼词，师长拔出手枪，走到洞外，朝天打光了子弹，然后，猛一转身，头也不回地走了。那位文工团的女同志蹲下来，揭开其中一块白布单，给尸体擦去脸上的泥土。

没有人说话，洞里静悄悄的。很久，二斗伢子才记起了自己的任务。他来到师前指，看到隐蔽所恢复起来了，墙上重新挂上地图。张科长用过的木桌子断了一条腿，现在，断桌腿下面垫了两只木箱子。有个人坐在桌子后面，入神地瞅着笔记本。电话铃不停地响，新来的作战参谋接起电话或放下电话，然后用红笔或蓝笔在地图上标注。那人抬起头，皱着眉问，你是干什么的？二斗伢子挺直后背，答，我是三十二团九连文书，张、张科长让我们连送一份战斗总结报告。那人看了一眼二斗伢子，说，拿过来吧。这时，一个作战参谋跑到桌前，对他说，赵副科长，军长电话。那人把报告放在桌上，用块石头压住，起身走了。二斗伢子打量了一下隐蔽所内部，门口处有一大片烧黑的土，门框外层是焦的。屋角处原来有一张床，铺着褥子和被。现在，床板砸了个大洞，铺盖也不见了，上面堆了三个文件箱。其中一个文件箱上面摆着一只挂钟，玻璃前罩碎了，里面进了土，只剩下一根指针。二斗伢子记得上次来师前指时，这钟是挂在墙上的。

过了半个多小时，赵副科长才回来，军装的前胸和膝盖沾满了黄土，额头上还涂了一块碘伏。他看完战斗总结报告，道，你们连的电话线断了，那么我来问你，今天能撑得住吗？二斗伢子说，能。赵副科长又沉默了，盯着战斗总结报告，仿佛要从字里行间看出点什么。二斗伢子问，我可以回去了吗？给我签一张收条。赵副科长头也不抬，说，你先别走，晚上有一支加强连要上去，你地形熟，给他们领路。二斗伢子还想说指导员多给了他半天假，让他去看一眼哥哥。可他瞅着赵副科长额上的碘伏，动了动嘴唇，把话咽回去了。中午时分，有人端了碗面条过来，上面漂着油星，还卧了只鸡蛋。赵副科长对二斗伢子大声道，嘿！我说五九七下来的，专门给你做的，吃吧！他还从床下边掏出一盒猪肉罐头，用刺刀撬开，递给二斗伢子，说，这东西轻易不拿出来，也给你吃！

猪油味儿、白面香味儿把二斗伢子熏得晕乎乎的。从牙齿碰到面条的一刹那开始，他就像勒住一匹野马那样使劲勒住自己的嘴，好让自己多吃一会儿，也免得被噎住。他紧张得有点喘不过气来，胸口闷闷的，眼里有了泪珠儿。赵副科长的眼睛也湿了，拍拍二斗伢子的肩膀说，慢慢吃，别呛着，我还要开会，吃完你就睡会儿。正说着，外面来了人，问，在哪儿开会啊？他们有团长、政委、副团长，有营长、教导员、副营长，都是从前线下来的。这些人用拳头互相狠狠地捶着胸膛，笑着问，你他娘卖 × 的还活着呢？哈哈！

面条和猪肉罐头下肚之后很久，二斗伢子的嘴唇上还蒙了厚厚一层油，又滑又腻。他一头倒在两个文件箱之间的床板上，像塞满了东西的实心麻袋一样昏昏沉沉地睡着了。在梦里，他看见了高地，一片火光和爆炸声。他很惊讶，高地怎么这么可怕？可很快又明白过来，现在高地真的就是这个样子。他还看见了一个人，好像是指导员，不过人影一闪而过，没看清楚，也没听见说话。似乎只是一眨眼的工夫，赵副科长便又把他从床板上拎了起来，拍拍他身上的灰土，把一张文件收条塞进他的挎包，说道，天黑了，队伍在路边等着你呢！走吧！钻出隐蔽所的那一刻，二斗伢子转回身问赵副科长，你怕死吗？赵副科长说，小兔崽子，问这干啥？二斗伢子说，瞎问问。赵副科长答，什么怕不怕的？明天要死了，今晚该干啥还干啥！二斗伢子指了指赵副科长前胸兜里的钢笔，说，那是张科长留下的笔吧？他答应过给我的。赵副科长扯了一下二斗伢子的嘴，拽出钢笔，笑着放在他手心里，说，要是有一天仗打完了，多练练字！现在，滚蛋！

头顶上有个月牙儿，在密密的树枝之间移动，把硌脚的冻土撒上一层银辉。山脚下有条大路，一支部队在黑暗里默默地向东急行军，速度很快，差不多在跑，到处是喘息声和啪啪的脚步声。二斗伢子站在道边，再向西走一小段，就要离开大路向山上爬了。他问急匆匆迎面而来的人群，你们是三十四团的吗？你们这里有个叫九斗伢子的吗？我是他弟，我叫二斗伢子。

有人说，我们是三十四团的，但不认识九斗伢子。二斗伢子一遍一遍地问，仍然没人知道他大哥。赶路的部队排成一溜，像条黑色的长线，一眼望不到头和尾。这时，队伍外面走过来一个人，跟着警卫员，腰间有把短枪。二斗伢子拦住他，又问了一遍。

那人说，我是三十四团团长，你是谁？二斗伢子答，我是三十二团九连文书二斗伢子。团长问，你们团不是在五九七吗？二斗伢子从挎包里拿出文件收条，递给团长，说，我是下来送文件的，马上就要回去了，我想见一眼我大哥。团长双手放在二斗伢子肩上，使劲捏了捏，道，你们真是好样的。说罢，他转过身，对进行中的队伍大声喊道，九斗伢子你在哪儿？你弟二斗伢子想见你！听清楚喽，一个接一个往下传！于是，在夜色里，这句话此起彼伏，像大河上的波涛，一浪叠着一浪，声音越来越大，慢慢向远处传去。不过，好一会儿，这波涛似乎没有拍打到河岸就在遥远的地方消失了。二斗伢子有些懊悔，真是不该去问，或许大哥调走了，或许他受伤躺在医院里，或许当初就搞错了，他根本不在三十四团。二斗伢子擦了把眼泪，转身向山上爬去。

有个声音传来，经过无数个人的接力，越来越清晰。听得出来，每个传话的人都很高兴。于是，二斗伢子听到，九斗伢子当排长啦！现在急行军，他不能来见他弟二斗伢子啦！

九斗伢子当排长啦！现在急行军，他不能来见他弟二斗伢子啦！

九斗伢子当排长啦！现在急行军，他不能来见他弟二斗伢子啦！

……

五

路过战地医院时，二斗伢子闻到了浓烈的焦煳味儿，其中掺杂着树木和血肉烧焦的味道。不少水桶粗的大树被拦腰炸断，毁坏的帐篷像被撕烂的破衣服一样挂在残缺的树干上。抬伤员的民工说，战地医院被敌机盯上了，抽冷子投了不少炸弹。现在，医生和病人都转移到了那边的山洞里。一时间，二斗伢子脑袋里头空荡荡的。他急得忘了喘气，跑了上百米，冲进山洞，直到看见霓云捧着不锈钢盘子，胸前白褂子上满是血迹，镇静地站在手术台旁边时，才一下子瘫倒在墙角里。他闭上眼睛，艰难地倒着气，心里默默念叨着什么。生平头一回，二斗伢子觉得有点怕了，但不是怕自己死，而是真切地为另外一个人担心。

肯定有很长一段时间空白，因为二斗伢子睁开眼时，姐姐和另外两个护士正蹲在面前，焦急地打量着他。这两个护士二斗伢子都认识，白天见过面，还送了他一只装有消毒酒精棉球的小玻璃瓶和一双厚毛袜子。霓云拉着二斗伢子出了山洞，在一处用树干搭成的木屋前站下。

霓云问，这就回高地去了？

沉默了片刻，二斗伢子答，嗯。

他狠了狠心，问，那个脖子上挂听诊器的医生呢？怎么不见她？

霓云答，白医生没了。

下午？

下午。

霓云拉着二斗伢子向树林深处走了十几步。这里，有一块大树环绕的空地，铺满了干枯的黄叶。在树枝上方井口一样的夜空里，那片小月牙儿静悄悄地闪烁着清冷的光。霓云把二斗伢子搂住，他能感觉到姐姐的心在怦怦跳。而且，他还惊讶地发现，不知不觉间自己已经和姐姐一样高了，此时此刻，两个人的额头正贴在一起。月光洒在霓云脸上，她的睫毛在颤抖，两行泪水像夜色中的小溪一样从眼角流下，她的眉眼、鼻尖纤毫毕现。于是，二斗伢子就吻在姐姐的嘴唇上。

吻了好久，霓云说，我永远爱你。

二斗伢子问，什么是爱？

霓云说，爱就是把另一个人放在心上。

二斗伢子说，那我也永远爱你。

霓云说，要是你和我明天就死了呢？

二斗伢子说，那也是永远啊！

霓云用手抚上二斗伢子的眼睛，然后将他的双手放在自己又暖又软的腰上，紧紧地抱着他，脸贴在他的耳侧，身体在微微抖动。他没害臊，也没脸红，而是默默地抱着霓云，心底涌出千句万句浓浓的话想对她说。

二斗伢子道，姐，你冷吧？他解开棉袄扣子，像当初把霓云的脚贴着皮肤搂在怀里那样，把姐姐裹在棉袄里。

他又说，姐，你永远在我心上。

霓云道，嗯，你就这样搂着我吧！拥抱过一回，就永远在一起了。

霓云光滑的手臂绕着二斗伢子的脖子，亲吻他的额头、眉毛、眼睛，越过鼻梁，再次吻在他的嘴唇上。这一次，她的嘴唇烫得像燃烧的炸药，使劲吸着、吮着、挤着、压着……

从远处传来一阵呼唤声，二斗伢子，加强连都到半山腰了，你再不走，就追不上他们喽！

当二斗伢子回到高地坑道里时，指导员已经牺牲了。二斗伢子握起拳头，使劲地捶着脑袋，觉得是自己害死了指导员。临别时，他把瑞士手表摘下来送给了霓云姐姐。他觉得山谷里死尸手腕上的那块瑞士手表一定还在，回去时，豁出命去也要把它抢回来，还给指导员。可是，封锁线上的炮火太密集了，和白天完全不一样，二斗伢子就像闯进了一个光芒刺眼的迷宫，任何熟悉的东西都找不到。表没了，似乎冥冥之中注定着指导员也一起没了。现在，弹药箱上依旧燃着一颗豆大的火苗，新来的连长、指导员坐在那儿研究明天的仗该怎么打。

坑道里认识的战友已经没几个了。李大棉裤靠在对面短坑道里，一粒一粒把炒面搓成球，抿一小口水，再像吃中药丸那样把炒面球儿深深地放在嗓子眼儿处，使足了劲儿吞下去。二斗伢子坐到他身边，愣愣地瞅了半天他树根一样的喉结，想再问点什么。李大棉裤凶狠又厌恶地瞪了他一眼，低声道，把嘴给我闭上，别说话！然后，李大棉裤从兜里掏出来十来颗子弹，用破布一枚一枚擦得又红又亮，擦好了放回兜里。不一会儿，他又掏出来，重新擦一遍，如此反复。

第二天早晨，美国人的炮弹地动山摇之后，二斗伢子和战友们冲出坑道。他看到东方的地平线上空挂着一轮红彤彤的太阳，像一条从天而降的红色大河，用血一样的波涛把这个世界染得通红。二斗伢子深吸一口气，慢慢从战壕里立起身，迎着朝阳挺直了胸膛。然后，他沉着地拧开一只手榴弹柄上的铁皮盖子，对着正在冲上来的敌人猛地扔过去……

六

那场战役结束后，不仅仅是九连连长、指导员、大老张、白医生、师作战科张科长，李大棉裤、霓云、师作战科赵副科长也都相继牺牲了。古稀之年的二斗伢子说，当朝阳升起的那一刻，他突然明白了什么是死。打那儿之后，死就在他的心里生根发芽。这棵黑色的大树让他终生都在想一个问题：人，应该怎样活着？

原载《钟山》2021 年第 1 期

主持人：王干

王干，文学批评家，鲁迅文学奖得主，“新写实小说”倡导者。

Wang Gan is a literary critic, winner of Lu Xun Literature Prize, and an advocate of "new realistic novel".

微小说

推荐语

闵凡利的《蚕逍遥》是一篇跨纬度的哲思小说，构思巧妙，语言诙谐，行文机智，“我”与蚕互为文本的参照，通过蚕一生的蜕变和结茧，写出了人生的坎坷和意义，以及对活着的思考与追问。

陈毓的《胖人的荒野》，小篇幅中不乏微波荡漾，语言的涟漪好看。被离婚的胖人其实窈窕女子。胖人好思考，还有点幽默、有点善良、有点风情摇曳。作者祝福胖人，于是胖人找到了自己的知音。

相裕亭的《脱孝》，讲述了渔家女人守寡再嫁的一段鲜为人知的趣事。小说的写作切口很小，延伸出的故事厚重而又令人心酸。情节推进，丝丝入扣，掩卷静思，不由得会发出一声轻叹。

日本关东军在东北修筑地下要塞。拉死尸的活儿原来是为了保密，他们完成一个工程杀一批劳工，狠毒而丧失人性。陈力娇的《劳工》通过别致的故事，揭示关东军的残忍和劳工的无尽血泪，巧妙地完成了生存况味的艺术整合。

戴希的《金花三弄》通过三个典型事件，巧妙地刻画了一个弄虚作假、造谣撒泼、贪得无厌的商务局长“鲁美女”，同时对“鲁美女”的“官场逆淘汰”进行了辛辣讽刺，“鲁美女”的最终落马也暗示了德不配位的必然结局。

袁炳发的《我敬仰的人》揭示人无论处在什么境地都不会改变内心最本质的东西，比如正直善良的品性，因此不必追问小说中的高老师为何成了杀人犯，小说只告诉读者他是个好人。教人深思！

高军的《迎亲》在精短的篇幅里赋予丰富内涵且颇多新意。作品把人物放在故事和心理的多重矛盾冲突中进行考量，中间穿插了一个年幼单纯的二臭蛋传递话语活跃气氛，几个人物由对立走向和解，进而升华为真挚的祝福和感谢。

生活的轮回并非年月的重复，后代不理解父辈的执着正如父辈不体味前辈的固守，灯纵然会带来光亮，但黑暗在坚守中包含着追忆和怀念。孔鸣的《灯》富有哲思，传递温暖。

赵长春的“袁店河”笔记已经有了一定的文本魅力。赵家大少爷，是其“袁店河”人物形象中又立得起的一个。家国情怀的大主题与爱恨情仇的小情绪，在伏笔的深藏与照应上，处理巧妙，数个人物特点鲜明。

王培静的《男护士的桃花运》虽然男主角一直没有出场，但故事一波三折，语言机智幽默。一个没多少男人愿意干的护士职业，却因他的敬业，让他不但得到了圆满的爱情，还通过奋斗当上了院长，一个温馨而甜蜜的故事。

吴万夫是一位注重写细节的作家，《麦芒熟了》为我们成功地塑造了麦芒这个人物形象。尽管麦芒并不代表文化圈的大多数人，但他的存在必然引发读者的重视与不安，如芒刺在背。

陶群力的《春风度》把扶贫攻坚工作不动声色地融入农村致富带头人如何处理巧妙邻里关系之中，充满生活气息。一波三折的情节设置，让读者在阅读中获得更多的惊喜与快感。

【作者简介】闵凡利，枣庄市文联专业作家，中国作协会员，山东省作协签约作家。枣庄市作协副主席兼秘书长。先后在《当代》《中国作家》《小说月报》等刊物发表选载作品共300余万字，小说《死帖》《真佛》被拍摄成电影；曾获“泰山文艺奖”等省以上文学奖30余次。出版长篇小说《人民公仆》《紫青春》、中短篇集《皆大欢喜》《一直向东走》等17部。

Min Fanli is a professional writer of Zaozhuang Federation of Literary and Art Circles, a member of China Writers Association, and a contract writer of Shandong Writers Association as well as vice chairman and secretary general of Zaozhuang Writers Association. He has published work selections of more than 3 million words in publications such as *Dang Dai Bimonthly, Chinese Writers* and *Fiction Monthly*. His novels *Dead Post* and *True Buddha* were made into movies. He has won more than 30 provincial literature prizes including Taishan Literature Art Award. He has published 17 full-length novels, including *A Man of the People, Purple Youth*, collections of novellas and short stories including *As You Like It* and *Keep Going East*.

蚕逍遥

闵凡利

我是一只蚕。现在躺在蚕山上。蚕山是用麦秸或稻草编织的呈“W”状的物件，供我结茧的。我一边吃着桑叶，一边想着老食已吃完了，要开始吐丝了。

我的一生也就是五十多天。这短短的时间，就是我的一个时代。自己要经过从卵到蚁蚕、到蚕、到蛹、到蝶的过程。蝶才是我的成虫我的最后。想想我就笑了，就这几天的光景，要走这么多坎，受这么多磨难，咋想咋像人生啊！

蚁蚕是我的幼虫，从蚁蚕到吐丝结茧要休眠四次，脱四次皮。这只是二十五天左右的时间，除了吃就是蜕皮，我不停地强壮庞大（据说一个要吐丝的蚕的体重是蚁蚕的一万倍）。

我感觉老食吃得差不多了，前几天特饿，那个穿红衣的姑娘虽然一上午来喂好几次，可我还感觉饿。饿极连桑叶梗子都吃呢！后来红衣姑娘嫌一个人摘桑叶慢，就叫来那个叫闵凡利的，一起去地里，砍来好多长满桑叶的桑枝，放到蚕箔上。

那几天，我发现闵凡利没事常往蚕房里来，一来给我们喂食；二来我发现这家伙的眼神很特别，他看红衣姑娘时，眼里会伸出一只手，在红衣女孩的身上抚摩。后来我明白，这家伙喜欢上红衣姑娘了。

记得那天我已停止进食，休了一天眠，刚爬到蚕山上。我要开始做一生中最大的事——吐丝。就是把肚子里吃的桑叶精华吐出来。丝是桑叶的精华，是一种液体，出了我们的嘴就成透明的线。我们越吐身子越小，也越孱弱。为保护自己，我们先给自己用丝织一个壳，那壳好似蜗牛身上背负的房子，是我们的保护。吐丝需两三天的时间，我一边吐丝一边想，难道，我们的活着就是给自己织一个壳，把自己圈进去。就像人，小时候拼命学习礼仪道德，学生存之道，实际上你们学的就是怎样把自己圈进去、再怎样把自己消耗掉的方法和技巧。

我吐丝时，看到闵凡利也在吐——他是在给那个女孩倾吐情诗。在我听来，那是麻醉人的谎言。可女孩很喜欢，她听着闵凡利的情诗，脸上荡起红晕。

后来闵凡利去拉女孩的手。女孩把手放到他手里，非常幸福。真令人羡慕。

我的壳越织越厚，渐渐我把自己织进壳里。我把壳当成自己的家。当用最后的一根丝把家门堵上——喧嚣和嘈杂被我堵在壳外时，我感到出奇的静。

我知道，自己马上就是一个蛹了。当然我得脱下这又肥大又松弛的外衣。脱下这外衣，我才是个蛹。这是没办法的事，是我必须要走的路。就好比闵凡利后来和那红衣女孩结婚一样，他们组合一个家，后来他们为孩子的事发愁，为柴米油盐发愁，为工作和人民币发愁，他们和我一样，也成了他们自己的一个蛹。

以后的路是什么呢？自己的这大半辈子，除了吃就是织个壳把自己圈起来，我究竟做了什么？我常常想，难道这就是活着？就是我人生的目的？

再想想那个叫闵凡利的家伙——他开始是上学，后来写一些自以为能教育人的狗屁文章，其实是满纸荒唐言。他本是农民，可不会种地；又当工人，可不会操作机器。后当官，当着当着把自己当成一处级干部，春风得意了几天，后就当腐败了当“双规”了并当进监狱。从监狱出来，开始想干些不出汗的活计，思来想去，想到写文章。怀有这种心态的人，能写出啥锦绣文章？

我虽是个蛹，可我清醒。虽然我把自己圈起来，目的还是为了让自己走出这个壳。我虽是个虫，但我没忘，我是一个动物。

动物最终的目标是什么：是繁衍。想到这，我豁然开朗。

我要好好在壳里修整自己。一个虫能进壳不是本事，关键是要从壳里飞出来。我就想那个叫闵凡利的家伙，光知写，写那些只有几个和他一样家伙叫好的东西，实际上，他们的那个所谓的文学圈是小圈子，他写出的都是文字垃圾。在这个被称为地球的尘世上，一天能生产几十列车。

可我不能像他那么呆傻。上苍就给我五十多天的时间，在这期间，我还要把自己化成蝶。

这是个艰难的蜕变。这次和前几次不同：那几次只是休眠一下，褪下越来越小的外衣；而这次是从一个虫向一只蝶、是从爬行向飞舞的转变，它是质的、是灵魂的。这次蜕变是漫长的，需要生命四分之一的时间。在茧壳里的时间，我好好思考自己今后的道路。我想到了飞翔。

为了飞翔，为了在天空展开双翅，就是受再大的磨难，值！

刚化蛹时，体色是淡黄色的，通体嫩软，渐渐地变成黄褐色，皮肤也硬起来了。大约半月左右，我的身体又开始变软，皮有点起皱并呈土褐色时，我就将羽化成蛾了。

这次的蜕变让我历尽艰辛。当成蚕蛾的我啄开茧壳飞出时，那将是一只飞翔的蝶。当然，我专门飞到闵凡利的书房，看到该同志在书房里猴子一样抓耳挠腮，他在为一部作品人物命运绞尽脑汁，在为那个故事走向挖空心思。我知道，他这样的人，永远生活在自己编织的壳里，走不出来了……

我身边飞过一只雄性蚕蝶。那是个英俊的男生，他雄壮威猛仪表堂堂，是我心仪的王子，我得走向他。走向他，我才会交合，生命才会饱满……

几天后，我产下我的孩子，他们都是比芝麻粒还要小好多倍的受精卵。他们静静躺在一张纸上，看着他们，我清楚，我的使命完成了。当然，我的时代也终结了；当然，我也很累，该好好歇歇了。于是，我闭上了眼，看到了天堂……

原载《黄河文学》2021 年第 5 期

【作者简介】陈毓，现居西安。供职于某媒体。著有小说、散文集《白马》《欢乐颂》《夜的黑》《去原始森林的那个下午》《伊人寂寞》《嗨，我要敲你门了》《星光下，蒲团上》等16部。曾获《小说选刊》《小小说选刊》优秀小小说双刊奖，6次获《小小说选刊》优秀作品奖。

Chen Yu currently lives in Xi'an and works for a media company. She has written 16 novels and essays including *White Horse, Ode to Joy, Black Night, The Afternoon I Went to the Primal Forest, Loneliness of Beauty, Hi, I'm Knocking at Your Door, Under the Stars, On the futon*, etc. She has won the Double Issue Award for Out-standing Short Stories by *Selected Fiction* and *Selected Short Stories*. She has won the Outstanding Works Award by *Selected Short Fiction* for 6 times.

胖人的荒野

陈　毓

我这个朋友自比胖人。她自言身懒，在桑拿天的七月，更是一动弹一身水，索性除了必须做的那一点点事，最喜蜷卧竹榻，手持闲书，吹电扇送来的微风。胖人不喜空调，喜电扇，说电扇送出的风，才有山林草木的气息，让人虽处水泥高楼，却有置身旷野的舒畅。

虽说胖人身喜静，脑子却极勤快，比如胖人此刻就在琢磨，是什么限制了人之外其他动物的快速进化？为什么动物都不能强大到足以和人类抗衡？猴子若是懂得扛起木棍，会瞄准人类的脑袋？狼和人的故事里，狼叼住人的衣袖狼却最终放弃了人，不是狼力气不够大，是狼被那个大喊救命，生拉硬扯住大树不松手的动物完全搞蒙了，这情景类似贵州山林中那只老虎和驴子初遇的情景。

胖人还担心地球上的人越来越多，多到需靠火并求生存的那一天。胖人操心操得闲远，胖人因此孤独，孤独的胖人自言自语：或许没事，也许某一天，一颗太空陨石直冲地球，砰然一击，地球上的生命终止，新生命缓慢轮回。胖人腹诽这些的时候，电视里正在播放现代战争的场面，胖人换台，却看见地球冰冻，这回倒也来得干净，白茫茫大地一片真寂静。

胖人也关照个体身心，埋怨我们：你们都爱旅行，以为那才是享乐人生，真是笑话，到处都是塑料景区，不知道你们热衷个什么。

胖人眼见着听话的人分心，赶紧给予希望：闹市中也有微风，也有清凉，得看你怀什么心情。胖人继续诱导：当个看客很美妙，而且我自觉是相当棒的看客，我反对语言暴力，却爱慕骨髓里的深刻。待你发现胖人的自信自负，她却忽然叹息——

你看我，每天下班回家，把电视从头到尾反复翻，躺过十二点，从沙发挪到床上。我买那么多书，福克纳、帕慕克、扬·马特尔、苏珊·桑塔格、库切、本尼迪克特、梅·萨藤、雷蒙德·卡佛……书已堆到天花板，不知哪天能读完……新书又来了。我睡不着啊，时间在我这里就像无涯的荒野。按说恋爱最易消磨时光，但问题是，我和谁恋爱？现实是，和男人走得近，说你骚，和女人走得近，怀疑你是同性恋，和尼姑和尚走得近，说你离婚被打击消极虚无，和宠物走得近呢？又斜眼测猜你是否性奴了动物……我最后只好自恋，我说自恋的人是因为没人恋，信不信由你。

胖人并不等我回答信还是不信，继续诉说：就说男人吧，我总会看到他鼻孔一厘米处的鼻毛，这真悲哀……

胖人的话让我一惊。

嗨，今天晚报上的新闻你看到了吧？还是胖人在问。

自从认识胖人，我不读报也不担心世界发生了大事而独留我在无知的暗处。胖人批评看到的新闻，你看人类，把土地污染了，把河流污染了，让食物有农残了，却贼喊抓贼。

他们的歪点子咋那么多呢，竟然追求起了“奶瓶女”，你知道“奶瓶女”吗？

我一边飞快移动手指回复胖人，一边按动一扇大门的门铃。

是的，我按的正是胖人的门铃。胖人是个离婚五年的单身女子，她离婚是因为她那个超有钱老公让一个“奶瓶女”的肚子大了，有钱老公在离婚时给胖人诉苦：我一吃“奶瓶”，就忍不住想和“奶瓶”做爱。可怜“奶瓶”的大肚子里有了三胞胎男孩……胖人忍无可忍，又十分不忍，于是自动搬出了那幢豪宅。

现在，我来敲胖人的门，我要和她谈恋爱，她说恋爱最消磨时间，可见这是个会恋爱的主，不会恋爱的人会说，上床容易床下难。

而且我敏感捕捉到她喜欢我这个三十三岁的男人，这是我们长达一年的网聊里她传递给我的信息，我自知符合她的审美，我们言语往来，从第一天到此刻，都是如此的投机。

现在啊，我要把她从困顿中解放出来，如果我运气好，博得了胖人的芳心，我也将获得胖人以及胖人的梅·萨藤、库切们……和这些人为伍，我十分甘心。

当然，在这以前，我没忘记打理我的鼻孔，我想胖人不管如何细心，她也只能看见一个干净如南极天空的鼻腔。

我还知道，自命胖人的胖人其实身材窈窕，姿态娇媚，我们是在实名婚恋网站认识的，谁长啥样有十张个人生活照为证。

原载《芒种》2021 年第 5 期

【作者简介】相裕亭，中国作协会员。著有长篇盐河系列小说三部。其中，《盐河人家》获“五个一工程”奖；《看座》获“中骏杯”《小说选刊》双年奖、第16届全国微小说一等奖、入围首届汪曾祺华语小说奖；《风吹乡间路》获花果山文学奖；《忙年》获冰心图书奖；连续六届获全国小小说优秀作品奖。《偷盐》入选2005年中国小说排行榜。结集出版了《盐河旧事》（人民文学出版社）等20余部作品集。

Xiang Yuting is a member of China Writers Association. He is the author of *A Long Salt River Series* of three novels, among which *Yanhe Family* has won *"The Best Work Award"*; the novel *Prepare a Seat* won the Zhong Jun Cup Biennial Award by *Selected Novels*, the First Prize of the 16th Chinese Mini-stories Award, and was shortlisted for the First Wang Zengqi Chinese Novel Award; *The Wind Blows the Country Road* won the Huaguoshan Literature Prize; *Busy Year* won Bing Xin Book Award. He has won the National Outstanding Novel Award for 6 consecutive times. *Stealing Salt* was selected into the 2005 Chinese novel list. He has published more than 20 collections of works, including *Old Stories of Yanhe River* (People's Literature Publishing House) .

脱 孝

相裕亭

荆寡妇被人抢走了。

那个时候，天还没有黑。小村里男人们外出打鱼都还没有回来，家家户户的婆娘们正忙着烧火做饭呢。有几个放学后贪玩的小孩子，围在荆寡妇家门前一块青石板上摔纸码子（一种儿童游戏），有个高个儿的黑脸男人，赶着一架毛驴车走过来，说是上门讨一碗热水喝。可谁也没有想到，那个人走进荆寡妇家的院子里以后，看到荆寡妇家里没有男人，便掏出一把花花绿绿的糖果儿，支走了门口摔纸码的小孩子，返身脱下他身上一件灰布衫，把荆寡妇连头带脚地包裹了一番后，便装上驴车逃走了。

而那几个吃到糖果儿的小孩子，还想从那个黑脸男人那儿得到更多的糖果呢。所以，他们并没有走远，甚至看到了那个黑脸男人把荆寡妇抱上驴车，但他们都不知道那男人是来抢荆寡妇的。

后来，也就是那驴车快走出小村时，荆寡妇好像挣脱了那个男人的束缚，扯开了嗓子，干号了几声：

“抢人啦——”

“救命呀——”

那喊声，在冷飕飕的晚风中，如同路边大树上自然飘落下的一片片枯叶，几乎是没有哪个人能听得到，只有追逐着驴车想讨糖果儿吃的小孩子，才知道事情不好喽。其中，有一个年岁稍大一点的高个男孩子，听到荆寡妇那样哭叽叽的呼喊后，也跟着呼喊起来：

“不好喽，抢人唠——”

“有坏人抢人唠——”

很快，小街上便有人出来围观，小孩子们指给他们驴车奔跑的方向。

然而，当人们得知是荆寡妇被人抢走时，原本想去追赶的人，也只是往前跑了两步，就停下了。

但是，小街两边正在家中烧火煮饭的婆娘们，听到那喊声后可着了慌。她们手持火叉，探出家门张望。还有的三三两两地凑在一块儿，叹息荆寡妇命苦呢。更有性子急的快嘴婆娘，干脆就惊呼起来——怎么不去喊荆家老大？快去告诉荆老大追人呀！

眼看越聚越多的人群中，并没有哪个挑头站出来去追赶驴车，或是去喊荆家老大呢。

“唉——”

这期间，有婆娘想起家中灶膛里的火，可能快烧至灶膛外面了，扶门轻叹一声，便扭头回去烧饭了。

好在，时候不大，小街上还真涌来一伙子人去追赶驴车。

影影绰绰的夜色中，他们中有人持棍棒、扁担，有人肩扛渔叉，一路骂骂咧咧地奔来。打头的，果然是荆家老大。

此时，有人高声喊荆大：“你回去换双鞋子吧！”

荆大被人喊来时，他正穿着一身水鬼衣在河里摸鱼呢。

荆大那身水鬼衣，是干牛皮缝制的，原本就很笨重，此番在水中泡过以后，水嘟嘟的裹在他的腿脚上。胸口那儿，还窝着一团多余的牛皮结儿。整个儿人就像一个棉花包。他那身行头，自个儿走道就很困难，怎能再去追赶驴车呢！

所以，有人让荆大先去换身轻快的衣服。

可荆大哪里顾得上哟，他就那么穿着水鬼衣，大笨熊一样，带着几个平时与他一起摸鱼的男人，“唏唰唏唰”地从小街上走过。

荆家，在盐区属于小户人家。老少几代人，全靠打鱼为生。

先前，荆家父母在世的时候，荆家两兄弟驾一叶小木舟，见天在盐河上游的河汊子里下网捕鱼。其间，荆大划船，荆二理网。说是荆二理网，其实也都是荆大在岸上把渔网子一节儿、一节儿地穿到竹筷上，赶到水中布网时，荆二只管坐在船尾，如同妇人家扯拽线团子似的，把渔网子一节儿、一节儿地扯进水中便行。

回头，收网时，荆大怕荆二择鱼时拽破了渔网子，往往要与荆二换一个个儿，让荆二划船，他来收拾缠在渔网上那些“扑棱棱”弹跳的鱼。

那样的捕鱼光景，荆家两兄弟共同度过了有七八年。

后来，荆大娶妻以后，另立门户。那理网的差事，就不让荆二做了。荆大的媳妇就会理渔网子，她甚至比荆二理渔网的技法还要好呢。

为此，荆二苦恼了好长一阵子。

好在，时隔不久，荆二也有了家口，也就是娶了后来的荆寡妇。小两口看到哥嫂家建起了青砖大瓦房，正盘算着多挣些钱，也要盖起哥嫂家那样的大房子时。不料，荆二跟着下南洋的船队去捕鱼时，遭遇到狂风黑浪（遇上台风了），把小命丢在海里了。

荆寡妇抱着荆二的遗物，坐在门前的青石板上，搓着腿脚哭。

荆寡妇哭诉说："荆二呀，你回来吧！咱们不住哥嫂家那样的大瓦房，咱们就住在爹妈留给俺的茅屋里。"

是的，荆二死了以后，荆寡妇就住在公婆留下的那两间茅草屋里。

其间，哥嫂那边捕到丰盛的鱼虾时，就会让小孩子拎个小篮子送一些来。荆寡妇呢，看哥嫂那边忙着打鱼，她也会主动帮助哥嫂他们补补渔网子啥的。应该说，荆寡妇在荆二死了以后，哥嫂那边对她还是蛮不错的。

转眼，两年多过去。再熬小半年，荆寡妇就可以脱去三年重孝了。在盐区，脱去重孝的小寡妇，是可以另寻一户人家的。

岂料，偏偏就在这个时候，冒出个赶驴车的黑脸男人。那人是怎么知道荆寡妇的？荆寡妇又是怎样被那个男人给掳去的？这一切，只有等到荆家老大追回弟媳妇才能知道。

可在那个夜色浓浓的夜晚，荆家老大带着一伙子人，追至村东的一处三岔路口时，突然就泄了气儿。

原来，荆寡妇在那三岔路口"脱孝"了——她把身上的孝服脱下来丢在路当中。换上了那个男人的新衣服，心甘情愿地跟着人家走了。

"这个臭女人！"

"不要脸的货！"

浓浓的夜色中，一群男人，愤愤不平地谩骂着，脚下踩出一片"踢踢踏踏"的嘈杂声。快进村庄的时候，大伙如同打了败仗似的，一个个沉默不语。好在，那时间，沿街各家都在掌灯吃饭，村路瞬间亮了许多。

备注：盐区，自古就有“抢寡妇”之风俗。即小寡妇改嫁时，自个儿要假装不愿意。可她私下里或许相中了意中人。于是，双方商定，选一个可以脱身的时节，让对方上门来抢。

原载《鸭绿江》2021 年第 3 期

【作者简介】陈力娇，曾就读于鲁迅文学院和复旦大学中文系。黑龙江省作家协会签约作家、主席团委员，中国作家协会会员。在《小说选刊》《小说月报》《清明》等全国文学期刊发表作品300余万字。已出版长篇小说《红灯笼》，中短篇小说集《青花瓷碗》等，荣获第七、八、九届黑龙江省文艺奖，全国第五届小小说金麻雀奖，第二届《飞天》十年文学奖。

Chen Lijiao once studied at Lu Xun Literature Institute and the Chinese Department of Fudan University. She is the signed writer of Heilongjiang Writers Association as well as a member of presidium, member of China Writers Association. She has published more than 3 million words of her works in national literary periodicals such as *Selected Novels, Fiction Monthly* and *Qing Ming*. She has published a full-length novel *Red Lantern* and the collection of short stories *Blue-and-white Porcelain Bowl*. She has won the 7th, 8th and 9th Heilongjiang Provincial Literature and Art Awards, the 5th National Golden Sparrow Award for Short Stories and the 2nd *Fei Tian* Ten Year Literature Prize.

劳　工

陈力娇

尸体在冬天最好保存了，不腐，不化，堆在田间地头。抬时如一根木头，不弯曲，一反一正摆好，死多少都不怕。这是二鬼子金韩马说的。

金韩马是朝鲜人，帮着日本人修地下要塞。他是监工头儿，为讨好日本人，对中国劳工又阴又狠。

集市的餐馆里，他与老朋友朴善义正喝酒。朴善义刚从朝鲜来，想让他给找点活干，金韩马就提议他去拉尸。朴善义不太愿意，理由是，这算什么活，人又不是病猫，一冬能死几个？

金韩马说，几个？可老鼻子了，到了该死时，不死都不行啊。

朴善义一愣，惊得酒杯端在手里，不知道喝了。

金韩马把头凑近他，神秘地对他道，这么和你说吧，这个数。他举起了两个指头。朴善义不解，问，二十个？朴善义觉得死二十人也合理，修要塞要几千人甚至几万人，劳动量极强，一冬死二十个人倒也有可能。

可是金韩马立即打消了他的念头，金韩马说，远了，不止，你猜，再猜。朴善义用了很大的劲，又加了二十。他认为四十可不少了，人的命哪就那么脆，一场冬雪下来就毙命？

金韩马瞪了他一眼，说，蒙我呀，两个指头是四十，你们家这么数数啊？

朴善义有些傻眼，他很善良，不想无端把这倒霉的臆想栽到劳工身上，不管哪个国家的人，都是人啊，都是命啊。

金韩马却不容他，他的两只斗鸡眼盯得朴善义很不舒服，朴善义求饶，你就告诉我得了，我猜不着。金韩马拿起酒瓶，给朴善义斟满了酒，也给自己斟满了酒，他说，不行，这个你必须猜，你连猜死人都不敢，拉死人你就更不敢了。

朴善义无奈地想，他说行的活儿，也许真就行，不如先报个数，干一段，等站稳脚跟再想别的办法。就闭闭眼，狠狠心说，二百。这回金韩马满意了，他举起酒杯，率先喝了，说，这只算你猜对十分之一，哥们儿，你就干吧，要塞就不缺尸体。

朴善义一哆嗦，哆嗦过后他醒过神来，问，哪来的那么多死人啊？

金韩马看了看四周，见人们都在各说各的话，没人注意他们，就与朴善义靠得更近了，两人额头几乎贴在一起，他说，中国劳工，命贱，夏天成车拉来时，只穿着单衣，冬天一到，用洋灰袋子和水泥袋子当衣服，那是纸啊，怎能抵得住风寒？

朴善义的眼睛都直了，金韩马知道他心软，劝道，几万劳工分布在中苏边境，哪个工程不得上万人啊，你可怜得起吗？

朴善义说，那就只能看着他们死？可是死了谁来干活呢？

金韩马把头撤回来，说，这你就短见了，旧的不去新的不来呀，你问问山口那棵百年老樟树吧，哪年不进来几千，见谁出去了，那是绝密，活儿一点都没耽误过。

朴善义有些走神，情绪也有些低落，但是他还是要考虑生存，只要给工钱，不妨先退一步，到了明年春天，说不定好运就来了。

事情就这么定了，朴善义第二天上工。

朴善义到了工棚后，眼前的景象就更让他的心咚咚跳个不停了。几百个人一个工棚，四面透风，地上是冰碴，躺在铺上能看到星星。那些死人，真像金韩马说的那样，都垛在地头，每个工棚后面都方方正正摆着好几垛，就等着他拉走埋掉呢。

埋死尸的地方离他们住的地方有三里远，是个奇大无比的自然坑，把尸体往坑边上一放，再一推，一个个跟圆木滚子一样骨碌到坑底。

和朴善义一起抬尸的是个傻子，整天乐呵呵的，不会痛苦，把痛苦都留给了朴善义。整整一个月的劳碌，总算把几大堆劳工的尸体都拉走了。其间几个日本鬼子过来催促过，嫌他们太慢，这些尸体正对着他们的岗楼，他们恨不得扔几颗手雷把他们炸飞。

尸体拉完时朴善义以为可以歇一歇了，可能的话，他想和金韩马算工钱，他不想再做这份工作了。他对傻子说，我要走了，你自己在这倒腾吧，我要是再倒腾一个月，我就会被折磨死啊。

他以为傻子听不懂他的话，可是傻子把他的话全听懂了。傻子不想让他走，他对傻子好，有烟还给傻子抽。傻子以为他为没有尸体发愁，就想让他看到更多的尸体，有了更多的尸体他们就可以继续在一起了。

这天傻子在山上闲逛，逛着逛着像疯了一样跑到他身边，扯起他就往山上奔。他跟着他跑，他知道那里发生了大事。到了山顶一看，原来是山谷里站了黑压压一大片劳工。不远的山上，在劳工的背后架着几挺机枪。傻子怕他不懂，两手举在胸前，突突突地对着人群晃。他顿时明白了傻子的意思，傻子一定是看到过太多这样的场面，才学给他看。

他还没判断完，隐藏在树林里的红白太阳旗忽然一闪，顿时枪声大作，劳工们一面子一面子地倒了下去。枪声停止后，蚂蚁一样的日本兵跨进尸体堆里补枪。傻子一蹦老高，雀跃欢呼，傻子的意思是，我们又有活可干了！

可此时的朴善义已经惊厥过去，惊厥前他忽而懂得了尸体的来源。

原载《小说月刊》2021 年第 3 期

【作者简介】戴希，中国作协会员、中国微型小说学会副秘书长、世界华文微型小说研究会副秘书长。已在《诗刊》《人民日报》等报刊公开发表文学作品 1000 多篇（首）。多篇作品被《小说选刊》《长篇小说选刊》《作家文摘》《散文选刊》《诗探索》等报刊转载。已出版《其实很简单》《想听听你的声音》《黑鸟》等 30 部文学作品集。

Dai Xi is a member of China Writers Association, deputy secretary general of Chinese Miniature Stories Society, deputy secretary general of the World Society of Chinese Miniature Stories Research. He has published more than 1,000 literary works in newspapers and periodicals such as *Poetry Journal* and *People's Daily*. Many of his works have been reprinted by newspapers and periodicals such as *Selected Fictions Selected Novels, Writer's Digest, Selected Proses* and *Poetry Exploration*. He has published 30 collections of literary works including *Really Simple, I Want to Hear Your Voice* and *Blackbird*.

金花三弄

戴　希

鲁金花、赵祁智和高连城经常小聚。鲁金花是某局局长。

私下里，赵祁智告诉高连城，他有一种不祥的预感，鲁美女迟早会出事！其实鲁金花不是美女，这里称她美女，一是因为不这么称呼她，她的脸色就会铁青，二则现在都喊美女，恭维流行语罢了。

凭什么对鲁金花会有一种不祥的预感？高连城惊问。

我只讲三件事。赵祁智说，第一件事，鲁金花的文章写得并不好，可那次全国散文征文大奖赛，听说她花钱请人写了篇散文参赛，得了个优秀奖。

可这能预示什么？高连城问。

嘘——赵祁智卖起关子来，你也别急，恕我下回分解。

第二件事，赵祁智又娓娓道来，那年去泡温泉。

鲁金花忽然惊恐万状地尖叫抓流氓，她的叫声让原本温馨和谐的温泉池一下子升起狼烟。

很快，温泉池里的男女老少都循声而来，把她和一个帅小伙里三层外三层地围在中央。

就是他，非礼我！鲁金花用手指着帅小伙，满口哭腔。

帅小伙一头雾水，涨红了脸问，没有哇！我怎么非礼了你？什么时候非礼啦？

你摸了我的屁股，就刚才！

胡扯！造谣！我和你隔那么远呢！

人们七嘴八舌地议论。

到最后不知怎么收的场，反正鲁金花出名了！

那么，第三件事呢？高连城追问。

你没听说吗？赵祁智接过话茬，在单位，鲁金花成天阴着脸，像只母老虎龇牙咧嘴，一会儿吼这个，一会儿凶那个，好像每个人都欠了她一屁股债不还，她看谁都不顺眼，看谁都不是好人。所以，她们单位没人和她处得好，不少人对她咬牙切齿。

本以为赵祁智只是耍耍嘴皮子，哪料后面的事还真让他给说着了。

没过多久，鲁美女就因“严重违纪违法”受到惩处。据说，她是以空手套白狼的方式，贪污了几十万元公款。说白了就是把单位的钱转账给一家按摩店，然后让那家按摩店给自己办上消费卡。

没想到吧？赵祁智说，凡事皆有因缘，一切命中注定。第一件事，说明鲁美女贪心重，不该得的她偏偏想得；第二件事，说明鲁美女有手腕，为达个人目的，不惜一切损招；第三件事，说明鲁美女很狂妄，把谁都不放眼里。既然如此，她就会挖空心思地贪污腐化，纪检监察部门重拳出击，她不栽倒才怪！高连城听得频频点头。

你既然把问题看得如此之准，就没想过提醒鲁金花？高连城不解。

赵祁智立马反问：老兄，鲁金花会理睬吗？

沉默。静极。

原载《辽河》2021年第4期

【**作者简介**】袁炳发，中国作家协会会员，黑龙江省作家协会主席团委员。1984 年开始创作，至今已在《中国作家》《十月》《大家》《作家》等国内外报刊发表小说数百篇，其中有多篇被《小说选刊》《小说月报》《中华文学选刊》等转载。获黑龙江省文艺奖，小小说金麻雀奖。出版作品集七部。有小小说作品被选入美国、日本、俄罗斯等大学教材及杂志。小小说集《成人礼》被泰国红山出版社译成泰文出版。

Yuan Bingfa is a member of China Writers Association and a presidium member of Heilongjiang Writers Association. He started writing in 1984 and has published hundreds of novels in *Chinese Writers, October, Beijing Literature, Great Masters* and *Writers*, and some of his works have been reprinted by *Selected Novels, Fiction Monthly, Florilegium*. He has won Heilongjiang Provincial Literature and Art Award and the Golden Sparrow Award for short stories. He has published 7 collections. Some novels have been selected into university textbooks and magazines in the United States, Japan, Russia and other countries. The collection *Grown Up* was translated into Thai by Hongshan Publishing House of Thailand.

我敬仰的人

袁炳发

我敬仰的人，是我老家的高老师，尽管我离开老家二十多年了，但我还是经常会想到他。

高老师矮胖身材，圆脸，很白，鼻梁上近视镜的镜片厚得跟瓶子底似的，一副纯正的知识分子形象出现在人们的视野之中。

说起高老师到我们矿山工作，还颇有些戏剧性。我们的矿长在出差的火车上认识了高老师，当听到高老师说自己没工作，是辽大中文系毕业的，又看到高老师从挎包里拿出那个盖着钢印校戳的毕业证书时，矿长便动了心思。当时，矿山正是初建时期，缺少各方面人才，矿长就想把高老师作为招贤纳士的人才，引进矿山。

矿长就对高老师说：一会儿下了火车你跟我走，到我那个矿山工作。

高老师疑惑着问：您说了算？

矿长回答说：我是矿长，我不说了算，你说了算啊？

这样，高老师就和我们的矿长，来到了我们这个矿山小镇，到矿子弟学校当语文老师。

高老师当时四十多岁，没有结婚，单身一人。矿长就把离了婚、也是子弟校老师的齐淑梅介绍给高老师，两个人成了家，住进了矿上给分的家属房。

高老师不负矿长厚望，讲了半年课后，他声名鹊起，讲课的水平在矿区被人口口相传，热烈称赞。

矿长呵呵笑着说：这就好，我们矿山的子弟不愁不成才了！

后来，有一天高老师找到矿长说：我不想在学校工作了。

矿长问：为什么？

高老师回答说：学校里的那些老师太阴，我弄不过他们。

矿长听后，问：怎么个阴法？你详细说一说。

高老师对矿长说：学校上报优秀骨干教师，我们语文组的六名老师，上午坐在一起评选，经过大家的讨论，一致同意把我排在第一名。我以为稳妥了，便离开去了趟厕所，谁知道从厕所回来后，我由第一名变成了最后一名！

矿长听后说：你没必要较这个真，你在矿区人们的心中，已经是真正的优秀骨干教师了。

高老师又说：我不想在学校工作了，我想到矿宣传部工作。我可以写咱们矿上的好人好事，还可以写咱们矿工有力量，向省报投稿发表。

矿长想了下说：也好，你先回去，我和党群部门的领导先沟通一下。

几天后，高老师就到宣传部上班了。不久，高老师的一篇散文《我们矿工有力量》在省报发表，矿区上下一片喝彩声，高老师是我们矿上第一个在省报发表文章的人。

那时，我正在井下当岩工，三班倒后的业余时间疯狂地写小说，想用文学来改变自己的命运。我写了很多小说，但都被退稿。苦闷之时，我想到了高老师，何不拜他门下求得写作的真经呢？听人说，高老师愿意喝酒，我便到商店买了两瓶酒，然后去了高老师的家。

高老师听了我的拜师来意后，笑容很亲切，表情也羞涩起来，说：哪里敢称师，我们共同切磋学习，好吧？

从此我和高老师的接触便多起来，每写完一篇小说便拿去请他指正。高老师在看过我的几篇小说之后，挺认真地告诉我说：建议你今后先把小说放一放，写点短文练笔，等文字功夫扎实了，再写小说也不迟。

我听懂了高老师的话。高老师的言外之意，依我目前的功力，还不足以应付小说。我听从了高老师的建议，开始写一些短文。

和高老师交往的那段时间，是我人生最珍重的纪念。

从高老师那里，我知道了契诃夫、托尔斯泰、雨果这些写小说的大师。一次，我请高老师喝酒，酒酣耳热之际，高老师对我讲起了这些大师们的作品。末了，高老师对我强调说：读这些大师的作品，会让你终身受益。可惜，我出来时因为走得急，那些书一本都没带出来，现在想来真是有些遗憾。

这话我有些没听懂，问高老师：出来时为什么走得那么急？

高老师愣了一下神，忙收住改了话题：来，咱们喝酒，只有酒才能让人达到快乐的境界。

在高老师的指导下，我的几篇随笔小文陆续见诸省城报刊，这对我后来的创作成功起到了不可低估的推动作用。

高老师成了我敬仰的人。

就在我的创作渐入佳境时，高老师出事了。那天，我上夜班刚下班，高老师的爱人齐淑梅就急匆匆跑到我家告诉我，高老师被辽宁来的警察给抓到镇上派出所了。

我惊讶问，为什么抓高老师？

齐淑梅摇了摇头。

我就忙说，这么大的事怎么不去找矿长啊？

齐淑梅站在那里，反复搓着一双手说：找了，矿长出差了。

我和齐淑梅一起来到派出所，要求见一眼高老师。高老师被关到另外一个屋子，无论怎么说，辽宁的警察就是不让我们见。

我和齐淑梅只好各自回了家。

高老师被辽宁警察带走后的几天里，我一直心有不甘，想探究高老师到底是因为什么被抓。

我一个哥们，他姐夫是镇派出所的所长，便求哥们去派出所打听一下高老师被抓的一些情况。哥们从派出所回来后告诉我说：我问了，高老师原来不姓高，姓冉，我姐夫说冉冉升起的冉，辽宁法库人，在那边杀了人，是在逃犯。

我听后，很惊讶：什么！杀人？高老师是杀人犯？这么有才华的人怎么可能会是杀人犯？

这个问题，一直困扰我，直到二十多年后的今天，也没有答案。

原载《黄河文学》2021 年第 4 期

【**作者简介**】高军，已在《人民日报》《文艺报》《北京文学》等发表作品 200 余万字，多次被《小说选刊》等转载，入选《中国新文学大系》等。已出版小说集 10 本，文学评论集 5 本，散文集 1 本等，《诸葛亮二十八讲》等，主编有《沂南地名故事》等 5 部。《紫桑葚》收入语文出版社全国通用教材《语文》（五年级上册），系山东省齐鲁文化之星。

Gao Jun has published more than 2 million words of works on *People's Daily*, *Wenyi Bao*, *Beijing Literature* and other publications. His works have been reprinted by *Selected Fictions* and other publications many times and selected into *The Great Series of Chinese New Literature*. He has published 10 collections of short stories, 5 collections of literary criticism, an essay collection. He is the author of *28 Stories of Zhuge Liang* and the chief editor of *Place Names in Yinan*. His work *Purple Mulberry* was selected into Chinese textbook (Volume 1 of Grade 5) by Language & Culture Press. He is the Star of Qilu Culture in Shandong Province.

迎　亲

高　军

这几天，邻居家的武要娶媳妇了。

老张头想起这事儿，心里就堵得慌，一股无名火蹿得老高老高的。

不知道订日子的人是怎么弄的，好日子有的是，怎么偏偏选了这么个时辰呢？武的家人也是，为什么和俺家对着干呢？

但气归气，也只能窝在心里，是拿不到台面上说道的。你还能不让人家结婚，还能让人家换个日子结婚？

老婆一边抹眼泪，一边数落："臭蛋啊，你说你咋就这么没福气啊？你怎么就这么狠心呢？你走了，我和你爹还有啥盼头啊。你看看，本来是咱家的媳妇，却叫人家娶走了；你说说，让俺们当爹娘的怎么过啊！”

那天，抗日的队伍来到村里，走村串户动员大家参军，宣传把日本鬼子赶出中国。臭蛋立刻就报了名，要上前线打鬼子去。未婚妻杏花是村里的积极分子，积极支持臭蛋参军，还亲手为他戴上了大红花，送他跨上高头大马出了村。

不幸的是，四个月后，臭蛋在朱家里庄战斗中牺牲了。遗体运回村里的时候，全村老少为臭蛋举办了隆重的葬礼，杏花哭得死去活来，窒息了好几次。

这以后，杏花还是经常来臭蛋家帮着干活儿。两位老人心里暖暖的，可又一想，儿子不在了，不能老拴着人家姑娘啊。就这样，杏花再来家里，臭蛋的爹娘就劝，孩子，我们还不老，能照顾自己，你快忙你的事吧，不要惦记我们了。

后来，有人把杏花介绍给了本村的青年武。今天，是武和杏花结婚的大喜之日。

老张头一家本来是很开明的，可今天是臭蛋的忌日，婚礼安排在这天，老张头一家人自然是就接受不了，心里窝着一肚子火。

老张头在院子里竖起耳朵听着，时间一分分过去，邻居家竟然一点动静也没有，既没有赶喜放鞭炮的吆喝声，也没有主事人高声主持的话语。

老张头两口子不想出门，心里非常难过，孩子们不知去哪里疯玩了。

正在这时，十六岁的二臭蛋扑腾扑腾地跑进院子，张大嘴巴喘着粗气说：“爹……爹……可是奇了怪了……武哥在村口办婚事呢，你说怪不……”

“什么？”老张头听清楚了，却不明白是怎么一回事儿。

二臭蛋继续说着，老张头才知道，原来武家在村口扎了个棚子，棚子上贴着双喜和对联，武是在那里迎娶杏花的。

双方交换手绢后，主事人就开始主持，先拜天地，再拜高堂，然后夫妻对拜。有人在一边撒着栗子、红枣等，两个新人最后进了新扎的棚子洞房。

老张头觉得很奇怪："你没听说这是怎么回事儿？"

二臭蛋嘟囔了一声说："他们都是悄悄说话的，我听着一点，好像在说，是怕你和俺娘难过，人家才在那里办喜事。"

"什么？"老张头惊住了。老婆在一边也停止了抽泣，两人对望了一眼，又都低下头。过一会儿，老张头又问："新婚之夜，也在那个棚子里过？"

二臭蛋说："说是过会儿，再悄没声地回来，晚上在家里喝交杯酒点长明灯呢。"

老张头觉得心被揪了一把，心头一阵子的疼。随后，他口气坚定地吩咐道："臭蛋他娘啊，你赶紧准备点麸子。麸子代表福，咱得去给俩孩子撒福。我去买挂鞭炮，咱们得在这两个孩子回来的时候，热热闹闹地迎接他们。你说说，你说说，这两个孩子啊。你说说，你说说，武这一家子啊。"说着说着，声音哽咽起来，说不下去了，使劲抹一把眼泪，转身走了。

一切都准备好了，老张头一家人在武家门前站着，等啊等，等啊等。武家在棚子里招待完送亲的客人，才慢慢往回走。主事人陪在一边。当武家人快走家门口的时候，老张头颤抖着点燃了鞭炮，随着噼里啪啦的炸响，空中腾起一阵阵烟雾，臭蛋他娘则将一把把麸子撒向新郎新娘。

武和杏花快步走到两位老人面前跪下，杏花不停地流眼泪，武则用前额触地给两位老人磕起响头。两位老人赶紧拉起一对新人，也跟着哗哗流泪，说："孩子，快回家吧，咱不兴这样的。"

主事人走过来对老张头说："明天，武就要随部队走了，杏花家觉得应该让他们把婚事办了，但今天又是臭蛋的忌日，武家就想了这么个办法，也是新事新办啊。"

看着小两口往屋里走去的背影，老张头两口子的泪水流得更快了。但这时，两位老人满脸都是笑着的。

原载《天池・小小说》2021 年第 7 期

【作者简介】孔鸣，山东新泰人，现居北京，系《武魂》杂志及《娱乐体育·新老年》杂志主编。2003年加入山东省作家协会，2019年加入中国作家协会。1991年始在《山东文学》发表小说，后陆续在《短篇小说》《满族文学》《青年文学》《山花》《时代文学》《中国校园文学》《阳光》《清明》等刊物发表小说。

Kong Ming is a native of Xintai, Shandong Province, currently living in Beijing. He is the chief editor of *Spirit of Kongfu* magazine and *Entertainment Sports · New Old Age* magazine. He joined Shandong Writers Association in 2003 and China Writers Association in 2019. In 1991, he began to publish novels in *Shandong Literature* and later published novels in *Short Stories*, *Manchu Literature*, *Youth Literature*, *Shanhua*, *Time Literature*, *Chinese Campus Literature*, *Sunshine* and *Qingming*.

灯

孔　鸣

每个周末，我和黄麦都回乡下父母那里住上一天。女儿没有出国前，每次都跟我们一起回去，吃过晚饭再开车回城里。女儿出国后，我和黄麦就不用当天赶回城里了，而是在父母家里住下，第二天吃过早饭再回。

老家是一座深宅大院，北面是五间红瓦房，东西各有两间平房，天井足有一个篮球场大。偌大的一个院子，每到晚上，黑咕隆咚的，父亲和母亲都是奔70岁的人了，这黑灯瞎火的，万一夜里摔倒了咋办？于是，我就找村里的电工，在堂屋门口安装上一个灯座，灯头是150瓦的。晚上，打开这盏灯，顿时亮如白昼。走进父母屋里，屋里竟然跟瞎了眼一样，不用看就知道灯头是15瓦的。我二话不说，立马换上100瓦的，屋里跟外面一样亮得地上有根针也能看清。我看见母亲几次张张嘴，想对我说句啥，最终啥也没说。父亲坐在沙发上，抱着旱烟杆，垂着头一口接一口抽烟。

第二天回城时，我对母亲说，院子里的灯夜里亮着就行，早上再关，别心疼电费，没有几个钱。母亲嘴上应着，一趟一趟往外走，手里拿着父亲一大早从自家菜园摘来的各种菜蔬，把车后备厢都塞满了。

自从给父母装上了亮灯，我心里踏实了许多。每个周末的晚上，本家的亲友都来串门，我们坐在院子里喝茶聊天，一直聊到很晚。那盏灯，就一直亮着。有一天，我因事晚上回乡下老家，远远地看见父母的院子漆黑一片。我心里一惊，忙急步进家，看见父母屋里的灯亮着，悬着的心这才落下。走进父母屋里，大声训斥他们，怎么不把院子的灯打开？母亲说，俺哪知道你今夜里回来。再看屋里的灯，又换回了那盏 15 瓦的。我说你们是不是一到周末就换灯头？你们可真行，心疼那几个钱干啥？父亲和母亲就不再说话，任我数落。

我曾想把父母接到城里生活，但父亲死活不肯。父亲去世后，我把母亲接到了城里，但她仅住了一晚就执意要走。她说城里的天不黑，夜里梦不见我爹。

母亲一个人在老家宅子里又生活了三年。用乡下人的话说，感情好的夫妻都这样，有一个先走了，在奈何桥上等三年，三年后另一个就追去了。

后来，我和黄麦也回到了乡下生活。女儿早已从国外回来，并且建起了自己的幸福小家。我和黄麦住在父母住过的老宅子里，每天夜深人静时，我就陷入对往昔岁月的美好回忆中。黄麦跟我一样，也是睡得晚，醒得早。我们把屋里的灯换成了 15 瓦的。

有一天夜里，我梦见自己行走在老家的村街上，村民大都已睡，我孤身一人由南向北，往自家宅院走。远远地，我看见自家宅院有火光闪亮，是母亲还在烧柴煮猪食。没有院墙的宅院，母亲在临街的土灶前坐着，手里往灶坑里填着玉米秸，她的背影在灶火的映照下忽明忽暗，她的脸颊和白发被罩在一圈红光里，是那么的清晰，额头上的皱纹都能数清楚。我心里一热，喊一声：娘！眼前的一切倏忽不见了！我一下醒来，看一看表，凌晨2点22分，便再也不能入睡。父母走后，我经常想起他们，特别是母亲，每每想起，总想哭。

每到周末，女儿女婿就带着外孙来看我们。这一天是我和黄麦最为幸福的时光。可是女儿女婿都嫌屋里的灯光太暗，也数落我们不开院子里的灯，黑灯瞎火的摔着我们咋办？女婿为我们换上了100瓦的大灯头。

女儿女婿第二天回城时，嘱咐我们，院子里的灯夜里亮着就行，早上再关，别心疼电费，没有几个钱。黄麦嘴上应着，一趟一趟往外走，手里拿着我一大早从自家菜园摘来的各种菜蔬，把她家的车后备厢都塞满了。

她们前脚走，我回头就把屋里的灯头换回了15瓦的，等到周末那天，我再把灯头换成100瓦的。

原载《新老年》2021年第3期

【作者简介】赵长春，新乡市作协副主席。供职于河南科技学院。在《小说选刊》《莽原》《四川文学》等发表作品200余万字。倡导并实践“我写作”，先后出版有《我的袁店河》《我的望窗季节》《我的花花诗界》《我的袁店河传奇》《我的袁店河故事》等。30余篇作品入选全国多地中招、高招试题。

Zhao Changchun, vice chairman of Xinxiang Writers Association. He works at Henan Institute of Science and Technology. He has published more than 2 million in *Selected Fiction, Mangyuan Literature, Sichuan Literature* and other magazines He has advocated and practiced "I write", successively published *My Yuandian River, My Looking Window Season, My Flower and Poetry World, My Legend of Yuandian River, My Story of Yuandian River* and so on. His more than 30 works were selected into examination papers for secondary of high school across the country.

赵家大少爷

赵长春

赵家米铺赵老板最后悔的一件事是让大少爷去南阳读书。

那时候，“米铺”的牌子已经换成“米行”。檀木板，寸厚，油黑；字洒金，黄澄澄，灿亮。看着这些，赵老板觉得家里得有个正经的读书人了，就下了狠心，让大少爷去南阳读书。

当年，袁店镇还没有谁家敢送孩子去南阳读书，去县上读书的就很少。码头上，赵老板千万叮咛，大少爷频频点头。船远去了，赵老板还一直盯向水流的方向。

两年后的秋天，大少爷忽然归来，长衫，眼镜，一把油布雨伞，脸上少了读书前的学生味儿，眉宇间多了份英气。与往常站在柜台前算账相比，大少爷回来后多是昼伏夜出，挨家串户，所讲述的不再是米的成色、米的区别，而是男女平等、土地平均、抗日救国、财富归劳苦大众……不厌其烦。

大少爷有些变化，但袁店河上下的人还认得他，知道他是从南阳念书回来的赵家米行大少爷。不过，对于他的言行举止，感到了从未有过的陌生。

接着，大少爷又做了一件事，在袁店河上下引起一场轰动：他瞒着赵老板偷偷卖掉了河边的几亩好地，请人打了几十张书桌，又买回来《开明国语》《算学》，就在赵氏祠堂办夜校，免费收男生女生，识字，学地理、历史。男女生同校，很新鲜。人们说，大少爷读书多了，喝洋墨水多了，犯晕了。

袁镇长也这样说时，他的女儿很为大少爷辩护：这是开民智。

如此热闹一阵子后，来看热闹的人少了，大教室换成了小教室，汽灯换成了煤油灯。灯下，几个人，年轻男女，和大少爷一起看书，低声地讨论什么。有人来，大少爷就教黑板上的生字，领读课文：三只牛吃草；一只羊也吃草；一只羊不吃草，看花。

就像突然从南阳回来一样，半年后，大少爷又突然在小镇上消失了。走前，他解除了与袁镇长女儿的婚约，断绝了与赵老板的父子关系。

赵大少爷如此做派的明显后果有两件：赵老板头发一片花白；袁镇长的女儿脸色苍白。

袁店镇上的人们最后一次见到赵家大少爷是在三四年以后的又一个秋天的傍晚。那个傍晚月亮升得很早，月色朦胧，裕隆茂布行的老板正要合门，看见一个背油纸伞、穿长衫的青年从店外走过，走向通往袁店河畔的竹林。虽然看见的只是一个背影，但裕隆茂老板断定是赵家大少爷。

第二天一早，袁店镇的大街小巷，出现了不少标语。人们看，一处一处地瞧，目光互相交流。袁镇长带着镇公所的团丁来了，驱赶着众人，揭取着红红绿绿的标语。县党部也来了人，涌向赵家米行。赵老板拿出了父子断绝关系的书约，一脸的老泪。人群的后面，袁镇长女儿倚着一棵大槐树，抚着微鼓的肚子，口唇喃喃有词。袁镇长骑在马上，侧眼看着女儿，阴着脸。

几天过后的一个晚上，人们刚要入睡，几声枪响传来。一群投靠了日伪的“红枪队”，手执红枪，紧追着一位戴眼镜、穿长衫的青年，往山上跑……约后半夜，忽然从竹林里传出了一阵恐怖的打骂声，凄厉的叫喊，杂着大少爷“你们还是不是中国人”的高喊；慢慢地，这些声音就低下去了，好像有人被捂了口鼻……夜静了下来，细听，风呼呼，水哗哗。

早上，有人到竹林里去看。几株粗大的竹子下，一副碎裂的眼镜，一件长衫血迹斑斑，被撕裂成几条；地上淤着几摊血，半干；草丛里、竹竿上迸溅着星星点点的血迹、肉块。——这是“红枪队”的杀人手法：将几株竹子压弯后，顶梢绑在一起；再将人绑在竹梢中心，然后，砍断绳子，嘭！

赵家大少爷就这样走了。

赵家大少爷走的那个晚上，赵老板被袁镇长早早地请到县城喝酒去了，还有镇上另外几家大商行的老板。

那个晚上，袁镇长的女儿心里忽然地疼。她蹒跚着身子，想找丈夫问询一下竹园子里喧嚣的原因。可是，早早出去的丈夫一直没有回来。直到第二天早上，回来的他，眼睛布满血丝，瞅着她，嘿嘿地笑，目光在她的肚腹上逡巡……

几十年过去了。1985 年春，袁家老宅翻修。在袁镇长密藏的一个铁箱子里，袁镇长的女儿发现了一本书中所夹住的一页纸：赵家大少爷的党证。

她一下子哭了，泪流满面！

1995 年 8 月，赵家大少爷被追认为烈士。

原载《百花园》2021 年第 5 期

【作者简介】王培静，中国作家协会会员、北京小小说沙龙会长。有百余篇作品被《小说选刊》《读者》等报刊选载。作品被译成英、日等国外文字。作品《军魂》《一碗泉》等分别入选高考模拟试卷和课外阅读试题。出版有作品集 20 部。2009 年《谁不愿做只飞翔的鸟》获冰心图书奖，2015 年获第七届小小说金麻雀奖，获中国年度四届微型小说一等奖。

Wang Peijing is a member of China Writers Association and president of Beijing Mini-stories Association. He has published more than a hundred of literary works in *Selected Novels, Readers* and other publications. Some of his works have been translated into English, Japanese and many other languages. His works *The Soul of Army* and *Yi Wan Spring* have been selected respectively into the college entrance examination simulation paper and extracurricular reading list. He has published 20 collections of personal works. The work *Who Doesn't Want to Be a Flying Bird* won the Bing Xin Book Award, the 7th Golden Sparrow Award in 2015, and the First Prize of the 4th Annual Award for Chinese Mini-stories.

男护士的桃花运

王培静

晚上，海边，吹着海风，母女对话。

于小乐十四岁生日这天，正好赶上放假的日子，加上期中考试成绩班级第一，爸妈答应，带她来海边玩。

爸爸答应一起陪她来的，但出发时因单位有急事脱不开身没有同行，他对小乐说：宝贝，对不起，爸爸医院里有急事，不能陪你去海边玩了，祝你生日快乐！为此小乐有点生气，但一想爸爸是为了工作，也不好说什么。

记忆里，小时候的生活中，她和爸爸的关系要比妈妈亲近些，妈妈工作比较忙，每天回家都很晚，节假日也很少有时间陪她。倒是爸爸，只要休息，就带她去公园玩，去吃好吃的。

妈，你是怎么把爸爸追到手的？

你妈我丑吗，怎么是我追的他？谁告诉你的，你爸？

小乐笑着说：是我猜的。你看我爸，身高一米八五，五官端正，英气逼人，医院院长，现在还那么帅气，要是年轻时，得迷倒多少女孩子啊。

在她那颗少女的心中，爸爸就是男人的标杆。

妈妈说：这是缘分呀，是你的跑不掉，不是你的求不来。当时我从广东学了美容美发，回来在县城开了第一家美容美发店，大街上回头率高的男孩女孩，都是沾了时髦发型的光，那些人十有八九是从我店里做的头发。

有一天晚上，半夜里你太婆病得厉害，呼吸困难，脸都没一点血色了。才开始还哼哼，然后就没大动静了。你外公急忙叫了救护车。那时感觉时间过得好慢，救护车迟迟没来，打了几次电话，都说，快了快了。终于来了人，敲门进来，你外公吼道：你们医院怎么搞的，这打电话都十多分钟了，你们才来，你们的职业道德到哪去了？老人有什么闪失，我和你们医院没完。

对不起、对不起，刚才到你们胡同口外时，车进不来了，路被大雨冲坏了，没办法只能把车停在了外边，我们是跑着进来的。

看他们两位年轻人头上都冒出了汗珠，你外公说话的声音也小了下来。看了病人，那个高个护士说：快给我拿餐巾纸来。然后他双手作揖，嘴里说：老奶奶，对不住了。他抽了两张餐巾纸，俯下身子给你太奶做人工呼吸，一下，二下，他从你太奶嘴里吸出了两口浓痰，你太奶立即有了反应，也好像有了一点呼吸。

接着送医院，看楼道太窄，没法用担架，那个大个护士把你太婆背起就走。一路上，那戴着口罩的护士一直和你太婆说话，问她，哪儿不舒服？到了医院，那护士帮着医生，给做了心电图，量了血压，又帮推着车去做了

CT，然后又把你太婆送进了监护室。他向医生和护士交代了情况，才推车离开。医生说：要不是护士及时给老人做人工呼吸，老人的生命就危险了。

看着那人离去的疲惫身影，你外公感觉到很不好意思。

看到这一些，我心里感觉到很温暖，心想，这人脾气和服务态度真好。

我和一个在机关上班的男孩子谈了一年恋爱，后来对方突然提出分手。我因心情不好，和朋友聚会时喝多了酒，朋友们把我送到店里，我吐得天翻地覆。看我吓人的样子，朋友们叫了救护车。等我醒来时已经是第二天早晨了。

后来朋友们告诉我，在救护车上，我吐了人家救护车上的护士一身，人家一点没有嫌弃，用纸擦了擦身上，继续干活。到了急诊室，把我抱到床上，做各项检查，累得满头大汗。朋友们说，那人是个大高个。我心想，救护车拉你太婆时跟车的护士也是个大高个，可能是同一个人吧。

我出院后，一直想着要去看看那个跟救护车的护士，没别的想法，就是想亲口对他说一句："谢谢"。

那以前，别人给介绍对象，一般的我也是看不上眼的。有人给我介绍过一个男护士，一提就被我否定了，我心想，一个大男人，去干小姑娘干的工作，能有多大出息。

可那天，我突然心想，晚上忙到深夜，他得有多累呀！从那天起，我隔三岔五就给他点一份夜宵外卖，一碗馄饨，一杯蛋汤。外加一张小纸条：

大个子护士：

晚上辛苦了。送上一点心意，温暖下你的心。

——一个得到过你服务又默默关心你的人

后来我终于下决心去了医院急救室，想偷偷看看他，有机会就对他说一句谢谢。去了三次才碰到他，当时他正在门诊治疗室忙碌着给病人打针。空闲时，他摘下了口罩，我看到了一张浓眉大眼的面庞。四目相对的那一刻，我被电到了。我想，这就是我心目中的男神。

后来谈恋爱时我问他：你当时对我那么好，是不是看我漂亮，心里对我有什么想法。

他说：救死扶伤是医护人员的职责，对任何病人，我们都会那样做，特别是对老人和妇女儿童。你那么有气质，我当时只是多看了你一眼。

我参加省里举办的美发大赛，拿到了金奖。他请我吃饭，向我祝贺。神秘地拿出一瓶包装陈旧的酒，看我有些不高兴，他说：别看这酒包装有些旧了，但这可是我们家的宝贝，在我们家保存了 50 年，是奶奶年轻时从娘家带过来的，这么多年了，爷爷、爸爸都没舍得喝。你是咱这县城飞出去的金凤凰，知道你劳累了爱喝一杯，全家人同意贡献出来了。

我感动的眼泪都出来了，那酒果然好喝，口味绵柔，清而不淡，回味无穷。

原来他就是别人给我介绍过，但我没有答应见面的那个男护士。

好浪漫，妈妈，你真幸福。将来我找对象，就找爸爸这样的人。

你才多大？就想找对象的事了，不害羞……

原载《莲雾》2021 年第 2 期

【作者简介】吴万夫，中国作家协会会员，现供职于《百花园》编辑部。中短篇小说被《小说月报》《中华文学选刊》《作家文摘》等转载。部分小小说、散文作品被收入上百种选集选本及中小学语文教辅教材。数篇小小说被译介至加拿大、土耳其等国家。已出版中短篇小说集、小小说集、散文随笔集等10部。

Wu Wanfu is a member of the China Writers Association. He is currently working in the editorial department of Bai Hua Yuan. His novellas and short stories were reprinted by *Fiction Monthly, Florilegium, Writer's Digest* and so on. Some of his short stories and essays have been selected into hundreds of anthologies and Chinese textbooks in elementary and middle schools. Several of his short stories have been translated and introduced to Canada, Turkey and other countries. He has published 10 collections of novels, short stories and proses.

麦芒熟了

吴万夫

唐小渡应聘到《金蚂蚁》杂志社做编辑时，麦芒已从主编的位子上退休多年。此前，麦芒曾经给唐小渡发过小说专辑与评论；作为回报，唐小渡也掏钱买过他的作品集。这种投桃报李的事，相信在不少作家与编辑身上都曾经发生过，时过境迁，大家自然而然很快就会淡忘了彼此。

唐小渡真正对麦芒的认识与了解，是从他到了《金蚂蚁》杂志社之后。退休后的麦芒仍然笔耕不辍，隔三岔五将信件送到杂志社收发室，顺便领上一沓信封与稿纸什么的。在网络化时代，麦芒仍然坚持传统方式写稿投稿，着实令唐小渡心生敬佩。对此，办公室主任侯乙却是满脸刷上鄙夷不屑的神色，嘴一撇："麦芒就是个爱贪占小便宜的人，如今退休已多年了，工资都拿到五六千，竟然还将私人信件拿到单位寄！”

侯乙还向唐小渡披露了麦芒爱贪占小便宜的具体细节：其他同事领一支签字笔芯差不多能用一个月，而麦芒每个月至少都要领两次。“多领一支笔芯干什么呀？拿回家呗！一支笔芯也就几毛钱，就这他都看中了！”素来与麦芒不睦的侯乙愤愤地说。针对麦芒的行径，侯乙还专门想了一个孬点子：凡是来办公室领取笔芯的，必须拿用完了的旧笔芯换取新笔芯。侯乙想，这下麦芒总该有所收敛吧！谁知以后的每个月，麦芒仍然要领两次新笔芯。侯乙开始没在意，偶然的一天，他从旧笔芯上看出了端倪。

那天，侯乙拿着麦芒递上来的两个旧笔芯，放在眼前转动了几下，又将新笔芯与旧笔芯比较一番，结果发现两个笔芯长短、粗细不一。侯乙把两个旧笔芯很不客气地塞给麦芒，说：“麦主编，你的旧笔芯与新笔芯型号不对，这两个旧笔芯不是我们单位购买的！”麦芒当场被闹个大红脸，捧着两支旧笔芯，支支吾吾说不出话来。

麦芒原有的形象，蓦地在唐小渡心目中一落千丈。

后来的几次饭局，进一步加深了唐小渡对麦芒的不好印象。在此期间，麦芒给唐小渡推荐了一个叫卫云涛的投稿作者。卫云涛是当地公安局刑警队的一名民警，业余时间喜欢写小小说。或许是警察职业铸就了卫云涛的忠诚度，虽然他每次投给唐小渡的作品到了主编那里都被毙了，但他依然锲而不舍地给唐小渡投稿。如果换了别人屡投不中，早已转向寻找其他关系了，但卫云涛偏偏“一条道走到黑”，始终坚持只将稿子投给他一人。这让唐小渡很是感动，更加认可他的人品。

文坛也是江湖，是江湖都少不了圈子，这就免不了饭局。卫云涛是个重情重义之人，每年春节过后，他都会雷打不动地约上麦芒、唐小渡两个人聚一下。每次在饭桌上，麦芒都要自吹自擂一番，自诩桃李满天下，滔滔不绝地讲述经他手培养了多少作家，哪个著名作家当初是在他的鼎力推荐下，其处女作才得以在《金蚂蚁》杂志上发出来，从而在全国一炮走红。唐小渡认为，麦芒过度地拔高了自己，创作纯粹是个人爱好，一个人能否成为作家，凭借的是天赋与后天努力，岂能是靠某个人培养出来的？编辑不过就是个修修补补的小裁缝而已，千万不要把自己真当成了一棵葱。

麦芒的每次自夸，都让唐小渡有些生厌了，但在嘴上又不得不对他说着恭维的话。唐小渡有时也恨自己，这就是小文人的虚伪，虚伪的小文人能不累吗？本来，唐小渡也多次想过要拒绝这类饭局，但他又实在不忍心驳了卫云涛的面子。

今年春节过后，按照惯例，卫云涛又约上麦芒与唐小渡小聚。不过，这次在饭桌上，口若悬河的麦芒很快转移了话题。麦芒对卫云涛说："今天挺赶巧呀，我早晨正想给你打电话呢！"

卫云涛问："麦老师打电话有事？"

麦芒说："以前借你的钱，我本想通过微信转给你，又担心微信转账不安全，想打电话咨询你一下。"

卫云涛笑道："麦老师最近发财了？"

麦芒轻声回应："谈不上发财，已欠好久了。"

卫云涛倒是爽快："不急着还，麦老师。——留下买补品吧！"

麦芒含糊其词："你要是不急用，我就再缓缓……"

从他们的对话里，唐小渡没听出麦芒有丝毫还款的诚意。接下来，麦芒又向卫云涛与唐小渡分享了他以前出版作品集时遇到的三件"幸事"——

第一件事，他与某出版社签订出版合同，双方约定，开机印刷前付 70% 书款，剩下的 30% 待印刷后结清。结果出版社意外发生火灾，导致部分合同焚毁，所以对方在无合同凭证的情况下，自动放弃了让他支付余款的诉求。

第二件事，他的另一部作品集是朋友帮忙出版的，属于半卖半送性质，免了书号费，只让他掏印刷费。朋友是出版社社长，答应他先印书后付款。结果却发生一起刑事案件，朋友在窃贼入室行窃过程中惨遭杀害，他又省下了一笔费用……

第三件事，他新近出版的作品集是在蓝天印刷厂印刷的，老板此前曾与他有过业务往来，两人算是老相识。那天到车间提书时，他以手头拮据为由，缓交五千元，答应过段时间再结清余款。结果没过多久，老板猝然患脑中风失去记忆，他所欠的钱也就不了了之。

“我出版三本书，却花了极少的钱，主要是我运气好……”麦芒眉飞色舞地讲完这三件幸运的事，还哈哈地笑了起来。

唐小渡的脊梁沟在笑声里冒出了一股股冷汗。面前这个满头银发、年过七旬的老人，在他眼里不仅是陌生，还令他有些恐惧。唐小渡原想到，随着年岁的增长，人老了会更慈祥、更和善，可眼前的麦芒更锋利刺人！那顿饭，唐小渡如鲠在喉，完全败坏了胃口，同时他也暗下决心，今后再不参加这样的饭局了。

吃罢饭辞别过麦芒，卫云涛不经意地向唐小渡说起几年前，麦芒因家人生病半夜向他借钱的事。具体借了多少钱，卫云涛没有说，唐小渡也不便问，估计不会是个小数目。唐小渡没有接卫云涛的话茬儿，而是向他问及心中的另一个不解：“麦主编一直以老师自居，他向每个人介绍你时，都说你是他的学生。——麦主编是不是真的在学校当过老师，教过你呀？”

身为警察的卫云涛不乏率真之处，连连摆着手道：“没有没有，麦主编没做过老师，也没教过我。麦老师在《金蚂蚁》杂志做主编时，曾经办过一次写作函授班，我也报名了。很遗憾的是，单位随后派我外出参加业务培训，我只好主动放弃了那次函授学习的机会。虽然麦老师没给我看过一篇稿子，但他从此认下了我这个学生……”

唐小渡突然有一个预感，麦芒欠卫云涛的钱，怕是要被他带到棺材里去，永远不会还给他了。

原载 2021 年 3 月 14 日《宝安文学》

【作者简介】陶群力，浙江海宁人，祖籍绍兴。有作品发表在《山花》《鸭绿江》《山东文学》《延河》《江南诗》《草堂》《星星》等刊物。

Tao Qunli, a native of Haining, Zhejiang Province, was born in Shaoxing. His works have been published in journals such as *Shanhua, Yalujiang Literature Monthly, Shandong Literature, Yanhe, Jiangnan Poems, Caotang, Star* and other publications.

春风度

陶群力

老白看病回来了。村里人听说后便去了老白家。

“白支书、白支书。”

“爷爷跑出去了。”老白的小孙子嘴巴噘起，做了个怪状，“越老越糊涂，死犟。”

“你个死娃儿。”有人问，“去了哪个地方？”

“吃了饭，说是去村上转转，”老白的婆娘气鼓鼓地说，“劝他，等病好些了再出门不行吗？你们知道他说啥子？人死了再吃饭有用吗？”

“莫生气、莫生气。”众人劝道。

老白的婆娘说，这老头，好像觉得村里少了他别个吃饭就会喝稀汤，说陪他去，觉得碍事，不让。有人就打趣，“白支书是要去会相好哪。”

说起老白，村里老少都会竖起拇指儿，这人，啧啧啧。

老白这些年是真的操碎了心。因为老白是多年的党员，平时乐善好施，他就被选为支书。村里的人目睹了老白从一个壮年步入为“老人”，人发白了，背渐渐驼了。

去年夏季，蔬菜基地和养猪场扩建，他带领入股的村民们起早落夜地平整山地；从钢架结构的大棚子的招投标，到项目的施工，他每日忙得团团转；胃痛的老毛病折磨得他更显苍老。为了省钱，他还把远在外地搞土木工程设计的大儿子请回村里，实际察看地形、地貌，设计图纸。

“图个啥子？”儿子不解，“你看你现在的样子，好当我公了。”

“日你个仙人板板！”老白给儿子一脑壳，“你唧个说话？”

村民葛桂生走到老白婆娘跟前，跪下，哭着对老白婆娘说，别责怪你家老白了，他是我的恩人哪。我永远都会念着老白的好。“要不是他帮我家摘果子，也不会摔断了腿，”他哭着说，“这个债，我一辈子也还不上。”

有妇女也夸起老白的好来：“要是你嫌弃老白，怕老白日后成了瘸子，不想要他了，把他让给我吧。”气氛一下变得轻松愉悦，大伙嘻嘻哈哈乐了。

“老白去了哪里，现在也不见回家？”大伙议论纷纷。

老白是去了他一个堂哥家。老白在医院待的两个多月里，想起自己常常闹胃疼，就做了详细检查，结果发现胃里长了个瘤子，医生讲，根据片子和胃镜看，是间质瘤。老白思忖，自己该退下来了。他几次给在广东的堂哥的儿子文鹏打电话，诚恳地谈了自己的设想，他讲到，以前堂哥想承包村里的一片山林，因为价格压得太低，没答应，弄得两家有了芥蒂。“你是有知识，有理想的年轻人！”老白动之以情，“村民共同富裕，共享美好生活，这才是我们的最大心愿。”他希望文鹏回乡时看看，是否投资办个玩具厂或服装加工企业？他说，文鹏啊，你学的是外贸，又懂电子商务，有销售渠道，如果厂建成了，不知有多少人不用出山打工？堂哥的儿子也听闻老白为了村里的娃娃方便上学，个人捐资修建了小学，他被老白感动了，答应回乡考察了再决定。

到了堂哥家。在院子里，堂哥脸色发暗，拉长个脸说：“用啥子办法收买我娃的？本事好大？”大概是文鹏把情况与堂哥讲了。“装疯卖巧，”心想，

“这人水得很。”不过这样也好，省得再做工作。

“你娃本事大，是干大事的人。”老白笑笑，递过一支烟去。

“当初，你咋没有想到你也会求到我？”堂哥瞪一眼老白，拿腔拿调道，“你龟儿就是个宝气。”

文鹏出来刚好听见，便赔笑道：“我老汉鬼扯火，不要见怪。”

文鹏让老白进屋，说，他已同村里外出的几个年轻人商量过了，同意回乡投资创业。“我老汉就是嘴硬，乱开黄腔，”文鹏说，“支书放心，我老汉支持的，他只是摆谱。”

“中午陪我老汉喝两盅，”文鹏朝老白眨眼，“让他再骂你几句。”

“要的。要的。”老白说。

老白说，好多年兄弟间没有一起喝酒了，今天高兴啊。他想，乡亲们若知道村里要建厂了，该会有多兴奋。他想早点把这好消息用大喇叭告诉村民。

窗外，柳树葱茏，有大风吹过，柳条儿翩翩起舞。他好像看到春风正在山坡上奔跑。

原载《山西文学》2021 年第 3 期

主持人：**古耜**

古耜，文学批评家、散文家。

Gu Si, literary critic and essayist.

散文

推荐语

作家杨献平躬身军旅多年，如今虽已转业到地方，但内心的军人情结依旧不时跃动，其散文新作《边关》正是这一情结的再度抒发与充分展露。在这篇两万多字的作品中，作家以曾经的军人和当代作家的身份，深入西藏边防部队采访考察，他同昔日的战友一起，穿行于一线连排和前沿哨所，其所见所闻以及所思所想，几乎是零距离、原生态地再现了边防战士面对异常恶劣的自然环境和极为艰苦的生活条件，依旧紧握钢枪，忠于职守，乐观向上，当好祖国卫士的情形，以及他们特有的丰富的情感世界和豁达的生活态度，就中传递出一种伟大的奉献意识和牺牲精神。作品旨在弘扬正气，赞美崇高，但作家行文偏偏情感内敛，笔调沉实，过滤了一切虚浮空泛之气，因而别有一种真切的打动人心的艺术力量。

谈论柳青和研究柳青的《创业史》，是近年来文坛比较多见的话题，和谷的《柳青与〈创业史〉背后的世情命途》自可归入这一范围。不过与一些类似作品相比，和谷这篇文章的特色和优长是显而易见的：它不是从观念或史料出发，来谈论柳青或阐发作品，而是选择了一条特殊的路径——通过作家与《创业史》中梁生宝的人物原型王家斌的交往和“我”对他的采访体察，借用“个中人”和亲历者的目光乃至口吻，走进柳青和《创业史》的写作过程，激活历史现场，还原人物关系，再现生活细节，就中凸显柳青其人的精神、性格与气质，尤其是他严苛到几乎“不近情理”的自律意识，和他坚持深入生活，观察社会，努力同人民群众打成一片的创作态度。由于该文建立在丰厚坚实的生活基础之上，而作家又是文章传真写实的高手，所以读来颇有一种吸引力和带入感。

在新时期以来的中国作家中，祝勇是较早涉足且一直坚持历史文化散文创作的一位，其笔下的这类作品，向以视野开阔，立意新颖，文笔雅健著称。到故宫博物院工作后，随着环境和条件的变化，作家笔下的历史文化散文新作，愈发呈现出驾驭历史的从容和文学表达的精妙。《此心安处是吾乡》作为作家最新散文系列“故宫谈艺录”中的一篇，正可作如是观。这篇作品聚焦苏东坡曲折颠沛的生命旅程，其温润舒展的笔墨，一方面讲述着主人公对故乡、对家庭、对亲人的无限眷恋与长久思念，一方面揭示了当这一切日趋渺远时，主人公所进行的积极的心灵调整与自我排解。这种既吟唱“但愿人长久，千里共婵娟”，又秉持“此心安处是吾家”的人生态度，既是深挚的，又是睿智的；既是热切的，又是豁达的，其中蕴含的情感张力，足以让人思绪绵绵，咀嚼再三。

李青松以散文和报告文学为基本样式，在生态自然领域耕耘多年，佳作迭现，收获颇丰。《大兴安岭笔记》是作家沿着既定文学向度所做的新的探访、考察与书写。在这篇作品中，作家不仅描述了大兴安岭百态千姿、奇崛罕见的自然风貌，而且凸显了这片土地上持续发生的从物到人、从生态建设到生活方式的巨大变化；不仅揭示了人与生态自然的复杂关系，而且传递出人在和谐生态中的惬意感受；不仅告诉人们一些很是陌生的生态物种知识，而且还探索并播撒着崭新的环保意识与生态理念。于是，通篇作品具备了真正的自然生态文学的品质和意义。

【作者简介】杨献平，河北沙河人，1973年生，现供职于四川省作协，中国作家协会会员。作品见于《人民文学》《中国作家》《天涯》《山花》等。曾获全军优秀文艺作品奖、四川文学奖、冰心散文奖等数十种文学奖。主要作品有长篇小说《冒顿之书》《南太行前传》，散文集《梦想的边疆》《生死故乡》《南太行纪事》以及诗集《命中》等。

Yang Xianping was born in Shahe city in Hebei province in 1973. Now, he works in Sichuan Writers Association, he is also a member of China Writers Association. His works can be seen in *People's Literature, China Writers, Frontiers, Shanhua,* etc. He has won dozens of literature prizes such as the Army's Excellent Literary Works Award, Sichuan Literature Prize and Bing Xin Prose Prize. His major works include novels *The Book of Modu, Prequel to the South Taihang*, prose anthologies *The Frontier of Dreams, Home of Life and Death, Chronicle of the South Taihang,* and poetry anthology Fate, etc.

边关（节选）

杨献平

仙境的勒布沟

与海拔4390米、寸草不生的错那县城不同，勒布沟海拔为2600米，四周山上，都是如梦如幻的原始森林，丰润异常，时常的大雾衔山吞日，犹如奔袭的军团，来去无踪。司机小张说，这里的藏语名字叫“白隅基陌郡”，意思是隐藏的乐园。车子沿着山上的公路缓慢行走，窗外蜿蜒的大河浪涛飞溅，哗哗的响声犹如雷鸣。满坡的各类植物，葳蕤茂密。小张说，这一带有雪莲、冬虫夏草、水杨梅、灵芝、沉香，还有大象、豺、老虎、豹子、棕熊、犀牛、黑狐、猕猴等动物。

用清新、干净来形容这里的空气，显然词不达意，应是澄澈或者叫明澈，我们尽情呼吸，感觉到的，是一种灵魂的美妙与沉醉。转过一道山岭，面前是一道更为开阔的河谷，小张说，刚才的河叫克节朗河，这大的，叫娘姆江曲。河的两岸，都是雄阔壁立的高山，顶部白雪皑皑，千山戴孝，河水在充满了巨石的河谷中会急湍或静流。河谷的另一边，有一个村落，建在克节朗河一侧。

这里也是边防某团某营驻地所在，它坐落在一座长满绿树与花草的陡峭山坡之下，与周边的民房没有太大的区别。刚一下车，就见到了早在营门口等待的该营教导员邹才富，三十多岁，个子不算高，一口四川话，一问，果真是雅安芦山人。我说，2013 年“4 · 20”芦山地震时候，我随同军区机关和有关部队去参加过抗震抢险，到了龙门山一带。邹教导员说他老家就在那里。不过，前些年都搬到了县城里。

邹教导员说：“突然又地震了，动静还很大，这一哈，老婆孩子、父母和岳父母，连做了手术还没出院的姐姐，只得都搬到了空地上，住在临时帐篷里。自己心里煎熬，老婆开始也不说什么。第三天早上，老婆打电话来，劈头盖脸就骂：‘我说老子找你这样的男人搞锤子啊搞！老婆孩子担惊受怕，有家不能回，有床不能睡。你瓜娃子倒在西藏享清福！’老婆这么一骂，自己的眼泪就唰地奔出来了……这时候，老婆却没话了，半天没吭声。我以为她挂掉了。正要看屏幕，却听老婆说：‘你个大男人，咋和我女人们一个样儿？算了，不哭了，有个屁用，我也知道你回不来。我就是心里难受，也就能骂你几句……再大的事儿都能扛过去，你不在家这么多年了，啥事儿不是你老婆我自己搞定的嘛！’”

听了邹教导员的话，我也心有戚戚。这些年来，巴蜀之地，“5 · 12”地震之后，地壳运动似乎频繁了很多。“4 · 20”芦山地震的时候，我也在成都，也感受到了大地摇晃、颤抖所带给人的那种惊恐不安。本来热烈的春天，忽然间空气清冷，有一种冰水洗身的不祥的感觉。随部队去芦山现场，多数道路被巨石和泥石流阻挡，灾难所带给人的惊悚，我也是深有感触。

邹教导员还说，勒布沟有三个行政乡，这里是勒乡，还有麻玛乡和基巴乡。对面便是牛头山和太宗山，向后是拉则拉山。他们营下属有几个连队，就在对面的太宗山、牛头山和沙昌多果山上，另几个，也在这一片崎岖山地里。

看着对面那座无际的大山，心想，这样的地方，自然状貌美不胜收，全世界都少有如此美景与仙境，当然可称人间天堂，可对于长年累月在这里驻守的边防战士，却要忍受着巨大的寂寞，以及诸多猝不及防的凶险。邹教导员还说，那边山上，海拔3999米以下，是原始林林，里面的杜鹃花硕大无比，鲜艳得世上绝无仅有。海拔4000米以上的地方，寸草不生，常年大雪，俨然是另外一个世界。

我也知道，明天，我就该与司机小张一起，开车向上，去无名湖和旺东。此时，山南军分区的宋朝华科长等人已经在那里等我们了。但天色已晚，只有明天，等大雾消散，再开车上去。

为数不多的门巴族人家，全部集中在一起居住，不足百户，对面的垂直向上的山上，植被丰茂，绿意葱茏，几乎看不到一块空白和荒芜的地方。可站在娘姆江曲一边，把头仰得再高，也看不到山腰，山顶更是遥不可及。整个勒布沟每时每刻都有大雾，乳白色的雾气一会儿从娘姆江曲拔地而起，一会儿从远处的河沟里奔腾而来。

趁着闲暇，和无名湖连队的列兵齐杨杨聊天。这个小伙子出生于1991年，籍贯河南开封，2012年入伍。前年冬天，新兵下连，被分到无名湖，先入炊事班。有一次，他们几个把新做的馒头放进锅里，到餐厅里聊天。正聊得高兴，班长忽然大喊，坏大事了！说着就甩开大步往操作间跑，他们几个也紧跟着去了，只见厨房内黑烟滚滚，像把整个房子都点着了一样。班长迅速提起一桶水，朝蒸笼上泼去。再掀开一看，原来白花花的馒头成了一堆黑球蛋，靠锅边的那几个，还在呼呼燃烧。

全连的人都在等着吃饭，他们却把馒头烧成了黑渣子不说，连里唯一的一口大铁锅还烧穿了一个洞。连长很生气，对他们说，烧坏馒头，没办法找你们算账，烧坏锅就相当于断了全连人的炊。你们几个自己解决！齐杨杨说，他当时很自责，私下找了几个老兵，问咋能买口锅，再带到山上来。老兵们都笑，拍着他肩膀说，兄弟啊，你真是一个好兄弟。

几天后，团里的一台车来了，专门给他们送了一口新锅。齐杨杨这才知道，连长当时那话，不过是吓唬他们罢了。我笑，齐杨杨则说，这都不好，浪费粮食，本来就是不好的事，更关键的是连队的给养都是战士们从营部背上去的。我啊了一声，睁大眼睛看着齐杨杨。齐杨杨说，你可能不知道，我们无名湖常年下大雪，要不就是起雾，雪大、雾大的时候，就连对面的人脸也看不清楚，给养很困难，要靠我们自己肩扛背背。你看现在都五月中旬了，雪还在没良心地下。我们连队所有吃的用的，都是从营部这里一点点地背到无名湖去的。

我问，哪里有路吗？

有，齐杨杨说，路是直接从错那过去了，不经过这里。那个路，虽说也叫路，其实就是在山顶和悬崖上凿出来的羊肠小道，有些路段，车轮稍微偏上几个厘米，就连车带人全都掉下去了。别说人这么小，掉下去粉身碎骨啥都没了，就是车也找不到。现在这个时候，估计团里正在组织工兵连开路，因为，到这个月底就该他们上去轮换山上那帮弟兄们了。我也觉得诧异，勒布沟这里的树木都枝叶繁茂，百花争奇斗艳这么久了，怎么通往无名湖的道路还被大雪封着？

齐杨杨说，虽说我刚来两年，可西藏这地方就是神奇，这边吃西瓜，那边还结冰；这边都穿棉大衣了，那边穿衬衣还有点热。我们无名湖，和错那、山南比起来，那简直就是“第三世界”。

我笑说，你很会比喻啊！

齐杨杨腼腆地笑。

我又问他：路不通，吃的用的怎么办？

就往上背！下山背给养是常事。不仅无名湖，我们这里大多数的连队都是这样。背给养是每个干部战士的基本功。不背就没有吃的；别人背你不背，那叫白吃！大家都是战友、兄弟，要背一起背，要吃一起吃。连长、指导员和排长、班长他们，还要比我们背得多一点。

我倒吸一口凉气，从海拔 2600 米的地方，背着几十斤甚至上百斤重的米面、油、蔬菜及各种副食品，上到海拔 4390 米的无名湖，沿途都是陡坡、悬崖、积雪，甚至没有一处可供歇脚，空手攀爬都很困难，再加上一些东西，那该是怎样的一种苦累和艰险？

齐杨杨说，他也背过几次。我问他的感受，他说他还是一个新兵，背的次数少。那些老兵才多呢。这事儿最好问他们。我问他为什么。齐杨杨说，和那些老兵比起来，我就是一个小跟班儿的，背给养背得少，次数也少，不值得提。要让他们自己说，才更有意思。

我哦了一声。心里觉得，这小战士，还挺谦虚。

2013 年 10 月，齐杨杨转岗到无名湖观察哨工作。他们的哨所，设在连队背后的沙昌多果山上，距离连队有一千多米的样子，沿途有七个直上直下的大坡，还有三个高有十米的直立悬崖。2014 年冬天，还没到春节，储备的蔬菜和副食都没了。正要下去背给养，可夜里忽然又下了一场大雪，都到人膝盖上了，根本看不清哪里是小路，哪里是悬崖。第二天早上，又刮起了大风，硕大的雪花打得人睁不开眼睛。饭菜都没有了，实在没办法就只能化雪喝水了。正在他们发愁吃啥的时候，却见连长带着七八个老战士，背上鼓鼓囊囊的东西，一身白雪地站在了他们的观察哨下面。

他们几个一看，眼泪顷刻流出。

只有身在绝地的时候，人的那种互助精神才能得以淋漓尽致的表达和体现。齐杨杨还说，在无名湖的连队，最不好的一点就是太寂寞了。在海拔低一点的连队，平时可以打篮球、跑步，搞点运动。无名湖海拔高，平时，人喘气所用的氧气还不够，再运动，估计一个人就把山顶上的氧气全部吸光了。

齐杨杨还说，现在有一个女朋友，是从高中二年级开始谈的。我问他和女朋友现在相处得怎么样。齐杨杨叹了一口气说："现在这个社会都是论经济论地位的，俺自己家里条件不好，女朋友呢，一会儿很亲密，一会儿很疏远，有点捉摸不定。前一段时间女朋友给我说，她想在市里开个商店卖衣服，积攒点钱以后买房子……可你知道我现在也没那个能力。如果能留队转成士官的话，我就可以帮助她了。"

天上的无名湖

夜晚的勒乡静谧得只剩下娘姆江曲和克节朗河的涛声，其中还有一种鸟鸣，沙哑、低沉，充满了某种玄秘意味。呼吸着海拔 2600 米的潮湿空气，似乎这里所有植物和动物的气息都进入了身体，那种安然与微微的甜意，使得我睡了一个前所未有的好觉。

早上起来，浓雾浸入营院，连院子中间的黄桷树都看不清楚。司机小张带着我在勒乡溜达了一圈，简陋的石头房子，稀稀拉拉的行人，有几条黄狗在满是泥泞的街上游晃。小张说，从这里再向上，有一个地方叫作森木扎，有一挂形如飞练的瀑布，再旁边，就是莲花生大士当年修行的地方，一块大石头上，还留下来他一只脚印。我也想起盛名已久的仓央嘉措，昨天，我们路过麻玛乡时，也看到了仓央嘉措生前修行过的一座石头房屋，经幡飘飘，庄严肃穆而又诗意氤氲。

与在营部轮休的士官柴维誉聊天，他说他是重庆彭水人，这也是一个沉默寡言的小伙子，三十岁出头。我问他这些年来，在无名湖有哪些难忘的经历或者说体验。柴维誉很腼腆，双手交叉在腹部，低着头看自己的脚尖。我大致说了自己的参军经历，特别突出了当年在巴丹吉林沙漠军营的种种有趣往事。听着听着，柴维誉就笑了起来。

2009年春天，他接到自己亲弟弟的电话。弟弟说他准备“八一”那天结婚。柴维誉当然很高兴。此前，弟弟在青岛认识了一个女孩，俩人很能说得来，不久就开始恋爱。做哥哥的，肯定要祝福弟弟，而且一定要到他们的婚礼现场去。

亲兄弟两个先后参军，这在西藏边关乃至全军极为常见。弟弟问柴维誉谈对象没？柴维誉说，你和人家好好谈，我还不着急。

其实，柴维誉先前谈过一个对象，也是重庆彭水的，但没多久，女孩子嫌弃他整年不在家，一起耍的机会少，就慢慢地淡了。到了一定年龄，男婚女嫁，是人之常情，也是个体所需。可无名湖在庞大的山峰之上，常年大雪飞舞。除了日常训练和操课、巡逻等，战士们只能你看我，我看你，日子寂寞得放在手心就会打滑。

这年七月中旬的一天，弟弟再次来电话，说他准备“八一”结婚，希望哥哥能去青岛参加他们的婚礼。他们的爸妈也从重庆彭水过去。柴维誉当然很想去，可连队里的人手不够，他要请假，就得催着其他战友中断休假归队。弟弟说，咱都是当兵的，等可以请假的时候再来也不迟。一个月后，牛头山上又下了一场大雪，柴维誉请了假，背着包，和另外两位战友，沿着连队下面的小路，连摔带爬地走了四个多小时，到营部住了一晚，第二天从拉萨飞到了青岛。

虽然错过了弟弟的婚礼，但两人还是很激动。吃饭时，餐桌上凭空多了一个漂亮的大闺女。柴维誉生性腼腆，又常年待在与世隔绝的无名湖，对于女人、恋爱、结婚等人生滋味，大抵都是梦中的事。那位闺女一走，弟媳就问柴维誉，你看这女孩咋样？中意不？柴维誉红着脸不知道怎么样回答，支支吾吾半天，才对着墙面说，挺好的！弟媳笑着说，她叫张莉，是她的闺密，不仅是同学，家还在一个村。

第二天，弟媳安排他和张莉在一座公园见面。张莉觉得柴维誉挺好，可她父母觉得这个小伙子木讷、脸黑，少言寡语不说，说话还不怎么顺畅，不是很满意。弟媳得知后，去和张莉父母说，又搬了她和张莉几位关系不错的老师、亲戚帮忙说媒。好事多磨，父母看自己闺女愿意，就叹息一声，点头同意。

归队的时候，张莉想到他所在的部队看看，柴维誉很为难，但拗不过，只好带着张莉来部队。当两人从青岛返回到勒乡时，这里又下了好几场大雪，除了娘姆江曲的大水还在热烈奔腾外，远近山峰和草木都被大雪严密封藏了。营长、教导员都劝张莉说，安全起见，你就在营部和柴维誉待一段时间，就不要去无名湖了，高山大雪，爬上去很难不说，还很危险，万一再有高原反应，更不好说。

张莉却说，柴维誉能去的地方，俺也能去！营领导见这女孩子脾气挺犟，就派了三个经验丰富的战士，和柴维誉一起把张莉送上无名湖。

从海拔 2600 米到 4390 米，先是一片原始森林，到沙昌多果山腰，再上无名湖，几乎要在悬崖峭壁上行走。

三个战友，一个柴维誉，沿着覆满积雪的陡峻山坡，连拉带拽地陪着张莉一步一步向上爬去。还没走到半山腰，张莉就累哭了，柴维誉只好把她背起来，弓着腰，骡马一样继续向上爬，其难度可想而知。趴在柴维誉背上，张莉怎么也止不住自己的眼泪。其他战士轮换着背她。但还是高反严重，呕吐、晕眩。柴维誉说，咱们返回营部吧？张莉一边哭一边摇头说，就是死，也要去看看你们的那个无名湖。

望着一座覆满积雪的悬崖，柴维誉说，再坚持一下，从那里上去，就到了无名湖。张莉又哭着说，这咋能上去？柴维誉说，我们经常从这里上下，那里常年有一根粗绳子。虽然很危险，抓好就没事儿。越过最后一道险路，刚到平地，张莉的高原反应特别强烈，头晕恶心，浑身发软，忽然听到一阵极其响亮的吼声：嫂子，无名湖全体官兵欢迎你！张莉一看，只见二十多名官兵列队整齐，一起向她敬礼。张莉从没见过这样的阵仗，还没来得及细想，就晕了过去。

无名湖官兵跑过来，把张莉放在一张军被上，包紧、包好之后，一起抬了起来。等张莉再次醒来，已是次日下午时分了。柴维誉一直守在她的床边。张开眼睛，看到身边的柴维誉，张莉惨白的脸上露出一抹笑意，对柴维誉说：俺这是在天上吗？

大雾的旺东

车子突然停下，前面是一座不高的山崖，四周山坡上，纷披着洋槐树、松树和羊蹄甲树。我不明其意。小张径自下车，往前面走去。我也下车，跟在他后面。到悬崖根部，看到一座简易小庙，正中端放着一尊石头雕塑，还有军帽和领章。小张拿着一小瓶白酒，洒在上面，又点了两根烟，插在一片浮土上。我似乎明白了什么，也现学照做。再上车，再启动，路过那座小庙时，小张按响喇叭，嘀嘀的声音，在绿色荡漾的小山沟里回荡。

小张说，咱们走的这条路，也是边防战士修的。当时，一位连长被石头砸中当场牺牲了。从此，不管是谁开车上山，路过这里，都要用酒水和香烟祭奠一下。同时也告诉老连长，我们上山了，保佑我们平安。听小张说到这里，我已经泪如雨下，觉得一阵阵心疼。

车子继续盘旋向上，有的地方被雨水冲得沟壑纵横，有的地方则堆着泥石流和滚石。

到半山腰的时候，大雾突然没了踪影，日光兜头。路边的森林边缘，都是巨大的杜鹃花树，或白或粉的杜鹃花犹如成人拳头，一朵朵，一树树，在草木繁杂的森林中，带着满身的洁白露水，于寂静处微微摇动，使得幽秘的原始森林里，有了一种香艳的气息。

山坡上长满松树，有些干枯了，但仍旧屹立不倒，远远看到了位于半山腰的营房。小张说，那是旺东，最上面的那个就是无名湖。正在这时候，后车轮忽然滑了一下，好像地震。我一看，左边靠山的是一面石头悬崖，右边则是更大的一面悬崖，我从副驾驶车窗探头朝下看一下，光滑的大石头之下，更是看不见底的深谷。

我一身汗，头皮发麻。小张说，刚才忘了打加力。到前面停车，才发现，刚才车轮打滑的地方，是一个烂泥塘，里面浸满了腐烂的落叶。

该连连长名叫贾国良，山东济宁人。

下午，我和贾国良出了连队，沿着晾衣的玻璃房朝右边的山岭上走。此时，大雾还没升起，落日在对面积雪的太宗山上。斜坡上长着很多的格桑花，一朵朵，在满坡丰密的青草和荆棘丛中，鲜艳而挺拔。对面岭上，倾斜而下的大河涛声如雷。贾国良说，那水是从无名湖倾泻而下的。我看着那一条犹如白练的大水，感到了一种视死如归的决绝与雄壮。

贾国良说他 2002 年入伍，直接考的军校。听着他和我差不多的北方话，感到亲切。贾国良说："我们旺东地方潮湿，时常裹着湿被子睡觉。今天还是好的，还出了一会儿太阳，平常时候，大雾比大雨还要经常，没有冬夏之分，一天能被太阳晒上三个小时就算得上是好天气了。你看院子里有那么多晾衣棚，那是团里面给我们的特殊福利。太阳一出来，就赶紧把被子衣服鞋子拿出来晒。晾晒衣服不是随便搭在空地上就行，必须得是带顶棚、三边围上的晾衣棚才行。"

贾连长说，他先前在云南某部服役，2003 年到旺东。他个人印象最为深刻的，也是背给养。他说："那时候，几乎每天都要下山背给养，早上七点钟就起床，吃东西，八点钟准时出发，除了值班的，能动的人都要去。早上下山，大雾还没散，草叶、树枝、石头上都是露珠和积水，山路也滑；每一次都是连摔带撞的，往往衣服前面湿得滴水，后面却还是干的；回到营部，各人先把要往连队背的东西打好包，拴好背带。吃过午饭后开始返回。每个人负重六十到一百斤，爬高坡、过悬崖不说，遇到冬天下雪，夏日暴雨，打滑摔跤倒是小事，说不定还要遇上山洪和泥石流。往往，每背一次给养，还没回到连队，汗出得都把衣服沤出了怪兮兮的馊味。"

贾国良说，在旺东这地方，冬天冷得人连骨头缝儿都打哆嗦，会不可避免地患上了严重的关节炎。不仅是他贾国良，在勒布沟和西藏其他地方当兵的，又有哪一个不是关节炎，又有哪一个不是“心有恙”？

我一惊，问他“心有恙”怎么说？贾国良说，他在边防某团某连当排长的时候，经人介绍，认识了一个女孩子，她老家在安徽。俩人电话短信地聊了一年，觉得很开心。次年八月，贾国良出差，约和那位女孩见面，可他很心虚，因为在西藏当兵，风吹日晒，再加上雨雪冰雹，除了一口牙齿是白的，其他地方就好像生锈的青铁，粗得扎手。为了让那位女孩子对自己满意，约好在咖啡馆见面之前，贾国良冲了两个小时的澡，又用专门买来的牛奶磨砂洗面奶搓了十几次脸，连脖子都不放过。

忐忑不安地和那个女孩子见了面，尽管自己还黑得搓上两把脸就能当镜子给别人照，着实黑得密不透风。可令他意想不到的是，那女孩子不虚荣，也不在乎外表，在乎的是心好不好，人行不行。贾国良当然大喜过望。他说，在西藏待久了，内地的生活、思想观念和做事方式对他来说完全是另一个世界，弄不通，搞不明白。看电视上的女人都喜欢能装会做的小白脸、富家公子，还以为每一个女孩子都那样，没想到，我遇到了一个传说中的白雪公主。

她叫訾美绮，是一位医生。两人情深意笃，有一天，訾美绮带着贾国良去见自己的父母。訾美绮的父母对这个在西藏边关当兵的小伙子有点看不上，也觉得他们俩在一起不合适。他们老两口跟前就这么一个女儿，想就近找一个女婿，等两人再老一点，相互间有个照应。可女儿这么猛然间把他们的计划粉碎了，找了个女婿是个外省人不说，还是一个在西藏边关服现役的黑大兵，就有点不高兴。

贾国良殷切地对两位老人说，伯父、伯母，人有孝心的话，不论远近，再说了，当兵当到啥时候也得回来。况且，俺山东距离这里又不远……要不这样吧，买房子就买在安徽合肥或者訾美绮现在工作的成都，从此往后，只要有我贾国良吃的，决定不会让您老两口饿着，有我贾国良穿的背心，就有您老两口穿的棉袄。听了他的表白，老人颇为感动；但又把自己的闺女询问了好长时间，看两个人确实相互喜欢，又见贾国良是一个实在人，心眼好，就再也没说什么。

2014 年春天，贾国良和訾美绮喜结连理。

我说这样的事儿挺好，一个在成都，一个在西藏，这样军地组合的“夫妻党”在成都军区的部队当中恐怕不下几千对，你们也是其中一对儿。贾国良笑笑说：“是好事，可是俩人长期不在一起，现在的花花世界、饮食男女、人欲横流……”说完，他叹息一声，看着窗外已经浓重的黑夜。

傍晚，大雾再起，从承载着娘姆江曲的大峡谷中，幽灵一般，沿着深不可测的河谷攀缘向上，彻底遮蔽了勒布沟的一切。整个勒布沟，也变得虚浮而又缥缈。夜里很安静，躺下就睡了，醒来看到窗外的雨水，在房后的焦黑色的石头上摔打和蹦跳。这是我自到山南来睡得最好的一次。早上六点半，传来响亮的起床的口哨声，不一会儿，是官兵踢踢踏踏的跑步声。

操场中央，鲜艳的红旗猎猎。

我穿着厚厚的冬训服，在旺东转悠，营区外面，凡是平坦的地方，都开辟成了菜地，其中有黄瓜、茄子、辣椒等常见的蔬菜。

趁空当，与指导员索朗次仁聊天，他家在山南，毕业于昆明陆军学院。他说他和贾国良搭班子，觉得很轻松。他说，贾连长虽然是军事主官，可对思想政治工作也很精通。我们两个正副书记，讲的是原则，是战友情谊。在这山上，所有的官兵都不容易，履行职责之外，还有很多的个人问题。而其中最大的问题，就是婚恋难，有三四个士官年龄都突破三十岁了，却还是光棍一根。

多数地区的美女们，一听说对方在西藏当兵，就有点发怵，一则待久了易患上心脑血管疾病，还有风湿病和关节炎。二则离家太远，嫁给一个当兵的，百分之九十相当于不是寡妇，胜似寡妇。三则当兵的现在不吃香了，在社会上也没啥地位，家里遇到事根本也顾不到，做当兵的老婆，啥事都得自己去扛。索朗次仁所说的这些，我完全理解。一个战士不仅仅是一个人，他背后还有父母，以及妻儿，当然还要孝敬岳父母。这是人之常情，时代之中，女人们在婚恋选择上，也很务实和很现实。这也不能怪她们。

索朗次仁还告诉我，这些年以来，山南军分区和边防团也分别组织了一些军地青年联谊会，邀请一些地方未婚女青年和未婚官兵进行交流，尽管促成了几对，但效果仍旧不理想。眼看着这帮小子一个个都上三十了，再不解决个人问题，就越来越麻烦。

索朗次仁说，带兵其实就是带人心。

烈士高明诚

我和山南军分区宣传干事宋朝华还有司机小张等人，步行到旺东和沙昌多果山峡谷交汇处，本来想沿着那条灌木掩映、形如钢板的小道爬到无名湖。可到了跟前，我却不知道怎么上去。陡坡倒没事，主要是悬崖下面还有一块形如刀片的巨大长石，直上直下，足有五十米高。左侧还有一个十多米高的悬崖，下面是巨石和灌木丛。

因为刚下过雨，坡面光滑如镜，巨石上还长着厚厚一层苔藓。

我再向上，是一大片寸草不生、山石林立的黑色陡坡。那就是沙昌多果山，1986 年，高明诚团长就是在那里牺牲的。宋朝华语气沉痛地说。

高明诚是甘肃省古浪县人，生于 1947 年。这个年份，令我就想起了自己的父亲。我父亲生于 1946 年，比高团长年长一岁。

宋朝华说，高团长是 1968 年兵。1986 年 5 月下旬，他带队巡逻“麦克马洪线”，一连跋涉了十多天。6 月 29 日，他再次带四人小分队勘测公路，途经多个无人区和海拔 4500 米以上的大雪山，7 月 3 号傍晚，他们走到了这沙昌多果山，天气突变，先是大雨、冰雹，后来下起了大雪。高明诚感冒了，还发烧。几个战士用手捧雪，垒起了一个雪墙围子，把高明诚簇拥在中间。

不知过了多久，高明诚迷迷糊糊地问身边的杨树义：“啥时候了？”

“凌晨 3 点！”杨树义看着表说。

高明诚说：“能不能把雪墙再垒高一点啊，我觉得很冷、很冷。”

杨树义等几个战士再次捧着雪，把雪墙加高。尽管如此，大风猛烈。凌晨四点多，雪又下得更大了，继而是冰雹。杨树义抱着身体发烫的高明诚。小声对他说：“没事的，天一亮咱们就找路下山了。”

高明诚叹息一声，说：“小杨，我恐怕要死在这里了。”

杨树义抱着高明诚大声说：“团长，别瞎说，我们一定会回去的。”

说着，杨树义就哇哇地哭了起来。

高明诚早在当团参谋长时，就走遍了山南边关的每一座沟壑山谷，巡逻边境，勘察建连地址，或是执行其他任务，常常在深山野地、雪峰沟壑中穿行十几二十天，从没有遇到过这样的情况。开始大家都以为几天时间就回来了，路上也不会有战友感冒，毕竟都是久经考验的钢筋铁骨了，都没带药品。那时候的无线电通信距离很短，根本不起作用。在这海拔 4500 多米的沙昌多果山上，除了自己，谁也联系不到。

早上六点多，风雪停止了。但寒冷更加浓烈和刺骨。杨树义刚松了一口气，感觉情况正在好转，生还的希望晨曦一样即将升起。可没想到，刚平静了不到几十分钟的天空又雷电交加，雷声就像贴着头皮炸响一样，闪电在雪峰和荒山上面不断闪击，森林里似乎有大树被劈开，闪着耀眼的火光。高明诚躺在杨树义怀里，开始迷糊，早上六点多，高明诚忽然来了精神，又和杨树义有一搭没一搭地聊起天来。高明诚说：“小杨，人说地球上有多少人，天上就有多少颗星，你告诉我，天上的星星当中有咱俩吗？”

“当然有，而且，那颗最亮的肯定就是你。挨着你的那颗，就是我们的彩玲姐。”

高明诚在甘肃古浪的妻子名叫赵彩玲。

那一次，和高明诚、杨树义等人一起参加任务的，还有张参谋和张连长。

高明诚说他饿了。可他们带的给养已经吃完了，前几天就开始用树皮、野菜和雪水糊弄肚子了。杨树义、张参谋和张连长也都饿，可这沙昌多果山上，别说野果了，连一根草也没有。

高明诚当然也知道这个情况，他不想说，但无意中说出来了。好像是他最后的一个心愿。他自己可能也意识到了某一种不可避免的厄运或者直接说大限来临。于是多次对张参谋和张连长说，你们两个立刻返回营部，找人来救援。两个干部你看我、我看你，然后一齐对高明诚大声说："团长，这不行，要生一起生，要死一起死。"

"这是命令！"高明诚大声喊，眼睛也睁得好大。

催促几次，张参谋和张连长才哭着离开了，只剩下他和杨树义。次日早晨八点四十五分，高明诚团长耗尽最后一丝力气，永远地闭上了眼睛。

"是高团长第一个在我们连队那儿点起篝火，升起第一缕炊烟的。"与我们同行的一个上士说。

我泪眼婆娑，久久地仰望着高明诚团长牺牲的地方。宋朝华干事说：牺牲之前，高团长就多次领受任务，带领部队全天候侦察。有一次，上级指示，务必以"稳、快、准"摸清和掌握"麦克马洪线"一带的情况。高团长以实地勘察的方式，记录了这一地带的所有的地物地貌、山脉、溪谷及河流走向，并拍摄了现场照片。

高明诚牺牲时，年仅39岁。

我久久凝视着沙昌多果山寸草不生的高处，脑海里浮现的，都是高明诚团长牺牲前后的那些悲伤与决绝的情景。

原载《人民文学》2021年第1期

【作者简介】和谷，中国作家协会会员，文学创作一级，陕西省作家协会主席团顾问，陕西省文联原副巡视员。曾获中国作协全国报告文学奖、散文奖及飞天奖、“五个一工程”奖。著有《和谷文集》14 卷,《柳公权传》《还乡》《照金往事》《春归库布其》等 50 多部。

He Gu, a member of China Writers Association, first-class literature creation, former deputy inspector of Shaanxi Province Federation of Literary and Art circles. He has won the National Reportage Literature Award, the Prose Award of the China Writers Association, the Flying Apsaras Award and the Best Works Award. He has written 14 volumes of *He Gu Collection*, over 50 books such as *Biography of Liu Gongquan, Return to Home, Once Upon a Time in Zhaojin,* and *Return to Hobq in Spring*.

柳青与《创业史》背后的世路命途[①]

和　谷

一、六十年一个单元

在 1978 年初的一次文艺创作座谈会上，柳青作了《生活是创作的基础》的发言，阐述了他的美学思想。我亲眼见到晚年体态衰弱的柳青，聆听过他哮喘声中吐出的铿锵的话语：文学是愚人的事业，六十年一个单元。

他活了六十二岁。

那时我还是一个二十啷当的文学青年，懵懂却豪情万丈。归来时，空空

① 注：标题有改动，原标题为《文学命途：柳青》。

的行囊。直至近七旬的今天，踝蹬于老家的田野小路上，还在咀嚼这位前辈的肺腑之言究竟意味着什么。几十年间，我追寻柳青的命途，到过吴堡寺沟村故居，涉足少年求学的佳县媳镇、米脂东街、绥德师范，他也如同一代知青有过返家种地的经历。

柳青在榆林读中学时，开始文学写作，并阅读和翻译英文、俄文文学著作发表，堪称才子。他当过西安高中《救亡线》《西北文化日报》的编辑，陕甘宁边区文协海燕诗歌社秘书，出版《地雷》《种谷记》《铜墙铁壁》等作品。从东北辗转北京，任《中国青年报》副刊主编。又回到西安，定居皇甫村一个破庙里，从事长篇小说《创业史》的创作凡十四年。“文化大革命”中，他被打成“黑作家”，饱受磨难。平反后续写《创业史》未竟，因病逝世，葬神禾原，归于泥土。斯人去了，其作品顶天立地，广为流传。我想，一个作家的文学理想及审美观，与他一生曲折的生活轨迹，也就是现实处境的陶冶及地理文化的影响有密切关联。

我细读柳青《创业史》，是在西北大学读书时，当时去渭南实习，跟着郑定于老师，采写双王社史。辅导老师还有《陕西日报》老总编丁济仓，渭南群众艺术馆李孑。李作家是从省作协下放的，传说他有用脚能写出《创业史》的偏颇之言，他自己说他反过柳青也保过柳青，也许有人不一定这样认为。他手头有一本破旧的《创业史》，眉批都是质疑和批判的词句。我拿到后却如获至宝，开始领悟它简朴而优美的文字，探索其反映的时代特征和艺术表现手法，尤其是其语言表述的魅力令我着迷。

上世纪八十年代初，我在新成立的西安市作家协会供职，办公场所是距钟楼一步之遥的西北角社会三路五十五号的小阁楼。说是小阁楼雅了点，其实就是十几平米的单面简易瓦房，有人戏称小土地庙。平凹坐在我对面，开始写《浮躁》。市作协办了文学讲习所，在新城剧场人满为患，门票攒了几千元为柳青修缮了墓碑。

那天，清明雨纷纷，柳青的几个子女赶来祭奠。之前坟茔杂草丛生，污秽不堪，让人心寒。上了年纪的王家斌，也就是那个书本中让一代人羡慕的买稻种的人，而且与改霞爱得不得了又终未成眷属的梁生宝，他站在坟茔前说，多年前他和柳青站在这儿，望着终南山和蛤蟆滩，说这儿是好风水，约好死后一起埋在这儿，做个伴儿。

一个在坟里头，一个在坟外头，那情景让人心碎。

二、柳青与王家斌

二十世纪九十年代初，我在离开西安去海南闯荡前不久，约朱鸿一起去长安皇甫村拜谒柳青墓。

显然苍老了许多的王家斌，已不能带我们爬上高高的神禾原，讲他与柳青有一个约定的故事了。他死了老婆，儿女生活困难，年轻时给集体干，下了不少苦，老了落一身病，和一头老黄牛为伴，在饲养棚里过活。那天夜里，我们和柳青笔下的梁生宝，也就是晚年困顿的王家斌蜷曲在一个土炕上说柳青，炕下是牛圈，话语和睡梦里充满了浓烈的粪土味。

我想象不出柳青居住的那座破寺庙是什么样子。王家斌说，解放初，柳青从西安城里来这儿写书，有个县委副书记的头衔，实际上成了皇甫村的一个普通农民。他和家人要在这里生活，得有基本的吃住条件，原本想盖几间房子住，但又怕别人说成了别墅，就和老婆孩子一家人住进村头那座破庙里。里面的神像用包谷秆遮挡住，人住外面。他自己花了几千元，拉电线、修路，维修房院。在旁边挖了一口水井，浇地种菜，还栽了梨树和苹果树。多年后，柳青走了，那块地方也滑坡塌陷，只剩下地基的一角，长满了荒草。

王家斌吧嗒着旱烟锅子，一边咳嗽一边说，柳青平时爱和父亲也就是书中的梁三老汉拉家常，梁三老汉说柳青是好人。尔后见柳青动员农民办起了互助组，一门心思想单干的梁三老汉躁气了，骂柳青怪头思脑的，不是个好人。各家各户的牲口合了槽，梁三老汉回家不见他那匹心爱的马驹子了，竟伤心地大哭起来。那阵子，柳青不放年轻能干的王家斌出去当干部，也差点把吃上皇粮的董廷枝从外边弄回来，一起搞集体化农庄。

王家斌说，柳青言语头子重，也就是说话不留情面，掷地有声，为了做好社里的事，把王家斌日倔扎啦，也就是说挨了不少批评。在王家斌看来，只是小小个事情没有处理得当，做事认真的柳青也要从根根问到梢梢，给你讲一番理论。你若不服气，那就不好了，一直批评得你招架不住，服软以后才罢休。合作社办了个油坊，只能给公家加工，私人想图方便沾点光，没门儿。当时，会计刘远峰的账上差了十六块钱，一时找不见票，柳青让先赔了钱才算了事。后来票找见了，才退了赔的钱。会计给社员办事开纸条，柳青发现撕的纸条太宽，也批评他浪费，说账怕算，一天开几个纸条条，一年呢，十年呢，就浪费一堆纸，一堆钱，那可是社员的血汗钱。

在合作社油坊上干活的，由家里人送饭吃，柳青凑上去仔细看，是观察这些人碗里有没有香油。柳青说，不是说抠门儿，你开始拿筷子头蘸油吃，慢慢就拿壶倒，然后觉得家里人没吃上油又会往回提，凡事由小到大，不能惯这瞎毛病。这方面的许多事，他能把芝麻大说得蒲篮大。柳青人细密，家里有一个小匣子，钉锤、电线头、钉子、螺丝啥都有。王家斌问，你要这做啥哩？他说，那你不知道，过去在延安时，谁能捡点这玩意儿可是大事情。

有一回，王家斌到柳青家去商量社里的事，柳青问，我听说有人叫我鸡 sā，这得是骂我哩？王家斌笑着说，鸡 sā 就是鸡脑袋，有骨头少肉，精明，是说你细密。有个叫德林的去给柳青收拾电线，回来给人说，柳青人仔细，去时给你敬一根纸烟，临走再给你一根纸烟，再就没了。第二回，王家斌又叫德林去给柳青修理线路，德林有点不高兴。王家斌陪了去，碰上柳青夫人马葳在，给了一包大前门。德林给大伙散烟抽，笑着说，看把他鸡 sā 的钱弄来了没有？

柳青在皇甫村多年，经常是和庄稼人一样的打扮，光着头，穿着布褂褂，蹴在人堆里看这看那。王家斌说，村上凡是有红白喜事他都参加，遇丧事看人家谁哭得有没有眼泪，猜想是什么身份，与主人家是什么亲戚关系。

一次，王曲镇上交易粮食，他从人缝里挤进去，不是看粮食瞎好，专看人的脸色和表情变化，揣摩买卖双方的心思。他还和买卖人套近乎，给人家帮忙看秤张口袋，把这个人一盯，把那个人一盯，人家觉得这个老汉挺怪的。杂干肉摊上，他看人家切肉，一群人端着碟碟吃，他盯个不停。有的吃客说，给老汉吃一点，看把他可怜的。柳青说，我不吃。人家把他当成讨饭的了。有一回，他盯着人家停在那里的一辆从城里来的汽车，问这问那，人家看他不像本地人，竟然怀疑他是不是特务，盘问了一番。

那次去走访皇甫村，见到了当年做过乡长、区委书记的文化人董廷枝。他和柳青在一块十几年，或许能说清《创业史》里哪一段故事的生活原型是什么。董廷枝说，当时柳青让我保密，说怕人家往他房上撂石头。当时，有个军人看中村上一个漂亮女子，这女子却正和住在草棚里的一个穷小子好。媒人许了几百元彩礼给女方父母，要女子嫁给军人。女的不情愿，部队上也做工作。董廷枝把这件事情给柳青一说，柳青说要看女的个人选择。后来，女子被家里人用绳绑住，后翻墙逃跑要与穷小子私奔。柳青把董廷枝的头拍打了几下，问道，你干啥哩？你就没动脑子，没本事！我写书哩，让你培养个人都弄不好。董廷枝说，你写你的书，故事多得很，够你写。这桩婚姻又闹火了几回，毕了还是女的服从了。马葳是乡上秘书，给开的结婚证。婚礼上，原来和女的好的穷小子，搬牛粪块子冲进去砸了酒席，被关押了起来。董廷枝急了，问柳青咋办？柳青说，现在只好顺着办，把小伙子安排进城工作。之后，董廷枝和柳青又帮小伙结婚成家。

董廷枝说，《创业史》中写梁生宝和改霞的爱情，是由此引发而虚构的。王家斌的童养媳得咽喉病死了，这是真的。书中写的梁生宝又娶了女人，则与村里发生的故事没有直接瓜葛。王家斌也说，柳青写的好像是我和改霞恋爱，是胡捏的，整天忙得有一河滩事，哪有工夫骚情？

柳青为了把握《创业史》中一些人物的性格，还同董廷枝私察暗访过个别人家。柳青背了鸟枪，同董廷枝走了十多里地，去访问一个独户人家。

第一次谈得有些尴尬，二回又去，了解主人身世和婚姻变异的难以启齿的情节。

1954 年春节，柳青请董廷枝和王家斌到他家里过了大年，说村上家族冲突、生儿育女、家长里短、喜怒哀乐的故事，一直说到深更半夜。柳青爱说爱问，每一件事情的情节、细节，都从根根问到梢梢，为人物的命运时而忍不住大笑，时而暗自落泪。他从不用本子记，说过的事他记得非常清楚。

食堂化时，柳青的陕北吴堡老家常来老乡，粮不够吃。董廷枝说，把救济粮给你弄二百斤。柳青一愣，不能要，绝对不能要，你怎么能这么办？娃们拾野菜吃怕啥，农民吃啥咱们吃啥。董廷枝在柳青家遇上吃饭，柳青客气地说，你来尝一下。董廷枝说，你这一点饭，招不住我一筷子就夹完了。柳青笑了笑说，让你尝不是让你吃么。董廷枝夹了一点刚送到嘴里，柳青说，给你说尝上一点，你夹那么一筷子，真让人心疼！二人说着，苦笑了起来。柳青说，上级让人人都吃食堂，我有啥办法？董廷枝说，你是给咱们农民写书的，费脑子，不吃饱咋能把书写好？柳青说，老百姓都盼望过好日子，难关总能过去的。

《创业史》出版后，柳青对董廷枝说，我想用稿费给乡上办一点福利事业。董廷枝问，能有几个钱？柳青说，一万多些。董廷枝吃了一惊，写一本书能得这么多钱哩？柳青把支票给了董廷枝，计一万五千六百元。柳青说，这事不准任何人知道，用这笔款给乡上办一座机械厂和卫生院。董廷枝说，能成。他太了解柳青的德行了，虽然有人骂他是抠门儿的鸡 sā，却大公无私，有人格，是个大写的人。

柳青住在皇甫村多年，欠人不少债务，包括安家时修破庙，用了出版社预支的稿费，还借人五百元。他弟从老家来，不给回去的盘缠，说，你咋来的咋回去。还说，人活在世上，是创造财富的，有本事给国家做些贡献，没本事也得自己把自己顾住，要么活个啥意思？寄生虫当不得，打倒地主土豪就是要消灭寄生虫。柳青还对从中劝说的王家斌说，给钱就把他害了，不劳而获，下回他又来了，人是越坐越懒，越吃越馋。老家一个叔伯兄弟有病，柳青知道后，说，这钱得给，寄回去二百元。人家收到钱不敢用，说亲兄弟都没给盘缠，咋给堂兄弟呢？

“文革”中，王家斌去城里看望柳青，见柳青说了几句话，气上不来了，当时周围没有旁人，王家斌就背上柳青去医院。柳青腿活动不便，王家斌拽着他的胳膊，说是提溜摆带地好不容易弄到医院。结果，人家一听是柳青，都不敢要，说是黑作家，啥命要紧？

有一年春节，王家斌去看柳青，知道他每月只有十二块钱，咋过日子，马葳有个手表想卖了也没人要。王家斌当时已身患肝病，他对柳青说，咱是个穷人，肝病能咋，有钱没钱也过活哩，这二十块钱你留下用。柳青一家哭成一团，钱却不能收。王家斌硬撂下钱走了。之后，柳青又让娃们把钱送还王家斌。马葳见到王家斌，说城里进不去，哭得话说不下去，说活不成了，说人家都解放了，柳青硬顶，毕了。知道马葳想不开，王家斌想再抽空去家里看看，劝说劝说。

这一天，天下小雪，柳青的娃们跑到皇甫村找见王家斌和董廷枝，说他妈妈不见了。马葳整天给柳青送药，来回奔忙，星期天给柳青买饭票，把身上的手表和笔放下，便出去走了。马葳这一走就没回来。三天后，人们在井里发现了她的尸体。

马葳的死，没人敢给柳青说，柳青在牛棚里不见马葳来，已经好几天了，就问人上哪儿去了。说出差去了，他又问到哪儿出差了。这时候，人已经火化了。尔后，王家斌在韦曲问柳青，你梦见马葳没有？柳青说，眼一闭就在跟前哩！人一辈子，不容易。丢下几个娃们，大的大，小的小，真可怜。

柳青死后，光光的啥都没留下，就留下一本书《创业史》。柳青的娃们争气，一年考了两个大学生。柳青的骨灰一半放在北京八宝山，一半埋在了这里。董廷枝和王家斌几个人，给坟上栽了十四棵树，是说柳青在这儿生活过十四个年头，活了几棵，他们还挑水浇过几次。有不少远道而来的人，时常到这儿访问了解柳青在皇甫村的故事，王家斌和董廷枝就成了义务接待员。

1997 年 6 月 13 日，王家斌去世了，他与柳青竟然是同一个忌日，令人惊奇。一个作家与一个农民，一个写文章，一个种地，二人却有如此兄弟般的情义，有着不求同日生、但求同日死的生死之交，冥冥之中，让人浩叹这其中的秘密。王家斌去世后，不知是否履行了他与柳青的那个约定，埋在哪儿了？

三、《创业史》之后的梁生宝

新世纪伊始，我从海南返回故城，去拜谒柳青墓园。

红砖墙下的小路折向栅栏门，前面是一片泛青的麦田。原下是迷蒙的河川田畴，再远处是淡灰色的终南山脉。柳青笔下那么倾尽心血与诗情描摹过的美丽富饶的土地，就在眼前又一度苏醒。我回望了一下暖意中柳丝拂动的墓园，心想，人民作家柳青，一定透过他那圆圆的黑边眼镜，用深邃、警觉而忧郁中饱含希望的目光，窥见了这多年后生生不息的新的风景。

墓园旁边，一位戴草帽的老人，在佝偻着身子锄麦子。我走上前去，叫了声乡党叔，递上一支烟，一起蹴在地畔攀谈。我想，他黑里透红的满脸折皱的样子和我记忆中的梁生宝，不，王家斌有相似的神气。他说，王家斌要是活着，恐怕都是快八十几的人了，好人，不容易。说到天旱，麦子的墒情还好，他说咱原上靠天吃饭，这地争气。这一片子地多年一直是他种着，后来柳青墓征了一亩八分地，补了几千块钱。不是钱的事，老柳人好，为庄稼汉写书，给后人留个作念。

风有点硬，一只鸟儿，从远处缓缓滑翔到了原畔的空中，翅膀一动不动，凭借莽莽河川里蒸腾的气流，专注却超脱似的巡视着低处的事物。我想，它可能是一只鹰鹞。毕竟节气不饶人，该是春暖花开的时候了。

我陷入了久久的沉思。柳青《创业史》中塑造的主角是梁生宝，他的模特儿是真实生活中的王家斌。通过文学作品，梁生宝这么个人物，这个中国农民的名字便几乎被千百万人所熟悉。人们认为梁生宝的生活原型就是王家斌，但王家斌绝对不等于梁生宝。王家斌的生平究竟有着怎样曲折的故事？现实生活中的那个所谓的梁生宝，与柳青笔下的梁生宝有着怎样的不同？创作资源的原生态的真相到底是什么？

我亲耳听过王家斌的口述。

他的舅家是有钱人，母亲算是大户人家的小姐。嫁过来时，父亲家也是四合头一院子房，日子过得很富裕。尔后，家人抽大烟，耍赌博，卖了房子卖了地，最终落入乞逃要饭的人群之中。王家斌大姐换了二斤馍让河南人引走，从此杳无踪影。二姐卖了一斗大麦。家斌跟上母亲要饭吃，时逢大雪封门，他敲开舅家的大门，狗咬过一阵，二舅开门见是外甥，没言传把门关了。家斌不走，就睡在门口，二回开门见他未走，二舅说，你得是想给我栽人命呀！他回到破庙里，饿得睡不着，也冻得要命。母亲叫着他的小名，宝娃，你俩姐跟人逃命去了，今晚甭把我宝娃冻死了。他爸把身上衣服脱下来给盖上，说就这么一条根了。到天明，他爸冻死了，母亲哭着向舅家要了一张席，埋在地拐角。

王家斌跟母亲要饭流落到蛤蟆滩，住在破砖瓦窑里。董廷枝的姑夫王老三，死了婆娘，瞅见砖瓦窑上一群要饭的，想引个女人回家。碰上家斌他妈，一看三十来岁，一个娃，问愿意不，愿意，就引回草棚棚里来。家斌他妈说，我和原先的男人就这一个娃，要活带，就是说娃长大允许回去。根在子午张村，祖坟在那儿。王老三咋都成，写了字契，说家斌妈卖了自己，为三十二元白洋，为养活儿子，以后她再生子，让家斌带白洋回老家。王老三为养活家口，天天上山打柴。家斌妈心灵手巧，能扎花剪衣服，对男人也好。家斌九岁去当长工，放羊割草卖果木。他待继父孝顺，母亲再未生子，临王老三死时，家斌给老汉擦身子，比亲儿子还亲。他每年清明回子午张村肖家上一回坟。

四十年代初，王曲一带搞农民暴动，内部有人告密，未能成功。参加者都是些没房没地的长工，王家斌也算一个。那阵年轻，不知道死是啥。尔后，王家斌等二十一人被抓，戴上镣铐，说要杀头。案子终于了结，他又回到了皇甫村。

王家斌先前的童养媳，得了咽喉病死了，又娶了后来的女人。解放后，土地分给了穷人。但有人没种过地，也没农具，以前跑山做生意，种不了地，就把地卖了。互助合作，是把大家组织起来，会做庄稼的人带不会做的。人都怕吃亏，帮工找差价，有剥削劳力现象。初级社搞土地入股，劳力占百分之六十比例按股份分粮。王家斌到县上开会，说要取消土地分红，搞按劳分红，他很高兴，赞成政策好。回村上就搞高级社，搞联合，董廷枝当主任，王家斌当了副主任。

作家柳青来这里帮助工作，对王家斌很器重。省上来人，表彰王家斌，他却说自己没有文化没能力，省上人愈是夸奖他功劳大。入社后牲口合槽，王三老汉见自家的牲口被拉走了就哭。后来见粮也分得少，气得生了病。见没人时，偷偷到马房给自家原来的那匹马掬一把料。王家斌说，你再不要到马房去。老汉说，谁有意见那就把马给我拉回来。是王三老汉用肩膀头把王家斌养活大的。那阵老汉能做活，二十三亩稻地，拽八个水车，正吃着饭困得碗掉在地上。本家叔父让王家斌回张村去，也有庄有地，他觉得良心放不下去。王三老汉一辈子苦怕了，想守住家业，王家斌却想创业，为合作社多干事情。父子想法不同，是时代所造就的。

以前说是按劳分配，有年他和婆娘都害病，一家八口人只分了六百斤麦子。婆娘哭哩，他说，熊包子，哭啥哩！咱要饭吃，我拿架子车把你拉上，到县政府去，两个灶咱一人守一个，饿不死。后来，新华社一位女记者来采访，给了他二十斤粮票，把困难报上去，上边重视了，说要解决问题。

临到实行责任制时，工分值降到两毛多钱，日子不好过了。有人问王家斌，你看这政策对不？王家斌说，对着哩！那么当初搞合作化对不？他说，也对，没有那时就没有这时。不承包，发挥不了土地作用。土地日塌了，国家进口粮食，那还了得！互助组时土地可以买卖，如今土地不能买卖，还是集体所有制。过去三十亩地都种过，租子少不了，现在种六亩地怕啥？从来就没怕过种地。他积极主张分地，那年麦子打了两千多斤。

原先一起搞合作化的老孟又来了，把地分到户，日子才缓过来了。千斤高产喊了多年，实施责任制才真正实现了千斤粮。一阵兴养奶牛，王家斌动了心。到集市上一看，牛价好几千元。他的三间房卖三千元也没有人要，如果牛死了，拿啥还哩？思来想去，在王曲会上买了个牛犊，六百元，配种后，生了个花花奶牛。偏巧牛价跌落，他的奶牛养了一年，才卖了四百五十元。二胎干脆配个耕牛，卖了七百多块钱。家斌自小给人当伙计，喂牲口是内行，他养的牛是村里最大最好的一头牛。

他想到外逛去，散散心，见见世面。村上一个小伙拉他去河北买驴种，到西安就觉得麻卡了。毕竟不是《创业史》里的梁生宝买稻种的年月了。上了年纪，一晚上尿十几回，一回尿一点点，寻个尿盆子都难。坐火车到河北，身体不行了，人家怕他死在半路上，送他回来了。这小伙又二返河北，买了头种驴回来。他思量，年轻力壮那阵是给集体弄事哩，如今老了，想干点事不成了。

尔后又谋划着养鸡，县委书记张家谋支持，把小车给他，去看苗改玲的鸡。沣峪鸡场，捎回一百鸡娃子。毕了只落下三十只母鸡，公鸡居多不值钱。人家把公鸡当母鸡卖哩，他说不能做亏心事，到头来没见利。这又登记三百只鸡娃子，准备出门去，人病倒了。他挣挣巴巴找到高梦扬，把鸡娃子弄了回来。谁知这群鸡娃子没情形，尻门子上一蛋子屎，全是拉稀的货。他没悔气，盘了大长炕，支起蜂窝煤炉子，侍弄这些宝贝。白天喂吃喂喝，黑了和鸡娃子一起睡在炕头上。还好，成了八十七只母鸡。人说养百只鸡，得备七千斤包谷，吃得馋火。但还赚了些钱，看病，日常零用，都使唤了。

由于年纪大了，加上劳累，他和老婆子都病倒了。他病轻一点，还能服侍她。遇到县里开会，王家斌得去，临走给老婆说，你撑住，三天时间就回来了。他在县里听了人大、政协的报告，感到身子不美，咳了半痰盂血。拉到医院，大夫说是急性肺炎，引起心脏病，得住院治疗。婆娘吃了一惊，知道男人也许是心肌梗塞，能住院就没好事。不几天，她就死了。这又不敢给家斌说，怕他受不住。家里来人看他，他给孙子说，把这几个包子给你婆捎回去。娃们说，婆不吃，你吃。他心里着气，让给你婆捎包子，你说你婆不吃，狗日的没良心！等到王家斌出院时，才知道老婆死了，直哭眼泪都没了。

老婆一死，鸡也养不成了，一头母猪也卖了。他一个人扎挣着喂他那头牛，舍不得离开。瓦房是三十年前盖的，让给女子女婿住。一间厢房，多一半做牛圈，少一半放草料和农具，一角是土炕。他每天起圈铡草担水，把牛拉出拉入，也够受。腿脚不便，烧炕也跪着，锄地是连跪带爬带坐。他说年纪不饶人，回想起来，人一辈子活得不容易，人皮不好披。

假如让柳青续写《创业史》，对于实行承包责任制后的那个梁生宝，该如何着笔？

原载《延河》2021 年第 2 期

【作者简介】祝勇，辽宁沈阳人，作家，学者，现任故宫博物院故宫文化传播研究所所长。已出版长篇历史小说《旧宫殿》《血朝廷》，历史散文集《纸天堂》《反阅读：革命时期的身体史》《故宫六百年》《在故宫寻找苏东坡》等数十部，在文坛广有影响。

Zhu Yong was born in Shenyang, Liaoning province, now is a writer and scholar who is currently the director of the Institute of Cultural Communication of the Palace Museum. He has published dozens of historical novels such as *The Old Palace, The Blooded Court,* and collections of historical essays such as *Paper Heaven*, *Counter-reading: A Physical History in the Revolutionary Period, Six Hundred Years of the Forbidden City,* and *Looking for Su Dongpo in the Forbidden City.*

此心安处是吾乡

祝　勇

一

宋神宗元丰六年（公元 1083 年），被贬黄州已经三年的苏东坡，见到了好友王巩和随他远行的歌伎柔奴。王巩当年因受苏东坡“乌台诗案”牵连而被贬谪到地处岭南荒僻之地的宾州，他的歌伎柔奴不离不弃，随他远行。此次，他们自南国北归，路过黄州，与老友苏东坡见面。苏东坡惊讶地发现，柔奴这柔弱的女子饱经磨难之后，依旧是那么年轻和漂亮，而且增了几分魅力：“万里归来年愈少，笑时犹带岭梅香”，苏东坡心有不解，弱弱地问一声：“岭南的风土，应该不是很好吧？”柔奴坦然相答：“此心安处，便是吾乡。”苏东坡心有所动，写下一首《定风波》：

常羡人间琢玉郎，
天应乞与点酥娘。
自作清歌传皓齿，
风起，
雪飞炎海变清凉。
万里归来年愈少，
微笑，
笑时犹带岭梅香。
试问岭南应不好？
却道，
此心安处是吾乡。

苏东坡一生作词无数，我书架上摆着厚厚二十卷《苏轼全集校注》，其中诗词集占了九卷，文集占了十一卷。在黄州最困顿的三年，反而让苏东坡迎来了创作的高峰，“大江东去，浪淘尽”（《念奴娇》），“小舟从此逝，江海寄余生”（《临江仙》），“回首向来萧瑟处，归去，也无风雨也无晴”（《定风波》）……这些名句都是黄州赐给他的，更不用说前、后《赤壁赋》这些散文，《寒食帖》《获见帖》《职事帖》《一夜帖》《覆盆子帖》《新岁展庆帖》《人来得书帖》这些书法名帖了。在这些林林总总的作品中，这首《定风波》（“此心安处是吾乡”）或许并不显眼，但我想，对苏东坡来说，这次见面、这首词的书写都是重要的，因为它们让苏东坡安心，或者说，让已经安心了的苏东坡，知道自己为什么会安心。

自元丰三年抵达黄州，苏东坡就被一个又一个的困境压迫着，以至于在到黄州的第三个寒食节，他在凄风苦雨、病痛交加中写下的《寒食帖》，至今让我们感到浑身发冷。时隔九个多世纪，我们依然从《寒食帖》里，目睹苏东坡居住的那个漏风漏雨的小屋："小屋如渔舟，蒙蒙水云里。"不仅苏东坡的人生千疮百孔，到处都是漏洞，连他居住的小屋都充满漏洞。风雨中的小屋，就像大海上的孤舟，在苍茫水云间无助地漂流，随时都有倾覆的可能。

其实《寒食帖》里透露出的冷，不仅仅是萧瑟苦雨带来的冷，更是弥漫在他心里的冷。官场上的苏东坡，从失败走向失败，从贬谪走向贬谪，一生浪迹天涯，这样的一生，就涵盖在这风雨、孤舟的意象里了。

但苏东坡熬过来了，渐渐和异乡、和苦难达成了和解，能够长期共存、和谐相处。苏东坡一定是这样想的：苦难啊，你千万不要把我打倒，要是把我打倒了，你又去欺负谁呢？还是咱俩一起，长久做伴吧。在黄州，他耕作、盖房、种花、酿酒、写诗、画画，眉头一天天舒展，筋骨一天天强壮，内心一天天丰沛。他的心，渐渐安了下来。但他从来没有想过，自己的心为什么会安，直到那一天，他听到柔奴轻轻地回答"此心安处，便是吾乡"，心中恍然大悟，原来他心安，是因为他把这原本八竿子打不着的黄州，当作了自己的家。

二

苏东坡的家，原本在四川的眉州（今四川省眉山市），岷江、大渡江和青衣江交汇处的一座美丽的小城。十几年前，我第一次去眉山，就喜欢上了这里。这里有茂密的丛林，有低垂的花树，有飞檐翘角的三苏祠，还有一条名叫时光的河，苏洵、苏轼、苏辙一家就住在这条河的中游，他们青衫拂动，笑容晶亮，形容举止，一如从前。我写《在故宫寻找苏东坡》，写纪录片《苏东坡》，在北京、成都、眉山之间不停地游走，每一次到眉山，我都会异常兴奋。我觉得我是来见一个熟人，他姓苏名轼字子瞻号东坡居士，我一厢情愿地把他视为好友，尽管我在他的眼里默默无闻。

苏东坡自从宋仁宗嘉祐二年（公元1057年）和父亲苏洵、弟弟苏辙一起离开眉山进京赶考，就几乎再也没有回到过他的家。只有在第二年春季殿试（欧阳修为主考官，梅尧臣等为判官）后，突闻母亲去世，苏东坡和父亲、弟弟一起回乡居丧，以及宋英宗治平三年（公元1066年），苏洵在五十八岁上病逝于汴京，苏氏兄弟一起护丧还家，将父母合葬。

又过了四年，到了熙宁三年（公元1070年），苏轼给故乡的乡僧写信，托付他们照看祖上坟茔，此札就是《治平帖》（现藏故宫博物院），内容如下：

> 久别思念不忘，远想体中佳胜，法眷各无恙。佛阁必已成就，焚修不易。数年念经，度得几人徒弟。应师仍在思蒙住院，如何？略望示及。石头桥、堋头两处坟茔，必烦照管。程六小心否，惟频与提举是要。非久求蜀中一郡归去，相见未间，惟保爱之，不宣。轼手启上。治平史院主、徐大师二大士侍者。八月十八日。

“治平”，是苏轼故乡眉州一寺名。《治平帖》笔法精细，字体遒媚，是苏轼早期书法典型的风格。所以元代赵孟頫在卷后题跋中说它“字划风流韵胜”。

苏轼、苏辙兄弟名字里都有一个“车”，苏东坡的儿子苏迈、苏迨、苏过、苏遁名字都是“走之旁”，不知是否暗示了他们一家将越走越远——苏东坡在宋神宗时任职于凤翔、杭州、密州、徐州、湖州等地（从湖州贬谪至黄州），宋哲宗即位后出知杭州、颍州、扬州、定州等地，晚年因新党执政被贬往岭南的惠州，最终到达大海另一边的儋州，直到宋徽宗时，才获大赦北还，不幸于途中常州溘然长逝。

但苏东坡对眉州的家始终是充满怀恋的，无论他走得多远，故乡都会如影随形，跟着他走。因此说，故乡并非只是我们身体之外的某一个地点，它也在我们身体的内部，是我们身体的一部分。它先天地内置于我们的身体中，连接着我们的血管神经，牵动着我们的痛痒悲欢。

当然，狭义上的故乡是千差万别的，是各有千秋的，是百家争鸣的，我相信并非所有人的故乡都像歌里唱的那样美丽而丰饶，正如并非所有人的父母都像书上写的那样慈祥和善良。一个人的故乡不可能是所有人的故乡，正如一个人的母亲不可能成为所有人的母亲。不排除在有些人的记忆里，故乡是冰冷甚至是残酷的，哪怕是同一个的故乡，在不同人的心里也会留下迥然不同的印象。比如绍兴，既是陆游的故乡也是鲁迅的故乡，但陆游和鲁迅这两个“同乡”对于故乡的印象却并不一致，于是我们看到了两个彼此“打架”的绍兴——陆游诗里的绍兴，“门无车马终年静，身卧云山万事轻”，这是一个温润的、闲适的、可以睡觉打呼噜的地方；鲁迅笔下的故乡绍兴则显得阴冷灰暗，犹如一块均质的岩石，有泰山压顶之势。鲁迅是从进化论的角度出发，站在启蒙者的立场上，批判中国乡土社会的愚昧与落后，他笔下的“故乡”，是文化意义上的“故乡”，是封建主义的“故乡”，是扼杀了闰土、祥林嫂、华小栓生命力的故乡，不全然是他个人生命里的故乡。

但这些都与苏东坡没关系，苏东坡既不认识陆游，也不认识鲁迅，但他认识苏洵，认识苏辙。“唐宋八大家”里的“三苏”，天天腻在一起，当然是在故乡，在他们成为“唐宋八大家”之前。在苏东坡的心里，故乡是干净、单纯、灿烂的，一如他“像少年啦飞驰”的旧日时光。一个人在少年时代总会向往远方，但当他历尽沧桑、故乡成为远方，他对故乡家园的怀恋就会在每个夜晚泛起，让他热泪纵横。苏东坡爱自己的父母，爱自己的弟弟，爱自己的妻子。只是当他回忆他们时，他们早已四散分离，甚至已经生死相隔，只有在故乡，在从前的家里，他们才能聚齐。

终于，在离家二十年后，不惑之年的苏东坡，在密州（今山东省潍坊市诸城市）给亡妻写下了一首词，这就是著名的《江城子·乙卯正月二十日夜记梦》：

十年生死两茫茫，
不思量，
自难忘。
千里孤坟，
无处话凄凉。
纵使相逢应不识，
尘满面，
鬓如霜。

夜来幽梦忽还乡，
小轩窗，
正梳妆。
相顾无言，
惟有泪千行。
料得年年肠断处，
明月夜，
短松冈。

只有在梦里，苏东坡才能跨过千山万水，回到故乡眉州，回到自己从前的家。他推开门进去，看见自己的妻子还坐在原来的地方，在轩窗下面梳妆。她还是那么年轻，那么漂亮，而自己已然老去，满面尘土，满鬓斑白，即使彼此看见，她也认不出自己了。于是，他们相对无言，只有两行热泪，默然流下。

这首词，无华丽的辞藻，无炫目的技巧，无深奥的用典，质朴得完全不需要翻译，但我认为这是苏东坡最令我们感动的一首词，因为词里的感情，至真，至深。

苏东坡对王弗的那份深情，就是对家的深情。

三

《新岁展庆帖》

在《江城子》之前，几乎没有人填词来写自己老婆的。同样，在苏东坡之前，中国的诗词歌赋，描写田园的不少，描写家园的却不多。或许是因为家太日常，太琐碎，所以不入文人的法眼，而糟糠之妻，更是一点儿也不浪漫，上不了文学的台面。

但在中国文化中，家无疑是重要的。我们往往把结婚说成“成家”，把“成家”与“立业”相提并论，可见“家”在一个人生命中的重要性。儒家士人讲修身、齐家、治国、平天下，确立了天下—国—家—身（个人）之间的序列关系，在我看来，在这个序列中，最核心的环节是家，家是身（个人）与国之间的纽带。有了家，个人才有了具体的容身之所。个人是家的细胞，而家又是国的模型。一室不扫，何以扫天下？齐家，是对治国的预演。一个人只有通过家，才能跟国发生真正的联系。

那什么是家呢？首先，家是一个房子，包括房子里的一切物质。没有房子，一个人就无家可归。今日之中国人热衷买房，其实他们心里想的不仅仅是房，而是家。中国房地产热，外国人难以理解。有了房子，对家、家园的理想才有了安顿之所，否则一切都是空中楼阁。

其次，家是房子里住着的人，因此它不只是物质意义上的存在，它的核心是人。没有人的房子只是房子，或者说是不动产，有了人（亲人），房子才成了家。苏东坡记忆里的那个家，有父母，有弟弟，也有王弗，一个也不能少。哪怕王弗已经去世十年，她仍在原处，在原来的窗下坐着，等待着丈夫归来。所以，《江城子》里，王弗始终是在场的。苏东坡的一生，王弗也始终是在场的。

最后，家里的人不是孤立的人，而是一个集体，通过血缘的纽带彼此联系。血缘比人更抽象，看不见摸不着，但它存在着，对于一个“家”来说，它是具体的，一家人的相貌、性格、习惯、思维、文化甚至命运都与它有关。血缘是家的本质，但血缘是很难表述的。古代中国人很聪明，在宝盖头下面加一个“豕”，就清晰地表达了“家”的含义。“豕”就是猪，在商代甲骨文中，“豕”就直接画成猪的形状。所谓的“家”，就是屋檐下面加一头猪（甲骨文中也有把“家”画成屋檐下的两头猪的）。不是号召养猪（我想起很多年前在乡村见到过的一条标语，上写：计划生育政策好，少养孩子多养猪），而是以隐喻的方式描述血缘的存在。在古人看来，猪是一种能繁衍的动物，没有什么比它更能代表血缘的传承。古代的家都有家谱，现代的家没有家谱了，但也一般都有一本相册，记载着一个家庭乃至家族的来龙去脉，其实就是为血缘的传递提供物质的证据。血缘是一条看不见的线，把一代代人串起来，无论他走出多远，那条线都牵着他，该回来的时候他终会循着血缘的线索，如约而返。当下的中国人，每逢春节都要跻身于春运的大潮中。中国没有一条法律规定春节必须回到父母身边，但中国人心里装着一个坚定的信念，就是在这个日子，无论多远都要回到父母身边。因为父母代表着一个人生命的源头，回到父母所在的那个家，才是真正意义上的回家。这是文化的力量，在很多时候，文化的力量比法律的力量还大。法律依靠强制，文化则体现为内在的需求。“父母在，不远游”，说明父母在家庭中的重要性，在现代生活中已不可能做到这一点了，但在一年一度的春节是可以做到的。在中国人心里，夫妻的家只是“小家”，有父母的家才是“大家”，只有父母在，那条血缘连线才在，血缘的传承才能被看见，被体会，被感动。没有了血缘，一个人被孤立出来，他就不再有家，即使他有再大的房子。

四

《题竹图》

苏东坡一生，最值得夸耀的就是他的家。

他的老爸苏洵，擅长于散文，尤其擅长政论，议论明畅，笔势雄健，为“唐宋八大家”之一，著有《嘉祐集》二十卷，但我以为他最大的成就，是培养了苏轼、苏辙两位学霸。在嘉祐二年（公元 1057 年）的礼部考试中，一个考第二,一个考第五，殿试中，宋仁宗亲自主持策问，苏轼、苏辙兄弟二人成为同科进士，名震京师，连宋仁宗都掩饰不住内心的兴奋，对皇后说：“吾今日又为子孙得太平宰相两人。”那一年，苏轼二十二岁，苏辙十九岁。苏氏兄弟后来在文学上的成就，不可车载斗量，只不过这一切，老苏洵都看不见了。

苏东坡一生坎坷，所幸他的家庭是幸福的。他的第一任妻子王弗与他生活十年，正是他“出道”的十年，苏东坡的率直天真，甚至近乎桀骜不驯的天性，既容易伤人，又容易伤己，王弗的运筹叮咛，让他少受了不少折磨，也给了他许多抚慰。年少轻狂的日子，苏东坡没出“大事”，主要是因为王弗教育得好。只可惜王弗于宋英宗治平二年（公元 1065 年），在二十七岁的大好年华上去世，那一年，苏东坡也只有三十岁。

王弗之死，让苏东坡痛摧心肝。苏轼在《亡妻王氏墓志铭》里说：“君与轼琴瑟相和仅十年有一。轼于君亡次年悲痛作铭，题曰‘亡妻王氏墓志铭’。”平静的语气下，寓绝大沉痛。

宋神宗熙宁元年（公元 1068 年），王闰之成为苏东坡的第二任妻子。王闰之是王弗的堂妹，出嫁之前，家中称其“二十七娘”。但她也在四十六岁上溘然长逝，与苏东坡相伴的时光，也只有二十五年。这二十五年，是苏东坡在政治旋涡里不断呛水、不断扑腾的二十五年。王闰之二十一岁从家乡眉州来到京城汴京，尔后陪同苏东坡，共同辗转于杭州、密州、徐州、湖州、黄州、汝州、常州、登州、汴京、杭州、颍州、扬州等地，“身行万里半天下”，与苏东坡不仅同甘，而且共苦。最困难时，和苏轼一起采摘野菜，赤脚耕田，陪伴苏东坡度过了生命中的最大危机。

有人诟病，王弗去世刚满三年，苏东坡就娶了她的堂妹，有些不地道。

对此，苏东坡解释说：

> 昔通义君，没不待年；嗣为兄弟，莫如君贤。妇职既修，母仪甚敦。三子如一，爱出于天。（［北宋］苏轼：《祭亡妻同安郡君文》）

“通义君”，就是王弗；“没不待年”，是说王弗去世尚不到一年，东坡和闰之的婚事便已定下。这样做目的很简单：唯有闰之作为继室，王弗留下的儿子苏迈才不会受到歧视。后来的事实证明，王闰之对姐姐的儿子苏迈和自己后来所生的苏迨、苏过，“三子如一”，皆同己出，以至于苏东坡用“爱出于天”来形容她。

苏东坡的长儿媳、苏迈之妻吕氏在十一年前（元丰五年，公元 1082 年）就去世了。王闰之去世这年（元祐八年，公元 1093 年），次子苏迨之妻（欧阳修的孙女）又去世了，苏东坡写下《尊丈帖》，帖中说“近以中妇丧亡，公私纷冗，殊无聊也”，可见他心情黯然。此帖现藏台北故宫博物院。

第二年，即宋哲宗绍圣元年（公元 1094 年），苏东坡被他昔日的好友、宰相章惇贬至惠州。惠州在岭南，就是五岭（也叫“南岭”）之南，就是王巩和柔奴曾经到达的地方。即使在宋代，那里也是遥远荒僻之地，用今天的话说，叫欠发达地区，只有广州等少数港口城市相对繁荣。为了到达那里，他要由长江进入赣江的急流险滩，其中包括最为恐怖的“十八滩”，文天祥诗曰“惶恐滩头说惶恐”，这惶恐滩，就是赣江十八滩的最后一滩。苏东坡过此也留有一诗：

> 七千里外二毛人，
> 十八滩头一叶身。
> 山忆喜欢劳远梦，
> 地名惶恐泣孤臣。

长风送客添帆腹，
积雨浮舟减石鳞。
便合与官充水手，
此生何止略知津。

（[北宋] 苏轼：《八月七日初入赣，过惶恐滩》）

在赣江上体验过“激流勇进”的惊险刺激，苏东坡要再翻越五岭，体验“五岭逶迤腾细浪”的磅礴壮阔。宋代不杀文臣，政敌章惇就想借刀杀人，这把刀，就是赣江、就是五岭，那是一条危机四伏的路，自古十去九不还。对于五十九岁的苏东坡来说，能活着过去就算他命大。

苏东坡知道凶多吉少，临行前把家中的仆人都遣散了，准备轻车简从，万里投荒。唯有朝云，死活不肯离开苏东坡，于是像柔奴陪伴着王巩那样，与苏东坡唇齿相依。那时王弗、王闰之都不在了，朝云布衣荆钗，像王弗、王闰之一样与苏东坡共患难。苏东坡历尽风霜而屹立不倒，与他的文化自信有关，也与他生活中的三位女性密切相关。

朝云陪伴苏东坡，柔奴陪伴王巩，情况类似 19 世纪俄罗斯贵族女性陪同流放的“十二月党人”前往西伯利亚。俄罗斯的西伯利亚与中国的岭南冰火两重天，但流放者的地位、处境相似，区别只在于中国的流放者，身份不是囚徒，而是犯错误的官员。真正值得敬佩的，倒是与他们同行的妇人，她们用隐忍、包容与爱，支撑甚至重塑了男人们的精神世界。遗憾的是，在中国，表现这一主题的文学作品却不多。苏东坡写给柔奴的那首《定风波》，也因此值得铭记。

面对苍茫而未知的岭南，苏东坡心里还是有恐慌的。眼前的柔奴，自岭南北归，不仅容颜未曾苍老，反而“笑时犹带岭梅香”，愈发明丽动人。她的笑容，她的回答，一定让苏东坡的内心安稳了许多。“此心安处，便是吾乡”，这轻言细语，如醍醐灌顶，一下子点亮了苏东坡的目光，让他的心瞬间开阔起来。眉州固然是他永远的家，但随着命运的展开，家的概念是可以放大的。浮云沧海，山高水长，只要自己能够安心，哪里不可以安家呢？在苦难的黄州，当他开始建起属于自己的小屋，在里面安然地生活，他不已然如此了吗？如此的心境，他早就写在诗里了：

畏蛇不下榻，
睡足吾无求。
便为齐安民，
何必归故丘。

（[北宋] 苏轼：《子由自南都来陈三日而别》）

齐安，就是黄州。在黄州做一个百姓，也不失为人生的一个选择，何必一定要回到家乡呢？

这首绝句，随意中见风趣，我很喜欢，尤其喜欢“畏蛇不下榻，睡足吾无求”，对经常失眠的我，不失为一种诱惑。装修新家时，我就把前两句写下来，挂在我卧室的墙上。

原载《当代》2021 年第 1 期

【作者简介】李青松，生态文学作家，中国作家协会报告文学委员会委员。著有《开国林垦部长》《哈拉哈河》《穿山甲》《万物笔记》《猕猴桃传奇》《遥远的虎啸》《大地伦理》等著作。曾获新中国六十年优秀中短篇报告文学奖、徐迟报告文学奖、呀诺达生态文学奖等。

Li Qingsong is a writer of ecological literature and a member of the Reportage Committee of the China Writers Association. He is the author of *The Founding Minister of Forestry and Reclamation, The Halha River, The Pangolin, Notes on Everything, The Legend of Kiwi Fruit, The Distant Tiger Roar, The Ethics of the Earth* and other works. He has won the New China 60 Years Excellent Short and Medium Reportage Literature Award, the Xu Chi Reportage Literature Award, and the Yanoda Ecological Literature Award.

大兴安岭笔记

李青松

塔尔气

塔尔气，不是塔尔寺。塔尔气，没有寺，也没有塔。

塔尔气是大兴安岭林区深处的一座小镇。一横一竖两条街，街两边也有楼房，也有商厦。商号店铺的牌匾宽大，上面的字一律横着写。前为蒙古文，后为汉文。近年来，随着镇中心玉溪公园的建成开放，塔尔气的格调略显洋气起来。

玉溪公园里有一处水面阔大的人工湖，与塔尔气河相通。水为活水，鱼翔浅底，水鸟咸集。恣意生长的菖蒲和荷花，暗示着这片水域的野性。玉溪公园里景点多多，有“望海楼”“知晨亭”“迎风阁”等等，也有草坪灯、洗墙灯、集成灯等亮化设施。最讲究的，应该是公园的大门了——红柱拱顶，飞檐翘角，门匾上书三个大字“兴隆门”。字体苍劲，意味深长。此门似乎也寄托着塔尔气人的渴望和期盼。

五亭山是塔尔气的制高点。一座桥把玉溪公园与五亭山连为一体。森林文化浮雕墙，把“大木头”时代，伐木人伐木、造材、抬木、流送、集材、赶爬犁、归楞、装火车等劳动场面，栩栩如生地呈现了出来。或许，在这面墙上就可以找到林区历史发展的根脉。

塔尔气小镇人口不过几千，不多也不算少吧。

正是因为有了楼房，有了商厦，有了玉溪公园，有了森林文化浮雕墙，塔尔气人才有了充分的底气和自信。不然，满眼都是高矮错落的平房草屋、劈柴垛、板杖子，那跟屯子有什么区别呢？如今，塔尔气彻底脱去了以往固守的一些东西，已经有了与时代同步的感觉。

“在我们这个地方，你只有不停地奔跑，才能留在原地。哈哈哈——！”此语虽然是一句玩笑话，但也多少透露出塔尔气人对待生活的态度。塔尔气人不等、不靠，而是积极寻求改变，寻求幸福和美好。

塔尔气跟绰尔什么关系呢？这恐怕三言两语说不清楚。说不清楚也得说，因为不说的话，就更不清楚。绰尔林业局机关所在地就在塔尔气。绰尔不是市，绰尔不是县，绰尔不是镇，绰尔不是村，绰尔也不是什么屯。那绰尔是什么呢？

这么说吧，在行政区划版图上，找不到绰尔。——绰尔不是一个行政概念，它是一个地理概念，绰尔是一条河的名字。因之这条河，当初林区开发时，就把林区局取名绰尔林业局（简称绰尔局）了。林业局是个处级单位，局长与县长平级。可塔尔气偏偏是一个小镇，林业局在这里是什么气魄，还用说吗？

在塔尔气期间，林区朋友赵春雨说：“绿色是绰尔局的底色，也是最大的财富和后劲儿。从增绿护绿到用绿，在绿水青山间，绰尔找到了一条生态建设和生态经济的可持续发展之路。”另一位朋友宋永利则说：“绿色发展需要绿色思维。”她说，“绰尔局正在着力打造森林康养基地、森林小镇、森林人家、森林步道等林区品牌，大力发展生态旅游业。相信用不了多久，绰尔林区将成为中国最美的全域旅游目的地之一。”谈话中，我能感觉到，赵春雨和宋永利的语气坚定，充满自信。

夜晚，塔尔气的街上空空，路上闲闲，无车，无人。清晨，新的一天开始了——太阳突地跳出那一刻，塔尔气的早市就热闹起来了。沿街蜿蜒几百米，皆为摊位。卖肉的，卖鱼的，卖农具的，卖肥料的，卖苗木的，卖野果的，叫卖声和吆喝声不绝于耳。

为了赶早市，我们起了个大早，哈欠连天，任脚步一深一浅，不停地走。眼睛寻寻觅觅。

“刚刚采回来的野果啊！——嘎嘎甜哪！”

终于，我们在黑加仑和蓝莓果的摊位前停住脚步。只见那粒粒饱满的野果还带着露珠呢！怎么好意思讨价还价呢！——这是自然的馈赠啊！——全要啦！

蘑菇圈

布封说：“所谓文明，就是人类创造的保护自己的围栏。”

然而，悖谬的是，人——现代社会的人——时刻都梦想着冲破这道围栏。

置身大兴安岭林区，我们常常忘掉那道围栏。在这里，布封所说的围栏也许根本就不存在。抑或存在，但已经长成有故事的蘑菇了。

绰尔林业局河中林场。正是采蘑菇的季节。今年蘑菇巨多，林子里尽是蘑菇圈。轰隆隆——！轰隆隆——！几声闷雷响过，蘑菇就醒了——花脸蘑、榛蘑、松蘑、龙须菇、草菇、牛肝菌及各种菌类就争先拱出地面——愣愣地打量着世界，头上还带着乱蓬蓬的草叶、苔藓。其实，蘑菇是有眼睛，有耳朵的，虽然我们看不到，但能感觉到。眼睛忽闪忽闪，眨着，就有鸟语从空中震落下来。长长的耳朵，三百六十度探听着，捕获到的岂止是森林深处的声音呢。

细心地观察蘑菇，也许能完全改变我们对世界的看法。

在森林里，只要向下看，就会不断地有意外和惊喜出现。并非所有蘑菇都能吃的——有的能食用，有的不能食用。能食用的，就是山珍异宝；不能食用的，就是有害的毒物。绰尔的朋友于霄辉告诉我，越是漂亮的蘑菇，可能毒性越大。千万不能被蘑菇漂亮的外表欺骗了。剧毒的蘑菇食用后，能要人的命。据说，早年间，林区的夏季，误食蘑菇中毒致死的事情经常发生。

蘑菇非草非木，它是另外一种有趣的生命形态——菌类。地球上有五百万种以上的菌类，我们能够知晓的仅仅是数量很少的一部分。蘑菇在土壤、腐殖层、枯木、落叶上生长，它的使命和功能就是消化和分解死去的植被。在一定意义上，也可以说，蘑菇是从腐败生物体上创造出的传奇。它把所有养分回收至土壤中，滋养草木，滋养生命。

在森林里，草木、动物与蘑菇及其菌类是一种共生共存的关系。森林绝对不仅仅是我们看到的那些树——它是一个群落——即便看起来结构相对简单的森林，可能也有成千上万种生物。森林的自我修复能力是强大的，但这种强大很大程度上取决于蘑菇及其真菌的分解力和创造力。当腐败之物行将瓦解的时候，蘑菇将一切消极的能量迅速转化，靠自身的内聚和吐纳，建立起生态系统中新的法则、新的秩序。

因为蘑菇，森林里的腐败之物获得了新生。

蘑菇，并非意味着生命的残局，它恰恰是倒木、枯木、病木等存在于森林中的价值和意义。在阴暗的角落，它昂扬勃发，脆弱中似乎有着更为强烈的东西要冲破一切。蘑菇提醒我们，森林里从来没有剩余物，从来没有所谓多余的荒凉——每一个孤独的灵魂，都在孤独处，找到了自己活下去的理由。

苇岸说，世界上的事物在速度上，衰落胜于崛起。我要说不，蘑菇改写了这样的说法——崛起终将取代衰落。蘑菇的生物体结构至今无法破译，即便用计算机进行大数据分析也是徒然的。它与森林里其他生物体的联系超出我们的想象。一位生态学家说："如果你不知道森林里有什么，你就无法知道什么叫森林生态系统。"然而，我们对森林的了解如此之少，甚至，连哪些蘑菇有毒，哪些蘑菇无毒，都没有完全搞清。没有蘑菇及其菌类，森林中倒下的枯树就会层层堆起。没有蘑菇及其菌类，森林里的生命链条就会断掉，那张我们看不见的"生命之网"就会脱落。

认识蘑菇的同时，也让我们认识到了生命万物的复杂性。

午餐是在河中林场场部吃的。

当地作家何康红把在森林里采来的一袋子蘑菇，交给了厨房的师傅烹饪，不一会儿，那些蘑菇就成了餐桌上的一道美味。当然，桌子上的菜都是当地特色菜，每道菜都野性十足。除了蘑菇，还有柳蒿芽、蕨菜、野韭菜、野芹菜、黄花菜等，或凉拌，或蘸酱，或素炒，均风味独特。"硬菜"是不会缺席的——酱烧嘎鱼，杠香杠香的。呀，咸鸭蛋是双黄蛋。一切两瓣儿，实在是诱人。蛋白——晶莹剔透如美玉；蛋黄——红心两颗透着喜兴。主食呢，煮玉米，烀地瓜，还有大子芸豆水饭。

用林区人的话说——"可劲儿造吧！管够！"

信步河中林场街头，只见家家户户屋檐下都晾晒着蘑菇。有的摊在笸箩里，有的摊在草席上。时不时用手翻一翻，阳光便一点一点地把蘑菇上的水汽吸去了。那水汽就成了天上的云。唉——！难怪天上的云朵都像蘑菇呢！

也有很张扬的人家，干脆把蘑菇穿成一个一个的长串，一嘟噜一嘟噜悬挂在架杆上晾晒。微风中，荡荡悠悠，悠悠荡荡。偶尔，有鸟光顾，四下里望望，然后飞快地啄几口晾晒着的蘑菇，就又振翅飞往别处了。

河中林场，甚至连空气中也弥漫着蘑菇的气味。于霄辉说："今年雨水好，响雷稠，蘑菇比往年多。嗯，年景差不了！"

我不解的是，蘑菇为何喜欢听雷声呢？——没有雷声的季节，它是怎样蛰伏在大地里？怎样积累自己的能量？蚯蚓是它的同伴吗？

我们的欲望和念头太多，我们总是企图按照我们的想法改变一切，控制一切，却忽略了自然，忽略了一些微小的事物。其实，布封所说的文明大厦的围栏根本不堪一击，一朵蘑菇就可使其坍塌。

也许，毁灭与创造之间只隔着一朵蘑菇。

人在地球上所做的改变与文明无法分割地交织在一起，如果说控制自然就是文明的话，那么对于自然来说，也许它不需要这样的文明。我们是不是应该重新认识文明了——文明关注的到底是人和社会，还是自然和地球呢？

大峡谷

绰尔大峡谷。

“看——老雕窝！”于霄辉用手指了指劈面而立的峭壁说，“老雕窝就在那上面。”

峡谷峭壁因岩石风化的程度，时间的演变，以及所含矿物质的不同，而呈现出不同的颜色。有的一块一块鲜红，有的一块一块黝黑，有的一块一块淡紫，有的一块一块铁灰。观察的角度不同，看到的色彩也就不尽相同。有道是：变幻莫测，气象万千。

“哪儿呀？哪儿呀？”我们翘首使劲往上看，在几十丈高的崖壁顶端似乎有一堆柴悬在那里——“那就是老雕窝吗？”

于霄辉笑了。不言语。

峡谷峭壁高度1280米，其上有一处张着阔阔大口的石洞。洞口，冷风飕飕，寒气袭人。神秘的老雕窝就在洞口上端的石臼里。也许，最危险之处，就是最安全之所。老雕是一种猛禽，食肉动物。早年间，曾经有老雕栖息在这里，它们捕猎河里的鱼，叼到窝里喂养小雕，也捕猎狍子、飞龙、老鼠、松鼠。老雕窝下端的地面上，骸骨累累，一片狼藉。老雕的影子一旦在空中出现，大峡谷的各个角落，就簌簌地抖动，无数生命各自逃遁了。

大峡谷纵长 37 公里，横宽 4 公里，最窄处只有一箭地。谷深幽幽，峡谷谷底流淌的河流叫莫柯河，河水平缓，少语寡言。河里水草清晰可见，也有一种唤作“柳根”的鱼集群游动。我们散乱的脚步声，也许惊了它们，它们迅速转身，隐入深水里，只有溅起的水花，还在水面泛着涟漪。莫柯河在大峡谷狭口一端注入了绰尔河，汩汩滔滔向东流去。

“丢——溜溜！”老雕的唳声从峭壁上传来。

“丢——溜溜！”

回音缥缈——“丢——溜溜！”

远古时期，大峡谷是活跃的火山喷发带，色彩斑斓的遗迹至今尚存。重重堆积的火山石，遍布峡谷南侧的山岭。那些蜂窝状的火山石，历经岁月的剥蚀和风雨侵袭，沉默不语。薄薄的苔藓覆盖其上，斑斑驳驳的暗影里时常有地鼠和黄鼬出没。

老雕是绰尔大峡谷里的王者，栖于此，就是此处的主宰。它统治着这片森林，时不时，就有一团恐怖的影子从空中划过。它以这种独有的方式，展露自己的威严。因之老雕，森林里的野生动物种群得到了优化。大峡谷里充满了生命的律动。

树，很多。乔木有兴安落叶松、蒙古栎、白桦、黑桦、甜杨，也有灌木红柳、越橘、稠李子。野果都熟了——黑加仑像葡萄，灯笼果像红豆，刺玫果像火柴头。哎，绰尔大峡谷是如此的丰饶啊！枯木也是有的，它们或卧在林间，或躺在荒草中，安然若之。落叶松生长在火山熔岩上，根紧紧抓住能够抓住的一切，并深深扎进熔岩缝隙间，汲取营养，稳固树体。在我们眼睛看不到的地下，建立起复杂的根脉体系。大树长了很多年，年轮叠加着年轮。当大树还是大树，长到尽头，就长不动了，就坚韧地挺立着。直到有一天，油锯嗡嗡作响，巨大的落叶松一棵一棵倒下，森林里的秩序被喧嚣搅乱了。

“丢溜溜——！”

“丢溜溜——！”

哀鸣声在峡谷里回荡，那只老雕在峡谷的上空久久地盘旋，最后它绝望地向大峡谷看了一眼，那团孤独的影子就永远地消失了。

若干年前，绰尔林区开始实施天然林保护工程，禁止所有采伐行为，给森林以时间，让它充分地休养生息。春去春又来，也许，时间能够改变一切。然而，改变总有原因，要么是恩赐，要么是教训。在时间的进程中，山峦可能被削为平地，河谷可能被切割出了峭壁。终于，残破的森林渐渐愈合，传奇重现了。

绰尔大峡谷的森林，可能是大兴安岭森林中最具代表性的。也许，它的群落形态不是最完美的，但对于人类而言，它一定是最接近原始样貌，最具典型性的森林之一。

森林不修边幅，无须照料。厚厚的松针和落叶，遮蔽了山路。是的，它既能毁灭，也能重生。

“丢——溜溜！”

“丢——溜溜！”

听到那熟悉的叫声，令人欣喜不已。莫非那只老雕回来了？还是它的后代又成了这里新的王？

敖尼尔

傍晚，我们来到敖尼尔林场场部。我们将在民宿的房子里过夜。有些兴奋，迟迟没有睡意。民宿房间里的床、桌子和椅子都是用当地松木制作的，有一股我特别喜欢闻的浓浓的木头的芳香味道——这是一种久违了的味道。

敖尼尔——鄂温克语，意思为兴旺发达的土地。

这里距绰尔河仅有二十余米的距离。入夜，敖尼尔静极了，除了一两声狗吠，没有一点声音。睡下了，又豁然而醒。隔窗望月，浮想联翩。望够了，便又酣然睡去。森林、河流、峡谷、花朵、明月，以及连日来经历的美好事物，一一入梦。

林场职工过去都是伐木工人，大禁伐后，成了护林人。除了日常的巡山护林外，家家户户搞起了民俗旅游和林间养殖，收入相当可观。

民宿的房子统一起了一个很是浪漫的名字——河湾人家。家家统一编号，一个蓝色的门牌挂在院门的上方。如“河湾人家—002 号—苑承国”。来旅游的人，多半一住就是十天半月，白天出去摄影，晚上回来歇息。这里有拍摄绰尔河转弯的最佳地点——拍河上的晨雾，拍河水翻卷浪花的瞬间，拍野鸭戏水的场面等等，只要你有运气，美景轻而易举就能拍到。

次日清晨，我们早早起床，漫步到绰尔河边尽情地深呼吸。哇——！顿时，昂首挺胸，神清气爽！从河边向敖尼尔遥望，“河湾人家”的民宿房子，墙是白墙，房顶红瓦，门窗涂着绿漆，是那么朴实自然，又是那么富有诗意。何不去林场职工的家里看看呢？何康红带着我们走进职工苗亚娟的家里。哈，好宽敞的院落呀！院落的两侧是菜园，种着白菜、豆角、西红柿、小葱、青椒。苗亚娟正忙着做早餐。桌上摆着一屉馒头、一盆小米粥、一碟咸鸭蛋，一碟卜留克咸菜丝。还有一盘子手撕烧鸡。她女儿正在拿着烧鸡腿啃呢。我笑了，说：“哈，早餐就有烧鸡吃啊！”何康红说：“林区人干活儿体力消耗大，早餐必须吃饱吃好！”

苗亚娟一家三口人，丈夫到林子里巡护去了。苗亚娟家养了二十头牛，在林间草地散放，一头牛年底能卖一万三千元，二十头牛一年能收入多少，算一算就知道了。

苗亚娟是个快言快语的人。她告诉我们，这几年，随着森林生态系统的逐渐恢复，林子里的野生动物越来越多，黑熊吃牛犊子的事件每年都有发生。

“你家的牛犊子被吃过吗？”

“吃过，去年一年就有五头牛犊子被黑熊咬伤。黑熊是国家保护野生动物，牛犊子是我们私有的活物，也应该受法律保护呀！”

“找林场论理了吗？”

"找了也白找——场长说，林子里是黑熊的地界，不是牛犊子的地界，牛犊子闯进黑熊地界吃草，本身就侵权了，被黑熊吃了也是白吃！"说完，苗亚娟自己也哈哈哈乐了。

举目满眼绿，移步全是景。敖尼尔的村街两边摆满了花坛，花坛里是盛开的菊花和鸡冠花。从那一张张笑脸上，我们能感觉到，林区人是快乐和幸福的。

森林，是林区人的一切。

在这里，自然看起来遵循着丰富、繁茂和多样的原则，就像我们在森林群落中所观察到的那样——森林并未被限制在单一的结构中。森林，几乎没有空白之处，如果有的话也会很快被填满——比如，牛。虽然，牛犊子有被黑熊吃掉的危险。

于霄辉绘声绘色地讲述道，在敖尼尔，也有野生动物混入牛群的情况发生。马鹿、狍子常跟牛群相伴相随，或者夹杂在牛群中悠然地吃草。有一年春天，林场一位职工家的母猪莫名其妙地丢了，到处找找不到。次年七月份的一天，那头母猪居然自己回来了——还带回了十二头花腰小野猪崽呢。

受此启发，后来林场职工每到母猪发情期，干脆把母猪赶进山林，任其自由恋爱。只是在林间空地撒些黄豆和盐粒，供母猪与野猪交欢后享用，补充体能。如此这般，母猪欢喜，野猪欢喜。人呢？——人也欢喜呀！

我忽然想起一段话。

那段话是这样说的："美德叠加美德，美德就会增长和延伸。美德也能把极端向着中间的方向和缓、冲淡、减弱。美德从观察自然——而且只从自然——开始。"

归因于道德因素的东西，往往也都有自然因素的结果。

是的，生态涵养美德，美德亦能涵养自然无限生机。

阿尔山

头一次来阿尔山的人很容易蒙圈。怎么回事呢?

因为阿尔山有两个概念：其一，阿尔山林业局；其二，阿尔山市。二者虽然都有“阿尔山”三个字，但却是完全不同的两回事。一个是林区概念，一个是行政概念。

阿尔山林业局跟阿尔山市林业局也不是同一个机构。阿尔山林业局局机关所在地不在阿尔山，而是在哈拉哈河岸边的伊尔施。阿尔山林业局隶属内蒙古大兴安岭林管局，是一个国有林业企业。1996 年，才有阿尔山市的行政设置，而阿尔山市林业局是阿尔山市人民政府的组成部门，不是林业企业。

在行政版图上，阿尔山市就是阿尔山市；而阿尔山林业局就有点复杂了——它地跨阿尔山市、扎兰屯市和鄂温克族自治旗。管理和经营的森林面积 5000 平方公里，森林总蓄积量 4775 万立方米。此外，另有人工造林面积 124 万亩。站在高处远望，好家伙，林海茫茫，云雾缥缈，甩手无边啊!

在地理上，阿尔山是一座山吗？可以肯定地回答——不是。阿尔山有山，比如，三角山、玫瑰峰、特尔美峰，但阿尔山不是山，也不是峰。阿尔山是什么呢？——阿尔山是热的圣水，或曰热的圣泉。这不是我说的。——阿尔山是蒙古语，翻译过来就是这个意思。在阿尔山通行两种语言文字，一则蒙古文，一则汉文。这是宪法上的规定，阿尔山属于内蒙古民族自治地区。

水就是水，泉就是泉，何谓圣水？何谓圣泉?

在中国古代文字中，“圣”字可不是随便用的，它有特别的含义特别的讲究。跟“圣”字发生关系的事物，一定是超凡脱俗的。从等级来说，“圣”为最高最受尊崇的，所以孔丘被称为圣人，帝王被称为圣上。按照这样的思路和逻辑，阿尔山的圣泉圣水，在水中是怎样的地位和等级，就不用我说了吧。

可是，阿尔山的圣泉圣水从哪里来的呢？地下！——往大了说，是从地球母腹中咕嘟咕嘟往外冒出来的。时光倒转，几百万年，几千万年，几万万年，那热气腾腾的泉嘴，总是欢歌酣畅，日夜不舍，喷涌不歇。

然而，地下的事情从来都是跟地上的事情相连的，即便圣水也不例外。水润万物而不争，但是不争的水，并不意味着水流是永不枯竭的。阿尔山之圣水，需要地球母腹的不断创造，也需要大兴安岭森林的持续涵养。

阿尔山林区的生态地位有多重要呢？看看地图就清楚了——阿尔山林区位于大兴安岭主脉西南麓，与蒙古国接壤的国境线就有八十三公里，是呼伦贝尔草原、锡林郭勒草原、科尔沁草原和蒙古草原等四大草原的交汇处。分布着松叶湖、杜鹃湖、石兔湖、鹿鸣湖、松鼠湖、眼镜湖和乌苏浪子湖等天然湖泊。同时，阿尔山林区还是哈拉哈河、伊敏河、柴河等上百条河流的源头，广袤的森林涵养着饱满的水脉，汩汩滔滔，奔流不息。

缪尔说：“森林是河流的源泉，也是生命的源泉。”

在草原与森林的边缘究竟藏着怎样的秘密呢？

森林与人类是一种什么样的关系呢？

——当你看到在森林与森林之间，那些童话般的晒着太阳的草卷儿；当你看到落叶松、蒙古栎投映在哈拉哈河中清晰的倒影，答案便会一一呈现。

原载《草原》2021 年第 1 期

主持人：李少君

李少君，诗人、文学批评家，《诗刊》主编。

Li Shaojun, poet, literary critic, editor-in-chief of *Poetry Journal*.

诗歌

推荐语

春天，万物复苏，一切都在醒来。在寒冬禁锢许久令人麻木之后，春天最能恢复自然的感觉，恢复生机勃勃欣欣向荣的感觉，这也是我们每个人都特别喜欢春天的原因。而诗歌，最需要生机勃发的自然感觉，需要兴奋、飞翔、幻想与激情。每到春天，《诗刊》都要举办“春天送你一首诗”朗诵活动，以诗歌的方式给人们送去美、爱和祝福。今年尤其特别，在疫情压抑了大家情绪一年多之后，《诗刊》社在北京办的“春天送你一首诗”朗诵活动，声势尤为浩大，还在预告期间，就有很多人说终于感到春天来了，而这种感觉来自诗刊社微信公众号的不断推送关于春天的诗歌。朗诵会举办那天，春光明媚，春天真的铺天盖地而来了。六七十位北京诗人从大街小巷赶过来了，表达他们对春天的热爱与赞美，真是一场春天的盛会。

春天也是情绪多样的季节，所以，有的诗人笔下的春天是明快的，也有的诗人笔下的春天是伤感多愁的，就像春天既有可能阳光普照，也有可能阴雨连绵。这里选取的荣荣、陈勇、符力、安琪、张德明、李杰波、江一苇等人关于春天的诗歌，表达了诗人们各自对于春天的独特感觉。王家新虽然没有明确写春天，但那种对于自然的细微之处的敏感，那种人与自然相互的发现与照亮，与春天是一致的。

和一位出版社编辑聊天时，她问大家有没有注意到，近年的热点话题都与女性有关。我自以为是敏感的人，听后还是暗暗吃惊，确实，回顾一下，从“米兔运动”开始，隔一段就会有一个女性话题引起关注，这是因为女性开始主导社会生活议题的新时代到来了吗？不管怎么说，作为一个编辑，我立即觉得推出女性诗歌小辑恰是时候。代薇对女性晚年之美的哀伤，杜绿绿表达一个女性对山水之美的纤细感受，倪湛舸的青春悲伤，呆呆沉浸的江南小镇之夜，西北女子念小丫对天地和谐的赞叹，麻雀的叽叽喳喳却带来冬天的安宁、内心的安静，天地果然是完美无缺、天衣无缝的，也表达出一种女性的广阔……不同年龄阶段的女诗人，呈现了各自地域、视角观察到的人世和自然风景。

当编辑的一大好处，是经常能读到年轻和陌生诗人的新鲜之作，带来新的感受、新的气息和新的修辞方式。我自认在海南生活二十多年，相当熟悉，但读了陈陈相因和林沙写海南的诗作，我又有陌生之感，当然，也有惊艳之感。在他们的诗歌中，似乎呈现了一个我陌生的海南。我一直相信一个说法，好的文字可以创造出新的现实，艺术有时会比现实更强劲久远。那么，好的诗歌当然会呈现不一样的景观，呈现与以往印象不同的景象，让我们本以为熟悉的风景变得神秘、诡异而炫美。而这，又会逐渐成为现实一种，或者说，一种新的风景，艺术的风景。就像我们现在读到的古典诗歌里的那些风景，真的是现实的？或者，只是诗人的想象与虚构呢？就如范仲淹未去过岳阳和洞庭湖，却写出了我们现在从小背诵的《岳阳楼记》，我们现在了解的岳阳楼，本身早已就是想象力的产物，而非原型。还有我们习以为常看到的一切，真的是固定不变的吗？沈宏的《寂静的海边》、吴雨伦的《自然消化系统》，也对我们司空见惯的现象，提供了新的观察视角。

美无处不在，新的想象、虚构与创造也无处不在。就像毛子在《捕獐记》里突然生发的柔软之感，就是一种美的感觉。而诗歌之美尤其让人留恋，我经常看见一首好诗舍不得放走，一定要储藏起来，毛子的这首诗，就是我在本来已经完成这一季诗歌挑选工作的当晚看到的，虽然以前推荐过毛子的诗歌，最后，经过一番纠结，我还是又把这首诗截留了下来，留在了这里。

【作者简介】荣荣，本名褚佩荣，1964年生，出版过多部诗集及散文随笔集等，参加过《诗刊》社第十届青春诗会，曾获《诗刊》《诗歌月刊》《人民文学》《北京文学》等年度诗歌奖，十月文学奖，中国作家出版集团优秀作家贡献奖，第四届鲁迅文学奖等。

Rong Rong, whose real name is Chu Peirong, was born in 1964. She has published many collections of poems and prose essays. She has participated in the 10th Youth Poetry Society and has won the Annual Prize by *Poetry Journal, Poetry Monthly, people's literature, Beijing literature* and other Literature magazines. She has won October prize for literature, The Outstanding Contribution Award by China Writer Publishing Group and the 4th Lu Xun literature prize, etc.

立　春

荣　荣

我已是春天里的人了，
如此轻易地，更像是坠入一个梦境。
我张开的双臂上，已有绿叶招展，
向近处的事物，向你。
我就要笑出花朵来，就要
笑出蜜蜂来，受到感染，
人们脸上不断开出花朵，
春天会将这一切送得很远很远，
送到最后一个脱棉衣的男孩手里。

那时冬天是树根上残留的雪，
在下一阵光照里就要消失。
呵春天，我感觉我是簇新的，
比你的露水鲜，比新娘还新，
而你静静地环抱着我，
像一个最出色的护花人。

原载“诗刊社”微信公众号 2021 年 2 月 14 日

【作者简介】王家新，中国当代诗人，中国人民大学教授，著有诗集、诗论随笔集、译诗集三四十种，其创作、诗学批评、诗歌翻译均产生广泛影响，作品被译成多种文字发表和出版，曾获多种国内外诗歌奖、诗学批评奖、翻译奖和荣誉称号。

Wang Jiaxin is a contemporary poet and professor at Renmin University of China. He has authored poems, essays, poetry translation poetics totaling to 40 species. His literature creations, poetic criticisms and poetry translation have exerted a wide influence. His works have been translated into many languages and published abroad. He has won many domestic and foreign poetry prizes, prizes for poetic criticism, translation awards and honorary titles.

黎　明

王家新

一只在海滩上静静伫立的小野兔
像是在沉思
听见有人来
还侧身向我打量了一下
然后一纵身
消失在身后的草甸中

那两只机敏的大耳朵
那闪电般的一跃

真对不起

看来它的一生

不只是忙于搬运食粮

它也有从黑暗的庄稼地里出来

眺望黎明的第一道光线的时候

原载《诗刊》2021 年 3 月上半月

【**作者简介**】陈勇，诗人，编剧。毕业于武汉大学中文系，中国人民大学现当代文学硕士。珞珈诗派发起创始人之一。曾获诗刊奖、十月文学奖、闻一多文学奖等。出版诗文集多部。

Chen Yong, a poet and screenwriter. He graduated from the Department of Chinese Language and Literature of Wuhan University and received a Master Degree in modern and contemporary literature from Renmin University of China. He is one of the founders of the Luojia School of Poetry. He has won the Poetry Magazine Award, October Literature Prize, Wen Yiduo Literature Prize and so on. He has published many anthologies of poems.

回春曲

陈　勇

那么丝滑的风披在肩上
你触抚过的每一寸岁月都有了质感

也便有了沁骨入髓的归顺
那些风，都听从你玲珑的脚步

听从这暮光之城里你留下的台阶
越美的背影，越容易把一条街道划伤

天仍寒色，我回春的门把手
却被你不经意间，吱呀一声，扭开了

原载“诗刊社”微信公众号 2021 年 3 月 16 日

【作者简介】符力，20 世纪 70 年代出生于海南万宁，中国作家协会会员、海南文学院首批签约作家，《诗刊》社中国诗歌网编辑、《海拔》诗刊编辑，著有个人诗集《奔跑的青草》，曾获 2012—2013 年度“海南文学双年奖”。

Fu Li was born in Wanning, Hainan in the 1970s. He is a member of China Writers Association, one of the first writers to sign contracts with Hainan Literature Academy. He is also an editor of China Poetry website by *Poetry Journal* and an editor of poetry magazine *Hai Ba*. He has authored a poetry collection *Running Grass* and has won "Hainan Literature Biennial Award" from 2012-2013.

在岸边

符　力

冰消雪融。清溪重获天才演奏家的灵感
旧时琴声回到小小的山村

花枝插遍原野。孩子们的纸鸢
慢慢飞升，越飞天越蓝

雨燕归来，穿柳丝，越湖面
过水田。命运为轻盈之人敞开千万条去路

我没有追问，我在岸边寻思：
大地到底做了些什么，才获得如此浩荡的赏赐

原载“诗刊社”微信公众号 2021 年 2 月 13 日

【作者简介】安琪，本名黄江嫔，1969年2月生于福建漳州。中国作家协会会员。《诗刊》社“新世纪十佳青年女诗人”。独立或合作主编有《中间代诗全集》《北漂诗篇》《卧夫诗选》。出版有诗集《极地之境》《美学诊所》《万物奔腾》等。曾获柔刚诗歌奖、《北京文学》重点优秀作品奖、《诗刊》社中国诗歌网“年度十佳诗人”、中国桂冠诗歌奖等。现居北京，供职于作家网。

An Qi, whose real name is Huang Jiangpin, was born in Zhangzhou, Fujian Province in February 1969. She is a member of China Writers Association and one of "Ten Best Young Poetesses in the New Century" by *Poetry Journal*. Independently or co-editorially, she edited *Collected Poems of the Middles Generation, North Drifters* and *The Selected Poems of Wofu*. She has published poetry collections such as *The Polar Land, Aesthetic Clinic* and *All Things Passion*. She has won the Rou Gang Poetry Award, the key excellent works award by *Beijing Literature*, the "Annual Top 10 Poets" of China poetry network by *Poetry Journal*, the Chinese Poetry Laureate Award, etc. Now she lives in Beijing and works for the writer network.

北京之春

安　琪

春天在永定门外等我
我从十四号地铁冒出头，杨柳树
已抽出嫩绿叶芽儿
摩的米师傅年轻
拉着我过陶然亭
过先农坛

来到金泰开阳大厦
春天从一本诗选冲出来迎接我
它说，诗人，我已读过你的诗
春日熊熊
春日熊熊
能点燃春天的人都是了不起的人！

原载“诗刊社”微信公众号 2021 年 3 月 11 日

【作者简介】张德明，文学博士，岭南师范学院文学与传媒学院教授。已出版《现代性及其不满》《百年新诗经典导读》《新诗研究的理论与实践》等多部学术著作，在国内重要学术期刊发表学术论文百余篇。曾获《星星》诗刊2014年度批评家奖、第五届“啄木鸟杯”年度优秀论文奖等奖项。

Zhang Deming, Ph.D., Professor of School of Literature and Media, Lingnan Normal University. He has published a number of academic works including *The Modernity and the Discontent, A Guide to New Poetry Classics in a Century, Theory and Practice of New Poetry Studies*, and more than 100 academic papers in important academic journals of China. He has won the 2014 Annual Critic Award by *Star* and "Woodpecker Cup" — the 5th Annual Excellent Paper Award.

莺燕曲

张德明

黄莺与紫燕，春天的两个贴身丫鬟
大自然的万千宠爱集于一身
在柔枝间上下弹跳，吟唱春曲
将四月的欢乐情绪，演绎得有声有调

其实再婉转的歌喉，也屈尊于俗常的生活
当你在田头地里，偶见它们
寻食昆虫、浆果、草籽，带着慌张的神情
一种闪电般的诧异与陌生，会从心空划过

原载《诗刊》2021年2月下半月

【作者简介】李杰波，笔名李不嫁，1966 年出生于湖南桃江，1988 年毕业于湘潭大学哲学系。从事新闻工作多年，曾任《潇湘晨报》编委、值班主任，中共湖南省委宣传部新闻阅评员，中南大学文新院兼职教授。2014 年开始写作，诗作发表于多种纸刊。

Li Jiebo, whose pseudonym is Li Bujia, was born in 1966 in Taojiang, Hunan Province. He graduated from the Department of Philosophy of Xiangtan University in 1988. He has been engaged in journalism for many years. He used to be editorial board member and director on duty of *Xiaoxiang Morning Post*, news reviewer of Propaganda Department of CPC Hunan Provincial Committee, and adjunct professor of the College of Literature and Journalism of Central South University. He started writing in 2014, and his poems have been published in various paper magazines.

春风小镇

李杰波

燕子回去时，我也回去了
燕子带去了春天
我却一身沉疴：更严重的是
眩晕症时常袭扰
可能是小脑萎缩，稳不住重心
也可能是家族的遗传病例
患阿尔茨海默病的祖父
就迷失在熟悉的街巷，连籍贯也说不上来
但我已打算定居

租两间店铺，给乳燕
提供筑巢的屋檐；用余生效仿那位邻居
——胡子花白的赤脚医生
医好自己的癫痫后，开一家诊所，专治世上顽疾

原载《诗刊》2021 年 2 月上半月

【作者简介】江一苇，本名李金奎。上世纪 80 年代生于渭河发源地甘肃渭源。有诗作散见于《诗刊》《星星》等刊物，入选过多个选本。参加《诗刊》社第 34 届青春诗会。获《诗刊》诗歌阅读馆 2017 年度（第二届）十大好诗奖，第四届“中国·天水”李杜诗歌奖新锐奖。著有诗集《摸天空》。

Jiang Yiwei, whose real name is Li Jinkui, was born in Weiyuan, Gansu Province, the birthplace of Weihe River in the 1980s. Some of his poems can be found scattered in various periodicals such as *Poetry Journal* and *Star*, and have been selected into several anthologies. He has participated in the 34th Youth Poetry Club by *Poetry Journal*. He has won the 2017 "Ten Great Poems" (the second session) Prize of Poetry Reading Hall by *Poetry Journal*, and the fourth "China · Tianshui" Li-Du Poetry Award for New Talent Award. He is the author of a poem collection *Touching the Sky*.

这突如其来的悲伤

江一苇

阳光这么好
空气这么好
一个人坐在院子里的小板凳上
听见外面小草破土的声音
我忽然很想找个人
谈一谈理想
就像某人
把嫁妆

从发霉的箱底翻出来

重新穿在臃肿的身上

原载“诗刊社”微信公众号2021年2月28日

【作者简介】代薇，当代女诗人，专栏作家，新闻记者。中国作家协会会员。著有诗集三部，另有散文随笔若干。曾获《十月》诗歌奖、漓江出版社首届年度诗歌特别推荐奖、新世纪中国诗歌十大名作奖。

Dai Wei is a contemporary poetess, columnist and journalist. She is a member of China Writers Association. She has written three poetry anthologies and a number of essays and has won the poetry prize by *October*, the First Annual Poetry Special Recommendation Award of Lijiang Publishing House, and the Prize of Ten Famous Works of Chinese Poetry in the New Century.

晚年的名伶

代　薇

当我走近你的时候
你已经不复流年
像镜中的雪
又像古人画里那些
时间之外的花
我想起宋梅的骨折
海棠的咳
“如果连伤痛都没有那就更寂寞了”
迷醉是积满灰尘的领悟
那疲惫的、厌倦的
不知所终的美

原载《诗刊》2021 年 2 月上半月

【作者简介】杜绿绿，诗人。安徽合肥人。现居广州。主要诗集有《近似》《冒险岛》《她没遇见棕色的马》《我们来谈谈合适的火苗》。

Du Lvlv is a poet coming from Hefei, Anhui Province, now living in Guangzhou. Her major poetry collections include *Approximate, Adventure Island, She Didn't Meet the Brown Horse, Let's Talk about the Right Flame*.

山水之间

杜绿绿

向夜行人展开画卷，山水间
溶洞之上
人与远山重叠。
做一个埋头走路的人，
去到山影中
将肉体化为虚线
勾勒世外之美，美于这个人的呆。

从田间经过可以扑入，
泱泱的黑麦菜有
喂牛之美，步行至破败山墙
重建美如江山。
在河上游，夜与白日的交替

像行旅者半生的严谨。

渡轮的航线与水流平行，
古镇与小岛，
寂静如黑夜，谁能参透此刻之美。
此刻美过山水。

沿公路盘旋而上，在急雨中
摸索前路
这个被雨水浇透的人
来到这儿，
像樟树下欢吠的狗嗅着
起伏的山坡，愉悦之美。

大雾中不可轻易辨别方向。
在山里，
她只担心前方所遇过于美。
无法节制之美。泛滥如水上的杂草
朝后退去，痛苦之美。

原载“人类理解研究”微信公众号 2021 年 4 月 7 日

【作者简介】倪湛舸，作家、诗人、文化学者，北京大学英语语言文学系学士，福德姆大学神学系硕士，芝加哥大学神学院宗教与文学专业博士，弗吉尼亚理工大学宗教与文化学系副教授。著有文集《黑暗中相逢》《人间深河》，小说《异旅人》，诗集《真空家乡》等。

Ni Zhange is a writer, poet, and cultural scholar. He holds a Bachelor Degree in English Language and Literature from Peking University, a Master Degree in theology from Fordham University, a Doctor Degree in religion and literature from the University of Chicago Divinity School, and now he is an associate professor in the department of religion and culture from Virginia Tech University. He is the author of *An Encounter in the Dark, Deep River in the World, The Peregrination*, and the poetry collection *Hometown in Vacuum*.

夜班车

倪湛舸

夜班车去春风吹拂的峡谷
白梨、稠李和晚樱开满山坡
像海浪暗涌，又像飞沫舍身
还像身不由己的这些年
我庆幸这班车还在路上
空荡荡的车厢里没有人唱歌
灰蒙蒙的车窗偶尔被街灯照亮
我的手掌贴着我的脸颊
山路蜿蜒，白梨、稠李和晚樱

开啊开啊总也不凋谢

多么疲惫，又是多么的伤悲

原载“为你读诗”微信公众号 2021 年 4 月 15 日

【作者简介】呆呆，生于 20 世纪 70 年代，浙江湖州人。作品散见于《诗刊》《星星诗刊》《绿风》《诗选刊》等刊物。

Dai Dai was born in the 1970s in Huzhou, Zhejiang Province. Her works are scattered in *Poetry Journal, Selected Poetry Magazine, Green Breeze, Selected Poetry* and other publications.

信　使

呆　呆

夜深人静
小镇轻如一枚雪花。我坐在回廊
为解不出来的函数烦恼
南川河和我肩靠着肩
这忧伤的少年，还没有被夜鸟夺去名字

月亮
你看着我。我们。南川河。雪。
你看着这一切，被装入帆布袋
那一个粗心的邮差。骑着单车
急急冲进银河，溅起漫天星辰

原载“人间草木深”微信公众号 2021 年 4 月 11 日

【作者简介】念小丫，土木工程师，现居银川。有组诗随笔发表于《诗刊》《朔方》《扬子江》《草堂》《星星》《诗选刊》《作品》《芳草》《江南诗》及美国《洛城诗刊》等，入选《中国汉诗》《中国诗歌》《诗收获》等选本，偶有获奖，著有诗集《裂缝中的光谱》。

Nian Xiaoya is a civil engineer living in Yinchuan. She has poems and essays published in *Poetry Journal, Shuo Fang, Yangtze River Poetry Journal, Cao Tang, Star", Selected Poetry Magazine, Works, Fang Cao, Jiangnan Poetry* and *Los Angeles Poetry* in America etc.; her poems are included in the *Chinese poetry, Chinese poetry, Harvest and other anthologies,* and some of her works occasionally win the prizes. She has authored the poem collection *Spectrum in the Cracks*.

麻　雀

念小丫

唯有享受这暖阳
和麻雀起落，才是真正的安静

你看着成群的麻雀消失在枯树枝上
又扑棱棱消失在干草丛里
把自己覆盖在枯萎的余晖中

世界被创造得如此天衣无缝，麻雀一会儿是枯叶
一会儿又是几簇干草

这是北方的冬日

我在局外安静地享受着没有分歧的场景

原载《诗刊》2021 年 2 月下半月

【作者简介】陈陈相因，1998年生于黑龙江，毕业于吉林大学中文专业，诗歌见于《诗刊》《星星》《诗林》《诗歌月刊》《青年文学》等，曾获第三十七届樱花诗歌奖、第九届扎龙诗会优秀奖、首届公木诗歌奖。作品收入国内外多种选本，入选2020年新发现诗歌营，系《中华好诗词·恰同学少年》第二季总决赛选手。

Chenchen Xiangyin was born in Heilongjiang Province in 1998. She graduated from Jilin University majoring in Chinese Language and Literature. Her poems can be found in *Poetry Journal, Star, Poems Forest, Poetry Monthly, Youth Literature* etc. she has won the 37th Sakura Poetry Award, the 9th Zhalong Poetry Association Award of Excellence, and the 1st Gongmu Poetry Award. Her works have been collected in a variety of anthologies home and abroad, and selected into the New Discovery Poetry Camp in 2020. She is a finalist in the second season of "Good Poetry in China • Young Classmate".

林琳——致海南女友

陈陈相因

"林琳"，念你名时仿佛在穷烟屿上捣地枕
植树，惹流莺响，我的舌软锹翻炒两次湿洞穴
上壁，召唤你这四月太阳怀胎的女儿。皮肤临摹
甜荞，发蓬蓬如云团停耳后，乖巧雾集
凝海珀。眸劫掠塔尖、帆顶、山峰的隅星夜。
健硕的腿如良细赠黄花梨的谀词，或樯与桨，带你
航至我冷港旁坐，热带横陈心上，一对水蜜桃
跌进沙发陷阱。眉下翘流苏小扇顺弄熏风

“陈陈”，你叫我时又有几粒小橙求欢于枝丫
我又何德何能现形？以椰壳愚钝的脑，释迦
腻肉，或槟榔致幻后牙缝流出的诗分之
谵语。“在见到你之后，我已敛凤梨性情
不再用尖盔甲去筹备君子。”于你，唯余
蜜蜜与细水长流来自陈：这点滴累加的情
如水曳树，颤骨骼上一日间站满了三角梅

午时风，棕榈目已悄炸成我们的碧烟花
“浪迟了。”你讲这话时它正巴结我们的脚趾
“琼剧、清补凉，或娘子军。”你指认抚养你的时光
“崖州早茶，苦海泛舟，往天涯海角。”果真？
那安生泉石行藏同我们，在荒年辰松梢穿月的夜中
忘记晦涩坎坷和梦的意外死亡，往雪远方里走，足印
串连成生的媚酒意、花容文章与诗此行

原载“雨做的季节”微信公众号 2021 年 3 月 20 日

【作者简介】林沙，1993年出生于海南岛，毕业于河南大学。现暂居北京，供职于某人文地理杂志。

Lin Sha was born in 1993 in Hainan Province. He graduated from Henan University and now temporarily lives in Beijing, working for a human geography magazine.

和纪鹏《使徒北游》

林　沙

很抱歉，这唱和的动机
出自于耳鸣搅率稍歇。
春天的海口霉点花墙；
旧日记皮套胶黄，黏着尘。

玉沙中环的小年轻们花红椰曳的。
椰城还是椰城，吃喝的换了几遭；
阴天无雨，风有些冷，看客照旧外座
困盹着眼，衣单不体老盐杧果的小时尚。

北游实属无奈又着急、私夹或许，
不料渐成羁旅春怀的打工南客。
榕树林方地志吊气丝成桩比腰粗，

老骑楼附墙枝受风顽固全球化。

若遇海上来风，请把满地的散兵游勇
收拢。抵抗白蚁和蠹鱼，药他们怀才不遇
陶醉采薇不食周粟的梦魇；学会台风天信步
遛风筝，断灭围海筑温柔乡的村阀午梦。

好在天涯海陆大千，你察见那双手轻颤虚无
沟壑病理，如祛地界，海天定为此可能。

原载“线踪”微信公众号 2021 年 2 月 23 日

【作者简介】吴雨伦，毕业于北京师范大学艺术与传媒学院电影学专业，现在美国萨凡纳艺术大学攻读硕士研究生。已出版长篇小说《巨兽之海》。长安诗歌节第四届“唐”青年诗人奖（2017）、《新世纪诗典》第六届NPC李白诗歌奖入围奖（2017）、磨铁读诗会2016年度中国十佳诗人奖（2017）、韩国第二届亚洲诗人奖新人奖（2017）。电影剧本《肥常烦恼》入围第九届国家新闻出版广电总局“扶持青年优秀电影剧作计划”（2018）。

Wu Yulun graduated from the School of Arts and Media, Beijing Normal University, majoring in film. Now he is studying for a Master Degree in Savannah College of Art and Design. He has published a full-length novel *Sea of Beasts*. He has won the 4th "Tang" Young Poet Award of Chang'an Poetry Festival (2017), the Finalist of the 6th NPC Li Bai Poetry Award of "New Century Poetry Canon" (2017), 2016 Top Ten Chinese Poets Award of Xiron Poetry Club (2017), and the New Talent Award of the 2nd Asian Poet Award of Korea (2017). His screenplay *Fat Often Worry* was shortlisted in the 9th "Outstanding Film and Drama Created by Young People Support Program" (2018) by the State Administration of Press, Publication, Radio, Film and Television.

自然消化系统

吴雨伦

不得已出走半年
车没人看
留在了树林旁

回来后

轮胎已经被荆棘
与落叶缠绕

自然已经做好了消化它的准备

原载《诗刊》2021 年 2 月下半月

【**作者简介**】沈宏，男，1967 年生，浙江海盐人。浙江省作家协会会员。90 年代初开始写作。作品散见于《诗刊》《星星》《诗歌月刊》《绿风》《江南诗》《诗潮》《扬子江》《中国诗人》《天津诗人》《上海诗人》等，入选多种诗歌选本。著有诗集《本命年》(2015)《空旷》(2019)。

Shen Hong was born in 1967 in Haiyan, Zhejiang Province. He is a member of Zhejiang Writers Association. He started writing in 1990s. His works can be found in *Poetry Journal, Star, Poetry Monthly, Green Breeze, Jiangnan Poetry, Poetry Tide, Yangtze River Poetry Journal, Chinese Poets, Tianjin Poets, Shanghai Poets* etc., and are selected into many poetry anthologies. He is the author of poem collections *The Year* (2015) and *Empty* (2019).

寂静的海边

沈　宏

海水退去后的寂静
是空荡荡的
就像这个冬季热恋之后的分手
石头说出了它残留的咸和苦
风停在海鸟飞走的地方
不愿离开。滩涂
露出了全部的丑陋
搁浅的小船
如同插在它伤口上的一把匕首
白鹭在散步，没有同伴

也不发出任何孤寂的声响
你独自坐在海边
天空落在海里，海落在你
空旷无边的心里

原载《诗刊》2021 年 2 月下半月

【作者简介】毛子，“60 后”，湖北宜都人。作品散见纸媒和公共平台，曾获扬子江诗学奖、闻一多诗歌奖、十月文学奖、中国赤子诗歌奖等奖项，出版诗集《我的乡愁和你们不同》，现居宜昌。

Mao Zi was born in the 1960s in Yidu, Hubei Province. His works have been published in print media and public platforms. He has won the Yangtze River Poetics Award, Wen Yiduo Poetry Award, October Literature Prize, China Chizi Poetry Award and other awards. He has published a collection of poems titled *My Homesickness is Different from Yours*. He is now living in Yichang, Hubei Province.

捕獐记

毛 子

夜里没有事情发生
大早醒来，南边的丛林有了动静
溜烟地跑过去，昨天设下的陷阱里
一只灰獐蜷起受伤的前肢

多么兴奋啊，当四目相视
它眼里的无辜，让我力气全无

只能说，是它眸子里的善救了它
接下来的几天，它养伤
我也在慢慢恢复心里某种柔和的东西

山上的日子是默契的
我变得清心寡欲

一个月亮爬上来的晚上，我打开笼子
它迟疑了片刻，猛地扬起如风的蹄子
多么单纯的灰獐啊，它甚至没有回头
它善良到还不知道什么叫感激

原载“长江诗歌出版中心”微信公众号 4 月 7 日

主持人：**付秀莹**

付秀莹，小说家，《中国作家》副主编。

Fu Xiuying is a novelist, and currently she serves as deputy editor-in-chief of *Chinese Writers*.

长篇

推荐语

本季度长篇小说创作成果丰富。既有沉潜多年的文坛名家推出的长篇新作，又有创作力活跃的实力派佳作频出，显示出长篇小说创作的可喜态势。

茅盾文学奖得主陈彦继《装台》《主角》之后，推出他的最新长篇《喜剧》，依然是与“戏”有关的题材书写，依然是那种沉着有力的叙事风格，小说引领读者在戏里戏外感悟生活悲喜，体察命运跌宕，品尝人世间甘苦辛酸百种滋味。《喜剧》关涉戏与人生之间的深刻关系，荣与辱、成与败、悲与喜、进与退、是与非、毁与誉，凡此种种，更迭转换，变化无常。作品寄予了作家对历史与现实的理解，对生活与命运的感慨。东西在《篡改的命》之后积累多年，最近推出长篇力作《回响》。这是一部推理和心理齐头并进的小说，奇数章写案件，写与夏冰清被杀的推理和侦破过程，偶数章写情感，写侦破负责人冉咚咚和教授慕达夫的情感纠葛。两条叙事线索在作品中互文、碰撞、对话、参照，形成一种文本内部的“回响”，赋予了作品丰富宽阔的审美意蕴。东西以极端化的方式，将人的情感和人性深处暧昧未名的部分展现出来，显示出一个真正的写作者对艺术的锐意探索和不懈追求。近年来老藤的创作沉稳扎实，成绩斐然。长篇小说《北障》书写最后一个猎人的故事，写传统在遭遇现代碰撞之后的独特瞬间。作家并没有满足于挽歌式的书写，而是以文学的方式，对二者之间的关系进行重新审视和认真思考。大量自然风光描写，令作品充满了野性之美和神性之魅，显示出成熟作家驾驭长篇的出色能力。王松《暖夏》则是新时代乡村叙事，小说有力地击中时代生活中的中心地带，书写乡村振兴，展现时代风貌，显示出作家关注时代、关注社会的现实精神和人民情怀，是“深入生活、扎根人民”这一创作理念结出的丰硕果实。

总之，本季度长篇小说既有关注时代生活的现实主义力作，又有在艺术上锐意探索、不懈追求的创新文本，既有对世道人心的追问，又有对历史与现实的思考。风格各异，精彩纷呈，显示出作家们蓬勃的创作活力。

2021年第2季度优秀长篇小说选目			
作者	作品名称	作品出处	内容简介
陈彦	喜剧	《人民文学》2021年第 2期	小说以贺氏一门父子两代的生活和命运为主线，在戏如人生、人生如戏的映照参证中，勾画出广阔丰富的人世图景，其中的世道与人心，命运起伏与情感纠葛，饱含着作家对生活的深刻理解，对现实的锐利洞察。
东西	回响	《人民文学》2021年第 3期	这部小说以案件为切入口，塑造了一个对案件穷追不舍、对爱情追问到底的新女性形象。作品以推理和心理齐头并进，两条线索彼此缠绕，相互呼应，构成奇妙的“回响”，余音袅袅不绝。
老藤	北障	《中国作家》2021年第 1期	小说《北障》讲述的是“最后一个猎人”的故事，小说以沉稳扎实的叙事，为我们呈现出传统与现代之间的对峙与和解，其中矛盾的张力构成小说内在的叙事动力，传达出作家对历史与现实的体认与理解。
王松	暖夏	作家出版社，2021年3月版	小说是乡土题材，书写时代巨变中中国乡村普通百姓的日常生活，展现新时代新乡村的崭新风貌。小说以独特视角切入，写时代激流中的乡村新变，有现实质感，有时代气息。